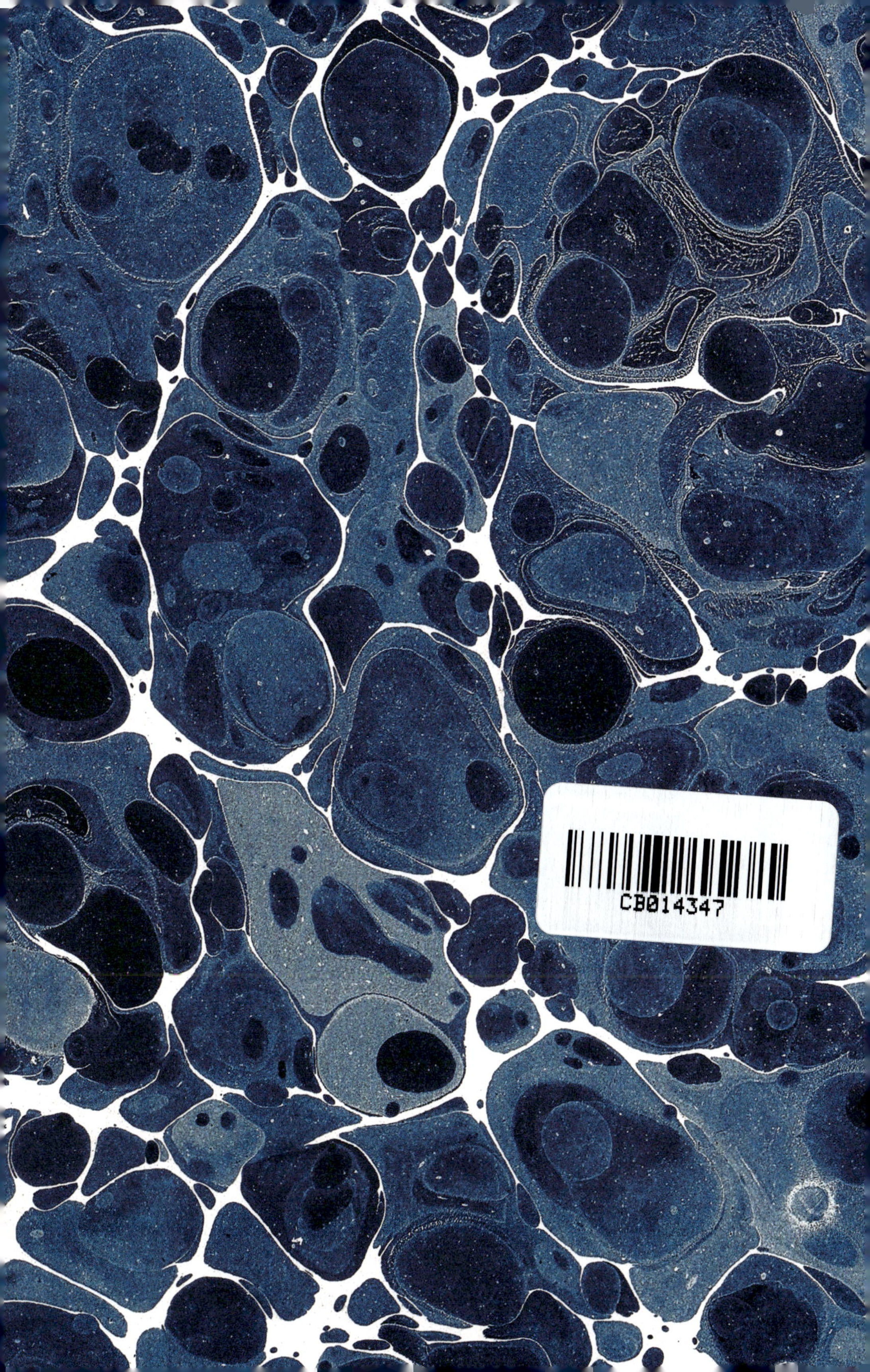
CB014347

AMERICAN PSYCHO

Diretor Editorial
Christiano Menezes

Diretor Comercial
Chico de Assis

Diretor de Novos Negócios
Marcel Souto Maior

Diretor de MKT e Operações
Mike Ribera

Diretora de Estratégia Editorial
Raquel Moritz

Gerente Comercial
Fernando Madeira

Gerente de Marca
Arthur Moraes

Gerente Editorial
Bruno Dorigatti

Capa e Projeto Gráfico
Retina 78

Coordenador de Arte
Eldon Oliveira

Coordenador de Diagramação
Sergio Chaves

Revisão
Marlon Magno
Retina Conteúdo

Finalização
Roberto Geronimo
Sandro Tagliamento

Impressão e Acabamento
Ipsis Gráfica

DADOS INTERNACIONAIS DE CATALOGAÇÃO NA PUBLICAÇÃO (CIP)
Angélica Ilacqua CRB-8/7057

Ellis, Bret Easton
Psicopata americano / Bret Easton Ellis ; tradução de Paulo Raviere. — Rio de Janeiro : DarkSide Books, 2020.
432 p.

ISBN: 978-65-5598-005-9
Título original: American Psycho

1. Ficção norte-americana 2. Psicopatas — Ficção
3. Homicidas em série — Ficção I. Título II. Raviere, Paulo

20-2133 CDD 813.6

Índice para catálogo sistemático:
1. Ficção norte-americana

Rua General Roca, 935/504 — Tijuca
20521-071 — Rio de Janeiro — RJ — Brasil
www.darksidebooks.com

CRIME SCENE FICTION

PSICOPATA AMERICANO

BRET EASTON ELLIS

TRADUÇÃO
PAULO RAVIERE

DARKSIDE

PSICOPATA AMERICANO
BRET EASTON ELLIS

PREFÁCIO

Em 1991, quando lançado, *Psicopata Americano* causou polêmicas como nenhum livro desde então.

A editora que havia comprado o título, a Simon & Schuster, cancelou o lançamento na véspera e disse para o autor, Bret Easton Ellis, então com 27 anos e em seu terceiro livro, que ele poderia ficar com o dinheiro do adiantamento.

A editora Vintage adquiriu então o título, mas ficou tão assustada com a quantidade de ameaças de morte recebidas pelo autor que exigiu que ele assinasse um documento eximindo a empresa de responsabilidade no caso de ele ser assassinado.

Psicopata Americano foi rejeitado por editoras em vários países do mundo. Boa parte das que se dispuseram a lançá-lo o fizeram com advertências na capa e o proibindo para menores. Em vários países, o livro foi vendido com embalagem plástica. Bibliotecas públicas se recusaram a tê-lo em suas estantes. O livro foi acusado de sadismo, violência extrema, pornografia e misoginia. Aos olhos de muitos, Bret Easton Ellis se tornou o verdadeiro psicopata americano.

Essa reação não aconteceu apenas por causa da violência brutal descrita em suas páginas. Muitos livros igualmente explícitos e perturbadores foram lançados desde então, sem uma fração da repercussão de *Psicopata Americano.*

O livro só causou tanto barulho porque mexeu com os leitores de uma forma rara. Por motivos inexplicáveis — afinal, não é inexplicável o fascínio da arte? — o personagem Patrick Bateman, o serial killer yuppie, rico, lindo e narcisista saído da imaginação de Bret Easton Ellis, se conectou com o público de uma maneira intensa e passional. E todo mundo ficou vidrado no monstro.

+++

Na superfície, *Psicopata Americano* é a história de um serial killer.

Estamos em Nova York, na segunda metade dos anos 1980. É a época de Reagan, Wall Street, cocaína e fortunas feitas na Bolsa. A Guerra Fria está em seus últimos dias, e ninguém tem dúvidas de que o capitalismo triunfou. A queda do Muro de Berlim está ali, esperando na esquina.

Patrick Bateman tem vinte e poucos anos e trabalha num banco de investimentos em Wall Street. Mora num apartamento luxuoso, onde é vizinho de Tom Cruise e de supermodelos. É vaidoso e obcecado por marcas, seja de sofisticados aparelhos de som que usa para ouvir hits dos anos 1980 (U2, Genesis, Phil Collins, Huey Lewis, Whitney Houston), de sabonetes, colônias e loções que usa em seus longuíssimos rituais de banho, ou, principalmente, de roupas.

Bateman passa seus dias no banco, mas isso praticamente não aparece no livro. O que vemos são descrições detalhadas de suas aventuras fora do horário de trabalho, em manhãs passadas numa moderníssima academia de ginástica, em almoços e jantares caros com clientes e colegas em restaurantes estrelados, em noitadas com yuppies em boates da moda, onde cheiram pó e colecionam mulheres.

E entre uma carreira e outra, entre uma taça da melhor champanhe e uma pedalada na Stairmaster ultrafodona da academia, Bateman mata. Mata mulheres. Mata gays. Mata mendigos. Mata cachorros. Mata crianças.

Os crimes são chocantes, não só pela maldade de Bateman, mas pela maneira casual, fria e "profissional" com que ele os descreve (Bret Easton Ellis conta que estudou manuais forenses do FBI para ilustrar os assassinatos). O livro é narrado em primeira pessoa. Estamos vendo a história pelo ponto de vista de Bateman. E a maneira como Ellis inventa o mundo particular de Patrick Bateman é brilhante.

A princípio, a narrativa do livro parece banal e repetitiva: cada vez que Bateman vai tomar um banho, temos descrições detalhadas de todos os produtos que ele usa e a forma como são aplicados. Na academia de ginástica, ele descreve todos os aparelhos e a quantidade de calorias que cada um deles gasta em determinados exercícios. Cada vez que Bateman vê uma pessoa, ele descreve em minúcias a roupa que ela usa.

Seria *Psicopata Americano* uma crítica ao consumismo? Sim, com certeza, mas isso não começa nem a arranhar a superfície da história.

O que Bret Easton Ellis está fazendo é, pouco a pouco, linha a linha, descrição a descrição, desumanizando Patrick Bateman. O personagem não se relaciona com pessoas, mas com objetos. O mundo de Bateman se resume às coisas que ele possui — ou gostaria de possuir.

Essa desumanização é evidente na total ausência de descrição física dos personagens. Não sabemos como são os colegas de Bateman. Por outro lado, sabemos o que eles vestem e quanto custam os óculos de marca que usam.

A misoginia do personagem se manifesta na maneira como descreve mulheres: "Peitos grandes", "bunda pequena", "Pernas OK". Não há menção aos rostos ou — *vade retro* — às suas personalidades. Assim, Bret Easton Ellis vai construindo Patrick Bateman. E o leitor vai se acostumando, página a página, à assustadora visão de mundo do personagem.

Algumas de suas narrativas parecem sonhos. Por vezes, o personagem divaga, e não sabemos se o que ele está narrando aconteceu ou se é fruto de uma imaginação perturbada. Seriam os crimes de Patrick Bateman reais ou apenas delírios?

Outro aspecto interessante do livro é sua atemporalidade. Basta dizer que o "herói" de Patrick Bateman é um milionário e investidor que, nos anos 1980, praticamente definiu a figura do yuppie: Donald Trump. Quase trinta anos depois de seu lançamento, *Psicopata Americano* não só permanece atual, mas revelou-se verdadeiramente profético.

André Barcinski
Junho de 2020

Esta é uma obra de ficção. Todos os personagens, acontecimentos e diálogos, com exceção de ocasionais referências a figuras públicas, produtos ou serviços, são imaginários, e não se pretende que façam referência a nenhuma pessoa viva ou que depreciem os produtos ou serviços de nenhuma empresa.

Para **Bruce Taylor**

Tanto o autor destas *Notas* quanto as próprias *Notas* são, claro, ficcionais. Não obstante, pessoas como o criador destas *Notas* não apenas existem em nossa sociedade, como na verdade precisam existir, considerando as circunstâncias sob as quais nossa sociedade geralmente se formou. Desejo trazer a público, de modo mais distinto que o de costume, um dos personagens de nosso passado recente. Ele representa uma geração que ainda vive entre nós. No trecho intitulado "Subsolo", esse personagem descreve a si mesmo e suas visões e tentativas, por assim dizer, de esclarecer os motivos pelos quais surgiu e foi levado a surgir entre nós. O trecho subsequente consistirá nas "notas" em si, a respeito de certos eventos de sua vida.

Fiódor Dostoiévski
Notas do subsolo

Um dos maiores erros que as pessoas cometem é achar que os bons modos são apenas a expressão de ideias felizes. Há toda uma gama de comportamentos que podem ser expressados de maneira cortês. É disto que se trata a civilização: comportar-se de maneira cortês em vez de combativa. Um dos momentos em que erramos foi durante o movimento naturalista rousseauniano dos anos 1960, em que as pessoas diziam "Por que você simplesmente não fala o que está pensando?". Alguns limites são necessários à civilização. Se seguíssemos todos nossos impulsos, acabaríamos nos matando uns aos outros.

Miss Manners (Judith Martin)

And as things fell apart
Nobody paid much attention
[E enquanto desmoronava
Ninguém deu muita atenção]

Talking Heads

DIA DA MENTIRA

ABANDONAI TODA A ESPERANÇA, VÓS QUE AQUI ENTRAIS está rabiscado em vermelho-sangue na lateral do Chemical Bank perto da esquina da rua 11 com a Primeira Avenida, e está numa letra grande o bastante para ser vista do banco de trás do táxi enquanto ele avança no tráfego deixando Wall Street, e assim que Timothy Price nota as palavras um ônibus para ali, a propaganda de *Les Misérables* na lateral bloqueando sua visão, mas Price, que está na Pierce & Pierce e tem vinte e seis anos, parece não se importar, pois diz ao motorista que paga cinco dólares para ele aumentar o volume do rádio, "Be My Baby" na WYNN, e o motorista, negro, estrangeiro, obedece.

"Tenho muitas qualidades", Price está dizendo. "Sou criativo, sou jovem, inescrupuloso, altamente motivado, altamente talentoso. Em essência, o que estou dizendo é que a sociedade *não* pode suportar a minha perda. Sou um *bem de valor.*" Price se acalma, continua a olhar para fora da janela suja do táxi, provavelmente para a palavra MEDO pichada em grafite vermelho ao lado de um McDonald's, na Quarta com a Sétima Avenida. "Quer dizer, o que prevalece é que todos estão cagando para seus trabalhos, todos odeiam seus empregos, *eu* odeio meu emprego, *você* me disse que odeia o seu. O que fazer? Voltar para Los Angeles? *Não* é uma opção. Não me transferi da UCLA para a Stanford para aguentar isso. Quer dizer, *só* eu que penso que não estamos ganhando dinheiro o bastante?" Como num filme, surge outro ônibus, outro cartaz de *Les Misérables* substitui a palavra — não o mesmo ônibus, pois alguém havia escrito a palavra SAPATA no rosto de Éponine. Tim profere "Tenho um apartamento aqui. Tenho uma casa nos *Hamptons*, pelo amor de deus".

"Dos pais, cara. É dos pais."

"Estou *comprando* deles. Você vai *aumentar* o volume dessa porra?", ele dispara distraído para o motorista, os Crystals ainda estrondando no rádio.

"Está no máximo", diz o motorista, talvez.

Timothy o ignora e continua, irritado. "Eu podia continuar morando nesta cidade se ao menos instalassem Blaupunkts nos táxis. Talvez o sistema de som dinâmico ODM III ou ORC II?" Aqui sua voz fica suave. "Qualquer um. Descolado, meu amigo, descolado demais."

Ele retira do pescoço o walkman que parece caro, ainda reclamando. "Odeio reclamar — odeio mesmo — da bagunça, do lixo, da doença, de como esta cidade realmente está imunda, e *você* sabe e eu sei que ela é uma *pocilga*..." Ele continua a falar enquanto abre sua nova maleta de couro de bezerro da Tumi comprada na D.F. Sanders. Coloca o walkman na maleta junto com um Easa-phone portátil dobrável e sem fio da Panasonic do tamanho de uma carteira (antes ele tinha o NEC 9000 Porta portátil) e pega o jornal do dia. "Em uma edição — em *uma* edição — vejamos... modelos estranguladas, bebês jogados de tetos de cortiços, crianças mortas no metrô, um comício comunista, chefe da máfia aniquilado, nazistas..." — ele vira as páginas com empolgação — "... jogadores de beisebol com aids, mais merda da máfia, engarrafamentos, os sem-teto, maníacos diversos, bichas abatidas como moscas pelas ruas, mães substitutas, o cancelamento da novela, moleques que invadiram o zoológico e torturaram e queimaram diversos animais vivos, mais nazistas... e a piada é, o final da piada é, está tudo nesta cidade — em nenhum outro lugar, somente aqui, uma merda, opa, espera, mais nazistas, engarrafamentos, engarrafamentos, vendedores de bebês, bebês no mercado negro, bebês com aids, bebês drogados, prédio desaba sobre bebê, bebê maníaco, engarrafamento, ponte desaba..." Sua voz para, toma fôlego e então diz baixo, seus olhos fixos num mendigo na esquina da Segunda com a Quinta Avenida. "Esse é o vigésimo quarto que vejo hoje. Eu contei." Então pergunta, sem olhar: "Por que você não está com o blazer azul-marinho de lã penteada com calça cinza?". Price veste um terno de lã e seda de seis botões da Ermenegildo Zegna, uma camisa de algodão com punhos franceses da Ike Behar, uma gravata de seda da

Ralph Lauren e sapatos *wingtip* de couro da Fratelli Rossetti. Foco no *Post*. Há uma história levemente interessante a respeito de duas pessoas que desapareceram numa festa a bordo do iate de uma socialite nova-iorquina de fama mediana enquanto o barco contornava a ilha. Um resíduo de sangue espirrado e três taças de champanhe destruídas são as únicas pistas. Suspeita-se de crime, e a polícia acredita que talvez um facão tenha sido a arma do assassino, por conta de certos talhes e marcas no deque. Nenhum corpo foi encontrado. Não há suspeitos. Price começou com essa lenga-lenga hoje no almoço e então o trouxe à tona novamente durante a partida de squash, e continuou a tagarelar no Harry's, onde prosseguiu, durante três J&Bs e uma água, de modo muito mais interessante, falando sobre a conta da Fisher que está nas mãos de Paul Owen. Price não cala a boca.

"Doenças!", exclama, o rosto tenso de dor. "Agora saiu essa teoria de que se você pode pegar o vírus da aids ao fazer *sexo* com alguém infectado, então também pode pegar *qualquer* coisa, seja um vírus *per se* ou não — Alzheimer, distrofia muscular, hemofilia, leucemia, anorexia, diabetes, câncer, esclerose múltipla, fibrose cística, paralisia cerebral, dislexia, pelo amor de deus — pegar dislexia duma *buceta*..."

"Não sei, cara, mas acho que dislexia não é um vírus."

"Ah, quem sabe? *Eles* não sabem disso. Prove."

Do lado de fora do táxi, na calçada, pombos pretos e inchados disputam migalhas de cachorro-quente na frente de um Gray's Papaya enquanto travestis observam com preguiça, e uma viatura passa silenciosa pela contramão da rua de mão única, e o céu está baixo e cinza, e dentro de um carro parado no trânsito, no cruzamento com a rua, um sujeito bastante parecido com Luis Carruthers acena para Timothy, e, quando Timothy não devolve o aceno, o sujeito — cabelo lambido para trás, suspensórios, óculos de armação de chifre — percebe não ser quem ele pensava, então volta a olhar para sua cópia do USA *Today*. Focando na calçada há uma velha sem-teto segurando um chicote, e ela acerta os pombos que a ignoram enquanto continuam a bicar e a disputar, famintos, os restos de cachorro-quente, e a viatura desaparece num estacionamento subterrâneo.

"Mas então, quando você acaba de chegar no ponto que sua reação à época é de completa e absoluta aceitação, quando seu corpo de algum modo *sintonizou* na insanidade, e você alcança aquele ponto em que tudo isso faz sentido, quando dá aquele estalo, pegamos a porra de uma preta maluca e sem-teto que realmente *deseja* — me escuta bem, Bateman — *deseja* estar na rua, nesta, *naquelas* ruas, está vendo, *aquelas*..." — ele aponta — "... e temos um prefeito que se recusa a ouvi-la, um prefeito que não deixa a *puta* viver do jeito dela — minha nossa —, *deixe* a puta de merda *congelar* até a morte, *livre ela* da porcaria da miséria em que ela mesma se enfiou, e veja, você está de volta ao começo, confuso, fodido... Número vinte e quatro, não, vinte e cinco... Quem vai na casa da Evelyn? Espera, deixa eu adivinhar." Ele ergue a mão com as unhas bem-feitas impecáveis. "Ashley, Courtney, Muldwyn, Marina, Charles — acertei até agora? Talvez algum amigo *'artiste'* de Evelyn lá do ohmeudeus 'East' Village. Você conhece o tipo — aqueles que perguntam para Evelyn se ela tem um ótimo chardonnay *branco* seco..." Ele bate na testa com a mão e fecha os olhos, e agora resmunga, de mandíbula cerrada, "Já deu. Vou largar Meredith. Ela está basicamente me *desafiando* a gostar dela. Estou fora. Por que levei tanto tempo para perceber que ela tem a personalidade de uma apresentadora de merda de programa de auditório? ... Vinte e seis, vinte e sete... Quer dizer, eu falo pra ela que sou sensível. Disse que fiquei abalado com o acidente da *Challenger* — o que mais ela quer? Sou ético, tolerante, quer dizer, estou satisfeito ao extremo com minha vida, estou otimista quanto ao futuro — digo, você não está?"

"Sim, mas..."

"E tudo o que recebo dela é *merda*... Vinte e oito, vinte e nove, caralho, é a porra de um *conglomerado* de mendigos. Estou falando..." Ele para de repente, como que exausto, e se virando, após avistar outra propaganda de *Les Misérables*, lembrando-se de algo importante, pergunta: "Você leu sobre o apresentador daquele programa de auditório na TV? O que matou dois adolescentes? Bicha depravada. Curioso, curioso mesmo". Price espera uma reação. Não há nenhuma. De repente: Upper West Side.

Ele pede ao motorista que pare na esquina da 81 com a Riverside, pois a rua não dá no lado correto.

"Não precisa dar a volt...", começa Price.

"Acho que posso dar a volta pelo outro lado", diz o taxista.

"Não precisa." Então, à parte, sem disfarçar muito, dentes rangendo: "Cretino de merda".

O motorista para o táxi. Dois táxis atrás buzinam e passam.

"Devemos levar flores?"

"Nah. Diabos, é *você* quem está comendo, Bateman. Por que é que *nós* deveríamos levar flores para *Evelyn*? Melhor ter troco pra cinquenta", avisa ao motorista, examinando os números vermelhos no medidor. "Porra. Esteroides. Desculpa, estou tenso."

"Pensei que você tinha parado de usar."
"Eu *estava* com erupções nas pernas e nos braços, e o banho de luz ultravioleta não estava adiantando, então, em vez disso, comecei a frequentar um salão de bronzeamento, e elas sumiram. Bateman, você devia ver como minha barriga está *rasgadinha*. A definição. Toda durinha...", diz ele, de maneira distante e estranha, enquanto espera o motorista lhe dar o troco. "Rasgadinha." Ele ignora a gorjeta do motorista, que mesmo assim fica genuinamente grato. "Até mais, otário." Price pisca com um olho.
"Merda, merda, que merda", diz Price enquanto abre a porta. Saindo do táxi, avista um mendigo na rua — "Bingo: *trinta*" —, com uma espécie de macacão verde bizarro, cafona e imundo, barbudo, cabelos sujos e engordurados para trás, e Price mantém a porta do táxi aberta para zombar dele. O mendigo, confuso e grunhindo, olhos envergonhados fixos no pavimento, aponta para nós uma xícara de café de isopor sem nada dentro, presa numa mão vacilante.
"Acho que ele não vai querer o táxi", relincha Price, batendo a porta do carro. "Pergunta se ele passa American Express."
"Você aceita AmEx?"
O mendigo faz que sim com a cabeça e se afasta, arrastando os pés com lentidão.
Está frio para abril, e Price desce a rua com animação até o prédio de tijolos marrons de Evelyn, assobiando "If I Were a Rich Man", o calor da boca formando nuvens de vapor, e balançando a maleta de couro da Tumi. Uma figura com cabelo lambido para trás e óculos de armação de chifre se aproxima a distância, de terno Cerutti 1881 de lã gabardina bege e peito duplo, segurando uma maleta de couro da Tumi da D.F. Sanders igual à de Price, e Timothy se pergunta em voz alta: "Aquele é Victor Powell? Não pode ser".
O homem passa sob o brilho fluorescente de um poste de luz, com olhar atordoado, e num instante retorce os lábios em um breve sorriso e encara Price quase como se fossem conhecidos, e rapidamente vê que não conhece Price, e com a mesma velocidade Price vê que não é Victor Powell, e o homem segue em frente.
"Graças a deus", resmunga Price enquanto se aproxima da casa de Evelyn.
"Parecia demais com ele."
"Powell *e* um jantar na casa de Evelyn? Esses dois juntos combinam tanto quanto xadrez com estampas." Price repensa a imagem. "Meias brancas com calça cinza."

Uma transição lenta e Price está galgando os degraus do lado de fora do prédio de tijolos que o pai de Evelyn comprou para ela, reclamando por ter se esquecido de devolver as fitas que alugou na Video Haven na noite passada. Ele toca a campainha. No prédio ao lado do de Evelyn, uma mulher — salto alto, bunda magnífica — sai sem trancar a porta. Price a segue com os olhos e, ao escutar passos do lado de dentro, descendo o corredor em nossa direção, ele se vira e conserta a gravata da Versace pronto para ver qualquer um. Courtney abre a porta e está com uma blusa de seda creme da Krizia, uma saia de tweed vermelho-alaranjada da Krizia e escarpins de cetim d'Orsay da Manolo Blahnik.

Sinto um arrepio e entrego a ela meu sobretudo de lã preta da Giorgio Armani, e ela o segura, beijando minha bochecha direita no ar, com cuidado, então realiza exatamente os mesmos movimentos em Price enquanto recebe seu sobretudo da Armani. O CD novo dos Talking Heads está tocando baixinho na sala de estar.

"Um pouco atrasados, hein, rapazes?", diz Courtney, dando um sorriso malicioso.

"Taxista haitiano inapto", resmunga Price, beijando Courtney no ar de volta. "Temos reservas em algum lugar? E, por favor, não me diga que é no Pastels às nove da noite."

Courtney sorri, pendurando os dois sobretudos no closet do corredor. "Vamos comer em casa hoje, queridos. Desculpa, eu sei, eu sei, tentei convencer Evelyn do contrário, mas vamos comer... su*shi*."

Tim passa por ela e desce o foyer em direção à cozinha. "Evelyn? Cadê *você*, Evelyn?", chama numa voz cantarolada. "Precisamos *conversar*."

"Que bom te ver", digo a Courtney. "Você está muito bonita hoje. Seu rosto está com... um brilho de juventude."

"Você sabe mesmo como encantar as mulheres, Bateman." Não há sarcasmo na voz de Courtney. "Será que eu deveria contar pra Evelyn que você acha isso?", pergunta em tom de flerte.

"Não", respondo. "Mas aposto que você adoraria."

"Vamos", diz, tirando minhas mãos da cintura dela e pondo as dela em meus ombros, me conduzindo pelo corredor em direção à cozinha. "Precisamos salvar Evelyn. Faz uma hora que ela está arrumando o sushi. Ela está tentando escrever suas iniciais — o *P* com olhete, o *B* com atum —, mas está achando o atum branco demais..."

"Que romântico."

"... e ela não tem olhete o suficiente para terminar o *B*..." — Courtney toma fôlego — "... então acho que ela vai escrever as iniciais de Tim no lugar. Você se importa?", pergunta, apenas um pouco preocupada. Courtney é a namorada de Luis Carruthers.

"Estou morrendo de inveja, e acho melhor falar com Evelyn", digo, deixando Courtney me empurrar de leve até a cozinha.

Evelyn está de pé, diante de um balcão de madeira clara, com blusa de seda creme da Krizia, saia de tweed vermelho-alaranjada da Krizia e escarpins d'Orsay de cetim iguais aos de Courtney. Seu cabelo comprido loiro está preso num coque de aspecto um tanto sério, e ela me reconhece sem deixar de olhar para a travessa de inox oval da Wilton na qual arrumou o sushi com habilidade. "Ah, meu querido, desculpa. Eu queria ir para esse novo bistrô salvadorenho no Lower East Side, bem bonitinho..."

Price suspira audivelmente.

"... mas não conseguimos reservas. Timothy, *não reclame*." Ela pega um pedaço do olhete e o coloca com cuidado na travessa e completa o que parece um *T* maiúsculo. Ela se afasta da travessa e a examina. "Não sei. Oh, estou tão insegura."

"Eu falei pra você comprar Fin*landia* pra cá", resmunga Tim, olhando por entre as garrafas — a maioria delas de um litro e meio — no bar. "Ela nunca tem Fin*landia*", afirma ele para ninguém, para todos nós.

"Meu deus, *Tim*othy. Não serve *Absolut*?", pergunta Evelyn, e então contemplativa para Courtney: "O california roll devia rodear a beira da travessa, não?"

"Bateman. Bebida?", suspira Price.

"J&B com gelo", digo, de repente achando estranho Meredith não ser convidada.

"Meu deus. Está um *desastre*", ofega Evelyn. "Juro que vou *chorar*."

"O sushi parece *maravilhoso*", digo-lhe com gentileza.

"Oh, está um *desastre*", lamenta-se ela. "Está um *desastre*."

"Não, não, o sushi parece *maravilhoso*", digo-lhe, e, numa tentativa de reconfortá-la o máximo possível, pego uma peça ao acaso e jogo na boca, gemendo de prazer interno, e abraço Evelyn por trás; com a boca ainda cheia, consigo dizer "Delicioso".

Ela me dá um tapa de modo divertido, obviamente satisfeita com minha reação, e por fim, com cuidado, me beija a bochecha sem tocá-la, e então se volta para Courtney. Price me passa uma bebida e vai para a sala enquanto tenta remover algo invisível do blazer. "Evelyn, você tem uma escova para pelos?"

Eu preferia ter assistido ao jogo de beisebol ou ido na academia ou experimentado aquele restaurante salvadorenho que conseguiu umas duas resenhas muito boas, uma na revista *New York*, a outra no *New York Times*, em vez de jantar aqui, mas há uma vantagem em jantar na casa de Evelyn: é perto da minha.

"Tudo bem se o molho shoyu não estiver exatamente na temperatura ambiente?", Courtney pergunta. "Acho que há gelo num dos pratos."

Evelyn está colocando tiras de gengibre laranja-claro delicadamente numa pilha ao lado de uma pequena louça de porcelana cheia de shoyu. "Não, não está tudo bem. Agora, Patrick, poderia me fazer a gentileza de tirar a Kirin da geladeira?" Então, parecendo ameaçada pelo gengibre, ela solta a pilha na travessa. "Ah, esquece. Deixa que *eu* faço isso."

Vou até a geladeira mesmo assim. Com um olhar sinistro, Price retorna à cozinha e pergunta: "Quem diabos é aquele na sala?".

Evelyn finge que não está entendendo. "Hã? Quem é o quê?"

Courtney alerta, "E-ve-lyn. Você *contou* a eles? Espero que sim".

"Quem é?", pergunto, assustado de repente. "Victor Powell?"

"Não, não é Victor Powell, Patrick", afirma Evelyn casualmente. "É um artista amigo meu, Stash. E Vanden, a namorada dele."

"Ah, então aquilo é uma *garota*", diz Price. "Vai lá dar uma olhada, Bateman", ele desafia. "Deixa eu adivinhar. East Village?"

"Ora, Price", diz ela, em flerte, abrindo garrafas de cerveja. "Por que não? Vanden estuda em Camden, e Stash mora no SoHo, é isso."

Saio da cozinha, atravesso a sala de jantar, a mesa arrumada, as velas de cera do Zona acesas em candelabros de prata esterlina da Fortunoff, e até a sala de estar. Não posso dizer o que Stash veste, pois é tudo preto. Vanden tem mechas verdes no cabelo. Ela assiste a um vídeo de heavy metal na MTV enquanto fuma.

"Ahem", tusso.

Vanden manda um olhar desconfiado; provavelmente está drogado até o osso. Stash não se mexe.

"Olá. Pat Bateman", digo, oferecendo a mão, reparando em meu reflexo num espelho de parede — sorrindo por estar muito bonito.

Ela a aperta, sem dizer nada. Stash começa a cheirar os dedos.

Corte brusco e estou de volta à cozinha.

"É só mandar ela ir embora." Price está fervendo. "Ela está dopada assistindo à MTV e quero ver a porra do jornal de MacNeil e Leh*rer*."

Evelyn ainda está abrindo as garrafas grandes de cerveja importada e comenta, ausente, "Precisamos comer isso logo ou vamos nos intoxicar".

"Ela tem uma mecha verde no cabelo", falo. "*E* está fumando."

“Bateman”, diz Tim, ainda encarando Evelyn.

“Sim?”, digo. “Timothy?”

“Você é um panaca.”

“Ah, deixa o Patrick em paz”, diz Evelyn. “Ele é o vizinho. Eis Patrick. Você não é um panaca, tá, querido?” Evelyn está em Marte e vou até o bar preparar outra bebida para mim.

“O vizinho.” Tim dá um sorriso escarnecido e acena, então muda a expressão, e com hostilidade pergunta a Evelyn mais uma vez se ela tem uma escova para pelos.

Evelyn termina de abrir as garrafas de cerveja japonesa e fala para Courtney buscar Stash e Vanden. “Precisamos comer isso agora senão vamos nos intoxicar”, murmura, movendo a cabeça lentamente, conferindo a cozinha, confirmando que não se esqueceu de nada.

“Se eu conseguir tirar os dois do último clipe do Megadeth”, diz Courtney antes de sair.

“Preciso conversar com você”, diz Evelyn.

“Sobre o quê?”, vou na direção dela.

“Não”, responde, e então aponta para Tim, “com Price.”

Tim ainda a encara com ferocidade. Não digo nada e observo a bebida de Tim.

“Me faz um favor”, me diz ela, “ponha o sushi na mesa. O tempurá está no micro-ondas e o saquê quase terminando de ferver...” Sua voz a segue enquanto ela conduz Price para fora da cozinha.

Estou me perguntando onde Evelyn conseguiu o sushi — atum, olhete, cavalinha, camarão, enguia, até o *bonito*, tudo parece muito fresco e há pilhas de wasabi e nacos de gengibre dispostos estrategicamente pela travessa Wilton —, mas também aprecio a ideia de *não* saber, *jamais* saber, jamais *perguntar* de onde veio tudo aquilo, e que o sushi fique ali no meio da mesa de vidro do Zona que o pai de Evelyn comprou para ela como uma aparição misteriosa do Oriente, e enquanto coloco a travessa tenho um vislumbre de meu reflexo na superfície da mesa. Minha pele parece mais escura por causa da luz das velas, e percebo como está bonito o cabelo que cortei no Gio’s na última quarta. Preparo outra bebida para mim. Fico preocupado com a taxa de sódio do molho shoyu.

Nós quatro nos sentamos em volta da mesa esperando o retorno de Evelyn e Timothy depois de pegar uma escova de pelos para Price. Me sento na ponta e dou goles grandes no J&B. Vanden se senta na outra ponta lendo sem interesse um jornaleco do East Village chamado *Deception* com a chamativa manchete A MORTE DO CENTRO. Stash enfiou um hashi num pedaço isolado de olhete que está no meio de seu prato como um reluzente inseto empalado, e o hashi fica reto. Stash ocasionalmente mexe a peça de sushi em volta do prato com o hashi, mas nunca olha para cima, seja para mim, para Vanden ou para Courtney, que está ao meu lado bebericando licor de ameixa numa taça de champanhe.

Evelyn e Timothy voltam talvez uns vinte minutos depois de nos sentarmos, e Evelyn parece apenas levemente ruborizada. Tim me encara e pega o lugar ao meu lado, uma bebida nova na mão, e se inclina em minha direção, prestes a contar, admitir algo, quando Evelyn interrompe de repente, "Aí não, Timothy", então, quase um sussurro, "Menino, menina, menino, menina". Ela aponta para a cadeira vazia ao lado de Vanden. Timothy muda o olhar para Evelyn e hesita ao se sentar do lado de Vanden, que boceja e vira uma página da revista.

"Então, pessoal", diz Evelyn, sorrindo, satisfeita com a refeição apresentada por ela, "pode mandar ver", e, ao perceber a peça de sushi espetada por Stash — agora curvado sobre o prato, sussurrando para ela —, sua compostura vacila um pouco, mas ela sorri com coragem e chia: "Alguém quer licor de ameixa?".

Ninguém diz nada até Courtney, observando o prato de Stash, erguer a taça sem muita certeza e falar, tentando sorrir: "Está... uma delícia, Evelyn".

Stash não conversa. Embora provavelmente esteja desconfortável diante da mesa conosco, já que não se parece em nada com os outros homens presentes — sem o cabelo lambido para trás, sem suspensórios, sem óculos de armação de chifre, roupas pretas desalinhadas, sem ânsia de acender e tragar um charuto, provavelmente incapaz de garantir uma mesa no Camols, uma ninharia de renda —, ainda assim, seu comportamento carece de motivação, e ele fica lá, sentado como que hipnotizado pela peça reluzente de sushi, e bem no momento em que a mesa finalmente está prestes a ignorá-lo, a desviar o olhar e começar a comer, ele se senta reto e diz alto, apontando com um dedo acusador para o prato, "Isso se mexeu!".

Timothy o encara com desprezo tão intenso que não consigo me equiparar, mas reúno energia suficiente para quase chegar lá. Vanden parece se divertir e agora, infelizmente, Courtney também, e começo a desconfiar que ela acha esse primata interessante, mas imagino que se namorasse Luis Carruthers eu também acharia. Evelyn sorri com bom humor e diz "Ah, Stash, você é *mesmo* hilário", então pergunta com preocupação, "Tempurá?". Evelyn é executiva numa empresa de serviços financeiros, Para Seu Conhecimento.

"Vou querer um pouco", digo a ela, e ergo um pedaço de berinjela da travessa, embora não pretenda comer pois está frito.

A mesa começa a se servir, ignorando Stash com sucesso. Encaro Courtney enquanto ela mastiga e engole.

Evelyn, numa tentativa de começar uma conversa, diz, após o que parece um silêncio longo e pensativo, "Vanden estuda em Camden".

"É mesmo?", pergunta Timothy com frieza. "Onde fica isso?"

"Vermont", responde Vanden, sem tirar os olhos do jornal.

Olho para Stash, para ver se ele fica contente com a mentira casualmente óbvia de Vanden, mas ele age como se não estivesse ouvindo, como se estivesse em outro cômodo ou numa boate de punk rock nas entranhas da cidade, mas o resto da mesa também faz isso, o que me incomoda, já que não tenho tanta certeza se todos sabem que Camden fica em New Hampshire.

"Onde *vocês* estudaram?", suspira Vanden, após finalmente ficar claro para ela que ninguém está interessado em Camden.

"Bem, eu estudei no Le Ro*say*", começa Evelyn, "E então fui para uma faculdade de administração na Suíça."

"Também sobrevivi a uma faculdade de administração na Suíça", afirma Courtney. "Mas fui para Genebra. Evelyn estudou em Lausanne."

Vanden joga o exemplar do *Deception* ao lado de Timothy e ri de modo abatido e malicioso, e apesar de eu ficar um pouco irritado por Evelyn não receber a condescendência de Vanden e ficar abatida por isso, o J&B aliviou meu estresse a ponto de eu não me importar o suficiente para dizer qualquer coisa. Evelyn provavelmente acha Vanden doce, perdida, confusa, uma *artista*. Price não está comendo, nem Evelyn; suspeito de cocaína, mas tenho dúvidas. Enquanto dá um gole grande na bebida, Timothy pega o exemplar do *Deception* e ri sozinho.

"A Morte do Centro", diz ele; então, apontando para cada palavra na manchete, "Geral-cagou-pra-isso".

Automaticamente, espero que Stash tire o olho do prato, mas ele ainda encara o pedaço isolado de sushi, sorrindo para si mesmo e gesticulando com a cabeça.

"Ei", diz Vanden, como se estivesse ofendida. "Isso afeta a *nós*."

"Oh ho ho", diz Tim em alerta. "Isso afeta a *nós*? E os massacres no Sri Lanka, minha querida? Isso também não nos afeta? E o Sri Lanka?"

"Bem, há uma boate legal no Village." Vanden dá de ombros. "Sim, isso também nos incomoda."

De repente, Stash fala, sem olhar para cima. "Ela se chama The *Tonka*." Ele soa irritado, mas sua voz está ritmada e baixa, os olhos ainda no sushi. "Se chama The Tonka, não Sri Lanka. Sacou? The Tonka."

Vanden olha para baixo, então diz com doçura: "Ah".

"Quer dizer então que vocês não sabem nada sobre o Sri Lanka? Sobre como os sikhs estão matando uma cacetada de israelenses lá?", provoca Timothy. "Isso *não* nos afeta?"

"Kappamaki roll, alguém?", interrompe Evelyn com empolgação, segurando um prato.

"Ah, o que é isso, Price", digo. "Há problemas mais importantes que o Sri Lanka para se incomodar. Com certeza nossa política externa é importante, mas *existem* problemas mais urgentes por perto."

"Como o quê?", pergunta ele, sem tirar o olho de Vanden. "Por sinal, por que tem um cubo de gelo em meu molho shoyu?"

"Não", começo, hesitante. "Bem, temos de acabar com o apartheid, por exemplo. E refrear a corrida das armas nucleares, barrar o terrorismo e a fome no mundo. Garantir que tenhamos uma defesa nacional poderosa, evitar a proliferação do comunismo na América Central, trabalhar por um acordo de paz no Oriente Médio, evitar o envolvimento do exército americano no exterior. Temos de garantir que a América seja uma potência mundial respeitada. Isso não é desmerecer nossos problemas domésticos, igualmente importantes, se não *mais*. Cuidados com idosos, a longo prazo, melhores e mais acessíveis, controlar e encontrar uma cura para a epidemia de aids, limpar os danos ambientais do lixo tóxico e da poluição, melhorar a qualidade da educação primária e secundária, endurecer as leis para enfrentar o crime e as drogas ilegais. Também devemos garantir que a educação universitária seja acessível para a classe média e proteger a seguridade social para cidadãos idosos, e também conservar recursos naturais em áreas silvestres, e reduzir a influência de comitês de ação política."

A mesa me encara com desconforto, mesmo Stash, mas estou a mil.

"Porém, economicamente, ainda é bagunça. Precisamos encontrar uma maneira de segurar a taxa de inflação e reduzir o déficit. Também temos de fornecer capacitação e trabalho aos desempregados, assim como proteger os empregos americanos das importações estrangeiras injustas. Precisamos transformar a América numa nação líder em novas tecnologias. Ao mesmo tempo, temos de promover o crescimento econômico e a expansão comercial, *e* ter pulso firme contra impostos de renda federais, e segurar taxas de juros enquanto promovemos oportunidades para os pequenos negócios e controlamos fusões e a aquisição de grandes corporações."

Price quase cospe sua Absolut após esse comentário, mas tento fazer contato visual com cada um deles, especialmente Vanden, que, caso se livrasse da mecha verde e do couro e usasse alguma cor — talvez começasse uma aula de aeróbica, colocasse uma blusa, algo da Laura Ashley —, *poderia* ficar bonita. Mas por que ela dorme com Stash? Ele é inchado e pálido, e tem cabelo curtinho mal cortado, e está ao menos cinco quilos acima do peso; não há qualquer tônus muscular debaixo da camisa preta.

"Tampouco podemos ignorar nossas necessidades sociais. Precisamos fazer com que as pessoas parem de abusar do sistema de seguridade social. Temos de fornecer comida e abrigo aos sem-teto, e nos opor à discriminação racial, e promover direitos civis, e também promover direitos iguais às mulheres, mas alterar leis de aborto para proteger o direito à vida e ainda assim de algum modo manter a liberdade de escolha das mulheres. Também devemos controlar o fluxo de imigrantes ilegais. Temos de encorajar um retorno aos valores morais tradicionais e refrear o sexo e a violência explícita na TV, nos filmes, na música popular, em toda parte. Mais importante, temos de promover uma preocupação social geral e menos materialismo nos jovens."

Termino minha bebida. A mesa fica me encarando em silêncio total. Courtney está sorrindo e parece satisfeita. Timothy apenas balança a cabeça, com divertida descrença. Evelyn, completamente bestificada pela direção que a conversa tomou, se levanta, abalada, e pergunta se alguém quer sobremesa.

"Aqui tem... sor*bet*", diz ela, como que em torpor. "Kiwi, carambola, cherimólia, figo-da-índia e hum... o que é isso..." Ela interrompe seu tom zumbificado e tenta se lembrar do nome do último sabor. "Ah, sim, pera-nashi."

Todos ficam em silêncio. Tim olha para mim rapidamente. Observo Courtney, então me volto para Tim, depois para Evelyn. Evelyn encontra meu olhar, então encara Tim com preocupação. Também olho para Tim, depois para Courtney e então novamente para Tim, que olha para mim mais uma vez antes de responder devagar, sem muita certeza, "Pera-da-índia".

"*Figo*-da-índia", corrige Evelyn.

Olho desconfiado para Courtney e após ela dizer "Cherimólia" digo "Kiwi" e então Vanden também diz "Kiwi", e Stash diz, baixinho, mas pronunciando cada sílaba com muita clareza, "Gotas de chocolate".

A preocupação que tremula no rosto de Evelyn quando ela ouve isso é instantaneamente substituída por um sorriso e uma máscara notavelmente bem-humorada, e ela diz, "Ah, Stash, você sabe que não tenho gotas de chocolate, mas vamos admitir que isso é muito *exó*tico para um sor*bet*. Eu disse que tenho cherimólia, figo-*nashi*, carambola, *quer dizer*, figo-*da-índia*..."

"Eu sei. Já ouvi, já ouvi", diz ele, gesticulando para ela parar. "Me surpreenda."

"Certo", diz Evelyn. "Courtney? Pode me ajudar aqui?"

"Claro." Courtney se levanta e observo os sapatos dela estalarem até a cozinha.

"Nada de charutos, garotos", grita Evelyn.

"Nem sonharia em fazer isso", diz Price, pondo um charuto de volta no bolso do casaco.

Stash ainda está encarando o sushi com uma intensidade que me incomoda, e preciso lhe perguntar, esperando que ele capte meu sarcasmo: "Isso aí, hum, se mexeu de novo ou algo assim?".

Vanden ficou sorridente com todas as rodelas de california roll que ela empilhou no prato, e então segura para a inspeção de Stash e pergunta, "Rex?".

"Legal", grunhe Stash.

Evelyn volta com o sorbet em taças de margarita Odeon e uma garrafa fechada de Glenfiddich, que permanece fechada enquanto tomamos o sorbet.

Courtney precisa sair cedo para encontrar Luis numa festa da empresa em Bedlam, uma boate nova no centro da cidade. Stan e Vanden partem logo depois para "usar" algo em algum lugar do SoHo. Sou o único a ter visto Stash pegar a peça de sushi do prato e enfiar no bolso da jaqueta de bombeiro verde-oliva. Quando menciono isso a Evelyn, enquanto coloca tudo no lava-louça, ela me lança um olhar tão odioso que tenho dúvidas se faremos sexo mais tarde. Mas fico por lá, de qualquer modo. Price também. Ele agora está deitado num carpete da Aubuson do final do século XVIII bebendo espresso numa xícara de café da Ceralene no chão do quarto de Evelyn. Estou deitado na cama de Evelyn segurando um travesseiro com estampa de tapeçaria comprada na Jenny B. Goode, segurando um cranberry com Absolut sem beber. Evelyn se senta diante da penteadeira escovando o cabelo, uma camisola de seda da Ralph Lauren com listras verdes e brancas cobrindo um corpo muito bonito, e ela observa seu reflexo no espelho de maquiagem.

"Fui o único a perceber que Stash achou que a peça de sushi dele era..." — dou uma tossida antes de continuar — "... um animal de estimação?"

"Por favor, pare de convidar seus amigos *'artistes'*", diz Tim com cansaço. "Estou de saco cheio por ser o único no jantar que não conversou com um extraterrestre."

"Foi apenas *uma vez*", afirma Evelyn, examinando um lábio, perdida em sua própria beleza plácida.

"E no Odeon a mesma coisa", resmunga Price.

Eu devaneio de leve por não ter sido convidado ao Odeon para o jantar dos artistas. Foi Evelyn quem pagou a conta? Provavelmente. E de repente imagino uma Evelyn sorridente, secretamente morosa, sentada numa mesa só com amigos de Stash — todos eles construindo pequenas cabanas de madeira com as batatas fritas ou fingindo que o salmão grelhado estava vivo e movendo o pedaço de peixe pela mesa, os peixes discutindo entre si sobre a "cena da arte", novas galerias; talvez até tentando colocar o peixe na cabana de madeira de batatas fritas...

"Caso você se lembre, *eu* também nunca tinha visto um", afirma Evelyn.

"Não, mas Bateman que é seu namorado, então isso contava." Price gargalha e jogo o travesseiro nele. Ele o agarra e o lança de volta em mim.

"Deixe Patrick em paz. Ele é o vizinho", diz Evelyn, esfregando algum tipo de creme no rosto. "Você não é um extraterrestre, tá, meu querido?"

"Preciso me dignar a responder essa pergunta?", suspiro.

"Ah, querido." Ela faz beicinho no espelho, olhando para mim pelo reflexo. "*Eu* sei que você não é um extraterrestre."

"Alívio", murmuro para mim mesmo.

"Não, mas Stash estava no Odeon naquela noite", continua Price, olhando para mim, "no Odeon. Está escutando, Bateman?"

"Não, ele não *estava*", diz Evelyn.

"Ah, *estava* sim, mas o nome dele não era Stash da última vez. Era *Ferradura* ou Ímã ou *Lego* ou algo *igualmente* adulto", zomba Price. "Me esqueci."

"Timothy, do que você *está* falando?", pergunta Evelyn com cansaço. "Nem estou te ouvindo." Ela molha um chumaço de algodão e o esfrega na testa.

"Não, estávamos no Odeon." Price se senta com algum esforço. "E não me pergunte por que, mas me lembro claramente de ele pedir *cappuccino* de atum."

"Car*paccio*", corrige Evelyn.

"Não, minha cara Evelyn, amor da minha vida. Lembro claramente que ele pediu *cappuccino* de atum", diz Price, encarando o teto.

"Ele disse car*paccio*", discorda ela, passando o chumaço de algodão nas pálpebras.

"*Cappuccino*", insiste Price. "Até *você* corrigi-lo."

"*Você* nem o reconheceu no começo desta noite", diz ela.

"Ah, mas me lembro *bem* dele", diz Price, se virando para mim. "Evelyn o descreveu como 'um fisiculturista de bom coração'. Foi assim que ela o apresentou. Juro por deus."

"Ah, cala essa boca", diz ela, chateada, mas olha para Timothy pelo espelho e dá um sorriso sensual.

"Digo, duvido que Stash entre nas páginas sociais da *W*, o que eu pensava ser seu critério para escolher amigos", diz Price, encarando de volta, sorrindo para ela ao seu modo lupino e lascivo. Eu me concentro na Absolut com cranberry que estou segurando, que mais parece um copo de sangue fino e aguado com gelo e uma rodela de limão.

"O que está acontecendo com Courtney e Luis?", pergunto, esperando interromper o olhar deles.

"Meu deus", lamenta Evelyn, se voltando ao espelho. "A coisa realmente *pavorosa* em Courtney *não* é ela não gostar mais de Luis. É..."

"Cancelarem a conta dela na Bergdorf's?", pergunta Price. Dou uma risada. Estalamos as palmas das mãos num high-five.

"Não", continua Evelyn, também se divertindo. "É... que ela *realmente* está apaixonada por aquele *agente* imobiliário. Algum *babaca* de Feathered *Nest*."

"Courtney pode ter os problemas dela", diz Tim, examinando sua manicure recente, "mas nossa, o que é uma... *Vanden*?"

"Ah, não *venha* com essa conversa", lamuria-se Evelyn, e começa a escovar o cabelo.

"Vanden é uma mistura entre... as roupas da The Limited e... da Benetton usadas", diz Price, levantando a mão, olhos fechados.

"Não", sorrio, tentando me integrar na conversa. "Fiorucci usadas."

"Sim", afirma Tim. "Acho." Seus olhos, agora abertos pousam em Evelyn.

"Timothy, *deixa* disso", diz Evelyn. "Ela é uma garota de *Camden*. O que você *espera*?"

"Nossa", lamenta Timothy. "Estou cansado de escutar problemas de garotas de *Camden*. Ai, meu namorado, eu amo, mas ele ama outra pessoa e, ah, como eu *pensei* nele, e ele me ignorou, e blablá blablablá — nossa que *cha*to. Garotas universitárias. Isso *importa*, sabe? É *triste*, certo, Bateman?"

"É. Importa. Triste."

"Vê, Bateman concorda comigo", diz Price com presunção.

"Ah, ele *não* concorda." Evelyn limpa com um Kleenex seja lá o que ela tenha esfregado. "Patrick *não* é um cínico, Timothy. Ele é o vizinho, não é, querido?"

"Não, não sou", sussurro para mim mesmo. "Sou um psicopata malvado do caralho."

"Ah, e daí?", suspira Evelyn. "Ela não é a garota mais inteligente do mundo."

"Ah! O eufemismo do século!", exclama Price. "Mas Stash também não é o cara mais inteligente. Casal perfeito. Eles se conheceram no *Love Connection* ou algo assim?"

"Deixa os dois *em paz*", diz Evelyn. "Stash é talentoso e tenho certeza de que estamos *sub*estimando Vanden."

"Essa é uma garota..." Price se volta para mim. "Escuta, Bateman, essa é uma garota — Evelyn me contou isso — essa é uma garota que alugou *High Noon*, o *Matar ou Morrer*, pensando que era um filme sobre..." — engole seco — "... traficantes de maconha."

"Essa pegou pesado", digo. "Mas conseguimos decifrar o que Stash — imagino que ele tenha um sobrenome, mas não me diga, não quero saber, Evelyn — *faz* da vida?"

"Antes de tudo, é *perfeitamente* honesto e legal", diz Evelyn em sua defesa.

"Pelo amor de deus, o homem pediu *sorbet de gotas de chocolate!*", lastima-se Timothy, incrédulo. "Do que você está *falando*?"

Evelyn o ignora, e pega seus brincos Tina Chow. "Ele é escultor", afirma bruscamente.

"Que besteira", diz Timothy. "Eu me lembro de conversar com ele no Odeon." Ele vira para mim novamente. "*Isso* foi quando ele pediu o cappuccino de atum, e tenho certeza que se passasse despercebido teria pedido o salmão *au lait*, e ele me disse que *organiza* festas, então tecnicamente isso o torna — não sei, me corrija se eu estiver errado, Evelyn — um *fornecedor*. Ele é um *fornecedor!*", exclama Price. "Não um escultor, porra!"

"Nossa, se *acalme*", diz Evelyn, passando mais creme no rosto.

"Isso é como dizer que você é *poeta*." Timothy está bêbado e começo a me perguntar quando sairá dos aposentos.

"Bem", começa Evelyn, "Já fui conhecida por..."

"Porra, você é uma processadora de palavras!", profere Tim. Ele vai até Evelyn e se curva ao lado dela, checando seu reflexo no espelho.

"Você tem ganhado peso, Tim?", pergunta Evelyn, pensativa. Ela estuda a cabeça de Tim no espelho e comenta, "Seu rosto parece... mais redondo".

Timothy, em retaliação, cheira o pescoço de Evelyn e pergunta "O que é este odor... fascinante?".

"Obsession", Evelyn sorri, como quem flerta, afastando Timothy com suavidade. "É Ob*session*. Patrick, tire seu *amigo* de perto de *mim*."

"Não, não, espera", diz Timothy, fungando ruidosamente. "Não é Ob*session*. É... é..." e então, com um rosto torcido em horror zombeteiro: "É... Ah, meu deus, é Q.T. *Instantan*!"

Evelyn faz uma pausa e considera suas opções. Examina a cabeça de Price mais uma vez. "Você está perdendo cabelo?"

"Evelyn", diz Tim. "Não mude de assunto, mas..." E então, genuinamente preocupado. "Agora que você falou... gel demais?" Preocupado, passa a mão.

"Talvez", diz Evelyn. "Agora seja útil e se *senta*."

"Bem, pelo menos não é verde, e não tentei cortá-lo com uma faca de manteiga", afirma Tim, se referindo à tintura de Vanden e ao corte obviamente barato e ruim de Stash. Um corte de cabelo que é ruim por ser barato.

"Você está ganhando peso?", pergunta Evelyn, dessa vez com mais seriedade.

"Meu deus", responde Tim, prestes a se virar, ofendido. "Não, Evelyn."

"Seu rosto definitivamente me parece... mais redondo", diz Evelyn. "Menos... esculpido."

"Não acredito nisso." Tim de novo.

Ele olha no espelho com muita atenção. Ela continua escovando o cabelo, porém seus movimentos estão menos definidos porque ela está olhando para Tim. Ele percebe e cheira o pescoço dela, e acho que dá uma lambida rápida e sorri.

"É Q.T.?", pergunta. "Vamos, pode me dizer. Estou sentindo o cheiro."

"Não", diz Evelyn, fechando a cara. "*Você* que usa isso."

"Não. Na verdade, não uso. Frequento um salão de bronzeamento. Sou bem honesto quanto a isso", diz. "*Você está* usando Q.T."

"Impressão *sua*", afirma ela, sem jeito.

"Já disse", responde Tim. "Frequento um salão de bronzeamento. Quer dizer, sei que é caro, mas..." Price empalidece. "Ainda assim, *Q.T.*?"

"Oh, que *coragem* em admitir que vai a um *salão* de bronzeamento", diz ela.

"Q.T." Ele cacareja.

"Não sei do que você está falando", diz Evelyn, então continua a escovar o cabelo. "Patrick, tira seu amigo daqui."

Agora Price está de joelhos, cheirando e fungando nas pernas nuas de Evelyn, e ela ri. Fico tenso.

"Meu deus", resmunga ela bem alto. "*Sai* daqui."

"Você está *laranja*." Ele ri, de joelhos, a cabeça no colo dela. "Está bem *laranja*."

"Não estou, *não*", diz ela, sua voz um grunhido prolongado de dor e êxtase. "Idiota."

Me deito na cama observando os dois. Timothy está no colo dela tentando enfiar a cabeça em seu roupão da Ralph Lauren. A cabeça de Evelyn jogada para trás, com prazer, e ela tenta afastá-lo, mas divertidamente, e batendo apenas de leve nas costas dele com a escova da Jan Hové. Tenho quase certeza de que Timothy e Evelyn estão tendo um caso. Timothy é a única pessoa interessante que conheço.

"Você precisa ir embora", diz ela, por fim, arfante. Ela parou de resistir.

Ele olha para Evelyn, exibindo um sorriso bonito, arreganhado, e diz "Tudo o que a dama ordenar".

"Obrigada", diz ela, numa voz que para mim soa marcada pela decepção.

Ele se levanta. "Jantar? Amanhã?"

"Tenho que pedir pro meu namorado", diz ela, sorrindo para mim no espelho.

"Poderia usar aquele vestido preto sexy da Anne Klein?", pergunta ele, as mãos nos ombros, sussurrando no ouvido dela, enquanto o cheira. "Bateman não é bem-vindo."

Sorrio de bom humor enquanto me levanto da cama, acompanhando-o para fora do quarto.

"Espera! Meu espresso!", exclama ele.

Evelyn ri, então bate palmas como que contente com a relutância de Timothy em ir embora.

"Vamos, cara", digo, enquanto o empurro com força para fora do quarto. "Hora da caminha."

Ele ainda consegue dar um beijo nela antes que eu o retire. Fica em silêncio completo enquanto o conduzo para fora do prédio.

Após ele sair, me sirvo um conhaque em copo italiano quadriculado e bebo, e quando volto ao quarto encontro Evelyn deitada na cama assistindo ao Home Shopping Club. Me deito ao seu lado e afrouxo minha gravata Armani. Por fim, pergunto sem olhar para ela.

"Por que você simplesmente não vai atrás de Price?"

"Meu deus, Patrick", diz ela, de olhos fechados. "Por que Price? *Price?*" E fala isso de modo que me faz achar que transou com ele.

"Ele é rico", digo.

"*Todo mundo* é rico", diz ela, se concentrando na tela da TV.

"Ele é bonito", falo para ela.

"*Todo mundo* é bonito, Patrick", diz ela, distante.

"Ele tem um corpo sensacional", digo.

"*Todo mundo* tem um corpo sensacional hoje em dia", diz ela.

Coloco o copo na mesa de cabeceira e rolo para cima dela. Enquanto beijo e lambo seu pescoço, ela encara apaixonadamente o televisor Panasonic widescreen com controle remoto e abaixa o volume. Tiro a camisa Armani e coloco a mão dela em meu torso, desejando que ela sinta como minha barriga está dura, como está *rasgada*, e enrijeço os músculos, feliz por haver luz no quarto, para que ela possa ver como meu abdome ficou bronzeado e definido.

"Sabe", diz ela com clareza, "o teste do vírus da aids de Stash deu positivo. E..." Ela para, algo na tela chama sua atenção; o volume aumenta um pouco e então abaixa. "E... Acho que ele provavelmente vai dormir com Vanden hoje."

"Que bom", digo, mordiscando-a no pescoço, uma das minhas mãos num peito firme e gelado.

"Você é malvado", diz ela, levemente animada, passando as mãos em meu ombro largo e musculoso.

"Não", suspiro. "Apenas seu noivo."

Após tentar transar com ela por cerca de quinze minutos, decido não tentar mais.

Ela diz "Sabe, você sempre pode ficar mais em forma".

Alcanço o copo de conhaque. Termino. Evelyn está viciada em Parnate, um antidepressivo. Fico lá deitado ao lado dela assistindo ao Home Shopping Club — vendo bonecas de vidro, almofadas de sofá bordadas, abajures em forma de bolas de futebol americano, joias da Lady Zirconia — no mudo. Evelyn muda de assunto.

"Você está tomando Minoxidil?", pergunta após um longo tempo.

"Não. Não estou", digo. "Por que deveria?"

"Parece que você perdeu cabelo", murmura.

"Não perdi, não", me encontro respondendo. É difícil dizer isso. Meu cabelo é muito grosso e não tenho como saber se está caindo. Duvido mesmo.

Ando de volta para casa e digo boa-noite a um porteiro que não reconheço (podia ser qualquer um), e então desapareço em minha sala muito acima da cidade, do som dos Tokens cantando "The Lion Sleeps Tonight" saindo do brilho de uma jukebox Wurlitzer 1015 (não tão boa quanto a difícil de encontrar Wurlitzer 850) que fica no canto da sala. Me masturbo, pensando primeiro em Evelyn, depois em Courtney, então em Vanden, depois em Evelyn de novo, mas, logo antes de gozar — um orgasmo fraco —, penso na modelo de sutiã quase nua que vi hoje numa propaganda da Calvin Klein.

MANHÃ

Na primeira luz de uma aurora de maio, a sala do meu apartamento é assim: sobre a lareira de mármore branco e granito a gás fica um David Onica original pendurado. É um retrato de um metro e oitenta por um metro e vinte de nu feminino, pintado principalmente com cinzas opacos e verdes-olivas, ela está sentada numa *chaise longue* assistindo à MTV, no fundo uma paisagem marciana, um deserto malva reluzente repleto de peixes mortos estripados, pratos quebrados subindo como uma aparição do sol acima da cabeça amarela da mulher, tudo emoldurado por alumínio preto. A pintura fica acima de um comprido sofá estofado branco e um aparelho de TV digital da Toshiba de trinta polegadas; é um modelo de alto-contraste em alta definição que também tem suporte para vídeo de quatro pés com uma combinação de tubo de alta tecnologia da NEC e um sistema de efeitos digitais quadro a quadro (além de congelamento de imagem); o áudio inclui MTS embutido e um amplificador de cinco watts por canal. Um videocassete Toshiba fica numa caixa de vidro abaixo do aparelho de TV; é uma unidade Beta de altíssima qualidade e tem função de edição embutida que inclui um gerador de caracteres com memória de oito páginas, gravação de alta qualidade e playback, e um temporizador de três semanas e oito eventos. Há um lampião com lâmpada halógena em cada canto da sala. Venezianas finas brancas cobrem todas as oito janelas que vão do teto ao chão. Uma mesinha com tampo de vidro e pernas de carvalho da Turchin fica em frente ao sofá, com animais de vidro da Steuben colocados estrategicamente em volta dos caros cinzeiros de cristal da Fortunoff, embora eu não fume. Ao lado da jukebox Wurlitzer fica um piano de cauda de concerto de ébano preto da Baldwin. Um piso de carvalho branco polido cobre o apartamento. Do outro lado do cômodo, ao lado de uma mesa e de um rack de revistas da Gio Ponti, há o sistema de som estéreo completo (CD player, toca-fitas, rádio, amplificador) da Sansui com alto-falantes Duntech Sovereign 2001 de jacarandá brasileiro de um metro e oitenta. Um futon estofado fica numa cama de carvalho no centro do quarto. Na parede, uma TV Panasonic de trinta e uma polegadas numa tela *direct-view* e som estéreo, e debaixo dela um videocassete Toshiba. Não tenho certeza se a hora no alarme digital Sony está correta, então preciso me sentar e olhar para a hora piscando no videocassete, então pego o telefone de botões Ettore Sottsass da mesa de cabeceira de aço e vidro ao lado da cama e disco o número da hora. Uma cadeira creme de couro, aço e madeira desenhada por Eric Marcus fica num canto do quarto, uma cadeira de compensado moldado em outro. Um carpete bege e branco com bolinhas pretas da Maud Sienna cobre a maior parte do piso. Uma parede está oculta por quatro cômodas com imensas gavetas de mogno clareado. Na cama uso pijamas de seda da Ralph Lauren e quando me levanto visto um roupão com estampa de arabescos e vou até o banheiro. Urino enquanto tento desvendar o inchaço em meu reflexo no vidro que cobre um pôster de beisebol acima do vaso. Após vestir um short boxer da Ralph Lauren com minhas iniciais e um suéter da Fair Isle e colocar pantufas de bolinhas da Enrico Hidolin, prendo no rosto uma máscara facial *ice-pack* plástica e começo meus alongamentos matinais. Depois fico de frente para uma pia de banheiro de cromo e acrílico da Washmobile — com saboneteira, porta-xícara, e barras para colocar toalhas, que comprei na Hastings Tile para usar enquanto as pias de mármore que encomendei da Finlândia estão sendo polidas — e vejo meu reflexo ainda com a máscara facial. Ponho um pouco de fórmula antiplacas Plax no copo de inox e bochecho por trinta segundos. Então passo a pasta Rembrandt numa escova de imitação de casco de tartaruga e começo a escovar os dentes (com ressaca demais para passar o fio dental de modo apropriado — será que passei antes de dormir ontem à noite?) e enxáguo com Listerine. Examino as mãos e uso uma escova de unhas. Retiro a máscara *ice-pack* e aplico uma loção adstringente para os poros, então uma máscara facial de hortelã que deixo por dez minutos enquanto cuido das unhas dos pés. Uso a escova elétrica Probright e depois a escova elétrica Interplak (isso em acréscimo à escova de dentes) que tem velocidade de 4.200 rpm e troca de direção quarenta e seis vezes por segundo; as cerdas maiores trabalham entre os dentes e massageiam as gengivas enquanto as pequenas limpam as superfícies dos dentes. Enxáguo novamente, com Cepacol. Enxáguo o creme de massagem do rosto com um esfoliante facial de hortelã. O chuveiro tem um jato universal multidirecional que se ajusta num raio vertical de oitenta centímetros. É feito de bronze dourado-fosco australiano e coberto com acabamento de esmalte branco. No chuveiro uso primeiro um creme adstringente ativado por água, depois um óleo corporal de mel e amêndoas, e no rosto um creme esfoliante. O xampu Vidal Sassoon é especialmente útil para tirar a camada de suor seco, sais, óleos, poluição e sujeiras do ar que podem fazer um cabelo pesar e achatá-lo no couro cabeludo, o que envelhece a aparência. O condicionador também é útil — a tecnologia de silicone causa os benefícios do condicionamento sem pesar o cabelo, o que também envelhece a aparência. Nos finais de semana ou antes de um encontro prefiro usar o Xampu Revitalizante Greune Natural, o condicionador e o Complexo Nutriente. Essas são fórmulas que contêm D-panthenol, um complexo de vitamina B; polisorbato 80, agente de limpeza para o couro cabeludo; e ervas naturais. Durante o fim de semana pretendo ir à Bloomingdale's ou à Bergdorf's e, de acordo com o conselho de Evelyn, comprar um Suplemento Europeu Foltene e um xampu para afinar cabelos que contém complexos carboidratos que penetram nas bases capilares e realça força e brilho. Também o Tratamento de Enriquecimento Capilar Vivagen, um novo produto da Redken que previne contra os depósitos minerais e prolonga o ciclo de vida dos fios. Luis Carruthers me recomendou o sistema Aramis Nutriplexx, um complexo nutriente que ajuda a aumentar a circulação. Assim que saio do chuveiro e me enxugo com a toalha, coloco de volta a boxer da Ralph Lauren e antes de aplicar a musse A Raiser, passo um creme de barbear da Pour Hommes, pressiono uma toalha quente contra o rosto por dois minutos para amaciar os pelos da barba mais duros. Então sempre passo um hidratante (ao meu gosto, Clinique), e deixo umidificar por um minuto. Você pode enxaguar ou deixar e passar um creme de barbear por cima — é preferível que seja com a escova, o que amacia a barba enquanto eriça os pelos do bigode — o que descobri que facilita a remoção da barba. Também ajuda a evitar que a água evapore e reduz a fricção entre a pele e a lâmina. Sempre molho a lâmina com água quente antes de barbear, e me barbeio na direção que os pelos crescem, apertando a pele com suavidade. Deixo as costeletas e o queixo por último, já que esses pelos são mais duros e precisam de mais tempo para amaciar. Enxáguo a lâmina e chacoalho para fora o excesso de água antes de começar. Depois molho o rosto com água gelada para remover qualquer traço de espuma. É bom usar uma loção pós-barba com pouco ou nenhum álcool. Jamais use colônia no rosto, já que a alta quantidade de álcool seca o rosto e envelhece a aparência. É necessário usar um tônico antibacteriano sem álcool com bolas de algodão umedecidas para normalizar a pele. Passar um hidratante é a última etapa. Jogue água antes de passar uma loção emoliente para amaciar a pele e segurar a hidratação. Em seguida, passe Gel Appaisant, também produzido pela Pour Hommes, um excelente creme relaxante. Se o rosto parecer seco e escamoso — o que embota e envelhece a aparência — use uma loção clarificante que remove crostas e deixa a pele fina por cima (também pode escurecer um pouco o bronzeado). Então aplique um bálsamo que previne o envelhecimento dos olhos (Baume Des Yeux) seguido por loção hidratante "protetiva" final. Uma loção capilar é usada após eu secar o cabelo com a toalha. Também uso um pouco o secador, para o cabelo ganhar corpo e controle (mas sem viscosidade), e então acrescento mais da loção, dando forma a ele com uma escova de cerdas naturais da Kent, e por fim penteio para trás, com um pente de dentes largos. Visto novamente o suéter da Fair Isle e enfio os pés de volta nas pantufas de seda de bolinhas, então vou para a sala e coloco o novo Talking Heads no CD player, mas ele começa a saltar trechos, então o retiro e passo o limpador de leitores de CD. O leitor a laser é muito sensível e sujeito à interferência de poeira ou sujeira ou fumaça ou poluição ou umidade, e sujo pode ler o CD de modo errado, criando falsos começos, passagens inaudíveis, saltos de trechos, mudanças de velocidade e distorção geral; o limpador de leitores tem uma escova de limpeza que automaticamente se alinha com os leitores, então o disco roda para remover resíduos e partículas. Quando coloco os Talking Heads de volta o CD toca normalmente. Pego a cópia do USA *Today* que está diante da minha porta no corredor e levo para a cozinha, onde tomo dois Advil, uma multivitamina e um tablete de potássio, engolindo tudo com uma garrafa grande de Evian, já que a empregada, uma idosa chinesa, se esqueceu de ligar o lava-louça quando saiu ontem, e então tenho que servir o suco de toranja com limão numa taça de St. Rémy que comprei na Baccarat. Confiro o relógio de neon sobre a geladeira para saber se tenho tempo para tomar o café da manhã sem pressa. De pé diante da ilha da cozinha, como um kiwi e uma pera-nashi fatiada (cada fruta dessas custa quatro dólares na Gristede's) que estavam em caixas de alumínio com design feito na Alemanha Ocidental. Pego um muffin de grãos, um sachê de chá de ervas descafeinado e uma caixa de cereal de aveia numa das grandes gavetas com face de vidro que preenchem a maior parte de uma parede inteira da cozinha — completa, com estantes de inox e vidro quadriculado cinzelado com areia, emoldurada por um cinza-azulado escuro metálico. Como metade do muffin de grãos, após esquentá-lo no micro-ondas e passar com suavidade uma pequena porção de manteiga de maçã. Uma tigela de cereal de aveia com gérmen de trigo e leite de soja, na sequência; outra garrafa de água Evian e uma pequena xícara de chá descafeinado depois disso. Ao lado da máquina de pão da Panasonic e da cafeteira Salton Pop-Up fica a máquina de espresso de prata esterlina da Cremina (bizarramente ainda está quente) que comprei na Hammacher Schlemmer (a xícara de espresso de inox com isolação térmica e o pires e a colher estão na pia, sujos) e o forno de micro-ondas Sharp Model R-1810A Carousel II, com bandeja giratória que uso para esquentar a outra metade do muffin de grãos. Ao lado da torradeira Salton Sonata e do processador de alimentos Cuisinart Little Pro e do Acme Supreme Juicerator e da máquina de produzir licor Cordially Yours, fica a chaleira de inox grosso de dois litros e meio, que assobia "Tea for Two" quando a água está fervendo, e com ela preparo outra pequena xícara do chá descafeinado de maçã com canela. Pelo que parece um longo tempo, observo o canivete da Black & Decker que fica no balcão, ao lado da pia, preso à parede: serve para fatiar/descascar, e vem com vários acessórios, uma lâmina de serra, uma lâmina curvada e um cabo cambiável. O terno que estou usando hoje é da Alan Flusser. É um terno drapeado dos anos 1980, uma versão atualizada do estilo dos anos 1930. A versão escolhida tem ombreiras simples, peitoral coberto por inteiro e costas laminadas. As lapelas macias devem ter dez centímetros de largura com a ponta terminando a três quartos do caminho através dos ombros. Usadas propriamente em ternos de peito duplo, lapelas pontudas são consideradas mais elegantes que as cortadas. Os bolsos baixos têm um desenho embutido com aba — sobre a aba há um corte aparado em cada lado com uma faixa de tecido estreita puxada. Quatro botões formam um quadrado baixo; acima deles, perto de onde a lapela cruza, há mais dois botões. A calça é plissada funda, e cortada para continuar exatamente o fluxo do paletó. Uma cintura estendida está cortada levemente acima da frente. Alças fazem os suspensórios se encaixarem bem com o centro das costas. A gravata é de seda com bolinhas, com desenho da Valentino Couture. Os sapatos são mocassins de crocodilo da A. Testoni. Enquanto me visto, a TV está ligada no *Patty Winters Show*. Os convidados de hoje são mulheres com múltiplas personalidades. Uma velha obesa não identificada está na tela, e a voz de Patty é ouvida perguntando "Bem, isso é esquizofrenia ou o quê? *Conta pra gente*".

"Não, ah, não. Personalidade múltipla *não* é esquizofrenia", diz a mulher, balançando a cabeça. "Nós *não* somos perigosas."

"Bem", começa Patty, de pé no meio do público, microfone na mão. "Quem você era no último mês?"

"No último mês parecia ser principalmente Polly", diz a mulher.

Corta para o público — o rosto preocupado de uma dona de casa; antes de ela perceber que está na tela, corta de volta para a mulher com múltipla personalidade.

"Enfim", continua Patty, "quem é você *agora*?"

"Bem...", começa a mulher, com cansaço, como se estivesse de saco cheio de ouvir essa pergunta, como se já houvesse respondido isso várias e várias vezes e mesmo assim ninguém acreditasse. "Bem, este mês sou... Costela-de-carneiro. Principalmente... Costela-de-carneiro."

Uma pausa longa. Uma câmera corta para o close de uma dona de casa impressionada balançando a cabeça, outra dona de casa sussurrando algo para ela.

Os sapatos que calço são mocassins de crocodilo da A. Testoni.

Ao pegar minha jaqueta impermeável do closet da entrada, encontro um cachecol da Burberry e um casaco combinando, com uma baleia bordada (algo que uma criancinha poderia usar), e está coberta com o que parece xarope de chocolate seco entrecruzado na frente, escurecendo as lapelas. Desço o elevador até o saguão de entrada, girando meu Rolex ao balançar o pulso um pouco. Dou bom-dia ao porteiro, saio do prédio e chamo um táxi, em direção a Wall Street.

PSICOPATA AMERICANO
BRET EASTON ELLIS

HARRY'S

Price e eu descemos a Hanover Street na hora mais escura da tardinha e como que guiados por radar seguimos em silêncio para o Harry's. Timothy não disse nada desde que deixamos a P&P. Nem mesmo comenta sobre o mendigo horrendo que vasculha a lixeira na Stone Street, embora dê um ameaçador assobio de lobo para uma mulher — peitos grandes, loira, bunda linda, salto alto — que entra na Water Street. Price parece nervoso e irritadiço, e não tenho vontade de perguntar o que aconteceu. Ele veste um terno de linho da Canali Milano, uma camisa de algodão da Ike Behar, uma gravata de seda da Bill Blass e sapatos de couro com cadarço e costura horizontal da Brooks Brothers. Estou com um terno de linho leve de calça plissada, uma camisa de algodão, uma gravata de bolinhas de seda, tudo da Valentino Couture, e sapatos de couro perfurados e com costura horizontal da Allen-Edmonds. Dentro do Harry's, avistamos David Van Patten e Craig McDermott na mesa da frente. Van Patten está usando um paletó esportivo de peito duplo de lã e seda, calça de lã e seda com plissagem invertida e braguilha de botões da Mario Valentino, uma camisa de algodão da Gitman Brothers, uma gravata de seda de bolinhas da Bill Blass e sapatos de couro da Brooks Brothers. McDermott está com um terno de linho trançado com calça plissada, uma camisa de algodão e linho com botões baixos da Basile, uma gravata de seda da Joseph Abboud e mocassins de avestruz da Susan Bennis Warren Edwards.

Os dois estão escarafunchados sobre a mesa, escrevendo atrás de guardanapos de papel, com um scotch e um martíni respectivamente em frente a cada um. Acenam para nós. Price joga sua maleta de couro da Tumi numa cadeira vazia e vai em direção ao bar. Grito para me trazer um J&B com gelo, então me sento com Van Patten e McDermott.

"Ei, Bateman", diz Craig numa voz que sugere que aquele não é seu primeiro martíni. "É ou não adequado usar mocassins borlados com um terno de negócios? Não olha pra mim como se *eu* fosse maluco."

"Que merda, *não* pergunta pro Bateman", reclama Van Patten, sacudindo uma caneta Cross de ouro diante do rosto, bebericando da taça de martíni distraidamente.

"Van Patten?", diz Craig.

"Sim?"

McDermott hesita, então diz "Cala a boca" com voz monótona.

"O que é que os babacas estão fazendo?" Avisto Luis Carruthers de pé, no bar, ao lado de Price, que o ignora completamente. Carruthers não está bem-vestido: um terno de peito duplo com quatro botões, acho que da Chaps, uma camisa de algodão listrada e uma gravata-borboleta de seda, além de óculos com armação de chifre da Oliver Peoples.

"Bateman: vamos mandar essas perguntas para a GQ", começa Van Patten.

Luis me vê, dá um sorriso sem graça, então, se não estou enganado, ruboriza e se vira para o bar de novo. Atendentes sempre ignoram o Luis sabe-se lá por quê.

"Fizemos uma aposta para ver qual de nós entra primeiro na coluna de Perguntas e Respostas, e agora espero uma resposta. *O que você acha?*", indaga McDermott.

"Do *quê*?", pergunto, irritado.

"Mocassins borlados, *cuzão*", diz ele.

"Bem, caras...", meço minhas palavras com cuidado. "O mocassim borlado tradicionalmente é um sapato casual..." Olho de volta para Price, desejando bastante a bebida. Ele ruboriza ao passar por Luis, que lhe estende a mão. Price sorri, diz algo, segue em frente, anda até nossa mesa. Luis, mais uma vez, tenta chamar atenção do atendente, e mais uma vez fracassa.

"Mas isso se tornou aceitável apenas por*que* é muito popular, certo?", pergunta Craig, ansioso.

"Sim", aceno. "Contanto que seja preto ou de cordovão, tudo bem."

"E marrom?", pergunta Van Patten, desconfiado.

Reflito e respondo "Esportivo demais para um traje de negócios".

"As bichas estão falando do quê?", pergunta Price. Ele me passa a bebida e então se senta, cruzando as pernas.

"Certo, certo, certo", diz Van Patten. "Agora *minha* pergunta. Em duas partes..." Ele para de forma dramática. "Hoje em dia colarinhos arredondados são muito formais ou muito casuais? Parte dois: que nó de gravata fica melhor com eles?"

Um Price distraído, a voz ainda tensa, responde rapidamente com uma enunciação exata e clara que pode ser ouvida acima do burburinho do Harry's. "É uma aparência muito versátil e combina com ternos *e* paletós esportivos. Precisa ser engomado para ocasiões formais e um pede um broche caso seja um evento particularmente formal." Ele pausa, suspira; parece ter avistado alguém. Me viro para ver quem é. Price continua, "Se for combinado com um blazer então o colarinho deve estar macio e pode ser usado com ou sem o broche. Sendo um visual tradicional e formal, é melhor se for equilibrado com um nó americano relativamente pequeno". Ele dá um gole no martíni, recruzando as pernas. "Próxima pergunta?"

"Pague uma bebida para esse homem", diz McDermott, obviamente impressionado.

"Price?", diz Van Patten.

"Sim?", diz Price, escrutinando o local.

"Você não tem preço."

"Olha só", pergunto, "vamos jantar em que restaurante?"

"Trouxe o confiável sr. Zagat", diz Van Patten, tirando o comprido livreto carmesim do bolso e balançando-o diante de Timothy.

"Isso aí", diz Price secamente.

"O que vamos comer?" Eu.

"Alguma coisa loira com peitos grandes." Price.

"Que tal aquele bistrô salvadorenho?" McDermott.

"Escuta, como vamos passar na Tunnel depois, então algo por ali." Van Patten.

"Que merda", começa McDermott. "Vamos para a Tunnel? Semana passada agarrei uma mina da Vassar..."

"Meu deus, *de novo* não", lamenta-se Van Patten.

"Qual o *pro*blema?", devolve McDermott.

"Eu estava *lá*. Não preciso ouvir essa história *de novo*", diz Van Patten.

"Mas eu nunca contei pra você o que aconteceu *depois*", diz McDermott, arqueando as sobrancelhas.

"Ei, quando vocês foram lá?", pergunto. "Por que ninguém *me* chamou?"

"Você estava na porra daquele *cruzeiro*. Agora cala a boca e escuta. Então é isso, agarrei essa mina da Vassar na Tunnel — bem boa, peitões, pernocas, a mina era muito gostosa — então pago uns dois kirs de champanhe para ela que está na cidade passando as férias de primavera, e ela praticamente começa a me chupar no Salão do Candelabro, então a levo pra minha casa..."

"Epa, espera aí", interrompo. "Posso perguntar onde estava *Pamela* durante isso tudo?"

Craig se arrepia. "Ah, vai se *foder*. Quero um boquete, Bate*man*. Quero uma mina que vai me deixar..."

"Não quero ouvir isso", diz Van Patten, tampando os ouvidos com as mãos. "Ele vai dizer algo nojento."

"Seu fresco", escarnece McDermott. "Escuta, não vamos investir num *imóvel* juntos ou viajar pra Saint Bart's. Só quero uma mina que me deixe sentar na cara dela por uns trinta ou quarenta minutos."

Jogo meu mexedor nele.

"Enfim, a gente tinha voltado pra casa, e escuta só isso." Ele se aproxima da mesa. "Ela tinha tomado champanhe o suficiente pra chapar um rinoceronte, porra, e então..."

"Deixou você comer ela sem camisinha?", pergunta um de nós.

McDermott vira os olhos. "É uma garota da *Vassar*. Não do *Queens*."

Price dá um tapinha em meu ombro. "O que *isso* quer dizer?"

"De qualquer forma, escuta", diz McDermott. "Ela ia... Estão prontos?" Ele faz uma pausa dramática. "Ela só ia bater uma punheta para mim, e escuta isso... Ela ficou de *luva*." Ele se recosta na cadeira e dá um gole na bebida de modo um tanto presunçoso e satisfeito.

Todos reagimos com solenidade. Ninguém zomba da declaração reveladora de McDermott ou de sua incapacidade de reagir a essa mina com mais agressividade. Ninguém fala nada, mas estamos todos pensando a mesma coisa: *Nunca* agarre uma garota da Vassar.

"Você precisa é de uma mina de *Camden*", diz Van Patten, após se recuperar da declaração de McDermott.

"Ah, que ótimo", digo. "Uma mina que acha tranquilo trepar com o irmão."

"Sim, mas elas acham que aids é uma banda nova da Inglaterra", observa Price.

"Onde vai ser o jantar?", pergunta Van Patten, examinando distraído a pergunta rabiscada no guardanapo. "Pra onde vamos nessa porra?"

"É mesmo engraçado como as garotas acham que os caras estão preocupados com isso, com doenças e essas coisas", diz Van Patten, balançando a cabeça.

"Eu é que não vou usar camisinha, porra", anuncia McDermott.

"Li um artigo que xeroquei", diz Van Patten, "e nele diz que nossas chances de pegar são tipo zero zero zero zero ponto meio ponto decimal por cento ou algo assim, e não importa se a mina que a gente acabe metendo seja uma vagabunda escrota e esculhambada."

"Homens simplesmente *não* são capazes de entender isso."

"Bem, não homens *brancos*."

"Essa garota estava usando a porra duma luva?", pergunta Price, ainda chocado. "Uma *luva*? Nossa, por que *você mesmo* simplesmente não bateu uma em vez disso?"

"Escuta, o pau também se levanta", diz Van Patten. "Faulkner."

"Em que faculdade você estudou?", pergunta Price. "Pine Manor?"

"Caras", anuncio. "Vejam quem se aproxima."

"Quem?" Price não vira a cabeça.

"Uma dica", digo. "O maior babaca da Drexel Burnham Lambert."

"Connolly?", chuta Price.

"E aí, Preston", digo, apertando a mão de Preston.

"Amigos", diz Preston, de pé diante da mesa, acenando para todos. "Desculpa por não poder jantar com vocês." Preston veste um terno de lã de peito duplo da Alexander Julian, uma camisa de algodão e uma gravata de seda da Perry Ellis. Ele se curva, colocando a mão nas costas de minha cadeira para se equilibrar. "Sinto muito mesmo por cancelar, mas compromissos, sabe."

Price me dá um olhar acusador e faz com a boca "Chamaram ele?".

Dou de ombros e bebo o que restava de meu J&B.

"O que você fez ontem à noite?", pergunta McDermott, e então, "Gostei da roupa".

"*Em quem* você fez ontem à noite?", corrige Van Patten.

"Não, não", diz Preston. "Uma noite muito decente e respeitável. Sem puta, sem pó, sem porre. Fui ao Russian Tea Room com Alexandra e os pais dela. Ela chama o pai — escuta só — de Billy. Mas estou cansado pra caralho e só *uma* Stoli." Ele tira os óculos (da Oliver Peoples, claro) e boceja, limpando-os com um lenço da Armani. "Não tenho certeza, mas acho que nosso garçom ortodoxo bizarro colocou um pouco de ácido no *borscht*. Estou cansado pra caralho."

"E o que você vai fazer em vez disso?", pergunta Price, claramente sem interesse.

"Preciso devolver umas fitas de vídeo, restaurante vietnamita com Alexandra, e um musical, Broadway, alguma coisa britânica", diz Preston, olhando em volta.

"Ei, Preston", diz Van Patten. "Vamos mandar as perguntas para a GQ. Você tem alguma?"

"Ah, sim, tenho uma", diz Preston. "Então, ao usar um smoking, como evitar que a frente da camisa fique subindo?"

Van Patten e McDermott ficam em silêncio por um minuto, até que Craig, preocupado e com o cenho erguido, pensativo, diz: "Essa é boa".

"Price", diz Preston. "Você tem alguma?"

"Sim", suspira Price. "Se todos os seus amigos são uns imbecis, seria um crime, uma infração ou um ato divino estourar as cabeças de merda deles com um trinta e oito?"

"Esse conteúdo não cai bem na GQ", diz McDermott. "Tente a *Soldier of Fortune*."

"Ou a *Vanity Fair*." Van Patten.

"Quem é aquele ali?", pergunta Price, olhando para o bar. "É *Reed* Robinson? Por sinal, Preston, você simplesmente precisa de uma aba com uma botoeira costurada na frente da camisa, que assim pode ser presa por um botão na calça; e verifique se a frente plissada e rígida da camisa não vai até abaixo da cintura da calça, senão ela vai subir quando você se sentar; *agora, aquele é mesmo o patife do Reed Robinson?* Parece *pra caralho* com ele."

Atônito com os comentários de Price, Preston dá a volta lentamente, sem mover os quadris, e, após recolocar os óculos, perscruta o bar. "Não, aquele ali é Nigel Morrison."

"Ah", exclama Price. "Uma dessas jovens bichas britânicas fazendo estágio na...?"

"Como você sabe que ele é bicha?", pergunto.

"Todos são umas bichas." Price dá de ombros. "Os britânicos."

"Como *você* saberia, Timothy?", Van Patten dá um sorriso malicioso.

"Vi ele comendo o cu do Bateman no banheiro masculino da Morgan Stanley", afirma Price.

Suspiro e pergunto a Preston "Onde Morrison *está* estagiando?".

"Não me lembro", diz Preston, coçando a cabeça. "Lazard?"

"Onde?", insiste McDermott. "First Boston? Goldman?"

"Não tenho certeza", diz Preston. "Quem sabe Drexel? Escuta, ele é só um assistente analista de finanças corporativas e a namorada feiosa de dentes pretos dele está em algum ninho de *ratos* investindo em *aquisições*."

"Onde vamos *comer*?", pergunto, minha paciência no limite. "Precisamos fazer uma reserva. Não vou ficar esperando em pé na merda de um *bar*."

"Que porra é essa que o Morrison tá usando?", Preston pergunta para si mesmo. "É mesmo um terno escocês com uma camisa *xadrez*?"

"Aquele *não* é o Morrison", diz Price.

"Quem é então?", pergunta Preston, retirando os óculos de novo.

"É o Paul Owen", diz Price.

"Não é o Paul Owen", afirmo. "Paul Owen está do outro lado do bar. Bem ali."

Owen está de pé no bar, com um terno de lã de peito duplo.

"Ele está cuidando da conta da Fisher", alguém diz.

"Desgraçado de sorte", alguém mais murmura.

"*Judeu* desgraçado de sorte", diz Preston.

"Meu deus, Preston", digo. "O que *isso* tem a ver?"

"Escuta, vi o desgraçado sentado no escritório dele falando no telefone com presidentes de empresas, girando a porra de um menorá. O desgraçado levou uma árvore de Chanucá para o escritório agora em dezembro", afirma Preston de repente, peculiarmente animado.

"O que se gira é um dreidel, Preston", digo com calma, "não um menorá. Se gira um dreidel."

"Nossa, Bateman, quer que eu vá até o bar e peça pro Freddy fritar a porra de umas panquecas de batata pra você?", pergunta Preston, realmente alarmado. "Uns... *latkes*?"

"Não", digo. "Só pega leve com os comentários antissemitas."

"A voz da razão." Price se curva para me dar um tapinha nas costas. "O vizinho."

"Sim, um vizinho que de acordo com você deixa um estagiário analista de finanças corporativas britânico sodomizar o cu dele", digo com ironia.

"Eu disse que você era a voz da razão", diz Price. "Não disse que você *não era* homossexual."

"*Ou* redundante", completa Preston.

"Sim", respondo, olhando no olho de Price. "Pergunte a Meredith se sou homossexual. Quer dizer, se ela reservar um tempo para tirar meu pau da boca."

"Meredith é uma *maria purpurina*", explica Price, sem se abalar, "é por isso que vou largar ela."

"Ah, espera aí, galera, acabo de lembrar uma piada." Preston esfrega as mãos.

"Preston", diz Price, "*você* é uma piada. Você sabe que *não* te chamaram pra jantar. Por sinal, belo paletó; não combina, mas complementa."

"Price, você é mesmo um sacana, é tão *malvado* comigo que eu fico tristinho", diz Preston, rindo. "De qualquer forma, então, JFK e Pearl Bailey se encontram numa festa e vão transar lá no Salão Oval e eles trepam e então JFK vai dormir e..." Preston para. "Ah, caramba, e agora acontecia o quê mesmo?... Ah sim, então Pearl Bailey diz sr. Presidente, quero trepar com você de novo, e então ele diz vou dormir agora e em... trinta — não, espera..." Preston para de novo, confuso. "Então... não, sessenta minutos... não... certo, em trinta minutos eu acordo e fazemos de novo, mas você tem que ficar com uma mão na minha pica e a outra nos meus bagos, e ela diz tudo bem, mas por que tenho de ficar com uma mão no seu pau e uma... uma mão nos seus bagos... e..." Ele percebe que Van Patten está lá rabiscando algo no verso de um guardanapo. "Ei, Van Patten — você está me ouvindo?"

"Estou ouvindo", diz Van Patten, irritado. "Vá em frente. Termina a piada. Uma mão na pica, uma mão nos bagos, prossiga."

Luis Carruthers ainda está de pé no bar esperando por uma bebida. Agora me parece que a gravata-borboleta de seda dele é da Agnes B. Não está muito claro.

"*Eu* não estou", diz Price.

"E ele diz, porque..." Preston gagueja de novo. Há um longo silêncio. Preston olha para mim.

"Não olha pra *mim*", digo. "Não é *minha* piada."

"E ele diz... Deu branco agora."

"É o final da piada — Deu branco agora?", pergunta McDermott.

"Ele diz, hum, porque..." Preston coloca a mão sobre os olhos e pensa. "Nossa, não acredito que esqueci essa..."

"Ah, que ótimo, Preston", suspira Price. "Você é um babaca sem graça."

"Deu branco agora?", me pergunta Craig. "Não entendi."

"Ah, sim, sim, sim", diz Preston. "Escuta, agora me lembrei. Porque na última vez que trepei com uma preta ela roubou minha carteira." Ele começa a rir na hora. E após um momento curto de silêncio, a mesa irrompe em gargalhada, exceto eu.

"É isso, esse é o final da piada", diz Preston com orgulho, aliviado. Van Patten bate na mão dele. Até Price gargalha.

"Meu deus", digo. "É péssima."

"Por quê?", diz Preston. "É engraçado. É *humor*."

"Sim, Bateman", diz McDermott. "Se anima aí."

"Ah, me esqueci. Bateman está saindo com alguém da ACLU", diz Price. "Qual o problema com a piada?".

"Não tem graça", digo. "É *racista.*"

"Bateman, você é um sacana bem rabugento", afirma Preston. "Devia era parar de ler todas essas biografias de Ted Bundy." Preston se levanta e confere o Rolex. "Escutem, caras, vou embora. Vejo vocês amanhã."

"Sim. Mesmo Bat-horário, mesmo Bat-canal", diz Van Patten, me cutucando com o cotovelo.

Preston se inclina antes de sair. "Porque na última vez que trepei com uma preta ela roubou minha carteira."

"Eu entendi. Eu entendi", digo, afastando-o.

"Lembrem-se disto, caras: poucas coisas na vida funcionam tão bem quanto uma Kenwood." Sai.

"Yabba-dabba-do", diz Van Patten.

"Ei, alguém sabia que os homens das cavernas tinham mais fibras que nós?", pergunta McDermott.

PASTELS

Estou quase às lágrimas quando chegamos ao Pastels, pois tenho certeza de que não vamos conseguir um lugar para sentar, mas a mesa é boa, e o alívio que tem quase a forma de uma maré me banha numa onda maravilhosa. McDermott conhece o maître do Pastels e, embora a gente tenha feito as reservas no táxi apenas alguns minutos antes, na hora somos conduzidos pelo bar lotado para o principal salão de jantar, rosa e muito iluminado, e pegamos uma excelente mesa para quatro, bem na frente. É realmente impossível conseguir uma reserva no Pastels e acho que Van Patten, eu, e até Price ficamos impressionados, talvez com inveja, da proeza de McDermott em conseguir a mesa. Depois que nos enfiamos num táxi na Water Street, percebemos que não tínhamos reservado lugar nenhum, e enquanto debatíamos os méritos do novo bistrô californiano-siciliano no Upper East Side — meu pânico tão grande que quase rasguei em dois o Zagat — o consenso emergiu. Price era a única voz discordante, mas por fim deu de ombros e disse "Estou cagando e andando pra isso", e usamos o telefone portátil dele para fazer a reserva. Ele pegou o walkman e aumentou tanto o volume que o som de Vivaldi era audível até mesmo com as janelas abertas até a metade e o barulho do trânsito da cidade estrondando no táxi. Van Patten e McDermott contaram piadas grosseiras a respeito do tamanho do pau de Tim, e eu também. Do lado de fora do Pastels, Tim pegou o guardanapo com a versão final da pergunta cuidadosamente elaborada para a GQ por Van Patten e a jogou num mendigo à toa do lado de fora do restaurante, segurando sem força um cartaz de papelão bem tosco: COM FOME SEM TETO POR FAVOR ME AJUDA.

As coisas pareciam ir bem. O maître mandou quatro Bellinis de cortesia, mas pedimos bebidas mesmo assim. The Ronettes estão cantando "Then He Kissed Me", nossa garçonete é gostosinha e até mesmo Price parece tranquilo, apesar de odiar o lugar. Além disso, há quatro mulheres na mesa de frente para a nossa, todas bonitas — loiras e peitudas: uma usa um vestido chemise de lã dupla face da Calvin Klein; a outra está de vestido de lã costurada e uma jaqueta com uma fita de seda *faille* da Geoffrey Beene; a terceira veste uma saia simétrica de tule plissado e bustiê de veludo costurado da Christian Lacroix, acho, com salto alto da Sidonie Larizzi; e a última, uma bata sem alças de lantejoulas pretas debaixo de uma jaqueta de lã-crepe de alfaiataria da Bill Blass. Agora está tocando Shirelles nas caixas de som, "Dancing in the Street", e o volume do sistema de som junto com a acústica, por causa do pé-direito alto do restaurante, está tão alto que praticamente temos de gritar os pedidos para a gostosa da garçonete — ela está de terno bicolor de lã granulada com guarnições de *passementerie* da Myrone de Prémonville, e botas de cano alto de veludo; e, tenho alguma convicção, está flertando comigo: me dá um sorriso sexy quando faço o pedido, um tira-gosto de ceviche de tamboril e lula com caviar dourado; ela me dá um olhar tão quente e penetrante que, quando peço a torta salgada de gravlax com molho de tomate verde, tenho de olhar de volta para o Bellini rosa na taça comprida de champanhe, com uma expressão preocupada, *mortalmente* séria, para não deixar que ela pense que estou interessado *demais*. Price pede tapas e cervo com molho de iogurte e broto de samambaia com filetes de manga. McDermott pede sashimi com queijo de cabra e então o pato defumado com endívias e xarope de bordo. Van Patten escolhe escalope de linguiça e salmão grelhado com vinagre de framboesa e guacamole. O ar-condicionado no restaurante está no máximo, e estou começando a me arrepender por não estar com o novo pulôver da Versace que comprei semana passada na Bergdorf's. Cairia bem com o meu terno.

"Poderia, *por favor*, se livrar dessas coisas?", fala Price ao cumim, enquanto aponta para os Bellinis.

"Espera, Tim", diz Van Patten. "*Relaxa* aí. Eu *vou* beber tudo."

"*Euro*lixo, David", explica Price. "*Euro*lixo."
"Pode beber o *meu*, Van Patten", digo.
"Calma aí", diz McDermott, afastando o cumim. "Também vou tomar o meu."
"Por quê?", pergunta Price. "Está tentando chamar atenção daquela armênia lá no bar?"
"Que armênia?" Van Patten de repente endurece o pescoço, interessado.
"Só tira tudo daqui", diz Price, quase em ebulição.
O cumim, servil, retira todas as taças, acenando para ninguém enquanto sai.
"Quem disse que é *você* que manda?", reclama McDermott.
"Olha só, meus amigos. Vejam quem acaba de entrar." Van Patten assobia. "Ai, cara."
"Ah, pelo amor de deus, *não* a porra do Preston", suspira Price.
"Não. Ah, não", diz Van Patten com agouro. "Ele ainda não viu a gente."
"Victor Powell? Paul Owen?", digo, assustado de repente.
"Ele tem vinte e quatro anos e vale, hum, digamos, uma quantidade *repulsiva* de grana", Van Patten dá a dica, sorrindo. Obviamente foi visto pela pessoa, e escancara um sorriso brilhante. "Grana pra *caralho*."
Estico o pescoço, mas não consigo perceber quem está fazendo algo.
"É Scott Montgomery", diz Price. "Não é? É Scott Montgomery."
"Talvez", atiça Van Patten.
"É o anão do Scott Montgomery", diz Price.
"Price", diz Van Patten. "Você não tem preço."
"Veja eu fingindo que estou emocionado", diz Price, virando-se. "Bem, tão emocionado quanto ao encontrar alguém da Geórgia."
"Epa", diz McDermott. "E ele está vestido para impressio*nar*."
"Ei", diz Price. "Boa depressão, quer dizer, impressão."
"Uau", digo, avistando Montgomery. "Que azul elegante."
"Xadrez sutil", sussurra Van Patten.
"Bege demais", diz Price. "Vocês *sabem* disso."
"Aí vem ele", digo, me ajeitando.
Scott Montgomery caminha até a nossa mesa usando um blazer de peito duplo azul-marinho com botões imitando casco de tartaruga, uma camisa listrada de algodão enrugado pré-lavada com costura vermelha visível, uma gravata de seda com estampa chamativa vermelha, branca e azul da Hugo Boss, e calça vinho de lã clareada com plissagem quádrupla na frente e bolsos talhados da Lazo. Ele está segurando uma taça de champanhe e a passa para a garota que está com ele — definitivamente com aspecto de modelo, magra, peitos ok,

sem bunda, salto alto — de saia de lã-crepe, uma jaqueta aveludada de lã e caxemira, tudo da Louis Dell'Olio. Salto alto da Susan Bennis Warren Edwards. Óculos de sol da Alain Mikli. Bolsa de couro prensado da Hermès.

"E aí, amigos. Como cês tão?", fala Montgomery com um forte sotaque nasalizado da Geórgia. "Essa é a Nicki. Nicki, esse é o McDonald, o Van Buren, o Bateman — belo bronzeado — e o sr. Price." Ele aperta apenas a mão de Timothy e então pega a taça de champanhe de Nicki. Nicki sorri, educadamente, como um robô; provavelmente não fala inglês.

"Montgomery", diz Price num tom gentil e amigável, encarando Nicki. "Como vão as coisas?".

"Bem, amigos", diz Montgomery, "vejo que cês tão na melhor mesa. Já pediram a conta? Brincadeira."

"Então, Montgomery", diz Price, encarando Nicki, mas ainda sendo incomumente legal com uma pessoa que eu achava ser um estranho. "Squash?"

"Liga pra mim", diz Montgomery, distraído, observando o local. "Aquele ali é o Tyson? Toma o meu cartão."

"Ótimo", diz Price, colocando-o no bolso. "Quinta?"

"Não dá. Vou pra Dallas amanhã, mas..." Montgomery já está se afastando da mesa, com pressa para falar com outra pessoa, puxando Nicki. "Sim, semana que vem."

Nicki sorri para mim, então olha para o chão — azulejos rosas, azuis, verde-limão se entrecruzando em padrões triangulares — como se ali houvesse alguma espécie de resposta, mostrasse algum tipo de pista, oferecesse uma razão coerente para ela estar presa a Montgomery. Sem motivo, me pergunto se ela é mais velha que ele, e depois se ela está flertando comigo.

"Até", Price está dizendo.

"Até, caras..." Montgomery já está na metade do salão. Nicki escapole atrás dele. Eu estava errado: ela tem bunda *sim*.

"Oitocentos milhões", assobia McDermott, balançando a cabeça.

"Faculdade?", pergunto.

"Uma piada", insinua Price.

"Rollins?", chuto.

"Escuta só", diz McDermott. "Hampden-Sidney."

"Ele é um parasita, um fracassado, um babaca", conclui Van Patten.

"Mas vale oitocentos *milhões*", repete McDermott enfaticamente.

"Vai lá chupar o anão — será que isso vai calar a sua boca?", diz Price. "Quer dizer, até onde você *pode* se impressionar, McDermott?"

"Mesmo assim", comento, "bela garota."
"A garota é gostosa", concorda McDermott.
"Afirmativo." Price acena com a cabeça, mas de modo ranzinza.
"Ah, cara", diz Van Patten, relaxado. "Eu *conheço* aquela mina."
"Que conversa mole", todos reclamamos.
"Deixa eu adivinhar", digo. "Pegou ela na Tunnel, certo?"
"Não", diz ele, e, depois de dar um gole na bebida, "Ela é modelo. Uma vagabunda anoréxica, alcoólatra, chata. Francesa *demais*."
"Você é mesmo uma piada", digo, sem saber se ele está mentindo.
"Quer apostar?"
"E daí?", McDermott dá de ombros. "Eu comeria."
"Ela bebe um litro de Stoli por dia, depois vomita e bebe tudo *de novo*, McDermott", explica Van Patten. "Uma pinguça daquelas."
"Uma pinguça *barata* daquelas", murmura Price.
"Não estou nem aí", afirma McDermott, corajosamente. "Ela é bonita. Quero trepar com ela. Quero casar com ela. Quero ter filhos com ela."
"Meu deus", diz Van Patten, praticamente engasgando. "Quem quer casar com uma mina que dará à luz um garrafão de vodca misturado com suco de cranberry."
"*Bom* argumento", digo.
"Sim. Ele também quer se enroscar com a armênia do bar", escarnece Price. "O que ela vai parir — uma garrafa de Korbel com outra de suco de pêssego?"
"*Que* armênia?", pergunta McDermott, exasperado, esticando o pescoço.
"Meu deus. Vão se foder, suas bichas." Van Patten suspira.
O maître passa para dar um alô a McDermott, então percebe que não estamos com nossos Bellinis de cortesia, e sai correndo antes que qualquer um de nós consiga impedi-lo. Não tenho certeza de como McDermott conhece Alain tão bem — talvez Cecelia? —, e isso me incomoda um pouco, mas decido equilibrar um pouco o placar mostrando para todos o meu novo cartão de negócios. Retiro de minha carteira de couro de gazela (Barney's, 850 dólares) e bato com ela na mesa, esperando as reações.
"O que é isso, um grama de pó?", diz Price, sem apatia.
"Cartão novo." Tento agir casualmente, mas estou sorrindo de orgulho. "O que vocês acham?"
"Nossa", diz McDermott, passando o dedo no cartão, genuinamente impressionado. "Muito bom. Dá uma olhada." Ele entrega a Van Patten.
"Peguei na gráfica ontem", menciono.

"Gostei da impressão", diz Van Patten, examinando o cartão de perto.

"É marfim", aponto. "E a fonte é chamada Silian Rail."

"Silian Rail?", pergunta McDermott.

"Sim. Nada mal, hein?"

"Ficou *muito* legal, Bateman", diz Van Patten melindrosamente, o invejoso de merda, "mas isso não é nada..." Ele pega a carteira e lança um cartão ao lado de um cinzeiro. "Olha isto."

Todos nos inclinamos e analisamos o cartão de David, e Price diz baixo "É bonito *de verdade*". Um breve espasmo de inveja percorre meu corpo quando percebo a elegância da cor e a fonte classuda. Cerro o punho quando Van Patten diz, com arrogância, "Casca de ovo com fonte Romalian...". Ele se vira para mim. "O que você acha?"

"Legal", coaxo, mas consigo acenar, quando o cumim traz quatro Bellinis novos.

"Meu deus", diz Price, segurando o cartão contra a luz, ignorando as novas bebidas. "É mesmo demais. Como um cretino que nem você adquiriu tanto bom gosto?"

Estou olhando do cartão de Van Patten para o meu e não consigo acreditar como Price pode mesmo preferir o de Van Patten. Tonto, dou um gole na minha bebida e respiro fundo.

"Mas espera", diz Price. "Vocês ainda não viram nada..." Ele tira o próprio cartão de um bolso interno do casaco e lentamente, dramaticamente, vira o seu para nossa análise e diz "*O meu*".

Até eu preciso admitir que é magnífico.

De repente, o restaurante parece distante, calado, o barulho distante, um zumbido incompreensível, comparado a esse cartão, e todos escutamos as palavras de Price: "Letras em relevo, branco-nimbus claro...".

"Puta merda", exclama Van Patten. "Nunca tinha visto..."

"Muito, muito bonito", tenho que admitir. "Espera aí. Vamos ver o do Montgomery."

Price pega o cartão e, apesar de agir como se não se importasse, não vejo como pode ignorar a sutil coloração esbranquiçada, a espessura notável. Inesperadamente, fico deprimido por ter começado com isso.

"Pizza. Vamos pedir uma pizza", diz McDermott. "Ninguém quer dividir uma pizza? De cioba? Hummmm. Bateman *deseja* uma", afirma ele, esfregando as mãos com excitação.

Pego o cartão de Montgomery e chego a passar o dedo nele, por causa da sensação que o cartão causa nas pontas dos meus dedos.

"Bonito, hein?", o tom de Price insinua que estou com inveja.

“Sim”, respondo casualmente, devolvendo o cartão a Price como se não me importasse, mas achando bem difícil de engolir.

“Pizza de cioba”, me lembra McDermott. “Estou com uma fome da porra.”

“Pizza, não”, murmuro, aliviado pelo cartão de Montgomery estar guardado, fora de vista, de volta ao bolso de Timothy.

“O que é isso?”, diz McDermott, se lamentando. “Vamos pedir uma pizza de cioba.”

“Cala a boca, Craig”, diz Van Patten, examinando uma garçonete que pegava o pedido de uma mesa. “Mas chama aquela gostosa ali.”

“Aquela não é a nossa”, retruca McDermott, inquieto com o menu que ele arrancou de um cumim que passava.

“Chama ela *mesmo* assim”, insiste Van Patten. “Pede uma água ou uma Corona ou qualquer coisa.”

“Por que *ela*?”, pergunto a ninguém em particular. Meu cartão está na mesa, ignorado ao lado de uma orquídea num vaso de vidro azul. Pego-o discretamente e o enfio, dobrado, na minha carteira.

“Ela é igualzinha a uma garota que trabalha na seção da Georgette Klinger da Bloomingdale’s”, diz Van Patten. “Chama ela aí.”

“Vão querer a pizza ou não?” McDermott está ficando chato.

“Como *você* saberia disso?”, pergunto a Van Patten.

“Eu compro o perfume da Kate *lá*”, responde ele.

Os gestos de Price chamam atenção da mesa. “Cheguei a comentar com vocês que Montgomery é um anão?”

“Quem é Kate?”, pergunto.

“*Kate* é a mina com quem Van Patten está tendo um caso”, explica Price, olhando para a mesa de Montgomery.

“O que aconteceu com a senhorita *Kitt*ridge?”, pergunto.

“É.” Price sorri. “*E* Amanda?”

“Meu deus, galera, *calma* lá. Fidelidade? *Beleza*.”

“Você não tem medo de pegar uma *doença*?”, pergunta Price.

“De *quem*, da Amanda ou da Kate?”, pergunto.

“Pensei que concordávamos que *nós* não podemos pegar.” A voz de Van Patten fica mais alta. “Entã-ã-ã-ão... seu bosta. Cala a boca.”

“Eu não te disse que...”

Chegam mais quatro Bellinis. Agora há oito Bellinis na mesa.

“Ah, meu deus”, lamenta Price, tentando segurar o cumim antes que ele fuja.

“Pizza de cioba... pizza de cioba...” McDermott encontrou um mantra para a noite.

"Logo seremos alvos de iranianas com tesão", chia Price.

"É como uma porcentagem de não sei o quê zero zero zero, vocês sabem — estão escutando?", pergunta Van Patten.

"... Pizza de cioba ... pizza de cioba...". Então McDermott bate com a mão na mesa, balançando-a. "Puta que pariu, ninguém tá me escutando?"

Ainda estou arrebatado com o cartão de Montgomery — a cor classuda, a espessura, a fonte, a impressão — e de repente levanto um punho como que para bater em Craig, e grito, minha voz ribombando, "Ninguém quer a merda da *pizza de cioba*! Uma pizza deveria ser *leve* e um pouquinho *seca* e ter uma *crosta de queijo*! As crostas nessa porra tão finas demais porque o merdinha do chef que cozinha aqui assa tudo demais! A pizza é ressecada e *massuda*!" De rosto vermelho, bato com meu Bellini na mesa e quando olho para cima os tira-gostos chegaram. Uma garçonete gostosa está de pé olhando para baixo, para mim, com uma expressão perplexa e estranha. Passo a mão no rosto, sorrindo com jovialidade. Ela fica lá, olhando para mim, como se eu fosse uma espécie de monstro — na verdade, parece *assustada* — então olho para Price — pra quê? Ajuda? — e ele faz com a boca "Charutos", e bate no bolso do casaco.

McDermott diz: "Não acho que sejam duras".

"Minha querida", digo, ignorando McDermott, segurando um braço e puxando-a na minha direção. Ela hesita, mas sorrio e a aproximo de mim. "Agora todos vamos fazer uma refeição enorme e magnífica...", começo a explicar.

"Mas não foi isso o que pedi", diz Van Patten, olhando para o prato. "Eu queria linguiça de *mexilhões*."

"Cala a boca", lanço um olhar para ele, então calmamente retorno à gostosa, sorrindo como um idiota, mas um belo idiota. "Agora escuta, somos bons clientes aqui e provavelmente vamos pedir algum conhaque fino, quem sabe, e queremos relaxar e aproveitar bem esta" — gesticulo com o braço — "atmosfera. Agora" — com a outra mão pego minha carteira de couro de gazela — "gostaríamos de apreciar alguns *bons* charutos cubanos depois, e não queremos ser incomodados por nenhum pas*pa*lho."

"Pas*palho*", McDermott acena para Van Patten e Price.

"Pas*pa*lhos sem consideração, sejam patrões ou turistas que inevitavelmente vão reclamar de nosso humilde e inócuo hábito... Então" — aperto o que espero ser uma nota de cinquenta numa mãozinha ossuda — "se você puder assegurar que não seremos incomodados por causa disso, ficaríamos bastante *gratos*. Esfrego a mão, fechando-a num punho sobre a cédula. "E se alguém reclamar, bem" — paro, então aviso, em tom de ameaça: "expulse."

Ela acena sem dizer nada, e recua com esse olhar atordoado, confuso no rosto.

"E", acrescenta Price, sorrindo, "se aparecer outra rodada de Bellinis num raio de cinco metros desta mesa, vamos tacar fogo no maître. Então, sabe, avisa pra ele."

Após um longo silêncio, durante o qual contemplamos nossos tira-gostos, Van Patten fala. "Bateman?".

"Sim?" Espeto um pedaço de tamboril com o garfo, enfio dentro do caviar dourado, então baixo o garfo novamente.

"Você é a pompa em perfeição pura", ronrona.

Price avista outra garçonete se aproximando com uma bandeja com quatro taças de champanhe cheios com o líquido pálido e rosado e diz "Pelo amor de deus, isso está ficando *ridí*culo...". No entanto, ela os serve na mesa ao lado da nossa, para as quatro moças.

"Ela é *gata*", diz Van Patten, ignorando a linguiça de escalope.

"Gostosa." McDermott acena em concordância. "Sem dúvida."

"Não estou impressionado", bufa Price. "Veja os joelhos dela."

Enquanto a gostosa está lá, a examinamos. Embora de fato os joelhos sustentem pernas compridas e bronzeadas, não consigo evitar perceber que um joelho é, claramente, maior que o outro. O joelho esquerdo é mais inchado, quase imperceptivelmente mais grosso que o joelho direito, e essa falha imperceptível agora parece horrorosa, e todos perdemos o interesse. Van Patten está olhando para o tira-gosto dele, atônito, e então olha para o de McDermott e fala "Isso também não é o que você pediu. Isso aí é *sushi*, não sashimi".

"Meu deus", suspira McDermott. "Ninguém vem aqui pela comida mesmo."

Um cara igualzinho a Christopher Lauder vem até a mesa e diz, me dando um tapinha no ombro, "Ei, Hamilton, belo bronzeado", antes de entrar no banheiro masculino.

"Belo bronzeado, Hamilton", imita Price, jogando algumas tapas no meu prato de pão.

"Nossa", digo, "espero que eu não esteja ficando vermelho."

"Sério, aonde você *vai* para se bronzear, Bateman?", pergunta Van Patten.

"Sim, Bateman. Aonde você *vai*?" McDermott parece genuinamente intrigado.

"Leiam meus lábios", digo, "um salão de bronzeamento", então, irritado, "que nem *todo mundo.*"

"Eu tenho", diz Van Patten, pausando para um impacto máximo, "uma cama de bronzeamento artificial em... casa", e então dá uma mordida grande na linguiça de escalope.

"Que conversa mole", digo, me encolhendo.

"É *sério*", confirma McDermott, com a boca cheia. "Eu já vi."

"Isso é um ultraje do ca*ra*lho", digo.

"Por que diabos seria um ultraje do ca*ra*lho?", pergunta Price, mexendo nas tapas do prato dele com um garfo.

"Você sabe o *preço* da porra de uma matrícula num salão de bronzeamento?", pergunta Van Patten. "Uma *matrí*cula de um *ano*?"

"Você é maluco", comento.

"Vejam só, caras", diz Van Patten. "Bateman está indignado."

De repente, surge um cumim e, sem perguntar se terminamos, retira nossos tira-gostos em grande parte intactos. Nenhum de nós reclama, exceto McDermott, que pergunta "Ele acabou de levar nossos tira-gostos?", então ri sem compreender. Mas então vê que ninguém mais está rindo e para.

"Ele tirou tudo porque as porções são tão pequenas que provavelmente pensou que a gente tinha terminado", diz Price com cansaço.

"Só acho uma maluquice ter uma cama de bronzeamento artificial", falo a Van Patten, embora secretamente ache um luxo bem descolado, exceto por não ter espaço para uma em meu apartamento. É possível fazer outras coisas com ela além de se bronzear.

"Paul Owen está com quem?", escuto McDermott perguntar a Price.

"Algum babaca da Kicker Peabody", diz Price distraído. "*Ele* conhecia McCoy."

"Então por que ele está sentado com esses otários da Dexel?", pergunta McDermott. "Aquele não é Spencer Wynn?"

"Você está cheirado ou o *quê*?", pergunta Price. "Aquele não é Spencer Wynn."

Olho para Paul Owen, sentado numa mesa com outros três caras — um que poderia ser Jeff Duvall, suspensórios, cabelo lambido para trás, óculos de armação de chifre, todos os três bebendo champanhe — e me pergunto com preguiça como foi que Owen conseguiu a conta da Fisher. Não me deixa com fome, mas nossos pratos chegam quase na mesma hora em que os tira-gostos são retirados, e começamos a comer. McDermott folga os suspensórios. Price o chama de desleixado. Me sinto paralisado, mas consigo tirar os olhos de Owen e encarar meu prato (a torta salgada um hexágono amarelo, tiras de salmão defumado em círculo ao redor, listras de molho de tomatilho verde-ervilha rodeando o prato com arte), e então encaro a multidão esperando. Parecem hostis, bêbados com Bellinis de cortesia talvez, cansado de horas de mesas de merda perto da cozinha aberta, embora tivessem reservas. Van Patten quebra o silêncio da mesa batendo com o garfo e empurrando a cadeira para trás.

"Qual o problema?", digo, parando de olhar para meu prato, um garfo pairando acima dele, mas minha mão não se move; como se apreciasse demais a apresentação do prato, como se a mão tivesse uma consciência própria e se recusasse a destruir o desenho. Suspiro e baixo o garfo, sem esperança.

"Merda. Preciso *gravar* um filme pra *Mandy* na TV a cabo." Ele limpa a boca com o guardanapo e se levanta. "Volto logo."

"Coloca *ela* para fazer isso, seu idiota", diz Price. "Você é retardado ou o quê?"

"Ela está em Boston, vendo o *den*tista." Van Patten dá de ombros, totalmente rendido.

"Que diabos *você* vai fazer?", minha voz vacila. Ainda estou pensando no cartão de Van Patten. "Ligar pra HBO?"

"Não", diz ele. "Tenho um telefone analógico conectado para acionar um programador de videocassete Videonics que comprei na Hammacher Schlemmer." Ele sai puxando os suspensórios para cima.

"Que moderno", digo em tom monótono.

"Ei, o que você vai querer de sobremesa?", grita McDermott.

"Alguma coisa de chocolate sem fermento", ele grita de volta.

"Van Patten parou de treinar?", pergunto. "Ele está mais gordinho."

"Está mesmo, não é?", diz Price.

"Ele não está matriculado no Vertical Club?", pergunto.

"Não sei", murmura Price, examinando seu prato, e então, se sentando reto, ele o empurra de lado e acena para a garçonete pedindo outro Finlandia com gelo.

Outra garçonete gostosa se aproxima com hesitação, trazendo uma garrafa de champanhe, Perrier-Jouët, sem safra única, e nos conta que é cortesia de Scott Montgomery.

"Sem safra, que babaca", chia Price, esticando o pescoço para encontrar a mesa de Montgomery. "Fracassado." Ele dá um joinha para o outro lado do salão. "O sacana é tão baixo que quase não consigo encontrar. Acho que era o Conrad. Não tenho certeza."

"Cadê o Conrad?", pergunto. "Tenho que dar um alô pra ele."

"O cara que te chamou de Hamilton", diz Price.

"Aquele não era o Conrad", digo.

"Tem certeza? Parecia pra caralho com ele", afirma, mas não está ouvindo de verdade; encara acintosamente a garçonete gostosa, para o decote que fica à mostra quando ela se abaixa para segurar a rolha da garrafa com mais firmeza.

"Não. Aquele não era o *Con*rad", digo, surpreso com a inabilidade de Price em reconhecer os colegas. "Aquele cara tinha um cabelo mais bem cortado."

Ficamos em silêncio enquanto a gostosa serve o champanhe. Assim que ela sai, McDermott pergunta se gostamos da comida. Falo para ele que a torta salgada estava boa, mas tinha molho de tomatilho demais. McDermott acena e diz "Foi o que ouvi".

Van Patten retorna, resmungando: "O banheiro daqui não presta pra cheirar coca".

"Sobremesa?", sugere McDermott.

"Só se eu puder pedir sorbet de Bellini", diz Price, bocejando.

"Que tal só a conta", diz Van Patten.

"Hora da caça, cavalheiros", digo.

A gostosa traz a conta. Dá 475 dólares, muito menos que o esperado. Rachamos, mas preciso do dinheiro vivo, então passo no meu AmEx platinum e fico com as cédulas deles, em sua maioria notas de cinquenta novinhas. McDermott demanda dez dólares de volta, uma vez que seu tira-gosto de linguiça de escalope só custava dezesseis pilas. A garrafa de champanhe de Montgomery fica na mesa, imaculada. Do lado de fora do Pastels um mendigo diferente está sentado na rua, com um cartaz que diz algo completamente ilegível. Ele gentilmente nos pede um trocado e depois, com mais esperança, comida.

"Esse sujeito precisa *demais* de um tratamento facial", digo.

"Ei, McDermott", zomba Price. "Joga sua gravata pra ele."

"Que merda. Como é que *isso* vai ajudar?", pergunto, encarando o mendigo.

"Tira-gostos na Jams." Van Patten ri. Batemos as mãos num high-five.

"*Cara*", diz McDermott, examinando a gravata, claramente ofendido.

"Ah, foi mal... táxi", diz Price, acenando para um táxi. "... *junto* com uma bebida."

"Para a Tunnel", diz McDermott ao motorista.

"Ótimo, McDermott", diz Price, sentando-se na frente. "Você parece realmente empolgado."

"E daí que eu não seja uma bicha decadente e esfarrapada que nem você?", diz McDermott, entrando na minha frente.

"Alguém sabia que os homens das cavernas têm mais fibras que nós?", pergunta Price ao motorista.

"Ei, *eu* também ouvi essa", diz McDermott.

"Van Patten", digo. "Você viu a garrafa de champanhe de cortesia que Montgomery mandou?"

"Sério?", pergunta Van Patten, se inclinando sobre McDermott. "Deixa eu adivinhar. Perrier-Jouët?"

"*Bingo*", diz Price. "Sem safra."

"Babaca de merda", diz Van Patten.

TUNNEL

Não se sabe a razão, mas todos os homens do lado de fora da Tunnel essa noite estão de smoking, exceto por um mendigo de meia-idade sentado ao lado da lixeira, a apenas alguns centímetros das cordas, abordando qualquer um que perceba a xícara de café de isopor, implorando por um trocado, e enquanto Price vai na frente dando a volta na multidão até as cordas, gesticulando para um dos porteiros, Van Patten agita uma cédula de um dólar novinha no rosto do mendigo, que se ilumina por um momento, então Van Patten a coloca no bolso enquanto corremos para dentro da boate empunhando vários tíquetes de bebida e duas entradas para o Porão VIP. Ao entrarmos, somos vagamente aborrecidos por dois outros porteiros — casacos de lã compridos, rabos de cavalo, provavelmente alemães — que querem saber por que não estamos de smoking. Price resolve com elegância, de algum modo, seja gorjeta para os panacas, seja convencendo os dois de sua influência (provavelmente a última opção). Não me envolvo e de costas para ele tento escutar McDermott reclamando com Van Patten sobre como sou maluco por falar mal das pizzas feitas no Pastels, mas é difícil escutar qualquer coisa com a versão de "I Feel Free" de Berlinda Carlisle ribombando no sistema de som. Estou com uma faca de lâmina serrada no bolso de meu paletó da Valentino, e fico tentado a usá-la para estripar McDermott ali mesmo, na entrada, talvez fatiar o rosto, arrancar a espinha; mas Price enfim acena para entrarmos, e a tentação de matar McDermott é substituída por essa estranha antecipação de me divertir, beber um pouco de champanhe, flertar com alguma gostosa, cheirar um pouco, talvez até dançar com umas músicas das antigas ou com aquela nova da Janet Jackson que eu curto.

Fica mais silencioso enquanto entramos no salão da frente, em direção à entrada de verdade, e passamos por três gostosas. Uma veste uma jaqueta de lã preta com botões laterais e colarinho recortado, calça de lã-crepe e uma caxemira de gola alta ajustada, tudo da Oscar de la Renta; outra está com um casaco de lã de peito duplo, suéter tweed de mohair e náilon, calça jeans combinando, e uma camisa masculina de algodão, tudo da Stephen Sprouse; a mais bonita está usando uma jaqueta de lã xadrez e saia de lã de cintura alta, ambas compradas na Barney's, e uma blusa de seda da Andra Gabrielle. Estão definitivamente de olho em nós quatro e devolvemos o cumprimento, acenando com as cabeças — exceto Price, que as ignora e diz algo grosseiro.

"Meu deus, Price, se anima aí", reclama McDermott. "O que você tem? Essas garotas são *muito* gatas."

"Sim, se você fala farsi", diz Price, passando para McDermott dois tíquetes de bebida como que para acalmá-lo.

"O quê?", diz Van Patten. "Elas não me pareceram espanholas."

"Sabe, Price, você vai ter que mudar de comportamento se quiser dar uma hoje", diz McDermott.

"*Você* está explicando pra *mim* como dar uma?", pergunta Price a Craig. "*Você*, que marcou pontos com uma punheta dia desses?"

"Sua roupa está uma *bosta*, Price", diz Craig.

"Escuta, acham que ajo com vocês do mesmo jeito que quando estou atrás de *buceta*?", desafia Price.

"Acho", respondem McDermott e Van Patten ao mesmo tempo.

"Sabe", digo, "é possível agir de um jeito diferente do que pensamos para conseguir sexo, galera. Espero não estar matando sua inocência, McDermott." Começo a andar mais rápido, tentando acompanhar Tim.

"Não, mas isso não explica por que Tim age que nem o *maior* cuzão", diz McDermott, tentando me alcançar.

"Como se essas garotas se *importassem*", ressona Price. "Quando conto pra elas qual é a minha renda anual, pode acreditar, meu comportamento apenas não importa."

"E como soltar essa pequena informação?", pergunta Van Patten. "Você diz: 'Aqui vai uma Corona e por sinal ganho 180 mil por ano, qual o seu signo?'."

"Cento e noventa", corrige Price, e então, "Sim, digo isso. Não é de sutileza que essas garotas estão atrás."

"E do que essas garotas estão atrás, ó sábio?", pergunta McDermott, se curvando um pouco enquanto anda.

Van Patten ri e, ainda em movimento, batem as mãos num high-five.

"Ei", dou uma risada, "você não perguntaria se *soubesse* a resposta."

"Querem um gostosão que pode levar elas ao Le Cirque duas vezes por semana, ir ao Nell's regularmente. Ou talvez um contato próximo de Donald Trump", diz Price, com monotonia.

Entregamos nossos tíquetes para uma garota de aparência ok usando um casaco duffel de lã melton e um cachecol de seda da Hermès. Enquanto ela nos deixa entrar, Price pisca para a garota e McDermott está dizendo "Fico preocupado com doença só de entrar neste lugar. Essas minas são imundas. Posso até *sentir* isso".

"Já te falei, cara", diz Van Patten e então refaz seu comentário com paciência. "Não podemos pegar *aquilo*. É tipo uma porcentagem de zero zero zero ponto oh um..."

Por sorte, a versão integral de "New Sensation" do INXS abafa a voz dele. A música está tão alta que só é possível conversar gritando. A boate está quase lotada; a única luz real vem em flashes da pista de dança. Todos estão usando smoking. Todos estão bebendo champanhe. Já que temos duas entradas para o Porão VIP, Price as empurra para McDermott e Van Patten, e eles exibem os cartões com ansiedade para o guarda no topo da escada. O cara que deixa eles passarem está usando um smoking de lã de peito duplo, uma camisa de algodão com colarinho em asa da Cerruti 1881 e uma gravata-borboleta de seda xadrez preto e branca da Martin Dingman Neckwear.

"Ei", grito para Price. "Por que *nós* não estamos usando isso?"

"Porque", ele se esgoela em meio à música, me segurando pelo colarinho, "*nós* estamos precisando de uma farinha boliviana..."

Sigo-o enquanto ele aperta o passo pelo corredor estreito que segue em paralelo à pista de dança, então para dentro do bar e por fim para o Salão do Candelabro, abarrotado de caras do Drexel, do Lehman's, do Kidder Peabody, do First Boston, do Morgan Stanley, do Rothschild, do Goldman, e até mesmo do *Citibank*, pelo amor de deus, todos de smoking, com taças de champanhe, e sem problemas, como se fosse a mesma música, "New Sensation" muda para "The Devil Inside", e Price avista Ted Madison escorado no corrimão no final do salão, usando um paletó de lã de peito duplo, uma camisa de algodão de colarinho em asa da Paul Smith, uma gravata-borboleta e cinta cummerbund da

Rainbow Neckwear, brincos de diamante da Trianon, escarpins de gorgorão e couro-patente da Ferragamo, e um clássico relógio Hamilton da Saks; e depois de Madison, desaparecendo na escuridão, estão os dois trilhos gêmeos de trem, que essa noite têm uma extravagante e chamativa iluminação em verde e rosa, e Price de repente para de andar, observa Ted, que sorri em reconhecimento quando avista Timothy, e Price encara os trilhos, pensativo, como se sugerissem uma espécie de liberdade, incorporassem uma fuga que Price andasse buscando, mas grito para ele "Ei, olha o Teddy ali", e isso interrompe a observação, e ele balança a cabeça como que para se livrar dele, retoma seu foco e berra com resolução, "Não, aquele não é o Madison, pelo amor de deus, aquele é o *Turnball*", e o cara que achei que fosse Madison é cumprimentado por dois outros caras de smoking, e de repente vira as costas para nós, atrás de Price, Ebersol envolve o pescoço de Timothy com o braço e, rindo, finge estrangulá-lo, então Price retira o braço, aperta a mão de Ebersol e diz "E aí, Madison".

Madison, que eu pensava ser Ebersol, está com um esplêndido paletó de linho branco de peito duplo da Hackett of London comprado na Bergdorf Goodman. Ambas as mãos ocupadas: em uma, o charuto não aceso; na outra, a taça de champanhe pela metade.

"Sr. Price", berra Madison. "É muito bom revê-lo."

"Madison", grita de volta Price. "Precisamos de seus serviços."

"Atrás de problemas?", sorri Madison.

"Algo mais rápido", grita de volta Price.

"Claro", grita Madison, e então, tranquilamente, por algum motivo, acena para mim, gritando, acho, "Bateman", e então, "Belo bronzeado".

Um cara parecido com Ted Dreyer está em pé atrás de Madison, veste smoking de peito duplo e lapela arredondada, uma camisa de algodão, e uma gravata-borboleta de seda xadrez tartan, tudo, tenho quase certeza, da Polo da Ralph Lauren. Madison fica ali, acenando para diversas pessoas que passam na aglomeração.

Por fim, Price perde a compostura. "Escuta. Precisamos de drogas", penso escutar ele gritando.

"Paciência, Price, paciência", grita Madison. "Vou falar com Ricardo."

Mas ele permanece ali, acenando para as pessoas que passam por nós.

"Não dá pra ir *agora*?", berra Price.

"Por que vocês não estão de smoking?", grita Madison.

"Quanto queremos?", me pergunta Price, desesperado.

"Um grama está ótimo", grito. "Amanhã tenho de ir para o escritório cedo."

"Você tem dinheiro vivo aí?"

Não dá pra mentir, e aceno com a cabeça, e lhe passo quarenta.

"Um grama", grita Price para Ted.

"Ei", diz Madison, apresentando o amigo dele, "este é Você."

"Um grama." Price aperta o dinheiro na mão de Madison. "*Você*? O quê?"

Esse cara e Madison sorriem, e Ted balança a cabeça e grita um nome que não consigo escutar.

"Não", grita Madison, "Rogê." Acho.

"Ok. Prazer enorme em conhecê-lo, Rogê." Price segura seu pulso e bate no Rolex de ouro com o indicador.

"Volto logo", grita Madison. "Faça companhia ao meu amigo. Use seus tíquetes de bebida." Ele desaparece. Você, Rogê, Quem o quê desaparece na multidão. Sigo Price até os corrimãos.

Quero acender meu charuto, mas não tenho fósforo; me conforta meramente segurá-lo, sentir um pouco do aroma, sabendo que as drogas estão a caminho, e pego dois dos tíquetes de bebida de Price e tento arranjar para ele um Finlandia com gelo, em falta, me informa com antipatia a gostosa atrás do balcão do bar, mas ela tem um corpo excelente e é tão gata que dou uma gorjeta polpuda para ela. Escolho uma Absolut para Price e peço um J&B com gelo para mim. Quase levo um Bellini para o Tim, de brincadeira, mas essa noite ele parece irritado demais para rir disso, então avanço pela multidão até ele e lhe entrego a Absolut, que ele recebe sem agradecer, e bebe tudo de um gole só, olha para o copo e faz uma careta, me dando um olhar acusatório. Dou de ombros, sem ter o que fazer. Ele continua a olhar para os trilhos de trem como que possesso. Há pouquíssimas garotas na Tunnel essa noite.

"Ei, vou sair com a Courtney amanhã à noite."

"*Ela*?", grita ele de volta, encarando os trilhos. "Ótimo." Mesmo com o barulho, capto o sarcasmo.

"Bem, por que *não*? Carruthers viajou."

"Pode também chamar alguém de um serviço de *acompanhantes*", grita ele com amargura, quase sem pensar.

"Por quê?", grito.

"Porque ela vai custar *muito* mais pra você dar uma."

"De jeito *nenhum*", berro.

"Escuta, tenho que lidar com isso também", grita Price, chacoalhando suavemente o copo. Cubos de gelo tilintam alto, para a minha surpresa. "Meredith é do mesmo jeito. Ela espera ser paga. *Todas* elas."

"Price", dou um gole grande no scotch. "Você não tem preço..."

Ele aponta atrás de si. "Para onde vão esses trilhos?" Luzes a laser começam a brilhar.

"Não sei", respondo, após um longo tempo, nem sei quanto.

Fico entediado observando Price, que não se mexe nem fala nada. A única razão para ele ocasionalmente desviar a atenção dos trilhos é procurar por Madison ou Ricardo. Não há mulher em parte alguma, apenas um exército de profissionais de Wall Street de smoking. A única fêmea avistada está dançando sozinha num canto com uma música que acho que se chama "Love Triangle". Está usando o que parece ser uma regata de lantejoulas da Ronaldus Shamask e me concentro nisso, mas estou num inquieto estado pré-coca, e começo a mascar nervosamente um tíquete de bebida, e algum cara de Wall Street que se parece com Boris Cunningham bloqueia minha visão da garota. Estou prestes a seguir para o bar quando Madison volta - passados vinte minutos - e funga alto, um grande sorriso engessado e nervoso no rosto, enquanto aperta a mão de um Price de aparência séria que se mexe tão rápido que quando Ted tenta lhe dar um tapa amigável nas costas acerta apenas o ar.

Sigo Price pelo bar e pela pista de dança, pelo porão, o andar de cima, pela enorme fila do banheiro feminino, o que é estranho, já que não parece haver nenhuma mulher na boate essa noite, e, no banheiro masculino, que está vazio, Price e eu escapulimos juntos para um dos reservados e ele trava a porta.

"Estou tremendo", diz Price, me passando o pequeno envelope. "Você abre."

Pego dele, desdobrando com cuidado as pontas do minúsculo pacote branco, exibindo o que deveria ser um grama — parece menos — diante da fraca luz fluorescente do banheiro masculino.

"Nossa", sussurra Price de modo supreendentemente educado. "Não é muito, hein?" Ele se curva para verificar.

"Talvez seja apenas a luz", comento.

"Que é o problema daquele babaca do Ricardo?", pergunta Price, boquiaberto com a coca.

"Shhh", chio, retirando meu cartão platinum da American Express. "Vamos cheirar logo isso."

"Ele está vendendo essa merda por *miligrama*?", pergunta Price. Ele enfia seu próprio cartão platinum da American Express no pó, e leva--o ao nariz. Permanece em silêncio por um instante, e então profere "Oh meu deus" numa voz baixa rouca.

"O quê?", pergunto.

"É a porra de um miligrama de... *Sweet'n Low*", engasga.

Cheiro um pouco da coca com o adoçante em pó e chego à mesma conclusão. "Com certeza é fraco, mas tenho a sensação de que se cheirarmos o bastante vai dar certo...", mas Price está furioso, vermelho, suando; ele grita comigo como se fosse minha culpa, como se comprar o grama de Madison fosse ideia *minha*.

"Quero ficar chapado, Bateman", diz Price lentamente, a voz aumentando. "Não adoçar a merda do meu cereal All-Bran!"

"Você também pode adoçar seu café *au lait*", exclama a voz carrancuda no reservado ao lado.

Price me encara, olhos se arregalando sem acreditar, então irrompe numa crise de raiva e gira, batendo com o punho contra a lateral do reservado.

"Calma aí", falo para ele. "Vamos cheirar mesmo assim."

Price se volta para mim e, após passar a mão em seu cabelo firme, lambido para trás, parece consentir. "Acho que você tem razão", então aumenta a voz, "quer dizer, se a bicha ao lado achar que *tudo bem*."

Esperamos por um sinal, e então a voz na cabine ao lado por fim balbucia, "Por mim tudo bem...".

"Vai tomar no cu", vocifera Price.

"Vai *você* tomar no cu", imita a voz.

"Não, *vai tomar no cu você*", grita de volta Price, tentando escalar a divisória de alumínio, mas eu o puxo para baixo com uma das mãos, e no reservado ao lado é dada a descarga, e a pessoa não identificada, obviamente nervosa, foge do banheiro masculino. Price se escora na porta de nossa cabine e me encara, desesperado. Esfrega uma mão vacilante em seu rosto ainda avermelhado, e fecha os olhos com força, lábios brancos, leve resíduo de cocaína sob uma narina — e então diz calmamente, sem abrir os olhos, "Certo. Vamos lá".

"*Esse* é o espírito", digo. Nos alternamos para raspar o envelope com os cartões até não dar mais, aí enfiamos o dedo e cheiramos e lambemos a ponta dos dedos e, por fim, esfregamos os resíduos na gengiva. Não estou nem perto de ficar chapado, mas outro J&B poderia dar ao corpo uma impressão falsa o bastante para bater alguma onda, não importa que seja muito fraca.

Ao sair da cabine lavamos a mão, examinando nossos reflexos no espelho e, satisfeitos, voltamos ao Salão do Candelabro. Estou começando a desejar ter conferido meu sobretudo (Armani), mas não importa o que Price diga, me sinto um pouco chapado e minutos depois, enquanto espero no bar, tentando chamar atenção de uma gostosa, isso deixa de ter importância. No fim, preciso colocar uma nota de vinte no balcão para conseguir a atenção dela, apesar de ainda ter muitos tíquetes de bebida. Funciona. Aproveitando os tíquetes de bebida, peço duas Stolis duplas com gelo. Ela põe as bebidas sobre o balcão diante de mim.

Estou me sentindo bem e grito para ela "Ei, você não estuda na NYU?".

Ela balança a cabeça, sem sorrir.

"Hunter?", grito.

Ela balança a cabeça de novo. Hunter não.

"Columbia?", grito — embora seja uma piada.

Ela continua concentrada na garrafa de Stoli. Decido não continuar a conversa e apenas bato com os tíquetes de bebida no bar enquanto ela coloca os dois copos na minha frente. Mas ela balança a cabeça e grita "Já passou das onze. Eles não servem mais. Agora só dinheiro vivo. Dá 25 dólares", e, sem reclamar, levando tudo numa boa, pego minha carteira de couro de gazela e passo uma nota de cinquenta que ela observa, juro, com desprezo, e, suspirando, leva à caixa registradora e busca meu troco, e eu digo, encarando-a, com muita clareza, mas abafada por "Pump Up the Volume" e pela multidão, "Você é uma putinha feia pra caralho e quero te esfaquear até a morte e brincar com seu sangue", mas estou sorrindo. Não deixo gorjeta para a vagabunda e encontro Price, de pé novamente, morosamente, diante dos corrimãos, as mãos segurando as barras de ferro. Paul Owen, que cuida da conta da Fisher, está de smoking de lã de peito duplo de seis botões ao lado de Price, berrando algo como "Computei quinhentas iterações de fluxo de caixa negativos num PC ICM e peguei um táxi da companhia para a Smith e Wollensky".

Passei a bebida para Price, enquanto acenava para Paul. Price não fala nada, nem mesmo obrigado. Apenas segura a bebida e observa o trilho com pesar, então aperta os olhos e baixa a cabeça para o copo, e então as luzes estroboscópicas piscam, ele fica reto e murmura algo para si mesmo.

"Você não ficou chapado?", pergunto.

"Como você está?", grita Owen.

"Muito feliz", digo.

A música é uma canção demorada, interminável, que se mescla a uma outra, canções separadas unidas apenas por uma batida surda repetitiva que oblitera qualquer conversa, o que, enquanto estiver conversando com um babaca como Owen, está perfeito para mim. Agora parece que há mais garotas no Salão do Candelabro e tento fazer contato visual com uma — jeito de modelo com peitos grandes. Price me cutuca e me inclino para perguntar se talvez seja o caso de comprar outro grama.

"Por que vocês não estão de smoking?", pergunta Owen, atrás de mim.

"Vou parar", grita Price. "Estou indo embora."

"Parar de quê?", grito de volta, confuso.

"*Com isto*", grita ele, se referindo, não tenho certeza, mas acho que sim, a Stoli dupla.

"Não", falo para ele. "Deixa que eu bebo."

"Me escuta, Patrick", berra. "Estou indo *embora*."

"Para onde?", realmente estou confuso. "Quer que eu procure o Ricardo?"

"Estou indo embora", esganiça. "Estou... indo... *embora*!"

Começo a rir, sem saber o que ele quer dizer. "Certo, pra *onde* você está indo?"

"*Embora*!", grita.

"Não me diga", grito de volta para ele. "Banco mercantil?"

"*Não*, Bateman. Estou falando sério, seu filho da puta de merda. *Embora*. Desaparecer."

"Mas pra onde?" Ainda estou rindo, ainda confuso, ainda gritando. "Morgan Stanley? Reabilitação? O quê?"

Ele desvia o olhar de mim, não responde, apenas fica observando além dos corrimãos, tentando encontrar o ponto em que os trilhos chegam ao fim, encontrar o que jaz além da escuridão. Ele está ficando um porre, mas Owen parece pior e acidentalmente já fiz contato visual com o babaca.

"Diga para ele não se preocupar e ser feliz", grita Owen.

"Você ainda está cuidando da conta da Fisher?" O que mais posso conversar com ele?

"O quê?", pergunta Owen. "Espera. Aquele ali é o Conrad?"

Ele aponta para um cara com smoking de lã e peito único com colarinho arredondado, uma camisa de algodão, tudo da Pierre Cardin, que está perto do bar, exatamente sob o candelabro, segurando uma taça de champanhe, checando as unhas. Owen puxa um charuto, então pede fogo. Estou tão entediado que vou ao bar sem pedir licença para tentar arranjar fósforos com aquela gostosa que eu quero esfaquear. O Salão do Candelabro está lotado, e todos me parecem familiares, todos se parecem. Paira uma fumaça de charutos pesada, flutuando à meia altura, e a música, INXS de novo, está mais alta que tudo, mas indo pra onde? Toco minha sobrancelha sem querer e meus dedos voltam úmidos. No bar pego uns fósforos. No meu caminho de volta pela multidão trombo com McDermott e Van Patten, que começam a implorar por mais tíquetes de bebida. Passo para eles meus tíquetes restantes, sabendo que o bar não aceitava mais, mas estamos esmagados no meio do salão e os tíquetes de bebida não oferecem incentivo suficiente para que eles percorram a jornada até o bar.

"Minas esculhambadas", diz Van Patten. "Atenção. Sem gostosas."

"O porão é uma merda", grita McDermott.

"Encontraram drogas?", grita Van Patten. "Vimos o Ricardo."

"Não", grito. "Negativo. Madison não conseguiu encontrar."

"Não tem ninguém pra atender? Que merda, não tem ninguém?", grita o cara atrás de mim.

"É inútil", grito. "Não dá pra ouvir nada."

De repente, McDermott agarra meu braço. "Que porra é essa que Price está fazendo? Olha lá."

Como num filme, me viro com alguma dificuldade, na ponta dos pés para ver Price empoleirado no corrimão, tentando se equilibrar, e alguém lhe passou uma taça de champanhe, e bêbado ou chapado ele solta os dois braços e fecha os olhos, como que abençoando a multidão. Atrás dele a luz estroboscópica continua a piscar e piscar e piscar, e a máquina de fumaça está descontrolada, uma névoa cinza flutuando envolvendo-o. Ele está gritando algo, mas não consigo escutar — o salão está superlotado, o nível de som uma combinação de estourar os ouvidos com "Party All the Time", de Eddie Murphy, e o alarido constante dos homens de negócios — então abro caminho empurrando, olhos colados em Price, e consigo passar por Madison e Rogê e Turnball e Cunningham e alguns outros. Mas a multidão está espremida demais e é inútil sequer continuar tentando. Apenas alguns dos rostos estão fixos em Tim, ainda se equilibrando no corrimão, olhos semicerrados, gritando algo. Envergonhado, de repente fico feliz por estar cercado pela multidão, incapaz de alcançá-lo, de salvá-lo da humilhação quase certa, e durante um instante de silêncio em tempo perfeito posso escutar Price gritar "Adeus!", e então a multidão finalmente presta atenção, "Seus filhos da puta!". Com graça, ele contorce o corpo e salta do corrimão para os trilhos e começa a correr, a taça de champanhe sacudindo enquanto ele a segura de lado. Price tropeça uma, duas vezes com a luz estroboscópica piscando, no que parece ser em câmera lenta, mas recupera a compostura antes de desaparecer na escuridão. Um segurança está sentado ociosamente diante do corrimão enquanto Price desaparece no túnel. Ele apenas balança a cabeça, acho.

"Price! Volta aqui!", chamo, mas a multidão na verdade está aplaudindo a performance. "Price!", chamo mais uma vez, mais alto que as palmas. Mas ele sumiu, e duvido que se *tivesse* me escutado teria feito qualquer coisa. Madison está de pé por perto e estende a mão como que para me cumprimentar por algo. "Esse cara é *hilário*."

McDermott surge atrás de mim e me puxa pelo ombro. "Price conhece algum salão VIP que não conhecemos?" Ele parece preocupado.

Agora, fora da Tunnel, estou chapado, mas realmente cansado, e minha boca supreendentemente tem o gosto de NutraSweet, mesmo após beber mais duas Stolis e meio J&B. Meia-noite e meia e vemos limusines tentando manobrar na West Side Highway. Nós três, Van Patten, McDermott e eu, discutimos as possibilidades de encontrar essa nova boate chamava Nekenieh. Não estou realmente chapado, apenas meio bêbado.

"Almoço?", pergunto a eles, bocejando. "Amanhã?"

"Não dá", diz McDermott. "Vou cortar o cabelo no Pierre."

"Que tal café da manhã?", sugiro.

"Não", diz Van Patten. "Gio's. Manicure."

"Bem lembrado", digo, checando a mão. "Também estou precisando."

"Que tal jantar?", me pergunta McDermott.

"Tenho um encontro", digo. "Merda."

"E você?", McDermott pergunta a Van Patten.

"Não dá", diz Van Patten. "Preciso ir à Sunmakers. Depois academia particular."

ESCRITÓRIO

No elevador, Frederick Dibble me fala sobre algo na *Page Six*, ou alguma outra coluna de fofoca, sobre Ivana Trump e esse novo restaurante tai-italiano no Upper East Side que ele foi com Emily Hamilton na noite anterior, e começa a tagarelar sobre esse ótimo prato de fusilli com shitake. Com minha caneta Cross de ouro anotei na minha agenda o nome do restaurante. Dibble está usando um terno de lã sutilmente listrado de peito duplo da Canali Milano, uma camisa de algodão da Bill Blass, uma gravata de seda com miniestampa xadrez tecida pela Bill Blass Signature, e está segurando um casaco de chuva da Missoni Uomo. Tem um corte de cabelo caro e bonito, e olho para ele, admirado, enquanto começa a cantarolar junto com a estação de música ambiente — uma versão do que seria "Sympathy for the Devil" — que toca em todos os elevadores do prédio em que estão nossos escritórios. Estou prestes a perguntar a Dibble se ele viu *Patty Winters Show* hoje — o assunto era autismo —, mas ele chega em seu andar antes disso e repete o nome do restaurante, "Thaidialano", então diz "Até mais, Marcus" e sai do elevador. As portas se fecham. Visto um terno de lã com minipadrão pied de poule e calça plissada da Hugo Boss, uma gravata de seda, também da Hugo Boss, uma camisa de algodão mercerizado da Joseph Abboud e sapatos da Brooks Brothers. Passei o fio dental com força demais essa manhã e ainda posso sentir no fundo da garganta o gosto do resíduo ferroso do sangue engolido. Usei Listerine depois e minha boca parece que está em chamas, mas consigo sorrir sozinho enquanto saio do elevador, e passo por Wittenborn de ressaca, balançando minha nova maleta de couro preto da Bottega Veneta.

Minha secretária, Jean, que está apaixonada por mim e com quem provavelmente acabarei me casando, está sentada diante de sua mesa, e essa manhã, para chamar minha atenção, como de costume, está com algo completamente inapropriado e que deve ser caro: um cardigã de caxemira da Chanel, uma camisa de caxemira sem colarinho e um cachecol de caxemira, imitação de brincos de pérola, e calça de lã-crepe comprada na Barney's. Tiro o fone do walkman do pescoço enquanto me aproximo da mesa. Ela olha para cima e sorri com timidez.

"Atrasado?", pergunta.

"Aula de aeróbica." Levo na boa. "Desculpa. Alguma mensagem?"

"Ricky Hendricks teve que cancelar hoje", diz ela. "Ele não disse o que estava cancelando nem por quê."

"De vez em quando luto boxe com Rick no Harvard Club", explico. "Alguém mais?"

"E... Spencer quer encontrar você pra tomar umas no Fluties Pier 17", diz ela, sorrindo.

"Quando", pergunto.

"Depois das seis."

"Negativo", falo para ela enquanto caminho até meu escritório. "Cancele."

Ela se levanta da mesa e me segue. "É? E o que eu devo dizer?", pergunta, encantada.

"Basta... dizer... não", falo para ela, retirando meu sobretudo Armani e pendurando-o na chapeleira da Alex Loeb que comprei na Bloomingdale's.

"Basta... dizer... não?", repete ela.

"Você viu o *Patty Winters Show* hoje?", pergunto. "Sobre autismo?"

"Não." Ela sorri como se de algum modo ficasse encantada com meu vício no *Patty Winters Show*. "Como foi?"

Pego o *Wall Street Journal* da manhã e passo os olhos pela primeira página — toda ela um borrão de fontes manchadas de tinta que não faz sentido. "Acho que estava alucinando enquanto assistia. Não sei. Não tenho certeza. Não me lembro", murmuro, baixando o *Journal* de volta e apanhando o *Financial Times* do dia, "Não sei mesmo". Ela apenas fica ali esperando instruções. Suspiro e junto minhas mãos, sentado à mesa com tampo de vidro da Palazzetti, as lâmpadas halógenas já acesas em ambos os lados. "Ok, Jean", começo. "Preciso de reservas para três no Camols, às doze e meia. Se não lá, no Crayons. Tudo bem?"

"Sim, senhor", diz ela em tom jocoso, e estão se vira para sair.

"Ah, espera", digo, me lembrando de algo. "E preciso de reservas para dois no Arcadia, às oito da noite."

Ela se vira, seu rosto desanimando um pouco, mas ainda sorrindo. "Oh, algo... romântico?"

"Não, tolinha. Deixa pra lá", falo para ela. "Eu mesmo faço isso. Obrigado."

"Eu faço", diz ela.

"Não. Não", digo, acenando para ela sair. "Me faça uma gentileza e apenas me traga uma Perrier, ok?"

"Você está bonito hoje", diz ela antes de sair.

Ela está certa, mas não vou dizer nada — fico apenas encarando a pintura de George Stubbs pendurada do outro lado do escritório, me perguntando se deveria mudá-la de lugar, pensando que talvez esteja perto demais do receptor estéreo AM/FM Aiwa e do gravador de cassete dual e do toca-discos de correia semiautomático, o equalizador gráfico, as caixas de som de estante combinando, e tudo isso em azul-crepúsculo para combinar com o padrão de cor do escritório. A pintura de Stubbs provavelmente deveria ir para cima do dobermann em tamanho real no canto (700 dólares na Beauty and the Beast da Trump Tower) ou talvez ficasse melhor acima da mesa antiga da Pacrizinni que fica ao lado do dobermann. Me levanto e mudo de lugar todas essas revistas de esporte dos anos quarenta — me custaram trinta pilas *cada* — que comprei na Funchies, Bunkers, Gaks and Gleeks, e então retiro a pintura de Stubbs da parede e a equilibro na mesa então me sento de novo, e passo o tempo com os lápis que guardo numa caneca de cerveja vintage alemã que comprei na Man-tiques. O Stubbs fica bonito em qualquer lugar. Uma reprodução de bengaleiro da Black Forest (675 dólares na Hubert des Forges) fica em outro canto sem, acabo de perceber, nenhum guarda-chuva.

Ponho uma fita de Paul Butterfield no toca-fitas, me sento de volta à mesa e passo as páginas do *Sports Illustrated* da semana anterior, mas não consigo me concentrar. Continuo pensando na porcaria da cama de bronzeamento artificial que Van Patten tem e sou movido a pegar o telefone e chamar Jean.

"Sim?", responde ela.

"Jean. Escuta, fica de olhos abertos para uma cama de bronzeamento artificial, ok?"

"O quê?", pergunta ela — incrédula, tenho certeza, mas provavelmente ainda sorrindo.

"Você sabe. Uma cama de bronzeamento artificial", repito casualmente. "Para... bronzeamento."

"Certo...", diz ela, hesitante. "Algo mais?"

"E, que merda, sim. Me lembre de devolver na locadora as fitas de vídeo que aluguei ontem." Começo a abrir e fechar a charuteira de prata esterlina ao lado do telefone.

"Algo mais?", pergunta ela, e então, em tom de flerte, "Que tal aquela Perrier?"

"Sim. Boa ideia. Ah, Jean?"

"Sim", diz ela, e estou aliviado com sua paciência.

"Você não me acha maluco, né?", pergunto. "Digo, por desejar uma cama de bronzeamento artificial?"

Há uma pausa e então, "Bem, é um pouco incomum", admite, e posso perceber que está escolhendo as palavras com *muito* cuidado. "Mas não, claro que não. Quer dizer, de qual outro jeito você vai ficar com esse tom de pele bonito pra diabo?"

"Boa garota", digo, antes de desligar. Tenho uma ótima secretária.

Ela entra no escritório cinco minutos depois com a Perrier, uma fatia de limão e o arquivo de Ransom, que não precisava trazer, e estou vagamente tocado por sua devoção quase total a mim. Não consigo evitar me sentir lisonjeado.

"Você tem uma mesa no Camols ao meio-dia e meia", anuncia enquanto serve a Perrier em um copo de vidro. "Seção para não fumantes."

"Não use essa roupa novamente", digo, olhando para ela rapidamente. "Obrigado pelo arquivo de Ransom."

"Hum..." Ela hesita, prestes a me passar a Perrier, e pergunta, "O quê? Não ouvi o que disse", antes de colocar a bebida em minha mesa.

"Eu disse", e repito com calma, um sorriso maldoso, "não use essa roupa de novo. Use um vestido. Uma saia ou algo assim."

Ela fica lá apenas um pouco atônita, e após olhar para si, sorri como uma cretina. "Se você não gosta disso, eu mudo", diz humildemente.

"O que foi?", digo, dando um gole na minha Perrier. "Você é mais bonita que isso."

"Obrigada, Patrick", diz ela com sarcasmo, embora eu aposte que amanhã estará usando um vestido. O telefone na mesa dela toca. Digo a ela que não estou. Ela se vira para sair.

“E salto alto”, comento. “Gosto de salto alto.”

Ela balança a cabeça de bom humor enquanto sai, fechando minha porta. Pego um relógio de bolso Panasonic com uma TV a cores diagonal de três polegadas e um rádio AM/FM e tento encontrar algo para assistir, com sorte *Jeopardy!*, antes de me virar para meu computador.

ACADEMIA

A academia que frequento, a Xclusive, é particular e fica a quatro quadras de meu apartamento no Upper West Side. Nos dois anos desde que me associei, ela foi remodelada três vezes, e apesar de possuírem os últimos aparelhos de exercício (Nautilus, Universal, Keiser), eles têm um arsenal variado de pesos soltos que também gosto. A academia tem dez quadras de tênis e racquetball, aulas de aeróbica, quatro estúdios de dança aeróbica, duas piscinas, bicicletas ergométricas Lifecycle, um aparelho Gravitron, aparelhos de remo, esteiras rolantes, máquinas de esqui cross-country, treino individual, avaliações cardiovasculares, programas personalizados, massagem, saunas e banho turco, um solário, câmaras de bronzeamento e um café com bar de sucos, tudo isso desenhado por J.J. Vogel, que desenhou a nova boate de Norman Prager, a Petty's. Custa cinco mil dólares por ano para ser sócio.

Fazia frio hoje de manhã, porém fica mais quente depois que saio do trabalho, e estou usando um terno listrado de peito duplo de seis botões da Ralph Lauren com colarinho largo e camisa de algodão de listras finas com punhos franceses Sea Island, também da Polo, e retiro as roupas, com prazer, na sala de armários com ar-condicionado, então visto um par de shorts de algodão e lycra preto-corvo com listras laterais e uma faixa branca na cintura e uma regata de algodão e lycra, ambos da Wilkes, que podem ser dobrados tão apertados que na verdade posso carregar em minha pasta. Após me vestir e colocar meu walkman, prendendo-o em meus shorts de lycra e colocando os fones nos ouvidos, uma fita compilando Stephen Bishop e Christopher Cross que Todd Hunter fez para mim, me examino no espelho antes de entrar na academia e, insatisfeito, volto à minha pasta atrás de um pouco de musse para lamber meu cabelo para trás e então uso um hidratante e, para uma manchinha que percebo em meu lábio inferior, um toque de protetor labial Clinique. Satisfeito, ligo o walkman, aumento o volume, e deixo o vestiário.

Cheryl, essa mina atarracada que é apaixonada por mim, está sentada na mesa controlando a entrada das pessoas, lendo uma coluna de fofocas do *Post*, e se ilumina perceptivelmente quando vê que estou me aproximando. Ela me dá olá, mas passo por ela rápido, mal dando conta de sua presença, uma vez que não há fila no Stairmaster, pelo qual geralmente é preciso esperar vinte minutos. Com o Stairmaster você exercita o maior grupo muscular do corpo (entre a pélvis e os joelhos) e é possível acabar queimando mais calorias por minuto que fazendo qualquer outra atividade aeróbica, exceto talvez esqui nórdico.

Provavelmente eu deveria me alongar antes, mas se fizer isso terei de esperar na fila — já tem uma bicha atrás de mim, provavelmente conferindo os músculos das minhas costas, da bunda, e das pernas. Nenhuma gostosa na academia hoje. Apenas bichas do West Side, provavelmente atores desempregados, garçons noturnos, e Muldwyn Butner, da Sachs, que estudou na Exeter comigo, lá no aparelho de exercício de bíceps. Butner está usando um short de náilon e lycra que vai até os joelhos com inserções xadrez e uma regata de algodão e lycra e Reeboks de couro. Faço vinte minutos no Stairmaster, e deixo a bicha loira pintada supermusculosa de meia-idade atrás de mim usar o aparelho, e começo os exercícios de alongamento. Enquanto me alongo, o *Patty Winters Show* que vi de manhã volta à minha cabeça. O tópico era Peitos Grandes e havia uma mulher que tinha feito uma *redução* dos seios, pois achava os peitos grandes demais — que piranha burra. Imediatamente liguei para McDermott, que também estava assistindo, e ambos ridicularizamos a mulher pelo resto do bloco. Faço cerca de quinze minutos de alongamento antes de seguir para as máquinas do Nautilus.

Eu costumava ter um personal trainer recomendado por Luis Carruthers, mas ele deu em cima de mim no último outono, então decidi fazer minha própria programação, que incorpora exercícios de aeróbica e treinamento. Quanto aos pesos, alterno entre halteres e aparelhos de resistência hidráulica, pneumática ou eletromecânica. A maioria dos aparelhos é bastante eficiente, uma vez que teclados computadorizados permitem ajustes na resistência do peso sem se levantar. Os aspectos positivos dos aparelhos incluem diminuição das dores musculares e redução de qualquer chance de lesão. Porém, também gosto da versatilidade e da liberdade fornecidas pelos halteres e das diversas variações do modo de levantar que não obtenho nos aparelhos.

Nos aparelhos de pernas faço quatro séries de repetições. Para as costas, também quatro séries. No aparelho de abdominais em que consegui uma vaga, posso fazer seis séries de quinze, e no aparelho de bíceps, sete séries de dez. Antes de ir para os halteres passo vinte minutos na bicicleta ergométrica enquanto leio a nova edição da revista *Money*. Nos pesos livres faço três séries de quinze repetições de perna na cadeira extensora, na cadeira flexora e no *leg press*, depois três séries de vinte repetições de rosca com barra, então três séries de vinte repetições de crucifixo invertido para os deltoides posteriores e três séries de vinte repetições de puxada aberta com barra, remada sentado, levantamento terra e remada unilateral. Para o peito, faço três séries de vinte repetições de supino inclinado. Para os deltoides frontais, também faço três séries de elevação lateral e desenvolvimento sentado. Por fim, para o tríceps, faço três séries de vinte repetições de polia supinado e barra reta supinado no banco. Após mais exercícios de alongamento para esfriar um pouco, tomo um rápido banho de água quente e depois sigo para a locadora para devolver as duas fitas que aluguei na segunda, *Reformatório Travesti* e *Dublê de Corpo*, mas alugo *Dublê de Corpo* de novo, pois quero rever hoje à noite, embora saiba que não terei tempo o bastante para me masturbar com a cena em que a mulher é perfurada até a morte com uma furadeira, já que tenho um encontro com Courtney no Café Luxembourg às sete e meia.

ENCONTRO

Indo para casa após treinar na Xclusive, e depois de uma intensa massagem shiatsu, paro na banquinha próxima a meu prédio, olhando rapidamente a Estante de Adultos com o walkman ainda ligado, as notas tranquilizantes do Cânone de Pachelbel de algum modo complementando as fotografias laminadas sem muita luz nas revistas que folheio. Compro a *Putas Lésbicas com Vibrador* e a *Buceta com Buceta* e também a *Sports Illustrated* atual e a nova edição da *Esquire*, mesmo assinando as duas e ambas já terem chegado pelo correio. Espero a banca esvaziar para fazer a compra. O vendedor diz algo, move para a frente seu nariz aquilino, enquanto me passa as revistas junto com o troco. Abaixo o volume e tiro um dos fones do walkman e pergunto "O quê?". Ele toca o nariz novamente e, com um sotaque duro, quase impenetrável, acho que diz "Nariz zangrando". Solto minha pasta da Bottega Veneta e passo o dedo no rosto. Ele volta vermelho, molhado de sangue. Enfio a mão no sobretudo da Hugo Boss, tiro um lenço da Polo e limpo o sangue, aceno um obrigado, recoloco meus óculos de sol de aviador Wayfarer e saio. Iraniano filho da puta.

No lobby do meu prédio, paro na mesa da frente e tento chamar atenção de um porteiro hispânico negro que não reconheço. Ele está no telefone com a esposa ou o traficante ou algum viciado em crack, e olha para mim enquanto acena, o telefone preso nas rugas prematuras de seu pescoço. Quando se dá conta de que preciso lhe pedir algo, ele suspira, vira os olhos e pede a quem está na linha para esperar. "Aí, quêquecêqué?", resmunga.

"Sim", começo, no tom mais gentil e educado que sou capaz de proferir. "Poderia me fazer o favor de avisar ao síndico que estou com um problema no teto e..." Paro.

Ele olha para mim como se eu houvesse ultrapassado alguma espécie de fronteira implícita, e começo a me perguntar qual palavra o confundiu: certamente não *problema*, então qual? *Síndico*? *Teto*? Talvez até *favor*?

"Quêquecêquédizê?" Ele dá um suspiro alto e se afunda na cadeira, ainda me encarando.

Olho para o piso de mármore abaixo, e também suspiro e digo a ele: "Olha. Não sei. Apenas fala pro síndico que é o Bateman... do Dez I". Quando levanto novamente a cabeça para ver se algo foi compreendido, sou cumprimentado pela máscara sem expressão do rosto pesado e estúpido do porteiro. Sou um fantasma para esse homem, estou pensando. Sou algo de irreal, algo não muito tangível, ainda assim uma espécie de obstáculo, e ele acena, volta ao telefone, continua a falar num dialeto completamente alienígena para mim.

Pego minha correspondência — catálogo da Polo, conta do American Express, *Playboy* de junho, convite para uma festa do trabalho em uma nova boate chamada Bedlam — então caminho até o elevador, entro dando uma olhada na brochura da Ralph Lauren e aperto o botão do meu andar e o botão de Fechar Porta, mas alguém entra antes que as portas se fechem e por instinto me viro para dizer olá. É o ator Tom Cruise, que mora na cobertura. Por cortesia, sem perguntar, aperto o botão C e ele agradece com um aceno e mantém os olhos fixos nos números brilhando sobre a porta em rápida sucessão. Ele é muito mais baixo pessoalmente e está usando o mesmo par de óculos escuros Wayfarer que eu. Está vestindo jeans, uma camiseta branca, um paletó Armani.

Para quebrar o silêncio desconfortável, dou uma tossida e digo: "Achei você ótimo em *Bartender*. Achei um filme excelente, e *Top Gun* também. Achei bom de verdade".

Ele então para de olhar para os números e me encara. "O nome era *Cocktail*", diz com gentileza.

"Perdão?", digo, confuso.

Ele dá uma tossida e diz "*Cocktail*. Não *Bartender*. O nome do filme era *Cocktail*".

Segue-se uma longa pausa; apenas o som dos cabos movendo o elevador para cima compete com o silêncio óbvio e pesado entre nós.

"Ah, sim... Certo", digo, como se finalmente me desse conta do título. "*Cocktail*. Claro, é isso mesmo", digo. "Ótimo, Bateman, no que você está pensando?" Balanço a cabeça como que para clareá-la, e então, para consertar as coisas, estico a mão. "Olá. Pat Bateman."

Cruise a aperta, hesitante.

"Então", prossigo. "Gosta de morar aqui?"

Ele espera um bom tempo antes de responder "Acho que sim".

"É ótimo", digo. "Não é?"

Ele acena, sem olhar para mim, e aperto novamente o botão do meu andar, uma reação quase involuntária. Ficamos lá em silêncio.

"Então... *Cocktail*", digo, após um tempo. "Esse que é o nome."

Ele não diz nada, nem mesmo um meneio de cabeça, mas agora está olhando para mim de modo estranho, e baixa os óculos de sol e diz, com uma pequena careta, "Hã... seu nariz está sangrando".

Fico ali congelado por um momento, antes de entender que preciso fazer alguma coisa, então finjo estar adequadamente envergonhado, perplexo, toco meu nariz e depois pego meu lenço Polo — já manchado de marrom — e limpo o sangue das minhas narinas, de modo geral lidando até bem com isso. "Deve ser a altitude", rio. "Estamos tão alto."

Ele acena, não diz nada, e olha para os números acima.

O elevador para no meu andar e, quando as portas se abrem, digo a Tom: "Sou um grande fã. Que grande prazer finalmente conhecê-lo".

"Ah, sim, claro." Cruise dá seu famoso sorriso e bate no botão de Fechar Porta.

A garota com quem vou sair essa noite, Patricia Worrell — loira, modelo, recentemente largou Sweet Briar após apenas um semestre — deixou duas mensagens na secretária eletrônica, sobre como era incrivelmente importante que eu ligasse para ela. Enquanto folgo minha gravata de seda azul inspirada em Matisse da Bill Robinson, disco o número dela e atravesso o apartamento, telefone sem fio nas mãos, para ligar o ar-condicionado.

Ela atende na terceira chamada. "Alô?"

"Patricia. Oi. Pat Bateman."

"Ah, oi", diz ela. "Escuta, estou na outra linha. Posso ligar daqui a pouco?"

"Bem...", digo.

"Olha, é minha academia", diz ela. "Eles bagunçaram minha matrícula. Ligo de volta num segundo."

"Ok", digo e desligo.

Vou para a cama e tiro a roupa do dia: um terno de lã com padrão espinha de peixe com calça plissada da Giorgio Correggiari, uma camisa Oxford de algodão da Ralph Lauren, uma gravata de malha da Paul Stuart e sapatos de camurça da Cole-Haan. Coloco um short boxer de sessenta dólares que comprei na Barney's e faço alguns exercícios de alongamento, segurando o telefone, esperando Patricia ligar de volta. Após dez minutos de alongamento, o telefone toca e espero chamar seis vezes antes de atender.

"Alô", diz ela. "Sou eu, Patricia."

"Tem como esperar um pouco? Estou em outra ligação."

"Ah, claro", diz.

Faço Patricia esperar dois minutos, então volto à linha. "Alô", digo. "Desculpa."

"Tudo bem."

"Então. Jantar", digo. "Passa aqui na minha casa lá pelas oito horas."

"Então, é sobre isso que eu queria falar", diz ela lentamente.

"Ah, não", lamento. "O que foi?"

"Então, olha, é o seguinte", começa. "Tem esse show na Radio City e..."

"Não, não, não", retruco, inflexível. "Nada de música."

"Mas meu ex-namorado, um tecladista da Sarah Lawrence, está na banda de apoio e..." Ela para, como se já houvesse decidido protestar contra a minha decisão.

"Não. Negativo, Patricia", digo, com firmeza, refletindo: Merda, por que *este* problema, por que *hoje*?

"Ai, Patrick", lamuria-se pelo telefone. "Vai ser tão legal."

Tenho quase certeza de que as chances de transar com Patricia hoje são bem grandes, mas não se formos a um show com um ex-namorado dela (não existe esse tipo de coisa com Patricia) na banda de apoio.

"Não gosto de shows", afirmo, entrando na cozinha. Abro a geladeira e tiro um litro de Evian. "Não gosto de shows", repito. "Não gosto de música 'ao vivo'."

"Mas esse não é como os *outros*." E acrescenta, sem jeito, "*Temos* bons lugares".

"Escuta. Não há o que discutir", digo. "Se você quer ir, *vá*."

"Mas pensei que a gente iria *jun*tos", diz ela, forçando uma emoção. "Pensei que iríamos jantar", e então, quase certamente um pensamento posterior, "Ficar *juntos*. Nós *dois*."

"Eu sei, eu sei", respondo. "Escuta, todos nós devemos fazer exatamente o que *queremos* fazer. *Eu* quero que você faça o que *você* quer fazer."

Ela pausa e tenta um novo ângulo. "A música é tão bonita, então... Sei que isso parece brega, mas ela é... glo*riosa*. A banda é uma das melhores que você vai ver na vida. São divertidos e maravilhosos, e a música é tão boa, e, nossa, eu queria tanto que você visse isso. Vamos nos divertir muito, garanto", afirma ela, transbordando gravidade.

"Não, não, vai você", digo. "Divirta-se."

"Pat*rick*", diz ela. "Tenho *duas* entradas."

"Não. Não gosto de shows", digo. "Música ao vivo me *incomoda*."

"Bem", diz ela, e a voz dela parece marcada por uma decepção genuína, "Vou ficar chateada se você não for comigo".

"Estou dizendo para você ir e se divertir." Desenrosco a tampinha da garrafa de Evian, calculando meu próximo movimento. "Não se preocupe. Vou deixar para ir ao Dorsia sozinho então. Sem problemas."

Há uma pausa muito longa, que sou capaz de traduzir em: Aham, certo, agora vamos ver se você quer mesmo ir pra porra daquele show de merda. Dou um gole grande na Evian, esperando que ela me diga que horas vai passar no meu apartamento.

"Dorsia?", pergunta ela, e então, suspeitando, "Você tem uma reserva lá? Digo, para nós?".

"Sim", respondo. "Oito e meia."

"Então..." Ela dá uma risadinha e, vacilando, completa: "Era... então, o que eu queria dizer é, bem, *eu* já vi a banda tocando. Queria era que *você* visse."

"Escuta. O que você vai fazer?", pergunto. "Se você não quiser vir tenho de ligar pra outra pessoa. Você tem o número da Emily Hamilton?"

"Ah, espera aí, Patrick, não seja... *precipitado*." Ela dá uma risadinha nervosa. "Eles *vão* tocar mais duas noites então eu *posso* ver o show amanhã. Escuta, se acalma, ok?"

"Ok", digo. "Estou calmo."

"Então, que horas devo passar aí?", pergunta a Puta de Restaurante.

"Eu disse oito", respondo, enojado.

"Ótimo", diz ela, e então, num sussurro sedutor, "Te vejo às oito." Ela fica no telefone como se esperasse que eu dissesse mais alguma coisa, como se talvez eu fosse parabenizá-la por tomar a decisão correta, mas tenho pouco tempo para lidar com isso, então desligo abruptamente.

No instante em que desligo na cara de Patricia, atravesso a sala correndo e pego o Guia Zagat e folheio até encontrar o Dorsia. Com os dedos tremendo, disco o número. Ocupado. Em pânico, coloco o telefone em Rediscagem Automática e nos cinco minutos seguintes nada além do sinal de ocupado, certeiro e ameaçador, se repete do outro lado da linha. Finalmente, uma chamada, e nos segundos anteriores à resposta experimento aquela que é a mais rara das ocorrências — um pico de adrenalina.

"Dorsia", alguém responde, sexo não facilmente identificável, tornado andrógino pelo ruído de paredão de som no fundo. "Favor esperar."

O som é pouco menos ruidoso que um estádio de futebol americano lotado, e preciso de cada grama de coragem que sou capaz de reunir para ficar no telefone e não desligar. Espero durante cinco minutos, a palma da mão suando, machucada de apertar o telefone sem fio com tanta força, uma fração de mim percebendo a futilidade desse esforço, outra parte esperançosa, outra fração emputecida por eu não ter feito a reserva antes ou ter mandado Jean fazer. A voz retorna à linha e diz com grosseria "Dorsia".

Dou uma tossida. "Hum, sim, sei que é um pouco tarde, mas seria possível reservar uma mesa para dois às oito e meia ou talvez às nove?" Estou perguntando isso com os dois olhos cerrados.

Há uma pausa — a multidão no fundo uma massa ondulante, ensurdecedora — e, com esperança real percorrendo meu corpo, abro os olhos, percebendo que o maître, que deus o abençoe, provavelmente está procurando por algum cancelamento no livro de reservas — então começa a rir, no começo timidamente, mas de repente isso se transforma num agudo crescente de gargalhada, que é cortada abruptamente quando ele bate o telefone.

Atônito, febril, me sentindo vazio, contemplo o próximo movimento, o som da discagem zumbindo ruidosamente no receptor. Junto forças, conto até seis, reabro o Guia Zagat e recupero gradualmente a concentração contra o pânico quase arrebatador em garantir uma reserva para as oito e meia num lugar se não tão descolado quanto o Dorsia, ao menos o segundo colocado. No final, consigo uma reserva no Bacardia para dois, às nove, e isso *apenas* devido a um cancelamento, e ainda que Patricia provavelmente vá ficar desapontada, talvez possa até *apreciar* o Bacardia — as mesas são bem espaçadas, a luz é baixa e confortável, a comida *Nouvelle Southwestern* — e, afinal, se não gostar, o que a vagabunda vai fazer, *me processar*?

Treinei pesado na academia depois de sair do trabalho hoje, mas a tensão retornou, então faço noventa abdominais, cento e cinquenta flexões, depois corro em volta de casa por vinte minutos enquanto escuto o novo CD de Huey Lewis. Tomo um banho quente e em seguida uso um novo creme facial da Caswell-Massey e um gel de banho da Greune, um hidratante corporal da Lubriderm e um creme facial da Neutrogena. Fico na dúvida entre duas roupas. Uma é um terno de lã-crepe da Bill Robinson que comprei na Saks com essa camisa de algodão jacquard da Charivari e uma gravata Armani. Ou um paletó esportivo de lã e caxemira com padrão xadrez azul, uma camisa de algodão e calça plissada de lã da Alexander Julian, com uma gravata de seda de bolinhas da Bill Blass. O Julian pode ser um pouco quente demais para maio, mas se Patricia estiver usando essa roupa da Karl Lagerfield, que *acho* que estará usando, então talvez *eu vá* com o Julian, pois combinaria com a roupa *dela*. Os sapatos são mocassins de crocodilo da A. Testoni.

Uma garrafa de Scharffenberger está no gelo num balde de alumínio torcido da Spiros em um resfriador de champanhe de vidro gravado da Christine Van der Hurd que fica numa travessa de bar folheado a prata da Cristofle. O Scharffenberger não é ruim — não é Cristal, mas por que desperdiçar Cristal com essa ninfeta? Provavelmente ela não seria capaz de dizer a diferença mesmo. Tomo uma taça enquanto espero por ela, ocasionalmente arrumando os animais Steuben na mesinha com tampo de vidro da Turchin, ou às vezes folheio o último livro de capa dura que comprei, algo de Garrison Keillor. Patricia está atrasada.

Enquanto espero no sofá da sala, e a jukebox Wurlitzer está tocando "Cherish", do Loving' Spoonful, chego à conclusão de que Patricia *está* a salvo hoje, não vou pegar uma faca e enfiar nela de repente a troco de nada, não vou sentir qualquer prazer em observá-la sangrar pelos talhos que abri ao cortar sua garganta ou esfaquear seu pescoço ou arrancar seus olhos. Ela está com sorte, apesar de não haver um motivo real para essa sorte. Pode ser que esteja a salvo por causa de sua fortuna, da fortuna da *família*, a salvo por hoje, ou poderia ser apenas *minha* escolha. Talvez a taça de Scharffenberger tenha amortecido meu impulso ou simplesmente eu não queira arruinar esse terno da Alexander Julian em particular com essa vagabunda espirrando sangue em cima dele. Aconteça o que acontecer, prevalece o fato inútil: Patricia ficará viva, e essa vitória não requer habilidade, nenhum salto de imaginação, ou engenho da parte de ninguém. É apenas como o mundo, *meu* mundo, gira.

Ela chega trinta minutos atrasada, e mando o porteiro deixar subir, embora me encontre com ela do lado de fora do apartamento, ao trancar a porta. Patricia não está usando o traje da Karl Lagerfield que eu esperava, mas de qualquer forma parece bem bonita: uma blusa de gazar com abotoaduras de imitação de diamante da Louis Dell'Olio e uma calça de veludo bordado da Saks, brincos de cristal da Wendy Gell for Anne Klein e escarpins dourados com alça no tornozelo. Espero até entrarmos no táxi em direção ao centro para contar a ela que não vamos ao Dorsia, então me desculpo profusamente, comento algo a respeito de linhas de telefone desconectadas, um incêndio, um maître vingativo. Ela dá um leve suspiro quando despejo as notícias, ignora as desculpas e me dá as costas para observar pela janela. Tento apaziguá-la descrevendo como é descolado e *luxuoso* o restaurante aonde vamos, falando da massa com funcho e banana, seus sorbets, mas ela apenas balança a cabeça, e então estou reduzido a lhe contar, meu deus, como o Barcadia ficou muito mais caro que o Dorsia, mas ela permanece inflexível. Os olhos dela, juro, com lágrimas intermitentes.

Ela não fala nada até nos sentarmos a uma mesa medíocre perto da seção dos fundos do salão de jantar principal, e isso apenas para pedir um Bellini. Peço um ravióli com ovas de sável e compotas de maçãs como tira-gosto, e um rolo de carne com queijo de cabra e molho de codornas de entrada. Ela pede cioba com violetas e pinhão e como tira-gosto uma sopa de manteiga de amendoim com pato defumado e purê de abóbora, o que soa estranho, mas na verdade é muito bom. A revista *New York* chamou isso de "um pratinho divertido, porém misterioso" e repito isso para Patricia, que acende um cigarro enquanto ignora meu fósforo aceso, amuada no lugar dela, soltando fumaça direto em meu rosto, ocasionalmente disparando olhares furiosos para mim enquanto a ignoro com educação, agindo com o máximo de cavalheirismo. Assim que nossos pratos chegam, olho apenas para meu jantar — os triângulos vermelhos escurecidos do rolo de carne com queijo de cabra por cima que foi tingido de rosa por suco de romã, rabiscos de codorna tostada rodeando o bife, e filetes de manga pontilhando a beirada do grande prato preto — por um longo tempo, um pouco confuso, antes de decidir comer, pegando meu garfo com hesitação.

Apesar de o jantar só durar noventa minutos, a sensação é que fiquei uma semana sentado no Barcadia, e, apesar de não ter nenhuma vontade de aparecer na Tunnel depois, talvez seja uma punição adequada para o comportamento de Patricia. A conta dá trezentos e vinte dólares — menos que o esperado, na verdade — e pago com meu AmEx platinum. No táxi em direção ao centro, meus olhos fixos no medidor, nosso motorista tenta puxar conversa com Patricia, que o ignora completamente enquanto checa a maquiagem num estojo da Gucci, passando mais batom numa boca já carregada. Havia um jogo de beisebol hoje que esqueci de gravar, então não vou poder assistir quando chegar em casa, mas me lembro que comprei duas revistas depois do trabalho hoje e sempre posso passar uma ou duas horas debruçado sobre elas. Confiro meu Rolex e percebo que, se tomarmos um drinque, talvez dois, chego em casa a tempo para o *Late Night with David Letterman*. Embora fisicamente Patricia seja atraente e eu não me importasse em fazer sexo com o corpo dela, a ideia de tratá-la com gentileza, de ser um encontro legal, de me desculpar pela noite, por não conseguir ir ao Dorsia (ainda que o Barcadia fosse *duas* vezes mais caro, pelo amor de deus) me arrepia do modo errado. A piranha provavelmente está puta porque não estamos numa limusine.

O táxi para do lado de fora da Tunnel. Pago a viagem, deixo uma gorjeta decente para o motorista e seguro a porta aberta para Patricia, que ignora minha mão quando tento ajudá-la a sair. Não há ninguém fora das cordas hoje. Na verdade, a única pessoa na rua 24 é um mendigo sentado ao lado de um contêiner de lixo, se contorcendo de dor, suplicando por trocados ou comida, e passamos rapidamente por ele enquanto um dos três porteiros que ficam atrás das cordas nos deixa entrar, e outro me dá um tapinha nas costas, dizendo "Como está, sr. McCullough?". Aceno, abrindo a porta para Patricia, e antes de segui-la respondo "Estou ótimo, hã, Jim", e aperto a mão dele.

Uma vez lá dentro, após pagar cinquenta dólares para nós dois, sigo diretamente para o bar, sem realmente me importar se Patricia está vindo atrás. Peço um J&B com gelo. Ela quer uma Perrier, sem limão, que ela mesma pede. Após beber metade da bebida, inclinado no bar e conferindo a garçonete gostosa, algo de repente me parece deslocado; não é a iluminação, nem INXS cantando "New Sensation" ou a gostosa no bar. É outra coisa. Quando lentamente me viro para ver direito o resto da boate, sou confrontado por um espaço completamente deserto; eu e Patricia somos os únicos clientes em todo o bar. Somos, exceto pela gostosa ocasional, literalmente as *duas únicas pessoas na Tunnel*. "New Sensation" se transforma em "The Devil Inside" e a música está no máximo, mas parece menos alta pois não há uma multidão reagindo a ela, e a pista de dança parece enorme quando está vazia.

Saio do bar e decido conferir as outras áreas do clube, esperando que Patricia me siga, mas ela não faz isso. Ninguém vigia as escadas que dão para o porão e enquanto desço a música de cima muda, se emenda com Belinda Carlisle cantando "I Feel Free". No porão há um casal que se parece com Sam e Ilene Sanford, mas lá embaixo está mais escuro, *mais quente*, e eu poderia estar errado. Passo por eles, que estão no bar bebendo champanhe, e sigo em direção a um mexicano extremamente bem-vestido sentado num sofá. Ele está usando um casaco de peito duplo de lã e calça combinando da Mario Valentino, uma camiseta de algodão da Agnes B. e sapatos de couro (sem meias) da Susan Bennis Warren Edwards, e está com uma mina eurolixo musculosa de boa aparência — cabelo loiro-escuro, peitos grandes, bronzeada, sem maquiagem, fumando Merit Ultra Lights — que está usando uma bata de algodão de zebra da Patrick Kelly e escarpins de salto alto de seda e imitação de diamante.

Pergunto ao cara se o nome dele é Ricardo.

Ele acena. "Claro."

Peço um grama, digo que Madison me indicou. Tiro a carteira e lhe entrego uma nota de cinquenta e duas de vinte. Ele pede a bolsa da eurolixo. Ela lhe dá uma bolsa de veludo da Anne Moore. Ricardo enfia a mão e me passa um minúsculo envelope dobrado. Antes de sair, a garota eurolixo me fala que gostou da carteira de couro de gazela. Digo a ela que gostaria de fazer uma espanhola nela e então talvez cortar seus braços fora, mas a música, George Michael cantando "Faith", está alta demais, e ela não consegue me ouvir.

De volta ao andar de cima, encontro Patricia onde a deixei, sozinha no bar, se demorando com uma Perrier.

"Escuta, Patrick", diz ela, sua atitude melhorando. "Eu só queria que você soubesse que sou..."

"Uma puta? Escuta, quer cheirar um pouco de pó?", grito, interrompendo-a.

"Bem, sim... Claro." Ela está extremamente confusa.

"Venha", grito, segurando a mão dela.

Ela deixa a bebida no bar e me segue pela boate deserta, sobe a escada até os banheiros. Realmente não há motivo para não fazermos isso lá embaixo, mas isso me parece brega, então cheiramos a maior parte num dos reservados do banheiro masculino. De volta ao lado de fora do banheiro, me sento num sofá e fumo um dos cigarros dela, enquanto ela desce para pegar bebidas para nós.

Patricia volta se desculpando por seu comportamento mais cedo. "Digo, amei o Barcadia, a comida era sensacional e aquele sorbet de manga, ohmeudeus, foi o céu. Escuta, tudo bem a gente não ter ido ao Dorsia. Sempre podemos ir outra noite, e sei que você provavelmente tentou arrumar lugar pra gente, mas é só que está tão quente agora. Então, ah, sim, realmente amei a comida no Barcadia. Faz quanto tempo que está aberto? Acho que três, quatro meses. Li uma matéria grande na *New York* ou talvez fosse a *Gourmet*... Mas, de qualquer forma, quer ir comigo a esse show amanhã à noite ou quem sabe ao Dorsia depois?, se bem que talvez não fique aberto até tão tarde. Patrick, estou falando sério: você realmente deveria ver essa banda. Avatar é um cantor tão bom que de fato pensei que estava apaixonada por ele uma vez — bem, na verdade estava com tesão, não amor. Na época, eu gostava do Wallace de verdade, mas ele estava metido com toda essa coisa de investimento bancário e não conseguia lidar com a rotina e entrou em crise, foi ácido, não cocaína, que causou isso. Digo, eu *sei*, mas então quando tudo desmoronou eu sabia que seria, tipo, melhor só ficar por aí e não ter que lidar com

J&B estou pensando. Copo de J&B na mão direita estou pensando. Mão estou pensando. Charivari. Camisa da Charivari. Fusilli estou pensando. Jami Gertz estou pensando. Queria trepar com Jami Gertz estou pensando. Porsche 911. Um sharpei estou pensando. Queria ter um sharpei. Tenho vinte e seis anos estou pensando. Ano que vem terei vinte e sete. Um Valium. Queria um Valium. Não, *dois* Valium estou pensando. Telefone celular estou pensando.

LAVANDERIA

A lavanderia a seco chinesa para onde geralmente mando minhas roupas ensanguentadas me entregou ontem um paletó da Soprani, duas camisas brancas da Brooks Brothers e uma gravata da Agnes B. ainda cobertos com nódoas do sangue de alguém. Ao meio-dia tenho um compromisso de almoço — em quarenta minutos — e de antemão decido parar na lavanderia para reclamar. Junto com o paletó da Soprani, as camisas e a gravata, levo comigo um saco de lençóis manchados de sangue que também precisam ser lavados. A lavanderia fica a vinte quarteirões do meu apartamento no West Side, bem perto da Columbia, e, na verdade, como jamais estive lá antes, a distância me deixa chocado (minhas roupas eram sempre coletadas após uma chamada telefônica do meu apartamento e depois devolvidas em vinte e quatro horas). Por conta dessa excursão, não tenho tempo para um exercício matinal, e, já que dormi demais, devido a uma farra de coca no fim de noite com Charles Griffin e Hilton Ashbury, que começou inocentemente na festa de uma revista à qual nenhum de nós havia sido convidado no M.K. e terminou em meu caixa eletrônico por volta das cinco da manhã, perdi o *Patty Winters Show*, que na verdade era uma reprise de uma entrevista com o presidente, então não importa muito, acho.

Estou tenso, meu cabelo lambido para trás, com os óculos Wayfarer, meu crânio dói, estou com um charuto — apagado — enganchado entre os dentes, e de terno preto da Armani, uma camisa de algodão branca da Armani, e uma gravata de seda, também da Armani. Pareço ótimo, mas meu estômago está revirando, meu cérebro está estourando. No meu caminho até a lavanderia chinesa passo por um mendigo chorando, um velho de quarenta ou cinquenta anos, gordo e grisalho, e exatamente quando estou abrindo a porta percebo que ainda por cima ele também é *cego* e piso no pé dele, o que na verdade é um chute, o que faz ele deixar a xícara cair da mão, espalhando trocados por toda a calçada. Fiz isso de propósito? O que vocês acham? Ou foi um acidente?

Então, por dez minutos, aponto as manchas para a pequenina velha chinesa que, suponho, cuida da lavanderia, e ela chegou a trazer o marido dos fundos da loja, já que não consigo entender uma palavra do que ela está falando. Mas o marido permanece completamente calado e não se importa em traduzir nada. A velha fica tagarelando no que me parece ser chinês, e então tenho de interromper.

"Escuta, espera..." Ergo a mão com o charuto, o paletó da Soprani enrolado no outro braço. "Você não está... shhh, espera... shhh, você *não* está me dando razões *válidas*."

A chinesa continua guinchando algo, agarrando os braços do casaco com seu punho minúsculo. Tiro a mão dela e, me inclinando, pergunto bem devagar. "O que *você* está tentando *me* dizer?"

Ela continua ganindo, com um olhar selvagem. O marido segura os dois lençóis que tirou do saco na frente dele, ambas com marcas de sangue ressecado, e olha para elas como um idiota.

"Alvejant-ee?", pergunto a ela. "Você está tentando dizer *alvejant-ee*?" Balanço a cabeça, descrente. "Alvejant-ee? Ah, meu deus."

Ela continua a apontar para as mangas do paletó da Soprani e então se vira para os dois lençóis atrás dela, a voz esganiçada aumenta uma oitava.

"Duas coisas", digo, falando por cima dela. "Um. Você não pode passar alvejante numa roupa da Soprani. Fora de questão. Dois..." — e então mais alto, ainda por cima dela — "... *dois*, posso comprar esses lençóis apenas em Santa Fé. São lençóis muito caros e preciso *mesmo* deles limpos..." Mas ela ainda está falando, e estou acenando como se entendesse a ladainha, então dou um sorriso e me inclino para bem perto do rosto dela. "Se-você-não-calar-a-porra-dessa-sua-boca-vou-te-matar-está-me-entendendo?"

A tagarelice da chinesa em pânico fica mais rápida e incoerente, os olhos ainda arregalados. No todo, seu rosto, talvez por causa das rugas, parece bizarramente sem expressão. Pateticamente aponto para as manchas de novo, mas então percebo que isso é inútil e abaixo a mão, aguçando os ouvidos para entender o que ela está dizendo. Depois, casualmente, a interrompo, falando por cima mais uma vez.

"Escuta um minuto, tenho um almoço muito importante agora" — confiro meu Rolex — "no Hubert's, em trinta minutos" — então olho de volta para o rosto achatado e de olhos puxados da mulher — "e preciso desses... não, espera, *vinte* minutos. Tenho um almoço no Hubert's em vinte minutos com Ronald Harrison e preciso desses lençóis lavados hoje à *tarde*."

Mas ela não está ouvindo: continua tagarelando algo na mesma língua estrangeira e espasmódica. Nunca explodi nada e começo a me perguntar como seria possível fazer isso — quais os materiais necessários, gasolina, fósforos... ou seria fluido de isqueiro?

"Escuta." Paro de pensar nisso, e, com sinceridade, cantarolando, me inclinando para perto de seu rosto — a boca se movendo caoticamente, ela se vira para o marido, que acena durante uma pausa rara e breve —, digo a ela "Não *estou conseguindo* entender nada".

Estou sorrindo, apavorado com o ridículo dessa situação, e batendo com a mão no balcão olho em volta da loja em busca de alguma outra pessoa com quem falar, mas o lugar está vazio, e resmungo, "Que maluquice". Suspiro, passando a mão no rosto, então paro de rir abruptamente, de repente furioso, e vocifero com ela, "Você é uma *idiota*. Não dá pra *aguentar* isso".

Ela tagarela algo de volta para mim.

"O quê?", pergunto com rancor. "Você não me ouviu? Quer presunto? Foi isso o que acabou de dizer? Quer... *presunto*?"

Ela segura o braço do paletó da Armani novamente. O marido está do lado do balcão, taciturno e alheio.

"*Você... é... uma... idiota!*", esbravejo.

Ela grasna algo de volta, destemida, apontando incansavelmente para as manchas nos lençóis.

"Piranha imbeci-iil? Entende isso?", grito, de rosto vermelho, à beira das lágrimas. Estou tremendo e arranco o paletó da mão dela, murmurando "Nossa Senhora".

Atrás de mim, a porta se abre e um sino toca, e me recomponho. Fecho os olhos, respiro profundamente, me lembro que vou passar no salão de bronzeamento depois do almoço, talvez Hermès ou...

"Patrick?"

Abalado pelo som de uma voz real, eu me viro e é alguém que reconheço de meu prédio, alguém que vi algumas vezes passando pelo saguão, me observando com admiração sempre que a encontro. É mais velha que eu, no fim da casa dos vinte, de aparência ok, um pouco acima do peso, usando uma roupa de correr — de onde, da Bloomingdale's? Não tenho ideia — e ela está... *radiante*. Retirando os óculos de sol, me dá um sorriso arreganhado. "Oi, Patrick, pensei que fosse você mesmo."

Sem ter ideia do nome dela, suspiro um "Olá" baixo, e então, bem rápido, balbucio algo que parece um nome de mulher, e então apenas a encaro, abatido, exausto, tentando controlar minha fúria, a chinesa ainda guinchando atrás de mim. Por fim entrelaço minhas mãos e digo "Então".

Ela fica lá, confusa, ainda se movendo com nervosismo em direção ao balcão, recibo na mão. "Não é ridículo? Andar isso *tudo* até *aqui*, mas você sabe que eles realmente *são* os melhores."

"Então por que não conseguem remover *estas* manchas?", pergunto, pacientemente, ainda sorrindo, ambos os olhos fechados, até que a chinesa finalmente se cale e então os abro. "Digo, será possível conversar com essas pessoas ou algo *assim*?", proponho com delicadeza. "Não estou chegando a lugar *algum* aqui."

Ela se move até o lençol que o velho está segurando. "Nossa, estou vendo", murmura. No momento em que ela toca o lençol com hesitação, a velha começa a tagarelar e, ignorando-a, a garota me pergunta "São de *quê*?". Ela olha para as manchas mais uma vez e diz "Nossa".

"Hum, bem..." Olho para os lençóis, que realmente estão bem sujos. "É, hum, suco de cranberry, suco de cranberry com maçã, *cranapple*."

Ela olha para mim, como que incerta, e então se arrisca timidamente: "Pra mim isso não se parece cranberry, quer dizer, *cranapple*".

Observo os lençóis por um longo tempo antes de começar a gaguejar. "Bem, quer dizer, hum, na verdade é... calda de chocolate *Bosco*. Sabe, como..." Paro. "Que nem um picolé Dove Bar. É de Dove Bar... com calda de chocolate Hershey's?"

"Ah, sim." Ela concorda, compreensiva, talvez com um toque de ceticismo. "Nossa."

"Escuta, se você pudesse falar com eles..." — estico o braço, arrancando o lençol da mão do velho. "Eu *realmente* ficaria agradecido." Dobro o lençol e o coloco com gentileza no balcão, e, conferindo meu Rolex novamente, explico: "Estou muito atrasado. Tenho uma reunião de almoço no Hubert's em quinze minutos". Me movo em direção à porta da lavanderia a seco e a chinesa recomeça a esganiçar, desesperadamente, apontando um dedo para mim. Olho para ela, me forçando a não imitar os gestos com a mão.

"Hubert's? *Sério*?", pergunta a garota, impressionada. "Eles se mudaram para a zona norte, não é?"

"É, então, olha, escuta, preciso ir." Finjo avistar um táxi se aproximando do outro lado da rua pela porta de vidro e, fingindo gratidão, digo a ela "Obrigado, hã... Samantha".

"É Victoria."

"Ah, certo, Victoria." Paro. "Não foi o que eu disse?"

"Não. Você disse Samantha."

"Bem, mil desculpas." Sorrio. "Estou com problemas."

"Talvez a gente possa almoçar algum dia da semana que vem", sugere ela, esperançosa, vindo em minha direção enquanto saio da loja. "Sabe, sempre estou por lá pelo centro, perto de Wall Street."

"Ah, não sei, Victoria." Forço um sorriso de desculpas, e evito olhar para as coxas dela. "Estou no trabalho o tempo todo."

"Bem, e que tal, hum, sabe, talvez num sábado?", pergunta Victoria, com medo de ofender.

"No próximo sábado?", pergunto, conferindo mais uma vez meu Rolex.

"Sim." Ela dá de ombros com timidez.

"Ah. Acho que não posso. Matinê do *Les Miserables*", minto. "Escuta. *Realmente* preciso ir. Eu..." Passo a mão no cabelo antes de proferir "meu deus", antes de me forçar a acrescentar "Eu te ligo".

"Certo." Ela sorri, aliviada. "Liga mesmo."

Olho para a chinesa mais uma vez e corro como o diabo para longe dali, acenando para um táxi inexistente, então desacelero o passo um ou dois quarteirões depois da lavanderia e...

de repente me encontro encarando uma garota sem-teto muito linda sentada nos degraus de um prédio de tijolos marrons em Amsterdam, um copo de café de isopor no degrau abaixo dos pés dela, e como que guiado por radar vou em sua direção, sorrindo, catando algum trocado no bolso. Seu rosto parece jovem e puro e bronzeado demais para uma sem-teto; isso torna toda a sua condição mais desoladora. Eu a examino cuidadosamente nos segundos que uso para me mover da beira da calçada até o prédio em cujos degraus ela está sentada, a cabeça curvada para baixo, encarando, muda, o seu colo vazio. Ela olha para cima, sem sorrir, após perceber que estou de pé diante dela. Minha raiva se esvai e, desejando realizar algo gentil, algo simples, me inclino, ainda encarando, os olhos irradiando simpatia para seu rosto grave e vazio, e soltando um dólar no copo de isopor digo "Boa sorte".

Sua expressão se altera e por causa disso percebo o livro — Sartre — em seu colo, e então a mochila da Columbia ao lado, e por fim o café de cor de bronze no copo, e minha cédula de um dólar flutuando lá dentro, e, embora isso aconteça em questão de segundos, a ação toda roda em câmera lenta, e ela olha para mim, então para o copo de isopor, e grita “Ei, porra, que você tá pensado?”, e, congelado, curvado acima do copo, me encolhendo, gaguejo “Eu não... não sabia que estava... cheio”, e, tremendo, vou embora, chamando um táxi, e em direção ao Hubert’s alucino com os prédios transformados em montanhas, em vulcões, as ruas se tornam selvas, o céu se congela no pano de fundo, e antes de sair do táxi pisco com força para clarear a vista. O almoço no Hubert’s se torna uma alucinação permanente no qual me encontro sonhando ainda desperto.

HARRY'S

"Você deve combinar as meias com a calça", disse Todd Hamlin a Reeves, que está ouvindo com atenção, usando um mexedor para revolver o Beefeater com gelo.

"Quem disse?", pergunta George.

"Agora escuta", Hamlin explica com paciência. "Se vestir calça *cinza*, você usa meias *cinzas*. É simples assim."

"Mas espera", interrompo. "E se os sapatos forem *pretos*?"

"Tudo bem", diz Hamlin, dando um gole no martíni. "Mas então o cinto precisa *combinar* com os sapatos."

"Então o que você está dizendo é que com um terno *cinza* você pode usar meias cinzas como *pretas*?", pergunto.

"Hã... É", diz Hamlin, confuso. "Acho. Eu falei isso?"

"Olha, Hamlin", digo, "discordo quanto ao cinto, já que os sapatos ficam tão longe da linha da *cintura*. Acho que você devia se concentrar em usar um cinto que combine com a *calça*."

"É um *bom* argumento", diz Reeves.

Nós três, Todd Hamlin, George Reeves e eu, estamos sentados no Harry's, e são seis e pouco. Hamlin veste um terno da Lubiam, uma belíssima camisa de algodão listrada de colarinho aberto da Burberry, uma gravata de seda da Resikeio e um cinto da Ralph Lauren. Reeves está com um terno de peito duplo de seis botões da

Christian Dior, uma camisa de algodão, uma gravata de seda estampada da Clairborne, um sapato de couro perfurado com cadarço e biqueira da Allen-Edmonds, um lenço de algodão no bolso, provavelmente da Brooks Brothers; um par de óculos de sol da Lafont Paris está sobre um guardanapo ao lado da bebida, e uma maleta bem bonita da T. Anthony jaz numa cadeira vazia ao nosso lado. Estou usando um terno de flanela listrado com peito único e dois botões, uma camisa de algodão com listras brancas de cores alternadas e um lenço de bolso de seda, tudo da Patrick Albert, uma gravata de bolinhas da Bill Blass e óculos transparentes de grau com armação da Lafont Paris. Um de nossos discman está no meio da mesa rodeado por bebidas e uma calculadora. Reeves e Hamlin deixaram o escritório mais cedo hoje para fazer tratamento facial em algum lugar, e ambos estão bonitos, rostos rosados, porém bronzeados, cabelo curto penteado para trás. O *Patty Winters Show* hoje foi sobre Rambos da Vida Real.

"E os coletes?", pergunta Reeves a Todd. "Não estão... *fora de moda*?"

"Não, George", diz Hamlin. "*Claro* que não."

"Não", concordo. "Coletes *nunca* ficam fora de moda."

"Bem, a pergunta na verdade é: como usá-los?", diz Hamlin.

"Devem combinar com...", começamos eu e Reeves simultaneamente.

"Ah, desculpa", diz Reeves. "Prossiga."

"Não, tudo bem", digo. "Prossiga você."

"Eu insisto", diz George.

"Bem, devem se encaixar perfeitamente com a circunferência do corpo e cobrir a linha da cintura", digo. "Devem ir até exatamente acima do botão do paletó. Agora, se o colete aparecer muito, dará uma indesejável aparência de que o terno está apertado ou contraído."

"Aham", diz Reeves, quase mudo, parecendo confuso. "Certo. Eu sabia disso."

"Preciso de outro J&B", digo me levantando. "Vocês?"

"Beefeater com gelo e uma rodela de limão", diz Reeves, apontando para mim.

Hamlin. "Martíni."

"Ok." Caminho até o bar e enquanto espero Freddy servir as bebidas ouço um cara, acho que é esse grego do First Boston, William Theodocropopolis, que está com uma espécie de paletó de lã brega xadrez pied de poule e uma camisa razoável, mas ele também está com uma gravata de caxemira da Paul Stuart superbonita que deixa o traje mais elegante que o merecido, e ele está dizendo a algum cara, outro grego, bebendo uma Coca Diet, "Então, escuta, Sting estava no Chernoble — sabe, aquele lugar aberto pelos mesmos caras da Tunnel — e então isso apareceu na *Page Six* e alguém dirige pra lá num Porsche 911 e no carro estava Whitney e..."

De volta a nossa mesa, Reeves está contando a Hamlin sobre como provoca os sem-teto nas ruas — mostra a eles um dólar enquanto se aproxima e então o puxa de vez e o coloca no bolso exatamente quando passa pelos mendigos.

"Escuta, *funciona*", insiste. "Eles ficam tão chocados que *calam* a boca."

"Basta... dizer... não", falo para ele, colocando as bebidas na mesa. "É *tudo* que você precisa dizer."

"Basta dizer não?", sorri Hamlin. "Funciona?"

"Bem, na verdade apenas com mulheres sem-teto grávidas", admito.

"Presumo que você não tenha testado a abordagem basta-dizer--não com o gorila de dois metros na Chambers Street", afirma Reeves. "Aquele com o cachimbo de crack."

"Escuta, al*guém* ouviu falar dessa boate chamada Nekenieh?", pergunta Reeves.

Do meu ponto de vista, Paul Owen está numa mesa do outro lado do salão sentado com alguém que se parece bastante com Trent Moore, ou Roger Daley, e algum outro cara que se parece com Frederick Connell. O avô de Moore é dono da empresa em que ele trabalha. Trent está usando um terno de lã penteada xadrez pied de poule multicolorida.

"Nekenieh?", pergunta Hamlin. "O que é Nekenieh?"

"Galera, galera", digo. "Quem é aquele ali sentado com Paul Owen? É Trent Moore?"

"Onde?" Reeves.

"Estão se levantando. Aquela mesa", digo. "Aqueles caras."

"Não é Madison? Não, é Dibble", diz Reeves. Ele coloca os óculos de grau transparentes para confirmar.

"Não", diz Hamlin. "É Trent Moore."

"Tem certeza?", pergunta Reeves.

Paul Owen para diante de nossa mesa ao sair. Ele está com óculos de sol da Persol e segura uma pasta da Coach Leatherware.

"Olá, senhores", diz Owen, e apresenta os dois caras que estão com ele, Trent Moore e alguém chamado Paul Denton.

Reeves, Hamlin e eu apertamos as mãos deles sem nos levantar. George e Todd começam a conversar com Trent, que é de Los Angeles e sabe onde fica o Nekenieh. Owen presta atenção em mim, o que me deixa levemente nervoso.

"Como você está?", pergunta Owen.
"Estou ótimo", digo. "E você?"
"Ah, magnífico", diz. "Como está indo a conta da Hawkins?"
"Está...", pauso, então continuo, vacilando momentaneamente, "Está... tudo certo."
"Sério?", pergunta vagamente preocupado. "Interessante", diz, sorrindo, mãos entrelaçadas atrás das costas. "Não está ótima?"
"Bem", digo. "Sabe como é..."
"E como vai Marcia?", pergunta, ainda sorrindo, olhando pelo salão, sem realmente me escutar. "Ela é uma ótima garota."
"Ah, sim", digo, abalado. "Tenho muita... sorte."
Owen havia me confundido com Marcus Halberstam (mesmo assim, Marcus está namorando Cecelia Wagner), mas, por algum motivo, isso não importa, e parece uma gafe lógica, uma vez que Marcus também trabalha na P&P, na verdade faz exatamente a mesma coisa que eu, e tem um pendor por ternos da Valentino e óculos de grau transparentes e vamos ao mesmo barbeiro e ao mesmo lugar, o Pierre Hotel, então parece compreensível; não me aborrece. Mas Paul Denton continua a me encarar, ou tentando evitar isso, como se soubesse de algo, como se não tivesse tanta certeza se me reconhece ou não, e isso me faz pensar que talvez ele estivesse naquele cruzeiro muito tempo atrás, certa noite de março. Se esse for o caso, estou pensando, eu deveria pegar o número de telefone dele, ou melhor, o endereço.
"Bem, devemos beber algo", falo para Owen.
"Ótimo", diz ele. "Vamos. Aqui está meu cartão."
"Obrigado", digo, observando-o com atenção, aliviado por sua rusticidade, antes de enfiá-lo em meu paletó. "Talvez eu traga..." Paro, então digo com cuidado, "Marcia?"
"Seria ótimo", diz ele. "Ei, você já foi naquele bistrô salvadorenho na 83?", pergunta. "Vamos jantar lá hoje."
"É. Quer dizer, não", digo. "Mas ouvi dizer que é muito bom." Dou um sorriso sem graça e um gole em minha bebida.
"Sim, eu também ouvi dizer." Ele confere o Rolex. "Trent? Denton? Vamos rachar a conta. A reserva é para daqui a quinze minutos."
Eles se despedem e a caminho da saída do Harry's param diante da mesa em que Dibble e Hamilton estão sentados, pelo menos *acho* que são Dibble e Hamilton. Antes de partirem, Denton olha para nossa mesa, para mim, uma última vez, e ele parece em pânico, convencido de algo pela minha presença, como se me reconhecesse de algum lugar, e isso, por sua vez, *me* deixa encucado.

"A conta da Fisher", diz Reeves.

"Que merda", digo. "Nem me lembra."

"Desgraçado de sorte", diz Hamlin.

"Alguém já viu a namorada dele?", pergunta Reeves. "Laurie Kennedy? Muito gostosa."

"Conheço ela", digo, e admito, "conheci ela."

"Por que você fala isso desse jeito?", pergunta Hamlin, intrigado. "Por que ele *fala* isso assim, Reeves?"

"Por que ele *saiu* com ela", diz Reeves casualmente.

"Como você sabia disso?", pergunto, sorrindo.

"As garotas correm atrás do Bateman." Reeves soa um pouco bêbado. "Ele é um GQ. Você é um *completo* GQ, Bateman."

"Obrigado, cara, mas..." Não posso dizer se ele está sendo sarcástico, porém isso de certo modo me deixa orgulhoso, e tento não reduzir minha beleza ao dizer "Ela tem uma personalidade *complicada*".

"Minha nossa, Bateman", resmunga Hamlin. "O que é que *isso* quer dizer?"

"O quê?", digo. "*Ela tem.*"

"E daí? Tudo é *aparência*. Laurie Kennedy é uma *gata*", diz Hamlin, enfático. "Nem venha fingir que você estava interessado em *qualquer* outra coisa."

"Se elas têm uma personalidade bacana, então... algo está muito errado", diz Reeves, de algum modo confuso com sua própria declaração.

"Se têm personalidade bacana e *não* são gatas", Reeve ergue as mãos, querendo dar algum sentido, "quem diabos *se importa*?"

"Bem, digamos apenas hipotetica*men*te, ok? E *se* elas tiverem personalidade bacana?", pergunto, tendo toda certeza de que se trata de uma pergunta ignara e sem futuro.

"Certo. Hipo*te*ticamente ainda melhor, mas...", diz Hamlin.

"Sei, sei." Sorrio.

"Não *existe* garota de personalidade bacana", todos dizemos em uníssono, rindo, fazendo high-fives.

"Uma personalidade bacana", começa Reeves, "consiste numa mina que é uma gostosinha e que vai satisfazer todos os desejos sexuais sem ser muito escrota com as coisas e que essencialmente vai *fechar* a porra da boca estúpida."

"Escuta", diz Hamlin, acenando em acordo. "As únicas garotas de personalidade bacana que são espertas ou talvez engraçadas ou meio inteligentes ou mesmo talentosas — embora só deus saiba que merda *isso* quer dizer — são as *feias*."

"*Certeza*." Reeves acena.

"E isso porque elas precisam compensar por serem *feias* pra caralho", diz Hamlin, sentando-se de volta na cadeira.

"Bem, minha teoria sempre foi", começo, "a de que os homens estão aqui para procriar, seguir com a espécie, sabe?"

Ambos acenam.

"E o único modo de se fazer isso", continuo, escolhendo as palavras com cuidado, "é... se excitar com uma gostosinha; porém, às vezes, o *dinheiro* ou a *fama*..."

"Sem *poréns*", interrompe Hamlin. "Bateman, está me dizendo que você poderia encarar a Oprah Winfrey — ela é rica, é poderosa — ou encarar a Nell Carter — olha, ela tem um espetáculo na Broadway, uma voz ótima, direitos autorais a rodo?"

"Espera aí", diz Reeves. "*Quem* é Nell Carter?"

"Não sei", digo, confuso com o nome. "Ela é a dona da Nell's, imagino."

"Me escuta, Bateman", diz Hamlin. "O único motivo para as minas existirem é para nos deixar com tesão, como você disse. Sobrevivência da espécie, certo? Simples..." — ele pega uma azeitona de sua bebida e a estoura na boca — "... assim."

Após uma pausa deliberada, digo: "Sabe o que Ed Gein dizia sobre as mulheres?"

"*Ed Gein*?", pergunta um deles. "O maître do Canal Bar?"

"Não", digo. "Serial killer do Wisconsin nos anos 1950. Um cara interessante."

"Você sempre foi interessado nesse tipo de coisa, Bateman", diz Reeves, e então para Hamlin, "Bateman lê essas biografias o tempo inteiro: Ted Bundy e o Filho de Sam e *Fatal Vision* e Charlie Manson. Todos eles."

"Então, o que Ed dizia?", pergunta Hamlin, interessado.

"Ele dizia", começo, "'Quando vejo uma garota bonita passando pela rua penso em duas coisas. Uma parte de mim quer sair com ela, e conversar com ela, e ser legal e fofo de verdade, e tratá-la bem.'" Paro e termino meu J&B num gole só.

"E o que a outra parte dele pensa?", pergunta Hamlin com hesitação.

"Em como a cabeça dela ficaria numa estaca", digo.

Hamlin e Reeves se encaram, e então me olham de volta antes de eu começar a rir, então os dois se juntam a mim com desconforto.

“Escuta, e o jantar?”, digo, mudando de assunto casualmente.
“Que tal aquele lugar indiano-californiano no Upper West Side?”, sugere Hamlin.
“Por mim, tudo bem”, digo.
“Parece uma boa ideia”, diz Reeves.
“Quem vai fazer a reserva?”, pergunta Hamlin.

DECK CHAIRS

Courtney Lawrence me convida para jantar na noite de segunda e o convite me parece vagamente sexual, então aceito, mas parte do lance é que temos de suportar um jantar com dois graduados em Camden, Scott e Anne Smiley, em um novo restaurante em Columbus escolhido por eles, chamado Deck Chairs, um lugar sobre o qual mandei minha secretária pesquisar com tanta minúcia que ela me apresentou três menus alternativos do que eu deveria pedir antes de sair do escritório hoje. As coisas que Courtney me disse sobre Scott e Anne — ele trabalha numa agência de publicidade, ela abre restaurantes com o dinheiro do pai, mais recentemente o 1968 no Upper East Side — dentro da interminável viagem de táxi para a zona norte foi só um pouco menos interessante que ouvir sobre o dia de Courtney: tratamento facial na Elizabeth Arden, compras de utensílios domésticos na Pottery Barn (tudo isso, por sinal, sob o efeito do lítio) antes de descer ao Harry's, onde bebemos com Charles Murphy e Rusty Webster, e onde Courtney esqueceu a sacola de utensílios da Pottery Barn debaixo da mesa. O único detalhe da vida de Scott e Anne que parece mesmo remotamente sugestivo para mim é que um ano depois de se casarem eles adotaram um garoto coreano de treze anos, lhe deram o nome de Scott Jr. e o mandaram para Exeter, onde Scott havia estudado por quatro anos antes de eu entrar.

"É melhor que tenham reservas", alertei a Courtney no táxi.

"Só não fume um charuto, Patrick", diz ela lentamente.

"Aquele é o carro de Donald Trump?", pergunto, olhando para a limusine travada ao nosso lado no engarrafamento.

"Meu deus, Patrick, cala a boca", diz ela, a voz grossa e chapada.

"Sabe, Courtney, tenho um walkman em minha pasta da Bottega Veneta que poderia colocar com facilidade", digo. "Você deveria tomar mais lítio. Ou beber uma Coca Diet. Um pouco de cafeína pode tirar você dessa crise".

"Eu só quero ter uma criança", diz com suavidade, encarando ninguém pela janela. "Só... duas... crianças... perfeitas."

"Você está falando comigo ou com esse otário?", suspiro, mas alto o bastante para o motorista israelita me escutar, e previsivelmente Courtney não fala nada.

O *Patty Smith Show* hoje foi sobre Perfumes e Batons e Maquiagens. Luis Carruthers, o namorado de Courtney, viajou para Phoenix e não volta para Manhattan antes do fim do dia da quinta. Courtney está com uma jaqueta de lã e um colete, uma camiseta de lã jersey, calça de lã gabardina da Bill Blass, brincos de cristal, esmalte e banhados a ouro da Gerard E. Yosca, e escarpins de cetim da d'Orsay, da Manolo Blahnik. Visto um paletó de tweed feito sob medida, calça e uma camisa de algodão da loja de Alan Flusser, e uma gravata de seda da Paul Stuart. Houve uma espera de vinte minutos no aparelho Stairmaster na academia hoje de manhã. Aceno para um mendigo na esquina da rua 49 com a Oitava Avenida, então lhe mostro o dedo.

Esta noite a conversa está centrada no novo livro de Elmore Leonard — que não li; certos críticos de restaurantes — que li; a trilha sonora britânica de *Les Misérables* contra o elenco da gravação norte-americana; aquele novo bistrô salvadorenho na Segunda com a rua 83; e quais colunas de fofocas são mais bem escritas — as do *Post* ou as do *News*. Parece que Anne Smiley e eu temos um conhecido em comum, uma garçonete do Abetone's de Aspen que estuprei com uma lata de spray para cabelo no último Natal, quando estive lá esquiando nas férias. O Deck Chairs está lotado, ensurdecedor, a acústica ruim por causa do teto alto, e, salvo engano, acompanhando a barulheira, está uma versão new age de "White Rabbit" ribombando de caixas de som nos cantos do teto. Alguém parecido com Forrest Atwater — cabelos loiros lambidos para trás, óculos sem grau com armação de sequoia, terno da Armani com suspensórios — está sentado com Caroline Baker, uma banqueira investidora na Drexel, talvez, e ela não está muito bonita. Precisa de mais maquiagem, o conjunto tweed da Ralph Lauren é muito sério. Estão numa mesa medíocre na frente do bar.

"Chama-se culinária *clássica* da Califórnia", me fala Anne, se inclinando para perto, após fazermos o pedido. O comentário merece uma reação, suponho, e já que Scott e Courtney estão discutindo os méritos da coluna de fofocas do *Post*, cabe a mim responder.

"Você fala comparando com, digamos, a culinária da Cali*fórnia*?", pergunto com cuidado, medindo cada palavra, então acrescento, idiotamente, "Ou a *pós*-culinária da Califórnia?".

"Eu sei que parece sofisticado demais, mas *há* um mundo de diferença. É su*til*", diz ela, "mas está *lá*."

"Já ouvi falar da pós-culinária da Califórnia", digo, agudamente informado do design do restaurante: o cano exposto, e as colunas, e a pizzaria aberta, e as... cadeiras de praia, *deck chairs*. "Na verdade, já comi. Sem vegetais colhidos ainda pequenos? Escalopes em burritos? Cream crackers de wasabi? Estou no caminho certo? Por sinal, alguém já disse que você é igualzinha ao Garfield, mas atropelada e esfolada, e então alguém jogou um suéter da Ferragamo horrível em cima de você antes de te levar correndo ao veterinário? Fusilli? Azeite de oliva com Brie?"

"Exatamente", diz Anne, impressionada. "Oh, Courtney, onde você *encontrou* Patrick? Ele está muito informado sobre as coisas. Quer dizer, a ideia que Luis tem da culinária da Califórnia é metade de uma laranja e alguns *gelati*", exagera ela, e então ri, me encorajando a rir junto, o que faço, hesitante.

Como tira-gosto pedi chicória com alguma espécie de lula criada livre. Anne e Scott comeram ragu de tamboril com violetas. Courtney quase cochilou quando teve de reunir forças para ler o menu, mas, antes que desabasse da cadeira, segurei seus dois ombros, escorando-a, e Anne pediu para ela algo simples e leve, como talvez pipoca com tempero cajun, que não estava no menu, mas, já que Anne conhece Noj, o chef, ele preparou um pratinho especial... *só para Courtney!* Scott e Anne insistiram para que eu pedisse algo, como um peixe vermelho escurecido malpassado, uma especialidade do Deck Chairs que era, para a sorte deles, uma entrada em um dos menus de zombaria que Jean havia inventado para mim. Se não fosse, e se eles mesmo assim insistissem para que eu pedisse, as chances eram muito grandes de que depois do jantar eu entrasse no estúdio de Scott e Anne por volta das duas da manhã — depois do *Late Night with David Letterman* — e com um machado fatiaria os dois, primeiro fazendo Anne observar

Scott sangrar até a morte por causa dos ferimentos abertos no peito, e então eu arranjaria um meio de ir até Exeter, onde despejaria uma garrafa de ácido no rosto amarelo com olhos puxados do filho deles. Nossa garçonete é uma gostosinha de escarpins borlados com imitações de pérolas douradas e correia de lagarto no tornozelo. Eu me esqueci de devolver os dois filmes na locadora hoje e me xingo em silêncio enquanto Scott pede duas garrafas grandes de San Pellegrino.

"Chama-se culinária *clássica* da Califórnia", me diz Scott.

"Por que não vamos todos ao Zeus Bar semana que vem?", sugere Anne a Scott. "Seria difícil pra gente conseguir uma mesa na sexta?" Scott está de suéter de caxemira tricotado com listras vermelhas, roxas e azuis da Paul Stuart, calça de veludo cotelê folgada da Ralph Lauren e mocassins de couro da Cole-Haan.

"Bem... talvez", diz ele.

"É uma ótima ideia. *Gosto* muito de lá", diz Anne, pegando uma pequena violeta do prato dela e cheirando a flor antes de colocá-la com cuidado na língua. Ela veste um suéter de lã e mohair vermelho, roxo e preto costurado à mão da Koos Van Den Akker Couture, e calça da Anne Klein, com escarpins de camurça abertos.

Uma garçonete, embora não a gostosa, se aproxima para pegar outro pedido de bebida.

"J&B. Puro", digo, antes de os outros pedirem.

Courtney pede um champanhe com gelo, o que secretamente me apavora. "Oh", diz ela, como se lembrasse de algo, "pode vir com uma fatia?"

"Uma fatia de *quê*?", pergunto, irritadiço, incapaz de me refrear. "Deixa eu adivinhar. *Melão*?" E estou pensando meu deus por que você não devolveu aquelas porras de fitas Bateman seu idiota filho da puta.

"Você quer *limão*, senhorita", diz a garçonete, *me* dando um olhar frio.

"Sim, claro. Limão." Courtney acena, parecendo perdida em alguma espécie de sonho — mas desfrutando dele, absorta.

"Quero uma taça de... nossa, acho que de Acacia", diz Scott, e então se dirige à mesa: "Quero um branco? Quero mesmo um chardonnay? Podemos comer o peixe vermelho com um cabernet".

"Vá em frente", diz Anne, animada.

"Ok, vou querer o... nossa, o sauvignon blanc", diz Scott.

A garçonete sorri, confusa.

"*Scottie*", esganiça Anne. "O sauvignon *blanc*?"

"Tô botando pilha", relincha ele. "Vou querer o chardonnay. O Acacia."

"Seu *bobão*." Anne sorri, aliviada. "Engraça*di*nho."

"Vou querer o chardonnay", diz Scott para a garçonete.

"Que bom", diz Courtney, dando um tapinha na mão de Scott.

"Eu só vou querer...", pausa Anne, pensativa. "Oh, eu só vou querer uma Coca Diet."

Scott para de olhar para um pedaço de pão de milho que ele estava mergulhando numa pequena tigela de azeite. "Hoje você não vai beber?"

"Não", responde Anne, com um sorriso malandro. Por que será? E quem se importa com essa porra? "Não estou com vontade."

"Nem mesmo uma taça do chardonnay?", pergunta Scott. "Que tal um sauvignon blanc?"

"Tenho aula de aeróbica às nove da manhã", afirma ela, caindo, perdendo o controle. "Não posso mesmo."

"Bem, então não vou querer nada", diz Scott, desapontado. "Digo, tenho uma às oito na Xclusive."

"Alguém adivinha onde eu *não* vou amanhã às oito?", pergunto.

"Não, querido. Sei como você gosta do Acacia. Anne estica o braço e aperta a mão de Scott.

"Não, amor. Vou ficar só com a Pellegrino", diz Scott, apontando.

Estou tamborilando bem alto com os dedos sobre a mesa, sussurrando "merda, merda, merda, merda" para mim mesmo. Os olhos de Courtney estão semicerrados e ela está respirando fundo.

"Escuta, vou fazer uma *ousadia*", diz Anne, por fim. "Vou tomar uma Coca Diet com *rum*."

Scott suspira, e então sorri, na verdade radiante. "Bom."

"É uma Coca Diet *descafeinada*, certo?", pergunta Anne à garçonete.

"Sabe", interrompo. "Você deveria tomar com uma Pepsi Diet em vez da Coca Diet", digo. "Fica bem melhor. Fica mais gasosa. Tem um sabor mais limpo. Mistura melhor com o rum, e tem uma taxa de sódio mais baixa."

A garçonete, Scott, Anne, e até Courtney — todos me encaram como se eu tivesse feito alguma espécie de comentário apocalíptico, diabólico, como se estilhaçando um mito em alta conta, ou destroçando um julgamento que era visto com solenidade, e de repente parecia que fazia silêncio no Deck Chairs. Ontem à noite aluguei um filme chamado *Dentro do Rabo de Lydia* e, sob o efeito de dois triazolam e de fato bebericando uma Pepsi Diet, assistia a Lydia — uma loiraça gostosa completamente bronzeada com uma bunda perfeita e uns peitões magníficos —, de quatro, chupando um cara de pica gigantesca, enquanto outra loira bem bonita e gostosinha, com a bucetinha toda raspada, se ajoelha atrás de Lydia e depois de lamber o cu e chupar a buceta dela começou a socar um vibrador prateado comprido e lubrificado no cu de Lydia e fodia ela assim enquanto continuava a chupar a buceta dela, e o cara com a pica gigantesca gozou no rosto de Lydia enquanto ela chupava as bolas dele, e então Lydia se contorceu num orgasmo que parecia verdadeiro e bem intenso, e aí a garota atrás de Lydia engatinhou por trás dela e lambeu a porra no rosto de Lydia, e fez Lydia chupar o vibrador. O novo Stephen Bishop saiu na terça e ontem, na Tower Records, comprei o CD, a fita e o disco, porque queria ter todos os três formatos.

"Escuta", digo, minha voz tremendo de emoção, "tome o que você quiser, mas recomendo a Pepsi Diet." Olho para meu colo, para o guardanapo de pano azul, as palavras Deck Chairs costuradas na borda do tecido, e por um momento acho que vou chorar; meu queixo treme e não consigo engolir.

Courtney estica o braço e toca meu pulso gentilmente, acariciando meu Rolex. "Tudo bem, Patrick. Isso é mesmo..."

Uma dor aguda perto de meu fígado se sobrepõe ao surto de emoção e sento na cadeira, sobressaltado, confuso, e a garçonete sai e então Anne pergunta se vimos a exposição recente de David Onica e me acalmo.

Não vimos a mostra, mas não quero ser brega demais para trazer à tona o fato de que tenho um, então dou um leve chute em Courtney por baixo da mesa. Isso a faz despertar do estupor induzido pelo lítio, e ela diz, roboticamente, "Patrick tem um Onica. Tem mesmo".

Sorrio, satisfeito; dou um gole em meu J&B.

"Oh, que fan*tás*tico, Patrick", diz Anne.

"Sério? Um Onica?", pergunta Scott. "Não é *muito* caro?"

"Bem, apenas digamos..." Dou um gole na minha bebida, de repente confuso: digamos... digamos o quê? "Nada."

Courtney suspira, antecipando outro chute. "O de Patrick custa vinte mil dólares." Ela parece entediada, pegando um pedaço de pão de milho achatado e morno.

Dou-lhe um olhar incisivo e tento não chiar. "Hum, não, Courtney, na verdade custa *cinquenta*."

Lentamente, ela para de mirar o pão de milho que está esmagando entre os dedos e mesmo em seu torpor de lítio consegue me dar um olhar tão malicioso que isso automaticamente me refreia, porém não o bastante para que diga a Scott e Anne a verdade: que o Onica me custou apenas vinte paus. Mas o olhar horripilante de Courtney — embora eu possa estar exagerando; ela pode estar encarando em desaprovação os padrões das colunas, as venezianas na claraboia, os vasos Montigo repletos de tulipas roxas enfileiradas no bar — me assusta o bastante para não me alongar com os procedimentos da compra de um Onica. É um olhar que eu posso interpretar com certa facilidade. Ele adverte: me dê mais um chute e nada de buceta, está entendendo?

"Acho...", começa Anne.

Seguro meu fôlego, meu rosto contraído de tensão.

"... *barato*", murmura ela.

Expiro. "E é. Mas consegui um desconto fabuloso", digo, engolindo em seco.

"Mas *cinquenta* mil?", pergunta Scott, achando suspeito.

"Bem, acho que essa obra... tem uma espécie de... traço de superficialismo zombeteiro intencional maravilhosamente bem-proporcionado." Paro, então, tentando me lembrar duma frase de uma resenha que vi na revista *New York*: "zombaria intencional...".

"Luis não tem um, Courtney?", pergunta Anne, e então dando um tapa no braço de Courtney. "Courtney?"

"Ele... Luis... ele tem... tem o quê?" Courtney balança a cabeça, como que para clareá-la, arregalando os olhos para se assegurar de que não se fechem.

"Quem é Luis?", pergunta Scott, acenando para a garçonete para trazer a manteiga que o cumim recentemente alocado para a mesa retirou — que *animal*.

Anne responde por Courtney. "O *namorado* dela", diz, após ver Courtney, confusa, na verdade olhando para mim atrás de ajuda.

"E onde ele está?", pergunta Scott.

"No Texas", digo rapidamente. "Está em Phoenix, acho."

"Não", diz Scott. "Pergunto em que *trabalho*."

"L.F. Rothschild", diz Anne, prestes a olhar para Courtney em busca de confirmação, mas então para mim. "Certo?"

"Não. Ele está na P&P", digo. "Trabalhamos juntos; mais ou menos."

"Ele não namorou Samantha Stevens por um tempo?", pergunta Anne.

"Não", diz Courtney. "Aquilo foi só uma foto que alguém tirou deles e acabou saindo na *W*."

Mato minha bebida assim que o drinque chega e aceno quase na mesma hora para pedir outra dose, e estou pensando que Courtney é uma gata, mas sexo nenhum vale um jantar desses. A conversa muda com violência enquanto estou encarando uma mulher de aparência extraordinária do outro lado do salão — loira, peitos grandes, vestido apertado, escarpins de cetim com cones dourados —, quando Scott começa a me falar desse novo aparelho de CD enquanto Anne matraca sem perceber com uma Courtney chapada e completamente absorta sobre novos tipos de bolo de grão de trigo com taxa de sódio baixa, frutas frescas e música new age, e particularmente Manhattan Steamroller.

"É Aiwa", está dizendo Scott. "Você *precisa* escutar. O som..." — ele para, fecha os olhos em êxtase, mastigando pão de milho — "... é fan*tástico*."

"Bem, sabe, Scottie, o Aiwa é legal." Ah, puta que pariu, *vai sonhando, Scot-tie*, estou pensando. "Mas Sansui na verdade é *top* de linha." Paro, então acrescento, "Eu que sei. Tenho um."

"Mas eu pensava que o *Aiwa* fosse *top* de linha." Scott parece preocupado, no entanto ainda não chateado o bastante para me deixar feliz.

"De modo algum, Scott", digo. "O Aiwa tem controle remoto digital?"

"Sim", diz ele.

"Controles computadorizados?"

"Aham". Que grande *otário*.

"O aparelho de som vem com um toca-discos que contém uma bandeja de acrílico e bronze?"

"Sim", mente o canalha!

"Seu aparelho tem um... sintonizador Accophase T-106?", pergunto.

"Claro", ele diz, dando de ombros.

"Certeza?", digo. "Pensa bem."

"Sim. Acho que sim", diz ele, mas a mão treme ao pegar mais pão de milho.

"Que tipo de caixas de som?"

"Bem, de madeira Duntech", responde rápido demais.

"*Que peninha*, cara. Você precisa ter caixas de som Infinity RBS V", digo. "Ou..."

"Espera um minuto", interrompe. "Caixas V? Nunca ouvi falar de caixas V?"

"Está vendo, é disso que estou falando", afirmo. "Se você não tem caixas V, tanto faz escutar numa porcaria de walkman."

"Qual a resposta dos graves nessas caixas?", pergunta ele cheio de suspeita.

"Um ultrabaixo de quinze hertz", ronrono, degustando cada palavra.

Isso o cala por um minuto. Anne tagarela sobre iogurte congelado sem gordura e chow chows. Eu me recosto, satisfeito por ter esmagado Scott, mas ele recupera a compostura rápido demais. "Bem..." — ele diz, tentando fingir que está contente e não se importa em ter uma radiola barata de merda — "... compramos o Phil Collins novo hoje. Você devia ouvir como 'Groovy Kind of Love' soa bem nele."

"Sim, acho que é de longe a melhor música dele", digo, blá-blá-blá, e embora seja algo com o qual eu e Scott finalmente possamos concordar, surgem os pratos de peixe vermelho escurecido e eles parecem bizarros, e Courtney pede licença para ir ao banheiro feminino e, após trinta minutos, como ela não retornou, sigo para os fundos do restaurante e a encontro dormindo no bengaleiro.

Mas em seu apartamento ela fica deitada de costas, as pernas — bronzeadas, firmes, musculosas, malhadas — estão arreganhadas, e estou de joelhos lambendo enquanto bato uma punheta, e no meio-tempo desde que comecei a lamber e a chupar a buceta dela ela já gozou duas vezes, e a xoxota dela está apertada e quente e molhada, e a deixo arreganhada, metendo o dedo com uma mão e me mantendo duro com a outra. Levanto a bunda dela, querendo enfiar a língua dentro, mas ela não quer isso, então levanto minha cabeça e estico o braço na direção da mesa de cabeceira antiga da Portian atrás da camisinha que está no cinzeiro da Palio ao lado da lâmpada halógena da Tensor e a urna de cerâmica D'Oro, e rasgo a embalagem com dois dedos reluzindo e os dentes, e passo-a com facilidade para a minha pica.

"Quero que você me *coma*", geme Courtney, colocando as pernas para trás, arreganhando ainda mais a vagina, metendo o dedo, me fazendo chupar seus dedos, as unhas compridas e vermelhas, e o fluido de sua xoxota, reluzente com a luz dos postes que atravessam as venezianas da Stuart Hall, tem gosto róseo e doce, e ela esfrega por toda a minha boca e os meus lábios e a minha língua antes que esfrie.

"Isso", digo, me mexendo em cima dela, enfiando graciosamente a minha pica dentro da xoxota, beijando-a na boca com força, empurrando dentro dela com metidas longas e rápidas, meus quadris enlouquecidos, se movendo em seu próprio ímpeto de desejo, meu orgasmo já se constrói na base das minhas bolas, do meu cu, subindo pela minha pica tão dura que está doendo — então, no meio de um beijo, levanto minha cabeça, deixando a língua dela para fora da boca começando a lamber seus próprios lábios vermelhos inchados, e enquanto ainda estou metendo, mas agora com suavidade, percebo que... há... um... problema de uma natureza que agora não consigo identificar... mas então ele me atinge quando observo a garrafa d'água Evian semivazia na mesa de cabeceira e solto um "Que merda" e tiro de dentro.

"O que foi?", geme Courtney. "Esqueceu de alguma coisa?"

Sem responder, me levanto do futon e cambaleio até o banheiro tentando retirar a camisinha, mas ela fica presa na metade, e, enquanto a folgo, tropeço acidentalmente na balança da Genold, e também estou tentando acender a luz, e bato com o dedão do pé, e então, xingando, consigo abrir o armário de remédios.

"Patrick, o que você está fa*zendo*?", grita ela do quarto.

"Estou procurando o lubrificante espermicida solúvel em água", grito de volta. "O que você acha que estou fazendo? Procurando um *Advil*?"

"Ah, meu deus", exclama ela. "Você não estava *usando*?"

"Courtney", grito de volta, percebendo um pequeno corte no meu lábio. "Onde *está*?"

"Não *consigo* te ouvir, Patrick", grita ela.

"Luis tem um gosto terrível para colônias", murmuro, pegando um frasco de Paco Rabanne, cheirando.

"O que você *está* dizendo?", exclama ela.

"O lubrificante espermicida solúvel em água", berro de volta, encarando o espelho, vasculhando o armário atrás de um protetor labial Clinique para colocar no corte.

"O que você quer dizer — *onde está*?", grita de volta. "Você não estava *usando*?"

"*Cadê a porra do lubrificante espermicida solúvel em água*?", vocifero. "Lubrificante! Espermicida! Solúvel! Em água!" Estou gritando isso enquanto passo o Clinique dela no machucado, depois penteio o cabelo para trás.

"Prateleira de cima", diz ela, "acho."

Enquanto procuro pelo armário de remédios reparo na banheira dela, percebendo como é sem graça, o que me induz a falar "Sabe, Courtney, você realmente deveria criar coragem e mandar alguém marmorizar sua banheira ou talvez instalar uns jatos de jacuzzi". Grito: "Está me escutando, Courtney?".

Após um longo tempo, ela responde: "Sim... Patrick. Estou ouvindo".

Finalmente encontro o tubo atrás de uma garrafa enorme — um *jarro* — de Xanax na prateleira de cima do armário de remédios, e antes que meu pau amoleça por completo passo um pouco na ponta da camisinha, esparramo no invólucro de látex e então volto para o quarto, pulando no futon, dando um susto nela, "Patrick, isso *não* é um *trampolim, porra*". Ignorando-a, me ajoelho sobre seu corpo, enfiando minha pica em Courtney, e num instante ela está mexendo os quadris para sincronizar com minhas estocadas, então lambe o polegar e começa a esfregar o clitóris. Observo minha pica entrar e sair da vagina dela com movimentos longos e rápidos.

"Espera", arfa.

"O quê?", resmungo, aturdido, mas quase lá.

"Luis é um filho da puta dum bostinha", afirma, arfando, tentando me empurrar para fora dela.

"Sim", digo, me curvando em cima dela, enfiando a língua no ouvido dela. "Luis é um filho da puta dum bostinha. Também odeio ele", e agora, incitado pelo desgosto dela com o namorado molenga, começo a me mexer mais rápido, meu clímax se aproximando.

"Não, seu idiota", resmunga ela. "Eu disse *Precisa puxar a ponta da camisinha.*" Não 'Luis é um filho da puta dum bostinha'. Precisa puxar a ponta da camisinha. Sai de cima de mim."

"*O quê?*", resmungo.

"Tira de dentro", resmunga, se desvencilhando.

"Estou fingindo que isso não é comigo", digo, movendo minha boca para os bicos perfeitos e pequeninos dela, ambos rígidos, sobre peitos grandes e firmes.

"Putaquepariu, tira esse pau", ela grita.

"O que você quer, Courtney?", resmungo, diminuindo a velocidade de minhas estocadas até finalmente corrigir minha postura e ficar apenas ajoelhado em cima dela, metade de minha pica ainda dentro. Ela se escora na cabeceira e meu pau sai por inteiro.

"Está sem folga", aponto. "Acho."

"Liga a luz", diz ela, tentando se sentar.

"Nossa", digo. "Vou pra casa."

"Patrick", avisa ela. "*Liga* a luz."

Estico o braço e acendo o tensor halógeno.

"Está sem folga, *está vendo*?", digo. "E daí?"

"Tira", diz ela, curta e grossa.

"Por quê?", pergunto.

"Porque você tem que deixar uma folga de meio centímetro na ponta", diz ela, cobrindo os peitos com a manta da Hermès, a voz ficando mais alta, a paciência no limite, "para aguentar a força *da ejaculação*!"

"Eu vou embora", ameaço, mas não me movo. "Cadê o seu lítio?"

Ela coloca um travesseiro na cabeça e murmura algo, se encolhendo em posição fetal. Acho que está começando a chorar.

"Cadê o seu lítio, Courtney?", pergunto mais uma vez, calmamente. "Você *precisa* tomar um pouco."

Algo indecifrável é murmurado novamente, e ela balança a cabeça — não, não, não — debaixo do travesseiro.

"O quê? *O que* você disse?", pergunto, com forçada polidez, me masturbando fracamente para voltar à ereção. "*Cadê*?" Soluços debaixo do travesseiro, pouco audíveis.

"Você está chorando agora e, apesar de isso soar mais claro pra mim, ainda *não consigo* ouvir uma palavra do que você está dizendo." Tento tirar o travesseiro da cabeça dela. "Agora *abre a boca*!"

Mais uma vez ela balbucia algo, e mais uma vez não faz sentido.

"Courtney", aviso, ficando furioso, "se você acaba de dizer o que eu penso que disse, que seu lítio está numa embalagem no freezer ao lado do Frusen Glädjé e é um *sorbet*..." — estou gritando — "... se for mesmo o que você disse, então isso vai te *matar*. É um *sorbet*? Seu lítio na verdade é um *sorbet*?", grito, por fim tirando o travesseiro da cabeça dela e lhe dando um tapa forte no rosto.

"Acha que está me deixando excitada ao fazer *sexo sem segurança*?", grita ela de volta.

"Meu deus, isso realmente não vale a pena", rosno, puxando a camisinha para ficar com uma folga de meio centímetro — um pouco menos, na verdade. "E então, Courtney, está lá pra quê? Hein? Diz pra gente." Dou mais um tapa nela, dessa vez mais fraco. "Por que está com uma folga de meio centímetro? Pra poder aguentar a *força da ejaculação*!"

"Bem, isso *não* é excitante *pra mim*." Ela está histérica, esfacelada em lágrimas, engasgando. "Tenho uma promoção vindo pra mim. Vou pra Barbados em agosto e não quero um caso de sarcoma de Kaposi pra foder com tudo!" Ela engasga, tossindo. "Ai, meu deus, quero usar um biquíni", lamenta. "Um Norma Kamali que acabei de comprar na Bergdorf's."

Seguro a cabeça dela e a obrigo a olhar para a camisinha. "Tá vendo? Tá feliz agora? Sua putinha burra. Tá feliz agora, sua putinha burra?"

Sem olhar para o meu pau, ela soluça, "Meu deus, só termina logo com isso", e cai de volta na cama.

Com grosseria, empurro de novo a minha pica para dentro dela e consigo um orgasmo tão fraco que é quase inexistente, e meu gemido é de uma decepção gigantesca, mas, como era esperado, é confundido com prazer por Courtney e momentaneamente a estimula enquanto ela fica deitada soluçando debaixo de mim na cama, fungando, e então estica o braço e se toca, porém começo a amolecer quase que na hora — na verdade, *durante* o momento em que gozei —, mas, se não retirar dela enquanto ainda estiver ereto, ela vai enlouquecer, então seguro na base da camisinha enquanto ela literalmente *murcha* para fora. Após ficar lá deitado por vinte minutos com Courtney choramingando sobre Luis e tábuas de carne antigas e o ralador de queijo de prata esterlina e a forma de muffins que deixou no Harry's, ela então tenta me pagar um boquete. "Quero trepar com você de novo", digo a ela, "mas não quero usar camisinha porque não sinto nada", e ela responde calmamente, tirando a boca de meu pau mole e encolhido, me encarando, "Se não usar, não vai sentir nada do mesmo jeito".

REUNIÃO DE NEGÓCIOS

Jean, minha secretária que está apaixonada por mim, entra em meu escritório sem aviso, anunciando que às onze da manhã preciso ir a uma reunião muito importante com uma empresa. Estou sentado diante da mesa com tampo de vidro da Palazzetti, encarando meu monitor usando meu Ray-Ban, mascando uma cápsula de Nuprin, de ressaca por causa de uma farra de coca na noite anterior que começou bem inocente na Shout!, com Charles Hamilton, Andrew Spencer e Chris Stafford, e então seguiu para o Princeton Club, progrediu até o Barcadia e terminou na Nell's por volta das três e meia da madrugada, e, apesar de hoje mais cedo, encharcado numa banheira, bebericando um Bloody Mary de Stoli depois de talvez quatro horas de um sono suado e sem sonhos, eu ter percebido que *havia* uma reunião, eu parecia ter me esquecido disso na viagem de táxi pelo centro. Jean está com uma jaqueta de seda vermelha de *stretch*, uma saia de malha com fita de raiom, escarpins vermelhos de camurça com laços de cetim da Susan Bennis Warren Edwards e brincos banhados em ouro da Robert Lee Morris. Ela fica lá, na minha frente, indiferente à minha dor, com um arquivo na mão.

Após fingir ignorá-la por cerca de um minuto, finalmente abaixo meus óculos de sol e tusso. "Sim? Algo *mais*? *Jean*?"

"Sr. Ranzinza hoje." Ela sorri, colocando o arquivo timidamente em minha mesa, e fica lá esperando que eu... o quê, a divirta com anedotas sobre a noite anterior?

"Sim, sua *simplória*. Hoje estou sr. Ranzinza", rosno, pegando o arquivo e enfiando-o na gaveta superior da mesa.

Ela me encara, sem compreender, e então, na verdade parecendo abatida, fala "Ted Madison ligou e James Baker também. Eles querem se encontrar com você no Fluties às seis da tarde".

Suspiro, olhando para ela. "Bem, e o que você deveria fazer?"

Ela ri de nervosismo, parada ali, os olhos arregalados. "Não tenho certeza."

"Jean." Me levanto para conduzi-la para fora do escritório. "O... que... você... diz?"

Ela leva um tempo, mas, por fim, assustada, adivinha: "Basta... dizer... não?".

"Basta... dizer... não." Aceno, empurrando-a para fora e bato a porta.

Antes de deixar o escritório para ir à reunião, tomo dois Valium, engulo os dois com Perrier e então passo um creme de limpeza no rosto, com bolas de algodão pré-umedecidas, e depois aplico um hidratante. Estou com um terno de tweed e uma camisa de algodão listrada, ambas da Yves Saint Laurent, uma gravata de seda da Armani e novos sapatos pretos com biqueira da Ferragamo. Bochecho com Plax e depois escovo os dentes, e, quando assoo o nariz, fios de sangue com catarro espessos e firmes mancham um lenço de quarenta e cinco dólares da Hermès que, infelizmente, não havia sido presente. Mas eu tenho bebido quase vinte livros de água Evian por dia e ido ao salão regularmente, e uma noite de farra não havia afetado a suavidade ou a coloração de minha pele. Tudo se resume a isto: me sinto uma merda, mas estou muito bonito.

Sou também o primeiro a chegar no salão de reuniões. Luis Carruthers segue em meus calcanhares como um filhote de cachorro, um rápido segundo, e toma o assento ao lado do meu, o que significa que devo desligar meu walkman. Ele está usando um paletó esportivo de lã xadrez, calça de lã, uma camisa de algodão da Hugo Boss e gravata estampada — a calça, estou supondo, é da Brooks Brothers. Ele começa a tagarelar a respeito de um restaurante em Phoenix, Propheteers, do qual na verdade estou interessado em ouvir, mas não de Luis Carruthers. Como estou sob o efeito de dez miligramas de Valium, consigo aguentar. O *Patty Winters Show* de hoje recebeu descendentes da Caravana Donner.

"Os clientes eram *completos* caipiras, previsivel*men*te", diz Luis. "Queriam me levar para uma produção local do *Les Miz*, que já *vi* em *Lon*dres, mas..."

"Houve algum problema para conseguir reservas no Propheteers?", pergunto, interrompendo.

"Não. Nenhum mesmo", diz ele. "Jantamos tarde."

"O que você pediu?", pergunto.

"Comi ostras escalfadas, maruca e torta de nozes."

"Ouvi dizer que a maruca é boa lá", comento, perdido nos pensamentos.

"O cliente comeu boudin blanc, galinha assada e cheesecake", diz ele.

"Cheesecake?", pergunto, confuso com essa lista sem graça e esquisita. "Que molho ou frutas estavam na galinha assada? Qual o formato dos cortes?"

"Nenhum, Patrick", diz ele, também confuso. "Ela estava... assada."

"E o cheesecake, qual o sabor? Era aquecido?", pergunto. "Cheesecake de ricota? Queijo de cabra? Havia flores ou coentro nele?"

"Era apenas... normal", diz ele, e então, "Patrick, você está suando."

"O que ela comeu?", pergunto, ignorando-o. "A garota do cliente."

"Bem, ela comeu salada rústica, vieiras e torta de limão", diz Luis.

"As vieiras eram grelhadas? Sashimi de vieiras? Numa espécie de ceviche?", pergunto. "Ou eram *gratinados*?"

"Não, Patrick", diz Luis. "Eram... torradas."

Há um silêncio no salão de reuniões enquanto contemplo isso, refletindo antes de perguntar, por fim: "'Torradas' como, Luis?".

"Não tenho certeza", diz ele, "Acho que envolve... uma frigideira."

"Vinho?", pergunto.

"Um sauvignon blanc 85", diz ele. "Jordan. Duas garrafas."

"Carro?", pergunto. "Você alugou algum enquanto ficou em Phoenix?"

"BMW." Ele sorri. "Uma BMW preta."

"Legal", murmuro, me lembrando da última noite, de como fiquei completamente louco num reservado do banheiro do Nell's — minha boca espumando, só conseguia pensar em insetos, muitos insetos, correndo atrás de pombos, espumando pela boca e correndo atrás de pombos. "Phoenix. Janet Leigh era de Phoenix..." Pauso, e então continuo. "Ela foi apunhalada no chuveiro. Uma cena sem graça." Paro. "O sangue parecia falso."

"Escuta, Patrick", diz Luis, apertando seu lenço contra minha mão, meus dedos cerrados num punho que relaxa com o toque de Luis. "Dibble e eu vamos almoçar semana que vem no Yale Club. Quer ir também?"

"Claro." Penso nas pernas de Courtney, arreganhadas e em volta do meu rosto, e num breve instante, quando olho para Luis, a cabeça dele parece uma vagina falante, e isso me assusta à beça, me faz dizer algo enquanto esfrego o suor da minha testa. "É um belo... terno, Luis." A coisa mais distante de minha mente.

Ele olha para baixo como que aturdido, e então ruborizando, envergonhado, toca a própria lapela. "Obrigado, Pat. Você também está muito bonito... como de costume." E, quando ele estica o braço para tocar minha gravata, seguro a mão dele antes que seus dedos façam isso, lhe dizendo "O elogio foi suficiente".

Reed Thompson entra usando um terno de lã xadrez de peito duplo com quatro botões e uma camisa de algodão listrada e uma gravata de seda, tudo da Armani, mais meias azuis de algodão um pouco bregas da Interwoven e sapatos pretos de biqueira da Ferragamo iguaizinhos aos meus, com uma cópia do *Wall Street Journal* numa das mãos bem-manicuradas e um sobretudo de tweed *balmacaan* da Bill Kaiserman pendurado casualmente no outro braço. Ele acena e senta à nossa frente, diante da mesa. Logo depois, Todd Broderick entra com um terno de lã listrado de peito duplo e seis botões, e uma camisa listrada e gravata de seda grossa, tudo da Polo, mais um afetado lenço de linho que tenho quase certeza ser também da Polo. McDermott entra em seguida, carregando um exemplar desta semana da revista *New York* e o *Financial Times* de hoje, de óculos sem grau da Oliver Peoples com armação de sequoia, um terno de lã preto e branco de peito único com padronagem pied de poule e lapelas cortadas, uma camisa social listrada de algodão com colarinho aberto e uma gravata xadrez de seda, tudo desenhado e costurado por John Reyle.

Sorrio, erguendo as sobrancelhas para McDermott, que taciturnamente toma o assento ao meu lado. Ele suspira e abre o jornal, lendo em silêncio. Por não ter dito "olá" ou "bom dia" penso que talvez ele esteja puto e suspeito que tenha algo a ver comigo. Por fim, sentindo que Luis está prestes a me perguntar algo, me viro para McDermott.

"Então, McDermott, qual o problema?" Forço um sorriso. "Fila comprida no Stairmaster hoje?"

"Quem disse que há algum problema?", pergunta ele, fungando, e virando as páginas do *Financial Times.*

"Escuta", retruco, me curvando, "já me desculpei por gritar com você por causa da pizza no Pastels aquela noite."

"Quem disse que é por causa daquilo?", pergunta tenso.

"Pensei que a gente já havia esclarecido isso", sussurro, agarrando o braço da cadeira dele, sorrindo para Thompson. "Desculpa por ter esculachado as pizzas do Pastels. Feliz agora?"

"Quem disse que é por causa daquilo?", pergunta novamente.

"O que foi, então, McDermott?", sussurro, percebendo um movimento atrás de mim. Conto até três e então giro, flagrando Luis se inclinando para mim, tentando escutar. Ele sabe que foi pego e afunda em sua cadeira novamente, culpado.

"McDermott, isso é ri*dí*culo", sussurro. Você não pode ficar com raiva de mim porque acho que a pizza do Pastels é... *dura*."

"*Massuda*", diz ele, lançando um olhar para mim. "A palavra que você usou foi massuda."

"Peço desculpas", digo. "Mas estou certo. Ela é. Você leu o artigo no *Times*, certo?"

"Aqui." Ele leva a mão ao bolso e me passa um artigo xerocado. "Eu só queria provar que você estava errado. Leia *isto*."

"O que é isto?", pergunto, abrindo a página dobrada.

"É uma matéria sobre seu herói, Donald Trump." McDermott dá um sorriso malicioso.

"Com certeza", digo, apreensivo. "Por que será que nunca vi este?"

"E...", McDermott passa o olho na matéria e aponta com um dedo acusatório para o último parágrafo, que ele havia marcado com tinta vermelha. "Qual a pizza que Donald Trump considera a melhor servida em Manhattan?"

"Deixa *eu* ler isso", suspiro, acenando para ele se afastar. "Você pode estar errado. Que foto sem jeito."

"Bateman. *Veja*. Eu circulei", diz.

Finjo ler a porra da matéria, mas estou ficando com muita raiva e preciso devolver o artigo a McDermott e perguntar, extremamente aborrecido, "E *daí*? O que isso quer dizer? O que você, McDermott, está tentando me dizer?".

"O que você acha *agora* da pizza do Pastels, Bateman?", pergunta ele presunçosamente.

"Bem", respondo, escolhendo minhas palavras com cuidado. "Acho que temos que voltar lá e provar da pizza *de novo*..." Estou dizendo isso com os dentes rangendo. "Só estou falando que da última vez que estive lá a pizza estava..."

"Massuda?", sugere McDermott.

"Sim." Dou de ombros. "Massuda."

"Aham." McDermott sorri, triunfante.

"Escuta, se a pizza do Pastels está boa para o Donny", começo, odiando ter de admitir isso a McDermott, e suspirando, quase ininteligivelmente, digo "então está boa para mim."

McDermott gargalha com satisfação, vitorioso.

Conto três gravatas de seda-crepe, uma gravata da Versace de seda-cetim costurada, duas gravatas de seda tafetá, uma de seda Kenzo, duas gravatas de seda *jacquard*. As fragrâncias de Xeryus e Tuscany e Armani e Obsession e Polo e Grey Flannel e mesmo Antaeus se misturam, pairando juntas, subindo dos ternos e para o ar, formando sua própria mistura: um perfume frio e enjoativo.

"Mas não vou pedir desculpas", aviso a McDermott.

"Você já pediu, Bateman", diz ele.

Paul Owen entra usando um paletó esporte de caxemira de um botão, calça de flanela tropical, uma camisa de botão baixo e colarinho em aba da Ronaldus Shamask, mas é, na verdade, a gravata — listras grossas azuis, pretas, vermelhas e amarelas de Andrew Fezza por Zanzarra — o que me impressiona. Carruthers também se empolga, e se inclina para minha cadeira e pergunta, se estou ouvindo corretamente, "Você acha que ele tem um protetor de testículos para combinar com isso?". Quando não respondo, ele recua, abre uma das *Sports Illustrated* que estão no meio da mesa e, cantarolando sozinho, começa a ler um artigo sobre mergulhadores olímpicos.

"Olá, Halberstam", diz Owen, passando por mim.

"Olá, Owen", digo, admirando o modo como ele é estiloso e penteou para trás o cabelo, com uma parte tão equilibrada e forte que... me deixa arrasado, e faço uma nota mental de perguntar onde ele compra seus produtos capilares, que tipo de musse usa, sendo que meu último palpite, após divagar sobre as possibilidades, é Ten-X.

Greg McBride entra e para diante da minha cadeira. "Assistiu ao *Winters Show* hoje? Loucura, loucura total", e fazemos um high-five antes de ele pegar uma cadeira entre Dibble e Lloyd. Deus sabe de onde eles surgiram.

Kevin Forrest, que entra com Charles Murphy, diz "Minha chamada em espera já era. Felicia achou um jeito de detonar ela". Não estou nem prestando atenção ao que estão usando. Mas me encontro encarando as abotoaduras de coruja antigas de Murphy com olhos cristalinos azuis.

PSICOPATA AMERICANO

BRET EASTON ELLIS

LOCADORA E DEPOIS D'AGOSTINO'S

Estou dando uma volta pela VideoVisions, a locadora perto de meu apartamento no Upper West Side, bebendo uma lata de Pepsi Diet, com a nova fita de Christopher Cross estrondando nos fones de ouvido do meu walkman da Sony. Após o trabalho joguei raquetebol com Montgomery, então recebi uma massagem shiatsu e me encontrei com Jesse Lloyd, Jamie Conway e Kevin Forrest para umas bebidas no Rusty's, na rua 72. Esta noite estou com um novo sobretudo de lã da Ungaro Uomo Paris e carregando uma pasta da Bottega Veneta e um guarda-chuva da Georges Gaspar.

A locadora está mais cheia que de costume. Há muitos casais na fila para eu alugar *Reformatório Travesti* ou a *Buceta Ruiva* sem algum senso de estranheza ou desconforto, além de eu já ter topado com Robert Ailes do First Boston na seção de Horror, pelo menos acho que era Robert Ailes. Ele falou "Olá, McDonald" ao passar por mim, segurando *Sexta-Feira 13: Parte 7* e um documentário sobre abortos no que percebi ser mãos manicuradas muito bem-feitas, maculadas apenas pelo que me pareceu uma imitação de Rolex de ouro.

Já que pornografia parece fora de cogitação, dou uma olhada nas Comédias Leves e, me sentindo dilacerado, pego um filme de Woody Allen, porém não fico satisfeito. *Desejo* algo *mais*. Passo pela seção de Musicais de Rock — nada —, então me encontro em Comédia de

Horror — idem —, e de repente sou afligido por um pequeno ataque de ansiedade. *Há filmes demais para escolher nessa porra.* Abaixo a cabeça atrás de um cartaz promocional da nova comédia de Dan Aykroyd e tomo dois Valium de cinco miligramas, engolindo com a Pepsi Diet. Então, quase no automático, como se tivesse sido programado antes, pego *Dublê de Corpo* — um filme que aluguei trinta e sete vezes — e ando até o balcão, onde espero vinte minutos para ser atendido por uma garota atarracada (dois quilos acima do peso, cabelos crespos secos). Ela na verdade está usando um suéter folgado não identificado — definitivamente *sem* marca —, provavelmente para esconder o fato de que *não* tem peitos, ainda que *tenha* belos olhos; mas *quem liga pra essa porra?* Finalmente é minha vez. Passo as caixas vazias para ela.

"Só isso?", pergunta ela, pegando meu cartão de sócio. Estou com luvas preto-persa da Mario Valentino. Minha filiação na VideoVisions custa apenas duzentos e cinquenta dólares por ano.

"Você tem algum filme de Jami Gertz?", pergunto a ela, tentado fazer contato visual.

"O quê?", pergunta distraída.

"Tem algum filme de Jami *Gertz* aqui?"

"De quem?" Ela digita algo no computador e então responde, sem olhar para mim, "Quantas noites?".

"Três", digo. "Você não sabe quem é Jami Gertz?"

"Acho que não." Ela respira fundo.

"Jami *Gertz*", digo. "É uma *atriz*."

"Acho que não sei de quem você está falando", diz ela num tom que sugere que eu talvez a esteja ameaçando, mas olha só, ela trabalha numa locadora de vídeo e, por ser uma profissão que exija tanto esforço, o comportamento escroto dela é completamente razoável, *certo*? As coisas que eu podia fazer com o corpo dessa garota usando um martelo, as palavras que eu poderia entalhar dentro dela com um picador de gelo. Ela passa minhas caixas para o cara atrás dela — e finjo ignorar sua reação horrorizada quando ele me reconhece após olhar para a caixa de *Dublê de Corpo* —, mas ele entra numa espécie de caixa-forte nos fundos da loja para pegar os filmes.

"Sim. Claro que sabe", digo com gentileza. "Ela está num desses comerciais de Coca Diet. Você sabe qual."

"Acho que não sei mesmo", diz ela num tom aborrecido, quase cortante. Ela digita no computador os nomes dos filmes e então meu número de filiado.

"Gosto da parte em *Dublê de Corpo* quando a mulher... é perfurada pela... furadeira no filme... a melhor", digo, quase arfando. Agora de repente parece estar muito quente na locadora, e após murmurar "meu deus" bem baixinho coloco a mão enluvada no balcão para fazê-la parar de tremer. "E o sangue começa a jorrar do teto." Respiro fundo e, enquanto digo isso, minha cabeça começa a acenar involuntariamente e continuo engolindo em seco, pensando *preciso ver os sapatos dela*, e então, com o máximo de discrição, tento espiar sobre o balcão para verificar que tipo de sapatos ela está usando, só que, algo enlouquecedor, não passam de tênis — *não* K-Swiss, *não* Tretorn, *não* Adidas, *não* Reebok, apenas tênis baratos.

"Assine aqui." Ela me passa as fitas sem sequer olhar para mim, se recusando a reconhecer quem sou; e inspirando fundo e expirando, ela acena para o próximo na fila, um casal com bebê.

No caminho de volta para o apartamento, paro no D'Agostino's e compro para o jantar duas garrafas grandes de Perrier, um pacote com seis Cocas, uma porção de rúcula, cinco kiwis de tamanho médio, uma garrafa de vinagre balsâmico de Tarragona, uma lata de *crème fraîche*, um pacote de tapas de micro-ondas, uma caixa de tofu e uma barra de chocolate branco que pego no balcão do caixa.

Lá fora, ignorando o mendigo recostado abaixo do pôster de *Les Misérables* e segurando um cartaz em que se lê PERDI O EMPREGO COM FOME SEM DINHEIRO POR FAVOR AJUDE, cujos olhos lacrimejam após eu sair com o truque de sacanear-o-mendigo-com-um-dólar e lhe falar "Nossa, faça a porra da barba, *por favor*", meus olhos quase como que guiados por radar focam numa Lamborghini Countach vermelha estacionada diante da calçada, reluzindo entre os postes, e preciso parar de andar — o Valium chocantemente, inesperadamente, começa a agir, e tudo mais fica obliterado: o mendigo chorando, os moleques negros chapados de crack fazendo rap com um rádio no talo, as nuvens de pombos acima procurando um local para se alojar, as sirenes de ambulância, as buzinas dos táxis, a moça de aparência decente no vestido da Betsey Johnson, tudo isso se esvai no que parece uma fotografia de lapso temporal — mas em câmera lenta, como um filme —, o sol se põe, a cidade fica mais escura, e tudo que posso ver é a Lamborghini vermelha, e tudo que posso ouvir é minha própria respiração ofegante, contínua e equilibrada. Ainda estou parado, babando, diante da loja, encarando, minutos depois (não sei quantos).

TRATAMENTO FACIAL

Deixo o trabalho às quatro e meia da tarde e sigo direto para a Xclusive para treinar com pesos livres por uma hora, então pego um táxi para o Gio's do outro lado do parque, no Pierre Hotel, para um tratamento facial, manicure e, se o tempo permitir, pedicure. Estou deitado na mesa elevada numa das salas particulares esperando por Helga, a técnica de pele, para fazer meu tratamento facial. Minha camisa da Brooks Brothers e meu terno da Garrick Anderson estão pendurados no closet, meus mocassins da A. Testoni estão no chão, meias de trinta dólares da Barney's enroladas dentro, e o short boxer de sessenta dólares da Comme des Garçons é o único artigo de vestuário que ainda estou vestindo. A bata que eu deveria usar está embolada ao lado do box do chuveiro uma vez que quero que Helga confira meu corpo, perceba meu peitoral, veja como meu abdome ficou *trincado* desde a última vez em que estive aqui, ainda que ela seja muito mais velha que eu — talvez trinta ou trinta e cinco anos —, e que eu jamais treparia com ela. Estou bebendo uma Pepsi Diet que Mario, o funcionário, trouxe para mim, com gelo batido ao lado, que pedi mas não quero mais.

Pego o *Post* de hoje de um rack de vidro para revistas da Smithly Watson e passo o olho nas colunas de fofocas, então fisgo uma história sobre recentes avistamentos dessas criaturas que parecem ser metade pássaro, metade roedor — essencialmente, pombos com cabeça e rabo de rato — encontrados bem no meio do Harlem e que estão agora indo direto para o centro da cidade. Uma fotografia granulada de um desses bichos acompanha o artigo, porém os especialistas, nos assegura o *Post*, têm muita certeza de que essa nova espécie é um engodo. Como de costume, isso não basta para apaziguar meu medo, e me provoca um pavor indefinido que alguém lá fora tenha desperdiçado energia e tempo para inventar isto: falsificar uma fotografia (e ainda fazer um trabalho meia-boca, a coisa parece a porra de um Big Mac) e enviá-la ao *Post*, e então o *Post* decidir publicar a história (encontros, debates, tentação de último minuto de cancelar a coisa toda?), imprimir a fotografia, arranjar alguém para escrever sobre a foto e entrevistar os especialistas, por fim publicar essa história na página três da edição de hoje e vê-la debatida em centenas de milhares de almoços na cidade esta tarde. Fecho o jornal e me deito de costas, exausto.

A porta do quarto particular se abre e uma garota que nunca vi antes entra e por olhos semicerrados posso ver que é jovem, italiana, bonitinha. Ela sorri, sentada numa cadeira aos meus pés, e começa a pedicure. Ela desliga a luz do teto e exceto por lâmpadas halógenas estrategicamente localizadas em meus pés, mãos e rosto, o quarto escurece, tornando impossível dizer que tipo de corpo ela tem, apenas que está de botas de camurça cinza e couro preto com botões no tornozelo da Maud Frizon. O *Patty Winters Show* hoje foi sobre Óvnis Que Matam. Helga chega.

"Ah, sr. Bateman", diz Helga. "Como vai?"

"Muito bem, Helga", digo, tensionando os músculos em meu estômago e peito. Meus olhos estão fechados, então isso parece casual, como se os músculos estivessem agindo por conta própria e eu não conseguisse evitar. Mas Helga põe a bata suavemente sobre meu peito arfante e o abotoa, fingindo ignorar as ondulações na pele bronzeada e limpa abaixo.

"Você voltou bem rápido", diz ela.

"Vim aqui já faz dois dias", digo, confuso.

"Eu sei, mas...", ela pausa, lavando as mãos na pia. "Deixa pra lá."

"Helga?", pergunto.

"Sim, sr. Bateman?"

"Quando estava vindo pra cá eu vi um par de mocassins masculinos com enfeite de ouro da Bergdorf-Goodman esperando para ser lustrados, fora da porta do quarto ao lado. Eles são de quem?", pergunto.

"São do sr. Erlanger", diz ela.

"O sr. Erlanger da Lehman's?"

"Não. O sr. Erlanger da Salomon Brothers", diz ela.

"Já te contei que quero usar uma grande máscara de smiley face e então colocar a versão em CD de "Don't Worry, Be Happy", de Bobby McFerrin, e depois pegar uma garota e um cachorro — um collie, um chow, um sharpei, não interessa — e então prender uma bomba de transfusão, um equipamento intravenoso, e trocar o sangue deles, sabe, bombear o sangue do cachorro na gostosa e vice-versa, já te contei isso?" Enquanto estou falando, posso escutar a garota trabalhando em meus pés cantarolando sozinha uma das canções de *Les Misérables*, e então Helga passa uma bola de algodão umedecida em meu nariz, se inclinando perto de meu rosto, checando os poros. Dou uma risada maníaca, então tomo fôlego profundo e toco meu peito — esperando um coração batendo rápido, impaciente, mas não há nada lá, nem mesmo uma batida.

"Shhh, sr. Bateman", diz Helga, passando uma bucha vegetal quente em meu rosto, o que dói e depois esfria a pele. "Relaxe."

"Ok", digo. "Estou relaxando."

"Ah, sr. Bateman", diz Helga, baixinho, "você tem uma cútis tão boa. Quantos anos tem? Posso perguntar?"

"Tenho vinte e seis."

"Ah, é por isso. É tão limpa. Tão lisa." Suspira ela. "Apenas relaxe."

Amoleço, meus olhos se revirando na cabeça, a versão de elevador de "Don't Worry, Baby" afogando todos os pensamentos ruins, e começo a pensar apenas em coisas positivas — as reservas que tenho esta noite com a namorada de Marcus Halberstam, Cecelia Wagner, os nabos amassados do Union Square Café, descer esquiando a Buttermilk Mountain em Aspen no último Natal, o novo CD do Huey Lewis and the News, camisas sociais da Ike Behar, da Joseph Abboud, da Ralph Lauren, belas gostosas besuntadas de óleo chupando as bucetas e cus uma das outras sob luzes fortes de vídeo, carradas de rúcula e coentro, minha marca de bronzeado, o modo como os músculos de minhas costas ficam quando as luzes em meu banheiro recaem sobre elas no ângulo certo, as mãos de Helga acariciando a pele lisa de meu rosto, passando e espalhando creme e loções e tônicos com admiração, sussurrando, "Ah, sr. Bateman, seu rosto é tão limpo e macio, tão limpo", o fato de eu não morar num estacionamento de trailers ou trabalhar num boliche ou ir a jogos de hóquei ou comer costelas com barbecue, a aparência do prédio da AT&T à meia-noite, apenas à meia-noite. Jeannie entra e começa a manicure, primeiro cortando e lixando as unhas, depois passando o disco de lixa para alisar as pontas remanescentes.

"Da próxima vez quero que as deixe um pouco maiores, Jeannie", aviso.

Em silêncio, ela as enfia em lanolina morna, então seca ambas as mãos e usa um hidratante de cutícula enquanto limpa sob as unhas com um cotonete grande. Um massageador aquecido massageia a mão e o antebraço. As unhas primeiro são polidas com camurça, em seguida com loção de polimento.

ENCONTRO COM EVELYN

Evelyn entra na linha três da minha chamada em espera e eu não iria atender, mas, como estou esperando na linha dois para descobrir se Bullock, o maître do novo restaurante de David François no Central Park South, tem algum cancelamento para esta noite, para Courtney (à espera na linha um) e eu talvez jantarmos, atendo na esperança de que seja da lavanderia. Mas *não*, é Evelyn e, apesar de não ser muito justo com Courtney, atendo. Digo a Evelyn que estou na outra linha com meu personal trainer. Então falo para Courtney que preciso atender à chamada de Paul Owen e que a vejo no Turtles às oito da noite, e desligo a chamada de Bullock, o maître. Evelyn está hospedada no Carlyle; a mulher que mora no prédio vizinho ao dela foi assassinada na noite anterior, decapitada, e por isso Evelyn está muito abalada. Ela não conseguiu ir para o trabalho hoje e passou a tarde se acalmando com tratamento facial na Elizabeth Arden. Ela quer que jantemos esta noite, e então pergunta, antes que eu possa bolar uma mentira plausível, uma desculpa aceitável, "Onde você *estava* ontem à noite, *Patrick*?".

Paro. "Por quê? Onde *você* estava?", pergunto, enquanto engolia um litro de Evian, ainda um pouco suado do treino da tarde.

"Brigando com o *concierge* do Carlyle", diz ela, parecendo estar *bastante* puta. "Agora me diga, Patrick, e você?"

"Por que estava brigando com ele?", pergunto.

"Patrick", diz ela — um comentário declarativo.

"Estou aqui", digo após um minuto.

"Patrick. Não importa. O telefone no meu quarto não tinha duas linhas e não havia *nenhuma* chamada em espera", diz ela. "*Onde* você estava?"

"Eu estava... por aí, alugando umas fitas", digo, satisfeito, faço um high-five comigo mesmo, segurando o telefone sem fio com o pescoço e o ombro.

"Eu queria ir para a sua casa", afirma ela num tom choroso de garotinha. "Estava assustada. Ainda estou. Não dá pra perceber pela minha voz?"

"Na verdade, você soa como qualquer coisa, menos assustada."

"Não, Patrick, é sério. Estou apavorada", diz ela. "Estou tremendo. Que nem uma folha, estou tremendo. Pergunte a Mia, minha esteticista. *Ela* falou que eu estava tensa."

"Bem", digo, "você não poderia vir mesmo."

"Por que não, querido?", choraminga, e então se dirige a alguém que acabou de entrar na suíte. "Ah, deixa aí perto da janela... não, *aquela* janela... e você pode me dizer onde diabos está a massagista?"

"Porque a cabeça da sua vizinha estava no meu freezer." Bocejo, me esticando. "Escuta. Jantar? Onde? Consegue me ouvir?"

Às oito e meia, nós dois estamos sentados um de frente para o outro no Barcadia. Evelyn veste uma jaqueta de raiom da Anne Klein, uma saia de lã-crepe, uma blusa de seda da Bonwit's, brincos antigos de ouro e ágata da James Robinson que custam por alto uns quatro mil dólares; e eu estou usando um terno de peito duplo, uma camisa de seda com listras trançadas, uma gravata de seda decorada, e sapatos de couro sem cadarço, tudo da Gianni Versace. Nem cancelei a reserva no Turtles, nem disse a Courtney para não me encontrar lá, então provavelmente ela vai aparecer umas oito e quinze, completamente confusa, e, se não houver tomado Elavil hoje, provavelmente vai ficar furiosa, e é isso — e não a garrafa de Cristal que Evelyn insiste em pedir e depois misturar com cassis — que me faz rir muito alto.

Passo a maior parte da tarde comprando presentes de Natal antecipados para mim — uma tesoura grande numa farmácia perto da prefeitura, um abridor de cartas da Hammacher Schlemmer, uma faca de queijo da Bloomingdale's para combinar com a tábua de queijos que Jean, minha secretária que está apaixonada por mim, deixou em minha mesa antes de sair para almoçar enquanto eu estava numa reunião. O *Patty Winters Show* hoje foi sobre a possibilidade de uma guerra nuclear, e, de acordo com o grupo de especialistas, as chances são muito grandes de que ocorra em algum momento do mês que vem. O rosto de Evelyn parece pálido para mim agora, a boca delineada com um batom roxo que dá um efeito quase espantoso, e percebo que tardiamente ela aceitou o conselho de Tim Price e parou de usar a loção de bronzeamento. Em vez de mencionar isso e fazer Evelyn me entediar com detalhes insossos, pergunto a respeito da namorada de Tim, Meredith, que ela despreza por motivos que nunca ficaram claros para mim. E devido aos rumores sobre mim e Courtney, Courtney também está na lista negra de Evelyn, por motivos um pouco mais claros. Coloco uma mão sobre a taça de champanhe quando a apreensiva garçonete, a pedido de Evelyn, tenta colocar um pouco de cassis de mirtilo em meu Cristal.

"Não, obrigado", digo a ela. "Talvez mais tarde. Num copo separado."

"Estraga-prazeres." Evelyn dá uma risadinha, então respira fundo. "Mas você está cheirando bem. O que está usando — Obsession? Seu estraga-prazeres, é Obsession?"

"Não", digo com um sorriso sarcástico. "Paul Sebastian."

"Claro." Ela sorri, e bebe a segunda taça. Parece estar num humor melhor, quase tempestuoso, mais do que se pensaria de alguém cuja vizinha foi decapitada por uma minisserra-elétrica em questão de segundos enquanto ainda estava consciente. Os olhos de Evelyn cintilam momentaneamente à luz das velas, então voltam ao cinza pálido normal.

"Como Meredith *está*?", pergunto, tentando disfarçar minha falta de interesse.

"Ah, nossa. Está saindo com Richard Cunningham." Evelyn dá um suspiro. "Ele está no First Boston. Se é que dá pra *acreditar*."

"Sabe", comento, "Tim ia terminar com ela. Estava no fim."

"*Por que*, pelo amor de deus?", pergunta Evelyn, surpresa, intrigada. "Eles tinham aquele lugar *fabuloso* nos Hamptons."

"Lembro dele me dizendo que estava morrendo de agonia por não ver Meredith fazendo nada além das unhas a semana inteira."

"Nossa", exclama Evelyn, e então, genuinamente confusa, "Quer dizer... espera aí, não tinha alguém pra fazer pra ela?"

"Tim dizia, e reiterava esse fato com uma boa frequência, que Meredith tinha a personalidade de uma apresentadora de programa de auditório", falei secamente, dando um gole na taça.

Ela sorri sozinha, secretamente. "Tim é um canalha."

Ociosamente, me pergunto se Evelyn dormiria com outra mulher se eu levasse alguma para o prédio dela e, se eu insistisse, se elas me deixariam observar as duas mandando ver. Se me deixariam dirigir, falar o que fazer, posicioná-las abaixo de lâmpadas halógenas quentes. Provavelmente não; as chances não parecem boas. Mas e se eu a forçasse à *mão armada*? Ameaçasse mutilar as duas, talvez, caso não me obedecessem? O pensamento não parece sem atrativos e posso imaginar todo o cenário com muita clareza. Começo a contar as banquetas que rodeiam o salão, então conto as pessoas sentadas nas banquetas.

Ela está me perguntando de Tim. "Por onde você acha que *aquele* canalha anda? O rumor é que ele está no *Sachs*", diz ela sinistramente.

"O rumor é", digo, "que ele anda na reabilitação. Esse champanhe não está gelado o bastante." Estou distraído. "Ele não te mandou cartões?"

"Ele andou doente?", pergunta ela, com uma discreta trepidação.

"Sim, acho que sim", digo. "Acho que se trata disso. Sabe, se você pede uma garrafa de Cristal, o mínimo que poderia estar é, sabe, *fria*."

"Ai meu deus", diz Evelyn. "Você acha que ele pode estar *doente*?"

"Sim. Está num hospital. No Arizona", acrescento. A palavra *Arizona* tem um toque misterioso em si e a repito. "Arizona. Acho."

"Ai meu *deus*", exclama Evelyn, agora verdadeiramente alarmada, e engole o pouco de Cristal restante na taça.

"Quem sabe?" Faço um gesto mínimo com os ombros.

"Você não acha..." Ela respira e tira os óculos. "Você não acha que é..." — e agora ela olha em volta do restaurante antes de se inclinar, sussurrando — "... aids?"

"Ah, não, nada assim", digo, embora imediatamente deseje ter demorado o bastante para assustá-la. "Apenas... danos... generalizados..." — mordisco a ponta de um pãozinho com ervas e dou de ombros — "... no cérebro."

Evelyn suspira, aliviada, então diz, "Está quente aqui?".

"Só consigo pensar é nesse cartaz que vi na estação de metrô na outra noite antes de matar aqueles dois jovens negros — uma foto de um bezerro, a cabeça virada para a câmera, os olhos arregalados e encarando o flash, o corpo parecia preso dentro de uma espécie de caixote, e em letras grandes e pretas debaixo da foto estava escrito 'Pergunta: Por Que Esse Bezerro Não Pode Andar?', e então 'Resposta: Porque Só Tem Duas Pernas'. Mas então vi outra, a mesmíssima foto, o mesmíssimo bezerro, mas, abaixo da imagem, lia-se 'Mantenha Distância Do Mercado Editorial'." Paro, ainda com os dedos no pãozinho, então pergunto: "Está ouvindo alguma coisa do que estou dizendo ou eu conseguiria uma reação melhor de, hã, um balde de gelo?" Digo tudo isso encarando Evelyn diretamente, pronunciando com precisão, tentando me explicar, então ela abre a boca e finalmente espero que reconheça meu caráter. E pela primeira vez desde que a conheço está se esforçando para dizer algo interessante, e presto muita atenção, e ela diz "Aquela é...?".

"Sim?" É o único momento na noite em que sinto algum interesse genuíno pelo que ela tem a dizer, e a estimulo a continuar. "Sim? Aquela é...?"

"Aquela é... Ivana Trump?", pergunta ela, espiando por cima de meu ombro.

Giro o corpo. "Onde? Onde está Ivana?"

"Na mesa perto da frente, a segunda depois de..." — Evelyn para — "... Brooke Astor. Está vendo?"

Aguço os olhos, coloco meus óculos sem grau da Oliver Peoples e percebo que Evelyn, sua visão embaçada pelo Cristal com cassis, não apenas confundiu Norris Powell com Ivana Trump como também confundiu Steve Rubell com Brooke Astor, e não posso evitar, quase explodo.

"Não, ah meu *deus*, ah meu *deus*, Evelyn", lamento, esmagado, desapontado, meu pico de adrenalina azedando, minha cabeça nas mãos. "Como você pôde confundir aquela *meretriz* com a Ivana?"

"Desculpa", ouço ela sibilar. "Um equívoco feminino?"

"Isso é irritante", resmungo, ambos os olhos cerrados com força.

Nossa garçonete gostosa, com escarpins de salto alto de cetim, coloca duas novas taças para a segunda garrafa de champanhe pedida por Evelyn. A garçonete faz um beicinho para mim quando estico o braço para pegar outro pãozinho, e levanto a cabeça para ela, e faço beicinho de volta, então pressiono minha cabeça novamente nas palmas de minhas mãos, e isso acontece de novo quando ela traz nossos tira-gostos. Pimentas desidratadas numa sopa de abóbora apimentada para mim; milho desidratado e pudim de *jalapeño* para Evelyn. Mantive as mãos nos ouvidos para tentar bloquear sua voz durante todo esse ínterim entre Evelyn confundindo Norris Powell com Ivana Trump e a chegada de nossos tira-gostos, mas agora estou com fome, por isso tiro a mão direita do ouvido com hesitação. Na hora, a ladainha parece ensurdecedora.

"... galinha tandoori e foie gras, e muito jazz, e ele adorava o Savoy, mas ovas de sável, as cores eram um estouro, aloe, shell, citrus, Morgan Stanley..."

Devolvo as mãos para onde estavam, apertando com ainda mais força. Mais uma vez, a fome me toma, e então, cantarolando alto, levo o braço até a colher novamente, porém é inútil: a voz de Evelyn está num tom específico que não dá para ser ignorado.

"Gregory logo se forma em Saint Paul e entrará na Columbia em setembro", está dizendo Evelyn, assoprando com cuidado seu pudim, que, por sinal, é servido frio. "*Preciso* comprar um presente de graduação para ele, e estou completamente quebrada. Sugestões, querido?"

"Um cartaz de *Les Misérables*?", suspiro, sem estar completamente brincando.

"Per*fei*to", diz ela, dando mais um sopro no pudim, e então, após um gole de Cristal, faz uma cara estranha.

"Sim, querida?", pergunto, cuspindo uma semente de abóbora que descreve um arco no ar antes de cair com graça exatamente no meio de um cinzeiro em vez de no vestido de Evelyn, meu alvo original. "Hummm?"

"Precisamos de mais cassis", diz ela. "Pode chamar a garçonete?"

"Claro que precisamos", digo com gentileza e, ainda sorrindo, "Não tenho ideia de quem seja Gregory. Você sabe disso, certo?"

Evelyn baixa a colher com delicadeza ao lado do prato de pudim e olha dentro dos meus olhos. "Sr. Bateman, gosto mesmo de você. *Adoro* seu senso de humor." Ela dá um apertão suave na minha mão, e ri — na verdade *diz* — "Ha-ha-ha...", mas está falando sério, sem piada. Evelyn de fato *está* me elogiando. Admira *mesmo* meu senso de humor. Nossos tira-gostos são retirados e ao mesmo tempo chegam nossas entradas, então Evelyn precisa tirar a mão da minha para dar espaço aos pratos. Ela pediu codorna recheada em tortilhas de milho azul acompanhada de ostras em cascas de batata. Eu pedi o coelho com *morchellas* do Oregon e batatas fritas com ervas.

"... Ele foi para Deerfield, depois Harvard. Ela foi para Hotchkiss, então Radcliffe..."

Evelyn está falando, mas não estou ouvindo. O diálogo dela se sobrepõe a seu próprio diálogo. A boca está se movendo, mas não estou ouvindo nada e não consigo escutar, não consigo mesmo me concentrar, pois meu coelho foi cortado para ficar... exatamente... como... uma... estrela! Fritas fininhas em volta dele e um espesso molho vermelho espalhado por cima do prato — que é branco e de porcelana, com sessenta centímetros de largura — para sugerir um pôr-do-sol, mas me parece um grande ferimento de arma de fogo, e, balançando minha cabeça em descrença, lentamente, enfio o dedo na carne, deixando o entalhe de um dedo, depois outro, e então procuro um guardanapo, não o meu, para limpar minha mão. Evelyn não cessou seu monólogo — fala e mastiga maravilhosamente —, e com um sorriso sedutor estico o braço por baixo da mesa e aperto sua coxa, limpando minha mão, e, ainda falando, ela dá um sorriso safado, e mais um gole no champanhe. Continuo estudando seu rosto, entediado por ver como é bonito, na verdade sem nenhuma falha, e reflito como é estranho que Evelyn tenha me apoiado tanto; como sempre esteve lá quando mais precisei dela. Olho de volta para o prato, completamente sem fome, pego meu garfo, estudo o prato com afinco por um ou dois minutos, e soluço para mim mesmo antes de suspirar e soltar o garfo. Em vez disso, pego minha taça de champanhe.

"... Groton, Lawrenceville, Milton, Exeter, Kent, Saint Paul's, Hotchkiss, Andover, Milton, Choate... opa, já falei Milton..."

"Se não vou comer isso hoje, e não vou, quero um pouco de cocaína", anuncio. Mas não interrompi Evelyn — ela é irrefreável, uma máquina —, e ela continua falando.

"O casamento de Jayne Simpson foi tão lindo", suspira. "E a recepção depois foi uma loucura. Club Chernoble, cobertura da *Page Six*. Billy que cobriu. O *WWD* fez um layout."

"Ouvi dizer que havia uma cota mínima de duas bebidas", digo, cautelosamente, gesticulando para um cumim retirar meu prato.

"Casamentos são *tão* românticos. O anel de noivado era de diamante. Você *sabe*, Patrick, *não vou* aceitar menos", diz ela, com modéstia. "*Tem* que ser de diamante." Os olhos dela brilham, e ela tenta relatar o casamento com detalhes de adormecer a mente. "Era um jantar para quinhentas... não, desculpa, setecentas e cinquenta pessoas, seguido por um bolo de sorvete em camadas da Ben & Jerry de cinco metros de altura. O vestido dela era da Ralph, e tinha um laço branco, e era curto e sem mangas. Foi lindo. Oh, Patrick, o que *você* usaria?", suspira.

"Eu exigiria usar óculos de sol Ray-Ban. Ray-Bans caros", digo, com cuidado. "Na verdade, exigiria que todos usassem óculos de sol da Ray-Ban."

"Eu iria querer uma banda de zydeco, Patrick. Isso é o que eu iria querer. Uma banda de zydeco", emite ela, sem fôlego. "Ou de mariachi. Ou de reggae. Algo étnico para chocar Papai. Ai, não *consigo* me decidir."

"Eu iria querer levar um fuzil Harrison AK-47 para a cerimônia", digo, entediado, num rompante, "com um pente de trinta projéteis de maneira que, depois que estourar completamente a cabeça gorda de sua mãe com ela, eu poderia usá-la na bicha do seu irmão. E embora pessoalmente não goste de usar nada desenhado pelos sovietes, não sei, a Harrison de algum modo me lembra a..." Parando, confuso, examinando a manicure de ontem, olho de volta para Evelyn: "Vodca Stoli?".

"Ah, e um monte de trufas de chocolate. *Godiva*. E ostras. Ostras em conchas *abertas*. Marzipan. *Tendas* cor-de-rosa. Centenas, *milhares* de rosas. Fotógrafos. Annie Leibovitz. Vamos contratar *Annie Leibovitz*", afirma, com empolgação. "*E* vamos contratar alguém para *filmar*."

"Ou uma AR-15. Se você quiser, Evelyn: é a arma mais cara de todas, mas vale cada centavo." Dou uma piscada. Mas ela ainda está falando; não ouve uma palavra; nada é registrado. Ela não capta por inteiro *uma palavra* do que estou falando. Minha essência é escapar dela. Ela dá uma pausa em seu massacre e toma fôlego, e me observa de um modo que posso descrever apenas como de olhos orvalhados. Tocando minha mão, meu Rolex, ela toma fôlego mais uma vez, dessa vez ansiosa, e diz "Deveríamos fazer isso".

Estou tentando espiar nossa garçonete gostosa; ela está se curvando para pegar um guardanapo caído. Sem olhar de volta para Evelyn, pergunto "Fazer... o quê?".

"Nos casar", diz ela, piscando. "Fazer um casamento."

"Evelyn?"

"Sim, querido?"

"Seu kir está... batizado?", pergunto.

"A gente devia fazer isso", diz ela com gentileza. "Patrick..."

"Você está *me* pedindo em casamento?", dou uma gargalhada, tentando penetrar nesse raciocínio. Tomo a taça de champanhe dela e cheiro a borda.

"*Pat*rick?", pergunta ela, esperando por minha resposta.

"Nossa, Evelyn", digo, travado. "Não sei."

"Por que *não*?", pergunta ela com petulância. "Me dê *uma* boa razão pra não fazer isso?"

"Por que tentar te comer é como tentar dar um beijo de língua num... rato-do-deserto muito pequeno e... ativo?", respondo. "Não sei."

"Sim?", diz ela. "E?"

"Com aparelho?", termino, dando de ombros.

"O que você vai fazer?", pergunta ela. "Esperar três anos até completar trinta?"

"*Quatro* anos", digo, radiante. "Faltam *quatro* anos para eu completar trinta."

"Quatro anos. Três anos. Três *meses*. Meu deus, qual a diferença? Você continuará sendo um velho." Ela tira a mão da minha. "Sabe, você não estaria falando isso se tivesse ido ao casamento da Jayne

Simpson. Bastava olhar praquilo uma vez e você se casaria comigo na hora."

"Mas eu *estava* no casamento da Jayne Simpson, Evelyn, amor da minha vida", digo. "Estava sentado ao lado de Sukhreet Gabel. Pode acreditar, eu *fui*."

"Você é impos*sí*vel", resmunga ela. "Seu estraga-prazeres."

"Ou talvez não estivesse", me pergunto em voz alta. "Talvez eu... foi transmitido pela MTV?"

"E a lua de mel deles foi *tão* romântica. Duas horas depois estavam a bordo de um Concorde. Para Londres. Ah, Claridge's." Evelyn suspira, a mão apoiando o queixo, os olhos lacrimejando.

"Ignorando-a, levo a mão ao bolso em busca de um charuto e bato na mesa com ele. Evelyn pede três sabores de sorbet: amendoim, alcaçuz e rosquinha. Peço um espresso descafeinado. Evelyn fica de mau humor. Acendo um fósforo.

"Patrick", avisa ela, encarando a chama.

"O quê?", pergunto, minha mão parada no ar, prestes a acender o charuto.

"Você não pediu permissão", diz ela, sem sorrir.

"Eu te contei que estou usando cuecas boxer de sessenta dólares?", pergunto, tentando acalmá-la.

TERÇA-FEIRA

Há uma festa black-tie no Puck Building esta noite por conta de uma nova marca de aparelho computadorizado de remada profissional, e, após jogar squash com Frederick Dibble, tomo umas bebidas no Harry's com Jamie Conway, Kevin Wynn e Jason Gladwin, e pulamos para dentro da limusine que Kevin alugou para a noite, e subimos para o centro. Estou com um colete de jacquard com colarinho de ponta virada da Kilgour, French & Stanbury comprado na Barney's, uma gravata-borboleta de seda da Saks, sapatos de couro envernizado sem cadarço da Baker-Benjes, botões de diamante antigo da Kentshire Galleries e um casaco de lã cinza com alinhamento em seda e mangas soltas e colarinho de botão baixo da Luciano Soprani. Uma carteira de avestruz da Bosca porta quatrocentos dólares em dinheiro vivo no bolso de trás da minha calça de lã preta. Em vez de meu Rolex estou usando um relógio de ouro de quatorze quilates da H. Stern.

Perambulo sem rumo pelo salão de festas do primeiro andar do Puck Building, entediado, bebendo champanhe ruim (talvez Bollinger não envelhecido?) em taças de plástico, mastigando fatias de kiwi, cada uma com um bocado de queijo de cabra por cima, olhando vagamente em volta procurando cheirar um pouco de cocaína. Em vez de encontrar alguém que conheça um traficante, trombo com Courtney na escada. Usando um bustiê de seda e algodão tule flexível com calça de laço com joias, ela parece tensa e me avisa para ficar longe de Luis. Comenta que ele está suspeitando de algo. Uma banda cover toca versões ruins de velhos hits da Motown dos anos 1960.

"Como o quê?", pergunto, vasculhando o salão. "Que dois mais dois é igual a quatro? Que você é Nancy Reagan secretamente?"

"Não almoce com ele no Yale Club semana que vem", diz ela, sorrindo para um fotógrafo, o flash nos cegando momentaneamente.

"Você está... voluptuosa hoje", digo, tocando o pescoço dela, passando um dedo pelo queixo dela até ele alcançar o lábio inferior.

"Não estou brincando, Patrick." Sorrindo, ela acena para Luis, que está dançando desajeitadamente com Jennifer Morgan. Ele está usando um paletó social de lã-creme, calça de lã, uma camisa de algodão, e uma cinta cummerbund de seda com estampa xadrez, tudo da Hugo Boss, uma gravata-borboleta da Saks e um lenço de bolso da Paul Stuart. Ele acena de volta. Mando um joia para ele.

"Que panaca", sussurra Courtney tristemente para si mesma.

"Escuta, estou indo embora daqui", digo, terminando o champanhe. "Por que você não vai dançar com... puxar a ponta?"

"Aonde você *está* indo?", pergunta ela, segurando meu braço.

"Courtney, não quero vivenciar outra de suas... crises emocionais", digo a ela. "Além disso, esses canapés estão uma merda."

"Aonde você *está* indo?", pergunta novamente. "Quero detalhes, sr. Bateman."

"Por que *te* interessa?"

"Porque eu gostaria de saber", diz ela. "Você não vai para a casa da Evelyn, vai?"

"Talvez", minto.

"Patrick", diz ela. "Não me deixe aqui. Não *quero* que você vá."

"*Preciso* devolver umas fitas", minto novamente, passando minha taça de champanhe vazia para ela, exatamente quando outra câmera dispara o flash em algum lugar. Saio dali.

A banda segue numa versão vibrante de "Life in the Fast Lane" e começo a procurar gostosas. Charles Simpson — ou alguém que se parece bastante com ele, cabelos lambidos para trás, suspensórios, óculos da Oliver Peoples — aperta minha mão, grita "E aí, Williams" e me fala para encontrar um grupo de pessoas com Alexandra Craig na Nell's por volta da meia-noite. Dou um aperto confirmatório no ombro dele e digo que estarei lá.

Do lado de fora, fumando um charuto, contemplando o céu, avisto Reed Thompson, que emerge do Puck Building com sua comitiva

— Jamie Conway, Kevin Wynn, Marcus Halberstam, nenhuma mina — e me convida para jantar; embora suspeite que tenham drogas, fico melindrado quanto a passar a noite com eles, e decido não caminhar até aquele bistrô salvadorenho, especialmente porque eles não têm reservas e estão sem mesa garantida. Aceno para eles, então passo por Houston, me esquivando de outras limusines deixando a festa, e começo a subir a cidade. Caminhando pela Broadway, paro num caixa eletrônico e, sem motivo, saco a porra de mais cem dólares, me sentindo melhor com quinhentos dólares redondos no bolso.

Me encontro caminhando pelo distrito antigo abaixo da rua 14. Meu relógio parou, então não tenho certeza de que horas são, mas provavelmente umas dez e meia. Uns negros passam oferecendo crack ou vendendo entradas para uma festa no Palladium. Passo por uma banca, uma lavanderia, uma igreja, uma lanchonete. As ruas estão vazias; o único barulho quebrando o silêncio é um táxi ocasional passando pela Union Square. Um casal de bichas magricelas passa enquanto estou numa cabine telefônica checando minhas mensagens, encarando meu reflexo na janela de uma loja de antiguidades. Uma delas assobia para mim, a outra ri; um som agudo, bizarro e horrível. Um cartaz rasgado de *Les Misérables* cai na calçada rachada e manchada de urina. Um poste de luz se apaga. Alguém num sobretudo da Jean-Paul Gaultier mija num beco. Vapor sobe dos bueiros da rua, ondulando como gavinhas, evaporando. Sacolas de lixo congelado nas sarjetas. A lua, pálida e baixa, está exatamente acima do topo do Edifício Chrysler. Em algum lugar na West Village guincha uma sirene de uma ambulância, o vento o agarra, ela ecoa e depois desaparece.

O mendigo, um negro, está deitado na porta de uma loja de antiguidades abandonada na rua 12 em cima de uma grade aberta, rodeada por sacos de lixo e um carrinho de supermercado da Gristede's carregando seus pertences, acho: jornais, garrafas, latas de alumínio. Num cartaz de papelão pintado à mão preso na frente do carrinho está escrito COM FOME SEM TETO POR FAVOR ME AJUDA. Um cachorro, um vira-lata pequeno, de pelo curto e raquítico, está deitado ao lado dele, sua guia improvisada amarrada ao pegador do carrinho de supermercado. De cara não percebo o cachorro. Apenas após dar a volta no quarteirão e voltar lá é que o vejo deitado em uma pilha de jornais, vigiando o mendigo, o cachorro com uma coleira em volta de seu pescoço, com uma plaquinha de identificação grande demais em que se lê GIZMO. O cachorro levanta a cabeça e olha para mim, sacudindo seu protótipo de cauda magro e patético, e então, quando estendo a mão enluvada, ele a lambe com fome. O bodum de alguma espécie de álcool barato misturado com excremento permeia o lugar, como uma nuvem pesada e invisível, e preciso segurar minha respiração até me acostumar ao fedor. O mendigo acorda, abre os olhos, bocejando, exibindo dentes memoravelmente podres entre os lábios roxos rachados.

Ele tem uns quarenta anos, é corpulento, e quando tenta se sentar posso discernir seus traços com mais clareza no brilho do poste: barba de alguns dias, queixo triplo, um nariz rubicundo riscado por grossas veias marrons. Está com uma espécie de terninho brega de poliéster verde-limão com um jeans desbotado da Sergio Valente *sobre* ele (moda dessa estação para os sem-teto) junto com um suéter laranja e marrom de gola em V rasgado e manchado com o que parece vinho da Borgonha. Parece que está muito bêbado — ou isso, ou ele é louco, ou estúpido. Seus olhos não conseguem sequer focar quando fico de pé diante dele, bloqueando a luz de um poste, encobrindo-o com uma sombra. Eu me ajoelho.

"Olá", digo, oferecendo minha mão, a que o cachorro lambeu. "Pat Bateman."

O mendigo me encara, arfando com o esforço de se sentar. Ele não aperta minha mão.

"Quer algum dinheiro?", pergunto com gentileza. "Alguma... comida?"

O mendigo acena e começa a chorar, agradecido.

Levo a mão ao bolso e tiro uma nota de dez dólares, então mudo de ideia e em vez disso seguro uma de cinco. "É disto que você precisa?"

O mendigo acena mais uma vez e desvia o olhar, envergonhado, o nariz escorrendo, e, após tossir, diz baixinho "Estou com muita fome".

"Está bem frio também", digo. "Não é?"

"Estou com muita fome." Ele convulsiona uma, duas vezes, uma terceira vez, então desvia o olhar, constrangido.

"Por que não arranja um trabalho?", pergunto, a cédula ainda em minha mão, mas não ao alcance do mendigo. "Se está com tanta fome, por que não arranja um trabalho?"

Ele toma fôlego, tremendo, e, entre soluços, admite, "Perdi meu trabalho...".

"Por quê?", pergunto, genuinamente interessado. "Você bebia? É por isso que perdeu? Tráfico de influência? Brincadeira. Não, sério — você bebia no trabalho?"

Ele se abraça, entre soluços, engasga, "Fui demitido. Mandado embora".

Escuto isso, acenando. "Nossa, hum, que horrível."

"Estou com tanta fome", diz ele, então começa a chorar alto, ainda se abraçando. Seu cachorro, a coisa chamada Gizmo, começa a ganir.

"Por que não arranja outro?", pergunto. "Por que não arranja outro trabalho?"

"Não sou..." Ele tosse, se abraçando, tremendo miseravelmente, violentamente, incapaz de terminar a frase.

"Você não é o quê?", pergunto, com gentileza. "Qualificado pra mais nada?"

"Estou com fome", sussurra.

"Já sei, já sei", digo. "Nossa, você é que nem um disco arranhado. Estou tentando te ajudar..." Minha impaciência aumenta.

"Estou com fome", repete ele.

"Escuta. Você acha justo receber dinheiro de pessoas que *têm* trabalho? Que trabalham *mesmo*?"

O rosto dele se enruga e ele arfa, a voz rouca, "Que é que eu posso fazer?".

"Escuta", digo. "Qual o seu nome?"

"Al", responde.

"Fale alto", digo. "Vamos lá."

"Al", diz ele, um pouco mais alto.

"Arruma a porcaria de um trabalho, Al", digo, com seriedade. "Você tem uma atitude negativa. É isso que está te travando. Você tem que sacudir a poeira. Vou te ajudar."

"Você é muito bom, senhor. Você é bom. Você é um homem bom", balbucia. "Posso ver isso."

"Shhh", sussurro. "Tudo bem." Começo a acariciar o cachorro.

"Por favor", diz ele, segurando meu pulso. "Não sei o que fazer. Estou com tanto frio."

"Você tem noção de como fede?" Sussurro isso com suavidade, passando a mão no rosto dele. "O *bodum*, meu deus..."

"Não posso..." Ele engasga, então engole em seco. "Não consigo achar um lugar pra dormir."

"Você *fede*", digo a ele. "Você *fede* a... *merda*." Ainda estou acariciando o cachorro, seus olhos arregalados e úmidos e agradecidos. "Sabia disso? Putaqueopariu, Al — olha pra mim e para de chorar feito uma *bicha*", grito. Minha raiva aumenta, diminui e fecho os olhos, levando a mão para apertar a base do nariz, então suspiro. "Al... Desculpa. É só que... não sei. Não tenho nada em comum com você."

O mendigo não está ouvindo. Ele está chorando tanto que é incapaz de dar uma resposta coerente. Ponho a cédula lentamente de volta ao bolso de meu paletó da Luciano Soprani, e com a outra mão paro de acariciar o cachorro e a enfio no outro bolso. O mendigo para de soluçar de vez e se senta, procurando pela nota de cinco ou, presumo, sua garrafa de licor Thunderbird. Estico o braço e toco seu rosto com gentileza, mais uma vez com compaixão, e sussurro, "Quer saber como você é a porra de um perdedor?". Ele começa a acenar com a cabeça desamparadamente, e puxo uma faca de lâmina estreita e comprida, serrilhada, e, tomando muito cuidado para não matá-lo, enfio talvez meio centímetro da lâmina no olho direito dele, mexendo o cabo para cima, estourando a retina no mesmo instante.

O mendigo fica muito surpreso para dizer qualquer coisa. Apenas abre a boca, chocado, e lentamente leva ao rosto uma imunda mão enluvada. Arranco sua calça e com a luz dos faróis de um táxi posso discernir as flácidas coxas negras, descamadas por conta das vezes em que se mijou. O fedor de merda sobe ao meu rosto com rapidez e, respirando pela boca, agachado, começo a esfaqueá-lo na barriga, levemente, acima do denso arbusto de pelos pubianos. Isso de algum modo o deixa sóbrio, e instintivamente ele tenta se cobrir com as mãos, e o cachorro começa a latir, realmente enfurecido, mas não ataca, e continuo a esfaquear o mendigo, agora entres os dedos, a esfaquear as costas de suas mãos. Seu olho, vazado, cai da órbita e escorre pelo rosto, e continua a piscar, o que faz o restante lá dentro do ferimento derramar uma espécie de gema de ovo vermelha e cheia de veias. Seguro a cabeça dele com a mão e a empurro para trás, e então, com o polegar e o indicador, mantenho aberto o outro olho, em seguida ergo a faca e enfio a ponta na órbita, primeiro rompendo a película protetora, de modo que a órbita se enche de sangue, e então dividindo o globo ocular, e ele finalmente começa a gritar, pois também divido seu nariz em dois, espirrando um pouco de sangue em mim e no cachorro, Gizmo piscando para tirar o sangue dos olhos. Rapidamente limpo a lâmina no rosto do mendigo, dividindo o músculo sobre o queixo dele. Ainda ajoelhado, jogo uma moeda de vinte e cinco centavos em seu rosto, que fica pegajosa e reluzente com o sangue, ambas as órbitas ocas e cheias de sangue coagulado, o que resta de seus olhos literalmente escorrendo em fios grossos como teias sobre seus lábios aos berros. Calmamente, sussurro "Aqui está uma moeda de vinte e cinco centavos. Vai comprar um *chiclete*, seu preto filho da puta". Então me viro para o cachorro, que está latindo, e, ao me levantar, dou um pisão em suas patas frontais quando ele está agachado, prestes a saltar em mim, com os caninos à mostra, imediatamente estraçalhando os ossos de ambas as patas, e ele cai de lado, ganindo de dor, as patas frontais para cima, num ângulo obsceno e satisfatório. Não consigo evitar, e começo a rir e a admirar a cena, encantado com esse *tableau*. Quando percebo um táxi se aproximando, vou embora dali lentamente.

Depois, dois quarteirões a oeste, me sinto inebriado, voraz, excitado, como se houvesse acabado de fazer exercícios e as endorfinas inundassem meu sistema nervoso, ou acabado de cheirar a primeira carreira de cocaína, inalado a primeira baforada de um bom charuto, bebericado da primeira taça de Cristal. Estou morrendo de fome e preciso comer algo, mas não quero parar no Nell's, embora possa ir a pé de onde estou, e o Indochine parece um lugar improvável para um trago comemorativo. Então decido ir a um lugar que Al iria, o McDonald's da Union Square. Esperando na fila, peço um milk-shake de baunilha "*Extra*grosso", aviso ao cara (que apenas balança a cabeça e mexe numa máquina), e levo para uma mesa na frente, onde Al provavelmente se sentaria, meu paletó e as mangas levemente melados com manchas do sangue dele. Duas garçonetes do Cat Club entram depois de mim e se sentam na mesa em frente à minha, ambas sorrindo, flertando. Finjo não perceber e as ignoro. Uma mulher velha e louca, enrugada, fumando como uma maria-fumaça, se senta perto da gente, sem acenar para ninguém. Um carro de polícia passa por lá, e, depois de mais dois milk-shakes, minha ebriedade se dissolve lentamente, sua intensidade diminuindo. Fico entediado, cansado; a noite parece horrivelmente anticlimática, e começo a me xingar por não ter ido àquele bistrô salvadorenho com Reed Thompson e os caras. As duas garotas se demoram, ainda interessadas. Confiro meu relógio. Um dos mexicanos trabalhando atrás do balcão me encara enquanto fuma um cigarro e perscruta as manchas no paletó da Soprani, sugerindo que vai comentar algo, mas entra um cliente, um dos negros que tentaram me vender crack mais cedo, e ele tem de anotar o pedido do sujeito. Então o mexicano larga o cigarro, e é isso o que ele faz.

GENESIS

Sou um grande fã do Genesis desde *Duke*, álbum lançado em 1980. Antes desse, eu não compreendia muito bem nenhuma das obras deles, embora no último disco dos anos 1970, o conceitualíssimo *And Then There Were Three* (uma referência ao membro da banda Peter Gabriel, que deixou o grupo para começar uma fraca carreira solo), *realmente* apreciei a adorável "Follow You, Follow Me". Por outro lado, todos os álbuns antes de *Duke* pareciam muito artísticos, muito intelectuais. Foi em *Duke* (Atlantic, 1980) que a presença de Phil Collins se tornou mais aparente, e a música ficou mais moderna, a percussão eletrônica prevaleceu e as letras começaram a ficar menos místicas e mais específicas (talvez por conta da saída de Peter Gabriel), e estudos complexos e ambíguos sobre perda se tornaram, em vez disso, arrebatadoras canções pop de primeira, o que abracei agradecido. As canções em si pareciam mais arranjadas em torno da bateria de Collins do que nas linhas de baixo de Mike Rutherford ou nos riffs de teclado de Tony Banks. Um clássico exemplo é "Misunderstanding", que não apenas foi o primeiro grande hit da banda nos anos 1980, mas também pareceu ajustar o tom dos demais álbuns do grupo pela década. O outro destaque em *Duke* é "Turn It On Again", sobre os efeitos negativos da televisão. Por outro lado, "Heathaze" é uma canção que simplesmente não compreendo, enquanto "Please Don't Ask" é uma tocante história de amor de uma mulher divorciada que recupera a custódia de seu filho. O aspecto negativo do divórcio já foi alguma vez representado em termos mais íntimos por uma banda de rock 'n' roll? Acho que não. "Duke Travels" e "Dukes End" podem significar algo, mas, como as letras não estão impressas, é difícil entender sobre o que Collins está cantando, embora *haja* um trabalho complexo e elegante no piano de Tony Banks na segunda faixa. A única canção mais fraca em *Duke* é "Alone Tonight", demasiada reminiscente de "Tonight Tonight Tonight", da obra-prima tardia do grupo, *Invisible Touch*, e o único exemplo, na verdade, em que Collins plagiou a si mesmo.

Abacab (Atlantic, 1981) foi lançado quase que imediatamente após *Duke*, e se beneficia de um novo produtor, Hugh Padgham, que dá à banda um som mais típico dos anos 1980, e, embora as canções pareçam um tanto genéricas, ainda há partes ótimas ali: a *jam* estendida no meio da faixa-título e os metais de um grupo chamado Earth, Wind and Fire, em "No Reply at All", são apenas dois exemplos. Mais uma vez, as canções refletem emoções obscuras, e são sobre pessoas que se sentem perdidas ou em conflito, ainda que a produção e o som sejam radiantes e animados (mesmo com títulos deste tipo: "No Reply at All" — Sem Nenhuma Resposta; "Keep It Dark" — Mantenha Escuro; "Who Dunnit?" — Quem é o Culpado?; "Like It or Not" — Goste ou Não). O baixo de Mike Rutherford está de algum modo abafado na mixagem, mas sem isso a banda soa presa, e mais uma vez é impulsionada pela bateria realmente impressionante de Collins. Mesmo nos momentos mais desesperadores (como na canção "Dodo", sobre a extinção), *Abacab* musicalmente é pop e leve.

Minha faixa favorita é "Man on the Corner", a única canção creditada somente a Collins, uma balada tocante com uma bela melodia sintetizada, além de uma pegajosa percussão eletrônica no fundo. Embora pudesse facilmente vir de qualquer um dos álbuns solo de Phil, como os temas da solidão, paranoia e alienação são, em geral, familiares ao Genesis, ela evoca o humanismo esperançoso da banda. "Man on the Corner" se equipara profundamente a um relacionamento com uma figura solitária (um mendigo, talvez um pobre sem-teto?), "aquele homem solitário na esquina" que só fica por ali. "Who Dunnit" expressa profundamente o tema da confusão com um ritmo dançante, e o que torna essa canção tão empolgante é que ela termina com o narrador sem descobrir nada.

Hugh Padgham produziu em seguida um trabalho ainda menos conceitual, apenas chamado *Genesis* (Atlantic, 1983), e, embora seja um belo disco, muito dele agora parece demasiado derivado para meu gosto. "That's All" é parecida com "Misunderstanding", "Taking it All Too Hard" me lembra "Throwing It All Away". Ele também parece menos jazzístico que seus predecessores, mais um álbum pop dos anos 1980, mais rock 'n' roll. Padgham faz um trabalho brilhante na produção, porém o material é mais fraco que o normal, e você pode sentir o esforço excessivo. Ele abre com a autobiográfica "Mama", estranha e tocante, embora eu não consiga dizer se o cantor está falando da mãe de verdade ou com uma garota que gosta de chamar de "Mama". "Thats' All" é um lamento de amor sobre ser ignorado e espancado por um parceiro não receptivo; apesar do tom desesperador, tem uma brilhante melodia para cantar junto que torna a canção menos depressiva do que provavelmente precisava ser. "That's All" é a melhor música do álbum, mas a voz de Phil está mais poderosa em "House by the Sea", cuja letra tem, no entanto, fluxo de consciência demais para fazer algum sentido. Poderia ser sobre crescer e aceitar a vida adulta, mas isso não está claro; seja como for, sua segunda parte instrumental deixa a canção mais em foco para mim, e Mike Banks consegue exibir sua virtuose na guitarra enquanto Tom Rutherford encobre as faixas com sintetizadores oníricos, e quando Phil repete o terceiro verso da canção, no final, isso pode causar arrepios.

"Illegal Alien" é a canção mais explicitamente política que o grupo já gravou, e a mais engraçada deles. O tema deveria ser triste — um imigrante ilegal tentando atravessar a fronteira para os Estados Unidos —, mas os detalhes são bastante cômicos: a garrafa de tequila que o mexicano segura, o novo par de sapatos que ele usa (provavelmente roubados); e tudo isso parece totalmente preciso. Phil canta numa voz pseudomexicana ousada e chorosa, o que a deixa ainda mais engraçada, e a rima de "*fun*" com "*illegal alien*" é inspirada. "Just a Job to Do" é a canção mais ritmada do álbum, com uma linha de baixo matadora de Banks, e embora pareça ser sobre um detetive perseguindo um criminoso, acho que também poderia ser sobre um amante ciumento atrás de alguém. "Silver Rainbow" é a canção mais lírica do álbum. As palavras são intensas, complexas e lindas. O álbum termina numa nota positiva e animada em "It's Gonna Get Better". Ainda que as letras pareçam bem genéricas para alguns, a voz de Phil está tão confiante (altamente influenciada por Peter Gabriel, que por sua vez jamais fez um álbum tão polido e sincero) que nos faz acreditar em possibilidades gloriosas.

Invisible Touch (Atlantic, 1986) é a obra-prima indiscutível do grupo. É uma meditação épica sobre a intangibilidade, ao mesmo tempo que aprofunda e enriquece o significado dos três álbuns precedentes. Tem uma ressonância que continua voltando ao ouvinte, e a música é tão bela que é quase impossível esquecer, pois cada canção faz alguma conexão com o desconhecido ou os espaços entre as pessoas ("Invisible Touch"), e questiona o controle autoritário, seja por amantes prepotentes, seja pelo governo ("Land of Confusion"), ou a repetição sem sentido ("Tonight Tonight Tonight"). De modo geral, se equipara com as melhores realizações no rock 'n' roll da década, e o mentor desse álbum, junto, claro, com o brilhante conjunto de Banks, Collins e Rutherford, é Hugh Padgham, que jamais encontrou um som tão claro, decidido e moderno quanto esse. Você praticamente pode ouvir cada nuance de cada instrumento.

Em termos de artesanato lírico e talento de composição, esse álbum atinge um novo pico de profissionalismo. Pegue a letra de "Land of Confusion", na qual um cantor se refere ao problema da autoridade política abusiva. Isso é mostrado com um ritmo mais dançante ou negro que qualquer coisa que Prince ou Michael Jackson — ou qualquer outro artista negro de anos recentes, verdade seja dita — tenha criado. Todavia, por mais que o álbum seja bom para dançar, também tem uma urgência despojada que nem mesmo o superestimado Bruce Springsteen pode igualar. Como um observador dos fracassos amorosos, Collins bate The Boss várias e várias vezes, alcançando novas alturas de honestidade emocional em "In Too Deep"; ainda assim, também exibe o lado palhaço, brincalhão e imprevisível de Collins. É a canção pop mais tocante sobre monogamia e compromisso dos anos 1980. "Anything She Does" (que ecoa "Centerfold", da J. Geils Band, porém com mais espírito e energia) inicia o lado B, e depois disso o álbum alcança seu ápice com "Domino", uma canção em duas partes. A parte um, "In the Heat of the Night", está repleta de imagens belas e bem-ilustradas de desespero, e faz par com "The Last Domino", que a enfrenta por uma expressão de esperança. Essa canção é extremamente animadora. A letra está entre as mais positivas e afirmativas que já ouvi no rock.

Os esforços solo de Collins parecem ser mais comerciais e, portanto, mais satisfatórios num modo mais direto, especialmente *No Jacket Required* e canções como "In the Air Tonight" e "Against All Odds" (embora essa canção fique à sombra do magnífico filme que deu origem a ela), e "Take Me Home" e "Sussudio" (grande, grande canção; pessoalmente, uma favorita), bem como a versão de "You Can't Hurry Love" — não estou sozinho ao achá-la melhor que a original das Supremes. Mas também acho que Phil Collins trabalha melhor dentro das restrições da banda que como artista solo — e ressalto a palavra *artista*. Na verdade, ela se aplica a todos os três caras, porque o Genesis ainda é a melhor e mais empolgante banda a sair da Inglaterra nos anos 1980.

ALMOÇO

Estou sentado no DuPlex, novo restaurante de Tony MacManus em Tribeca, com Christopher Armstrong, que também trabalha na P&P. Estudamos juntos na Exeter, depois ele estudou na Wharton School da Universidade da Pensilvânia, antes de se mudar para Manhattan. Nós, inexplicavelmente, não conseguimos reservas no Subjects, então Armstrong sugeriu esse lugar. Armstrong veste uma camisa de algodão listrada de peito duplo e quatro botões com colarinho aberto da Christian Dior, e uma grande gravata de seda de xadrez escocês da Givenchy Gentleman. A agenda e o envelope de couro, ambos da Bottega Veneta, estão na terceira cadeira de nossa mesa, uma das boas, bem diante da janela. Estou com um terno de lã penteada com padrão *nailhead* da De Rigueur by Schoeneman, uma camisa de algodão da Bill Blass, uma gravata de seda da Macclesfield by Savoy e um lenço de algodão da Ashear Bros. Uma versão ambiente da trilha de *Les Misérables* toca baixinho no restaurante. A namorada de Armstrong é Jody Stafford, que namorava Todd Hamlin, e esse fato mais os monitores de TV pendurados no teto com vídeos de circuito-fechado dos chefs trabalhando na cozinha me provocam um pavor indefinido. Armstrong acabou de voltar das ilhas e está com um bronzeado muito forte e equilibrado, mas eu também.

"Então, como foi nas Bahamas?", digo, após os pedidos. "Você acaba de voltar, certo?"

"Então, Taylor", começa Armstrong, encarando algum ponto atrás de mim e levemente acima da minha cabeça — a coluna terra-coti-zada ou talvez um cano que perpassa o teto. "Viajantes que buscam aquelas férias perfeitas neste verão fazem bem em conhecer o sul, do extremo sul até as Bahamas e as ilhas caribenhas. Há pelo menos cinco motivos inteligentes para visitar o Caribe, incluindo o clima, os festivais e os eventos, os hotéis menos lotados e as atrações, os preços e a cultura única. Enquanto muitas pessoas de férias deixam a cidade em busca de cidades mais frias nos meses de verão, poucos perceberam que durante o ano o clima do Caribe varia entre vinte e cinco e trinta graus, e que as ilhas são constantemente refrescadas pelos ventos alísios. Ao norte, com frequência, faz mais calor que..."

O assunto no *Patty Winters Show* de hoje foi Assassinos de Criancinhas. Na plateia havia pais de crianças sequestradas, torturadas e assassinadas, enquanto no palco um grupo de psiquiatras e pediatras tentava ajudá-los a *lidar* — de modo um tanto fútil, devo acrescentar, e para meu enorme deleite — com a confusão e a raiva. Mas o que realmente me fez morrer de rir — via satélite, num monitor de TV solitário — foram três Assassinos de Criancinhas condenados, então à espera de execução no corredor da morte, mas que, devido a brechas legais bem complicadas, agora buscam liberdade condicional, e provavelmente conseguirão. Porém, algo continuava a me distrair enquanto eu assistia à enorme TV Sony sobre um café da manhã de kiwi fatiado e pera-nashi, água Evian, muffins de aveia, leite de soja e granola com canela, arruinando meu regozijo com as mães enlutadas, e só quando o programa se aproximou do fim que percebi o problema: a rachadura acima de meu David Onica, que eu dissera ao porteiro que mandasse o síndico consertar. Ao sair, hoje de manhã, parei na recepção disposto a reclamar com o porteiro, quando fui confrontado com um *novo* porteiro, da minha idade, mas brucutu, ficando careca e *gordo*. Três rosquinhas com cobertura de geleia *e* duas xícaras fumegantes de *chocolate quente* extraescuro estavam na mesa diante dele, ao lado de um exemplar do *Post* aberto nos quadrinhos, e me ocorreu que sou infinitamente mais bonito, bem-sucedido e rico que esse pobre desgraçado jamais poderia ser, e com um rápido ímpeto de solidariedade sorri e acenei um bom-dia curto, mas educado, sem apresentar minha reclamação. "Ah, sério?", me encontro dizendo alto, completamente desinteressado, para Armstrong.

"Como nos Estados Unidos, lá são comemorados os meses de verão com festivais e eventos especiais, incluindo espetáculos de música, exibições de arte, feiras de rua e torneios esportivos, e, por conta do enorme número de pessoas viajando para outros lugares, as ilhas ficam menos cheias, viabilizando um melhor serviço, e nenhuma fila na hora de sair de veleiro ou jantar naquele restaurante. Quer dizer, acho que a maioria das pessoas vai para se deliciar com a cultura, a comida, a história..."

A caminho de Wall Street esta manhã, devido a um engarrafamento, precisei sair do carro da empresa e desci a Quinta Avenida a pé atrás de uma estação de metrô. Passei pelo que imaginei ser um desfile de Halloween, algo desorientador, pois tinha quase certeza de que estava em maio. Quando parei na rua 16 e dei uma olhada mais atenta, aquilo era algo chamado "Parada do Orgulho Gay", o que revirou meu estômago. Homossexuais marchavam com orgulho pela Quinta Avenida com casacos de cores pastel adornados com triângulos cor-de-rosa, alguns até de mãos dadas, a maioria cantando "Somewhere" fora de tom e em uníssono. Fiquei na frente da Paul Smith, e observei, com certo fascínio traumatizado, enquanto minha mente não parava de remoer o conceito de que um ser humano, um *homem*, poderia sentir orgulho de sodomizar outro homem, porém, quando comecei a receber cantadas vagas de decadentes garotões supermusculosos com bigodes de leão-marinho entre os versos "There's a place for us/ Somewhere there's a place for us" [Há um lugar para nós/ Por aí há um lugar para nós], corri para a Sexta Avenida, decidido a chegar atrasado no escritório, e peguei um táxi de volta ao meu apartamento, onde vesti um novo terno (da Cerruti 1881), fiz a pedicure em mim mesmo e torturei até a morte um cachorrinho que havia comprado no começo desta semana numa loja de animais na Lexington. Armstrong continua a tagarelar.

"Esportes aquáticos são, claro, a principal atração. Mas os campos de golfe e as quadras de tênis estão em condições excelentes, e as profissionais em muitos dos resorts ficam mais disponíveis durante o verão. Muitas das quadras também são iluminadas para jogos noturnos..."

Vai... tomar... no... cu... Armstrong, estou pensando, enquanto fora da janela observo o engarrafamento e os mendigos passeando pela Church Street. Os tira-gostos chegam: brioche de tomates secos no sol para Armstrong. Pimentas Poblano com uma geleia acebolada roxo-alaranjada para mim. Espero que Armstrong não queira pagar, porque preciso mostrar ao mongoloide de merda que *tenho* um cartão platinum da American Express. Nesse momento me sinto muito triste por alguma razão, escutando Armstrong, e um caroço se forma em minha garganta, mas engulo e dou um gole em minha Corona, e a emoção passa, e, durante uma pausa, enquanto ele está mastigando, pergunto "E a comida? Como é a comida?", quase que involuntariamente, pensando em qualquer outra coisa.

"Boa pergunta. Quanto a jantar fora, o Caribe ficou mais atraente, pois a culinária da ilha se misturou bem com a cultura europeia. Muitos dos restaurantes pertencem e são administrados por expatriados norte-americanos, britânicos, franceses, italianos, até mesmo holandeses..." Por misericórdia, ele para, dando uma mordida no brioche, que parece uma esponja encharcada de sangue — *o brioche parece uma grande esponja ensanguentada* — e devora com um gole na Corona. Minha vez.

"E a paisagem?", pergunto, sem interesse, concentrado nas pimentas escurecidas, a geleia amarelada rodeando o prato num octógono artificioso, folhas de coentro cercando a geleia, sementes de pimenta em volta das folhas de coentro.

"A paisagem é ressaltada pela cultura europeia que estabeleceu muitas das ilhas como fortalezas regionais no século XVIII. Os visitantes podem ver os diversos pontos em que Colombo desembarcou, e como estamos perto do trecentésimo aniversário de sua primeira navegação, em 1590, há uma percepção elevada nas ilhas quanto à história e à cultura que são parte integral da vida nas ilhas..."

Armstrong: você é um... *idiota*. "Aham", aceno. "Bem..." Gravatas de xadrez escocês, ternos xadrez, minhas aulas de aeróbica, devolver fitas, temperos para comprar na Zabar's, pedintes, trufas de chocolate branco... Esse cheiro enjoativo de Dakkar Noir, que é de Christopher, vem até meu nariz, se misturando com o cheiro da geleia e do coentro, as cebolas e as pimentas escurecidas. "Aham", digo, repito.

"E o viajante mais ativo pode escalar montanhas, explorar cavernas, velejar, cavalgar, fazer *rafting* em corredeiras, e para os apostadores há os cassinos, e muitas das ilhas..."

Fugazmente me imagino puxando minha faca, mutilando um dos pulsos, um dos meus, e mirando a veia que jorra na cabeça de Armstrong, ou melhor, no terno dele, me perguntando se ele continuaria a tagarelar. Penso em me levantar sem me desculpar, pegar um táxi para outro restaurante, algum lugar no SoHo, talvez mais para dentro da cidade, tomar uma bebida, usar o banheiro, talvez até fazer uma ligação para Evelyn, voltar ao DuPlex, e cada molécula que compõe meu corpo me diria que Armstrong ainda estaria falando não apenas sobre suas férias mas sobre o que parece ser as férias do *mundo* na porra das Bahamas. Em algum ponto no meio da prosa o garçom recolhe os tira-gostos comidos pela metade, traz mais Coronas, e galinha caipira com vinagre de framboesa e guacamole, fígado de vitela com ovas de sável e alho-poró, e, embora eu não tenha muita certeza de quem pediu o quê, isso não importa muito, uma vez que ambos os pratos parecem iguaizinhos. Acabo comendo a galinha caipira com molho de tomatillo extra, acho.

"Turistas em visita ao Caribe não precisam de passaporte — apenas provar a cidadania norte-americana — e ainda melhor, Taylor, é que o *idioma* não é uma barreira. Fala-se inglês *por toda parte*, mesmo naquelas ilhas em que o idioma local é o francês ou o espanhol. A maioria das ilhas já foi britânica..."

"Minha vida é um verdadeiro inferno", comento do nada, mexendo casualmente no alho-poró em meu prato, que por sinal é um triângulo de porcelana. "E há muito mais gente que eu, bem... que eu quero... que acho que quero, hã, *assassinar.*" Digo isso enfatizando a última palavra, encarando Armstrong no olho.

"O serviço melhorou nas ilhas, pois tanto a American Airlines como a Eastern Airlines criaram centrais em San Juan com voos de conexão a ilhas para onde não oferecem voos diretos. Com serviço adicional da BWIA, Pan Am, ALM, Air Jamaica, Bahamas Air e Cayman Airways, a maioria das ilhas é de fácil acesso. Há nas ilhas conexões adicionais da LIAT e BWIA, que oferecem uma série de voos agendados de ilha a ilha..."

Alguém que penso ser Charles Fletcher passa enquanto Armstrong continua falando, e ele me dá um tapinha no ombro e diz "E aí, Simpson" e "Te vejo no Fluties", e então se encontra com uma mulher muito atraente na porta — peitos grandes, loira, vestido apertado, não a secretária, nem a esposa —, e saem do DuPlex, juntos, numa limusine preta. Armstrong ainda está comendo, cortando pedaços perfeitamente quadrados do fígado de vitela, e continua falando enquanto eu fico cada vez mais melancólico.

"Viajantes que não podem tirar uma semana inteira de férias acharão o Caribe o local ideal para uma escapada alternativa no final de semana. A Eastern Airlines criou esse Clube de Fim de Semana que inclui muitos destinos caribenhos e permite aos membros visitarem muitos lugares a preços bastante reduzidos que sei que não importa mas ainda acho que as pessoas irão

PSICOPATA AMERICANO

BRET EASTON ELLIS

SHOW

Todos estão muito cismados com o show que Carruthers nos arrastou em Nova Jersey esta noite, uma banda irlandesa chamada U2 que estava na capa da revista *Time* semana passada. As entradas originalmente eram para um grupo de clientes japoneses que cancelaram a viagem para Nova York no último minuto, tornando praticamente impossível para Carruthers (pelo menos é o que ele diz) vender esses lugares na primeira fila. Então somos Carruthers e Courtney, Paul Owen e Ashley Cromwell, e Evelyn e eu. Mais cedo, quando descobri que Paul Owen estava vindo, tentei chamar Cecelia Wagner, a namorada de Marcus Halberstam, já que Paul Owen parece ter certeza de que *eu* sou Marcus, e, embora tivesse ficado lisonjeada com o convite (sempre suspeitei que tivesse uma queda por mim), ela tinha de ir a uma festa social para a abertura do novo musical britânico *Maggie!*, mas chegou a comentar algo sobre um almoço semana que vem, e respondi que ligaria para ela na quinta. Hoje eu deveria jantar com Evelyn, mas o pensamento de me sentar sozinho com ela durante uma refeição de duas horas me provoca um pavor indefinido, então ligo, e com relutância lhe explico as mudanças de planos, e ela pergunta se Tim Price vai, e, quando digo que não, há uma brevíssima hesitação antes de ela aceitar, e então cancelo a reserva que Jean fez para nós no H_2O, o novo restaurante de Clive Powell em Chelsea, e deixo o escritório cedo para uma rápida aula de aeróbica antes do show.

Nenhuma das garotas está particularmente empolgada para ver a banda, e todas me confidenciaram, separadamente, que não querem estar lá, e na limusine, seguindo para um lugar chamado Meadowlands, Carruthers continua tentando aplacar o grupo, dizendo que Donald Trump é um grande fã do U2, e então, ainda mais desesperado, que John Gutfreund também compra os discos deles. Uma garrafa de Cristal é aberta, depois outra. A TV está sintonizada numa conferência de imprensa com Reagan, mas há muito chiado e ninguém presta atenção, exceto eu. O *Patty Winters Show* hoje foi sobre Vítimas de Ataques de Tubarão. Paul Owen me chamou de Marcus quatro vezes e Evelyn, para grande alívio meu, de Cecilia, duas vezes, mas Evelyn não percebeu, pois ficou olhando para Courtney por todo o tempo que passamos na limusine. Mesmo assim, ninguém corrigiu Owen, e é improvável que alguém o faça. Eu até a chamei de Cecilia umas duas vezes quando tinha certeza de que não estava ouvindo, enquanto encarava Courtney com ódio. Carruthers continua me dizendo como estou bonito e elogiando o meu terno.

Evelyn e eu somos de longe o casal mais bem-vestido. Estou com um sobretudo de lã de ovelha, um casaco de lã com calça de flanela, uma camisa de algodão, um suéter de caxemira com gola em V e uma gravata de seda, tudo da Armani. Evelyn veste uma blusa de algodão da Dolce & Gabbana, sapatos de camurça da Yves Saint Laurent, uma saia de couro decorada com estêncil da Adrienne Landau com um cinto de camurça da Jill Stuart, collants da Calvin Klein, brincos de vidro veneziano da Frances Patiky Stein, e segura uma única rosa branca que comprei numa deli coreana antes da limusine de Carruthers me apanhar. Carruthers está usando um paletó esportivo de lã de ovelha, um cardigã de caxemira/vicuña, calça de sarja dupla face, uma camisa de algodão e uma gravata de seda, tudo da Hermès. ("Que brega", sussurrou Evelyn; concordei em silêncio.) Courtney está de top de seda organdi em três camadas, e saia rabo de peixe de veludo comprida, além de fita de veludo e brincos esmaltados da José and Maria Herrera, e luvas da Portolano e sapatos da Gucci. Paul e Ashley, acho, *exageraram* um pouco nas roupas, e ela está de óculos escuros mesmo com as janelas fumê da limusine e já anoitecendo. Ela segura um pequeno buquê de flores, margaridas, que Carruthers lhe deu, o que não funcionou para causar ciúmes em Courtney, pois ela parece inclinada a rasgar o rosto de Evelyn com as unhas, o que, nesse momento, apesar de ter o rosto mais bonito, não parece ser uma má ideia, algo que eu não me importaria de observar Courtney levar a termo. Courtney tem um corpo *um pouco* melhor; Evelyn tem peitos mais bonitos.

O show agora vem se arrastando por talvez vinte minutos. *Odeio* música ao vivo, mas todo mundo a nossa volta está de pé, os gritos de aprovação competindo com a barulheira saindo dos paredões de caixas de som empilhadas ao redor. O único prazer verdadeiro que sinto por estar ali é ver Scott e Anne Smiley dez fileiras atrás de nós, em lugares de merda, mas provavelmente não menos caros. Carruthers troca de lugar com Evelyn para discutir negócios comigo, mas não consigo escutar uma palavra, então troco de lugar com Evelyn para conversar com Courtney.

"Luis é um *babaca*", grito. "Não suspeita de *nada.*"

"The Edge está usando Armani", grita ela, apontando para o baixista.

"Aquilo *não* é Armani", grito de volta. "É Em*po*rio."

"Não", grita ela. "Ar*mani.*"

"Os cinzas são foscos demais, assim como os castanhos e azuis-marinhos. Lapelas arredondadas definidas, xadrez sutil, pontinhos e listras são Armani. *Não* Emporio", grito, extremamente irritado por ela não saber disso, não ser capaz de diferenciar, ambas as minhas mãos cobrindo as duas orelhas. "Há uma diferença. Qual deles é The Ledge?"

"O baterista deve ser The Ledge", grita ela. "Acho. Não tenho certeza. Preciso de um cigarro. Onde estava ontem à noite? Se me disser que estava com a Evelyn vou bater em você."

"O baterista não está usando nada da Armani", grito. "Ou Emporio, por sinal. Em parte nenhuma."

"Não sei qual deles é o baterista", grita ela.

"Pergunta pra Ashley", sugiro, berrando.

"Ashley?", ela berra, esticando o braço diante de Paul e dando um tapinha na perna de Ashley. "Qual deles é The Ledge?" Ashley grita algo que não consigo ouvir, e então Courtney se vira de volta para mim, dando de ombros. "Ela disse que não acredita que está em Nova Jersey."

Carruthers gesticula para Courtney trocar de lugar com ele. Ela acena para o bostinha ficar lá e segura minha perna, que endureço; a mão dela permanece sobre a minha perna, em admiração. Mas Luis insiste e ela se levanta, e me grita "Acho que vamos precisar de drogas hoje!". Aceno com a cabeça. O vocalista, Bono, está guinchando algo que soa como "Onde a batida parece a mesma". Evelyn e Ashley saem para comprar cigarros, usar o banheiro, encontrar bebidas. Luis se senta ao meu lado.

"As garotas estão entediadas", grita Luis

"Courtney quer que a gente arrume um pouco de cocaína pra ela hoje", grito.

"Ah, que ótimo." Luis fica carrancudo.

"Temos reservas em algum lugar?"

"*Brussels*", grita ele, conferindo o Rolex. "Mas du*vi*do que a gente consiga chegar a tempo."

"Se *não* conseguirmos", aviso a ele, "não vou a *nenhum* outro lugar. Pode me deixar no meu apartamento."

"Vamos *conseguir*", grita ele.

"Se *não* conseguirmos, que tal um japonês?", sugiro, cedendo. "Tem um restaurante muito bom no Upper West Side. Um lugar chamado Blades. O chef era do Isoito. Tem uma nota ótima no Zagat."

"*Bateman*, *odeio* japoneses", grita Carruthers para mim, uma mão colocada no ouvido. "Filhos da puta de olhinhos puxados."

"Do que diabos", grito, "você está falando?"

"Ah, eu sei, eu sei", grita ele, olhos arregalando. "Eles economizam mais que nós e não inovam muito, mas com certeza sabem pegar, *roubar*, a porra de nossas inovações, melhorar, e então socam tudo na porra das nossas goelas!"

Eu o encaro, descrente por um momento, então olho para o palco, para o guitarrista correndo em círculos, os braços de Bono esticados enquanto ele atravessa correndo na beirada, então me volto a Luis, cujo rosto ainda está ruborizado com a fúria, e ele ainda está me encarando, de olhos arregalados, saliva nos lábios, sem dizer nada.

"O que *diabos* isso tem a ver com o *Blades*?", pergunto, por fim, genuinamente confuso. "Limpa a boca."

"É por isso que *odeio* comida japonesa", grita de volta. "Sashimi. California roll. Nossa." Ele faz um movimento de engasgo, com um dedo na garganta.

"Carruthers...", paro, ainda olhando para ele, estudando seu rosto com atenção, um pouco incomodado, incapaz de me lembrar do que queria dizer.

"*O quê*, Bateman?", pergunta Carruthers, se inclinando.

"Escuta, não posso acreditar nessa merda", grito. "Não posso acreditar que você não fez as reservas para *mais tarde*. Vamos ter que *esperar*."

"O quê?", ele responde, se esgoelando, fazendo uma concha no ouvido, como se isso fizesse diferença.

"Vamos ter que *esperar*!", berro mais alto.

"Está tudo bem", grita ele.

O vocalista estica o braço para nós do palco, a mão estirada, e aceno para ele sair. "Tudo bem? Tudo *bem*? Não, Luis. Você está *errado*. Não está tudo *bem*." Olho para Paul Owen, que parece igualmente entediado, as mãos tampando os dois ouvidos, mas ainda conseguindo dialogar com Courtney sobre alguma coisa.

"Não vamos ter que esperar", grita Luis. "Prometo."

"Promete *nada*, seu otário", grito, e então pergunto "Paul Owen ainda está cuidando da conta da Fisher?".

"Não quero que você fique com raiva de mim, Patrick", grita Luis desesperadamente. "Vai dar *tudo* certo."

"Meu eus, esquece isso", grito. "Agora me escuta: Paul Owen ainda está na conta da Fisher?"

Carruthers olha para ele, e depois de volta para mim. "Sim, acho. Ouvi dizer que Ashley tem clamídia."

"Vou conversar com ele", grito, me levantando, pegando o lugar vazio ao lado de Owen.

Contudo, quando me sento, algo estranho no palco chama minha atenção. Bono atravessou o palco, me seguindo até minha cadeira, e está me encarando, ajoelhado na beira do palco, de jeans preto (talvez Gitano), sandálias, um colete de couro sem camisa por baixo. Seu corpo é branco, coberto de suor, e não é malhado o bastante, não há tônus muscular, e a definição que poderia haver está coberta por uma insignificante quantidade de pelos no peito. Ele usa um chapéu de caubói e seu cabelo está puxado para trás, num rabo de cavalo, e balbucia alguma lamúria — consigo pegar um trecho da letra, "Um herói é um inseto neste mundo" —, e ele tem no rosto um sorrisinho discreto, quase imperceptível, mas sem dúvida intenso, e isso aumenta, se espalhando por ele, confiante, e, enquanto seus olhos cintilam, o fundo do palco fica vermelho, e de repente sinto essa tremenda onda de sensações, esse ímpeto de conhecimento, e posso ver dentro do coração de Bono, e o meu próprio coração se acelera por causa disso, e percebo que estou recebendo algum tipo de mensagem do cantor. Me ocorre que temos algo em comum, que fizemos uma conexão, e não é impossível acreditar que um cordão invisível preso a Bono agora me envolveu, e então o público desaparece e a música fica lenta, mais suave, e há apenas Bono no palco — o estádio está deserto, a banda desaparece — e a mensagem, a mensagem *dele*, antes vaga, agora fica mais poderosa, e ele está acenando para mim, e estou acenando de volta, tudo ficando mais claro, meu corpo vivo e queimando, em chamas, e do nada um lampejo de luz branca e ofuscante me envolve, e escuto, na verdade posso *sentir*, posso até discernir as letras da mensagem pairando acima da cabeça de Bono em letras onduladas laranja: "Eu... sou... o... diabo... e sou... exatamente... como... *você*...".

E então todos, o público, a banda, ressurgem e a música aumenta aos poucos, e Bono, sentindo que recebi a mensagem — *sei* de verdade que ele *sente* que reajo a ela —, está satisfeito e se vira, e eu sou deixado entorpecido, o rosto ruborizado, uma ereção dolorosa pulsando contra minha coxa, minhas mãos fechadas num ataque de tensão. Mas de repente tudo para, como se um interruptor fosse desligado, o fundo lampeja de volta ao branco. Bono — o diabo — está do outro lado do palco e tudo, a sensação em meu coração, a sensação vasculhando meu cérebro, se evanesce e agora, mais que nunca, preciso saber sobre a conta da Fisher que Owen está cuidando, e essa informação parece vital, mais pertinente que a conexão de similaridade que tenho com Bono, que agora está se dissolvendo, remota. Eu me viro para Paul Owen.

"E aí", grito. "Que tal?"

"Aqueles caras ali..." Ele acena para um grupo de assistentes de palco no fim do outro lado da fileira da frente, espiando na multidão, conversando entre si. "Estavam apontando para Evelyn, Courtney e Ashley aqui."

"Quem são?", grito. "São da Oppenheimer?"

"Não", grita Owen de volta. "Acho que são roadies que ficam procurando minas pra transar com a banda no camarim."

"Ah", grito. "Pensei que talvez trabalhassem na Barney's."

"Não", grita ele. "Eles são chamados coordenadores de *fundos*."

"Como você sabe *disso*?"

"Tenho um primo que é gerente da All We Need of Hell", grita.

"É irritante que você saiba disso", digo.

"O quê?", grita.

"Você ainda está cuidando da conta da Fisher?", grito de volta.

"Sim", berra. "Sorte grande, hein, Marcus?"

"Com certeza", berro. "Como você conseguiu?"

"Bem, fiquei com a conta da Ransom e as coisas apenas rolaram." Ele dá de ombros, desamparado, sorrateiro de uma figa. "Sabe?"

"Uau", grito.

"Sim", grita de volta, então gira na cadeira e grita para duas gordas de Nova Jersey que parecem burras passando um baseado enorme entre si, uma das vacas enrolada no que parece ser a bandeira da Irlanda. "Poderia por favor parar com essa *maconha*? Ela *fede*."

"Eu quero", grito, olhando para seu cabelo perfeito e equilibrado; até o escalpo está bronzeado.

"Quer *o quê?*", grita ele de volta. "Baseado?"

"Não. Nada", grito, minha garganta seca, e desabo de volta em minha cadeira, olhar vazio para o palco, roendo a unha de meu polegar, arruinando a manicure de ontem.

Partimos após Evelyn e Ashley retornarem e depois, na limusine correndo de volta para Manhattan para conseguir as reservas no Brussels, outra garrafa de Cristal aberta, Reagan ainda no aparelho de televisão, Evelyn e Ashley nos contam que dois seguranças as abordaram perto do banheiro feminino e lhes disseram para ir aos bastidores. Explico quem eram e a que propósito serviam.

"Meu *deus*", engasga Evelyn. "Você está me dizendo que fomos... cotadas para os *fundos*?"

"Aposto que o Bono tem pau pequeno", diz Owen, olhando para fora da janela fumê. "Irlandês, sabe?"

"Será que eles tinham um caixa eletrônico lá nos fundos?", pergunta Luis.

"Ashley", grita Evelyn. "Ouviu isso? Fomos cotadas para os *fundos*!"

"Como está meu cabelo?", pergunto.

"Mais Cristal?", pergunta Courtney a Luis.

PSICOPATA AMERICANO
BRET EASTON ELLIS

VISLUMBRE DE UMA TARDE DE QUINTA

e estamos no meio da tarde e eu estou de pé numa cabine telefônica numa esquina de algum lugar do centro, não sei onde, mas estou suado, com uma enxaqueca que lateja na cabeça, e estou tendo um ataque de ansiedade dos grandes, procurando nos bolsos por Valium, Xanax, um resto de Triazolam, qualquer coisa, e tudo o que encontro são três Nuprin desbotados num estojo de pílulas da Gucci, então jogo os três na boca, e engulo com uma Pepsi Diet, e não saberia dizer de onde ela veio mesmo que minha vida dependesse disso. Já esqueci com quem almocei mais cedo e, ainda mais importante, *onde.* Foi com Robert Ailes no Beats? Ou com Todd Hendricks no Ursula's, o novo bistrô de Philip Duncan Holmes em Tribeca? Ou com Ricky Worrall, e fomos ao December's? Ou teria sido Kevin Weber no Contra em NoHo? Pedi sanduíche de perdiz no brioche com tomates verdes, ou um grande prato de endívias com molho de mariscos? "Meu deus, *não consigo me lembrar*", resmungo, minhas roupas — um paletó esportivo de linho e seda, uma camisa de algodão, calça plissada de linho cáqui, tudo da Matsuda, uma gravata de seda com uma insígnia da Matsuda, com um cinto da Coach Leatherware — encharcado de suor, e tiro o paletó e esfrego o rosto nele. O telefone toca sem parar, e não sei para quem liguei, e apenas fico parado na esquina, Ray-Ban na testa, no que parece um ângulo esquisito e torto, e então escuto um som familiar saindo baixo do fone — a voz suave de Jean competindo com o engarrafamento da Broadway. O *Patty Winters Show* hoje foi sobre Aspirina: Pode Salvar Sua Vida? "Jean?", exclamo. "Alô? *Jean*?" "Patrick? É você?", ela grita de volta. "*Alô?*" "*Jean*, preciso de *ajuda*", berro. "Patrick?" "O quê?" "Jesse Forrest ligou", diz Jean. "Ele tem uma reserva no Melrose às oito da noite, e Ted Madison e Jamie Conway querem se encontrar com você para beber no Harry's. Patrick?", pergunta Jean. "Onde você está?" "Jean?", suspiro, esfregando o nariz. "Não estou..." "Ah, e Todd Launder ligou", diz Jean, "não, quer dizer, Chris... ah, não, foi Todd Lauder. Sim, Todd Lauder". "Meu deus", resmungo, afrouxando a gravata, o sol de agosto batendo em mim, "o que você está dizendo, sua puta?" "Não servem truta, Patrick. A reserva é no *Melrose*. Lá não servem truta." "O que é que estou *fazendo*?", exclamo. "Onde você está?", e então, "Patrick? Qual o problema?" "Não vou conseguir chegar, Jean", digo, então engasgo, "no escritório esta tarde." "Por quê?" Ela soa deprimida ou talvez seja apenas mera confusão. "Basta... dizer... não", grito. "O que foi, Patrick? Está tudo bem?", pergunta ela. "Pare de soar tão... triste, porra. *Nossa*", grito. "Patrick. Desculpa. Quer dizer, eu queria dizer 'Basta dizer não', mas..." Bato o telefone na cara dela e dou um salto para longe da cabine telefônica, e o walkman no meu pescoço de repente parece um pedregulho enrolado em volta do meu pescoço (e os sons ribombando nele — o primeiro Dizzie Gillespie — me irritam profundamente), e tenho que jogar o walkman, um barato, na lixeira mais próxima que encontro, e então paro na beira da lata, respirando fundo, o paletó barato da Matsuda amarrado na minha cintura, encarando o walkman ligado, o sol derretendo o gel na minha cabeça, e se mistura com o suor jorrando pelo meu rosto, e posso sentir o gosto quando lambo os lábios, e isso começa a ter um gosto bom, e de repente fico faminto, e passo a mão no cabelo, e lambo a palma da mão com avidez enquanto subo a Broadway, ignorando as velhas entregando panfletos, passando por lojas de jeans, música ribombando lá dentro, se infiltrando nas ruas, o movimento das pessoas combinando com a batida da música, um single da Madonna, ela gritando "a vida é um mistério, todos devem ficar sozinhos...", mensageiros de bicicleta passam zumbindo e estou de pé numa esquina fazendo cara feia para eles, mas as pessoas passam, absortas, ninguém presta atenção, nem sequer fingem *não* prestar atenção, e isso me deixa sóbrio por tempo suficiente para caminhar até o Conran's mais próximo para comprar uma chaleira, mas, logo quando presumo que minha normalidade voltou, e estou firme, meu estômago aperta e as cãibras são tão intensas que coxeio até a porta mais próxima e aperto o abdome, me dobrando de dor, e, tão repentino como veio, ela desaparece por tempo o bastante para acertar o corpo e correr para a primeira loja de ferramentas que vejo, e uma vez dentro compro um jogo de facas de açougueiro, um machado, uma garrafa de ácido clorídrico, e então, na loja de animais, a um quarteirão, uma gaiola de hamster e dois ratos brancos que planejo torturar com as facas e o ácido, mas em algum lugar, mais tarde naquele dia, deixo a caixa com os ratos na Pottery Barn enquanto compro velas, ou será que finalmente comprei a chaleira? Agora estou coxeando pela Lafayette, suando e reclamando e empurrando as pessoas da frente, espuma saindo da boca, o estômago se contraindo, cólicas abdominais horrendas — podem ser causadas por esteroides, mas tenho dúvidas — e me acalmo o bastante para entrar numa Gristede's, correr para cima e para baixo da loja e furtar um presunto enlatado com o qual saio calmamente da loja, escondido sob o paletó da Matsuda, e quarteirão abaixo, enquanto tento me esconder no salão do American Felt Building, abrindo a lata com a chave, o porteiro, que de cara parece me reconhecer, e que ignoro, após eu começar a socar punhados do presunto na boca, tirando a carne morna rosada da lata com os dedos, sujando as unhas, o porteiro ameaça chamar a polícia. Vou para fora, vomito todo o presunto, escorado num cartaz de *Les Misérables* num ponto de ônibus, e beijo o desenho do rosto adorável de Éponine, seus lábios, deixando fios marrons de bile esparramados por seu rosto macio e inocente, e a palavra SAPATA rabiscada logo abaixo. Folgando os suspensórios, ignorando pedintes, pedintes me ignorando, encharcado de suor, delirante, me encontro de volta ao centro na Tower Records e me recomponho, murmurando várias e várias vezes para ninguém, "Preciso devolver as fitas, preciso devolver as fitas", e compro duas cópias de meu CD favorito, Bruce Willis, *The Return of Bruno*, e então fico preso na porta giratória por cinco voltas completas e saio para a rua, trombando com Charles Murphy da Kidder Peabody ou podia ser Bruce Baker da Morgan Stanley, *quem se importa*, e ele diz "Ei, Kinsley", e eu arroto no rosto dele, meus olhos se virando para trás na cabeça, bile esverdeada escorrendo em fios espessos de meus caninos expostos, e ele sugere, inabalado, "Te vejo no Fluties, ok? Severt também?". Dou um guincho e enquanto recuo trombo com uma barraca de frutas numa delicatéssen coreana, pilhas de maçãs e laranjas e limões desabando, que rolam para a calçada, pela sarjeta e pela rua onde são esmagadas por táxis e carros e ônibus e caminhões, e estou pedindo desculpas, delirante, oferecendo, por acidente, meu AmEx platinum a um coreano aos berros, então uma nota de vinte, que ele pega imediatamente, mas ainda assim me agarra pelas lapelas do paletó manchado e amassado que me forcei a vestir de volta, e quando miro seu rosto redondo e de olhos puxados ele de repente irrompe no refrão de "Lightnin' Strikes", de Lou Christie. Me afasto, horrorizado, cambaleando cidade acima, para casa, porém pessoas, lugares, lojas continuam a me interromper, um traficante na rua 13 me oferece crack e cegamente balanço uma nota de cinquenta para ele, e ele diz "Nossa, cara", agradecido, e aperta minha mão, pressionando cinco frascos na minha palma que, em sequência, *engulo de uma vez*, e o traficante de crack me encara, tentando disfarçar sua profunda perturbação com um olhar divertido, e o agarro pelo pescoço e dou um grasnido, meu hálito fétido, "*O melhor motor está na BMW 750iL*", então sigo em frente para uma cabine telefônica, onde balbucio besteiras para a operadora até finalmente expelir meu número de cartão de crédito, e então estou falando com o principal escritório da Xclusive, e cancelo uma massagem agendada que não havia feito. Consigo me recompor simplesmente olhando para meus pés, na verdade para os mocassins da A. Testoni, chutando pombos de lado, e, sem nem perceber, entro numa delicatéssen aos cacos na Segunda Avenida e ainda estou confuso, atordoado, suado, e sigo até uma judia baixa e gorda, velha e vestida de modo hediondo. "Escuta", digo. "Tenho uma reserva. Bateman. Onde está o maître? Conheço Jackie Mason", e ela suspira, "Posso arrumar um lugar. Não precisa de reserva", enquanto pega um menu. Ela me leva a uma mesa horrível no fundo, perto dos banheiros, e arranco o menu da mão dela e me apresso até uma mesa na frente, e fico apavorado com o preço baixo da comida — "Isso é alguma piada de merda?" —, e sentindo uma garçonete por perto peço sem olhar. "Um cheeseburger. Gostaria de um cheeseburger, e gostaria que viesse malpassado." "Desculpa, senhor", diz a garçonete. "Sem queijo. Kosher", e não tenho ideia de que porra ela está falando e digo "Certo. Um *kosher*burger, mas *com queijo*, Monterey Jack talvez, e — meu deus", resmungo, sentindo mais câibras a caminho. "Sem queijo, senhor", diz ela. "*Kosher...*" "Meu deus, isso é um *pesadelo*, sua *judia* de merda?", reclamo, e então, "*Queijo Cottage*? Só *traz*". "Vou chamar o gerente", diz ela. "Tanto faz. Mas me traz uma bebida enquanto isso", sibilo. "Sim?", pergunta ela. "Um... milk- shake... de baunilha..." "Sem milk-shake. *Kosher*", diz ela, e então, "Vou chamar o gerente." "Não, *espera*." "Senhor, vou chamar o gerente." "Que merda tá acontecendo aqui?", pergunto, fervilhando, meu AmEx platinum já jogado na mesa engordurada. "Sem milk-shake. *Kosher*", diz ela, lábios grossos, apenas uma das bilhões de pessoas que passaram por este planeta. "Então me traz uma merda de... baunilha... maltada!", vocifero, espalhando cuspe por todo o menu aberto. Ela apenas observa. "*Extragrosso*!", acrescento. Ela sai para chamar o gerente e, quando o vejo se aproximar, uma cópia em carbono careca da garçonete, me levanto e grito "Vai tomar no cu seu judeuzinho viado de merda", e corro para fora da deli até a rua onde isso

YALE CLUB

"Quais são as regras para colete-suéter?", pergunta à mesa Van Patten.

"O que você quer dizer?" McDermott enruga o cenho, dá um gole na Absolut.

"Sim", digo. "Deixe *claro*."

"Bem, é estritamente infor*mal*..."

"Ou pode ser usado com um *terno*?", interrompo, terminando a frase.

"Exatamente." Ele sorri.

"Bem, de acordo com Bruce Boyer...", começo.

"Espera." Van Patten me faz parar. "Ele está na Morgan Stanley?"

"Não." Sorrio. "Ele não está na Morgan Stanley."

"Não era um serial killer?", pergunta McDermott, desconfiado, então resmunga. "Não me diga que era outro serial killer, Bateman. *Não* outro serial killer."

"Não, Mc*Débil*, ele não era um serial *killer*", digo, virando as costas a Van Patten, mas, antes de continuar, viro de volta para McDermott. "Isso me deixa puto de verdade."

"Mas você *sempre* começa a falar deles", reclama McDermott. "E sempre desse modo casual, educativo. Quer dizer, não quero saber nada sobre o Filho de Sam ou a porra do Estrangulador de Hillside ou Ted Bundy ou Featherhead, pelo amor de deus."

"Featherhead?", pergunta Van Patten. "Quem é Featherhead? Soa excepcionalmente perigoso."

"Ele quis dizer Leatherface", digo, dentes completamente cerrados. "Leatherface. É um personagem de *O Massacre da Serra Elétrica.*"

"Ah." Van Patten sorri com educação. "Claro."

"E ele *era* excepcionalmente perigoso", digo.

"Ok, certo, vamos lá. Bruce Boyer, o que ele fazia?", indaga McDermott, soltando um suspiro, virando os olhos para cima. "Vejamos — esfolava pessoas vivas? Deixava morrer de fome? Atropelava? Dava para os cachorros comerem? O quê?"

"Caras", digo, balançando a cabeça, então admito, de pirraça, "Ele fazia algo *muito* pior."

"Como o quê — levar pra jantar no novo restaurante de McManus?", pergunta McDermott.

"Isso bastaria", concorda Van Patten. "Vocês foram? Foi nojento, não foi?"

"Você comeu o bolo de carne?", pergunta McDermott.

"O bolo de carne?" Van Patten está em choque. "E o *interior*? E a porra dos *panos de mesa*?"

"Mas você *comeu* o bolo de carne?", insiste McDermott.

"Claro que comi o bolo de carne, *e* o pombo, *e* o marlim", afirma Van Patten.

"Meu deus, já tinha me esquecido do marlim", resmunga McDermott. "O chilli de marlim."

"Aliás, depois de ler a resenha de Miller no *Times*, quem em sã consciência *não* pediria o bolo de carne ou o chilli de marlim?"

"Mas Miller estava errado", diz McDermott. "Era apenas nojento. A quesadilla com papaia? Geralmente um bom prato, mas *lá*, minha nossa." Ele assobia, balançando a cabeça.

"E *barato*", acrescenta Van Patten.

"Muito barato." McDermott concorda em tudo. "E a tartalete de melancia..."

"Cavalheiros." Dou uma tossida. "Aham. Odeio interromper, mas..."

"Ok, ok, continua", diz McDermott. "Conta mais sobre o Charles Moyer."

"Bruce Boyer", corrijo. "Ele foi o autor de *Elegância: Um Guia para a Qualidade no Vestuário Masculino.*" Então, à parte, "E não, Craig, ele não era um serial killer nas horas vagas".

"O que o pequeno Bruce tinha a dizer?", pergunta McDermott, mascando gelo.

"Você é um cabeça-oca. É um livro excelente. A teoria dele sustenta que não devemos nos sentir restringidos por usar um colete com um terno", digo. "Você me ouviu te chamando de cabeça-oca?"

"Sim."

"Mas ele não coloca que um colete não deve se destacar no traje?", completa Van Patten com hesitação.

"Sim..." Fico um pouco irritado por Van Patten ter feito o dever de casa e mesmo assim pedir conselho. Continuo calmamente. "Com listras finas e discretas você deveria usar um colete azul bem claro ou cinza-carvão. Um terno xadrez pediria um colete mais escuro."

"E *lem*bre-se", acrescenta McDermott, "num colete normal o último botão deve ficar desabotoado."

Dou um olhar aquilino para McDermott. Ele sorri, dá um gole da bebida então estala os lábios, satisfeito.

"Por quê?", Van Patten deseja saber.

"É tradicional", digo, ainda encarando McDermott. "Mas também fica mais confortável."

"Usar suspensórios ajusta melhor o colete?", escuto Van Patten perguntar.

"Por quê?", pergunto, virando o rosto para ele.

"Bem, já que você evita a..." Ele para, travado, procurando a palavra certa.

"Sobrecarga da...", começo.

"Da fivela do cinto?", completa McDermott.

"Claro", diz Van Patten.

"Você precisa se lembrar que..." Mais uma vez sou interrompido por McDermott.

"Lembrar que enquanto o colete deve cair bem com a cor e o estilo do terno, evite completamente combinar o padrão do colete com o das meias ou da gravata", diz McDermott, sorrindo para mim, para Van Patten.

"Pensei que você não tinha lido esse... esse livro", gaguejo, com raiva. "Você acabou de me contar que não sabia a diferença entre Bruce Boyer e... e John Wayne Gacy."

"Me lembrei agora." Ele dá de ombros.

"Escuta." Volto a Van Patten, achando a superioridade de McDermott completamente gratuita. "Usar meias com padrão de losango junto com um colete também com padrão de losango vai parecer calculado demais."

"Você acha?", pergunta ele.

"Vai parecer que você trabalhou conscientemente para ficar com essa aparência", digo, e então, repentinamente chateado, volto para McDermott. "*Featherhead*? Como diabos você confundiu Leatherface com Featherhead?"

"Ah, se anima aí, Bateman", diz ele, me dando um tapa nas costas, então massageando meu pescoço. "Qual o problema? Não fez shiatsu hoje?"

"Pare de tocar em mim assim", digo, olhos bem cerrados, o corpo inteiro inflamado e pulsante, enrijecido, *desejando* saltar, "ou você vai se arrepender."

"Opa, calma aí, amiguinho", diz McDermott, recuando com medo zombeteiro. Os dois dão risadinhas feito idiotas e fazem um high-five, completamente inconscientes de que eu poderia cortar fora as mãos deles, e muito mais, com prazer.

Nós três, David Van Patten, Craig McDermott e eu, estamos sentados no salão de jantar do Yale Club durante o almoço. Van Patten veste um terno de lã-crepe xadrez da Krizia Uomo, uma camisa da Brooks Brothers, uma gravata da Adirondack e sapatos da Cole-Haan. McDermott está de blazer de lã de ovelha e caxemira, calça de flanela crua da Ralph Lauren, uma camisa e uma gravata *também* da Ralph Lauren, e sapatos da Brooks Brothers. Estou usando um terno de lã grossa com um padrão *windowpane* sobreposto, uma camisa de algodão da Luciano Barbera, uma gravata da Luciano Barbera, sapatos da Cole-Haan e óculos sem grau da Bausch & Lomb. O *Patty Winters Show* hoje foi sobre os Nazistas, e inexplicavelmente, senti algo real ao ver o programa. Embora não fique exatamente encantado com o que eles fizeram, tampouco os achei indignos de solidariedade, nem, poderia acrescentar, a maioria dos membros da plateia. Um dos nazistas, numa rara exibição de humor, chegou a fazer malabarismos com toranjas e, deleitado, me sentei na cama e aplaudi.

Luis Carruthers está sentado a cinco mesas da nossa, vestido como se esta manhã tivesse sido atacado por sapos — veste um terno indiscernível de algum alfaiate francês; e, caso eu não esteja enganado, o chapéu-coco no chão sob sua cadeira também lhe pertence — está escrito "Luis" nele. Ele sorri, mas finjo não ter percebido. Malhei na Xclusive por duas horas hoje de manhã e, já que nós três tiramos o resto da tarde de folga, vamos receber massagens. Ainda não fizemos os pedidos, na verdade nem ao menos conferimos os menus. Só bebemos até agora. Uma garrafa de champanhe era o que Craig desejava, mas David balançou a cabeça com veemência e disse "Não, não, *não*" quando isso foi sugerido, e então pedimos drinques no lugar.

Continuo a observar Luis, e sempre que ele olha para nossa mesa jogo a cabeça para trás e dou uma risada, mesmo quando o que Van Patten ou McDermott está dizendo não é engraçado de verdade, o habitual. Aperfeiçoei minha reação fingida a um nível em que ela soa tão natural que ninguém percebe. Luis se levanta, limpa a boca com um guardanapo e olha para cá de novo antes de sair da área de jantar e, suponho, ir ao banheiro.

"Mas há um limite", diz Van Patten. "Quer dizer, a questão é que não quero passar a noite com o Monstro dos Biscoitos."

"Mas você ainda está saindo com Meredith então, hã, qual a diferença?", pergunto. Claro, ele não escuta.

"Mas é uma sonsa gatinha", diz McDermott, "uma sonsa bem gatinha."

"Bateman?", pergunta Van Patten. "Alguma opinião a respeito de gente sonsa?"

"O quê?", pergunto, me levantando.

"Gente sonsa? Nada?", agora McDermott. "Gente sonsa é desejável, *comprende*?"

"Escuta", digo, empurrando minha cadeira para dentro. "Só quero que todos saibam que sou pró-família e antidrogas. Com licença."

Enquanto saio, Van Patten puxa uma garçonete que passava e diz, sua voz diminuindo, "Isso é água da torneira? Não bebo água da torneira. Me traz uma Evian ou algo assim, ok?".

Será que Courtney gostaria menos de mim se Luis estivesse morto? Eis a pergunta que preciso encarar sem uma resposta clara ardendo dentro da minha cabeça, enquanto atravesso lentamente o salão de jantar, acenando para alguém que acredito ser Vincent Morrison, e mais alguém que tenho quase certeza que se parece com Tom Newman. Será que Courtney passaria mais tempo comigo — o tempo que agora ela passa com Luis — caso ele estivesse fora de cena, não fosse mais uma alternativa, se talvez ele estivesse... *morto*? Se Luis fosse assassinado, Courtney ficaria triste? Será que eu conseguiria ser um conforto genuíno sem rir na cara dela, meu próprio despeito me entregando, arruinando tudo? Será o fato de ela sair comigo pelas costas dele o que a excita, meu corpo ou o tamanho do meu pau? Por que, por sinal, desejo satisfazer Courtney? Se ela gosta de mim apenas por causa dos meus músculos, do volume da minha rola, então é uma puta superficial. *Porém* uma puta superficial fisicamente superior, de aparência quase perfeita, e *isso* pode compensar tudo, exceto talvez mau hálito ou dentes amarelos, porque aí não dá. Será que eu arruinaria as coisas se estrangulasse Luis? Se me casasse com Evelyn ela me faria comprar as camisolas

Lacroix dela até que finalizássemos nosso divórcio? As forças coloniais da África do Sul e as guerrilhas financiadas pela União Soviética já alcançaram a paz na Namíbia? Ou seria o mundo um lugar mais seguro e agradável se Luis fosse reduzido a pedaços? *Meu* mundo seria, por que não? Realmente não há... *outro jeito*. Está mesmo tarde demais para se fazer esse tipo de pergunta, já que agora estou no banheiro masculino, me encarando no espelho — meu bronzeado e corte de cabelo perfeitos — conferindo meus dentes completamente retos, brancos e reluzentes. Piscando para meu reflexo, respiro fundo, colocando um par de luvas de couro da Armani, e então sigo para o reservado ocupado por Luis. O banheiro masculino está deserto. Todos os reservados estão vazios, exceto por um, no final, a porta destrancada, levemente aberta, o som de Luis assobiando algo de *Les Misérables* ficando opressivamente mais alto conforme me aproximo.

Ele está de pé no reservado, de costas para mim, de blazer de caxemira, calça de lã plissada, uma camisa de seda e algodão branca, mijando na privada. Posso notar que pressente o movimento no reservado porque se enrijece de modo perceptível e o som de sua urina batendo na água para de vez. Em câmera lenta, minha própria respiração pesada abafando todos os outros sons, minha visão embaçando levemente nos cantos, minhas mãos se movem para o colarinho do blazer de caxemira dele e a camisa de flanela, envolvendo seu pescoço até que meus polegares encontrem a nuca e os indicadores se toquem no pomo de Adão de Luis. Começo a apertar, colocando mais força, porém fraco o bastante para deixar que Luis gire — ainda em câmera lenta — e consiga me encarar, uma mão em seu suéter de lã e seda da Polo, a outra esticando. Suas pálpebras se comprimem por um instante, então se abrem — exatamente o que desejo. Desejo ver o rosto de Luis se contorcer e ficar roxo, e desejo que saiba quem o assassina. Desejo ser o último rosto, a última *coisa*, que Luis veja antes de morrer, e desejo gritar "Estou comendo a Courtney. Está me ouvindo? *Eu* estou comendo a Courtney. Ha-ha-ha", e que essas sejam as últimas palavras, os últimos *sons* que ele escute, até que seus próprios engasgos, acompanhados por sua traqueia se quebrando, sufoquem todo o resto. Luis me encara e tensiono os músculos dos braços, me preparando para uma luta que, para minha decepção, não acontece.

Em vez disso, ele encara meus pulsos e vacila por um momento, como que indeciso a respeito de algo, então abaixa a cabeça e... *beija* meu pulso esquerdo, e quando olha de volta para mim, timidamente, é com uma expressão de... amor e apenas em parte constrangimento.

Sua mão direita é erguida e toca com ternura a lateral de meu rosto. Fico ali, congelado, meus braços ainda esticados, dedos ainda envolvendo o pescoço de Luis.

"Meu deus, Patrick", sussurra ele. "Por que *aqui*?"

Agora sua mão está brincando com meu cabelo. Olho para o lado do reservado, para onde alguém arranhou na tintura *Edwin faz um boquete maravilhoso*, e ainda estou paralisado nessa posição fitando as palavras, confuso, estudando a moldura que rodeia essas palavras como se contivessem uma resposta, uma verdade. Edwin? Que Edwin? Balanço minha cabeça para me esquecer disso e olho de volta para Luis, que tem esse sorriso horrível, apaixonado, engessado no rosto, e tento apertar com mais força, meu rosto retorcido com o esforço, mas não *consigo*, minhas mãos *se recusam* a apertar, e meus braços, ainda esticados, parecem ridículos e inúteis nessa posição fixa.

"Vi você olhando para mim", diz ele, arfando. "Percebi seu..." — engole — "... corpo gostoso."

Ele tenta me beijar nos lábios, mas recuo, batendo na porta do reservado, fechando-a por acidente. Tiro as mãos do pescoço de Luis e ele as segura e coloca de volta na mesma hora. Retiro mais uma vez e fico lá considerando meu movimento seguinte, mas permaneço imóvel.

"Não seja... tímido", diz ele.

Respiro fundo, fecho os olhos, conto até dez, abro os olhos e faço uma tentativa inútil de levantar os braços de novo para estrangular Luis, mas eles parecem pesados, e levantá-los se torna uma tarefa impossível.

"Você não sabe por quanto tempo esperei por isso..." Ele está suspirando, esfregando meus ombros, tremendo. "Desde aquela festa de Natal no Arizona 206. Você se lembra? Você estava usando aquela gravata xadrez com listras vermelhas da Armani."

Pela primeira vez percebo que a calça dele ainda está aberta, então calmamente e sem dificuldade me viro para fora do reservado e vou até uma pia para lavar as mãos, mas continuo com as luvas e não quero tirá-las. O banheiro do Yale Club de repente me parece o lugar mais frio do universo, e dou de ombros involuntariamente. Luis segue atrás, tocando meu paletó, se inclinando ao meu lado na pia.

"Quero *você*", diz ele, num sussurro baixo de bicha, e quando viro minha cabeça lentamente para encará-lo, ainda curvado diante da pia, fervendo, meu contato visual irradiando repulsa, ele acrescenta, "*também*."

Disparo para fora do banheiro masculino, trombando com Brewster Whipple, acho. Sorrio para o maître e após apertar a mão *dele* corro para o elevador fechando, mas chego tarde demais e grito, batendo com o punho nas portas, xingando. Me recompondo, percebo o maître confabulando com um garçom, os dois olham com dúvida em minha direção, então corrijo a postura, dou um sorriso tímido e aceno para eles. Luis se aproxima calmamente, ainda sorrindo, *ruborizado*, e apenas fico lá, parado, e deixo-o vir até mim. Ele não diz nada.

"O... que... foi?", por fim sibilo.

"Aonde você estava indo?", sussurra Luis, aturdido.

"Eu... preciso..." Abalado, olho em volta do salão de jantar cheio de gente, então de volta para o rosto trêmulo e ansioso de Luis. "Preciso devolver umas fitas", digo, batendo no botão do elevador, e então, com a paciência esgotada, começo a ir embora e a seguir de volta para a minha mesa.

"Patrick", chama ele.

Giro. "*O quê?*"

Ele diz "Eu te ligo" sem emitir som algum, e no rosto uma expressão me informa, me *confirma*, que meu "segredo" está seguro com ele. "Meu deus", praticamente engasgo, e tremendo visivelmente me sento de novo diante da mesa, completamente derrotado, ainda de luvas, e engulo o resto de um J&B com gelo aguado. Assim que me sento, Van Patten pergunta "Ei, Bateman, qual a maneira correta de usar um prendedor de gravatas ou um broche?".

"Embora um prendedor de gravatas não seja de maneira alguma um acessório obrigatório, ele acrescenta algo a uma aparência em geral limpa e arrumada. Mas o acessório não deve dominar a gravata. Escolha um prendedor de ouro simples ou um pequeno clipe e o coloque na pequena ponta da gravata num ângulo baixo de quarenta e cinco graus."

PSICOPATA AMERICANO
BRET EASTON ELLIS

MORTE DE UM CACHORRO

Courtney liga, muito chapada de Elavil para se encontrar comigo em um jantar coerente no Cranes, o novo restaurante de Kitty Oates Sanders no Gramarcy Park em que Jean, minha secretária, fez reservas para nós semana passada, e agora estou perdido. Ainda que tenha recebido resenhas excelentes (uma na revista *New York*; a outra na *The Nation*), não reclamo nem tento persuadir Courtney a mudar de ideia, pois preciso repassar dois arquivos, e ainda não assisti ao *Patty Winters Show* que gravei de manhã. Tem sessenta minutos de mulheres que fizeram mastectomia, o que às sete e meia, durante o café da manhã, antes do trabalho, não aguentei ver inteiro, mas após o dia de hoje — ficar de bobeira no escritório, com o ar-condicionado quebrado, um almoço tedioso com Cunningham no Odeon, a porra da lavanderia chinesa incapaz de tirar as manchas de sangue de outro paletó da Soprani, quatro fitas atrasadas que acabaram me custando uma fortuna, uma espera de vinte minutos para o Stairmaster — me adaptei; esses eventos me endureceram e estou preparado para lidar com esse tópico em particular.

Dois mil abdominais e trinta minutos pulando corda na sala, a jukebox Wurlitzer tocando alto "The Lion Sleeps Tonight" várias e várias vezes, apesar de eu ter treinado na academia hoje por quase duas horas. Depois disso, me visto para fazer compras no D'Agostino's:

jeans da Armani, uma camisa Polo branca, um paletó esportivo da Armani, sem gravata, cabelo lambido para trás com gel Thompson; como está chuviscando, um par de sapatos à prova d'água da Manolo Blahnik; três facas e duas armas levadas numa pasta preta de couro Epi (3.200 dólares) da Louis Vuitton; como está frio e não quero estragar minha manicure, um par de luvas de couro de cervo da Armani. Por fim, um casaco de chuva de couro preto com cinto embutido da Gianfranco Ferré que custou quatro mil dólares. Embora seja apenas uma caminhada curta até o D'Agostino's, mesmo assim levo comigo um discman, com a versão mais longa de "Wanted Dead or Alive" do Bon Jovi dentro. Pego um guarda-chuva de cabo de madeira de padrão escocês da Etro comprado na Bergdorf Goodman, trezentos dólares na promoção, num bengaleiro recém-instalado no closet perto da entrada, e saio pela porta.

Após o trabalho, treinei na Xclusive e, de volta para casa, fiz ligações obscenas para as filhas pequenas de Dalton, os números que escolhi vindos de um registro cuja cópia roubei do escritório da administração que invadi na última noite de quinta. "Sou um assaltante corporativo", sussurrei com lascívia no telefone sem fio. "Orquestro aquisições hostis. O que você acha disso?", e parava e fazia barulhos de chupadas, grunhidos bizarros de porco, e então perguntava "Hein, *puta*?". A maior parte do tempo pude perceber que elas estavam assustadas, e isso me agradou demais, me permitiu manter uma ereção forte e pulsante pela tempo das chamadas, até que uma das garotas, Hilary Wallace, perguntou, imperturbável, "Papai, é você?", e todo o entusiasmo que eu havia reunido se afundou. Vagamente decepcionado, fiz mais algumas chamadas, porém bem desanimado, abrindo a correspondência de hoje enquanto ligava, e por fim desliguei no meio de uma frase quando dei de cara com um lembrete personalizado de Clifford, o sujeito que me ajuda na Armani, me informando que havia uma promoção particular na butique na Madison... *duas semanas atrás!* E apesar de imaginar que aquele porteiro segurou o bilhete para me deixar puto, isso ainda não apagava o fato de que *perdi a porra da promoção*, e remoendo essa perda enquanto passeava pelo Central Park West, em algum lugar pela rua 76, 75, me abalou profundamente que o mundo com muita frequência seja um lugar ruim e cruel.

Alguém igualzinho a Jason Taylor — cabelo preto lambido para trás, casaco de caxemira azul-marinho de peito duplo com colarinho de castor, botas de couro pretas, Morgan Stanley — passa sob um poste e acena, e eu baixo o volume no walkman para escutá-lo dizer "Olá, Kevin", e sinto um aroma de Grey Flannel, e, ainda caminhando, olho para trás, vejo a pessoa que lembra Taylor, que *podia* ser Taylor, me perguntando se ele ainda está saindo com Shelby Phillips, quando quase tropeço numa mendiga deitada na rua, esparramada na porta de um restaurante abandonado — um lugar que Tony McManus abriu dois verões atrás chamado Amnésia —, e ela é negra e doida varrida, repetindo as palavras "Dinheiro por favor ajuda senhor dinheiro por favor ajuda senhor" como uma espécie de mantra budista. Tento discursar para ela a respeito dos méritos de arrumar um emprego por aí — talvez no Cineplex Odeon, sugeri sem grosseria — debatendo em silêncio se devia ou não abrir a pasta, retirar a faca ou a arma. Mas me ocorre que é um alvo fácil demais para ser verdadeiramente satisfatório, então mando ela pro inferno e aumento o volume do walkman exatamente quando Bon Jovi grita "É tudo a mesma coisa, apenas os nomes mudaram..." e sigo em frente, parando num caixa eletrônico para sacar trezentos dólares sem qualquer motivo em particular, todas as cédulas estalando, notas de vinte recém-impressas, e delicadamente as guardo na minha carteira de couro de gazela para não amassar. No Columbus Circle, um malabarista usando um casaco de chuva e uma cartola, que geralmente fica nesse local pela tarde e que se chama Homem-Elástico, faz sua performance diante de uma plateia pequena e desinteressada; embora eu tenha farejado uma presa e ele pareça completamente digno da minha ira, sigo adiante em busca de um alvo menos cretino. Mas, se ele fosse um mímico, a essa hora já estaria morto.

Cartazes desbotados de Donald Trump na capa da revista *Time* cobrem as janelas de outro restaurante abandonado, que costumava ser o Palaze, e isso me causa uma confiança recém-descoberta. Cheguei ao D'Agostino's, e parei bem na frente, olhado para dentro, uma ânsia quase arrebatadora de entrar e vasculhar cada corredor, enchendo meu cesto com garrafas de vinagre balsâmico e sal marinho, perambular pelas bancadas de vegetais e produtos de fazenda conferindo o tom de cor das pimentas vermelhas e amarelas e verdes e roxas, decidindo que sabor, que *formato* de biscoito de gengibre comprar, mas ainda estou ansiando por algo mais profundo, algo de antemão indefinido, e começo a perambular pelas ruas escuras e frias do Central Park West e avisto meu rosto refletido numa das janelas de vidro fumê de uma limusine estacionada diante do Café des Artistes, e minha boca está se movendo involuntariamente, minha língua mais úmida que o de costume, e meus olhos piscando descontroladamente. Na luz do poste, minha sombra é vividamente projetada no pavimento molhado, e posso ver minhas mãos enluvadas se mexendo, alternadamente se fechando em punhos, dedos se alongando, se contorcendo, e tenho de parar no meio da rua 67 para me acalmar, sussurrar pensamentos tranquilizadores, antecipando o D'Agostino's, uma reserva no Dorsia, o novo CD de Mike and the Mechanics, e preciso de bastante força para enfrentar a urgência de começar a me estapear.

Chegando lentamente na rua, há uma bichona velha usando um suéter de caxemira de gola alta, uma echarpe de lã de xadrez escocês, e um chapéu de feltro, andando com um sharpei branco e marrom, o focinho amassado fungando baixo no chão. Os dois se aproximam, passando sob um poste, então outro, e estou recomposto o bastante para tirar devagar o walkman e destravar a maleta discretamente. Estou no meio da estreita faixa de calçada perto de uma BMW 320i, e a bichona com o sharpei agora está a centímetros de mim e consigo vê-la bem: no fim da casa dos cinquenta, rechonchuda, com uma pele rosada de aparência obscenamente saudável, sem rugas, e, pra completar, um bigode ridículo, que acentua seus traços femininos. Ela me dá uma conferida com um sorriso curioso, enquanto o sharpei cheira uma árvore, depois um saco de lixo deixado ao lado da BMW.

"Belo cão." Sorrio, me agachando.

O sharpei me observa com cautela, e então grunhe.

"*Richard.*" O homem encara o cachorro, então olha de volta para mim, se desculpando, e posso sentir que está lisonjeado, não apenas por eu ter percebido o cão, mas também por eu me dispor a parar para falar com ele sobre isso, e juro que o velho desgraçado está realmente ruborizado, se derretendo em sua calça brega e folgada de veludo cotelê da Ralph Lauren, imagino.

"Tudo bem", digo a ele, e acaricio o cachorro com gentileza, deixando a pasta no chão. "É um sharpei, certo?"

"Não. Shar-*pei*", diz ele, fanho, de um modo que jamais vi isso ser pronunciado antes.

"Shar-pei?" Tento dizer da mesma maneira que ele, ainda acariciando a protuberância de veludo entre o pescoço e as costas do cachorro.

"Não", ri ele, flertando. "Shar-*pei*. Acento na última sílaba." *Afento* na última *fílaba*.

"Bem. Que seja", digo, me levantando e rindo como um garoto. "É um belo animal."

"Ah, obrigado", diz ele, e então, *evasperado*, "Custa uma fortuna."

"Sério? Por quê?", pergunto, me agachando novamente e acariciando o cachorro. "Eaê, Richard. Eaê amigão."

"Você não *acreditaria*", diz a bicha. "Veja, as bolsas em volta dos olhos dele precisam ser erguidas cirurgicamente *a cada dois anos*, então temos que descer até Key West — que tem o único veterinário em que realmente confio neste mundo — e um cortezinho, um pontinho, e Richard consegue ver esplendidamente de novo, não é, bebê?" Ele acena em aprovação enquanto continuo a passar a mão sedutoramente nas costas do cachorro.

"Bem", digo. "Ele parece ótimo."

Há uma pausa em que observo o cachorro. O dono continua me encarando e então simplesmente não consegue evitar, precisa romper o silêncio.

"Escuta", diz. "Realmente odeio ter que perguntar isso."

"Vá em frente", insisto.

"Meu deus, é tão bobo", admite, dando uma risadinha.

Começo a rir. "Por quê?"

"Você é modelo?", pergunta, sem rir mais. "Eu podia jurar que já te vi numa revista ou em algum lugar."

"Não, não sou", digo, decidindo não mentir. "Mas fico lisonjeado."

"Bem, você parece uma estrela de cinema." Ele balança um pulso molenga, e então, "Não sei", e por fim diz, com a língua presa — juro por deus — para si mesmo: "Para, seu bobo, está passando vergonha".

Me abaixo, dando a impressão de pegar a pasta, mas por causa das sombras onde estou abaixado ele não me vê retirar a faca, a mais afiada, com a borda serrada, e pergunto quanto ele pagou por Richard, de modo natural, porém muito deliberado, sem ao menos olhar para cima para conferir se outras pessoas estão passando. Num movimento veloz, pego o cachorro pelo pescoço e seguro com o braço esquerdo, pressionando-o contra o poste enquanto ele me mordisca, tentando morder minhas luvas, suas mandíbulas batendo, mas, como estou apertando seu pescoço com muita força, ele não consegue latir, e na verdade posso *escutar* minha mão esmagando sua traqueia. Empurro a lâmina serrada em seu estômago e rapidamente abro um corte na barriga sem pelos por onde espirra um jato de sangue marrom, as perninhas chutando e me arranhando, então intestinos azuis e vermelhos pulam para fora e solto o cachorro na calçada, a bichona apenas ali, parada, ainda segurando a coleira, e tudo aconteceu tão rápido que ela está em choque, e me encara horrorizada dizendo "oh meu deus oh meu deus" enquanto o sharpei se arrasta em círculos, balançando o rabo, ganindo, e começa a lamber e a cheirar os próprios intestinos empilhados, derramados num montículo na calçada, alguns ainda ligados a seu estômago, e enquanto continua com seus espasmos fatais ainda preso à coleira eu me viro para o dono e o empurro para trás, com força, com uma luva ensanguentada, e começo a esfaqueá-lo aleatoriamente no rosto e na cabeça, por fim abrindo sua garganta com dois breves movimentos de corte; um arco de sangue vermelho-amarronzado acerta a BMW branca 320i estacionada diante da calçada, acionando o alarme do carro, quatro jorros parecidos com uma fonte descendo pelo queixo. O som do espirro do sangue. Ele cai na calçada, tremendo como um louco, o sangue ainda circulando, enquanto limpo a faca na jaqueta dele e a jogo de volta na maleta e começo a ir embora, mas, para ter certeza que a bichona velha está mesmo morta, e não fingindo (às vezes acontece), atiro no rosto dela duas vezes com o silenciador, e então saio, quase escorregando na poça de sangue que se formou em volta da cabeça, e em seguida desço a rua, e fora da escuridão, e, como num filme, apareço na frente do D'Agostino's, vendedores gesticulando para eu entrar, e estou usando um cupom vencido para uma caixa de cereal de aveia, e a garota na caixa registradora — negra, burra, lerda — não entende, não percebe que a data de validade passou, ainda que seja a única coisa que eu compre, e sinto uma tímida porém incendiária emoção ao sair da loja, abro a caixa, empurro patacas de cereal na boca, tentando assobiar "Hip to Be Square" ao mesmo tempo, e abri meu guarda-chuva e estou descendo a Broadway correndo, então subo a Broadway, então desço de novo, gritando como uma banshee, o paletó aberto flutuando atrás de mim como uma espécie de capa.

GAROTAS

Esta noite um jantar enervante no Raw Space com uma Courtney vagamente sonsa que não para de me perguntar coisas que só podem provir de um pesadelo sobre menus de spa e George Bush e Tofutti. Eu a ignoro completamente, sem sucesso, e enquanto ela está no meio de uma frase — *Page Six*, Jackie O — meu recurso é acenar para nosso garçom e pedir sopa fria de milho com limão, amendoim e endro, salada Caesar de rúcula e bolo de carne de peixe-espada com mostarda de kiwi, ainda que já tenha pedido isso e ele me alerte. Olho para ele sem nem fingir surpresa, e sorrio amarelo, "Sim, já pedi, não foi?". A cozinha do Floridian impressiona, mas as porções são pequenas e caras, especialmente num lugar com um prato de giz de cera em cada mesa. (Courtney desenha uma imagem da Laura Ashley no seu descanso de prato de papel, e eu desenho as entranhas do estômago e do peito de Monica Lustgarden no meu, e quando Courtney, encantada pelo que estou desenhando, me pergunta o que é, digo a ela "Hum, uma... melancia".) A conta, que pago com meu cartão platinum da American Express, dá mais de trezentos dólares. Courtney está razoável numa jaqueta de lã da Donna Karan, blusa de seda e saia de caxemira. Eu visto um smoking sem qualquer motivo aparente. O *Patty Winters Show* hoje foi sobre um novo esporte chamado Lançamento de Anão.

Na limusine, deixando-a no Nell's, onde deveríamos tomar umas com Meredith Taylor, Louise Samuelson e Pierce Towers, falo para Courtney que preciso usar drogas e prometo que volto antes de meia-noite. "Ah, e diz pra Nell que mandei um abraço", acrescento casualmente.

"Se você precisa, basta comprar no andar *inferior*, pelo amor de *deus*", reclama ela.

"Mas prometi a umas pessoas que passaria *lá*. Paranoia. Entende?", resmungo de volta.

"Quem está paranoico?", pergunta ela, olhos se aguçando. "Não entendi."

"Querida, as drogas do andar inferior geralmente são um grau abaixo de NutraSweet em termos de potência", digo. "*Você* sabe."

"Não *me* envolva nisso, Patrick", avisa ela.

"Só entra aí e pede um Foster's pra mim, *ok*?"

"Pra onde você está indo de verdade?", me pergunta após um momento, agora com desconfiança.

"Vou para a... casa de Noj", digo. "Vou comprar coca de Noj."

"Mas Noj é o chef do Deck Chairs", diz ela, enquanto a empurro para fora da limusine. "Noj não é traficante. É um *chef*!"

"Não faça barraco, Courtney", suspiro, minhas mãos nas costas dela.

"Mas não minta pra mim sobre Noj", reclama ela, lutando para permanecer no carro. "Noj é o chef do Deck Chairs. Está me ouvindo?"

Encaro-a, absorto com as fortes luzes acima das cordas do lado de fora do Nell's.

"Eu quis dizer Fiddler", finalmente admito, com docilidade. "Vou cheirar na casa do Fiddler."

"Você é impossível", reclama saindo da limusine. "Tem algo de muito errado com você."

"Voltarei", grito às suas costas, batendo a porta do carro, então gargalho com alegria para mim mesmo enquanto reacendo um charuto, "Pode *apostar* que não".

Mando o chofer seguir para o Meat-packing District seguindo a oeste do Nell's, perto do bistrô Florent, em busca de prostitutas, e depois de vasculhar a área intensamente duas vezes — na verdade, passei meses perambulando por essa parte da cidade atrás da garota adequada —, a encontro na esquina da Washington com a 13. Ela é loira, magra e jovem, esculhambada, mas não uma acompanhante ordinária, e, mais importante, é *branca*, o que é uma raridade por essas bandas. Está de shortinho apertado, uma camisa branca e uma jaqueta de couro barata, e exceto por um machucado no joelho esquerdo sua pele é completamente pálida, incluindo o rosto, embora a boca melada de batom esteja rosa. Atrás dela, em letras maiúsculas vermelhas de um metro de altura pintadas ao lado de um armazém de tijolos abandonado, está a palavra C A R N E, e o modo como as letras estão espaçadas desperta algo em mim, e acima da construção, como pano de fundo, há um céu sem lua, que mais cedo, à tarde, estava cheio de nuvens, mas não agora.

A limusine segue até a garota. Apesar das janelas de vidro fumê, a maior proximidade a deixa mais pálida, o cabelo loiro agora parece esbranquiçado e seus traços faciais indicam alguém ainda mais jovem do que imaginei no começo, e por ser a única garota branca que vi hoje nessa parte da cidade, ela parece — verdade ou mentira — especialmente limpa; não era difícil confundi-la com uma das garotas da NYU voltando para casa do Mars, uma garota que passou a noite inteira bebendo Seabreezes enquanto sacudia o corpo numa pista de dança com as novas músicas de Madonna, uma garota que talvez tivesse brigado com o namorado depois, alguém chamado Angus ou Nick ou... Pokey, uma garota a caminho do Florent para fofocar com as amigas, pedir outro Seabreeze, talvez, ou quem sabe um cappuccino, ou um copo de água Evian — e, ao contrário da maioria das putas por aqui, mal percebe a limusine que se aproxima e para, em marcha lenta. Em vez disso, fica ali parada, casualmente, fingindo não perceber o que a limusine realmente significa.

Quando a janela se abre, ela sorri, mas desvia o olhar. A seguinte conversa se dá em menos de um minuto.

"Nunca vi você por aqui", digo.

"Então não procurou direito", responde, realmente tranquila.

"Quer ir ao meu apartamento?", pergunto, acendendo a luz interna da parte traseira da limusine para ela ver meu rosto, e o smoking que estou usando. Ela olha para a limusine, então para mim, então de volta para a limusine. Pego minha carteira de couro de gazela.

"Eu não deveria", diz, olhando para um espaço escuro entre dois prédios do outro lado da rua, mas quando seus olhos se voltam para mim ela percebe a nota de cem dólares que estou mostrando, e sem perguntar o que estou fazendo, sem perguntar o que eu quero com ela na verdade, sem nem perguntar se sou um policial, ela pega a nota, e então tenho permissão para refazer minha pergunta. "Quer ou não vir comigo até meu apartamento?", digo isso com um sorriso malicioso.

"Eu não deveria", diz ela novamente, mas após outra olhada para o carro comprido e preto, e para a nota que agora está colocando no bolso da cintura, e para o mendigo que se arrasta em direção à limusine, uma caneca cheia de moedas tilintando num braço esticado coberto de escaras, ela consegue responder "Mas posso fazer uma exceção".

"Aceita American Express?", pergunto, desligando a luz.

Ela ainda está olhando para dentro daquela muralha de escuridão, como que procurando por um sinal de alguém invisível. Ela muda o olhar para se encontrar com o meu, e quando repito "Você aceita American Express?", ela olha para mim como se eu fosse maluco, mas sorrio inutilmente enquanto seguro a porta aberta e falo para ela "Estou brincando. Vamos, entra aí". Ela acena para alguém do outro lado da rua, e conduzo essa garota para a parte de trás da limusine escura, batendo a porta, travando-a.

No apartamento, enquanto Christie toma um banho (não sei seu nome verdadeiro, não perguntei, mas mandei reagir *apenas* quando eu a chamasse de Christie), disco o número do Serviço de Acompanhantes Cabana Bi e, usando meu cartão American Express gold, peço uma mulher, loira, que atenda casais. Dou o endereço duas vezes e depois, novamente, ressalto *loira*. O cara do outro lado da linha, algum velho do Mediterrâneo, me garante que uma loira estará em minha porta em uma hora.

Após passar fio dental e trocar de roupa — cueca boxer de seda da Polo e camiseta de algodão sem mangas da Bill Blass —, entro no banheiro, e vejo Christie deitada de costas na banheira, bebericando vinho branco de uma taça Steuben de haste fina. Me sento no mármore da beira da banheira e derramo nela o óleo de banho com aroma de ervas Monique Van Frere enquanto examino o corpo deitado na água leitosa. Por um longo tempo, minha mente dispara, inundada de impurezas — a cabeça dela está a meu alcance, é minha para esmagar; nesse exato momento minha ânsia de acertá-la, insultá-la e puni-la aumenta e diminui, e depois sou capaz de comentar "Você está bebendo um ótimo chardonnay".

Após uma longa pausa, minha mão apertando um peito pequeno, infantil, digo, "Quero que você lave a vagina".

Ela me encara com seu olhar de dezessete anos, então vira para o corpo dela encharcado na banheira. Com um movimento mínimo dos ombros põe a taça na beira da banheira e move a mão para o cabelo esparso, também loiro, debaixo de sua barriga lisa como porcelana, e então abre um pouco as pernas.

"Não", digo baixinho. "Por trás. Fique de joelhos."

Ela dá de ombros novamente.

"Quero assistir", explico. "Você tem um corpo muito bonito", digo, mandando continuar.

Ela vira o corpo, se ajoelhando e ficando de quatro, a bunda empinada sobre a água, e mudo para a outra beira da banheira para conseguir uma visão melhor da buceta, que ela toca com a mão ensaboada. Movo minha mão acima do pulso dela para o cu, que abro e com uma pitada do óleo de banho esfrego levemente. Ele se contrai, ela suspira. Retiro o dedo, então o passo para a buceta, que está lá embaixo com nossos dedos se movendo para dentro, para fora, e de volta para dentro. Ela está molhada por dentro, e usando essa umidade levo meu indicador de volta para o cu dela, e enfio suavemente, até a falange. Ela arfa duas vezes e se empurra para ele, enquanto continua tocando a buceta. Isso se segue por um tempo até que o porteiro chama, anunciando que Sabrina chegou. Falo para Christie sair da banheira e se secar, escolher um roupão — mas não o Bijan — do closet e me encontrar na sala de estar com nossa convidada para beber algo. Volto para a cozinha, onde sirvo uma dose de vinho para Sabrina.

Sabrina, entretanto, *não* é loira. E parado na porta após meu choque inicial diminuir, finalmente a deixo entrar. O cabelo dela é de um loiro *amarronzado*, não um loiro *verdadeiro*, e, apesar de isso me deixar furioso, não digo nada porque ela também é muito bonita; não tão jovem quanto Christie, mas também não muito usada. Em suma, parece que valerá o que eu estiver pagando pela hora. Me acalmo até a raiva passar totalmente quando ela tira o casaco e revela um corpo gostoso, vestindo uma calça de cintura alta preta bem apertada, e um top com estampa de flores, e saltos altos de ponta fina pretos. Aliviado, a conduzo até a sala de estar e a posiciono no sofá estofado branco e, sem perguntar se quer beber algo, lhe entrego uma taça de vinho branco e descanso de copo do Mauna Kea Hotel, no Havaí. A gravação do elenco da Broadway do *Les Misérables* está tocando em CD no estéreo. Quando Christie sai do banheiro e se junta a nós, com um roupão felpudo da Ralph Lauren, o cabelo loiro penteado para trás, agora parecendo branco por causa do banho, eu a posiciono ao lado de Sabrina no sofá — elas se cumprimentam com um gesto —, então pego um assento numa cadeira de cromo nórdico e teca de frente para o sofá. Decido que é melhor nos conhecermos antes de ir para o quarto, então quebro um silêncio longo e nada desconfortável com uma tossida e algumas perguntas.

"Então", começo, cruzando as pernas. "Não querem saber onde trabalho?"

Elas duas me encaram por um bom tempo. Sorrisos fixos em seus rostos, se encaram antes de Christie, insegura, dar de ombros e responder em voz baixa "Não".

Sabrina sorri, entende isso como uma a dica e concorda. "Não, na verdade não."

Encaro as duas por um minuto antes de cruzar as pernas novamente e suspiro, muito irritado. "Bem, trabalho em Wall Street. Na Pierce & Pierce."

Uma longa pausa.

"Já ouviram falar?", pergunto.

Outra longa pausa. Por fim, Sabrina quebra o silêncio. "Tem algo a ver com a Mays... ou Macy's?"

Paro antes de perguntar: "Mays?".

Ela pensa nisso por um minuto, e então diz, "Sim. Um outlet de sapatos? A P&P não é uma loja de sapatos?".

Encaro-a com severidade.

Christie se levanta, me surpreendendo, e se move para admirar o estéreo. "Você tem um lugar muito legal aqui... Paul", e então, conferindo os CDs, centenas e centenas deles, empilhados e alinhados numa grande estante de carvalho branco, todos arrumados alfabeticamente, "Quanto pagou por isso?".

Estou me levantando para me servir de outra taça do Acacia. "Na verdade, não é da sua conta, Christie, mas posso garantir que certamente *não foi* barato."

Da cozinha percebo que Sabrina retirou uma carteira de cigarro da bolsa de mão dela e ando de volta até a sala, balançando a cabeça antes que ela consiga acender um.

"Não, não pode fumar", falo. "Não aqui."

Ela sorri, para um pouco, e com um pequeno aceno passa o cigarro para dentro do maço. Estou carregando uma bandeja de chocolates comigo e ofereço um para Christie.

"Trufa Varda?"

Ela dá um olhar vazio para a bandeja e balança a cabeça com educação. Ofereço a Sabrina, que sorri e pega um, e então, preocupado, percebo sua taça de vinho, que ainda está cheia.

"Não quero que fique bêbada", digo a ela. "Mas esse chardonnay que você não está bebendo é muito fino."

Coloco a bandeja de trufas na mesinha com tampo de vidro da Palazzetti e me sento de volta na poltrona, gesticulando para Christie voltar ao sofá, o que ela faz. Ficamos em silêncio, escutando o CD de *Les Misérables*. Sabrina mastiga a trufa pensativamente e pega outra.

Eu mesmo preciso romper o silêncio. "Então, alguma de vocês já foi para fora?" Quase que imediatamente me ocorre como a frase pode soar, como pode ser mal-interpretada. "Para a Europa, digo?"

Ambas se encaram como se um sinal secreto estivesse sendo passado entre as duas, antes de Sabrina balançar a cabeça, então Christie faz o mesmo movimento de cabeça.

A próxima pergunta que faço, após um longo silêncio, é "Alguma das duas foi para a faculdade, e se foram, qual?".

A resposta para a pergunta consiste num olhar pouco contido de uma para a outra, então decido entender isso como uma oportunidade de levá-las ao quarto, onde faço Sabrina dançar um pouco antes de tirar a roupa na minha frente e de Christie, e enquanto cada lâmpada halógena do quarto se acende. Faço ela colocar uma renda da Christian Dior e uma camisola de seda, e então tiro todas as minhas roupas — exceto por um par de tênis esportivos da Nike —, e Christie por fim tira o roupão da Ralph Lauren e fica nua em pelo, exceto por um cachecol de seda e látex da Angela Cummings, que amarro com cuidado em volta do pescoço dela, e luvas de camurça da Gloria Jose compradas numa promoção da Bergdorf Goodman.

Agora nós três estamos no futon. Christie está de quatro, de frente para a cabeceira, a bunda empinada para cima, e estou escarranchado nas costas dela como se estivesse montando um cachorro ou algo assim, mas por trás, meus joelhos apoiados num travesseiro, meu pau semiereto, e estou de frente para Sabrina, que está encarando a bunda aberta de Christie com uma expressão determinada. O sorriso dela parece torturado, e ela está umedecendo os próprios lábios e se tocando e esfregando o indicador reluzente entre eles, como se estivesse passando protetor labial. Com as duas mãos seguro, abertas, a bunda e a buceta de Christie, e faço Sabrina se aproximar e cheirar. Sabrina agora está com o rosto na bunda e na buceta de Christie, onde estou enfiando o dedo de leve. Gesticulo para Sabrina se aproximar mais, até ela poder cheirar os dedos que enfio em sua boca e que ela chupa com ânsia. Com a outra mão continuo massageando a buceta apertada e molhada de Christie, que está pesada e encharcada debaixo de seu cu aberto e dilatado.

"Cheira", falo para Sabrina, e ela se aproxima até ficar a dois centímetros, um centímetro, do cu de Christie. Meu pau está ficando duro agora, e me masturbo um pouco para deixá-lo assim.

"Chupa a buceta dela primeiro", digo a Sabrina, e com os próprios dedos ela abre e começa a lamber como um cachorro, enquanto massageia o clitóris, e então muda para o cu de Christie, que ela lambe do mesmo modo. Os gemidos de Christie são urgentes e descontrolados, e ela começa a empurrar a bunda com mais força para o rosto de Sabrina, para a língua de Sabrina, que Sabrina empurra devagar para dentro e para fora do cu de Christie. Enquanto ela faz isso, observo, atônito, e começo a esfregar o clítoris de Christie rapidamente até que ela fique arqueada no rosto de Sabrina e grite "Estou gozando", e apertando os próprios seios tem um orgasmo longo e contínuo. E, embora pudesse estar fingindo, gosto da aparência, então não lhe dou uns tapas ou algo do tipo.

Cansado de me equilibrar, caio de cima de Christie e me deito de costas, posicionando o rosto de Sabrina em cima da minha pica dura e enorme, e então guio sua boca com minha mão, batendo uma punheta enquanto ela chupa a cabeça. Puxo Christie para mim e, enquanto tiro suas luvas, beijo a boca dela com intensidade, lambendo por dentro, empurrando minha língua na dela, pela dela, até alcançar a garganta. Ela enfia o dedo na buceta, que está tão molhada que na parte de cima das coxas parece que alguém passou algo pegajoso e oleoso. Empurro Christie para o meu quadril, para ajudar Sabrina a chupar minha rola, e após as duas se alternarem em lamber a cabeça e o resto do meu pau Christie vai para minhas bolas, que estão doloridas e inchadas, do tamanho de duas ameixas pequenas, e ela lambe antes de colocar a boca no saco inteiro, alternadamente massageando e chupando as bolas com leveza, separando-as com a língua. Christie leva a boca de volta à pica que Sabrina ainda está chupando e elas começam a se beijar, com intensidade, na boca, bem acima da cabeça do meu pau, babando e batendo uma nele. Christie fica se masturbando por todo esse tempo, com três dedos dentro da vagina, molhando o clítoris com seus fluidos, gemendo. Isso me excita o bastante para segurá-la pela cintura, rodá-la ao contrário e posicionar sua buceta na minha cara, e ela senta com alegria. Limpa e rosa e molhada e aberta, o clitóris inchado, estufado de sangue, a buceta dela acima da minha cabeça, e empurro meu rosto nela, passando a língua, suplicando por seu sabor, enquanto meto o dedo em seu cu. Sabrina ainda está trabalhando com minha pica, masturbando-a na base, o resto enchendo sua boca, e agora ela se move para cima de mim, os joelhos descansando em cada lado do meu peitoral, e arranco a camisola dela, de modo que o cu e a buceta ficam de frente para Christie, cuja cabeça forço para baixo e ordeno "lambe isso, chupa esse clitóris", e ela obedece.

É uma posição desconfortável para todos nós, então isso segue por dois ou três minutos, mas durante esse curto período Sabrina goza no rosto de Christie, enquanto Christie, esfregando a buceta com força na minha boca, goza em cima dela e tenho que segurar suas coxas e prendê-las com firmeza para ela não quebrar meu nariz com o movimento. Ainda não gozei e Sabrina não está fazendo nada demais com a minha pica, então a retiro de sua boca e a faço sentar em cima. Minha pica escorrega para dentro quase que fácil demais — a buceta dela também está molhada, encharcada com o próprio sumo de buceta e a saliva de Christie, e não há fricção — então tiro a echarpe do pescoço de Christie e retiro minha pica da buceta de Sabrina e, abrindo-a, limpo a buceta e meu pau e então tento continuar a foder com ela enquanto chupo Christie, que levo ao clímax novamente em questão de minutos. As duas garotas estão se encarando — Sabrina trepando com meu pau, Christie sentada em meu rosto — e Sabrina se inclina para chupar e pegar nos peitos pequenos, firmes e cheios de Christie. Então Christie começa a beijar Sabrina de língua enquanto continuo a chupá-la, a boca e o queixo e a mandíbula cobertos com os fluidos, que secam momentaneamente, então são substituídos por outros.

Empurro Sabrina de cima da minha pica e deito-a de costas, a cabeça no pé do futon. Então deito Christie em cima dela, colocando as duas em posição de meia-nove, com a bunda de Christie para cima, e uma quantidade de vaselina supreendentemente pequena. Após colocar uma camisinha, meto o dedo no cuzinho apertado dela até ele relaxar e folgar o bastante para eu enfiar meu pau enquanto Sabrina chupa a buceta de Christie, metendo o dedo, chupando o clitóris inchado dela, às vezes segurando minhas bolas e apertando de leve, atiçando meu cu com um dedo umedecido, e Christie está inclinada para a buceta de Sabrina, e ela está com as pernas arreganhadas ao máximo, e começa a enfiar a língua na buceta de Sabrina, mas não por tempo o suficiente, pois ela é interrompida por outro orgasmo ainda mais longo, e levanta a cabeça e olha para mim, o rosto pegajoso de fluido de buceta, e grita "Me come estou gozando oh meu deus me chupa estou gozando", e isso me estimula a começar a comer o cu dela com muita força enquanto Sabrina continua a chupar a buceta que está em seu rosto, coberto pelos fluidos de Christie. Tiro minha pica do cu de Christie e forço Sabrina a chupá-la antes de enfiar de volta na buceta arregaçada de Christie e, depois de alguns minutos de foda com ela, começo a gozar, e ao mesmo tempo Sabrina tira a boca das minhas bolas, e exatamente antes de eu explodir na buceta de Christie ela abre minhas nádegas e passa a língua em meu cu, que sente espasmos, e por causa disso meu orgasmo se prolonga, e então Sabrina retira a língua e começa a gemer de gozo também, porque após Christie terminar de gozar ela continua a chupar a buceta de Sabrina, e observo, curvado em cima de Christie, arfando, enquanto Sabrina passa os quadris repetidamente no rosto de Christie, e tenho que deitar de costas, exausto, mas ainda de pau duro, minha pica reluzente ainda doendo pela força da minha ejaculação, e fecho os olhos, os joelhos fracos e tremendo.

Acordo apenas quando uma delas toca meu pulso por acidente. Meus olhos se abrem e aviso para não tocarem no Rolex, que usei esse tempo todo. Elas estão deitadas em silêncio, uma de cada lado, às vezes tocando meu peito, de vez em quando passando as mãos nos músculos de meu abdome. Meia hora depois estou de pau duro de novo. Me levanto e vou até o armário, onde, ao lado da pistola de pregos, há um afiado cabide de casacos, uma faca de manteiga enferrujada, fósforos do Gotham Bar and Grill e um charuto fumado pela metade; e me virando, nu, minha ereção se projetando, seguro esses itens e explico com um sussurro rouco "Ainda não acabamos...". Uma hora depois eu as levarei até a porta com impaciência, ambas vestidas e soluçando, sangrando, mas bem pagas. Amanhã Sabrina mancará. Christie provavelmente ficará com um olho roxo terrível, e arranhões profundos nas nádegas, causados pelo cabide. Lenços Kleenex manchados de sangue ficarão embolados ao lado da cama junto com uma embalagem vazia de tempero italiano que comprei no Dean & Deluca.

COMPRAS

A lista de colegas para quem preciso comprar presentes inclui Victor Powell, Paul Owen, David Van Patten, Craig McDermott, Luis Carruthers, Preston Nichols, Connolly O'Brien, Reed Robison, Scott Montgomery, Ted Madison, Jeff Duvall, Boris Cunningham, Jamie Conway, Hugh Turnball, Frederick Dibble, Todd Hamlin, Muldwyn Butner, Ricky Hendricks, e George Carpenter, e embora eu pudesse mandar Jean fazer essas compras hoje, em vez disso pedi que ela assinasse, carimbasse e enviasse trezentos cartões de Natal autorais com uma imagem de Mark Kostabi neles, e depois quis que ela descobrisse o máximo possível sobre a conta da Fisher que Paul Owen está cuidando. Agora mesmo estou descendo a Madison Avenue, após passar quase uma hora em pé aturdido perto do fim de uma escadaria na loja da Ralph Lauren na 72, examinando pulôveres de caxemira, confuso, faminto, e quando finalmente controlei minha paciência, após falhar em conseguir o endereço da loira gostosa que estava trabalhando atrás do balcão e me dando mole, deixei a loja gritando "*Venham* todos os fiéis!". Agora faço uma cara feia para um mendigo estirado na porta de uma loja chamada EarKarma, e ele tem um cartaz que diz FAMINTO SEM TETO... POR FAVOR AJUDA DEUS ABENÇOE, e então vou descendo a Quinta para a Saks, tentando me lembrar se troquei as fitas no videocassete, e de repente estou preocupado por talvez estar gravando *Thirtysomething* por cima do *Buraquinho Apertado de Pamela*. Um Xanax não elimina meu pânico. O Saks o intensifica.

... canetas e álbuns de fotografia, pares de suportes para livros e malas leves, polidores elétricos de sapatos e suportes para toalhas aquecidas e garrafas térmicas prateadas e TVs a cores portáteis com fones de ouvido grandes como a mão, casas de pássaros e candelabros, descansos de prato, cestos de piquenique e baldes de gelo, guardanapos de linho rendado maiores que o normal, e guarda-chuvas e suportes para bolas de golfe monogramados de prata esterlina e aspiradores de fumaça com filtro de carvão e abajures de mesa e frascos de perfume, caixas de joias, e suéteres e cestas de revistas e caixas organizadoras e sacolas de escritório, acessórios de mesa, echarpes, suportes de arquivos, cadernetas, agendas para bolsas de mão...

Minhas prioridades antes do Natal incluem o seguinte: (1) conseguir uma reserva no Dorsia para às oito horas da noite de sexta com Courtney, (2) conseguir convite para a festa de Natal no iate de Trump, (3) descobrir tudo o que for humanamente possível sobre a misteriosa conta da Fisher de Paul Owen, (4) serrar a cabeça de uma gostosa e mandar pelo Federal Express para Robin Barker — filho da puta idiota — na Salomon Brothers, e (5) pedir desculpas a Evelyn sem fazer isso parecer um pedido de desculpas. O *Patty Winters Show* hoje foi sobre mulheres que se casaram com homossexuais, e quase liguei para Courtney para avisá-la — por piada —, mas achei melhor não, conseguindo certa satisfação por imaginar Luis Carruthers pedindo ela em casamento, Courtney aceitando timidamente, o pesadelo da lua de mel. Com cara feia para outro mendigo tremendo na geada nevoenta na 57 com a Quinta, ando até ele e aperto sua bochecha com afeto, e gargalho alto. "Seus olhos, como brilhavam! As bochechas, quão joviais!" O coro do Exército da Salvação harmonizava mal com "Joy to the World". Aceno para alguém igualzinho a Duncan McDonald, então pulo para dentro da Bergdorf's.

... gravatas xadrez e jarros de cristal, jogos de taças e relógios de escritório que medem a temperatura e a umidade e a pressão barométrica, agendas eletrônicas e copos de margarita, suportes para ternos e conjuntos de pratos de sobremesa, cartões de correspondência e espelhos e relógios à prova d'água e aventais e suéteres e bolsas de academia e garrafas de champanhe e *cachepots* de porcelana e panos de banho monogramados e minicalculadoras de câmbio estrangeiro e agendas prateadas e pesos de papel com peixes e caixas de papel de qualidade e abridores de garrafas e CDs e bolas de tênis personalizadas e pedômetros e canecas de café...

Confiro meu Rolex enquanto passo loção no balcão da Clinique, ainda na Bergdorf's, para ter certeza de que tenho tempo suficiente para comprar mais antes de me encontrar com Tim Severt e beber no Princeton Club às sete. Esta manhã treinei por duas horas antes do trabalho, e apesar de que poderia ter usado esse tempo para uma massagem (pois meus músculos estão doendo por causa do exaustivo regime de exercícios que comecei agora), ou um tratamento facial, ainda que eu tenha feito um ontem, simplesmente há tantas festas nas semanas seguintes que *preciso* ir, e estar nelas vai atrapalhar meu cronograma de compras, por isso vai ser melhor me livrar logo disso. Esbarro com Bradley Simpson da P&P do lado de fora da FAO Schwarz, e ele veste um terno de lã crua com padrão xadrez com lapelas cortadas da Perry Ellis, uma camisa de algodão trançado da Gitman Brothers, uma gravata de seda da Savoy, um cronógrafo com fita de couro de crocodilo da Breil, um casaco de chuva de algodão da Paul Smith e um chapéu de feltro de peles da Paul Stuart. Depois que ele diz "E aí, Davis", inexplicavelmente começo a listar os nomes de todas as oito renas, alfabeticamente, e quando termino ele sorri e diz "Escuta, tem uma festa de Natal no Nekenieh dia vinte, te vejo lá?". Sorrio e garanto que estarei na Nekenieh dia vinte, e ao me distanciar, acenando para ninguém, grito para ele "Ei, seu cuzão, quero ver você *morrer*, filho da *puta-aaahhh*", e então começo a gritar como uma banshee, atravessando a 58, batendo com minha pasta da Bottega Veneta numa parede. Outro coro, na Lexington, canta "Hark the Herald Angels", e sapateio, aos gemidos, na frente deles antes de me mover como um zumbi até a Bloomingdale's, onde corro para o primeiro mostruário de gravatas que vejo e murmuro para a bichinha novinha trabalhando atrás do balcão "Tão, tão fabuloso", enquanto acaricio uma gravata plastrão de seda. Ele flerta e me pergunta se eu sou modelo. "Te vejo no inferno", falo, e sigo adiante.

... jarros e fedoras de feltro com fitas de pena e caixas de jacaré para produtos de higiene com frascos de prata-dourada e escovas e calçadeiras que custam duzentos dólares e candelabros e fronhas e luvas e pantufas e esponjas de maquiagem suéteres de algodão com padrão de flocos de neve costurados à mão e patins de couro e óculos de esqui desenhados pela Porsche e garrafas de boticário antigas e brincos de diamante e gravatas de seda e botas e frascos de perfume e brincos de diamante e botas e copos de vodca e porta-cartões e câmeras e cômodas de mogno e cachecóis e pós-barbas e álbuns de fotografia e saleiros e pimenteiros e jarros de biscoito feitos de cerâmica e calçadeiras de duzentos dólares e marmitas de alumínio e fronhas...

Uma espécie de fissura existencial se abre diante de mim enquanto vasculho a Bloomingdale's, e primeiro me faz localizar um telefone e checar minhas mensagens, então, quase às lágrimas, após tomar três Triazolam (como meu corpo sofreu mutação e se adaptou ao remédio, ele não causa mais sono — apenas parece afastar a loucura total), sigo para o balcão da Clinique e compro seis tubos de creme de barbear com meu cartão platinum da American Express enquanto flerto nervosamente com as garotas que trabalham lá e chego à conclusão que esse vazio tem, ao menos em parte, alguma conexão com o modo como tratei Evelyn no Barcadia na noite anterior, apesar de sempre existir a possibilidade de ser facilmente algo relacionado ao sistema de avanço de meu videocassete, e ao fazer uma nota mental de aparecer na festa de Natal de Evelyn — estou até mesmo tentado a chamar uma das garotas do Clinique para me acompanhar — também me lembro de dar uma olhada no manual do meu videocassete e resolver o problema do sistema de avanço. Vejo uma garota de dez anos em pé ao lado da mãe, comprando um cachecol, umas joias, e estou pensando: Nada mau. Visto uma sobrecasaca de caxemira, um paletó esportivo de lã e alpaca xadrez de peito duplo, calça de lã plissada, gravata de seda estampada, tudo da Valentino Couture, e sapatos de couro da Allen-Edmonds.

FESTA DE NATAL

Estou tomando umas com Charles Murphy no Rusty's para criar coragem antes de aparecer na festa de Natal de Evelyn. Visto um terno de lã e seda de peito duplo com quatro botões, uma camisa de algodão com colarinho de botão baixo da Valentino Couture, uma gravata de seda estampada da Armani e sapatos de couro com biqueira e sem cadarço da Allen-Edmonds. Murphy está usando um terno de gabardine de peito duplo com seis botões da Courrèges, uma camisa de algodão listrada com um colarinho pontudo e uma gravata foulard seda-crepe, ambas da Hugo Boss. Ele está numa tirada sobre os japoneses — “Eles compraram o prédio do Empire State e o Nell's. O *Nell's*, dá pra acreditar, Bateman?”, exclama sob efeito da segunda Absolut com gelo — e isso toca algo em mim, desativa algo, e depois de sair do Rusty's, perambulando pelo Upper West Side, me encontro agachado diante da entrada do que costumava ser o Carly Simon's, um restaurante de J. Akail muito bom que fechou no último outono, e saltando sobre um garoto de entregas japonês, derrubo-o da bicicleta e o arrasto para a entrada, as pernas de algum modo enganchadas na Schwinn em que ele estava pedalando, o que funciona a meu favor, pois quando corto sua garganta — com facilidade, sem esforço — o chute espasmódico que geralmente acompanha essa rotina é bloqueado pela bicicleta, que ele ainda consegue erguer cinco, seis vezes enquanto engasga com seu próprio sangue cálido. Abro as embalagens de comida japonesa e derramo o conteúdo em cima dele, mas, para minha surpresa, em vez de sushi, teriyaki, temaki e sobá, frango com castanhas de caju caem por todo o seu rosto ensanguentado e resfolegante, e yakissoba de carne e arroz com camarão frito e porco moo chu se espalha por seu peito arfante, e esse revés exasperador — matar sem querer o tipo errado de asiático - me faz conferir para onde o pedido ia — Sally Rubinstein —, e com minha caneta Mont Blanc escrevo *Também vou atrás de você... puta* nas costas dele, então coloco o pedido no rosto do jovem morto e dou de ombros, pedindo desculpas, murmurando "Hum, foi mal aí", e me recordo que o *Patty Winters Show* hoje foi sobre Garotas Adolescentes Que Trocam Sexo por Crack. Passei duas horas na academia hoje, e agora consigo completar duzentos abdominais em menos de três minutos. Perto do prédio de Evelyn, ofereço para um mendigo que está congelando um dos biscoitos da sorte que peguei do garoto de entregas, e ele logo enfia na boca, com mensagem tudo, acenando um obrigado. "Inútil de merda", murmuro alto o bastante para ele escutar. Enquanto viro a esquina e sigo para a casa de Evelyn, percebo que as fitas da polícia *ainda* estão em volta do prédio em que sua vizinha Victoria Bell foi decapitada. Quatro limusines estão paradas na frente, uma ainda ligada.

Estou atrasado. A sala de estar e a de jantar já estão cheias de gente com quem realmente não desejo conversar. Enfeites altos e azuis cobertos com pisca-piscas brancos estão em cada lado da lareira. Antigas canções de Natal dos anos 1960 cantadas pelos Ronettes tocam no CD player. Um bartender de smoking serve champanhe e *eggnog*, mistura manhattans e martínis, abre garrafas do pinot noir Calera Jensen e um chardonnay Chappellet. Vinhos do porto de vinte anos enfileirados num bar improvisado entre vasos de asa-de-papagaio. Uma comprida mesa dobrável foi coberta com um pano vermelho e está abarrotada de panelas e pratos e tigelas de avelãs torradas, e lagosta e caldo de ostra e sopa de aipo com maçãs e caviar Beluga em torradas e cebolas com creme, e ganso assado com recheio de castanhas e caviar em massa folhada, e tartaletes de vegetais com tapenade, pato assado e costela de vitela assada com cebola vermelha e nhoque gratinado, e strudel de vegetais e salada Waldorf e escalopes e bruschettas com mascarpone e trufas brancas, e suflê de pimenta verde e perdizes assadas com sálvia, batatas e cebolas e molho de cranberry, tortas de carne moída com especiarias, e trufas de chocolate e tartaletes de suflê de limão e tarte Tatin de noz-pecã. Velas foram acesas por toda parte, todas elas em candelabros de prata esterlina Tiffany, e, embora não tenha certeza de que não estou alucinando, parece que vejo anões vestidos em trajes de elfo verdes e vermelhos e chapéus de feltro, circulando com travessas de petiscos. Finjo não ter notado e sigo direto para o bar, onde entorno uma taça de um champanhe nada mau e vou até Donald Petersen, e, como a maioria dos homens aqui, alguém prendeu galhadas de papel em sua cabeça. Do outro lado da sala, a filha de cinco anos de Maria e Darwin Hutton, Cassandra, está usando um vestido de veludo de setecentos dólares e uma anágua da Nancy Halser. Depois de terminar uma segunda taça de champanhe, mudo para martínis — duplos com Absolut —, e após me acalmar o suficiente dou uma olhada mais atenta pela sala, *mas os an*ões ainda estão aqui.

"Vermelho demais", comento comigo mesmo, saindo do transe. "Está me deixando nervoso."

"Ei, McCloy", diz Petersen. "O que você conta?"

Desperto de vez e pergunto automaticamente "Esta é ou não a versão do elenco britânico na gravação de *Les Misérables*?".

"Ei, feliz Natal." E, bêbado, aponta com o dedo para mim.

"Então, que tipo de música é essa?", pergunto, extremamente aborrecido. "E por sinal, senhor, hoje a noite é bela."

"Bill Septor", diz ele, dando de ombros. "Acho que Septor ou Skeptor."

"Por que ela não põe algo dos Talking Heads, pelo *amor* de deus", reclamo com amargura.

Courtney está de pé do outro lado da sala, segurando uma taça de champanhe e me ignorando completamente.

"Ou *Les Miz*", sugere.

"Elenco de gravação norte-americano ou britânico?" Meus olhos se estreitam, estou fazendo um teste com ele.

"Hum, britânico", responde, enquanto um anão passa um prato de salada Waldorf.

"Definitivamente", murmuro, encarando o anão enquanto ele se afasta.

De repente, Evelyn corre até nós usando um casaco de marta e calça de veludo da Ralph Lauren, e numa mão está segurando um galho de visco, que coloca sobre minha cabeça, e na outra uma bengala doce.

"Alerta de visco!", esganiça, me beijando secamente na bochecha. "Feliz Natal, Patrick. Feliz Natal, Jimmy."

"Feliz... Natal", respondo, incapaz de afastá-la, já que estou com um martíni numa mão e uma salada Waldorf na outra.

"Está atrasado, querido", diz ela.

"Não estou atrasado", digo, num protesto fraco.

"Ah, está sim", diz ela, cantarolando.

"Eu estava aqui o tempo todo", digo, teimando. "Você só não me viu."

"Ah, deixa de fazer cara feia. Você é um Grinch e tanto." Ela se vira para Petersen. "Sabia que Patrick é o Grinch?"

"Ah, que besteira", suspiro, olhando para Courtney.

"Diabos, todo mundo sabe que McCloy é o Grinch", berra Petersen, bêbado. "Como vai, sr. Grinch?"

"E o que o sr. Grinch deseja de Natal?", pergunta Evelyn com voz de bebê. "O sr. Grinch foi um bom garoto este ano?"

Suspiro. "O Grinch quer um sobretudo da Burberry, um suéter de caxemira da Ralph Lauren, um Rolex novo, um som de carro.."

Evelyn para de lamber a bengala doce para me interromper. "Mas você não *tem* um *carro*, querido."

"Quero um mesmo assim." Suspiro novamente. "O Grinch quer um som no carro mesmo assim."

"Que tal a salada Waldorf?", pergunta Evelyn com preocupação. "Está gostosa?"

"Deliciosa", murmuro, endurecendo o pescoço, avistando alguém, de repente impressionado. "Ei, você não me avisou que Laurence Tisch havia sido convidado para sua festa."

Ela dá a volta. "Do que você está falando?"

"Por que", pergunto, "Laurence Tisch está passando uma bandeja de canapés?"

"Meu deus, Patrick, aquele *não* é Laurence Tisch", diz ela. "Aquele é um dos elfos de natal."

"Um *o quê*? Você fala dos anões?"

"São *elfos*", ressalta ela. "Ajudantes de Papai Noel. Meu deus, que ranzinza. Olha pra eles. São adoráveis. Aquele ali é Rudolph, aquele passando bengalas doces é Blitzen. O outro é Donner..."

"Espera um minuto, Evelyn, espera", digo, fechando os olhos, segurando a mão com a salada Waldorf nela. Estou suando, tendo um *dèja vu*, mas por quê? Eu já vi esses elfos em algum lugar? Esquece isso. "Eu... esses são os nomes das renas. Não elfos. Blitzen era uma *rena*."

"A única judia", nos lembra Petersen.

"Ah..." Evelyn parece aturdida com essa informação e olha para Petersen a fim de confirmá-la. "Isso é verdade?"

Ele dá de ombros, pensa a respeito e parece confuso. "Ei, querida — renas, elfos, Grinches, corretores... Diabos, qual a diferença contanto que o Cristal corra livre, hein?" Ele cacareja, me cutucando nos quadris. "Não é mesmo, sr. Grinch?"

"Você não acha isso natalino?", pergunta ela, esperançosa.

"Ah, sim, Evelyn", falo para ela. "É muito natalino e estou falando a verdade, sem mentira."

"Mas o sr. Ranzinza chegou atrasado". Ela faz beicinho, balançando aquele maldito galho de visco para mim acusatoriamente. "E nem uma palavra sobre a salada Waldorf."

"Sabe, Evelyn, hoje eu poderia ter ido a muitas outras festas de *Natal* nesta metrópole, mas escolhi a sua. E por quê, você poderia perguntar. Por quê, me perguntei. Não pensei em nenhuma resposta plausível, mas ainda assim estou aqui, então fique grata, sabe, querida", digo.

"Ah, então *esse* é meu presente de Natal?", pergunta ela, sarcástica. "Que doce, Patrick, que consideração."

"Não, é *isto*", dou para ela um *noodle* que acabei de perceber que estava preso nas minhas abotoaduras. "Aqui."

"Oh, Patrick, vou chorar", diz ela, pendurando o *noodle* no candelabro. "É lindo. Posso usar agora?"

"Não. Dá pra algum dos elfos comer. Aquele ali parece estar com muita fome. Com licença, preciso de outra bebida."

Passo para Evelyn o prato de salada Waldorf, arranco uma das galhadas de Petersen e sigo para o bar cantarolando "Silent Night", vagamente deprimido com o que a maioria das mulheres está usando – pulôveres de caxemira, blazers, saias compridas de lã, vestidos de veludo cotelê, gola alta. Clima frio. Sem gostosas.

Paul Owen está parado perto do bar segurando uma taça de champanhe, estudando seu relógio de bolso de prata antigo (comprado na Hammacher Schlemmer, sem dúvidas), e estou prestes a ir lá comentar algo sobre aquela maldita conta da Fisher quando Humphrey Rhineback tromba comigo tentando não atropelar um dos elfos, e ele ainda está usando um sobretudo chesterfield de caxemira da Crombie comprado na Lord & Taylor, um smoking de lã de peito duplo com lapela pontuda, uma camisa de algodão da Perry Ellis, uma gravata-borboleta da Hugo Boss e galhadas de papel sugerindo que ele está completamente fora de si, e no modo automático o babaca diz "Ei, Bateman, semana passada levei um paletó novo de tweed de padrão espinha de peixe para meu alfaiate reformar".

"Bem, hã, meus parabéns então", digo, apertando sua mão. "Isso é... *Bacana*."

"Obrigado." Ele ruboriza, olhando para baixo. "De qualquer forma, ele percebeu que a loja havia removido a marca original e trocou por uma própria. Agora o que quero saber é se isso é *legal*."

"É confuso, eu sei", digo, ainda me movendo em meio à multidão. "Uma vez que uma linha de tecido foi comprada de seu fabricante, é perfeitamente legal para a loja trocar a marca original por sua própria. No entanto, *não* é legal trocar pela marca de *outra* loja."

"Espera, por *que* isso?", pergunta, tentando beber de seu copo de martíni enquanto se esforça para me seguir.

"Por que detalhes a respeito do conteúdo da fibra e do país de origem ou o número do registro do fabricante devem permanecer *intactos*. Adulteração de marcas é muito difícil de se detectar e raramente é registrado", grito por cima de meu ombro. Courtney está beijando Paul Owen na bochecha, as mãos já entrelaçadas com firmeza. Fico reto e paro de andar. Rhinebeck tromba comigo. Mas ela segue em frente, acenando para alguém do outro lado da sala.

"Então qual a melhor solução?", grita Rhinebeck atrás de mim.

"Comprar de marcas familiares em lojas que você conhece e tirar a porra dessas galhadas de sua cabeça, Rhinebeck. Você está parecendo um retardado. Com licença", saio, mas não antes de Humphrey esticar o braço e sentir a cabeça. "Ah meu *deus*."

"Owen!", exclamo, esticando uma mão com alegria, a outra mão pegando um martíni de uma bandeja de um elfo que passava.

"Marcus! Feliz Natal", diz Owen, sacudindo minha mão num aperto. "Como anda? Trabalhando demais, imagino."

"Não te vejo faz um tempo", digo, então pisco com um olho. "Trabalhando demais, hein?"

"Bem, acabo de voltar do Knickerbocker Club", diz Owen, e então cumprimenta alguém que tromba com ele — "E aí, Kinsley" —, para então voltar para mim. "Vamos para o Nell's. A limusine está lá na frente."

"Devíamos almoçar qualquer dia", digo, tentando arrumar um jeito de trazer à tona o assunto da conta da Fisher sem ser chato.

"Sim, seria ótimo", diz ele. "Talvez você pudesse trazer..."

"*Cecelia*?", adivinho.

"Sim. Cecelia", diz ele.

"Ah, *Cecelia*... adoraria", digo.

"Bem, vamos fazer isso." Ele sorri.

"Sim. Podemos ir ao... Le Bernardin...", digo, então após uma pausa, "... comer... *frutos do mar*, talvez? Hein?"

"O Le Bernardin está entre os dez melhores do Zagat este ano." Ele acena. "Sabia disso?"

"Poderíamos comer um..." Paro de novo, encarando-o, então mais deliberadamente, "... *peixe* lá. Não?"

"Ouriços do mar", diz Owen, vasculhando a sala. "Meredith ama os ouriços do mar de lá."

"Ah, é mesmo?", pergunto, concordando.

"Meredith", chama, gesticulando para alguém atrás de mim. "Vem cá."

"Ela está *aqui*?", pergunto.

"Está conversando com Cecelia bem ali", diz ele. "Meredith", chama, acenando. Me viro. Meredith e Evelyn andam em nossa direção.

Giro de volta para Owen.

Meredith chega com Evelyn. Meredith está usando um vestido de gabardine borlado com pérolas e um bolero da Geoffrey Beene comprado na Barney's, brincos de ouro e diamante da James Savitt (13 mil dólares), luvas da Geoffrey Beene for Portolano Products, e ela diz "Meninos? Do que vocês estão falando? Fazendo listas de Natal?".

"Os ouriços do mar do Le Bernardin, querida", diz Owen.

"Meu assunto favo*ri*to." Meredith deixa um braço em meu ombro, enquanto me confidencia, como que à parte, "São fabulosos".

"Um deleite." Tusso com nervosismo.

"O que vocês todos estão achando da salada Waldorf?", pergunta Evelyn. "Gostaram?"

"Cecelia, querida, ainda não provei", diz Owen, reconhecendo alguém do outro lado da sala. "Mas eu gostaria de saber por que Laurence Tisch está servindo o *eggnog*."

"Aquele *não* é Laurence Tisch", reclama Evelyn, genuinamente chateada. "É um elfo de Natal. *Patrick*, o que você falou para ele?"

"Nada", digo. "*Cecelia*!"

"Além disso, Patrick, você é o *Grinch*."

Ante as menções ao meu nome, imediatamente começo a tagarelar, esperando que Owen não perceba. "Bem, *Cecelia*, falei pra ele que achava que era uma, sabe, uma mistura dos dois, tipo uma..." Paro, olho brevemente para eles antes de expelir idiotamente, "um *Tisch* de Natal". Então, com nervosismo, tiro uma folha de salsinha de uma porção de patê de faisão que um elfo passa levando, e a mantenho acima da cabeça de Evelyn antes que ela consiga dizer qualquer coisa. "Alerta de visco!", grito, e as pessoas em nossa volta começam a observar de repente, e então a beijo nos lábios olhando para Owen e Meredith, ambos me encarando com estranheza, e com o rabo do olho avisto Courtney, que está conversando com Rhinebeck, me observando com ódio, ultrajada.

"Oh, Patrick...", começa Evelyn.

"*Cecelia!* Vem aqui logo." Puxo o braço dela, então digo a Owen e Meredith "Com licença. Precisamos falar com aquele elfo para resolver isso".

"Me desculpe", diz ela aos dois, dando de ombros, sem jeito, enquanto a puxo. "*Pat*rick, o que está acontecendo?"

Eu a manobro até a cozinha.

"Patrick?", pergunta ela. "O que estamos fazendo na *cozinha*?"

"Escuta", digo a ela, segurando seus ombros, encarando-a. "Vamos embora daqui."

"Ah, Patrick", suspira ela. "Não posso simplesmente sair. Você não está se divertindo?"

"Não pode sair *por quê*?", pergunto. "É tão irracional *assim*? Você já ficou tempo demais aqui."

"Pat*rick*, esta é *minha* festa de Natal", diz ela. "Além disso, os elfos vão cantar 'O Tannembaum' a qualquer minuto."

"Vamos, Evelyn. Só vamos embora daqui." Estou à beira de um ataque histérico, morrendo de medo de Paul Owen, ou pior, Marcus Halberstam entrar na cozinha. "Quero te levar para longe de tudo isso."

"De tudo o *quê*?", pergunta ela, então seus olhos se estreitam. "Você não gostou da salada Waldorf, gostou?"

"Quero te levar pra longe *disso*", digo, gesticulando em volta da cozinha, espasmódico. "De sushi e elfos e... *coisas*."

Um elfo entra na cozinha, deixando uma bandeja com pratos sujos, e por ele, por *cima* dele, posso ver Paul Owen se curvando para Meredith, que está gritando algo no ouvido dele sob o barulho da música de Natal, e ele olha pela sala em busca de alguém, acenando, então Courtney entra em seu campo de visão e seguro Evelyn, aproximando-a ainda mais de mim.

"Sushi? Elfos? Patrick, você está me deixando *confusa*", diz Evelyn. "E *não* estou gostando disso."

"*Vamos*." Estou apertando Evelyn com força, empurrando-a pela porta dos fundos. "Vamos ser ousados pelo menos uma vez. Pelo menos uma vez na sua vida, Evelyn, seja ousada."

Ela para, se recusando a ser empurrada, então começa a sorrir, considerando minha oferta, mas apenas levemente convencida.

"Vamos...", começo a reclamar. "Deixe que este seja *meu* presente de Natal."

"Ah, não, já fui na Brooks Brothers e...", começa ela.

"Para. Vamos, desejo isto" digo, e então numa última e furiosa tentativa, sorrio em flerte, beijando-a levemente nos lábios, e acrescento, "*Sra.* Bateman?"

"Oh, Patrick", suspira ela, se derretendo. "Mas e a limpeza?"

"Os anões fazem isso", garanto a ela.

"Mas alguém precisa supervisionar tudo, querido."

"Então escolha um elfo. Faça daquele ali o elfo supervisor", digo. "Mas vamos, *agora.*" Começo a empurrá-la pela porta do fundo do prédio, os sapatos rangendo enquanto deslizam pelo piso de mármore Muscoli.

E então saímos pela porta, passando rapidamente pelo corredor adjacente ao prédio, e paro e espio pela esquina para ver se alguém que conhecemos está saindo ou entrando na festa. Corremos para uma limusine que acredito ser a de Owen, porém não quero causar suspeitas em Evelyn, então simplesmente ando até a mais próxima, abro a porta e a empurro para dentro.

"*Pat*rick", guincha ela, encantada. "Isso é tão terrível. *E* uma limusine..." Fecho a porta dela, dou a volta no carro e bato na janela do motorista. O motorista desce o vidro.

"Olá", digo, estendendo uma mão. "Pat Bateman."

O motorista apenas encara, um cigarro apagado enganchado na boca, primeiro para a minha mão estirada, depois para meu rosto, depois para o meu cocuruto.

"Pat Bateman", repito. "O que, hã, o que foi?"

Ele continua olhando para mim. Hesitante, toco em meu cabelo para ver se está bagunçado ou fora do lugar, e para meu choque e surpresa sinto dois pares de galhadas de papel. Tem *quatro* galhadas na *porra da minha cabeça.* Balbucio "Ah meu deus" e as arranco, olhando para elas emboladas em minhas mãos, horrorizado. Eu as jogo no chão, então me volto para o motorista.

"Então. Pat Bateman", digo, alisando o cabelo até ele voltar ao lugar.

"É mesmo? Sid." Ele dá de ombros.

"Escuta, Sid. O senhor Owen diz que podemos pegar este carro, então..." Paro um pouco, meu fôlego se vaporizando no ar congelado.

"Quem é o sr. Owen?", pergunta Sid.

"Paul *Owen.* Você sabe", digo. "Seu cliente."

"Não. Esta é a limusine do sr. Barker", diz ele. "Mas belas galhadas aí."

"Merda", digo, correndo em volta da limusine para tirar Evelyn de lá antes que algo de ruim aconteça, mas é tarde demais. No instante em que abro a porta, Evelyn enfia a cabeça para fora e guincha "Patrick, querido, *amei. Champanhe...*" — ela segura uma garrafa de Cristal com uma mão e uma caixa dourada com a outra — "... e *trufas* também."

Seguro o braço dela e a arranco de lá, resmungando como explicação, bem baixinho, "Limusine errada, pegue as trufas", e seguimos para a limusine seguinte. Abro a porta e coloco Evelyn para dentro, então dou a volta pela frente e bato na porta do motorista. Ele desce o vidro. É igualzinho ao outro motorista.

"Olá. Pat Bateman", digo, levantando a mão.

"É? Olá. Donald Trump. Minha esposa Ivana está na parte de trás", diz ele com sarcasmo, se divertindo.

"Ei, se liga", aviso. "Escuta, o sr. Owen diz que podemos ir nesse carro. Sou... diabos. Sou Marcus, digo."

"Você acabou de dizer que seu nome era Pat."

"Não. Eu estava errado", digo sério, encarando diretamente nos olhos dele. "Eu estava errado quanto a meu nome ser Pat. Meu nome é Marcus. Marcus Halbertsam."

"Agora você tem certeza disso, certo?", pergunta.

"Escuta, o sr. Owen disse que posso sair neste carro esta noite, então..." Paro. "Sabe, vamos logo com isso."

"Acho que eu deveria falar com o sr. Owen antes", diz o motorista, se divertindo, brincando comigo.

"Não, espera!", digo, então me acalmando, "Escuta, estou... tudo bem, sério". Começo a rir sozinho. "O sr. Owen está de muito, muito mau humor."

"Eu não devo fazer isso", diz o motorista sem olhar para cima. "É completamente ilegal. De modo algum. Esquece."

"Ah, qual é, cara", digo.

"É totalmente contra o regulamento da empresa", diz.

"Foda-se o regulamento da empresa", vocifero.

"Foda-se o regulamento da empresa?", pergunta ele, acenando, sorrindo.

"O sr. Owen diz que *tudo bem*", digo. "Talvez você não esteja ouvindo."

"Nah. Duvido muito." Ele balança a cabeça.

Paro, fico reto, passo uma mão no rosto, respiro fundo e então me curvo de novo. "Me escuta..." Respiro fundo mais uma vez. "Eles têm anões lá dentro." Aponto com um polegar para o prédio. "Anões que estão prestes a cantar 'O Tannenbaum'..." Olho para ele implorando, suplicando por solidariedade, ao mesmo tempo parecendo apropriadamente apavorado. "Você sabe como *isso* é assustador? Elfos?" — engulo em seco — "*Cantarolando*?" Paro, então pergunto rapidamente "Pense nisso".

"Escuta, senhor..."

"Marcus", lembro.

"Marcus. Que seja. Não vou quebrar as regras. Não posso fazer nada. São as regras da empresa. Não vou quebrar."

Há um lapso de silêncio entre nós dois. Suspiro, olho em volta, considerando arrastar Evelyn para a terceira limusine, ou talvez de volta para a limusine de Barker — que é um grande cuzão —, mas não, putaquepariu, eu quero *a do Owen*. Enquanto isso, o motorista resmunga para si mesmo, "Se os anões querem cantar, que cantem".

"Merda", xingo, tirando minha carteira de couro de gazela. "Toma cem aqui." Passo duas notas de cinquenta para ele.

"Duzentos", diz.

"Que cidade de merda", reclamo, passando mais cem.

"Aonde o senhor deseja ir", pergunta ele, pegando as notas com um suspiro, enquanto liga a limusine.

"Club Chernoble", digo, correndo para a parte de trás e abrindo a porta.

"Sim, *senhor*", grita.

Pulo para dentro, fechando a porta bem na hora que o motorista dispara para longe do prédio de Evelyn rumo à Riverside Drive. Evelyn está sentada ao meu lado enquanto recupero o fôlego, limpando o suor frio da minha testa com um lenço da Armani. Quando olho para ela, ela está à beira das lágrimas, os lábios tremendo, em silêncio, para variar.

"Você está me assustando. O que houve?" *Estou* alarmado. "O que... eu fiz? A salada Waldorf estava boa. O que foi?"

"Ah, Patrick", suspira ela. "É... adorável. Não sei o que dizer."

"Bem..." Paro cuidadosamente. "Eu... também não."

"Isso", diz ela, me mostrando um colar de diamante da Tiffany's, presente de Owen para Meredith. "Bem, me ajude a colocar, querido. Você não é o Grinch, querido."

"Hã, Evelyn", digo, então xingo baixinho enquanto ela vira as costas para mim, para que eu possa prendê-lo em volta de seu pescoço. A limusine avança de vez e ela cai sobre mim, rindo, então me beija no rosto. "É tão adorável, ai, eu amei... Opa, devo estar com hálito de trufa. Desculpa, querido. Me arranja um pouco de champanhe e me sirva uma taça."

"Mas..." Olho com desamparo para o colar cintilante. "Não é isso."

"O quê?", pergunta Evelyn, olhando em volta da limusine. "Há alguma taça aqui? Não é isso o quê, querido?"

"Não é isso." Minha voz é monocórdia.

"Ah, querido." Ela sorri. "Você tem *mais* alguma coisa para mim?"

"Não, digo..."

"Vamos, seu danadinho", diz ela, se divertindo em agarrar o bolso do meu casaco. "Vamos, o que é?"

"O que é *o quê*?", pergunto calmamente, aborrecido.

"Você comprou mais alguma coisa. Deixa eu adivinhar. Um anel pra combinar?", chuta ela. "Um bracelete combinando? Um *broche*? Então é isso!" Ela entrelaça as mãos. "Um broche combinando."

Enquanto estou tentando afastá-la de mim, segurando um de seus braços para trás, o outro se enrosca por trás do meu corpo e apanha algo do meu bolso — outro biscoito da sorte que afanei do chinesinho morto. Ela o observa, aturdida por um momento, e diz "Patrick, você é tão... romântico...", e então, estudando o biscoito da sorte e com menos entusiasmo, "... e tão... criativo."

Também estou encarando o biscoito da sorte. Tem muito sangue em cima dele e dou de ombros, e digo, com o máximo de jovialidade possível, "Ah, você me conhece".

"Mas o que é isso em cima dele?" Ela o segura perto do rosto, analisando. "O que é esse... troço vermelho?"

"Isso é..." Também analiso, fingindo estar intrigado pelas manchas, então faço uma careta. "Aquele molho agridoce."

Ela o quebra com empolgação, então analisa a mensagem, confusa.

"O que está dizendo?", suspiro, brincando com o rádio e vasculhando a limusine atrás da pasta de Owen, me perguntando onde o champanhe poderia estar, a caixa aberta da Tiffany's, vazia, vazia no chão, de repente, arrebatadora, me deprimindo.

"Aqui diz..." Ela para e então aperta os olhos com atenção, relendo. "Aqui diz *O foie gras fresco e grelhado do Le Cirque é excelente, mas a salada de lagosta é só mais ou menos.*"

"Que legal", murmuro, procurando taças de champanhe, fitas, qualquer coisa.

"Aqui diz isso mesmo, Patrick." Ela me passa a mensagem, um leve sorriso surgindo no rosto que posso discernir até mesmo na escuridão da limusine. "O que poderia significar isso?", diz ela com timidez.

Pego o papel, leio, então olho para Evelyn, e então de novo para a mensagem, e então para fora da janela fumê, para redemoinhos de neve rodopiando em volta dos postes, em volta das pessoas esperando por ônibus, mendigos cambaleando sem rumo pelas ruas da cidade, e falo alto para mim mesmo "Minha sorte podia ser pior, podia mesmo".

"Ah, querido", diz ela, me enlaçando com os braços, abraçando minha cabeça. "Almoço no Le Cirque? Você é o melhor. Você não é o Grinch. Retiro o que disse. Quinta-feira? Quinta está bom pra você?

Ah, não. Eu não posso quinta. Tratamento com ervas. Mas que tal sexta? E queremos mesmo ir ao Le Cirque? Que tal..."

Afasto-a de cima de mim e bato na divisão da limusine, acertando minhas falanges com barulho até que o motorista a abaixe. "Sid, digo, Earle, o que for, este não é o caminho para o Chernoble."

"É sim, sr. Bateman..."

"Ei!"

"Digo, sr. *Halberstam*. Avenida C, certo?" Ele dá uma tossida educada.

"Acho que sim", digo, olhando pela janela. "Não estou reconhecendo nada."

"Avenida C?" Evelyn olha para cima, maravilhada com o colar que Paul Owen comprou para Meredith. "O que é Avenida C? C, como em... Cartier, certo?"

"É descolado", garanto a ela. "Completamente descolado."

"Você já foi lá?", pergunta ela.

"Milhões de vezes", respondo.

"Chernoble? Não, o Chernoble *não*", reclama ela. "Querido, é *Natal*."

"E que diabos *isso* quer dizer?", pergunto.

"Motorista, ei, motorista..." Evelyn se inclina para a frente, se equilibrando em meus joelhos. "Motorista, vamos para o Rainbow Room. Motorista, ao Rainbow Room, por favor."

Eu a empurro para trás e me inclino para a frente. "Ignore-a. Chernoble. Rápido." Aperto o botão e a divisória sobe novamente.

"Poxa, Patrick. É *Natal*", reclama ela.

"Você fica o tempo inteiro dizendo isso como se *significasse* algo", digo, encarando-a de perto.

"Mas é *Natal*", reclama novamente.

"Não *suporto* o Rainbow Room", digo, intransigente.

"Ah, por que *não*, Patrick?", reclama ela. "Eles fazem a *melhor* salada Waldorf da cidade no Rainbow Room. Você gostou da minha? Você gostou da minha salada Waldorf, querido?"

"Ah meu deus", sussurro, cobrindo o rosto com as duas mãos.

"Honestamente. Gostou?", pergunta. "A única coisa com a qual eu realmente me preocupava era com *aquilo* e o recheio de castanhas..." Ela faz uma pausa. "Bem, porque o recheio de castanhas estava... bem, nojento, sabe..."

"Não quero ir pro Rainbow Room", interrompo, as mãos ainda cobrindo o rosto, "por que não posso usar drogas lá."

"Hum..." Ela olha por cima de mim, em desaprovação. "Tsc, tsc, tsc. Drogas, Patrick? De que tipo de, aham, drogas estamos falando?"

"Drogas, Evelyn. Cocaína. *Drogas.* Quero cheirar um pouco de cocaína hoje. Entende?" Me sento e a encaro.

"Patrick", diz ela, balançando a cabeça, como se houvesse perdido a fé em mim.

"Posso ver que você está confusa", aponto.

"Só não quero fazer parte de nada disso", afirma.

"Você não tem nada a ver com isso", falo para ela. "Talvez nem seja convidada a ter algo a ver com isso."

"Só não entendo por que você tem de estragar esta época do ano pra mim", diz.

"Pense nisso como uma... *nevasca*. Uma nevasca de Natal. Uma dispendiosa nevasca de Natal", digo.

"Bem...", diz ela, se animando. "É meio empolgante baixar o nível, não é?"

"Trinta pilas na porta *por cabeça* não é exatamente baixar o nível, Evelyn." Então pergunto, desconfiado, "Por que Donald Trump não foi convidado pra sua festa?"

"Donald Trump *de novo* não", resmunga Evelyn. "Meu deus. É por isso que você está agindo que nem um palhaço? Essa obsessão *precisa* terminar!", ela praticamente grita. "É por isso que você está agindo igual a um idiota!"

"Foi a salada Waldorf, Evelyn", digo, dentes cerrados. "A salada Waldorf estava me fazendo agir igual a um idiota!"

"Ah, meu deus. Você está falando sério!" Ela joga a cabeça para trás em desespero. "Eu sabia, eu sabia."

"Mas nem foi você quem fez!", grito. "Era *encomenda*!"

"Meu deus", se lamenta. "Não posso acreditar."

A limusine para na frente do Club Chernoble, com uma multidão apinhada esperando na neve do lado de fora das cordas. Evelyn e eu saímos, e usando Evelyn, muito para sua infelicidade, como proteção, cavo uma passagem pela turba e, com sorte, avisto alguém igualzinho a Jonathan Leatherdale, prestes a conseguir entrar, e realmente empurrando Evelyn, que ainda está segurando o presente de Natal, chamo — "Jonathan, ei, Leatherdale" —, e de repente, de forma previsível, toda a multidão começa a gritar "Jonathan, ei, Jonathan". Ele me avista, se vira e grita "Ei, Baxter!", e pisca um olho, fazendo sinal de positivo, mas não é para mim, é para outra pessoa. De qualquer maneira, Evelyn e eu fingimos estar com a turma dele. O porteiro fecha a corda para nós e pergunta "Vocês dois vieram naquela limusine?". Ele olha para a calçada e gesticula com a cabeça.

"Sim." Eu e Evelyn acenamos com ansiedade.

"Estão dentro", diz ele, levantando as cordas.

Entramos e gasto sessenta dólares; nem um único bilhete de bebida. Previsivelmente, a boate está escura, exceto pelas luzes estroboscópicas piscando, e mesmo com elas tudo que posso ver de verdade é gelo seco expelido de uma máquina de fumaça e uma mulher bem gostosa dançando "New Sensation", do INXS, que jorra das caixas de som num volume que faz o corpo vibrar. Digo a Evelyn para ir até o bar e nos arranjar duas taças de champanhe. "Ah, claro", grita ela de volta, seguindo hesitantemente rumo a uma fina faixa de neon, a única luz iluminando o que poderia ser um lugar em que álcool é servido. Nesse ínterim, cheiro um grama de alguém que parece ser Mike Donaldson, e, após refletir por dez minutos, enquanto checava uma gostosa, se eu deveria ou não dispensar Evelyn, ela chega com duas taças de champanhe pela metade, indignada, de rosto triste. "É Korbel", grita. "Vamos *embora*." Nego com a cabeça e grito de volta "Vamos para os banheiros". Ela me segue.

O único banheiro no Chernoble é unissex. Dois outros casais já estão lá, um deles no único reservado. O outro casal está, como nós, esperando com impaciência que o reservado seja desocupado. A garota está usando uma blusa de seda jersey, uma saia de seda chiffon, e sapatos com correia de seda, tudo da Ralph Lauren. O namorado dela está usando um terno costurado por William Fioravanti, acho, ou Vincent Nicolosi, ou Scali — algum carcamano. Ambos estão segurando taças de champanhe: a dele, cheia; a dela, vazia. Está silencioso, exceto por fungadas e risos abafados vindos do reservado, e a porta do banheiro é maciça o bastante para bloquear a música, a não ser pela profunda batida eletrônica. O cara bate o pé com impaciência. A garota continua suspirando e jogando o cabelo por cima do ombro com esses movimentos da cabeça estranhamente excitantes; então ela olha para Evelyn e para mim e sussurra algo para o namorado. Por fim, após sussurrar outra coisa, ambos acenam e eles saem.

"Graças a *deus*", sussurro, sentindo o grama em meu bolso; então pergunto para Evelyn "Por que você está tão quieta?".

"A salada Waldorf", murmura ela, sem olhar para mim. "Foda-se."

Há um clique, a porta do reservado se abre, e de lá sai um jovem casal — o cara usando um terno de lã e sarja de cavalaria de peito duplo, uma camisa de algodão e gravata de seda, tudo da Givenchy, a garota usando um vestido de tafetá com bainha de avestruz da Geoffrey

Beene, brincos de prata dourada da Stephen Dweck Moderne e sapatos de dança de gorgorão da Chanel — um limpando o nariz do outro discretamente, se encarando no espelho antes de deixarem o banheiro, e assim que eu e Evelyn estamos prestes a entrar no reservado que vagou o outro casal corre de volta até lá e tenta entrar.

"Com *licença*", digo, meu braço esticado, bloqueando a entrada. "*Vocês* saíram. É, bem, é nossa vez, sabe?"

"Hã, não, acho que não", diz o cara com calma.

"Pat*rick*", sussurra Evelyn atrás de mim. "Deixa os dois... sabe."

"Espera. Não. É a *nossa* vez", digo.

"Sim, mas *a gente* estava esperando antes."

"Escuta, não *quero* começar uma briga..."

"Mas *está* começando", diz a namorada do cara, entediada, mas ainda conseguindo uma careta.

"Nossa", murmura Evelyn atrás de mim, olhando por cima de meu ombro.

"Escuta, só vamos fazer isso aqui", a garota, que eu não me importaria em comer, solta.

"Que *puta*", murmuro, balançando a cabeça.

"Escuta", diz o cara, cedendo. "Enquanto estamos discutindo por causa disso, um de nós podia estar *lá* dentro."

"Isso mesmo", digo. "*Nós.*"

"Meu deus", diz a garota, mãos na cintura, e então para Evelyn e para mim, "Não acredito em quem eles estão deixando entrar agora."

"*Você* é uma vadia", murmuro, sem acreditar. "Seu comportamento é *uma merda*, sabia disso?"

Evelyn arfa e aperta meu ombro. "*Pat*rick?"

O cara já havia começado a cheirar a coca dele, puxando o pó de um frasco marrom, inalando, e então rindo depois de cada teco, escorado na parede.

"Sua namorada é uma *baita* duma puta", digo ao cara.

"*Patrick*", diz Evelyn. "Para com isso."

"Ela é uma puta", digo, apontando para ela.

"*Patrick*, peça desculpas", diz Evelyn.

O cara morre de rir, a cabeça jogada para trás, cheirando alto, então se curva e tenta tomar fôlego.

"Ah, meu *deus*", diz Evelyn, apavorada. "Por que você está rindo? *Defenda* ela."

"Por quê?", pergunta o cara, que dá de ombros, as duas narinas rodeadas de pó branco. "Ele tá *certo*."

"Vou embora, Daniel", diz a garota, quase chorando. "Não dá pra suportar *isso*. Não dá pra suportar *você*. Não dá pra suportar *eles*. Eu te avisei no Bice."

"Ok, vai lá", diz o cara. "Vai. Só vai. Pega uma carona. Não tô nem aí."

"Patrick, o que foi que você começou?", pergunta Evelyn, se afastando de mim. "Isso é inaceitável", e então, olhando para os bulbos fluorescente acima, "Assim como essa iluminação. Vou embora." Mas ela fica lá, esperando.

"Vou embora, Daniel", diz a garota. "Está me *ouvindo*?"

"Então *pode ir*. Esquece", diz Daniel, encarando seu nariz no espelho, gesticulando para ela ir. "Eu falei pra você pegar uma carona."

"Vou usar o reservado", falo para todos. "Tudo bem? Alguém se importa?"

"Você não vai defender sua namorada?", pergunta Evelyn a Daniel.

"Meu deus, o que você quer que eu faça?" Ele olha para ela pelo espelho, limpando o nariz, fungando mais uma vez. "Paguei um jantar pra ela. Apresentei pro Richard Max... Puta merda, o que mais ela quer?"

"Que você encha esse cara de porrada?", sugere a garota, apontando para mim.

"Ah, querida", digo, balançando a cabeça, "as coisas que eu poderia fazer com você usando um cabide de casacos."

"Tchau, Daniel", diz ela, fazendo uma pausa dramática. "Vou cair fora daqui."

"Bom", diz Daniel, segurando o frasco. "Mais para *moi*."

"Nem tente me ligar", grita ela, abrindo a porta. "Minha secretária eletrônica está ligada hoje e vou fazer triagem de todas as chamadas!"

"Patrick", diz Evelyn, ainda composta, empertigada. "Estou lá fora."

Espero um momento, olhando para ela de dentro do reservado, então para a garota na porta. "É, e *daí*?"

"Patrick", diz Evelyn, "não diga algo de que vai se arrepender."

"Só *vai*", digo. "Só vai embora. Pega a limusine."

"Patrick..."

"*Vai embora*", berro. "O Grinch mandou *ir embora*!"

Bato a porta do reservado e começo a socar a coca do envelope no meu nariz com o AmEx platinum. Entre as minhas arfadas escuto Evelyn sair, choramingando para a garota, "Ele me *fez* sair da minha própria festa de Natal, dá pra acreditar? *Minha* festa de Natal?" E escuto a garota resmungar "Arranja uma vida", e começo a gargalhar roucamente, batendo a cabeça contra a lateral do reservado, e então escuto o cara dar mais dois tecos, e então ele sai, e depois de terminar a maior parte do pó espio por cima do reservado para conferir se Evelyn ainda está por ali, amuada, mordendo o lábio inferior arrependida — oh *buá buá buá*, querido —, mas ela não voltou, então vejo uma imagem de Evelyn e da namorada de Daniel numa cama, com a garota arreganhando as pernas de Evelyn. Evelyn de quatro, lambendo o cu da outra, metendo o dedo na buceta dela, e isso me deixa tonto, e sigo para o banheiro da boate, excitado e desesperado, ansiando por contato.

Mas agora está tarde e a multidão mudou — agora está mais cheio de punks, negros, menos caras de Wall Street, mais garotas ricas entediadas da Avenida A zanzando, e a música mudou; em vez de Berlinda Carlisle cantando "I Feel Free" há algum negro cantando *rap*, se estou ouvindo corretamente, algo chamado "A Merda Dela no Pau Dele", e espreito duas riquinhas gostosas, as duas usando vestidos horrorosos tipo Betsey Johnson, e estou inacreditavelmente chapado e começo com uma cantada do tipo "Música legal, né — eu já não vi vocês na Salomon Brothers?", e uma delas, uma dessas garotas, olha de lado e diz "Volta pra Wall Street", e aquela com uma *argola no nariz* diz "Yuppie de merda".

E elas dizem isso embora meu terno esteja preto na escuridão da boate e minha gravata — xadrez, Armani, seda — esteja afrouxada.

"Ei", digo, rangendo os dentes. "Vocês podem pensar que sou mesmo um yuppie nojento, mas não sou, *sério*", digo a elas, engolindo rapidamente, chapado da cabeça.

Dois negros estão sentados com elas na mesa. Ambos com jeans desbotados, camisetas, jaquetas de couro. Um tem óculos escuros refletores, o outro a cabeça raspada. Ambos estão me encarando. Estico minha mão num ângulo bizarro, tentando imitar um rapper. "Ei", digo, "sou novo. O mais novo, saca... que nem, hum, firmeza... o mais firmeza." Dou um gole no champanhe. "Sabe... firmeza."

Para provar isso, avisto um negro com dreadlocks, ando até ele e exclamo "Rasta!", e estico a mão, antecipando o high-five. Mas o crioulo só fica olhando.

"Digo" — tusso — "*Rastah*" e então, com menos entusiasmo, "Bora, hã, bolar um bagulho..."

Ele passa por mim balançando a cabeça. Olho de volta para as garotas. Elas balançam a cabeça em negativa — um aviso para eu não voltar ali. Viro o olhar para uma gostosa que está dançando sozinha perto de uma coluna, então termino meu champanhe e ando até ela, pedindo um número de telefone. Ela sorri. Saída.

PSICOPATA AMERICANO
BRET EASTON ELLIS

NELL'S

Meia-noite. Estou numa mesa do Nell's com Craig McDermott e Alex Taylor — que acaba de desmaiar — e três modelos da Elite: Libby, Daisy e Caron. O verão está chegando, metade de maio, porém a boate está com o ar-condicionado ligado e faz frio, a música da banda de light jazz paira pelo salão semivazio, ventiladores de teto estão zunindo, uma multidão muito densa espera na chuva lá fora, uma massa ondulante. Libby é loira e está usando saltos altos noturnos de gorgorão com bicos exageradamente pontudos e laços de cetim vermelho da Yves Saint Laurent. Daisy é mais loira e está usando escarpins de cetim preto com bicos reforçados destacados pela meia-calça de um intenso preto salpicado de prata da Betsey Johnson. Caron é loira platinada e está usando botas de couro de salto grosso com bico ponta-fina de couro artificial e um cachecol de tweed ao avesso da Karl Lagerfield for Chanel. As três estão com minúsculos vestidos de malha de lã pretos da Giorgio de Sant'Angelo e estão bebendo champanhe com suco de cranberry e schnapps de pêssego e fumando cigarros alemães — mas não reclamo, apesar de achar que seria do interesse do Nell's abrir uma área para não fumantes. Duas delas estão usando óculos de sol da Giorgio Armani. Libby está com *jet lag*. Uma das três, Daisy, é a única que remotamente desejo comer. Mais cedo, após um encontro com meu advogado por causa de uma acusação de estupro caluniosa, tive um ataque de ansiedade na Dean & Deluca, que aliviei na Xclusive. Então encontrei as modelos para tomarmos umas e outras no Trump Plaza. Isso foi seguido por um filme francês do qual não entendi absolutamente nada, mas de qualquer forma era bem chique, então fomos jantar num restaurante japonês chamado Vivids, perto do Lincoln Center, e para uma festa no loft do ex-namorado de uma das modelos em Chelsea, onde serviram uma sangria frutada muito ruim. Ontem à noite tive sonhos que eram iluminados como pornografia e neles eu comia garotas feitas de papelão. O *Patty Winters Show* hoje foi sobre Exercícios Aeróbicos.

Estou usando um terno de lã de dois botões com calça plissada da Luciano Soprani, uma camisa de algodão da Brooks Brothers e uma gravata de seda da Armani. McDermott pôs seu terno de lã da Lubiam com um lenço de linho da Ashear Bros., uma camisa de algodão da Ralph Lauren e uma gravata Dior da Christian Dior, e ele está quase lançando uma moeda para ver qual de nós vai descer as escadas para arranjar o Pozinho Boliviano, já que *nenhum* de nós quer ficar aqui sentado nessa mesa com as garotas, pois, apesar de todos provavelmente querermos comê-las, não queremos, na verdade não *podemos*, descobrimos, conversar com elas, nem mesmo com sarcasmo — elas simplesmente não têm *nada* a dizer, e para falar a verdade sei que não deveríamos ficar surpresos, ainda que isso, de certo modo, seja desorientador. Taylor está sentado, mas seus olhos estão fechados, a boca levemente aberta, e apesar de McDermott e eu originalmente termos pensado que ele estava fingindo que dormia para protestar contra a falta de habilidades verbais das garotas, nos ocorreu que talvez sua cara de merda fosse autêntica (está um tanto incoerente desde os três saquês que mandou para dentro no Vivids), porém nenhuma das garotas presta o mínimo de atenção, exceto talvez Libby, por estar sentada ao seu lado, mas é algo incerto, muito incerto.

"Cara, cara, cara", murmuro baixinho.

McDermott joga a moeda de vinte e cinco centavos.

"Coroa, coroa, coroa", cantarola, então bate com a mão sobre a moeda depois que ela cai no guardanapo.

"Cara, cara, cara", sibilo, rezando.

Ele ergue a palma. "Deu coroa", diz ele, olhando para mim.

Encaro a moeda por um longo tempo antes de dizer "Joga de novo".

"Até mais", diz ele, olhando para as garotas antes de se levantar, então olha para mim, vira os olhos, faz um leve aceno com a cabeça. "Escuta", me lembra. "Quero outro martíni. Absolut. Duplo. Sem azeitona."

"Vai logo", grito atrás dele, e então, baixinho, observando enquanto ele acena alegremente do topo da escada, "Imbecil de merda".

Eu me volto para a mesa. Atrás de nós, uma mesa de eurolixos gostosas que suspeitamente parecem travestis brasileiras, e elas esganiçam em uníssono. Vejamos... Na noite de sábado, vou a uma partida dos Mets com Jeff Harding e Leonard Davis. Vou alugar filmes do Rambo no domingo. A nova Lifecycle será entregue na segunda... Encaro as três modelos por uma duração agonizante, minutos, antes de dizer alguma coisa, notando que alguém pediu um prato de fatias de mamão e outra pessoa um prato de aspargos, embora ambos permaneçam intactos. Daisy me observa com cuidado, então mira a boca na minha direção e assopra fumaça na minha cabeça com força, exalando, e ela flutua sobre minha cabeça, se desviando de meus olhos, que de um jeito ou de outro estão protegidos pelos óculos sem grau com armação de sequoia da Oliver Peoples que estou usando pela maior parte da noite. Outra, Libby, a mina com *jet lag*, está tentando descobrir como desdobrar o guardanapo. Meu nível de frustração é surpreendentemente baixo, porque as coisas podiam ser piores. Afinal de contas, poderiam ser *inglesas*. Poderíamos estar bebendo... *chá*.

"Então!", digo, batendo as mãos, tentando parecer alerta. "Hoje fez muito calor. Não é?"

"Para onde Greg foi?", pergunta Libby, percebendo a ausência de McDermott.

"Bem, Gorbatchóv está lá embaixo", digo a ela. "McDermott, *Greg*, vai assinar um tratado de paz com ele, entre os Estados Unidos e a Rússia." Paro, tentando avaliar sua reação, antes de completar, "McDermott é quem está por trás da glasnost, sabe."

"Bem... ah", diz ela, a voz impossivelmente sem tom, acenando. "Mas ele me contou que trabalhava com cortes e... aquassessões."

Estou olhando para Taylor, que ainda está dormindo. Puxo um de seus suspensórios, mas não há reação, nem movimento, então volto a Libby. "Você não está confusa, está?"

"Não", diz ela, dando de ombros. "Nem tanto."

"Gorbatchóv não está lá embaixo", diz Caron de repente.

"Você está mentindo?", pergunta Daisy, sorrindo.

Estou pensando: Cara! "Sim. Caron está certa. Gorbatchóv não está lá embaixo. Ele está na Tunnel. Com licença. Garçonete?" Puxo uma gostosa que passa usando uma anágua com laço azul-marinho da Bill Blass de organza plissada. "Vou querer um J&B com gelo e uma faca de açougueiro ou algo afiado da cozinha. Garotas?"

Nenhuma delas diz nada. A garçonete está encarando Taylor. Olho para ele, então de volta para a garçonete gostosa, então de volta para Taylor. "Traz pra ele, hum, sorbet de toranja e, hã, digamos, um scotch, ok?"

A garçonete só o encara.

"Aham, querida?" Aceno minha mão diante de seu rosto. "J&B? Com gelo?", digo a ela, falando por cima da banda de jazz, que está no meio de uma ótima versão de "Take Five".

Por fim ela acena.

"E pra elas traga..." — aponto para as garotas — "... o que estiverem bebendo. Ginger ale? Cooler de vinho?"

"Não", diz Libby. "É champanhe." Ela aponta, então fala para Caron, "Não é?".

"Acho que sim." Caron dá de ombros.

"Com schnapps de pêssego", lembra Daisy.

"Champanhe", repito, para a garçonete. "Com, hã, schnapps de pêssego. Entendeu?"

A garçonete acena, escreve algo, sai, e estou conferindo sua bunda enquanto ela se afasta, então olho de volta para as três, estudando cada uma com muito cuidado em busca de qualquer sinal, uma centelha de traição que cruzaria seus rostos, o único gesto que denunciaria esse comportamento de robô, mas está bem escuro no Nell's e minha esperança — de que esse seja o caso — é apenas pensamento positivo, então bato palmas e respiro fundo. "Então! Fez um calorão hoje. Né?"

"Preciso de mais um casaco de peles", suspira Libby, encarando sua taça de champanhe.

"Que vai até o chão ou até o tornozelo?", pergunta Daisy na mesma voz sem tom.

"Uma estola?", sugere Caron.

"Seja até o chão ou..." Libby para e pensa bastante por um minuto. "Eu vi uma echarpe pequena bem macia..."

"Mas de marta, certo?", pergunta Daisy. "De marta com certeza?"

"Ah, sim. De marta", diz Libby.

"Ei, Taylor", murmuro, cutucando-o. "Acorda. Elas estão conversando. Você precisa ver isso."

"Mas de *qual* tipo?" Caron está progredindo.

"Você não acha que de marta é muito... felpudo?", pergunta Daisy.

"Algumas martas *são* muito felpudas." Agora Libby.
"Raposa-cinzenta é *muito* popular", murmura Daisy.
"Tons beges também estão cada vez mais populares", diz Libby.
"Quais são essas?", alguém pergunta.
"Lince. Chinchila. Arminho. Castor..."
"Olá?" Taylor acorda, piscando. "Estou aqui."
"Volte a dormir, Taylor", suspiro.
"Onde está o sr. McDermott?", pergunta, se esticando.
"Perambulando pelo andar de baixo. Procurando coca." Dou de ombros.
"Raposa-cinzenta é muito popular", diz uma delas.
"Guaxinim. Furão. Esquilo. Rato-almiscarado. Carneiro da Mongólia."
"Estou sonhando", me pergunta Taylor, "ou... estou mesmo ouvindo uma conversa de verdade?"
"Bem, imagino que essa se passe por uma." Estremeço. "Shhh. Escuta. É inspirador."
Hoje, no restaurante japonês, McDermott, num estado de frustração total, perguntou às garotas se elas sabiam os nomes de algum dos nove planetas. Libby e Caron chutaram a Lua. Daisy não tinha muita certeza, mas na verdade chutou... Cometa. Daisy pensou que Cometa fosse um planeta. Estupefatos, eu, McDermott e Taylor confirmamos que sim.
"Bem, agora está fácil arranjar um bom casaco de peles", afirma Daisy lentamente. "Já que mais estilistas que produzem pra usar na hora agora entraram no campo das peles, o alcance aumenta porque cada estilista escolhe pelagens diferentes para dar à sua coleção um caráter individual."
"Tudo isso é muito assustador", diz Caron, tremendo.
"Não se intimide", diz Daisy. "O casaco de peles é apenas um acessório. *Não* se intimide com isso."
"Mas um acessório de luxo", aponta Libby.
Pergunto à mesa "Alguém aí já usou uma Uzi TEC de nove milímetros? É uma arma. Não? Particularmente útil pois esse modelo tem um cano com rosca para se prender silenciadores e extensões de cano." Digo isso acenando.
"Casacos de peles não deveriam intimidar." Taylor olha para mim e diz, de modo vazio, "Estou gradualmente descobrindo informações impressionantes aqui".
"Mas um acessório de luxo", comenta Libby novamente.
A garçonete retorna, colocando na mesa as bebidas e uma tigela de sorbet de toranja. Taylor olha para ela e diz, piscando, "Não pedi isso".

"Pediu sim", digo a ele. "Quando estava dormindo você pediu isso. Você pediu isso dormindo."

"Não pedi não", diz, inseguro.

"Vou tomar", digo. "Só escuta." Estou batendo os dedos na mesa com força.

"Karl Lagerfeld sem nem piscar", está dizendo Libby.

"Por quê?" Caron.

"Ele criou a coleção Fendi, claro", diz Daisy, acendendo um cigarro.

"Gosto do carneiro da Mongólia mesclado com toupeira ou..." — Caron para com uma risadinha — "... essa jaqueta de couro preta junto com carneiro persa."

"O que você acha de Geoffrey Beene?", pergunta Daisy a ela.

Caron pondera. "O colarinho branco de cetim... sus*peito*."

"Mas ele faz coisas maravi*lhosas* com carneiros tibetanos", diz Libby.

"Carolina Herrera?", pergunta Caron.

"Não, não, felpudo demais", diz Daisy, balançando a cabeça.

"Muito menininha de colegial", concorda Libby.

"Mas James Galanos tem as barrigas de lince russo mais maravilhosas", diz Daisy.

"E não se esqueça de Arnold Scaasi. O arminho branco", diz Libby. "De *matar*."

"Sério?" Sorrio e ergo os lábios com um sorriso depravado. "De matar?"

"De matar", repete Libby, assertiva quanto a algo pela primeira vez em toda a noite.

"Acho que você ficaria adorável num, ah, num Geoffrey Beene, Taylor", esganiço numa voz fina, de bicha, batendo com um pulso amolecido em seu ombro, mas ele já está dormindo de novo, então não importa. Retiro a mão com um suspiro.

"Aquele é Miles..." Caron entrevê um gorila de certa idade na mesa ao lado com uma trupe grisalha e uma ninfeta de onze anos no colo.

Libby se vira para confirmar. "Mas pensei que ele estava gravando aquele filme sobre o Vietnã na Filadélfia."

"Não. Nas *Filipinas*", diz Caron. "Não era na Filadélfia."

"Ah, sim", diz Libby, então, "Tem certeza?"

"Sim. Na verdade ele já terminou", diz Caron num tom completamente indeciso. Ela pisca. "Na verdade, ele já foi... lançado." Ela pisca mais uma vez. "Na verdade, acho que saiu... ano passado."

As duas ficam olhando para a mesa ao lado sem interesse, mas quando se viram para nossa mesa de volta, os olhos caindo em Taylor dormindo, Caron se vira para Libby e suspira. "Será que a gente devia ir lá dar um oi?"

Libby acena lentamente, seus traços interrogativos à luz das velas, e se levanta. "Com licença." Elas saem. Daisy fica, bebe do champanhe de Caron. Imagino-a nua, assassinada, os vermes escavando, se refestelando com seu estômago, os peitos enegrecidos por queimaduras de cigarro, Libby comendo esse cadáver, então dou uma tossida, "Então hoje realmente fez calor, não é?".

"Fez", concorda ela.

"Me faça uma pergunta", digo a ela, de repente me sentindo, bem, espontâneo.

Ela traga o cigarro, então assopra. "Então o que você faz?"

"O que você acha que eu faço?" Também empolgado.

"Modelo?" Ela dá de ombros. "Ator?"

"Não", digo. "Lisonjeiro, mas não."

"Então?"

"Estou no ramo, hum, de cortes e execuções em geral. Depende", dou de ombros.

"Você gosta?", pergunta ela, inabalada.

"Hum... Depende. Por quê?" Pego um pouco do sorbet.

"Bem, a maioria dos caras que conheço que trabalham com cortes e aquisições na verdade não gosta", diz ela.

"Não me referi a *esse tipo* de cortes e execuções", digo, acrescentando um sorriso forçado, terminando meu J&B. "Ah, deixa pra lá."

"Faça uma pergunta pra *mim*", diz ela.

"Ok. Onde você..." — paro por um momento, travado — "... passa o verão?"

"Maine", diz ela. "Me pergunta outra coisa."

"Onde você treina?"

"Personal trainer", diz ela. "E você?"

"Xclusive", digo. "No Upper West Side."

"Sério?" Ela sorri, então percebe alguém atrás de mim, mas sua expressão não se altera, e a voz continua sem tom. "Francesca. Minha nossa. É Francesca. Veja."

"Daisy! E Patrick, seu *capeta*!", guincha Francesca. "Daisy, o que em nome de deus você está fazendo com um *garanh*ão que nem o Batman?" Ela invade a mesa, deslizando com essa loira entediada que não reconheço. Francesca está usando um vestido de veludo da Saint Laurent Rive Gauche e a garota que não reconheço está usando um vestido de lã da Geoffrey Beene. Ambas estão usando pérolas.

"Olá, Francesca", digo.

"Daisy, meu deus, Ben e Jerry estão *aqui*. Eu *amo* Ben e Jerry", acho que é o que ela diz, tudo de um fôlego só, gritando sob a música baixa — na verdade abafando a música baixa — da banda de jazz. "Você não *ama* Ben e Jerry?", pergunta, os olhos arregalados, e então grasna para uma garçonete que passava, "Suco de *laranja*! Preciso de suco de *laranja*! Puta merda, o serviço aqui precisa melhorar. Onde está Nell? Vou falar com ela", resmunga, olhando em volta da sala, e então se vira para Daisy. "Que tal o meu rosto? Bateman, *Ben e Jerry* estão *aqui*. Não fica aí sentado que nem um idiota. Meu deus, estou brincando. Adoro Patrick, mas o que é isso, Batman, anima aí, garanhão, Ben e Jerry estão aqui." Ela estremece com lascívia, então umedece os dois lábios com a língua. Francesca escreve para a *Vanity Fair*.

"Mas eu já..." Paro e olho para meu sorbet, incomodado. "Já pedi este sorbet de toranja." Aponto taciturno para o prato, confuso. "Não quero nenhum sorvete."

"Pelo amor de deus, Bateman, *Jagger* está aqui. Mick. Jerry. *Você* sabe", diz Francesca, falando para a mesa, mas sem parar de examinar o salão. A expressão de Daisy não se alterou uma única vez durante a noite inteira. "Que y-u-p-p-i-e", soletra à loira, então os olhos de Francesca pousam em meu sorbet. Puxo-o para perto de mim a fim de protegê-lo.

"Ah sim", digo. "'*Just another night, just another night with you...*'", meio que canto. "Sei quem é."

"Você está magra, Daisy, está me dando nojo. De qualquer forma, esta é Alison Poole, que também é magra e me dá nojo", diz Francesca, dando um leve tapinha em minhas mãos, que estão cobrindo o sorbet, puxando a sobremesa de volta para si. "E esta é Daisy Milton e Patrick..."

"Nós nos conhecemos", diz Alison, me encarando.

"Oi, Alison. Pat Bateman", digo, estendendo a mão.

"Nós nos *conhecemos*", diz ela novamente, me encarando com mais intensidade.

"Hum... Ah, é?", pergunto.

Francesca solta um grito, "Meu deus, olha esse perfil do Bateman. Totalmente *romano*. E essas pestanas!", esganiça.

Daisy sorri em aprovação. Levo na boa, ignorando-as.

Reconheço Alison como uma garota que comi na última primavera enquanto estava no Kentucky Derby com Evelyn e os pais dela. Me lembro que ela gritou quando tentei enfiar meu braço inteiro, de luvas e besuntado com vaselina, pasta de dente, tudo o que eu pudesse encontrar, na vagina dela. Ela estava bêbada, chapada de coca, e eu a havia amarrado com arame, colado fita adesiva na boca inteira, no rosto, nos peitos. Francesca já me chupou antes. Não me lembro o local, ou quando, mas ela me chupou e gostei. De repente me lembro, dolorosamente, que teria gostado de ver Alison sangrar até a morte aquela tarde na última primavera, mas algo me fez parar. Ela estava tão chapada — "oh meu deus", ficou gemendo durante aquelas horas, o sangue fazendo bolhas no nariz — que não chorou. Talvez esse tenha sido o problema; talvez isso a tenha salvado. Ganhei uma boa grana naquele final de semana com um cavalo chamado Exposição Indecente.

"Bem... Oi." Dou um sorriso sem graça, mas logo recupero minha confiança. Alison jamais teria contado aquela história a alguém. Alma alguma poderia ter ouvido a respeito daquela tarde amável e horrível. Rio para ela na escuridão do Nell's. "Sim, me lembro de você. Você foi uma verdadeira...", pauso, então resmungo, "manipuladora."

Ela não diz nada, apenas olha para mim como se eu fosse o oposto da civilização ou algo assim.

"Nossa. Taylor está dormindo ou apenas morto?", pergunta Francesca enquanto devora o restante de meu sorbet. "Meu deus, alguém leu a *Page Six* hoje? Eu estava nela, assim como a Daisy. E a Taffy também."

Alison se levanta sem olhar para mim. "Vou procurar Skip lá embaixo para dançar." Ela vai embora.

McDermott chega e dá aquela checada em Alison, que está se apertando ao passar por ele, antes de se sentar ao meu lado.

"Deu sorte?", pergunto.

"Sem jogo", responde, limpando o nariz. Ele cheira minha bebida e então dá uma golada, depois acende um dos cigarros de Daisy. Olha para trás enquanto acende e se apresenta para Francesca antes de olhar de volta para mim. "Não fique assim tão *impressionado*, sabe Bateman. Acon*tece*."

Paro, encarando-o, antes de perguntar "Você está, hum, tipo, de sacanagem comigo, McDermott?".

"Não", diz ele. "Sem sorte."

Paro de novo, então olho para o meu colo e dou um suspiro. "Olha, McDermott, eu já fiz esse papel antes. Sei o que você está fazendo."

"Trepei com ela." Ele funga de novo, apontando para uma garota numa das mesas da frente. McDermott está suando profusamente e fedendo a Xeryus.

"Trepou? Uau. Agora me escuta", digo, então percebo algo com o canto do olho. "*Francesca...*"

"O quê?" Ela olha para cima, um filete de sorbet caindo pelo queixo.

"Você está tomando meu sorbet?", aponto para o prato.

Ela engole, me encarando. "Fica frio, Bateman. O que você quer que eu faça, seu garanhão lindo? Um teste de aids? Meu deus, por falar nisso, e aquele cara ali, o Krafft? Hum. Sem dúvida."

O cara que Francesca apontou está sentado numa mesa perto do palco em que a banda de jazz está tocando. O cabelo lambido para trás sobre um rosto bem juvenil, e ele está usando um terno com calça plissada, e uma camisa de algodão com bolinhas cinza-claro da Comme des Garçons Homme, e bebendo um martíni, e não é difícil imaginá-lo na cama de alguém hoje, deitado, provavelmente com a garota sentada com ele: loira, peitos grandes, usando um vestido com tachas metálicas da Giorgio di Sant'Angelo.

"Será que a gente devia contar pra ela?", alguém pergunta.

"Ah, não", diz Daisy. "Não fala. Ela parece uma putona."

"Escuta, McDermott." Me inclino para ele. "Você *tem* drogas. Posso ver na porra dos seus olhos. Fora que você não para de fungar."

"Nada. *Negatif*. Hoje não, meu caro." Ele sacode a cabeça.

Aplausos para a banda de jazz — todos à mesa batem palmas, até mesmo Taylor, que Francesca acordou inadvertidamente, e me viro para o lado oposto a McDermott, extremamente puto, e bato palmas como todos os outros. Caron e Libby andam até a mesa e Libby diz "Caron tem de ir pra Atlanta amanhã. Ensaio da *Vogue*. Precisamos ir embora". Alguém pede a conta e McDermott paga no cartão AmEx gold, a prova conclusiva de que ele está chapado de coca, já que é um famoso mão de vaca.

Do lado de fora está um mormaço e há uma leve geada, quase como uma névoa, com raios, mas sem trovejar. Sigo McDermott, esperando confrontá-lo, quase trombando com alguém numa cadeira de rodas que me lembro de ter ido até as cordas logo que chegamos, e o cara ainda está lá sentado, rodas se movendo para a frente e então de volta para trás, para cima e para baixo no pavimento, completamente ignorado pelos porteiros.

"McDer*mott*", chamo. "Aonde você está indo? Me dá logo as suas *drogas*."

Ele se vira, me encarando, e começa uma dancinha bizarra, girando, então do mesmo modo abrupto para e anda até uma negra e uma criança sentadas diante da porta da deli fechada, ao lado do Nell's, e previsivelmente ela está pedindo comida, um previsível cartaz de papelão aos pés. É difícil dizer se a criança, seis ou sete anos, é negra ou não, e até se é mesmo da mulher, pois a luz do lado de fora do Nell's está muito intensa, realmente desfavorável, e tende a deixar a pele de todos com a mesma coloração amarelada, desbotada.

"O que elas estão *fazendo*?", diz Libby, observando, absorta. "Não sabem que precisam ficar mais perto das cordas?"

"*Lib*by, *va*mos", diz Caron, empurrando-a na direção de dois táxis diante da calçada.

"McDermott", pergunto. "Mas que *merda* você tá fazendo?"

Os olhos de McDermott estão vidrados, e ele está acenando uma nota de dólar na frente do rosto da mulher, e ela começa a chorar, pateticamente tentando pegá-la, mas, claro, tipicamente, ele não entrega o dinheiro. Em vez disso, toca fogo na nota com fósforos do Canal Bar e reacende seu charuto fumado pela metade preso entre seus dentes brancos e alinhados — provavelmente uma chapa, que idiota.

"Que... *gentrificante* de sua parte, McDermott", digo a ele.

Daisy está curvada em cima de uma Mercedes branca estacionada diante da calçada. Outra Mercedes, essa uma limusine, preta, está estacionada ao lado da branca. Mais raios no céu. Uma ambulância guincha pela rua 14. McDermott anda até Daisy e beija sua mão antes de se enfiar no segundo táxi.

Sou abandonado de pé diante da mulher negra aos prantos, e Daisy a encara.

"Meu deus", reclamo. "Aqui..." Passo para a negra uma cartela de fósforos Lutèce antes de perceber o engano, então encontro uma cartela de fósforos da Tavern on the Green e a jogo para a criança, e arranco a outra cartela de fósforos de seus dedos sujos e cheio de crostas.

"Meu deus", reclamo de novo, andando até Daisy.

"Não tem *mais táxis*", diz ela, mãos na cintura. Outro clarão de raio faz com que ela chacoalhe a cabeça, se lamentando. "Onde estão os fot*ó*grafos? Quem está tirando essas *fo*tos?"

"Táxi!", assobio, tentando acenar para um carro que passava.

Outro lampejo rasga o céu ao meio, acima das Zeckendorf Towers, e Daisy esganiça "Onde *está* o fotógrafo? *Patrick*. Fala pra eles *pararem*". Ela está confusa, a cabeça se movendo para a esquerda, a direita, atrás, a esquerda, a direita. Ela baixa os óculos escuros.

"Meu deus", reclamo, a voz aumentando quase aos gritos. "São *ra*ios. Não um fotógrafo. *Raios*!"

"Ah, certo. *Eu* deveria acreditar em *você*. Você disse que Gorbatchóv estava no andar de baixo", acusa ela. "Não acredito em você. Acho que a imprensa está aqui."

"Jesus, aí vem um táxi. *Ei, táxi.*" Assobio para um táxi se aproximando que acaba de virar a Oitava Avenida, mas alguém dá um tapinha em meu ombro e, quando me viro, Bethany, uma garota que namorei em Harvard e que subsequentemente me deu um pé na bunda, está diante de mim usando um suéter de laço rendado e calça de crepe-viscose da Christian Lacroix, um guarda-chuva branco aberto numa mão. O táxi que eu estava tentando chamar passa disparado.

"Bethany", digo, atônito.

"Patrick." Ela sorri.

"Bethany", repito.

"Como vai, Patrick?", pergunta.

"Eu, bem, estou... estou ótimo", gaguejo, após um tempo de silêncio constrangedor. "E você?"

"Muito bem, obrigada", diz ela.

"Sabe... bem, você estava lá dentro?", pergunto.

"Sim, estava." Ela acena. "É bom te ver."

"Você está... morando aqui?", pergunto, engolindo em seco. "Em Manhattan?"

"Sim." Ela sorri. "Estou trabalhando na Milbank Tweed."

"Ah, bem... ótimo." Olho de volta para Daisy e de repente sinto raiva, me lembrando do almoço em Cambridge, no Quarters, em que Bethany, braço numa tipoia, um leve machucado acima da bochecha, terminou tudo, ali, assim de repente, e estou pensando: Meu cabelo, meu deus, meu *cabelo*, e posso sentir a geada arruinando-o. "Bem, preciso ir."

"Você está na P&P, certo?", pergunta ela. "Você está ótimo."

Avistando outro táxi se aproximar, recuo. "Sim, bem, você sabe."

"Vamos almoçar", ela grita.

"O que poderia ser mais divertido?", digo, inseguro. O táxi percebeu Daisy e parou.

"Eu te ligo", diz ela.

"Que seja", digo.

Um negro abriu a porta do táxi para Daisy e ela entra com delicadeza, e o negro a segura aberta para mim também, enquanto entro, gesticulando, acenando com a cabeça para Bethany. "Uma gorjeta, senhor", pede o negro, "sua e da bela garota?"

"Sim", resmungo, tentando conferir meu cabelo no retrovisor do motorista. "Aqui uma gorjeta: arranja um emprego de *verdade*, seu preto idiota de merda." Então eu mesmo bato a porta e falo ao motorista para levar a gente até o Upper West Side.

"Você não achou interessante naquele filme hoje como eles eram espiões mas não eram espiões?", pergunta Daisy.

"E pode deixar ela no Harlem", digo ao motorista.

Estou no meu banheiro, sem camisa, em frente ao espelho Orobwener, refletindo se deveria tomar um banho e lavar o cabelo já que ele está uma merda por causa da chuva. Hesitante, passo um pouco de gel nele e depois um pente. Daisy se senta na cadeira de bronze e cromo Louis Montoni ao lado do futon, enfiando uma colher de sorvete Häagen-Dazs de macadâmia com crocante na boca. Está usando apenas um sutiã de laço e uma cinta de liga da Bloomingdale's.

"Sabe", comenta ela, "meu ex-namorado Fiddler, na festa hoje mais cedo, não podia entender o que eu estava fazendo com um yuppie."

Não estou realmente ouvindo, mas, enquanto observo meu cabelo, solto um, "Ah, é mesmo?".

"Ele disse..." Ela dá uma risada. "Ele disse que você transmitia vibrações negativas."

Suspiro, então faço muque. "Nossa... que ruim."

Ela dá de ombros e admite de improviso. "Ele costumava cheirar muita cocaína. Costumava me bater."

De repente começo a prestar atenção, até ela dizer "Mas nunca tocou no meu rosto".

Entro no quarto e começo a tirar a roupa.

"Você me acha burra, não é?", pergunta ela, me encarando, as pernas, bronzeadas e malhadas, penduradas num dos braços da cadeira.

"O quê?", tiro os sapatos, então me curvo para pegá-los.

"Você me acha burra", diz ela. "Você acha todas as modelos burras."

"Não", digo, tentando conter o riso. "Não acho mesmo."

"Acha sim", insiste ela. "Dá pra ver."

"Eu te acho..." Fico ali parado, minha voz enfraquecendo.

"Sim?" Ela está sorrindo, esperando.

"Acho você totalmente brilhante e incrivelmente... brilhante", digo num único tom.

"Isso é gentil." Ela sorri com serenidade, lambendo a colher. "Você tem, hum, certa ternura."

"Obrigado." Tiro minha calça e a dobro com cuidado, pendurando-a com a camisa e a gravata num cabide de ferro Philippe Stark preto. "Sabe, outro dia flagrei minha empregada roubando um pedaço de torrada de grãos na lixeira da cozinha."

Daisy abstrai isso, e então pergunta "Por quê?".

Paro, observando sua barriga lisa e bem-definida. Seu torso é completamente bronzeado e musculoso. Assim como o meu. "Porque ela disse que estava com fome."

Daisy suspira e lambe a colher pensativa.

"Acha que meu cabelo está bonito?" Ainda estou lá de pé, usando apenas meu short de jockey da Calvin Klein, o pau duro saliente, e um par de meias de cinquenta dólares da Armani.

"Sim." Ela dá de ombros. "Claro."

Me sento na beirada do futon e retiro as meias.

"Hoje bati numa moça que estava pedindo dinheiro pras pessoas na rua." Paro, então meço com cuidado cada uma das palavras seguintes. "Ela era jovem e parecia assustada, e tinha um cartaz explicando que estava perdida em Nova York e tinha uma criança, apesar de eu não ter visto. E ela precisava de dinheiro, para comida ou algo assim. Para uma passagem de ônibus até Iowa. Iowa. Acho que era Iowa e..." Paro por um momento, enrolando as meias, depois desenrolando-as.

Daisy me dá um olhar vazio por um minuto, antes de perguntar "E então?".

Paro, distraído, e me levanto. Antes de andar até o banheiro, comento "E então? Dei uma surra daquelas nela". Abro o armário de remédios procurando uma camisinha e, quando volto ao quarto, digo "Ela havia escrito *deficiente* errado. Digo, não foi por isso que bati nela, mas... sabe". Dou de ombros. "Era feia demais pra eu estuprar."

Daisy se levanta, colocando a colher ao lado da embalagem de Häagen-Dazs na mesa de cabeceira com design de Gilbert Rhode.

Aponto. "Não. Deixa na embalagem."

"Ah, desculpa", diz ela.

Ela admira um vaso da Palazzetti enquanto coloco a camisinha. Fico em cima dela e fazemos sexo, e deitada embaixo de mim ela é apenas uma forma, mesmo com todas as lâmpadas halógenas acesas. Mais tarde, estamos deitados de lados opostos da cama. Toco seu ombro.

"Acho que você devia ir pra casa", digo.

Ela abre os olhos, coça o pescoço.

"Acho que eu poderia... te machucar", falo. "Acho que não posso me controlar."

Ela olha para mim e dá de ombros. "Ok. Claro", e então começa a se vestir. "Não quero ficar muito envolvida mesmo", diz.

"Acho que algo ruim vai acontecer", falo.

Ela coloca a calcinha, confere o cabelo no espelho Nabolwev e acena. "Entendo."

Depois que ela se vestiu e minutos de silêncio puro e insuportável se passaram, digo, não sem esperança, "Você não quer se machucar, quer?".

Ela abotoa o topo do vestido e suspira, sem olhar para mim. "É por isso que estou indo embora."

Digo "Acho que estou perdendo o controle".

PAUL OWEN

Verifiquei as chamadas durante toda a manhã em meu apartamento, sem atender nenhuma, fitando cansadamente um telefone sem fio enquanto bebia xícara após xícara de chá herbal descafeinado. Depois fui à academia, e treinei por duas horas; almocei no Health Bar, e mal consegui comer metade da salada com molho de endívias e cenouras que pedi. Passei na Barney's voltando do sótão de um prédio abandonando onde aluguei uma unidade em algum lugar na área de Hell's Kitchen. Fiz tratamento facial. Joguei squash com Brewster Whipple no Yale Club e de lá fiz reservas para as oito sob o nome de Marcus Halberstam no Texarkana, onde vou me encontrar com Paul Owen para jantar. Escolhi o Texarkana pois sei que muitas pessoas com quem faço negócios não vão comer lá hoje. Além do mais, estou com vontade de comer o porco com cobertura de pimenta deles e de tomar uma ou duas cervejas Dixie. É junho e estou usando um terno de linho de dois botões, uma camisa de algodão, uma gravata de seda, e sapatos sociais de couro, tudo da Armani. Fora do Texarkana, um mendigo negro animado gesticula para mim, explicando que é o irmão mais novo de Bob Hope, No Hope, Sem Esperança. Está segurando um copo de café de isopor. Acho isso engraçado, então dou uma moeda de vinte e cinco centavos para ele. Estou vinte minutos atrasado. De uma janela aberta na rua 10 posso escutar os últimos resquícios de "A Day in the Life", dos Beatles.

O bar no Texarkana está vazio e na área de jantar apenas quatro ou cinco mesas com pessoas nelas. Owen está numa mesa nos fundos, reclamando amargamente com o garçom, fazendo um interrogatório, exigindo saber os motivos exatos para o guisado de lagostim estar em falta hoje. O garçom, uma bicha não muito feia, está perdido e sibila uma desculpa, desamparado. Owen não está com humor para agrados, mas eu também não. Quando me sento, o garçom se desculpa mais uma vez e pega meu pedido de bebida. "J&B, *caubói*", ressalto. "*E* uma cerveja Dixie." Ele sorri enquanto anota isso — o desgraçado também ergue as pálpebras — e quando estou prestes a avisar para não tentar vir com conversa mole para cima de mim Owen despeja seu pedido de bebida, "Martíni de Absolut duplo", e o frutinha sai dali.

"Essa, hum, atividade é mesmo uma colmeia, Halberstam", diz Owen, acenando para o salão quase vazio. "Este lugar está quente, *muito* quente."

"Escuta, a sopa de lama e a rúcula no carvão daqui são *ultrajantes*", falo.

"Sim, bem", resmunga ele, encarando sua taça de martíni. "Você está atrasado."

"Ei, sou filho de pais divorciados. Me dá um tempo", digo, dando de ombros, e pensando: Ah, Halberstam, como *você* é um cuzão. E então, após ter examinado o menu, "Hummm, vejo que omitiram o lombo de porco com gelatina de limão".

Owen está usando um terno de seda e linho de peito duplo, uma camisa de algodão e uma gravata de seda, tudo da Joseph Abboud, e seu bronzeado está impecável. Mas hoje ele está distante, supreendentemente taciturno, e sua severidade atua sobre meu humor jovial e expectante, abafando-o consideravelmente, e de repente me vejo recorrendo a comentários do tipo "Aquela ali é Ivana Trump?", e então, rindo, "Nossa, Patrick, digo, *Marcus*, o que você está *pensan*do? Por que Ivana estaria no Texarkana?". Mas isso não torna o jantar menos monótono. Não ajuda a amenizar o fato de que Paul Owen tem exatamente minha idade, vinte e sete, ou deixa tudo isso menos desconcertante para mim.

O que no começo confundi com afetação da parte de Owen na verdade é apenas embriaguez. Quando o pressiono por informações sobre a conta da Fisher ele fornece apenas dados estatísticos que eu já sabia: como Rothschild originalmente estava cuidando da conta, como Owen conseguiu cuidar dela. E embora tivesse feito Jean arrumar esses dados para meus arquivos *meses atrás*, continuo acenando, fingindo que essa informação primitiva é reveladora e dizendo coisas como "Que esclarecedor" enquanto ao mesmo tempo lhe digo "Sou completamente insano" e "Gosto de dissecar garotas". A cada vez que tento conduzir a conversa de volta à misteriosa conta da Fisher, ele muda o tópico enfurecidamente e volta para salões de bronzeamento, ou marcas de charutos, ou certas academias, ou os melhores lugares para correr em Manhattan, e ele continua gargalhando, o que acho totalmente irritante. Estou bebendo uma cerveja sulista durante a primeira parte da refeição — pré-entrada, pós-tira-gosto —, e mudo para Pepsi Diet no meio do caminho, já que preciso ficar levemente sóbrio. Estou prestes a contar para Owen que Cecelia, a namorada de Marcus Halberstam, tem duas vaginas, e que planejamos nos casar na primavera seguinte em East Hampton, mas ele me interrompe.

"Estou me sentindo, hã, um pouco tonto", admite, espremendo ebriamente um limão na mesa, errando feio a caneca de cerveja.

"Aham." Mergulho um bastão de jicama num molho de mostarda de ruibarbo, fingindo ignorá-lo.

Owen está tão bêbado quando o jantar termina que (1) faço ele pagar a conta de duzentos e cinquenta dólares, (2) faço ele admitir como é mesmo um filho da puta imbecil, e (3) o levo até minha casa, onde ele prepara *outra* bebida para si — na verdade abre uma garrafa de Acacia que achei que tinha escondido, com um abridor de vinho de prata esterlina da Mulazoni que Peter Radloff comprou para mim depois que fechamos negócios com Heatherberg. No meu banheiro pego o machado que havia escondido no chuveiro, esmigalho dois Valiums de cinco miligramas engolindo-os com um copo de Plax, então vou até o foyer, onde pego um casaco de chuva barato que comprei na Brooks Brothers quarta-feira e caminho na direção de Owen, que está na sala curvado, perto do aparelho de som, conferindo minha coleção de CDs — todas as luzes do apartamento ligadas, as venezianas fechadas. Ele fica reto e anda de costas lentamente, bebendo de sua taça de vinho, conhecendo o apartamento, até que se senta numa cadeira dobrável de alumínio branca que comprei na promoção do Memorial Day da Conran semanas atrás, e por fim percebe os jornais — exemplares do USA *Today, W* e *The New York Times* — espalhados a sua volta, cobrindo o piso, para proteger o carvalho branco polido do sangue dele. Me movo até Owen com o machado em uma mão, e com a outra abotoo o casaco de chuva.

"Ei, Halberstam", pergunta, conseguindo balbuciar as duas palavras.

"Sim, Owen", digo, me aproximando.

"Por que tem, hum, exemplares da seção de Estilo por toda parte?", pergunta com cansaço. "Você tem um cachorro? Um chow ou algo assim?"

"Não, Owen." Me movo lentamente em volta da cadeira até que o estou encarando, de pé, diretamente na sua linha de visão, e ele está tão bêbado que não consegue nem mesmo se focar no machado, não percebe sequer quando o ergui acima da cabeça. Ou quando mudo de ideia e o abaixo até a altura da minha cintura, quase segurando--o como se fosse um taco de beisebol, e estou prestes a acertar numa bola que está vindo, que calha de ser a cabeça de Owen.

Owen para, então diz: "Enfim, eu costumava odiar Iggy Pop, mas agora que ficou tão comercial gosto muito mais dele que...".

O machado o acerta no meio da frase, diretamente no rosto, sua lâmina grossa dividindo de lado sua boca aberta, fazendo ele se calar. Os olhos de Paul me observam, depois se viram involuntariamente para trás na cabeça, então de volta para mim, e de repente suas mãos estão tentando agarrar o cabo, mas o choque da pancada exauriu suas forças. No começo, não há sangue, tampouco som, exceto pelo dos jornais sob os pés de Paul chutando, farfalhando, se rasgando. O sangue começa a jorrar lentamente pelos lados da sua boca pouco depois da primeira pancada, e quando puxo o machado — quase tirando Owen da cadeira pela cabeça — e o acerto novamente no rosto, dividindo-o ao meio, seus braços ondulando no nada, o sangue espirra em dois gêiseres amarronzados iguais, manchando meu casaco de chuva. Isso é acompanhado por um horrível chiado momentâneo que na verdade está saindo dos ferimentos no crânio de Paul, lugares em que osso e carne não estão mais conectados, e isso é seguido por um grosseiro barulho de peido causado por uma secção em seu cérebro, que devido à força da pressão está escapando, rosa e reluzente, pelos ferimentos no rosto. Ele cai no chão agonizante, seu rosto apenas cinzento e coberto de sangue, exceto por um de seus olhos, que está piscando descontroladamente; sua boca é um amontoado retorcido rosa e vermelho de dentes, carne e mandíbula, sua língua está dependurada num corte aberto do lado de sua bochecha, conectada apenas pelo que parece um espesso filete púrpura. Grito com ele apenas uma vez: "Filho da puta imbecil do caralho. Filho da puta imbecil do caralho". Fico ali esperando, encarando a rachadura acima do Onica que o síndico ainda não consertou. Paul leva cinco minutos para finalmente morrer. Outros trinta até parar de sangrar.

Pego um táxi até o apartamento de Owen no Upper East Side e na corrida pelo Central Park na calada dessa sufocante noite de junho no fundo do táxi me ocorre que ainda estou usando o casaco de chuva ensanguentado. Adentro o apartamento dele com as chaves que peguei do bolso do cadáver e encharco o casaco com fluido de isqueiro e o queimo na lareira. A sala de estar é muito limpa, minimalista. As paredes são de concreto branco pigmentado, exceto por uma parede, que está coberta por um desenho científico em larga escala bem descolado, e a parede de frente para a Quinta Avenida é atravessada por uma longa faixa de papel de decoração imitando couro de vaca. Há um sofá de couro preto abaixo dela.

Ligo a Panasonic widescreen de trinta e uma polegadas no *Late Night with David Letterman*, então vou até a secretária eletrônica para mudar a mensagem de Owen. Enquanto apagava a que estava lá (Owen fornecendo números por meio dos quais podia ser contatado — incluindo o Seaport, *pelo amor de deus* — enquanto as *Quatro Estações* de Vivaldi tocava com bom gosto no fundo), me pergunto em voz alta para onde mandar Paul, e após alguns minutos de intenso debate, decido: Londres. "Vou mandar aquele filho da puta pra Inglaterra", rio, enquanto baixo o volume da TV e então deixo uma nova mensagem. Minha voz é similar à de Owen e, para alguém escutando no telefone, provavelmente idêntica. Hoje o Letterman é sobre Truques Estúpidos de Animais. Um pastor alemão usando um boné dos Mets descasca e come uma laranja. Isso é repetido duas vezes, em câmera lenta.

Numa mala de couro curtido feita a mão com uma capa de lona cáqui, cantos reforçados, trancas e alças de ouro, da Ralph Lauren, empacoto um terno de lã listrado com seis botões, peito duplo e lapela pontuda, e um terno de flanela azul-marinho, ambos da Brooks Brothers, junto com um barbeador elétrico recarregável da Mitsubishi, uma calçadeira banhada em prata comprada na Barney's, um relógio esportivo Tag-Heuer, um porta-cédulas de couro preto da Prada, uma copiadora portátil da Sharp, um Dialmaster da Sharp, seu passaporte em sua própria carteira de passaporte de couro preto, e um secador de cabelo portátil da Panasonic. Também roubo para mim um CD player portátil da Toshiba com um dos discos da gravação com o elenco original de *Les Misérables* ainda dentro. O banheiro é completamente branco, exceto pelo papel de parede com manchas de dálmata cobrindo uma das paredes. Jogo os artigos de banheiro que posso ter deixado passar numa sacola de plástico Hefty.

De volta ao meu apartamento, encontro o corpo dele já em *rigor mortis*, e após enrolá-lo com quatro toalhas felpudas baratas, também compradas na promoção do Memorial Day da Conran, coloco

Owen de cabeça com a roupa inteira num saco de dormir de penas de ganso da Canalino, fecho o zíper e depois o arrasto com facilidade até o elevador, e então pelo saguão, passo pelo porteiro noturno e desço o quarteirão, esbarrando rapidamente com Arthur Crystal e Kitty Martin, que acabaram de jantar no Café Luxembourg. Por sorte, Kitty Martin deveria estar saindo com Craig McDermott, que está passando a noite em Houston, então eles não demoram, ainda que Crystal — um desgraçado grosseirão — me pergunte quais as regras gerais no uso de um paletó de jantar branco. Após uma resposta curta, chamo um táxi, sem esforço consigo colocar o saco de dormir no banco de trás, me enfio dentro dele e dou ao motorista um endereço de Hell's Kitchen. Uma vez lá, carrego o corpo por quatro jogos de escadas até chegarmos à unidade que me pertence no prédio abandonado, e coloco o corpo de Owen numa banheira de porcelana maior que o normal, arranco seu terno da Abboud e, após lavar o corpo, despejo dois pacotes de soda cáustica nele.

Mais tarde, por volta das duas da manhã, na cama, não consigo dormir. Evelyn me pega numa chamada em espera enquanto eu ouvia as mensagens na 976-XANA e assistia a uma fita no videocassete do *Patty Winters Show* de hoje sobre Pessoas Deformadas.

"Patrick?", pergunta Evelyn.

Paro, e num tom enfadonho calmamente anuncio "Você ligou para o número de Patrick Bateman. Neste momento ele não pode atender. Por favor, deixe uma mensagem após o sinal..." Paro, e então acrescento "Tenha um bom-dia". Paro novamente, rezando a deus para que ela tenha caído, antes de emitir um "Bip" de dar dó.

"Ah, para com isso Patrick", diz ela, irritada. "Sei que é você. Que diabos você acha que tá fazendo?"

Seguro o telefone na minha frente então o deixo cair no chão e o bato contra a mesa de cabeceira. Continuo a apertar alguns dos números, esperando que quando levar o fone ao meu ouvido seja agraciado com o tom de discagem. "Alô? Alô?", digo. "Tem alguém aí? Sim?"

"Ah pelo amor de deus para com isso. Só *para* com isso", diz Evelyn.

"Oi, Evelyn", digo com animação, meu rosto retorcido por uma careta.

"Onde você *estava* hoje?", pergunta ela. "Pensei que a gente tinha marcado de jantar juntos. Pensei que tínhamos reservas no Raw Space."

"Não Evelyn", suspiro, de repente muito cansado. "Não tínhamos. "Por que você pensaria isso?"

"Pensei que eu havia anotado isso", choraminga. "Pensei que minha secretária tivesse anotado isso pra mim."

"Bem, alguma de vocês estava errada", digo, rebobinando a fita pelo controle remoto, deitado na minha cama. "Raw Space? Meu deus. Você... é... louca."

"Querido", geme ela. "Onde você *estava* hoje? Espero que não tenha ido ao Raw Space sem mim."

"Ai meu deus", lamento. "Tive que alugar umas fitas. Quer dizer, tive que devolver umas fitas."

"O que mais você fez?", pergunta ela, ainda choramingando.

"Bem, esbarrei com Arthur Crystal e Kitty Martin", digo. "Acabaram de jantar no Café Luxembourg."

"Sério?" Para meu desânimo, o interesse dela aumenta. "O que Kitty estava usando?"

"Um vestido de baile abaixo do ombro com corpete de veludo e uma saia com laço e padrão de flores da Laura Marolakos, acho."

"E Arthur?"

"Mesma coisa."

"Ai, sr. Bateman." Ela dá uma risadinha. "Adoro seu senso de humor."

"Escuta, está tarde. Estou cansado." Dou um bocejo falso.

"Te acordei?", pergunta ela com preocupação. "Espero não ter acordado."

"Sim", digo. "Acordou. Mas atendi mesmo assim, então é minha culpa, não sua."

"Jantar, querido? Amanhã?", pergunta ela, ansiando timidamente por uma resposta afirmativa.

"Não posso. Trabalho."

"Você é praticamente o dono da merda daquela empresa", reclama ela. "*Que* trabalho? Que *trabalho* você faz? *Não* compreendo."

"Evelyn", suspiro. "*Por favor.*"

"Ah, Patrick, vamos viajar esse verão", diz ela, esperançosa. "Vamos pra Edgartown ou pros Hamptons."

"Vou fazer isso", digo. "Talvez faça isso".

PAUL SMITH

Estou de pé na Paul Smith conversando com Nancy e Charles Hamilton e a filha de dois anos de idade deles, Glenn. Charles está usando um terno de linho de peito duplo de quatro botões da Redaelli, uma camisa de algodão grosso da Ascot Chang, uma gravata de seda estampada da Eugenio Venanzi e mocassins da Brooks Brothers. Nancy está usando uma blusa de seda com lantejoulas de madrepérola e uma saia de chiffon da Valentino e brincos de prata da Reena Pachochi. Estou usando um terno de lã listrado de peito duplo e seis botões e uma gravata de seda estampada, ambas da Louis, Boston, e uma camisa de algodão Oxford da Luciana Barbera. Glenn está usando macacão de seda da Armani e um minúsculo boné dos Mets. A vendedora registra as compras de Charles, e estou brincando com a bebê enquanto Nancy a segura, oferecendo a Glenn meu cartão platinum da American Express, e ela o segura, animada, e estou balançando minha cabeça, fazendo uma voz fina de bebê, apertando seu queixo, balançando o cartão na frente do rosto dela, ululando, "Sim, sou um grande assassino psicopata, ah, sou sim, gosto de matar pessoas, sim, eu gosto mesmo, querida, meu docinho, gosto mesmo...". Hoje depois do trabalho joguei squash com Ricky Hendricks, então tomei umas com Stephen Jenkins no Fluties e devo encontrar Bonnie Abbott para jantar no Pooncakes, o novo restaurante de Bishop Sullivan no Gramercy Park, às oito. O *Patty Winters Show* hoje foi sobre

Sobreviventes de Campos de Concentração. Tiro uma TV portátil Sony Watchman (a FD-270) que tem uma minitela de 2,7 polegadas em preto e branco e pesa apenas 350 gramas, e a entrego para Glenn. Nancy pergunta "Que tal as ovas de sável no Rafaeli's?". Agora mesmo, do lado de fora dessa loja, ainda não está escuro, mas está ficando.

"É maravilhoso", murmuro, encarando Glenn com alegria.

Charles assina a nota e enquanto coloca seu American Express gold de volta na carteira, se vira para mim e reconhece alguém por cima de meu ombro.

"Ei, Luis", diz Charles, sorrindo.

Eu me viro.

"Oi, Charles. Oi, Nancy." Luis Carruthers beija o rosto de Nancy, então aperta a mão da bebê. "Oh, olá, Glenn. Nossa, como você está grande."

"Luis, você conhece Robert Chanc...", começa Charles.

"Pat Bateman", digo, colocando o Watchman de volta no bolso. "Nós já nos conhecemos."

"Oh, desculpa. Isso mesmo. Pat Bateman", diz Charles. Luis está usando um terno de lã-crepe, uma camisa de algodão grosso e uma gravata de seda, tudo da Ralph Lauren. Como eu, como Charles, ele está com o cabelo lambido para trás e usando óculos de armação de sequoia da Oliver Peoples. Os meus ao menos são sem grau.

"Então", digo, apertando a mão dele. O aperto de Luis é abertamente firme, e ao mesmo tempo horrivelmente sensual. "Com licença, preciso comprar uma gravata." Aceno um tchauzinho para a pequena Glenn mais uma vez e sigo para conferir itens para o pescoço no cômodo adjacente, limpando minha mão numa toalha de duzentos dólares que está pendurada num suporte de mármore.

Sem demora, Luis se aproxima e se curva diante da gaveta de gravatas, fingindo examinar as gravatas assim como eu.

"O que você está fazendo aqui?", sussurra.

"Comprando uma gravata pro meu irmão. O aniversário dele está perto. Com licença." Avanço pelo mostruário, para longe dele.

"Ele deve se sentir muito sortudo por ter um irmão como você", diz ele, deslizando para meu lado, com um sorriso sincero.

"Talvez, mas pra mim ele é completamente repulsivo", digo. "*Você* poderia gostar dele."

"Patrick, por que você evita olhar para mim?", pergunta Luis, soando angustiado. "*Olha* para mim."

"Por favor, *por favor*, me deixa em paz, Luis", digo, meus olhos fechados, ambos os punhos crispados de raiva.

"O que é isso... Vamos beber algo no Sofi e conversar", sugere, começando a insistir.

"Conversar sobre *o quê?*", pergunto, incredulamente, abrindo os olhos.

"Bem... sobre *nós*." Ele dá de ombros.

"Você me *seguiu* até aqui?", pergunto.

"Aqui *onde*?"

"Aqui. Paul Smith. Por quê?"

"*Eu*? Seguir *você*? Fala sério." Ele tenta rir, escarnecendo de meu comentário. "Meu deus."

"Luis", digo, me forçando a fazer contato visual. "Por favor, me deixe em paz. Vá embora."

"Patrick", diz ele. "Eu te amo muito. Espero que perceba isso."

Lamento, movendo os olhos para os sapatos, dando um sorriso abatido para um vendedor.

Luis prossegue. "Patrick, o que estamos fazendo aqui?"

"Bem, estou tentando comprar uma gravata pro meu irmão e..." — pego um mocassim, e então suspiro — "... você está tentando me pagar um boquete, imagino. Meu deus, vou embora daqui."

Volto ao estande de gravatas, pego uma sem escolher e a levo até o caixa. Luis me segue. Ignorando-o, passo a uma vendedora meu cartão AmEx platinum e digo a ela "Tem um mendigo lá fora". Aponto pela janela para um sem-teto chorando com uma sacola de jornais de pé num banco ao lado da entrada da loja. "Você devia chamar a polícia ou algo assim." Ela agradece e passa meu cartão pelo computador. Luis apenas fica lá, encarando o chão timidamente. Assino o recibo, pego a sacola e informo à vendedora, apontando para Luis, "Ele não está comigo".

Do lado de fora, tento chamar um táxi na Quinta Avenida. Luis corre para fora da loja atrás de mim.

"Patrick, *precisamos* conversar", ele grita por cima do alvoroço do tráfego. Ele corre até mim, puxando a manga da minha camisa. Giro nos calcanhares, meu canivete já aberto, e o manuseio ameaçadoramente, avisando a Luis para se afastar. As pessoas saem de nosso caminho, continuam a andar.

"Opa, ei, Patrick", diz, levantando as mãos, recuando. "Patrick..."

Assobio para ele, ainda empunhando a faca, até um táxi que chamei parar. Luis tenta se aproximar de mim, as mãos ainda para cima, e fico com a faca apontada para ele, fatiando o ar com ela, enquanto abro a porta do carro e entro, ainda assobiando, então fecho a porta e digo ao motorista para seguir até o Gramercy Park, para o Pooncakes.

ANIVERSÁRIO, IRMÃOS

Passo o dia inteiro pensando em que tipo de mesa eu e meu irmão Sean nos sentaremos hoje à noite no Quilted Giraffe. Como é seu aniversário e calha de ele estar na cidade, o contador do meu pai, Charles Conroy, e o depositário de seu patrimônio, Nicholas Leigh, ligaram semana passada e sugeriram que seria do interesse de todos usar essa data como desculpa para descobrir o que Sean está fazendo da vida e talvez fazer uma ou duas perguntas pertinentes. E embora esses dois homens saibam que desprezo Sean, e que esse sentimento é inequivocamente recíproco, seria uma boa ideia jantar com ele, e, como atrativo, uma isca, caso ele se recuse, comentar, sem discrição, que algo ruim aconteceu. Estive numa conferência telefônica com Conroy e Leigh na tarde da última quarta.

"Algo ruim? Tipo o quê?", perguntei, tentando me concentrar nos números que desciam pelo meu monitor enquanto ao mesmo tempo acenava para Jean sair, embora ela estivesse segurando um monte de papéis que eu deveria assinar. "Que todas as cervejarias Michelob no Nordeste vão fechar? Que o 976-PUTAS parou de atender em casa?"

"Não", disse Charles, e proferiu em voz baixa, "Fala pra ele que sua mãe... piorou."

Refleti sobre essa tática, e então disse "Ele pode não se importar".

"Diga a ele...", Nicholas parou, deu uma tossida e propôs com um tanto de delicadeza, "que tem a ver com o patrimônio dela."

Olhei por cima do meu monitor, baixando meus óculos Wayfare, e encarei Jean, depois passei levemente o dedo pelo guia Zagat que estava ao lado. O Pastels seria impossível. Ditto Dorsia. Da última vez que liguei para o Dorsia alguém na verdade bateu o telefone na minha cara antes mesmo que eu perguntasse "Bem, se não no mês que vem, que tal janeiro?", e, apesar de ter jurado que conseguiria uma reserva no Dorsia um dia (se não durante esse ano, então ao menos antes de completar trinta), a energia que eu gastaria tentando isso não vale a pena ser desperdiçada com Sean. Além do mais, o Dorsia é chique demais para ele. Quero que ele *suporte* esse jantar; que não permita o prazer de se distrair com as gostosas a caminho do Nell's; algum lugar com um assistente no banheiro masculino, de modo que ele tivesse de ser dolorosamente sutil quanto ao que agora é, tenho certeza, seu uso *crônico* de cocaína. Passei o Zagat a Jean e pedi a ela que encontrasse o restaurante mais caro de Manhattan. Ela fez uma reserva para às nove no Quilted Giraffe.

"As coisas estão piores em Sandstone", digo a Sean mais tarde, por volta das quatro da tarde. Ele está hospedado na suíte de nosso pai no Carlyle. A MTV martelando no fundo, outras vozes gritando sobre essa barulheira. Posso ouvir o chuveiro ligado.

"Piores como? Mamãe comeu o travesseiro dela? Ou o quê?"

"Acho que deveríamos jantar", digo.

"Dominique, calma aí", diz ele, então coloca a mão no fone e fala algo, abafado.

"Alô, Sean? O que está acontecendo?", pergunto.

"Eu ligo de volta", diz ele, desligando.

No final das contas, gostei da gravata que comprei para Sean semana passada na Paul Smith, então decidi não dar para ele (embora a ideia daquele cuzão, digamos, se enforcando com ela me agrade bastante). Na verdade, *eu* decido usá-la no Quilted Giraffe hoje. Em vez da gravata, vou levar para ele uma combinação de relógio de pulso, calculadora e agenda da Casio QD-150 Quick-Dialer. Ela faz chamadas sônicas *touch tone* se estiver conectada a um fone e registra até cinquenta nomes e números. Começo a gargalhar enquanto coloco esse presente inútil de volta na caixa, pensando comigo mesmo que Sean nem ao menos *tem* cinquenta conhecidos. Ele não poderia sequer *dizer o nome* de cinquenta pessoas. O *Patty Winters Show* hoje foi sobre Bufês de Salada.

Sean liga às cinco do Racquet Club e me diz para me encontrar com ele à noite no Dorsia. Tinha acabado de falar com Brin, o dono, e reservado uma mesa para às nove. Minha mente é uma confusão. Não sei o que pensar ou o que sentir. O *Patty Winters Show* hoje foi sobre Bufês de Salada.

Mais tarde, Dorsia, nove e meia: Sean está meia hora atrasado. O maître se recusa a permitir que eu me sente até a chegada de meu irmão. Meu pior medo — uma realidade. Uma mesa excelente em frente ao bar está lá, vazia, esperando que Sean a congrace com sua presença. Minha raiva está controlada, um pouco, por um Xanax e uma Absolut com gelo. Enquanto dou uma mijada no banheiro masculino, observo uma rachadura fina como uma teia de aranha acima da descarga do mictório e reflito que, se eu desaparecesse dentro daquela rachadura, digamos que de algum modo encolhesse e pulasse lá dentro, as chances de que ninguém percebesse que eu havia desaparecido seriam grandes. Ninguém... se... importaria. Na verdade alguns, se notassem minha ausência, poderiam sentir um senso de alívio estranho e indefinível. Isto é verdade: o mundo está melhor sem algumas pessoas. Nossas vidas *não* estão todas interconectadas. Essa teoria é uma besteira. Algumas pessoas realmente não *precisam* estar aqui. Na verdade, uma delas, meu irmão, Sean, está na mesa reservada por ele quando saio do banheiro, após eu ter ligado para meu apartamento para checar as mensagens (Evelyn está suicida, Courtney quer comprar um chow, Luis sugere um jantar na quinta). Sean já está fumando como uma chaminé e estou pensando *Diabos*, porque não pedi uma mesa na seção para não fumantes? Ele está apertando a mão do maître quando chego, mas nem se importa em nos apresentar. Eu me sento e aceno. Sean também acena, tendo já pedido uma garrafa de Cristal, sabendo que vou pagar; também sabendo, tenho certeza, de que *eu* sei que ele não bebe champanhe.

Sean, que agora tem vinte e três anos, foi para a Europa no último outono, ou ao menos foi o que Charles Conroy disse que Sean lhe informou, e embora Charles *de fato* tenha recebido uma conta substancial do Plaza Athéné, a assinatura nos recibos não era a de Sean, e ninguém, de fato, sabia por quanto tempo Sean ficou mesmo na França ou se ao menos chegou a passar por lá. Depois andou por aí, então se rematriculou em Camden por cerca de três semanas. Agora está em Manhattan antes de voar para Palm Beach ou New Orleans. Previsivelmente, hoje ele alterna entre o mau humor e a arrogância insistente. Ele também, acabo de perceber, começou a fazer as sobrancelhas. Agora não tem mais só uma. O impulso arrebatador que tenho de comentar isso com ele é reprimido ao fechar a mão com tanta força que machuco a pele da minha palma, e o bíceps do meu braço esquerdo se dilata e rasga o tecido da camisa de linho da Armani que estou usando.

"Então você gosta deste lugar?", pergunta ele, rindo.

"Meu... favorito", respondo de brincadeira, mas entredentes.

"Vamos fazer os pedidos", diz ele, sem olhar para mim, acenando para uma gostosa, que traz dois menus e uma carta de vinhos enquanto sorri com apreço para Sean, que por sua vez a ignora por completo. Abro o menu e — *merda* — não é *prix fixe*, o que significa que Sean pede a lagosta com caviar e ravióli de pêssego como tira-gosto e a lagosta escurecida com molho de morango como entrada — os dois itens mais *caros* do menu. Peço o sashimi de codorna com brioche grelhado e siri mole com geleia de uva. Uma gostosa abre a garrafa de Cristal e serve em *copos* de cristal, o que imagino que seja para parecer descolado. Após ela sair, Sean percebe que o estou encarando de uma maneira vagamente desaprovadora.

"O quê foi?", pergunta ele.

"Nada", digo.

"O... que... foi... Pa*trick*?" Ele separa as palavras de modo desagradável.

"Começar com lagosta? *E* como entrada?"

"O que você quer que eu peça como tira-gosto? Batatinha Pringles?"

"*Duas* lagostas?"

"Essas cartelas de fósforos são levemente maiores que as lagostas que servem aqui", diz ele. "Além disso, não estou com muita fome."

"Um motivo a mais."

"Te mando uma desculpa por fax."

"Ainda assim, Sean."

"Rock 'n' roll..."

"Sei, sei, rock 'n' roll, lide com isso, certo?", digo erguendo uma mão enquanto dou um gole no champanhe. Me pergunto se não é tarde demais para pedir a uma das garçonetes que traga um pedaço de bolo com uma vela em cima — apenas para envergonhar o merdinha, para colocar o filho da puta no lugar dele —, mas, em vez disso, baixo o copo e digo "Escuta então, meu deus". Respiro fundo, então digo de uma vez "O que você fez hoje?".

"Joguei squash com Richard Lindquist." Ele dá de ombros com desprezo. "Comprei um smoking."

"Nicholas Leigh e Charles Hampton querem saber se você vai para o Hamptons este verão."

"Não se eu conseguir evitar", diz ele, dando de ombros.

Uma loira muito perto da perfeição física, com peitos grandes e um programa de *Les Misérables* numa mão, usando um comprido vestido de gala de raiom matte-jersey da Michael Kors comprado na Bergdorf Goodman, sapatos da Manolo Blahnik e brincos chandelier folheados a ouro da Ricardo Siberno, passa para dar um olá a Sean e, ainda que *eu* mesmo fosse capaz de comer essa garota, meu irmão ignora seu comportamento sensual e se recusa a me apresentá-la. Durante esse encontro, ele age com total grosseria, e ainda assim a garota sai sorrindo, levantando uma mão enluvada. "Estaremos no Mortimer's. Até mais." Ele acena, encarando meu copo de água, então chama um garçom e pede um scotch, caubói.

"Quem era essa?", pergunto.

"Uma moça que estudou no Stephens."

"Onde você a conheceu?"

"Jogando sinuca no M.K." Ele dá de ombros.

"Ela é da família Du Pont?", pergunto.

"Por quê? Quer o número dela?"

"Não, só quero saber se ela é uma Du Pont."

"Pode ser. Não sei." Ele acende outro cigarro, um Parliament, com o que parece ser um isqueiro de ouro de dezoito quilates da Tiffany's. "Ela pode ser amiga de um Du Pont."

Fico pensando em motivos para ficar aqui sentado, agora mesmo, esta noite, com Sean, no Dorsia, mas não me ocorre nenhum. Apenas esse perpétuo zero recorrente aparece na minha visão. Após o jantar — a comida é pouca, mas muito boa; Sean não toca em nada — digo a ele que tenho de encontrar Andrea Rothmere no Nell's e que se ele quiser um espresso ou uma sobremesa deveria pedir agora, já que preciso ir ao centro por volta de meia-noite.

"Por que a pressa?", pergunta ele. "O Nell's não é mais tão descolado."

"Bem", vacilo, e rapidamente recupero a compostura. "Vamos só nos encontrar lá. Na verdade vamos ao..." — minha mente acelera, e para em algo — "... Chernoble." Dou outro gole no champanhe.

"Muito chato. Muito chato *mesmo*", diz ele, examinando o salão.

"Ou Contraclub East. Não me lembro."

"Por fora. Idade da Pedra. Pré-história." Ele ri com cinismo.

Pausa tensa. "Como você saberia?"

"Rock 'n' roll." Ele dá de ombros. "Lide com isso."

"Bem, Sean, aonde *você* vai?"

Resposta imediata. "Petty's."

"Ah, sim", murmuro, tendo me esquecido que já estava aberto.
Ele assobia algo, fuma um cigarro.
"Vamos para uma festa que Donald Trump está dando", minto.
"Muito legal. Muito legal mesmo."
"Donald é um cara legal. Você devia conhecer", digo. "Vou... apresentar você a ele."
"Sério?", pergunta Sean, talvez com esperança, talvez não.
"Sim, claro." Ah, *certo*.
Agora, na hora que peço a conta... vejamos... pago, pego um táxi para casa, será quase meia-noite, o que não me dá tempo suficiente para devolver as fitas de ontem, então, se não parar em casa, posso apenas entrar e alugar outra fita, mas no meu cartão de inscrição não diz que podemos pegar apenas três por vez? Então isso significa que ontem à noite eu peguei duas (*Dublê de Corpo* e *Blond, Hot, Dead*) então eu *poderia* alugar mais uma, mas me esqueci que também faço parte do Plano Círculo de Ouro, o que significa que gastei mil dólares (pelo menos) nos últimos seis meses, então tenho permissão para alugar quantas fitas eu quiser em qualquer noite, porém, se ainda estou com duas, isso pode significar que não posso pegar mais, membro do Círculo de Ouro ou não, se as outras não foram devolvidas, mas...
"Enzo. Você é o Enzo", escuto Sean comentar.
"O que você disse?", pergunto, olhando para cima. "Não escutei."
"Belo bronze", suspira ele. "Eu disse belo bronze."
"Oh", digo, ainda confuso quanto à questão do vídeo. Olho para baixo — para o quê, meu colo? "Hum, obrigado."
"Rock 'n' roll." Ele apaga o cigarro. Fumaça sobe do cinzeiro de cristal, então desaparece.
Sean sabe que *eu* sei que ele provavelmente consegue fazer a gente entrar no Petty, que é a nova boate de Norman Prager na 59, mas não vou pedir nem ele vai se oferecer. Coloco meu cartão platinum da American Express em cima da conta. Os olhos de Sean estão colados numa gostosa no bar num vestido de lã jersey da Thierry Mugler e um cachecol Claude Montana, bebendo champanhe. Quando nossa garçonete vem pegar a conta e o cartão, faço que não com a cabeça. Os olhos de Sean finalmente recaem sobre ela, por um segundo, talvez mais, e aceno para a garçonete voltar e deixo-a pegar.

ALMOÇO COM BETHANY

Hoje vou me encontrar com Bethany para almoçar no Vanities, o novo bistrô de Evan Kiley em Tribeca, e apesar de eu ter treinado por quase duas horas de manhã e até mesmo ter levantado pesos no escritório antes do meio-dia, ainda estou extremamente nervoso. A causa é difícil de identificar, mas cheguei a uma ou duas razões. Ou é medo de rejeição (embora não consiga entender o motivo: *ela me* ligou, ela quer *me* ver, ela quer almoçar *comigo*, ela quer trepar *comigo* de novo), ou talvez tenha a ver com esse novo gel italiano que estou usando, o que, apesar de deixar meu cabelo mais cheio e cheiroso, tem uma textura pegajosa e desconfortável, e é algo em que eu poderia facilmente jogar a culpa por meu nervosismo. Não ficaríamos sem assunto para conversar durante o almoço, pois tentei ler um novo livro de contos da moda chamado *Wok*, que comprei na Barnes & Noble ontem à noite e cujo jovem autor foi perfilado recentemente na seção Fast Track da revista *New York*, mas cada história começava com a frase "Quando a lua acerta seu olho assim como uma pizza cheia de molho" tive de colocar o volume fino de volta na estante e beber um J&B com gelo, seguido por dois Xanax, para me recuperar do esforço. Para compensar, antes de dormir escrevi um poema para Bethany, e isso me tomou muito tempo, o que me surpreendeu, já que eu costumava escrever poemas para ela, longos e sinistros, com frequência quando nós dois estávamos em Harvard, antes de terminarmos. Meu deus, estou pensando comigo mesmo enquanto entro no Vanities, apenas quinze minutos atrasado, espero que ela não tenha terminado com Robert Hall, aquele cuzão imbecil. Passo por um espelho pendurado acima do bar enquanto sou conduzido até nossa mesa e confiro meu reflexo — o gel caiu bem. O assunto do *Patty Winters Show* hoje foi Patrick Swayze Ficou Cínico ou Não?

Tenho que parar de me mexer conforme me aproximo da mesa, seguindo o maître (tudo isso está acontecendo em câmera lenta). Ela não está me encarando, e posso ver apenas sua nuca, o cabelo castanho preso num coque, e, quando ela se vira para olhar pela janela, vejo apenas parte de seu perfil, brevemente; ela *parece uma modelo*. Bethany está usando uma blusa de gazar e uma saia de cetim com crinolina. Uma bolsa de caçador de camurça verde com ferro forjado da Paloma Picasso está a sua frente na mesa, ao lado de uma garrafa de água San Pellegrino. Ela confere o relógio. O casal ao lado de nossa mesa está fumando, e depois que me curvo por trás de Bethany, assustando-a, beijando-a no rosto, peço com frieza que o maître nos transfira para a seção de *não* fumantes. Falo baixo, mas alto o bastante para os viciados em nicotina me escutarem e com sorte sentirem um leve lapso de vergonha por causa desse hábito imundo.

"Bem?", pergunto, ali parado, sem me sentar, braços cruzados, batendo o pé com impaciência.

"Receio não haver uma seção de não fumantes, senhor", me informa o maître.

Paro de bater meu pé e devagar espio o restaurante, o *bistrô*, me perguntando como meu cabelo realmente está, e de repente queria *ter* trocado de gel pois desde a última vez que vi meu cabelo, segundos atrás, ele estava com uma sensação diferente, como se sua forma de algum modo houvesse se alterado na caminhada do bar à mesa. Uma pontada de náusea que sou incapaz de reprimir percorre meu corpo calorosamente, mas, como na verdade estou sonhando com isso tudo, sou capaz de perguntar "Então você está dizendo que *não* há uma seção de não fumantes? É isso mesmo?".

"Sim, senhor." O maître, mais jovem que eu, afrescalhado, inocente, sem dúvidas um *ator*, acrescenta, "Sinto muito".

"Bem, isso é... muito interessante. Posso aceitar isso." Levo o braço até minha carteira de couro de gazela no bolso de trás e aperto uma nota de vinte na mão hesitante do maître. Ele olha para a cédula, confuso, então murmura "Obrigado" e sai como que atordoado.

"Não. *Eu* que agradeço", exclamo e tomo meu assento na frente de Bethany, acenando com cortesia para o casal ao nosso lado, e apesar de tentar ignorá-la ao máximo que a etiqueta permite, não consigo: ela está absolutamente estonteante, *igualzinha a uma modelo*. Tudo fica turvo. Estou no limite. Noções febris, românticas...

"Você não fumava em Harvard?" é a primeira coisa que ela diz.

"Charutos", digo. "Apenas charutos."

"Ah", diz ela.

"Mas larguei", minto, respirando fundo, apertando minhas mãos.

"Que bom." Ela acena.

"Escuta, você teve algum problema para conseguir a reserva?", pergunto, e *estou tremendo pra caralho*. Coloco minhas mãos na mesa como um tolo, esperando que sob seu olhar vigilante elas parem de tremer.

"Aqui não precisamos de reservas, Patrick", diz ela com calma, esticando a mão, cobrindo uma das minhas com a dela. "Calma. Você está parecendo um selvagem."

"Estou calvo, digo, calmo", respirando com dificuldade, tentando sorrir, e então, involuntariamente, incapaz de parar, pergunto, "Como está meu cabelo?".

"Seu cabelo está bonito", diz ela. "Shhh. Está tudo bem."

"Certo, está tudo bem." Tento sorrir novamente, mas tenho certeza de que parece uma careta.

Após uma curta pausa, ela comenta "Que terno bonito. Henry Stuart?".

"Não", digo, ofendido, tocando a lapela. "Garrick Anderson."

"É muito bonito", diz ela. E então, genuinamente preocupada, "Tudo bem com você, Patrick? Você acaba de... se contorcer".

"Olha, estou exausto. Acabo de voltar de Washington. Peguei um Trump Shuttle hoje de manhã", falo, incapaz de fazer contato visual, com pressa. "Foi maravilhoso. O serviço — realmente fabuloso. Preciso de uma bebida."

Ela sorri, contente, me estudando de um modo astuto. "Foi?", pergunta, não completamente, sinto, desprovida de arrogância.

"Sim." Realmente não consigo olhar para ela, e é preciso um esforço imenso para desdobrar o guardanapo, colocá-lo em meu colo, ajeitá-lo, me ocupar com a taça de vinho, rezando por um garçom, o silêncio assertivo causando o som mais alto possível. "Então, assistiu ao *Patty Winters Show* hoje?"

"Não, estava na rua correndo", diz ela, se inclinando. "Foi sobre Michael J. Fox, certo?"

"Não", corrijo. "Foi sobre Patrick Swayze."

"Sério?", pergunta ela. "É difícil acompanhar. Tem certeza?"

"Sim. Patrick Swayze. Certeza."

"Como foi?"

"Bem, foi muito interessante", falo, respirando fundo. "Foi quase como um debate, sobre se ele havia se tornado um cínico ou não."

"Você acha que sim?", pergunta ela, ainda sorrindo.

"Bem, não. Não tenho certeza", começo, com nervosismo. "É uma pergunta interessante. Ela não foi explorada o bastante. Quer dizer, depois de *Dirty Dancing* eu não pensaria isso, mas quanto a *Tigre de Varsóvia* já não sei. Posso estar maluco, mas acho que detectei um *pouco* de amargura. Não tenho certeza."

Ela me encara, a expressão inabalada.

"Ah, quase esqueci", digo, levando a mão ao bolso. "Escrevi um poema pra você." Passo o bilhete para ela. "Aqui." Me sinto mal e destroçado, torturado, realmente no abismo.

"Oh, Patrick." Ela sorri. "Que doce."

"Bem, sabe", digo, olhando para baixo com timidez.

Bethany pega o bilhete e o desdobra.

"Leia", insisto, entusiasmado.

Ela olha para o bilhete de forma interrogativa, aturdida, apertando os olhos, então vira a página para ver se há algo no verso. Algo nela compreende que é curto, e Bethany olha de volta para as palavras escritas, rabiscadas em vermelho, na frente da página.

"É como um haicai, sabe?", digo. "Leia. Vamos."

Ela dá uma tossida e começa a ler, hesitante, lentamente, parando com frequência. "'O crioulo pobre está na parede. Olhe pra ele.'" Ela para e aperta os olhos para o papel novamente, então continua, hesitante. "'Olhe para o crioulo pobre. Olhe para o crioulo pobre... na... parede.'" Ela para novamente, vacilando, olha para mim, confusa, então de volta para o bilhete.

"Prossiga", digo, procurando um garçom ao redor. "Termine."

Ela dá uma tossida e encarando o bilhete com firmeza tenta ler o resto numa voz mais baixa que um sussurro. "'Que se foda o crioulo... Foda-se o crioulo na parede...'" Ela vacila novamente, então lê a última frase, suspirando. "'Preto... é... u... diabu?'"

O casal na mesa ao lado se virou lentamente para nos dar uma olhada. O homem parece aterrorizado, a mulher tem uma expressão igualmente horrorizada no rosto. Observo-a, encarando até ela olhar de volta para a porra da salada.

"Então, Patrick", diz Bethany, tossindo, tentando sorrir, me devolvendo o papel.

"Sim?", pergunto. "Então?"

"Posso ver que..." — ela para, pensativa — "... que seu senso de... injustiça social continua..." — ela dá outra tossida e olha para baixo — "... intacto."

Pego o bilhete de volta, guardo no bolso e sorrio, ainda tentando permanecer com um rosto firme, mantendo meu corpo rijo, para que ela não suspeite que eu esteja acovardado. Nosso garçom vem à mesa e pergunto que tipo de cerveja eles servem.

"Heineken, Budweiser, Amstel Light", recita.

"Sim?", pergunto, encarando Bethany, gesticulando para ele continuar.

"Essas são, hum, todas, senhor", diz ele.

"Sem Corona? Sem Kirin? Sem Grolsch? Sem Moretti?", pergunto, confuso, irado.

"Desculpe, senhor, mas não", diz ele com precaução. "Apenas Heineken, Budweiser, Amstel Light."

"Que loucura", suspiro. "Vou querer um J&B com gelo. Não, um martíni com Absolut. Não, um J&B puro."

"E eu vou querer outra San Pellegrino", diz Bethany.

"Vou querer a mesma coisa", acrescento rapidamente, minha perna batendo descontroladamente sob a mesa.

"Ok. Gostariam de ouvir os pratos do dia?", pergunta ele.

"Com toda certeza", profiro, então, me acalmando, dou um sorriso reconfortante para Bethany.

"Tem certeza?", sorri ele.

"*Por favor*", digo, sem graça, estudando o menu.

"Como tira-gosto tenho tomates desidratados no sol e caviar dourado com pimentas poblano e também tenho uma sopa de endívias frescas..."

"Espera um minuto, espera um minuto", digo, erguendo uma mão, interrompendo. "Espera um minuto."

"Sim, senhor?", pergunta o garçom, confuso.

"*Você* tem? Você quer dizer *o restaurante* tem", corrijo. "*Você* não tem nenhum tomate seco no sol. O restaurante tem. *Você* não tem nenhuma pimenta poblano. O restaurante tem. Só pra esclarecer, sabe."

O garçom, aturdido, olha para Bethany, que lida habilmente com a situação ao lhe perguntar "Então, como as endívias são servidas?".

"Hã... frias", diz o garçom, não totalmente recuperado de meu rompante, sentindo que estava lidando com alguém muito, muito à beira de um colapso. Ele para novamente, sem saber o que fazer.

"Prossiga", insisto. "Por favor, prossiga".

"É servido frio", recomeça. "E como entradas temos tamboril com fatias de manga e sanduíche de cioba no brioche com xarope de bordo e..." — ele confere de novo o bloco de notas — "... algodão."

"Hummm, parece delicioso. Algodão, hummmm", digo, esfregando as mãos com ansiedade. "Bethany?"

"Vou querer o ceviche com alho-poró e canela", diz Bethany. "E as endívias com... cobertura de nozes."

"Senhor?", pergunta o garçom, hesitante.

"Vou querer..." Paro, confiro o menu rapidamente. "Vou querer a lula com pinhões e uma fatia de queijo de cabra, de *chèvre*..." — olho para Bethany, para ver se ela faz careta para minha pronúncia errada — "... com isso e um pouco de... um pouco de molho à parte."

O garçom acena, sai, e ficamos sozinhos.

"Então." Ela sorri, então percebe a mesa tremendo um pouco. "Qual... o problema com a sua perna?"

"Minha perna? Ah." Olho para baixo, e de novo para ela. "É... a música. Gosto muito da música. A música que está tocando."

"O que é?", pergunta ela, pendendo a cabeça, tentando pegar um refrão da música ambiente new age das caixas penduradas no teto acima do bar.

"É... acho que é Belinda Carlisle", chuto. "Não tenho certeza."

"Mas...", começa ela, e para. "Ah, deixa pra lá."

"Mas o quê?"

"Não estou ouvindo ninguém cantando." Ela sorri, e olha para baixo com acanhamento.

Seguro minha perna e finjo escutar. "Mas é uma das músicas dela", digo, então acrescento, como um idiota, "Acho que se chama 'Heaven Is a Place on Earth'". Você conhece."

"Olha", diz ela, "você foi em algum show nos últimos tempos?"

"Não", digo, desejando que ela não tivesse falado disso, entre todos os assuntos. "Não gosto de música ao vivo."

"Música *ao vivo*?", pergunta ela, intrigada, bebendo da água San Pellegrino.

"Sim. Sabe. Com uma banda", explico, sentindo pela expressão dela que estou dizendo exatamente as coisas erradas. "Ah, esqueci. Cheguei a ver o U2."

"Como foi?", pergunta ela. "Gostei muito do CD novo."

"Foi ótimo, simplesmente ótimo. Simplesmente..." paro, sem saber o que dizer. Bethany ergue as sobrancelhas de modo interrogativo, querendo saber mais. "Simplesmente... irlandês."

"Ouvi dizer que eles são muito bons ao vivo", diz ela, e sua própria voz tem uma inclinação musical e leve. "De quem mais você gosta?"

"Ah, você sabe", digo, completamente travado. "The Kingsmen. 'Louie, Louie.' Esse tipo de coisa."

"Nossa, Patrick", diz ela, olhando para cada detalhe de meu rosto.

"O quê?", entro em pânico, imediatamente tocando meu cabelo. "Gel demais? Você não gosta de The Kingsmen?"

"Não." Ela ri. "Só não me lembro de você tão bronzeado na época da faculdade."

"Eu tinha um bronzeado naquela época, né?", pergunto. "Digo, eu não era Gasparzinho, o Fantasminha Camarada, ou algo assim, era?" Coloco meu cotovelo na mesa e flexiono meu bíceps, pedindo para ela apertar o músculo. Depois que ela toca, com relutância, continuo minhas perguntas. "Eu não era mesmo bronzeado em Harvard?" Pergunto com uma preocupação zombeteira, mas ainda com preocupação.

"Não, não." Ela ri. "Você era definitivamente o George Hamilton da turma de 1984."

"Obrigado", digo, satisfeito.

O garçom traz nossas bebidas — duas garrafas de água San Pellegrino. Cena Dois.

"Então você está na Millbank... Tafetá? Como é?", pergunto. O corpo dela, o tom de pele, parece firme e rosado.

"Millbank Tweed", diz ela. "É lá que estou."

"Bom", digo, espremendo um limão em meu copo. "Que maravilha. A escola de direito realmente valeu o investimento."

"Você está mesmo na... P&P?", pergunta ela.

"Sim", digo.

Ela acena, para, quer dizer algo, mas não sabe se deve, então pergunta, tudo em questão de segundos, "Mas sua família não é dona d...".

"Não quero falar sobre isso", digo, interrompendo-a. "Mas sim, Bethany. Sim."

"E você ainda trabalha na P&P?", pergunta ela. Cada sílaba é espaçada de modo que estoura, ribombando sonicamente, dentro da minha cabeça.

"Sim", digo, olhando furtivamente pelo recinto.

"Mas..." Ela está confusa. "Seu pai não..."

"Sim, é claro", digo, interrompendo-a. "Você já comeu a focaccia do Pooncakes?"

"*Patrick*."

"Sim?"

"Qual é o problema?"

"Eu só não quero falar de..." Paro. "De trabalho."

"Por que não?"

"Porque odeio", digo. "Agora escuta, você já foi ao Pooncakes? Acho que Miller deu uma nota baixa demais pra ele."

"Patrick", diz ela, lentamente. "Se você odeia tanto o trabalho, por que simplesmente não para? Você não precisa trabalhar."

"Porque", digo, encarando-a, "Eu... quero... me... encaixar."

Após uma longa pausa, ela sorri. "Entendo." Há outra pausa.

Essa eu quebro. "Apenas veja isso como, bem, uma nova abordagem dos negócios", digo.

"Que..." — ela hesita — "... sensato." Ela hesita novamente. "Que, hã, prático."

O almoço é alternadamente um fardo, um enigma que precisa ser solucionado, um obstáculo, então paira sem esforço para o reino do alívio, e sou capaz de apresentar uma performance habilidosa — minha inteligência decisiva é ativada, e me faz perceber que posso sentir o quanto ela me deseja, mas me seguro, descompromissado. Ela também se segura, mas mesmo assim flertando. Ela fez uma promessa ao me convidar para almoçar, e entro em pânico, assim que a lula é servida, certo de que jamais me recuperarei, a não ser que ela seja cumprida. Outros homens reparam nela enquanto passam por nossa mesa. Às vezes, eu baixo com frieza minha voz até sussurrar. Estou ouvindo coisas — ruídos, sons misteriosos, dentro da minha cabeça; sua boca se abre, fecha, engole líquido, sorri, me atrai como um ímã coberto de batom, menciona algo envolvendo fax duas vezes. Por fim, peço um J&B com gelo, depois um conhaque. Ela toma um sorbet de menta com coco. Toco, seguro a mão dela do outro lado da mesa, mais que um amigo. O sol brilha dentro do Vanities, o restaurante se esvazia, se aproxima das três. Ela pede uma taça de chardonnay, então outra, e então a conta. Está relaxada, mas acontece algo. Meu coração se acelera e se acalma, se estabiliza momentaneamente. Ouço com cuidado. Possibilidades uma vez imaginadas despencam. Ela baixa os olhos e quando olha de volta para mim eu baixo os meus.

"Então", pergunta ela. "Anda vendo alguém?"

"Minha vida é essencialmente descomplicada", digo pensativamente, pego de surpresa.

"O que *isso* significa?", pergunta ela.

Dou um gole no conhaque e sorrio secretamente para mim mesmo, atiçando-a, me chocando com as esperanças dela, com seus sonhos de reconciliação.

"Anda vendo alguém, Patrick?", pergunta ela. "Anda, me conta."

Pensando em Evelyn, murmuro para mim, "Sim".

"Quem?", escuto ela perguntar.

"Uma garrafa de Desyrel gigantesca", digo, numa voz distante, de repente muito triste.

"*O quê*?", pergunta ela, sorrindo, mas então percebe algo e balança a cabeça. "Eu não deveria estar bebendo."

"Não, na verdade não", digo, encerrando o assunto, e então, não por vontade própria, "Quer dizer, alguém realmente *vê* alguém? Alguém realmente *vê* alguma outra pessoa? *Você* já me *viu*? *Ver*? O que isso quer dizer? Ha! *Ver*? Ha! Eu simplesmente não entendo. Ha!" Dou risada.

Após um momento de abstração, ela afirma, acenando, "Isso tem algum tipo específico de lógica tortuosa, imagino".

Outra longa pausa e temerosamente faço a pergunta. "Bem, e você, anda vendo alguém?"

Ela sorri, satisfeita, e ainda olhando para baixo, admite, com uma clareza incomparável, "Bem, sim, tenho um namorado, e...".

"Quem?"

"O quê?" Ela olha para cima.

"Quem é? Qual o nome?"

"Robert Hall. Por quê?"

"Da Salomon Brothers?"

"Não, ele é chef de cozinha."

"Da Salomon Brothers?"

"Patrick, ele é *chef*. E sócio de um restaurante."

"Qual?"

"Isso importa?"

"Não, sério, qual?", pergunto, bem baixinho. "Quero riscar do meu guia Zagat."

"Se chama Dorsia", diz ela, e então, "Patrick, tudo bem com você?"

Sim, meu cérebro de fato explode, e meu estômago se destroça por dentro — uma reação espasmódica, ácida, gástrica; estrelas e planetas, galáxias inteiras compostas completamente por pequenos chapéus de chef brancos percorrem o filme da minha visão. Desengasgo outra pergunta.

"Por que Robert Hall?", pergunto. "Por que ele?"

"Bem, não sei", diz ela, soando um pouco embriagada. "Acho que tem a ver com ter vinte e sete anos e..."

"É? Eu também tenho. Metade de Manhattan também. E daí? Isso não é desculpa para se casar com Robert Hall."

"*Casar*?", pergunta ela, olhos arregalados, na defensiva. "Eu falei isso?"

"Você não disse casar?"

"Não, não disse, mas quem sabe." Ela dá de ombros. "Poderíamos."

"Mag-nífico."

"Como eu estava dizendo, Patrick..." — ela me encara, mas de um modo brincalhão que me deixa enojado — "... acho que você sabe que, bem, o tempo está passando. Aquele relógio biológico simplesmente não para", diz ela, e estou pensando: Meu deus, só precisou de *duas* taças de chardonnay para fazer ela admitir isso? Nossa, que molenga. "Quero ter filhos."

"Com Robert Hall?", pergunto, incrédulo. "Você pode muito bem ter com Captain Lou Albano, pelo amor de deus. Simplesmente não te entendo, Bethany."

Ela toca seu guardanapo, olhando para baixo, e então para a calçada lá fora, onde os garçons estão arrumando as mesas para o jantar. Também os observo. "Por que sinto hostilidade da sua parte, Patrick?", pergunta com gentileza, e dá um gole no vinho.

"Talvez porque eu seja hostil", profiro. "Talvez porque você perceba isso."

"Meu deus, Patrick", diz ela, examinando meu rosto, genuinamente chateada. "Pensei que você e Robert fossem amigos."

"O quê?", pergunto. "Estou confuso."

"Você e Robert não eram amigos?"

Paro, com dúvida. "Éramos?"

"Sim, Patrick, vocês *eram*."

"Robert Hall, Robert Hall, Robert Hall", balbucio para mim mesmo, tentando lembrar. "Estudante com bolsa? Presidente da nossa turma de veteranos?" Penso a respeito mais um segundo, então completo, "Queixo mole?".

"Não, Patrick", diz ela. "O *outro* Robert Hall."

"Estou confundido ele com o *outro* Robert Hall?", pergunto.

"Sim, Patrick", diz ela, exasperada.

Me contorcendo por dentro, fecho os olhos e suspiro. "Robert Hall. Não é aquele cujos pais são donos de metade de, tipo, Washington? Não é aquele que era..." — engulo — "... capitão do time de remo? Um metro e oitenta?"

"Sim", diz ela. "*Esse* Robert Hall."

"Mas..." Paro.

"Sim? Mas *o quê*?" Ela parece disposta a esperar uma resposta.

"Mas ele era *bicha*", profiro.

"Não, ele *não* era, Patrick", diz ela, claramente ofendida.

"Tenho certeza de que ele era bicha." Começo a acenar com a cabeça.
"Como você tem tanta certeza?", pergunta ela, nada contente.
"Porque ele costumava deixar caras de fraternidades — não os da minha — tipo, sabe, currar ele em grupo nas festas, e amarrar ele, e essas coisas. Ao menos, sabe, foi o que eu ouvi", digo sinceramente, e então, mais humilhado do que jamais estive na vida inteira, confesso: "Olha, Bethany, uma vez ele me ofereceu um... sabe, um boquete. Na, hum, seção de educação cívica da biblioteca".
"Meu deus", engasga ela, enojada. "Cadê a conta?"
"Robert Hall não foi expulso por fazer uma tese sobre Babar? Ou algo parecido com Babar?", pergunto. "Babar, o Rei dos Elefantes? Minha nossa, o elefante *francês*?"
"Do que você está *falando*?"
"Escuta", digo, "ele não estudou na Faculdade de Administração na Kellogg? Na Northwestern, certo?"
"Ele saiu", diz ela, sem olhar para mim.
"Escuta." Toco sua mão.
Ela hesita e a retira.
Tento sorrir. "Robert Hall não é bich..."
"Isso eu posso garantir", diz ela com um tanto de presunção. Como alguém pode ficar indignada por causa de Robert Hall? Em vez de dizer "Isso mesmo, sua putinha idiota" digo, para tranquilizá-la, "Claro que pode", depois, "Me fala dele. Quero saber como estão as coisas entre vocês dois", e então, sorrindo, furioso, com muita raiva, me desculpo. "Sinto muito."
Leva algum tempo, mas ela, por fim, cede e sorri de volta para mim, e lhe peço, novamente, "Me fala mais", e então, bem baixinho, sorrindo para ela com uma careta, "Queria cortar sua xana". O chardonnay a deixou mais solta, então ela relaxa e fala abertamente.

Penso em outras coisas enquanto ela descreve seu passado recente: ar, água, céu, tempo, um momento, um ponto em algum lugar quando eu queria mostrar para ela tudo de belo no mundo. Não tenho paciência para revelações, para recomeços, para eventos que ocorrem em lugares além do reino da minha visão imediata. Uma jovem, uma caloura que conheci num bar em Cambridge no meu primeiro ano em Harvard me falou no começo de certo outono que "A vida é repleta de possibilidades infinitas". Me esforcei muito para não engasgar com os amendoins que estava mastigando enquanto ela eliminava essa pedra do rim de sabedoria, e calmamente os engoli com o resto de uma Heineken, sorri e me concentrei no jogo de dardos que estava ocorrendo no canto. Nem preciso dizer, ela não viveu para ver seu segundo ano. Naquele inverno, seu corpo foi encontrado flutuando no rio Charles, decapitado, a cabeça pendurada numa árvore na encosta, o cabelo amarrado num galho baixo, a cinco quilômetros de distância. Meus acessos de raiva em Harvard eram menos violentos que agora, e é inútil esperar que meu desgosto desapareça — simplesmente *não há como.*

"Ah, Patrick", ela está dizendo. "Você ainda é o mesmo. Não sei se isso é bom ou ruim."

"Diga que é bom."

"Por quê? É?", pergunta ela, franzindo o rosto. "Era? Na época?"

"Você conhecia apenas uma faceta da minha personalidade", digo. "Estudante."

"Amante?", pergunta ela, a voz me lembrando de algo humano.

Meus olhos recaem sobre ela com frieza, inabalados. Na rua lá fora, uma música alta soa feito salsa. O garçom, por fim, traz a conta.

"Deixa que eu pago", suspiro.

"Não", diz ela, abrindo a bolsa de mão. "*Eu* que convidei *você.*"

"Mas tenho um cartão platinum da American Express", falo.

"E eu também", diz ela, sorrindo.

Paro, então a observo colocar o cartão na bandeja em que a conta veio. Convulsões violentas parecem iminentes se eu não me levantar. "O movimento das mulheres. Uau", sorrio, sem me impressionar.

Do lado de fora, ela espera na calçada enquanto ainda estou no banheiro masculino vomitando meu almoço, cuspindo a lula, não digerida e menos roxa que em meu prato. Quando saio do Vanities para a rua, colocando meus óculos Wayfarer, mascando um Cert, murmuro algo a mim mesmo, então a beijo no rosto e invento algo diferente. "Desculpa por ter demorado tanto. Tive que ligar para o meu advogado."

"Oh." Ela finge preocupação — putinha estúpida.

"Apenas um amigo meu." Dou de ombros. "Bobby Chambers. Está na prisão. Alguns amigos, bem, principalmente *eu*, estão tentando elaborar a defesa dele", digo dando de ombros novamente, em seguida, tentando mudar de assunto, "Olha, Bethany...".

"Sim?", pergunta ela, sorrindo.

"Está tarde. Não quero voltar pro escritório", digo, conferindo meu Rolex. O sol, se pondo, se reflete nele, cegando-a por um momento. "Por que você não vem pra minha casa?"

"O quê?" Ela dá uma risada.

"Por que você não vem pra minha casa?", sugiro novamente.

"Patrick." Ela dá uma risada sugestiva. "Você está falando sério?"

"Tenho uma garrafa de Pouilly-Fuissé, *gelada*", digo, arqueando as sobrancelhas.

"Escuta, essa cantada poderia ter funcionado em Harvard, mas..." — ela dá uma risada, então continua — "... hum, agora estamos mais velhos e..." Ela para.

"E... o quê?", pergunto.

"Eu não deveria ter tomado aquele vinho no almoço", repete.

Começamos a caminhar. Quase quarenta graus na rua, impossível de respirar. Não é dia, não é noite. O céu parece amarelo. Dou um dólar a um mendigo na esquina da Duane com a Greenwich só para impressioná-la.

"Ei, vamos pra lá", repito, quase choramingando. "Vamos."

"Não posso", diz ela. "O ar-condicionado de meu escritório está quebrado, mas não posso. Gostaria, mas não posso."

"Ah, vamos", digo, segurando seus ombros, dando um aperto gentil.

"Patrick, tenho que voltar ao escritório", reclama ela, protestando sem intensidade.

"Mas você vai derre*ter* lá", comento.

"Não tenho escolha."

"Vamos." Então, tentando atiçá-la, "Tenho um jogo de chá e café Durgin Gorham de quatro peças de prata esterlina dos anos 1940 que gostaria de te mostrar."

"Não posso." Ela dá uma risada, colocando os óculos de sol.

"Beth*any*", digo, avisando.

"Escuta", diz ela, cedendo. "Vou te comprar um sorvete Dove Bar. Em vez disso, aproveite um Dove Bar."

"Que horror. Sabe quantos gramas de gordura, de *sódio*, há somente na cobertura do chocolate?", suspiro, fingindo estar apavorado.

"Ora, o que é isso", diz ela. "Você não precisa se preocupar."

"Ah, o que é isso digo *eu*", andando na frente dela por um tempinho para que ela não sinta qualquer agressividade da minha parte. "Escuta, sobe pra uma bebida e então vamos ao Dorsia, e aí você me apresenta o Robert, que tal?", me viro, ainda caminhando, mas agora de costas. "*Por favor?*"

"Patrick", diz ela. "Você está implorando."

"Realmente quero te mostrar aquele jogo de chá Durgin Gorham." Paro. "Por favor?" Paro novamente. "Custou três mil e quinhentos dólares."

Ela para de andar porque eu paro, olha para baixo, e quando olha para cima de novo sua testa e seu rosto estão molhados com uma camada de suor, um leve brilho. Ela está com calor. Suspira, sorrindo sozinha. Olha para o relógio.

"Então?", pergunto.

"Se eu fosse...", começa ela.

"Si-i-im?", pergunto, prolongando a palavra.

"Se eu fosse, precisaria fazer uma ligação."

"Não, negativo", digo, chamando um táxi. "Liga da minha casa."

"*Patrick*", protesta ela. "Tem um telefone bem ali."

"Vamos logo, agora", digo. "Ali tem um táxi."

No táxi rumo ao Upper West Side, ela diz "Eu não devia ter tomado aquele vinho".

"Está bêbada?"

"Não", diz ela, se abanando com um programa de *Les Misérables* que alguém deixou no banco de trás do táxi, que não tem ar-condicionado, e mesmo com as janelas abertas ela continua se abanando. "Só um pouco... tonta."

Ambos rimos sem razão alguma, e ela se inclina até mim, então percebe algo e recua. "Tem porteiro no seu prédio, certo?", pergunta, desconfiada.

"Sim." Sorrio, excitado pela falta de consciência que ela tem de como está perto do perigo.

Dentro do meu apartamento. Ela anda pela área da sala de estar, acenando com a cabeça em aprovação, murmurando "Muito bom, sr. Bateman, muito bom". Enquanto isso, estou trancando a porta, conferindo se está travada no ferrolho, então a levo ao bar e sirvo um pouco de J&B num copo enquanto ela passa a mão na jukebox Wurlitzer, analisando. Comecei a resmungar sozinho e minhas mãos estão tremendo tanto que desisto do gelo, e então estou na sala, de pé atrás dela, enquanto ela olha para o David Onica acima da lareira. Ela endurece o pescoço, examinando, então dá uma risadinha e olha para mim, aturdida, então de volta para o Onica, ainda rindo. Não pergunto o que está errado — não podia me importar menos. Matando a bebida num gole só, me movo até o armário de carvalho branco Anaholian onde guardo uma pistola de pregos novinha que comprei semana passada numa loja de ferramentas perto do meu escritório na Wall Street. Depois de ter colocado um par de luvas de couro pretas, confiro se a pistola está carregada.

"Patrick?", pergunta Bethany, ainda rindo.

"Sim, querida?"

"Quem pendurou o Onica?", pergunta ela.

"Você gostou?", pergunto.

"É bonito, mas..." Ela para, então diz, "Tenho quase certeza que está de cabeça para baixo."

"O quê?"

"*Quem* pendurou o Onica?"

"Fui eu", digo, ainda de costas para ela.

"Você pendurou o Onica *de cabeça para baixo.*" Ela dá uma risada.

"Hummm?" Estou de pé diante do armário, apertando a pistola de pregos, me acostumando com seu peso em minha mão enluvada.

"Não posso acreditar que está de cabeça para baixo", diz ela. "Está assim faz quanto tempo?"

"Um milênio", sussurro, me virando e me aproximando dela.

"O quê?", pergunta ela, ainda estudando o Onica.

"Eu disse, que merda você está fazendo com Robert Hall?", sussurro.

"O que você disse?" Como que em câmera lenta, como num filme, ela se vira.

Espero Bethany se virar e ver a pistola de pregos em minhas mãos enluvadas para gritar "*Que merda você está fazendo com Robert Hall?*".

Talvez por instinto, talvez por força da memória, ela avança futilmente para a porta da frente, chorando. Apesar de o chardonnay ter retardado seus reflexos, o scotch que eu bebi aguçou os meus, e sem esforço salto na sua frente, bloqueando sua fuga, deixando-a inconsciente com quatro pancadas na cabeça usando a pistola de pregos. Arrasto-a de volta para a sala, deixando-a no chão em cima de um lençol de algodão branco da Voilacutro, e então estico seus braços, colocando as mãos abertas em grossas tábuas de madeira, palmas para cima, e prego três dedos de cada mão, ao acaso, na madeira, pelas pontas. Isso a faz recuperar a consciência e começar a gritar. Depois de esguichar gás lacrimogêneo nos olhos, na boca e em suas narinas, coloco um casaco de pelo de camelo da Ralph Lauren na cabeça, o que abafa seus gritos, mais ou menos. Continuo disparando pregos nas mãos até ambas ficarem cobertas — pregos amontoados, torcidos uns sobre os outros em alguns lugares, tornando impossível que ela tente se sentar. Tenho que retirar seus sapatos, o que me desaponta um pouco, mas ela está chutando o chão com violência, deixando marcas pretas de arranhão no carvalho manchado branco. Durante isso tudo, continuo gritando "Sua puta", e então minha voz se reduz a um sussurro rasgado, e no ouvido dela babo a frase "Sua vadia escrota".

Finalmente, em agonia, depois que retirei o casaco de seu rosto, ela começa a suplicar, ou ao menos tenta, a adrenalina momentaneamente se sobrepondo à dor. "Patrick oh meu deus para por favor oh meu deus para de me machucar..." Mas, é claro, a dor retorna — é intensa demais para não retornar — e ela desmaia novamente, e vomita, inconsciente; tenho que segurar sua cabeça para ela não engasgar e esguicho gás lacrimogêneo nela de novo. Os dedos que não preguei tento arrancar com mordidas, quase tendo sucesso com o polegar esquerdo, do qual consigo mastigar a carne toda, deixando o osso exposto, e então esguicho gás lacrimogêneo nela, sem precisão, mais uma vez. Coloco o casaco de pelo de camelo de volta sobre a cabeça, caso ela acorde gritando, então ajusto a minicâmera portátil da Sony para filmar tudo o que se segue. Uma vez posicionada em seu suporte, e filmando no automático, com um par de tesouras começo a cortar o vestido dela, e quando chego ao tronco acabo apunhalando seus peitos, acidentalmente (nem tanto) arrancando um dos mamilos pelo sutiã. Ela começa a gritar de novo assim que termino de arrancar o vestido, deixando Bethany apenas de sutiã, o bojo direito escurecido pelo sangue, e de calcinha, que está encharcada de urina, reservando isso para depois.

Me curvo sobre ela e berro, por cima de seus gritos, "Tente gritar, grite, continue gritando...". Abri todas as janelas e a porta de meu terraço, e quando fico em pé, acima dela, a boca se abre e nem mesmo os gritos saem mais, apenas ruídos horríveis, guturais, animalescos, às vezes interrompidos por sons de vômito. "Grite, querida", insisto, "continue gritando." Me abaixo, para mais perto, puxando o cabelo dela para trás. "Ninguém se importa. Ninguém vai te ajudar..." Ela tenta gritar de novo, mas está perdendo a consciência, e é capaz apenas de um gemido fraco. Tomo vantagem de seu estado de desamparo e, retirando minhas luvas, abro sua boca à força e com a tesoura arranco a língua, que retiro com facilidade e seguro na palma da minha mão, quente e ainda sangrando, parecendo muito menor que na boca, e a jogo na parede, onde gruda por um momento, deixando uma mancha, antes de cair no chão com uma batidinha úmida. Sangue jorra de sua boca, e novamente seguro sua cabeça para ela não engasgar. Então trepo com sua boca, e depois de ejacular e tirar de dentro, esguicho um pouco mais de gás lacrimogêneo.

Mais tarde, quando ela recupera a consciência brevemente, coloco um chapéu *porkpie* que ganhei de uma namorada caloura em Harvard.

"Lembra *disso*?", grito, crescendo acima dela. "E olha pra *isso*!", grito triunfalmente, segurando um charuto. "*Ainda* fumo charutos. Ha. Está vendo? Um charuto." Acendo com dedos firmes manchados de sangue, e o rosto dela, pálido a ponto de ficar azulado, fica se contraindo, contorcido com a dor, os olhos, pasmos de horror, fechados, semiabertos, a vida dela reduzida a um pesadelo.

"E outra coisa", vocifero, devagar. "Também não é Garrick Anderson. O terno é da *Armani*! *Giorgio* Armani." Paro com desprezo e, me abaixando até ela, escarneço, "E você pensou que era *Henry Stuart*. Meu deus", dou um tapa em seu rosto e sibilo as palavras "Puta burra", espirrando saliva em seu rosto, tão coberto de gás lacrimogêneo que provavelmente ela nem pode sentir isso, então esguicho mais gás lacrimogêneo nela e tento foder com a sua boca mais uma vez, porém não consigo gozar, então paro.

PSICOPATA AMERICANO
BRET EASTON ELLIS

QUINTA-FEIRA

Mais tarde, na noite seguinte, na verdade, três de nós, Craig McDermott, Courtney e eu, estamos em um táxi rumo ao Nell's e falando sobre água Evian. Courtney, numa pele de marta da Armani, acaba de admitir, dando risadinhas, que usa Evian para fazer cubos de gelo, o que gera uma conversa sobre as diferenças entre água engarrafada, e Courtney pede que cada um de nós tente listar o máximo de marcas possível.

Courtney é a primeira, contando cada nome em um dos dedos. "Então, tem Sparcal, Perrier, San Pellegrino, Poland Spring, Calistoga..." Ela para, travada, e olha para McDermott, suplicante.

Ele suspira, depois lista, "Canadian Spring, Canadian Calm, Montclair, que também é do Canadá, Vittel da França, Crodo, que é italiana...". Ele para e coça o queixo, pensativo, tentando se lembrar de mais uma, e anuncia, como que surpreso. "Elan." E embora pareça que está prestes a falar outra, Craig cai num silêncio obscuro.

"Elan?", pergunta Courtney.

"É da Suíça", diz ele.

"Ah", diz ela, então se vira para mim. "Sua vez, Patrick."

Olhando para fora da janela do táxi, perdido em pensamentos, o silêncio que estou causando me provocando um pavor indefinível, entorpecido, mecanicamente listo o seguinte. "Vocês se esqueceram de Alpenwasser, Down Under, Schat, que é do Líbano, Qubol e Cold Springs..."

"Essa eu já disse", interrompe Courtney, acusatória.

"Não", digo. "Você disse Poland *Spring*."

"Foi isso mesmo?", murmura Courtney, então cutucando o sobretudo de McDermott, "Ele está certo, Craig?".

"Provavelmente." McDermott dá de ombros. "Acho."

"Você também precisa se lembrar que a pessoa sempre deve comprar água mineral em garrafas de *vidro*. Não devemos comprar as de plástico", digo, de modo sinistro, então espero que um deles me pergunte por quê.

"Por quê?", a voz de Courtney está marcada por um interesse real.

"Porque ela oxida", explico. "Você quer que ela fique fresca, sem gosto depois."

Após uma pausa longa, confusa, típica de Courtney, McDermott admite, olhando para fora da janela, "Ele está certo".

"Realmente não entendo as diferenças na água", murmura Courtney. Está sentada ao meu lado, com McDermott do outro lado, nós três na parte traseira do táxi, e sob a pele de marta ela está usando um terno de sarja da Givenchy, collants da Calvin Klein e sapatos da Warren Susan Allen Edmonds. Mais cedo, no mesmo táxi, quando toquei sua pele de marta sugestivamente, sem nenhuma outra intenção que não a de verificar a qualidade, e ela pôde perceber isso, Courtney me perguntou baixinho se eu tinha uma pastilha de menta. Eu não disse nada.

"O que você quer dizer?", indaga McDermott com solenidade.

"Bem", diz ela, "qual é *mesmo* a diferença entre algo como água da fonte e água natural, por exemplo, ou, quer dizer, *há* alguma?"

"*Courtney*. Água natural é qualquer água de fonte natural subterrânea", suspira Craig, ainda observando pela janela. "O conteúdo mineral não foi alterado, embora a água possa ter sido desinfetada ou filtrada." McDermott está usando um smoking de lã com lapelas cortadas da Gianni Versace, e ele recende a Xeryus.

Quebro minha inércia mental por um momento para explicar melhor: "E na água da fonte, os minerais podem ter sido adicionados ou retirados, e geralmente é filtrada, não processada". Paro. "Setenta e cinco por cento de toda a água engarrafada na América na verdade é água da fonte." Paro novamente, e então pergunto "Alguém sabia disso?".

Uma pausa demorada e sem alma se segue, então Courtney faz outra pergunta, essa apenas até a metade. "A diferença entre água destilada e purificada é...?"

Não estou realmente prestando atenção em nada dessa conversa, nem mesmo em mim mesmo, pois estou pensando em formas de me livrar do corpo de Bethany, ou ao menos refletindo se o cadáver deveria ou não ficar no meu apartamento por mais um dia. Se decidir me livrar dele esta noite, posso facilmente colocar seus restos num saco de lixo Hefty e deixá-lo na escada; ou posso realizar um esforço extra e arrastá-lo até a rua, deixando-o com o resto do lixo na calçada. Posso até mesmo levar para o apartamento em Hell's Kitchen e derramar um pouco de soda cáustica nele, fumar um charuto e observá-lo se dissolver enquanto escuto meu walkman, mas desejo manter os corpos dos homens separados dos das mulheres, e, além disso, também quero assistir a *Bloodhungry*, a fita que aluguei esta tarde — e na chamada da propaganda se lê "Alguns palhaços fazem você rir, mas Bobo vai te matar e depois devorar seu corpo" — uma viagem à meia-noite até Hell's Kitchen, mesmo sem uma parada no Bellvue's para comer algo, não me daria tempo o bastante. Os ossos e a maior parte dos intestinos e da carne de Bethany provavelmente serão jogados no incinerador no final do corredor do meu apartamento.

Courtney, McDermott e eu acabamos de sair de uma festa da Morgan Stanley que ocorreu perto do Seaport na ponta de Manhattan numa nova boate chamada Goldcard, que em si parecia uma metrópole, e onde encontrei Walter Rhodies, um canadense completo que não via desde a época de Exeter e que também, como McDermott, recendia a Xeryus, e cheguei a falar para ele, "Escuta, estou tentando ficar longe das pessoas. Estou evitando até mesmo falar com elas", e então pedi licença. Apenas um pouco impressionado, Walter disse "Hã, claro, bem, compreendo". Estou usando um smoking de lã-crepe de peito duplo com seis botões e calça plissada, e uma gravata-borboleta de gorgorão, tudo da Valentino. Luis Carruthers está em Atlanta durante esta semana. Cheirei uma carreira de coca com Herbert Gittes no Goldcard e antes que McDermott chamasse o táxi até o Nell's tomei um Triazolam para me livrar da paranoia da cocaína, mas ainda não bateu. Courtney parece atraída por McDermott — como o cartão Chembank dela não passou hoje, ao menos não no caixa automático em que paramos (sendo a razão por ela usar demais para cheirar carreiras de coca, embora jamais admita isso; resíduo da cocaína por várias vezes já fodeu com meu cartão também), e o de McDermott *estava* passando, ela ignorou o *meu* para usar o *dele*, o que significa, conhecendo Courtney, que ela quer *trepar* com McDermott. Mas na verdade isso não importa. Mesmo eu sendo mais bonito que Craig, nós dois somos bem parecidos. Animais falantes foi o assunto do *Patty Winters Show* hoje. Um polvo estava flutuando num aquário improvisado com um microfone preso a um de seus tentáculos, e ele ficava só pedindo — ou assim garantia seu "treinador", que tem certeza que moluscos têm cordas vocais — por "queijo". Assisti, vagamente petrificado, até que parei para choramingar. Um mendigo vestido como um havaiano se lamuria sobre uma lata de lixo na esquina escura da Oitava com a Décima.

"Com a água destilada ou purificada", está dizendo McDermott, "a maioria dos minerais foi retirada. A água foi fervida e o vapor condensado em água purificada."

"Ao passo que a água destilada tem um gosto neutro e geralmente não é potável." Me encontro bocejando.

"E água mineral?", pergunta Courtney.

"Não é definida pela...", respondemos simultaneamente, McDermott e eu.

"Prossiga", digo, bocejando novamente, fazendo Courtney também bocejar.

"Não, prossiga você", diz ele, apático.

"Não é definida pelo Departamento de Saúde", falo. "Não tem químicos, sais, açúcares ou cafeína."

"E água gaseificada recebe sua efervescência do dióxido de carbono, certo?", pergunta ela.

"Sim" Eu e McDermott acenamos, ainda olhando para a frente.

"Eu sabia disso", diz ela, hesitante, e pelo tom de sua voz posso sentir, sem olhar, que ela provavelmente sorri ao proferir isso.

"Mas compre apenas água gaseificada *naturalmente*", alerto. "Porque *isso* significa que o conteúdo de dióxido de carbono está na água em sua fonte."

"Club Soda e *seltzer*, por exemplo, recebem o carbono artificialmente", explica McDermott.

"A *seltzer* White Rock é uma exceção", comento, desconcertado com a assertividade ridícula e incessante de McDermott. "Água mineral gaseificada Ramlösa também é muito boa."

O táxi está prestes a fazer a curva na rua 14, mas quatro ou cinco limusines estão tentando fazer o mesmo e perdemos o sinal aberto. Xingo o motorista, e uma velha canção da Motown dos anos 1960, talvez das Supremes, toca baixinho, na frente, o som bloqueado por uma divisão de vidro reforçado. Tento abrir, mas está trancada e não desliza de lado. Courtney pergunta "De que tipo eu deveria beber depois dos exercícios?".

"Bem", suspiro. "Seja qual for, tem que ser bem gelada."

"Por que...?", pergunta ela.

"Porque é absorvida mais rapidamente que em temperatura ambiente." Completamente alheio, confiro meu Rolex. "Deve provavelmente ser água. Evian. Mas não em garrafa de plástico."

"Meu personal trainer diz que está tudo bem com Gatorade", discorda McDermott.

"Mas você não acha que água é o melhor repositor de fluidos, já que entra no sistema sanguíneo mais rápido que *qualquer* outro líquido?" Não consigo evitar e acrescento "*Meu amigo*?".

Confiro o relógio novamente. Se tomar um J&B com gelo no Nell's consigo chegar em casa a tempo de assistir *Bloodhungry* umas duas horas. Novamente silêncio no táxi, que se move cadenciadamente para a multidão fora da boate, as limusines deixando passageiros e então seguindo em frente, cada um de nós nos concentrando nisso, e também no céu acima da cidade, que está pesado, vultoso com nuvens escuras. As limusines continuam buzinando alto umas para as outras, sem resolver nada. Minha garganta, por causa da coca que cheirei com Gittes, está bem seca e engulo, tentando umedecê-la. Cartazes de uma promoção da Crabtree & Evelyn alinham as janelas de prédios de aluguel abandonados do outro lado desta rua. Soletre magnata, Bateman. Como se soletra magnata? M-a-g-n-a-t-a. Mag-na-ta. Magna-ta. Pode se referir a esqui, fantasmas, aliens...

"Não gosto de Evian", diz McDermott com um pouco de tristeza. "É doce demais." Ele parece tão infeliz ao admitir isso que me faz concordar.

Olhando para ele na escuridão do táxi, percebendo que provavelmente vai acabar na cama com Courtney hoje, sinto um momento de pena instantânea dele.

"Sim, McDermott", digo lentamente. "Evian é doce demais."

Mais cedo, havia tanto sangue de Bethany empoçado no piso que eu podia ver meu reflexo nele enquanto pegava um de meus telefones sem fio, e me observei marcando um corte de cabelo no Gio's. Courtney quebra meu transe ao admitir "Fiquei receosa ao provar Pellegrino pela primeira vez". Ela olha para mim, com nervosismo — esperando que eu... o quê, concordasse? —, e então para McDermott, que dá um sorriso abatido e sem graça para ela. "Mas assim que provei, foi... ótimo."

"Que coragem", murmuro, bocejando novamente, o táxi se aproximando lentamente do Nell's, e, aumentando minha voz, digo "Algum de vocês conhece algum dispositivo para prender no telefone e simular aquele som de chamada de espera?".

De volta em casa, fico de pé diante do corpo de Bethany, bebendo algo contemplativamente, estudando sua condição. Ambas as pálpebras estão abertas até a metade, e os dentes inferiores parecem estar se sobressaindo, pois seus lábios foram rasgados — na verdade, mordidos — para fora. Mais cedo, naquele dia, eu havia serrado seu braço, o que finalmente a matou, e agora mesmo o pego, segurando pelo osso que se destaca onde costumava ficar a mão (agora não tenho ideia de onde está: no freezer? No armário?), prendendo em meu punho como um bastão, carnes e músculos ainda pendurados nele, embora boa parte tenha sido picada ou roída, e bato com ele na cabeça dela. Preciso de pouquíssimos golpes, no máximo cinco ou seis, para esmagar completamente a mandíbula, e apenas mais dois para afundar o rosto.

WHITNEY HOUSTON

Whitney Houston surgiu na cena musical em 1985 com um LP com seu nome que teve quatro hits em primeiro lugar, incluindo, "The Greatest Love of All", "You Give Good Love" e "Saving All My Love for You", além de ter ganhado um Grammy de melhor performance vocal pop feminina e dois American Music, um de melhor single rhythm and blues e outro de melhor vídeo rhythm and blues. Ela também foi citada como artista revelação do ano pela *Billboard* e pela revista *Rolling Stone*. Com toda essa publicidade, era de se esperar que o álbum fosse um produto anticlimático e opaco, mas a surpresa é que *Whitney Houston* (Arista) é uma das gravações de rhythm and blues mais calorosas, complexas e no geral satisfatórias da década, e a própria Whitney tem uma voz que desafia a crença. Da foto elegante e bonita na capa do álbum (num vestido da Giovanne De Maura) e sua contraparte levemente sexy no verso (num traje de banho da Norma Kamali), sabe-se que isso não vai ser um projeto profissional fraco; a gravação é suave, porém intensa, e a voz de Whitney salta tantas fronteiras e é tão versátil (embora ela seja principalmente uma cantora de *jazz*) que é difícil abstrair o álbum numa primeira audição. Mas você não vai querer. Você vai querer saboreá-lo muitas vezes.

Ele abre com "You Give Good Love" e "Thinking About You", ambas produzidas e arranjadas por Kashif, e elas emanam arranjos de jazz calorosos e exuberantes, mas com uma batida sintetizada contemporânea, e apesar de as duas serem canções realmente boas, o álbum não chega lá até "Someone for me", produzida por Jermaine Jackson, em que Whitney canta langorosamente com um fundo de jazz-disco, e a diferença entre seu langor e o viço da canção é bastante tocante. A balada "Saving All My Love for You" é a canção mais sexy e romântica da gravação. Também tem um solo de saxofone matador de Tom Scott e nela é possível ouvir as influências do pop de grupos de garotas dos anos 1960 (foi coescrita por Gerry Goffin), mas os grupos de garotas dos anos 1960 jamais soaram de forma tão emocionante ou sexy (ou tão bem-produzidos) como essa canção. "Nobody Loves Me Like You Do" e um glorioso dueto com Jermaine Jackson (que também a produziu) e apenas um exemplo de como esse álbum é liricamente sofisticado. A última coisa de que ele sofre é de certa escassez de letras decentes, o que em geral ocorre quando uma cantora não escreve seu próprio material e deixa seu produtor escolhê-las. Mas aqui Whitney e sua equipe selecionaram bem.

O single dance "How Will I Know" (meu voto para melhor canção dance dos anos 1980) é uma ode jovial ao nervosismo de uma garota que está na dúvida se um cara está interessado nela. Tem um ótimo riff de teclado e é a única faixa no álbum produzida pela produtora prodígio Narada Michael Walden. Minha balada favorita (ao lado de "The Greatest Love of All" — realização que a coroou) é "All at Once", sobre como uma jovem mulher percebe de uma vez que seu amado está se afastando, e ela é acompanhada por um magnífico arranjo de cordas. Ainda que nada no álbum soe como enchimento de linguiça, a única faixa que pode chegar perto é "Take Good Care of My Heart", outro dueto com Jermaine Jackson. O problema é que ela se dispersa das raízes jazzísticas do álbum e parece sofrer demasiada influência da música dance dos anos 1980.

Mas o talento de Whitney é restaurado com a arrebatadora "Greatest Love of All", uma das melhores e mais poderosas canções jamais escritas sobre autopreservação e dignidade. Do primeiro ao último verso (Michael Masser e Linda Creed assinam os créditos das letras), é uma balada modernosa sobre acreditar em si mesmo. É um poderoso comentário, que Whitney canta com uma grandeza que se aproxima do sublime. Sua mensagem universal cruza todas as fronteiras e instiga o ouvinte com a esperança de que não é tarde demais para melhorarmos, sermos mais gentis. Já que é impossível no mundo em que vivemos ser solidários com os outros, podemos sempre ser solidários com nós mesmos. É uma mensagem importante, na verdade crucial, belamente apresentada nesse álbum.

Seu segundo trabalho, *Whitney* (Arista, 1987), teve quatro singles alcançando o primeiro lugar nas paradas, "I Wanna Dance with Somebody", "So Emotional", "Didn't We Almost Have It All?" e "Where Do Broken Hearts Go?", e foi principalmente produzido por Narada Michael Walden, e, apesar de não ter um trabalho tão sério como em *Whitney Houston*, não chega a ser uma vítima da Crise da Segunda Obra. Começa com a saltitante, dançante "I Wanna Dance with Somebody (Who Loves Me)", que é na mesma pegada da impressionante "How Will I Know" do último álbum. É seguida pela sensual "Just The Lonely Talking Again", que reflete a séria influência de jazz que permeava o primeiro álbum, e também é possível perceber uma maturidade artística recém-descoberta na voz de Whitney — ela fez todos os arranjos vocais do álbum —, e tudo isso fica muito evidente em "Love Will Save the Day", a canção mais ambiciosa que Whitney já apresentou. Foi produzida por Jellybean Benitez e pulsa com uma intensidade em ritmo acelerado, e, como a maioria das canções nesse álbum, reflete a consciência de um adulto do mundo em que todos nós vivemos. Ela canta e acreditamos nisso. Uma mudança e tanto em relação à imagem mais suave de garotinha perdida, tão atraente no primeiro álbum.

Ela projeta uma imagem ainda mais adulta em "Didn't We Almost Have It All?", canção produzida por Michael Masser sobre encontrar um amor há muito perdido e informá-lo de seus sentimentos do caso passado, e isso é Whitney em seu estado mais poético. Como na maioria das baladas, há um exuberante arranjo de cordas. "So Emotional" tem a mesma verve que "How Will I Know" e "I Wanna Dance with Somebody", porém com uma influência ainda maior do rock e, como todas as canções em *Whitney*, é tocada por uma formidável banda de estúdio, com Narada na percussão eletrônica, Wolter Afanasieff no sintetizador e baixo sintetizado, Corrado Rustici na guitarra sintetizada, e alguém listado como Bongo Bob na programação de percussão e no sampling de bateria. "Where You Are" é a única canção no álbum produzida por Kashif, e traz uma marca indelével de profissionalismo — tem um som suave e radiante e esplendoroso com um agitado solo de sax de Vincent Henry. Soava como um hit (mas aí todas as canções do álbum soam assim) e me pergunto por que não foi lançado como um.

"Love Is a Contact Sport" é a verdadeira surpresa do álbum — uma faixa grandiosa, assertiva e sexy, que, em termos de produção, é a peça central do álbum, e tem grandes letras junto com uma boa batida. É uma das minhas favoritas. Em "You're Still My Man" você pode ouvir claramente que a voz de Whitney é como um instrumento — uma máquina impecável e calorosa que quase subjuga o sentimento de sua música, mas as letras e as melodias são muito distintas, poderosas demais para permitir que qualquer cantor, mesmo um do calibre de Whitney, faça sombra a ela. "For the Love of You" exibe a brilhante capacidade de programação de percussão de Narada, e seu sentimento moderno jazzístico ecoa de volta não apenas aos provedores do jazz moderno, como Michael Jackson e Sade, mas também outros artistas, como Miles Davis, Paul Butterfield e Bobby McFerrin.

"Where Do Broken Hearts Go?" é, no álbum, a mais poderosa declaração emocional da inocência perdida e a tentativa de recuperação da segurança da infância. A voz dela está amável e controlada como jamais esteve, e leva a "I Know Him So Well", o momento mais comovente da gravação, pois é principalmente um dueto com sua mãe, Cissy. É uma balada sobre... quem? Um amante compartilhado? Um pai perdido há muito? É uma combinação de anseio, arrependimento, determinação e beleza que finaliza o álbum com uma nota graciosa e perfeita. Podemos esperar novas coisas de Whitney (ela ofereceu um presente estarrecedor nas Olimpíadas de 1988, com a balada "One Moment in Time"), mas, mesmo que não pudéssemos, ela continuaria sendo a voz de jazz negro mais empolgante e original de sua geração.

JANTAR COM SECRETÁRIA

Noite de segunda às oito em ponto. Estou em meu escritório penando para resolver as palavras cruzadas do *New York Times* de ontem, ouvindo rap no estéreo, tentando desvendar sua popularidade, pois uma gostosinha loira que conheci no Au Bar duas noites antes me disse que só escuta rap, e, apesar de mais tarde eu tê-la espancado até a morte no apartamento de alguém no prédio Dakota (ela quase foi decapitada; uma experiência não muito estranha para mim), hoje de manhã cedo seu gosto musical assombrou minha memória e tive que parar na Tower Records do Upper Side West e comprar noventa dólares de CDs de rap, mas, como esperava, tomei prejuízo: vozes de pretos proferindo palavras feias como *pivete*, *firmeza*, *quebrada*. Jean está sentada diante de sua mesa com uma grande pilha de resmas de documentos que quero que ela verifique. Hoje não foi ruim: malhei por duas horas antes do trabalho; o novo restaurante de Robison Hirsch chamado Finna abriu em Chelsea; Evelyn deixou duas mensagens na minha secretária eletrônica e outra com Jean, me informando que passará a maior parte da semana em Boston; e, o melhor de tudo, o *Patty Winters Show* esta semana foi em duas partes. A primeira era uma entrevista exclusiva com Donald Trump, a segunda uma reportagem sobre mulheres que foram torturadas. Tenho que jantar com Madison Grey e David Campion no Café Luxembourg, mas às oito e quinze descubro que Luis Carruthers vai jantar conosco então ligo para Campion, o imbecil de merda, e cancelo, e passo minutos refletindo sobre o que fazer com o resto da noite. Olhando pela minha janela, percebo que em instantes o céu acima desta cidade ficará completamente escuro.

Jean espia em meu escritório, batendo com gentileza na porta semiaberta. Finjo não perceber sua presença, apesar de não saber o motivo, já que me sinto meio solitário. Ela vem até a mesa. Ainda estou encarando as palavras cruzadas com meus Wayfarer, atônito, mas sem razão alguma para tanto.

Ela coloca um arquivo em cima da mesa antes de perguntar "Rachando a cuca com as palavras cruzadas?" engolindo o *d* em "rachando" — usando uma expressão patética para demonstrar intimidade, uma irritante punhalada na amizade forçada. Engasgo internamente, então aceno sem olhar para ela.

"Precisa de ajuda?", pergunta, se movendo com precaução em volta da minha mesa, e se inclina por cima de meu ombro para oferecer assistência. Já preenchi cada espaço com a palavra *carne* ou *osso*, e ela emite apenas um leve suspiro quando percebe isso, e então vê a pilha de lápis n. 2 que quebrei ao meio em cima da mesa e os cata devidamente, saindo da sala em seguida.

"Jean", chamo.

"Sim, Patrick?" Ela retornar ao escritório tentando disfarçar sua ansiedade.

"Gostaria de me acompanhar no jantar?", pergunto, ainda encarando as palavras cruzadas, apagando com delicadeza o *c* num dos vários *carne*s que fiz no passatempo. "Quer dizer, se você não... tiver nada pra fazer."

"Ah, não", responde ela bem rápido, e então, acho, percebendo essa rapidez, diz, "Não tenho planos".

"Bem, que coincidência, não é", pergunto, olhando para cima, baixando meus óculos Wayfarer.

Ela dá um pequeno sorriso, mas há uma urgência real nele, algo desconfortável, e isso não ajuda muito a me deixar menos enojado.

"Acho que sim", ela dá de ombros.

"Também tenho ingressos para um... um show de Milla Vanilla, se você quiser ir", falo casualmente.

Confusa, ela pergunta "Sério? Quem?".

"Milla... Vanilla", repito lentamente.

"Milla... Vanilla?", pergunta ela com desconforto.

"Milla... Vanilla", digo. "Acho que é esse o nome deles."

Ela diz "Não tenho certeza".

"Se vai?"

"Não... desse nome." Ela se concentra, e então diz "Acho que é... Milli Vanilli".

Paro por um longo tempo antes de dizer "Ah".

Ela fica parada, acena uma vez.

"Não importa", digo — não tenho nenhum ingresso para eles, de qualquer forma. "Ainda é daqui a uns meses."

"Ah", diz ela, acenando de novo. "Certo."

"Escuta, pra onde deveríamos ir?" Me inclino para trás e pego meu Zagat na gaveta de cima da mesa.

Ela para, com medo do que dizer, entendendo minha pergunta como um teste no qual ela precisa passar, e então, insegura quanto a ter escolhido a resposta certa, fala, "Qualquer lugar que você quiser?".

"Não, não, não", sorrio, folheando o livreto. "Que tal qualquer lugar que *você* quiser?"

"Oh, Patrick", suspira ela. "Não posso tomar uma decisão dessas."

"Ah, que isso", insisto. "Qualquer lugar que você quiser."

"Ah, não consigo." Desamparada, ela suspira novamente. "Não sei."

"Vamos lá", insisto, "aonde você quer ir? Qualquer lugar que você queira. Só me fala. Consigo levar a gente pra qualquer lugar."

Ela pensa a respeito por um longo tempo, e sentindo que o tempo está acabando pergunta timidamente, tentando me impressionar, "Que tal... o Dorsia?".

Paro de folhear o guia Zagat, sem olhar para cima, sorriso amarelo, estômago vazio, me perguntando, em silêncio, Quero mesmo dizer não? Quero mesmo dizer que possivelmente não consigo levar a gente lá? Estou realmente preparado para fazer isso? É isso o que realmente quero fazer?

"Entããããão", digo, baixando o livro, nervosamente abrindo-o de novo para pegar o número. "O Dorsia é o lugar aonde Jean quer ir..."

"Ah, não sei", diz ela, confusa. "Não, vamos a qualquer lugar que você quiser."

"O Dorsia está... ótimo", digo casualmente, pegando o telefone, e com um dedo tremendo disco muito rapidamente os sete malditos números, tentando permanecer tranquilo. Em vez do sinal de ocupado que estou esperando, o telefone de fato chama no Dorsia, e, após chamar mais duas vezes, a mesma voz à qual me acostumei escutar nos últimos três meses responde, gritando, "Dorsia, pois não?", o ambiente atrás da voz num zumbido ensurdecedor.

"Sim, poderia receber duas pessoas hoje, hã, digamos, em cerca de vinte minutos?", pergunto, conferindo meu Rolex, dando uma piscadela para Jean. Ela parece impressionada.

"Estamos lotados", o maître grita com arrogância.

"Sério?", digo, tentando parecer contente, quase vomitando. "Que ótimo."

"Eu disse que estamos lotados", grita ele.

"Mesa para dois às nove?", digo. "Perfeito."

"Não há mesas disponíveis hoje", o maître, imperturbável, resmunga. "A lista de espera também está totalmente lotada." Ele desliga na minha cara.

"Até mais então." Também desligo, e, com um sorriso que tenta seu melhor para expressar prazer com a escolha dela, me encontro lutando por ar, cada músculo extremamente tensionado. Jean está usando um vestido de lã jersey e flanela da Calvin Klein, um cinto de jacaré com uma fivela de prata da Barry Kieselstein Cord, brincos de prata e collants claros, também da Calvin Klein. Ela permanece parada diante da mesa, confusa.

"E então?", pergunto, andando até o suporte para casacos. "Você está... bem-vestida."

Ela faz uma pausa. "Você não disse seu nome pra eles", observa com suavidade.

Penso nisso enquanto coloco meu paletó da Armani e, ao reatar o nó em minha gravata de seda da Armani, sem gaguejar, respondo "Eles... me conhecem".

Enquanto o maître está conduzindo à mesa um casal que tenho total certeza ser Kate Spencer e Jason Lauder, Jean e eu subimos na plataforma em que o livro de reservas está aberto, nomes absurdamente legíveis, e me curvando sobre ele casualmente avisto o único nome para dois às nove que não está riscado, e que calha de ser — meu deus — *Schrawtz*. Suspiro, batendo o pé, minha mente disparando. Tento maquinar alguma espécie de plano plausível. De repente me viro para Jean e digo "Por que você não vai ao banheiro antes?".

Ela está olhando em volta do restaurante, tentando compreendê-lo. Caos. Pessoas esperando apinhadas no bar. O maître leva o casal a uma mesa no meio do salão. Sylvester Stallone e uma ninfeta estão numa mesa em frente à que Sean e eu nos sentamos apenas semanas antes, muito para meu doentio aturdimento, e os guarda-costas dele amontoados na mesa ao lado, e o proprietário do Petty's,

Norman Prager, se demorando na terceira. Jean vira a cabeça para mim e grita "O quê?" acima da barulheira.

"Você não quer ir ao banheiro?", pergunto. O maître se aproxima de nós, arrumando um caminho pelo restaurante lotado, de cara fechada.

"Por quê? Quer dizer... quero?", pergunta ela, totalmente confusa.

"Só... vai", sibilo, apertando o braço dela desesperadamente.

"Mas não estou precisando, Patrick", protesta ela.

"Ah, porra", resmungo. Agora é tarde demais, de qualquer jeito.

O maître sobe na plataforma e confere o livro, faz uma chamada, desliga em questão de segundos, então olha para nós, não exatamente enojado. O maître tem pelo menos cinquenta anos e rabo de cavalo. Dou duas tossidas para chamar atenção dele, e faço alguma espécie de contato visual idiota.

"Sim?", pergunta ele, como que ameaçado.

Disparo uma expressão de dignidade antes de suspirar por dentro. "Reservas às nove..." Engulo. "Para dois."

"Si-i-im?", pergunta, desconfiado, ressaltando a palavra. "Nome?", diz ele, e então se vira para um garçom de passagem, dezoito anos e bonito como um modelo, que havia perguntado "Cadê u gelo?". Ele está encarando e gritando "Agora... não. Ok? Preciso te falar quantas vezes?". O garçom dá de ombros, humildemente, e então o maître aponta para o bar, "U *gelo* tá ali!". Ele se vira para nós e estou genuinamente assustado.

"Nome", ordena o maître.

E estou pensando: Entre a porra de todos os nomes, por que justo *este*? "Hum, Schrawtz" — meu deus. "Sr. e sra. Schrawtz." Meu rosto, tenho certeza, está cinzento, e digo o nome mecanicamente, mas o maître está ocupado demais para não cair nessa, e sequer me incomodo em encarar Jean, que certamente está atordoada com meu comportamento enquanto somos levados à mesa dos Schrawtz, e tenho o pressentimento de que isso vai dar merda, embora eu me sinta aliviado mesmo assim.

Os menus já estão na mesa, mas me sinto tão nervoso que as palavras e até os preços parecem hieróglifos, e estou completamente perdido. Um garçom anota nossos pedidos de bebidas — o mesmo que não conseguia encontrar o gelo — e me encontro dizendo coisas desconexas, sem escutar Jean, como "Proteger a camada de ozônio é mesmo uma ideia muito boa" e contando piadas de toc-toc. Sorrio, fixando isso em meu rosto, em outro país, e não leva tempo algum — minutos, na verdade, o garçom nem chega a ter uma chance de falar para nós os pratos do dia — para que eu perceba o casal alto e bonito na plataforma conferindo com o maître, e após suspirar muito fundo, de cabeça leve, gaguejando, comento com Jean, "Algo ruim vai acontecer".

Ela olha para cima do menu e coloca na mesa a bebida sem gelo que está bebericando. "Por quê? Qual o problema?"

O maître está olhando para nós dois, para *mim*, do outro lado do salão, enquanto leva o casal à nossa mesa. Se o casal fosse baixo, atarracado, excessivamente judeu, eu poderia ter conseguido ficar com a mesa, mesmo sem o auxílio de uma nota de cinquenta, mas esse casal parece que acabou de sair de uma propaganda da Ralph Lauren, e apesar de eu e Jean também (assim como o resto da porra de todo o restaurante), o homem está usando um smoking e a garota — uma mina totalmente trepável — está coberta de joias. Eis a realidade, e como meu desprezível irmão Sean diria, tenho que aguentar. O maître agora está diante da mesa, mãos entrelaçadas nas costas, descontente, e após uma longa pausa pergunta "Sr. e sra. ... *Schrawtz*?".

"Sim?" Levo na boa.

Ele apenas me encara. Isso é acompanhado por um silêncio anormal. Seu rabo de cavalo, grisalho e oleoso, tem uma espécie de malignidade abaixo do colarinho.

"Sabe", digo, por fim, um tanto suavemente, "acontece que conheço o chef."

Ele continua encarando. Então, sem dúvida, também o casal atrás dele.

Após outra longa pausa, sem nenhum motivo real, pergunto "Ele está... em Aspen?".

Isso não está levando a nada. Suspiro e me viro para Jean, que parece completamente perplexa. "Vamos embora, ok?" Ela acena estupidamente. Humilhado, seguro a mão de Jean e nos levantamos — ela mais devagar que eu —, passando pelo maître e pelo casal, voltando pelo restaurante lotado, e então estamos do lado de fora e estou completamente devastado e murmurando roboticamente para mim mesmo "Eu deveria ter imaginado eu deveria ter imaginado eu deveria", mas Jean saltita pela rua gargalhando, me puxando, e, quando finalmente percebo sua alegria inesperada, ela diz, entre risadinhas, "Isso foi *tão* engraçado", e então, enquanto cerro meu punho, ela me informa que "Seu senso de humor é tão *espontâneo*". Abalado, caminhando rigidamente ao lado dela, ignorando-a, me pergunto "Para... onde... agora?", e em segundos penso numa resposta — Arcadia, para onde de fato percebo que estou nos guiando.

Alguém que penso ser Hamilton Conway me confunde com alguém chamado Ted Owen e me pergunta se consigo arranjar lugar no Petty's para ele hoje — respondo, "Vou ver o que posso fazer", então viro o que resta da minha atenção para Jean, que está sentada diante de mim no salão de jantar quase vazio do Arcadia —, e após ele sair apenas cinco das mesas do restaurante estão ocupadas. Pedi um J&B com gelo. Jean está bebericando uma taça de vinho branco e falando sobre como o que ela quer fazer mesmo é "entrar no banco mercantil", e estou pensando: Ouse sonhar. Alguém mais, Frederick Dibble, passa e me parabeniza pela conta da Larson e tem a coragem de me dizer "Falo com você mais tarde, Saul". Mas estou entorpecido, a milhões de quilômetros de distância, e Jean não percebe; fala sem parar sobre um novo romance que está lendo, de algum jovem autor — a capa, tinha visto, besuntada de neon; o assunto, sofrimento elevado. Acidentalmente, acho que ela está falando de alguma outra coisa e me encontro dizendo, sem realmente encará-la, "Você precisa de uma casca grossa para sobreviver nesta cidade". Ela enrubesce, parece envergonhada, e dá outro gole no vinho, que é um bom sauvignon blanc.

"Você parece distante", diz ela.

"O quê?", pergunto, piscando.

"Eu disse que você parece distante", diz ela.

"Não", suspiro. "Continuo o mesmo maluco de sempre."

"Que bom." Ela sorri — estou sonhando com isso? — aliviada.

"Então escuta", digo, tentando focar nela, "o que você realmente quer fazer com sua vida?" Então, me lembrando que ela estava tagarelando sobre uma carreira no banco mercantil, acrescento "Apenas resuma brevemente, sabe". E completo, "Não me diga que gosta de trabalhar com crianças, certo?".

"Bem, eu gostaria de viajar", diz ela. "E talvez voltar a estudar, mas realmente não sei..." Ela pausa, pensativa, e profere, com sinceridade, "Estou num ponto da vida em que parece haver um monte de possibilidades, mas sou tão... não sei... insegura".

"Acho que é importante pras pessoas perceberem suas limitações." Então, do nada, pergunto "Você tem um namorado?".

Ela sorri com timidez, ruboriza, e então responde "Não. Na verdade não".

"Interessante", murmuro. Abri o menu e estou estudando o jantar de preço fixo da noite.

"*Você* está saindo com alguém?", ela se aventura com timidez. "Digo, algo sério?"

Decido pelo peixe-piloto com tulipas e canela, me evadindo da pergunta com um suspiro, "Desejo apenas um relacionamento significativo com alguém especial", e antes que ela consiga reagir pergunto qual será seu pedido.

"Acho que o mahi-mahi", diz ela, e então, olhando com atenção para o menu, "com gengibre."

"Vou querer o peixe-piloto", digo. "Estou começando a gostar disso. De... peixe-piloto", digo, acenando com a cabeça.

Mais tarde, após um jantar medíocre, uma garrafa de um cabernet sauvignon da Califórnia bem caro e um crème brûlée que dividimos, peço uma taça de um vinho do porto de cinquenta dólares e Jean beberica um espresso descafeinado, e quando pergunta de onde vem o nome do restaurante falo para ela, e sem inventar algo ridículo — apesar de ficar tentado, apenas para ver se ela acreditaria mesmo assim. Sentado diante de Jean agora mesmo na escuridão do Arcadia, é muito fácil crer que ela engoliria qualquer tipo de desinformação que eu lhe desse — a queda que tem por mim tornando-a impotente —, e acho essa falta de defesas bizarramente broxante. Eu poderia até mesmo explicar minha posição pró-apartheid e fazer com que ela encontrasse motivos para também partilhar disso e investisse grandes somas de dinheiro em corporações racistas qu...

"Arcádia foi uma antiga região do Peloponeso, na Grécia, fundada em 370 a.C., e era completamente rodeada por montanhas. Sua principal cidade era... Megalópolis, também o centro de atividade política da capital da confederação árcade..." Dou um gole no porto, que é espesso, forte, caro. "Foi destruída durante a guerra de independência grega..." Paro de novo. "Pã foi idolatrado originalmente na Arcádia. Sabe quem era Pã?"

Sem tirar os olhos de mim, ela acena.

"As orgias dele são bem similares àquelas de Baco", falo. "Ele gracejava com ninfas à noite, mas também gostava de... assustar viajantes durante o dia... Daí a palavra *pâ-nico.*" Blá-blá-blá. Fico contente por ter retido essa informação, e olho por cima do porto que estava encarando pensativamente e sorrio para ela. Ela fica em silêncio por um longo tempo, confusa, insegura sobre como reagir, mas olha fundo em meus olhos e diz, vacilando, se inclinando sobre a mesa, "Isso é... tão... interessante", que é tudo o que sai de sua boca, tudo o que ela tem a dizer.

Onze e trinta e quatro. Estamos de pé na calçada em frente ao apartamento de Jean no Upper East Side. O porteiro dela nos encara com fadiga e me provoca um pavor indefinido, seu olhar me perfurando do lobby. Uma cortina de estrelas, quilômetros delas, está espalhada, brilhante, pelo céu, e o aglomerado delas me diminui, o que para mim é difícil de tolerar. Ela dá de ombros e acena após eu falar algo sobre formas de ansiedade. É como se sua mente estivesse sentindo dificuldades em se comunicar com a boca, como se ela estivesse buscando uma análise racional sobre quem sou eu, o que é, claro, uma impossibilidade: não... há... solução.

"O jantar foi maravilhoso", afirma. "Muito obrigada."

"Na verdade, a comida me pareceu medíocre, mas de nada." Dou de ombros.

"Quer subir para tomar algo?", pergunta ela muito casualmente, e apesar de criticar sua abordagem isso não significa necessariamente que eu não queira subir — mas algo me impede, algo reprime minha sede de sangue: o porteiro? O modo como o lobby está iluminado? O batom dela? Além disso, estou começando a achar que a pornografia é muito menos complicada que sexo de verdade, e, por causa dessa falta de complicação, muito mais prazerosa.

"Você tem peiote?", pergunto.

Ela para, confusa. "O quê?"

"Só uma piada", digo. "Escuta, quero assistir ao *David Letterman*, então..." Paro, incerto sobre por que estou enrolando. "Acho melhor eu ir."

"Você pode assistir..." — ela para, e então sugere — "... na minha casa."

Pauso antes de perguntar "Você tem TV a cabo?".

"Sim." Ela acena. "Tenho TV a cabo."

Travado, paro novamente, então finjo pensar no assunto. "Não, tudo bem. Gosto de assistir... sem TV a cabo."

Ela faz um olhar triste e perplexo. "O quê?"

"Preciso devolver umas fitas", explico apressadamente.

Ela para. "Agora?... — ela confere o relógio — "... Quase meia-noite?"

"Bem, é", digo, consideravelmente desconexo.

"Então, acho que... bem, boa noite então", diz.

Que tipo de livros Jean lê? Títulos percorrem minha mente: *Como Fazer um Homem se Apaixonar por Você. Como Manter um Homem Apaixonado por Você para Sempre. Como Fechar um Negócio: Case-se. Como se Casar em Até Um Ano. Suplicante.* No bolso de meu sobretudo passo o dedo na caixa de camisinhas feita de avestruz da Luc Benoit que comprei semana passada, mas, hã, melhor não.

Após um aperto de mãos constrangedor ela pergunta, ainda segurando a minha, "Sério? Você não tem TV a cabo?".

E apesar de ter sido uma noite nada romântica, ela me abraça, e dessa vez emana um calor que me é desconhecido. Estou tão acostumado a imaginar as coisas acontecendo da mesma maneira que nos filmes, visualizando as coisas de algum modo ocorrendo no formato dos eventos na tela, que quase escuto o crescendo de uma orquestra, quase posso devanear com a câmera baixando a nossa volta, fogos de artifício estourando acima em câmera lenta, a imagem em setenta milímetros dos lábios dela se abrindo e o murmúrio subsequente de "Quero *você*" em som Dolby. Porém meu abraço é congelado e percebo, no começo distante e então com maior clareza, que o caos rugindo dentro de mim está diminuindo gradualmente, ela está me beijando na boca, e isso me lança de volta a uma espécie de realidade e a afasto com gentileza. Ela me encara, com medo.

"Escuta, preciso ir", digo, conferindo meu Rolex. "Não quero perder... Truques de Animais Estúpidos."

"Certo", diz ela, se recompondo. "Até."

"Noite", digo.

Ambos seguimos em direções opostas, mas de repente ela grita algo. Eu me viro.

"Não esquece que no café da manhã você tem uma reunião com Frederick Bennet e Charles Rust no '21'", diz ela da porta, que o porteiro está segurando aberta.

"Obrigado", grito de volta, acenando. "Havia me esquecido completamente."

Ela acena de volta, desaparecendo no lobby.

Em meu caminho de volta à Park Avenue para procurar um táxi passo por um mendigo sem-teto feio — um membro da subclasse genética — e quando ele suplica, com gentileza, por um trocado, por "qualquer coisa", percebo a sacola de livros da Barnes & Noble ao lado dele nos degraus da igreja em que está mendigando e não consigo evitar um sorriso irônico, alto, "Ah, tá, como se *você* pudesse ler...", e então, na parte traseira do táxi cortando a cidade até meu apartamento, me imagino correndo pelo Central Park numa fresca tarde de primavera junto com Jean, rindo, de mãos dadas. Compramos balões, e os soltamos juntos.

DETETIVE

Maio desliza até junho que desliza até julho que rasteja até agosto. Por conta do calor nas últimas quatro noites, tive sonhos intensos com vivissecção e agora não estou fazendo nada, vegetando em meu escritório com uma dor de cabeça terrível e um discman tocando Kenny G, mas a brilhante luz do meio da manhã inunda o ambiente, perfurando meu crânio, fazendo minha ressaca latejar, e por causa disso não treinei hoje de manhã. Escutando a música percebo a segunda luz de meu telefone piscando, o que significa que Jean está me chamando. Suspiro e retiro o fone do walkman com cuidado.

"O que foi?", pergunto num tom monocórdio.

"Hum, Patrick?", começa ela.

"Si-im, Je-an", pergunto com condescendência, separando as duas palavras.

"Patrick, um sr. Donald Kimball está aqui pra ver você", diz ela com nervosismo.

"Quem?", disparo, distraído.

Ela emite um sinal de preocupação, e, como que perguntando, abaixa a voz. "O *detetive* Donald Kimball?"

Paro, observando o céu pela janela, e meu monitor, e a mulher sem cabeça que andei rabiscando na contracapa da *Sports Illustrated* desta semana, e passo a mão no acabamento lustroso da revista uma, duas vezes antes de rasgar a capa e amassá-la. Então finalmente começo. "Fala pra ele..." Refletindo, repensando minhas opções, paro e recomeço. "Fala pra ele que estou almoçando."

Jean para, e então murmura. "Patrick... acho que ele sabe que você está aqui." Durante meu silêncio prolongado, ela acrescenta, ainda nervosa. "São dez e meia."

Suspiro, hesitando de novo, e num pânico contido respondo "Então fala pra ele entrar, acho".

Me levanto, ando até o espelho Jordi que está pendurado ao lado da pintura de George Stubbs e confiro meu cabelo, passando um pente de chifre de boi nele, e então, calmamente, pego um de meus telefones sem fio e, me preparando para uma cena tensa, finjo estar falando com John Akers, e começo comentando claramente no telefone antes que o detetive entre no escritório.

"Agora, John..." Dou uma tossida. "Você precisa usar roupas proporcionais ao seu físico", começo, sem falar com ninguém. "Definitivamente há *sims* e *nãos*, meu amigo, ao se usar uma camisa de listras grossas. Uma camisa de listras grossas pede ternos e gravatas de cores sólidas ou com padrões discretos..."

A porta do escritório se abre e aceno para o detetive, surpreendentemente jovem, talvez da minha idade, usando um terno de linho da Armani não diferente do meu, embora o dele esteja um pouco desgrenhado de um modo malandro, o que me preocupa. Dou um sorriso confiante.

"E uma camisa com uma alta textura de fios é mais durável que uma que não tem... Sim, eu sei... Mas pra determinar isso você precisa examinar a *fiação* do material..." Aponto para a cadeira Mark Schrager de cromo e teca de frente para a minha mesa, falando em silêncio para ele se sentar.

"Tecidos de texturas justas são criados não apenas com o uso de muitos fios, mas com o uso de fios com fibras de alta qualidade, compridas e finas, que... sim... que é... que fabricam um trançado firme, ao contrário de fibras curtas com restolho, como aquelas encontradas no tweed. E tecidos de *textura* folgadas como as malhas são extremamente delicadas e devem ser manuseadas com muito cuidado..." Por causa da chegada do detetive, parece improvável que o dia será bom, e entrevejo-o com fadiga enquanto ele se senta e cruza as pernas de um modo que me provoca um pavor indefinido. Percebo que fiquei muito tempo em silêncio quando ele se vira para ver se desliguei o telefone.

"Certo, e... sim, John, certo. E... sim, sempre dê uma gorjeta de quinze por cento ao cabeleireiro..." Pauso. "Não, não precisa oferecer gorjeta ao dono do salão..." Dou de ombros ao detetive desamparadamente, virando os olhos. Ele acena com a cabeça, dá um sorriso compreensivo e cruza as pernas de novo. Belas meias. Meu deus. "A moça que lava o cabelo? Depende. Eu diria um ou dois dólares..." Rio. "Depende da aparência dela..." Rio mais alto. "Sim, Sim, e do que mais ela lavar..." Paro de novo, então digo "Escuta, John, tenho que ir. T. Boone Pickens acaba de entrar aqui". Paro, sorrindo como um idiota, então gargalho. "Brincadeira..." Outra pausa. "Não, não ofereça gorjeta ao proprietário do salão." Rio mais uma vez, então, por fim, "Ok, John... Certo. Entendi". Desligo o telefone, baixo a antena e então, acentuando inutilmente minha normalidade, digo, "Desculpa por isso".

"Não, *eu* que peço desculpas", diz ele, com um tom genuíno. "Devia ter marcado antes." Apontando para o telefone sem fio que estou colocando no carregador, ele pergunta "Era, hã, algo importante?".

"Ah, isso?", pergunto, me movendo para a minha mesa, afundando na minha cadeira. "Apenas discutindo problemas de negócios. Examinando oportunidades... Trocando rumores... Espalhando fofoca." Ambos rimos. O gelo se quebra.

"Olá", diz ele, se sentando, estendendo a mão. "Sou Donald Kimball."

"Olá. Pat Bateman." Cumprimento, apertando com firmeza. "Prazer em conhecê-lo."

"Peço desculpas", diz ele, "por incomodá-lo assim, mas eu precisava conversar com Luis Carruthers e ele não estava, e... bem, você está aqui, então..." Ele sorri, dá de ombros. "Sei como vocês são ocupados." Ele desvia os olhos das três cópias da *Sports Illustrated* que estão abertas em cima da minha mesa, cobrindo-a, junto com o walkman. Também reparo nelas, então fecho os três exemplares e guardo na gaveta de cima, junto com o walkman ainda ligado.

"Então", começo, tentando me mostrar o mais amigável e disposto a conversar. "Qual o assunto?"

"Bem", começa ele. "Fui contratado por Meredith Powell para investigar o desaparecimento de Paul Owen."

Aceno pensativamente com a cabeça antes de perguntar "Você não está com o FBI ou algo assim, está?".

"Não, não", responde. "Nada assim. Sou apenas um investigador particular."

"Ah, entendi... Sim." Aceno novamente, ainda sem estar aliviado. "O desaparecimento de Paul... sim."

"Bem, não é nada *tão* oficial", me confidencia. "Tenho apenas umas perguntas básicas. Sobre Paul Owen. Sobre você..."

"Café?", pergunto de repente.

Meio sem ter certeza, ele responde "Não, estou bem".

"Perrier? San Pellegrino?", ofereço.

"Não, estou bem", repete, abrindo um pequeno caderno preto que tirou do bolso junto com uma caneta Cross de ouro. Chamo Jean.

"Sim, Patrick?"

"Jean, poderia trazer ao senhor...", paro, olho para cima.

Ele também olha para cima. "Kimball."

"... sr. Kimball uma garrafa de San Pelle..."

"Ah, não, estou bem", protesta ele.

"Não tem problema", insisto.

Tenho a sensação de que ele está tentando não me encarar de modo estranho. Ele se volta ao caderno e escreve alguma coisa, então risca algo. Jean entra quase na mesma hora e coloca uma garrafa de San Pellegrino e um copo gravado da Steuben na minha mesa, na frente de Kimball. Ela me dá um olhar inquieto e preocupado, que recebo com uma cara feia. Kimball olha para cima, sorri e acena para Jean, que percebo não estar usando sutiã hoje. Inocentemente, observo-a sair, então retorno meu olhar para Kimball, entrelaçando as mãos, me sentando reto. "Bem, qual o assunto?", repito.

"O desaparecimento de Paul Owen", diz ele, me lembrando.

"Ah, sim. Certo, não ouvi falar nada desse desaparecimento ou algo assim..." Pauso, então tento rir. "Pelo menos não na *Page Six*."

Kimball sorri com educação. "Acho que a família dele deseja que isso permaneça em sigilo."

"Compreensível." Aceno para a garrafa e o copo intocados, então retorno o olhar para ele. "Limão?"

"Não, mesmo", diz. "Estou bem."

"Certeza?", pergunto. "Posso providenciar limão, se quiser."

Ele dá uma breve pausa, então diz "Preciso apenas fazer algumas perguntas preliminares, para meus arquivos, ok?".

"Manda bala", digo.

"Quantos anos você tem?", pergunta ele.

"Vinte e sete", digo. "Completo vinte e oito em outubro."

"Onde você estudou?" Ele rabisca algo no caderno.

"Harvard", respondo. "Depois na Harvard Business School."

"Seu endereço?", pergunta ele, olhando apenas para o caderno.

"55 West, na rua 81", digo. "The American Gardens Building."

"Bom." Ele olha para cima, impressionado. "Muito bom."
"Obrigado." Sorrio, lisonjeado.
"Não é lá que mora o Tom Cruise?", pergunta.
"Isso." Aperto a raiz do nariz. De repente preciso fechar os olhos com força.
Escuto o detetive perguntar "Perdão, mas está tudo bem?".
Abrindo os olhos, ambos lacrimejando, digo, "Por que a pergunta?".
"Você parece... *nervoso.*"
Levo a mão a uma gaveta e tiro uma garrafa de aspirina.
"Nuprin?", ofereço.
Kimball olha para a garrafa com estranhamento, e então de volta para mim, antes de balançar a cabeça. "Bem, eu... Não, obrigado." Ele havia sacado um maço de Marlboro e distraidamente o coloca ao lado da garrafa de San Pellegrino enquanto analisa algo no caderno.
"Mau hábito", aponto.
Ele olha para cima e, percebendo minha desaprovação, sorri como uma ovelha. "Eu sei. Desculpa."
Encaro o maço.
"Você... Você prefere que eu não fume?", pergunta, hesitante.
Continuo a encarar o maço de cigarros, refletindo. "Não... acho que tudo bem."
"Tem certeza?", pergunta.
"Sem problemas." Contato Jean.
"Sim, Patrick?"
"Traz um cinzeiro para o sr. Kimball, por favor", digo.
Em questão de segundos, ela traz.
"O que você pode me dizer sobre Paul Owen?", por fim ele pergunta, após Jean sair, tendo colocado o cinzeiro de cristal da Fortunoff na mesa, ao lado da garrafa de San Pellegrino intocada.
"Bem", tusso, engolindo dois Nuprins, a seco. "Eu não conhecia ele tão bem."
"Quão bem você o *conhecia*?", pergunta.
"Estou... perdido", digo, de algum modo falando a verdade. "Ele fazia parte de toda... a coisa de Yale, sabe?"
"Coisa de *Yale*?", pergunta ele, confuso.
Paro, sem ter ideia do que estou falando. "Sim... a coisa de Yale."
"O que você quer dizer com... a coisa de Yale?" Agora ele está intrigado.
Paro novamente — o que *eu* quero dizer? "Bem, acho, pra começar, que ele provavelmente era um homossexual, mas ainda no armário." Não tenho ideia; duvido, considerando o gosto dele por garotas. "Que

cheirava muita cocaína..." Paro, acrescentando em seguida, um tanto vacilante, "*Essa* coisa de Yale". Tenho certeza de que falo de um modo bizarro, mas não há outro jeito de se dizer isso.

Agora o escritório fica muito quieto. O local de repente parece apertado e sufocante, e apesar de o ar-condicionado estar no máximo o ar parece falso, reciclado.

"Então..." Kimball olha com impotência para o caderno. "Não há nada que você possa me dizer sobre Paul Owen?"

"Bem", suspiro. "Ele levava o que me parecia uma vida ordenada, acho." Realmente perplexo, digo "Ele... tinha uma dieta balanceada".

Estou sentindo a frustração da parte de Kimball, e ele pergunta "Que tipo de homem era ele? Além da..." — ele vacila, tenta sorrir — "... da informação que você acaba de dar".

Como eu poderia descrever Paul Owen para esse cara? Orgulhoso, arrogante, um cuzão empolgado que constantemente se livrava da conta no Nell's? Que sou herdeiro da infeliz informação de que o pênis dele tinha um nome, e esse nome era *Michael*? Não. Calma, Bateman. Acho que estou sorrindo.

"Espero que minhas informações aqui não estejam sendo cruzadas", consigo dizer.

"Você se sente assim?", pergunta. A pergunta soa sinistra, mas não é.

"Não", digo com cuidado. "Na verdade não."

Irritantemente, ele escreve algo mais, então pergunta, sem olhar para cima, mastigando a ponta da caneta, "Onde Paul farreava?".

"Farreava...?", pergunto.

"Sim", diz ele. "Sabe como é... farrear."

"Deixa eu pensar", digo, batendo com os dedos na mesa. "The Newport. Harry's. Fluties. Indochine. Nell's. Cornell Club. The New York Yacht Club. Os lugares normais."

Kimball parece confuso. "Ele tinha um iate?"

Travado, casualmente digo "Não. Ele só farreava lá".

"E onde ele estudou?", pergunta.

Paro. "Você não sabe disso?"

"Só queria saber se você sabia", afirma, sem olhar para cima.

"Hã, Yale", digo lentamente. "Certo?"

"Certo."

"E depois a faculdade de administração da Columbia", e acrescento "*Acho.*"

"Antes disso tudo?", pergunta ele.

"Se me lembro corretamente, Saint Paul's... quer dizer..."

"Não, tudo bem. Na verdade, isso não é pertinente", desculpa-se. "Eu só não tenho muitas perguntas, acho. Não tenho muito com que continuar."

"Escuta, eu só...", começo com suavidade e tato. "Eu só quero ajudar."

"Compreendo", diz ele.

Outra longa pausa. Ele marca algo, mas não parece importante.

"Algo mais que possa dizer sobre Owen?", acrescenta, soando quase envergonhado.

Penso a respeito, então anuncio debilmente: "Ambos tínhamos sete anos em 1969".

"Kimball sorri. "Eu também."

Fingindo estar interessado no caso, pergunto, "Você tem alguma testemunha ou impressão digital...".

Ele me interrompe, fatigado. "Bem, há uma mensagem na secretária eletrônica dele dizendo que Owen foi para Londres."

"Então", pergunto esperançoso, "talvez ele tenha ido, né?"

"A namorada dele acha que não", afirma Kimball, monocórdio.

Sem ao menos começar a entender, imagino que pontinho Paul Owen era na enormidade geral das coisas.

"Mas..." Paro. "Alguém o viu em Londres?"

Kimball checa o caderno, passa uma página, e olhando de volta para mim diz "Na verdade, sim".

"Hummm", digo.

"Bem, achei difícil conseguir uma verificação apurada", admite. "Um tal de... Stephen Hughes diz que viu Owen num restaurante, mas verifiquei e o que aconteceu foi que ele confundiu Paul com um tal de Hubert Ainsworth, então..."

"Ah", digo.

"Você se lembra onde estava na noite do desaparecimento de Paul?" Ele checa o caderno. "Vinte e quatro de junho?"

"Nossa... acho que..." Penso nisso. "Provavelmente eu estava devolvendo fitas." Abro a gaveta da minha mesa, retiro minha agenda e olhando em dezembro afirmo "Tive um encontro com uma moça chamada Verônica...". É uma enorme mentira, totalmente inventada.

"Espera", diz ele, confuso, olhando para o caderno. "Isso... não foi o que apurei."

Os músculos de minha coxa se tensionam. "O quê?"

"Não foi a informação que recebi", afirma ele.

"Bem.." De repente me sinto confuso e assustado, o Nuprin amargando em meu estômago. "Eu... Espera... Que informação você *recebeu*?"

"Vejamos..." Ele folheia o bloco, encontra algo. "Que você estava com..."

"Espera." Rio. "Eu *poderia* estar errado..." Minha espinha está gelada.

"Bem..." Ele para. "Quando foi a última vez que você esteve com Paul Owen?", pergunta ele.

"Nós fomos..." — oh meu deus, Bateman, pense em algo — "... a um novo musical que acabou de estrear, chamado... *Oh Africa, Brave Africa*." Engulo em seco. "Era... hilário... e foi isso. Acho que jantamos no Orso's... não, Petaluma. Não, Orso's." Paro. "A... última vez que o vi *fisicamente* foi... num caixa eletrônico. Não me lembro qual... apenas algum que ficava perto do, hum, Nell's."

"Mas e na noite em que ele desapareceu?", pergunta Kimball.

"Não estou muito certo", digo.

"Acho que talvez você tenha se confundido com as datas", diz ele, examinando o caderno.

"Mas como?", pergunto. "Onde *você* acha que Paul estava naquela noite?"

"De acordo com a agenda dele, e isso foi checado pela secretária, ele jantou com... Marcus Halberstam", diz.

"E?", pergunto.

"Eu o interroguei."

"Marcus?"

"Sim. E ele nega isso", diz Kimball. "Apesar de no começo não ter certeza."

"Mas Marcus negou isso?"

"Sim."

"E Marcus tem um álibi?" Agora tenho uma receptividade maior às respostas dele.

"Sim."

Pausa.

"Ele *tem*?", pergunto. "Você tem certeza?"

"Verifiquei", diz ele com um sorriso bizarro. "Está limpo."

Pausa.

"Oh."

"Agora, onde *você* estava?" Ele ri.

Rio também, apesar de não ter certeza do quê. "Onde Marcus estava?" Estou quase dando uma risadinha.

Kimball continua sorrindo enquanto olha para mim. "Ele não estava com Paul Owen", responde o detetive enigmaticamente.

"Então estava com quem?" Ainda estou rindo, mas também muito tonto.

Kimball abre o caderno e pela primeira vez me dá um olhar levemente hostil. "Ele estava no Atlantis com Craig McDermott, Frederick Dibble, Harry Newman, George Butner e..." — Kimbal pausa, então olha para cima — "... você."

Agora mesmo neste escritório estou pensando em quanto tempo demoraria para um cadáver se desintegrar aqui mesmo neste escritório. Neste escritório há coisas que fantasio enquanto estou devaneando: comer costelas no Red, Hot and Blue em Washington, D.C. Se deveria mudar de xampu. Qual é mesmo a melhor cerveja encorpada? Bill Robinson é um designer superestimado? Qual o problema da IBM? Luxo definitivo. A expressão "jogo duro" é um advérbio? A frágil paz em Assis. Luz elétrica. O epítome do luxo. Do luxo definitivo. O desgraçado está usando a porra do mesmo terno de linho da Armani que eu. Como seria fácil fazer esse filho da puta se cagar de medo. Kimball realmente não tem noção de como sou vazio. Não há evidência de alma viva neste escritório, ainda assim ele toma notas. Na hora que você terminar de ler esta frase, um Boeing decolará ou pousará em algum lugar do mundo. Eu gostaria de uma Pilsner Urquell.

"Ah, certo", digo. "Claro... A gente queria que Paul Owen fosse também", digo, acenando com a cabeça como se acabasse de perceber algo. "Mas ele disse que tinha planos..." Então, idiotamente, "acho que ele tinha um jantar com Victoria na... noite seguinte."

"Escuta, como eu disse, apenas fui contratado por Meredith." Ele suspira, fechando o caderno.

Hesitantemente, pergunto "Sabia que Meredith Powell está saindo com Brock Thompson?".

Ele dá de ombros, suspira. "Não sei disso. Só sei que, pelo visto, Paul Owen deve muito dinheiro a ela."

"O quê?", digo, acenando. "Isso é sério?"

"Pessoalmente", diz ele, em tom de confidência, "acho que o cara ficou um pouco lelé. Saiu da cidade por uns tempos. Talvez tenha *mesmo* ido a Londres. Turismo. Bebida. O que for. De qualquer jeito, tenho quase certeza de que ele vai aparecer mais cedo ou mais tarde."

Aceno lentamente, esperando parecer adequadamente atordoado.

"Ele estava envolvido, você acha, em, digamos, ocultismo ou idolatria a Satã?", pergunta Kimball com seriedade.

"Hã, o quê?"

"Sei que parece uma pergunta idiota, mas em Nova Jersey, no mês passado — não sei se você ouviu falar disso, mas um jovem corretor de ações recentemente foi preso e condenado por assassinar uma jovem chicana e realizar vários rituais de vodu com, bem, diversas partes do corpo..."

"Meu deus!", exclamo.

Ele sorri como uma ovelha de novo. "Bem, enfim, você ouviu algo a respeito?"

"O cara negou isso?", pergunto, formigando.

"Claro." Kimball acena.

"Foi um caso interessante", consigo responder.

"Apesar de o cara dizer que é inocente, ele ainda acha que é inca, um deus-pássaro, ou algo assim", diz Kimball, franzindo o rosto para cima.

Ambos rimos disso bem alto.

"Não", afirmo afinal. "Paul não curtia isso. Ele seguia uma dieta balanceada e..."

"Sim, eu sei, e estava envolvido com toda essa coisa de Yale", completa Kimball com cansaço.

Há uma longa pausa que, acho, pode ter sido a mais demorada até então.

"Você consultou um médium?", pergunto.

"Não." Ele balança a cabeça de um modo que sugere que considerou. *Ah, quem se importa*?

"O apartamento dele foi roubado?", pergunto.

"Não, na verdade não", diz ele. "Produtos de higiene estão faltando. Um terno desapareceu. Assim como uma mala. É isso."

"Você suspeita que seja um crime?"

"Não dá pra dizer", diz ele. "Mas, como falei, eu não ficaria surpreso se ele estivesse apenas escondido por aí."

"Então ninguém ainda está falando com o departamento de homicídios ou algo assim, certo?", pergunto.

"Não, ainda não. Como eu disse, não temos certeza. Mas..." Ele para, e parece desolado. "Basicamente ninguém viu ou ouviu nada."

"Isso é tão típico, não é?", pergunto.

"É apenas estranho", concorda ele, olhando para fora da janela, perdido. "Um dia alguém está caminhando por aí, indo ao trabalho, *vivo*, e então..." Kimball para, não consegue terminar a frase.

"Nada", suspiro, acenando com a cabeça.

"As pessoas apenas... desaparecem", afirma ele.

"A terra simplesmente se abre e engole as pessoas", digo, um tanto triste, conferindo meu Rolex.

"Sinistro." Kimball boceja, se esticando. "Sinistro mesmo."

"Bizarro." Aceno em concordância.

"É apenas..." — ele suspira, exasperado — "... fútil."

Paro, sem saber o que dizer, e saio afirmando "Com a futilidade é... difícil de se lidar".

Não estou pensando em nada. Faz silêncio no escritório. Para quebrá-lo, aponto para um livro na mesa, ao lado da garrafa de San Pellegrino. *A Arte dos Negócios*, de Donald Trump.

"Você leu esse?", pergunto a Kimball.

"Não", suspira ele, mas pergunta com educação, "É bom?".

"É muito bom", digo, acenando.

"Escuta." Ele suspira novamente. "Já tomei muito do seu tempo." Ele coloca o maço de Marlboro no bolso.

"De qualquer forma, tenho uma reunião de almoço com Cliff Huxtable no Four Seasons em vinte minutos", minto, me levantando. "Também tenho que ir."

"O Four Seasons não é muito longe daqui?" Ele parece preocupado, também se erguendo. "Digo, você não vai se atrasar?"

"Hã, não", vacilo. "Há um... aqui perto."

"É mesmo?", pergunta ele. "Eu não sabia disso."

"Sim", digo, acompanhando-o até a porta. "É muito bom."

"Escuta", diz ele, virando o rosto para mim. "Se te ocorrer qualquer coisa, qualquer informação..."

Levanto a mão. "Absolutamente. Estou cem por cento com você", digo com solenidade.

"Ótimo", diz o inepto, aliviado. "E obrigado por, hum, seu tempo, sr. Bateman."

Conduzindo-o pela porta, minhas pernas fraquejam, como um astronauta, ao tirá-lo do escritório, e embora eu seja vazio, livre de sentimentos, ainda sinto — sem me iludir — que realizei algo, e então, de forma anticlimática, conversamos por alguns minutos sobre bálsamos para machucados de lâmina de barbear e camisas quadriculadas; havia uma bizarra falta de urgência geral na conversa que achei tranquilizante — nada aconteceu, afinal —, porém, quando ele sorri, me passa seu cartão e sai, a porta se fechando me soa como um bilhão de insetos chiando, quilos de bacon fritando, um vazio expansivo. Depois que ele sai do prédio (faço Jean chamar Tom da segurança para confirmar isso) ligo para uma pessoa recomendada pelo meu advogado, para ter certeza de que nenhum de meus telefones está grampeado, e depois de um Xanax consigo me encontrar com meu nutricionista num restaurante caro e luxuoso de comida saudável em Tribeca chamado Cuisine de Soy, e enquanto estou sentado debaixo do golfinho empalhado e envernizado, pendurado acima do bufê de tofu, seu corpo arqueado, consigo fazer perguntas como "Certo, então me passe a verdade desagradável do muffin" sem me encolher. De volta ao escritório, duas horas depois, descubro que nenhum de meus telefones foi grampeado.

Também topei com Meredith Powell mais tarde essa semana, na noite de sexta, no Ereze com Brock Thompson, e apesar de conversarmos por dez minutos, principalmente sobre o motivo para nenhum de nós ter ido aos Hamptons, com Brock me encarando o tempo inteiro, ela não menciona Paul Owen sequer uma vez. Estou tendo um jantar excruciantemente lento com meu encontro, Jeanette. O restaurante é iluminado demais e novo, e a comida minúscula passa por nós. As porções são famélicas. Fico cada vez mais agitado. Depois quero evitar o M.K., ainda que Jeanette reclame, pois ela quer dançar. Estou cansado e preciso descansar. No meu apartamento, me deito na cama, distraído demais para transar com ela, então ela vai embora, e depois de assistir a uma gravação do *Patty Winters Show*, que é sobre os melhores restaurantes no Oriente Médio, pego meu telefone sem fio e, hesitante, relutante, ligo para Evelyn.

VERÃO

Passo a maior parte do verão em estupor, sentado em meu escritório ou em restaurantes novos, em meu apartamento assistindo a fitas de vídeo, em bancos traseiros de táxis, em boates que acabaram de abrir ou em cinemas, no prédio em Hell's Kitchen ou em novos restaurantes. Houve quatro desastres de avião grandes este verão, a maioria capturada em filme, quase como se esses eventos tivessem sido planejados, e repetidos incessantemente na televisão. Os aviões caindo em câmera lenta, e incontáveis filmagens em movimento dos destroços, e as mesmas visões aleatórias de carnificina sangrenta e carbonizada, membros do resgate chorando enquanto coletam partes de corpos. Comecei a usar o desodorante masculino Oscar de la Renta, o que me causou uma leve alergia. Um filme sobre um insetinho falante causou um enorme furor, e lucrou mais de duzentos milhões de dólares. Os Mets jogaram mal. Mendigos e sem-teto parecem ter se multiplicado em agosto e as fileiras de infelizes, fracos e idosos entupiram as ruas por toda parte. Me peguei perguntando a conhecidos de verão, em jantares demais, em restaurantes novos e brilhantes antes de levá-los a *Les Misérables*, se alguém tinha visto *Na Senda do Crime* na HBO, e mesas em silêncio me encaravam de volta, antes de eu tossir por educação e pedir a conta ao garçom, ou pedir um sorbet, ou, se fosse no começo do jantar, outra garrafa de San Pellegrino, e então perguntaria a meus conhecidos de verão "Não?", e lhes garantia que "É muito bom". Meu cartão platinum da American Express foi tão usado que se partiu ao meio, autodestruído, num desses jantares, quando levei dois conhecidos de verão ao Restless and Young, o novo restaurante de Pablo Lester no centro, mas tinha dinheiro o bastante em minha carteira de couro de gazela para pagar pela refeição. Todos os programas de Patty Winters foram reprises. A vida continuava uma tela em branco, um clichê, uma novela televisiva. Eu me sentia letal, à beira do frenesi. Minha sede de sangue noturna inundava meus dias, e precisei sair da cidade. Minha máscara de sanidade era vítima de um deslize letárgico. Foi a temporada de seca para mim, e eu precisava de férias. Precisava ir aos Hamptons.

Sugeri isso a Evelyn e, como uma aranha, ela aceitou.

A casa em que ficamos na verdade era de Tim Price, da qual por alguma razão Evelyn tinha as chaves, mas em meu estado de estupefação me recusei a perguntar os detalhes.

A casa de Tim em East Hampton ficava à beira d'água, adornada com muitas empenas no telhado, e tinha quatro andares, todos conectados por uma escadaria de ferro galvanizado, e o que no começo achei ser um estilo sulista na realidade não era. A cozinha tinha trezentos metros quadrados de puro design minimalista; tudo ficava numa parede só: dois fornos enormes, prateleiras gigantescas, uma câmara de refrigeração, uma geladeira de três portas. Uma ilha de inox customizado dividia a cozinha em três espaços separados. Quatro dos nove banheiros continham pinturas *trompe l'oeil* e cinco deles tinham antigas cabeças de cabra de chumbo penduradas acima da pia, água saindo de suas bocas. Todas as pias e banheiras e chuveiros eram de mármore antigo e os pisos eram compostos por minúsculos mosaicos de mármore. Uma televisão estava instalada num vão na parede acima da banheira principal. Cada cômodo tinha um estéreo. A casa também continha doze abajures produzidos por Frank Lloyd Wright, catorze poltronas de Josef Heffermann, duas paredes de fitas VHS do chão ao teto e outra parede apinhada com apenas milhares de CDs em armários de vidro. Um lustre por Eric Schmidt estava pendurado na entrada frontal, e abaixo havia uma chapeleira em forma de chifre de alce de aço da Atomi Ironworks feita por um jovem escultor de quem eu jamais havia ouvido falar. Uma mesa de jantar redonda russa do século XIX ficava num cômodo adjacente à cozinha, mas não tinha cadeiras. Fotografias assustadoras de Cindy Sherman alinhadas com as paredes por toda parte. Havia uma sala de exercícios. Oito armários em que dava para entrar, quatro videocassetes, uma mesinha de vidro da Noguchi e uma mesa de jantar de nogueira, uma mesa de canto da Marc Schaffer e um fax. Havia uma planta topiária no quarto principal ao lado de uma banqueta de janela Louis XVI. Uma pintura de Eric Fischl ficava acima de uma das lareiras de mármore. Uma quadra de tênis. Duas saunas e uma jacuzzi interna numa pequena casa de hóspedes ao lado da piscina, que tinha o fundo preto. Havia colunas de pedra em lugares estranhos.

Realmente tentei fazer as coisas funcionarem durante as semanas que passamos lá. Evelyn e eu andamos de bicicleta, corremos e jogamos tênis. Conversamos sobre ir ao sul da França ou à Escócia; conversamos sobre dirigir pela Alemanha e visitar casas de ópera que ainda prestavam. Fizemos windsurf. Conversamos apenas sobre coisas românticas: a luz ao leste de Long Island, o luar de outubro nas montanhas de caça da Virginia. Tomamos banhos juntos nas grandes banheiras de mármore. Tomávamos café da manhã na cama, de conchinha entre lençóis de caxemira depois de eu servir café importado de um bule Melior para xícaras Hermès. Eu a acordava com flores frescas. Colocava bilhetes em sua bolsa de mão da Louis Vuitton antes de ela sair para o tratamento facial em Manhattan. Comprei um cachorrinho para ela, um pequeno chow preto, que ela chamou de NutraSweet e alimentava com trufas de chocolate dietéticas. Eu lia longas passagens de *Doutor Jivago* e *Adeus às Armas* (meu Hemingway favorito). Na cidade alugava filmes que Price não tinha, principalmente comédias dos anos 1930, e passava num dos diversos videocassetes, sendo nosso favorito *A Princesa e o Plebeu*, que assistimos duas vezes. Ouvíamos Frank Sinatra (apenas sua fase dos anos 1950) e *After Midnight*, de Nat King Cole, um dos CDs de Tim. Comprei lingerie cara para ela, que às vezes Evelyn usava.

Após mergulharmos nus no oceano tarde da noite, entrávamos na casa, tremendo, envoltos em enormes toalhas da Ralph Lauren, e fazíamos omeletes e *noodles* cheios de azeite de oliva, trufas e cogumelos porcini; fazíamos suflês com peras fervidas e saladas de frutas com canela, polenta grelhada com salmão apimentado, sorbet de maçã e frutas vermelhas, queijo mascarpone, feijão vermelho com arroz envolto em alface-romana, tigelas de molho e arraias fervidas com vinagre balsâmico, sopa de tomate apimentado e risotos enriquecidos com beterraba, limão, aspargos e menta, e bebíamos limonada, champanhe ou garrafas de Château Margaux envelhecido. Mas logo paramos de fazer exercícios juntos e de dar voltas nadando, e Evelyn passou a comer apenas as trufas dietéticas que NutraSweet não havia comido, reclamando do peso que não ganhou. Algumas noites eu me encontrava vagando pelas praias, cavando atrás de caranguejos bebês e comendo punhados de areia — foi no meio duma noite em que o céu estava tão claro que eu podia ver o sistema solar inteiro e a areia, iluminada por ele, em sua escala parecia quase lunar. Cheguei até a levar para a casa uma água-viva encalhada e a esquentei no micro-ondas numa manhã bem cedo, enquanto Evelyn estava dormindo, e o que não comi dela dei para o chow.

Bebericando Bourbon, então champanhe, de copos altos com cactos gravados neles, que Evelyn colocava em porta-copos de adobe e nos quais ela misturava cassis de framboesa com mexedores de papel machê no formato de pimenta, eu ficava lá, devaneando em matar alguém com um bastão de esqui Allsop Racer, ou encarando o catavento antigo que ficava acima de uma das lareiras, me perguntando com um olhar selvagem se eu poderia apunhalar alguém com ele, então reclamava alto, se Evelyn estivesse ou não no cômodo, que em vez disso deveríamos fazer reservas no Dick Loudon's Stratford Inn. Logo Evelyn começou a falar apenas de spas e cirurgia cosmética, e então contratou um massagista, uma bicha assustadora que morava rua abaixo com um famoso editor de livros e que flertava comigo abertamente. Evelyn voltou à cidade três vezes na última semana que passamos nos Hamptons, uma vez para manicure, pedicure e tratamento facial, a segunda para uma sessão de treinamento particular com Stephanie Herman, e na última para se encontrar com seu astrólogo.

"Por que um helicóptero?", perguntei num sussurro.

"O que você quer que eu faça?", esganiçou ela, jogando outra trufa dietética na boca. "Alugue um *Volvo*?"

Enquanto ela ficava fora, eu vomitava — apenas vomitava — nos jarros rústicos de terracota enfileirados no pátio em frente, ou ia de carro até a cidade com o massagista assustador e comprava lâminas de barbear. À noite eu colocava uma arandela de imitação de concreto e arame de alumínio da Jerry Kott na cabeça de Evelyn, e como estava muito chapada de Triazolam ela não arrancava fora, e, embora eu risse disso, quando a arandela subia junto com a respiração, logo isso me deixou triste, e parei de colocar a arandela na cabeça de Evelyn.

Nada conseguia me acalmar. Logo tudo parecia chato: outra surpresa, as vidas dos heróis, se apaixonar, a guerra, as descobertas que as pessoas faziam uma das outras. A única coisa que não me entediava, obviamente, era quanto dinheiro Tim Price havia ganhado, e ainda assim em sua obviedade isso me entediava. Não havia uma emoção clara e identificável em mim, exceto a ganância e, possivelmente, o desgosto completo. Eu tinha todas as características de um ser humano — carne, sangue, pele, cabelo —, mas minha despersonalização era tão intensa, havia se aprofundado tanto, que a habilidade normal de sentir compaixão fora erradicada, vítima de um apagamento lento e cheio de propósito. Eu simplesmente estava imitando a realidade, uma semelhança tosca com um ser humano, com apenas um recanto mal iluminado da minha mente funcionando. Algo horrível estava acontecendo e eu ainda não conseguia entender o quê — ainda não podia tocar com meus dedos. A única coisa que me acalmava era o som satisfatório do gelo caindo num copo de J&B. No fim acabei afogando o chow, de quem Evelyn não sentiu falta; não notou sua ausência, nem mesmo quando o coloquei na câmara de refrigeração, enrolado num de seus suéteres comprados na Bergdorf Goodman. Precisamos ir embora dos Hamptons, porque eu me encontrava de pé diante da nossa cama nas horas anteriores ao amanhecer, empunhando com firmeza um picador de gelo, esperando que Evelyn abrisse os olhos. Com minha sugestão, em certo café da manhã, ela concordou, e no último sábado antes do Dia do Trabalho retornamos a Manhattan de helicóptero.

GAROTAS

"Pensei que feijão fradinho com salmão e menta fosse muito, muito... sabe...", diz Elizabeth, andando para a sala de meu apartamento e com um movimento gracioso chutando os dois escarpins de cetim e camurça da Maud Frizon e desabando no sofá, "... mas Pa*trick*, meu deus, como foi *caro* e...", então, se arrepiando, se lamuria, "...foi *apenas* uma pseudonovidade..."

"Era minha imaginação ou havia peixinhos dourados nas mesas?", pergunto, tirando meus suspensórios da Brooks Brothers, então procuro uma garrafa de sauvignon blanc na geladeira. "De qualquer forma, *eu* achei descolado."

Christie havia sentado no sofá comprido e largo, longe de Elizabeth, que se estica preguiçosamente.

"*Descolado*, Patrick?", grita ela. "Donald *Trump* come ali."

Localizo a garrafa e a coloco no balcão e, antes de encontrar um abridor, dou um olhar vazio para ela, do outro lado da sala. "Sim? Foi um comentário sarcástico?"

"Adivinha", geme ela, e segue com um "Dã" tão alto que Christie se encolhe.

"Onde você está trabalhando agora, Elizabeth?", pergunto, fechando gavetas. "Outlet da Polo ou algo assim?"

Elizabeth gargalha e afirma, jovialmente, enquanto tiro a rolha do Acacia, "Não preciso trabalhar, Bateman", e, após um instante, ela acrescenta, entediada, "Você, dentre todas as pessoas, devia saber como é *isso*, sr. Wall Street". Ela está conferindo o batom num estojo da Gucci; previsivelmente, está perfeito.

Mudando de assunto, pergunto "Mas quem foi mesmo que escolheu aquele lugar?". Sirvo vinho às duas e então preparo para mim um J&B com gelo e um pouco de água. "O restaurante, digo."

"Foi Carson. Ou talvez Robert." Elizabeth dá de ombros e então, depois de bater o estojo para fechá-lo, olhando diretamente para Christie, pergunta "Você parece realmente familiar. Por acaso estudou em Dalton?".

Christie faz que não com a cabeça. São quase três da manhã. Estou esmigalhando um comprimido de ecstasy e o observo se dissolver na taça de vinho que planejo dar para Elizabeth. O assunto do *Patty Winters Show* hoje foi sobre Pessoas que Pesam Mais de Trezentos Quilos — O que Podemos Fazer por Elas? Ligo as luzes da cozinha, encontro mais dois comprimidos da droga no freezer, então desligo as luzes.

Elizabeth é uma gostosa de vinte anos que às vezes faz trabalhos de modelo em anúncios da Georges Marciano e que vem de uma antiga família de banqueiros da Virginia. Esta noite jantamos com dois amigos dela, Robert Farrell, de vinte e sete anos, um cara com uma carreira um tanto superficial como financista, e Carson Whitall, que era o encontro de Robert. Robert estava usando um terno de lã da Belvest, uma camisa de algodão com punhos franceses da Charvet, uma gravata de seda-crepe com padrão abstrato da Hugo Boss e óculos escuros Ray-Ban que ele insistiu em usar durante a refeição. Carson usava um terno da Yves Saint Laurent Rive Gauche e um colar de pérolas combinando com brincos de pérola e diamantes da Harry Winston. Jantamos no Free Spin, o novo restaurante de Albert Lioman no distrito Flatiron, então pegamos uma limusine até o Nell's, onde pedi licença, garantindo a uma Elizabeth irada que logo voltaria, e mandei o chofer até o Meat-packing District para apanhar Christie. Eu a fiz esperar no banco traseiro da limusine trancada enquanto voltava ao Nell's, que estava vazio, e tomava bebidas com Elizabeth, Carson e Robert numa das mesas da frente, já que não havia celebridades no local — um mau sinal. Por fim, às duas e meia, enquanto Carson se vangloriava, ébrio, de sua conta de flores mensal, Elizabeth e eu nos mandamos. Estava tão puta com algo que Carson dissera a ela que havia na última edição da *W* que nem questionou a presença de Christie.

Na volta até o Nell's, Christie admitira ainda estar chateada por conta do que ocorreu da última vez que nos vimos, e que tinha muitas reservas quanto a esta noite, mas a quantia de dinheiro que lhe ofereci é simplesmente boa demais para deixar passar, e prometi a ela que nada do gênero se repetiria. Apesar de ainda estar assustada, algumas doses de vodca na limusine junto com o dinheiro que eu já lhe dera, mais de mil e seiscentos dólares, a fizeram relaxar como um tranquilizante. O mau humor dela me deixou excitado, e ela agiu como uma vadia logo que lhe passei o dinheiro — seis notas presas por um clipe de dinheiro de prata da Hughlans —, mas depois que a fiz entrar na limusine ela me disse que poderia precisar de uma cirurgia por causa do nosso último encontro, ou de um advogado, então assinei um cheque com a quantia de mil dólares, porém, como sabia que jamais seria sacado, não me causou um ataque de pânico ou nada parecido. Olhando para Elizabeth agora, no meu apartamento, percebo como ela é bem dotada na região dos peitos, e estou contando, após o ecstasy fazer efeito, que consigo convencer as duas garotas a transarem bem na minha frente.

Elizabeth está perguntando a Christie se já conheceu um cuzão chamado Spicey ou se já foi no Au Bar. Christie está balançando a cabeça. Passo para Elizabeth o sauvignon blanc batizado com ecstasy enquanto ela encara Christie como se fosse de Netuno, e, após se recuperar da entrada de Christie, boceja. "De qualquer jeito, agora o Au Bar está uma *merda*. É terrível. Fui lá para uma festa de aniversário de Malcolm Forbes. Meu deus, *por favor*." Ela entorna o vinho, fazendo uma careta. Me sento numa das cadeiras Sottass de cromo e carvalho, e levo o braço a um balde de gelo que está no tampo de vidro da mesinha, ajeitando a garrafa de vinho para gelar melhor. Imediatamente, Elizabeth faz um movimento até ela, servindo outra taça. Dissolvo mais dois outros comprimidos de ecstasy antes de levá-la à sala. Uma Christie taciturna bebe o vinho puro com precaução, e tenta não encarar o piso; ainda parece assustada, e, achando o silêncio insuportável ou incriminador, pergunta a Elizabeth onde me conheceu.

"Meu deus", começa Elizabeth, resmungando como se estivesse lembrando falsamente de algo vergonhoso. "Conheci Patrick na, meu deus, no Kentucky Derby em 1986 — não, 1987, e..." Ela se vira para mim. "Você estava saindo com aquela ninfeta, Alison alguma coisa... Stoole?"

"Poole, querida", corrijo, calmamente. "Alison Poole."

"Sim, o nome dela era esse", diz ela, e então, com sarcasmo desavergonhado, "Gostosa."

"O que você quer dizer com isso?", pergunto, ofendido. "Ela *era* gostosa mesmo."

Elizabeth se vira para Christie e infelizmente afirma "Se você tivesse um cartão da American Express ela te pagaria um boquete", e estou rezando a deus para que Christie não olhe para Elizabeth, confusa, e diga "Mas não aceitamos cartão de crédito". Para garantir que isso não aconteça, rujo "Que besteira", mas de bom humor.

"Escuta", fala Elizabeth para Christie, segurando a mão dela como uma bicha querendo soltar uma fofoca. "Essa moça trabalhou num salão de bronzeamento, e..." — e na mesma frase, sem mudar o tom — "... o que você faz?"

Após um longo silêncio, Christie ficando cada vez mais vermelha e mais assustada, digo "Ela é... minha prima".

Lentamente, Elizabeth abstrai isso e diz "Oi?".

Após outro longo silêncio, digo "Ela é... da França".

Elizabeth olha para mim com ceticismo — como se eu fosse completamente louco —, mas prefere não prosseguir nessa linha de interrogação, e, em vez disso, pergunta "Cadê seu telefone? *Preciso* ligar pro Harley".

Conduzo-a até a cozinha e levo o telefone sem fio, puxando a antena. Ela disca um número e, enquanto espera alguém atender, encara Christie. "Onde você passa o verão", pergunta. "Southampton?"

Christie olha para mim e então de volta para Elizabeth e diz baixinho "Não".

"Meu *deus*", geme Elizabeth, "caiu na *secretária eletrônica*."

"Elizabeth." Aponto para meu Rolex. "São *três* da manhã."

"Ele é uma merda de *traficante*", diz ela, exasperada. "Este é o horário de pico pra ele."

"Não fala pra ele que você tá aqui", aviso.

"Por que falaria isso?", pergunta ela. Distraída, leva a mão ao vinho e bebe outra taça cheia e faz uma careta. "Está com o gosto estranho." Confere a marca, então dá de ombros. "Harley? Sou eu. Preciso de seus serviços. Entenda isso do jeito que quiser. Estou em..." Ela olha para mim.

"Na casa de Marcus Halberstam", murmuro.

"Quem?", pergunta, se curvando, e dá um sorriso malicioso.

"Mar-cus Hal-ber-stam", murmuro novamente.

"Quero o *número*, idiota." Ela acena para eu sair e continua, "De qualquer forma, estou na casa de Marcus Halberstam e vou tentar ligar de novo mais tarde, e se não te encontrar no Canal Bar amanhã à noite vou mandar meu cabeleireiro atrás de você. Bon voyage. Como que desliga esse negócio?", pergunta ela, apesar de espertamente empurrar a antena para baixo e apertar o botão Off, jogando o telefone na cadeira Schrager que levei para o lado da jukebox.

"Está vendo?" Sorrio. "Você conseguiu."

Vinte minutos depois, Elizabeth está retorcida no sofá e estou tentando coagi-la a fazer sexo com Christie na minha frente. O que começou como uma sugestão casual agora está dominando meu cérebro, e sou insistente. Christie encara impassivelmente uma mancha que eu não havia percebido no chão de carvalho branco, o vinho dela praticamente intocado.

"Mas *não* sou lésbica", protesta novamente Elizabeth, dando uma risadinha. "*Não* curto meninas."

"É um não *firme*?", pergunto, encarando o copo dela, e então a garrafa de vinho quase vazia.

"Por que você acha que eu curtiria *isso*?", pergunta. Por conta do ecstasy, a pergunta é em tom de flerte, e ela parece genuinamente interessada. O pé está esfregando minha coxa. Agora estou no sofá, sentado entre duas garotas, e estou massageando uma de suas panturrilhas.

"Bem, pra começar, você estudou na Sarah Lawrence", falo. "Nunca se sabe."

"Tem *caras* na Sarah Lawrence, Patrick", aponta ela, dando risadinha, esfregando com mais intensidade, causando fricção, calor, tudo.

"Bem, me desculpa", admito. "Geralmente não convivo com um bando de caras que usam meia-calça na rua."

"Patrick, *você* foi para Patrick, digo, para Harvard — meu deus, estou *muito* bêbada. De qualquer forma, escuta, espera..." Então para, respira fundo, faz um comentário ininteligível sobre uma sensação bizarra, e, depois de fechar os olhos, ela os abre e pergunta "Tem coca aqui?".

Estou observando seu copo, notando que o ecstasy dissolvido mudou levemente a cor do vinho. Ela segue meu olhar e dá um gole nele, como se fosse algum tipo de elixir que poderia controlar sua agitação crescente. Ela inclina a cabeça para trás, tonta, num dos travesseiros do sofá. "Ou Triazolam. Eu tomaria um Triazolam."

"Escuta, eu só gostaria de assistir... vocês duas... mandando ver", digo inocentemente. "Qual o problema disso? É totalmente livre de doenças."

"Patrick." Ela ri. "Você é um lunático."

"Vamos", insisto. "Você não acha Christie atraente?"

"Nada de indecências", diz ela, mas a droga está fazendo efeito e posso sentir que ela está animada sem querer estar. "Não estou com vontade de ter uma conversa indecente."

"Qual é", digo. "Acho que seria excitante."

"Ele faz isso o tempo inteiro?", pergunta Elizabeth a Christie.

Olho para Christie.

Christie dá de ombros, sem se comprometer, e examina a contracapa de um CD antes de deixá-lo na mesinha ao lado do estéreo.

"Você está me dizendo que nunca fez com uma garota?", pergunto, tocando uma meia preta, e então, debaixo dela, uma perna.

"Mas *não* sou lésbica", ressalta ela. "E não, nunca fiz.

"*Nunca*?", pergunto, arqueando minhas sobrancelhas. "Bem, há sempre uma primeira vez..."

"Você está me deixando estranha", geme Elizabeth, perdendo o controle de seus traços faciais.

"Não estou, *não*", digo, chocado.

Elizabeth está se pegando com Christie, as duas nuas na minha cama, todas as luzes no quarto acesas, enquanto estou sentado na cadeira Louis Montoni ao lado do futon, observando-as com muita atenção, ocasionalmente reposicionando os corpos das duas. Agora faço Elizabeth se deitar de costas e colocar as duas pernas para cima, abertas, o mais arreganhadas possível, então empurro a cabeça de Christie para baixo e faço ela lamber a buceta — não chupar, mas lamber, como um cão sedento — enquanto passa o dedo no clitóris, e com a outra mão ela mete dois dedos na buceta aberta e molhada, enquanto a língua substitui os dedos, e ela tira os dedos, pingando, que acabaram de foder a buceta de Elizabeth e os soca na boca de Elizabeth, fazendo ela chupar. Então mando Christie se deitar em cima de Elizabeth e faço ela chupar e morder os peitos grandes e inchados de Elizabeth, que Elizabeth também está apertando, e então falo para as duas se beijarem, com intensidade, e Elizabeth leva a língua que estava lambendo sua bucetinha pequena e rosada à sua boca com ânsia, como um animal, e incontrolavelmente elas começam a se arquear, esfregando as bucetas, Elizabeth gemendo alto, evolvendo os quadris de Christie com as pernas, cavalgando nela, as pernas de Christie arreganhadas de maneira que, por trás, posso ver a buceta, molhada e aberta, e, acima dela, o cu rosa e sem pelos.

Christie se senta e se vira enquanto, ainda em cima de Elizabeth, pressiona a buceta contra o rosto arfante de Elizabeth e logo, como num filme, como animais, as duas começam febrilmente a lamber e a meter o dedo na buceta uma da outra. Elizabeth, com o rosto completamente vermelho, os músculos do pescoço se contraindo como os de uma louca, tenta enfiar a cabeça na buceta de Christie e então abre a bunda de Christie e começa a passar a língua no buraco lá, fazendo sons guturais. "Assim", digo num tom monocórdio. "Mete a língua no cu dessa puta."

Enquanto isso está acontecendo, estou passando vaselina num enorme consolo branco que está conectado a uma cinta. Me levanto e iço Christie de cima de Elizabeth, que está se contorcendo no futon sem pensar em nada, e prendo a cinta na cintura de Christie, então viro Elizabeth e deixo ela de quatro e faço Christie a comer no estilo cachorrinho, enquanto meto o dedo na buceta de Christie, então no clitóris, então no cu, que está tão molhado e relaxado por causa da saliva de Elizabeth que consigo forçar meu indicador para dentro sem esforço, e o esfíncter dela se aperta, relaxa, então se contrai em volta dele. Faço Christie retirar o consolo da buceta de Elizabeth e então Elizabeth se deita de costas enquanto Christie a come na posição papai-mamãe. Elizabeth está esfregando o dedo no seu clitóris enquanto beija Christie de língua como louca até que, involuntariamente, leva a cabeça para trás, pernas envoltas na cintura em movimento de Christie, o rosto tenso, a boca aberta, o batom melado pelo fluido da buceta de Christie, e ela grita "oh meu deus estou gozando estou gozando me come estou gozando" porque eu falei para as duas que me avisassem quando tivessem orgasmos e que fossem muito sonoras a respeito.

Logo é a vez de Christie, e Elizabeth ansiosamente prende o consolo e come a buceta de Christie com ele enquanto arreganho o cu de Elizabeth e meto a língua nele, e logo ela me empurra e começa a se esfregar com o dedo desesperadamente. Então Christie recoloca o consolo desesperadamente e come o cu de Elizabeth com ele enquanto Elizabeth esfrega o clitóris com o dedo, batendo o cu contra o consolo, grunhindo, até alcançar outro orgasmo. Depois de tirar o consolo do cu dela, faço Elizabeth chupá-lo antes de prender a cinta de novo, e quando Christie se deita de costas Elizabeth o enfia em sua buceta com facilidade. Durante isso, fico lambendo os peitos de Christie e chupo cada bico com força, até ambos ficarem rígidos e vermelhos. Continuo passando os dedos neles para ter certeza de que continuem assim. Christie permaneceu o tempo todo com um par de botas que a fiz usar, de camurça, da Henri Bendel, que vão até a altura da coxa.

Elizabeth, nua, correndo para fora do quarto, o sangue já nela, está se movendo com dificuldade, e ela grita algo incompreensível. Meu orgasmo foi prolongado, e seu alívio foi intenso, e meus joelhos estão fracos. Também estou nu, gritando "Sua putinha, sua putinha de merda" com ela, e já que a maior parte do sangue está saindo de seus pés ela escorrega, consegue se levantar, e eu a golpeio com a faca de açougueiro já molhada que estou segurando com a mão direita, desajeitadamente, mutilando o pescoço dela por detrás, dilacerando algo, algumas veias. Quando a golpeio uma segunda vez, ela está tentando escapar, em direção à porta, jatos de sangue até a sala, pelo apartamento, espirrando no vidro temperado e nos painéis de carvalho laminado da cozinha. Ela tenta correr para a frente, mas cortei sua jugular, e está espirrando por toda parte, cegando nós dois momentaneamente, e estou saltando até ela numa tentativa final de acabar com tudo. Ela vira o rosto para mim, os traços retorcidos de angústia, e as pernas cedem depois que esmurro sua barriga, e ela cai no chão, e eu deslizo para seu lado. Depois de esfaqueá-la cinco ou seis vezes — o sangue espirrando em jatos; estou me inclinando para inalar seu perfume —, os músculos ficam duros, rígidos, e ela começa os espasmos da morte; a garganta se inunda com sangue vermelho-escuro e ela se bate como se estivesse amarrada, mas não está, e tenho de prendê-la. A boca se enche com o sangue que escapa em cascatas pelos lados das bochechas, sobre o queixo. Seu corpo, tremendo espasmodicamente, parece o que imagino ser um epiléptico numa crise, e prendo sua cabeça, esfregando meu pau, duro, coberto de sangue, em seu rosto sufocado, até ela ficar inerte.

De volta ao quarto, Christie está deitada no futon, atada às pernas da cama, presa por uma corda, os braços acima da cabeça, páginas rasgadas da *Vanity Fair* do último mês socadas na boca. Cabos de transmissão ligados a uma bateria estão presos nos peitos dela, deixando-os marrons. Eu estava soltando fósforos acesos da Le Relais na barriga dela e Elizabeth, delirante e provavelmente tendo uma overdose de ecstasy, estava ajudando antes de eu me virar para ela e morder um dos bicos de seus peitos até perder o controle e arrancá-lo, engolindo-o. Pela primeira vez percebo como Christie é, pequena e delicadamente estruturada. Começo a machucar seus peitos com um par de alicates, e logo os esmago, as coisas estão andando rápido, estou fazendo barulhos sibilantes, ela cospe páginas da revista, tenta morder minha mão, e dou uma risada enquanto ela morre, e antes ela começa a chorar, e então os olhos se viram para trás, numa espécie de estado onírico horrível.

De manhã, por algum motivo, as mãos destroçadas de Christie estão inchadas, do tamanho de bolas de futebol americano, os dedos indistinguíveis do resto da mão, e o cheiro vindo do corpo queimado é de derrubar qualquer um, e preciso abrir as venezianas, meladas com gordura queimada de quando os peitos de Christie explodiram após ser eletrocutada, e então as janelas, para ventilar o quarto. Os olhos dela estão arregalados e vidrados, e a boca está sem lábios e preta, e também há um poço preto onde a vagina dela deveria estar (apesar de eu não me lembrar de ter feito nada com isso), e os pulmões estão visíveis sob as costelas chamuscadas. O que resta do corpo de Elizabeth está jogado no canto da sala. Ela está sem o braço direito e sem nacos da perna direita. A mão esquerda, arrancada do pulso, está fechada sobre a ilha na cozinha, em sua própria poça de sangue. A cabeça está na mesa da cozinha, e seu rosto, encharcado de sangue — mesmo com os dois olhos escavados e um par de óculos de sol da Alain Mikli acima das órbitas —, parece estar franzido. Fico muito cansado de olhar para isso e, apesar de não ter dormido nada ontem, e estar praticamente esgotado, ainda tenho um almoço no Odeon com Jem Davies e Alana Burton por volta de uma da tarde. Isso é muito importante para mim e tenho que decidir se devo ou não cancelar.

CONFRONTADO POR BICHA

Outono: um domingo, por volta das quatro da tarde. Estou na Barney's comprando abotoaduras. Havia entrado na loja às duas e meia, após um brunch frio e tenso com o cadáver de Christie, corri para o balcão da frente, e falei a um vendedor, "Preciso de um chicote. Sério". Em adição às abotoaduras, comprei uma mala de viagem de avestruz com abertura de zíper duplo e forro de vinil, uma jarra antiga de prata, crocodilo e vidro, um porta-escovas de dentes antigo, uma escova de dentes com cerdas de texugo e uma escova de unhas de casco de tartaruga artificial. Jantar ontem? No Splash. Não muito memorável: um bellini aguado, salada de rúcula empapada, uma garçonete taciturna. Depois assisti a uma reprise do *Patty Winters Show* que encontrei no que originalmente pensei ser uma gravação da tortura e subsequente assassinato de duas acompanhantes da última primavera (o tópico era Dicas sobre Como seu Animal de Estimação Pode se Tornar uma Estrela de Cinema). Agora mesmo estou no meio da compra de um cinto — não para mim — assim como de três gravatas de noventa dólares, dez lenços, uma roupão de quatrocentos dólares e dois pares de pijamas da Ralph Lauren, e vou mandar levarem tudo para meu apartamento, exceto pelos lenços, que vou mandar monogramar e depois enviar para a P&P. Já fiz uma pequena cena no departamento de sapatos femininos e, vergonhosamente, fui perseguido por um vendedor estressado. No começo apenas um vago senso de inquietude, e não tenho certeza do motivo, mas então a sensação, apesar de não ter certeza, de estar sendo seguido, como se alguém estivesse em meu rastro pelo Barney's.

Luis Carruthers está, imagino, disfarçado. Usa uma espécie de jaqueta de seda noturna com padrão de jaguar, luvas de couro de cervo, chapéu de feltro, óculos de sol de aviador, e está escondido atrás de uma coluna, fingindo dar uma olhada numa fileira de gravatas, e, sem graça, me dá um olhar de soslaio. Me curvando, assino algo, uma conta, acho, e a presença fugaz de Luis me força a refletir que talvez uma vida conectada a esta cidade, a Manhattan, a meu emprego, *não* seja uma boa ideia, e de repente imagino Luis numa festa horrorosa, bebendo um ótimo rosé seco, bichas amontoadas em volta de uma pianola, musicais populares, ora ele está segurando uma flor, ora tem uma estola de plumas enrolada no pescoço, ora o pianista martela algo de *Les Miz*, querido.

"Patrick? É você?", escuto uma voz hesitante indagar.

Como um corte brusco de um filme de terror — um zoom repentino —, surge Luis Carruthers, de vez, sem aviso, contornando uma coluna, furtivo e saltitante ao mesmo tempo, se é que isso é possível. Sorrio para a vendedora, e então com constrangimento me afasto dele para olhar uma vitrine de suspensórios, desesperado por um Xanax, um Valium, um Triazolam, um picolé FrozFruit, *qualquer coisa*.

Não olho, *não posso olhar*, para ele, mas sinto que se aproximou de mim. Sua voz confirma a suspeita.

"Patrick?... Olá?"

Fechando os olhos, levo uma mão ao rosto e remungo, irritado, "Não me obrigue a dizer isso, Luis".

"Patrick", diz ele, com inocência fingida. "Como assim?"

Uma pausa hedionda, e então "Patrick... Por que você não olha pra mim?".

"Estou te ignorando, Luis." Respiro fundo, me acalmando para conferir a etiqueta de preço num suéter de botão da Armani. "Não dá pra ver? Estou te ignorando."

"Patrick, será que a gente não pode pelo menos conversar?", pergunta ele, quase chorando. "*Patrick* — olha pra mim."

Após uma intensa tomada de fôlego, suspirando, admito, "Não há *nada*, *na-da* para conversarmos...".

"Não podemos continuar desse jeito", me interrompe com impaciência. "Não *posso* continuar desse jeito."

Grunho. Começo a me afastar dele. Ele me segue, insistente.

"De qualquer jeito", afirma, assim que chegamos ao outro lado da loja, onde finjo conferir uma fila de gravatas de seda, mas tudo está embaçado, "você vai ficar feliz em saber que estou sendo transferido... para outro estado."

Algo emerge de mim, e sou capaz de perguntar, mas ainda sem olhar para ele, "Pra onde?".

"Ah, um ramal diferente", afirma, soando notavelmente relaxado, provavelmente devido ao fato de que cheguei a perguntar sobre a mudança. "Arizona."

"Mag-nífico", murmuro.

"Não quer saber por quê?", pergunta ele.

"Não, na verdade não."

"Por *sua* causa", diz.

"Não diga isso", suplico.

"Por *sua* causa", repete.

"*Você* está *doente*", falo.

"Se estou doente é por *sua* causa", diz ele, muito casualmente, checando as unhas. "Por sua causa fiquei doente e não vou melhorar."

"Você distorceu essa sua obsessão a uma proporção exagerada. Uma proporção muito, *muito* exagerada", afirmo, então vou até outro corredor.

"Mas sei que você sente o mesmo que eu", diz Luis, me perseguindo. "E sei que não é porque..." Ele baixa a voz e dá de ombros. "Não é porque você se recusa a admitir... certos sentimentos que isso não signifique que você não sinta nada."

"O que você está tentando dizer?", chio.

"Que sei que você sente o mesmo que eu." Dramaticamente, ele puxa os óculos escuros, como que para provar um argumento.

"Você chegou a... uma conclusão imprecisa", engasgo. "Você está... obviamente maluco."

"Por quê?", pergunta. "É assim tão errado te amar, Patrick?"

"Oh... meu... deus."

"Te *desejar*? Querer ficar com você?", pergunta. "É assim tão errado?"

Posso sentir que está me olhando desamparado, que está prestes a ter um colapso emocional. Após terminar, exceto por um longo silêncio, não tenho resposta. Por fim, reajo com um chiado, "Que inabilidade contínua é essa que você tem de avaliar essa situação racionalmente?". Paro. "Hein?"

Ergo a cabeça dos suéteres, gravatas, o que for, e olho para Luis. Naquele instante ele sorri, aliviado por eu reconhecer sua presença, mas o sorriso logo se desfaz e nos obscuros recessos internos de sua mente de veado ele percebe algo e começa a chorar. Quando calmamente ando até uma coluna para me esconder, ele me segue e agarra meu ombro com força, me girando para eu encará-lo: Luis com a realidade embaçada.

Ao mesmo tempo que peço a Luis para "Ir embora", ele soluça, "Meu deus Patrick, por que você não *gosta* de mim?", e então, infelizmente, cai aos meus pés.

"Levanta", reclamo, ali em pé. "*Levanta*."

"Por que não podemos ficar juntos?", choraminga, batendo no chão com o punho.

"Porque... eu... não..." — olho em volta da loja para confirmar que ninguém está ouvindo; ele leva a mão ao meu joelho, eu a afasto — "... te acho... sexualmente... atraente", sussurro alto, olhando para ele lá embaixo. "Não acredito que você chegou a falar isso", resmungo para mim mesmo, para ninguém, e então balanço a cabeça, tentando esquecer, as coisas alcançando um nível de confusão que sou incapaz de registrar. Digo a Luis "Por favor, me deixe em paz", e me viro para ir embora.

Incapaz de compreender esse pedido, Luis agarra a barra de meu casaco de seda e pano da Armani e, ainda deitado no chão, grita, "Por favor, Patrick, *por favor* não me deixe".

"Escuta aqui", falo, me ajoelhando, tentando levantá-lo do chão. Mas isso faz ele gritar algo truncado, que se transforma num lamento ainda mais alto, e alcança um crescendo que chama atenção de um segurança do Barney's ao lado da entrada frontal da loja, que começa a se aproximar.

"Olha o que você fez", murmuro desesperado. "Levanta. *Levanta*."

"Tudo bem aqui?" O segurança, um negro grande, está olhando baixo para nós.

"Sim, obrigado", digo, encarando Luis. "Tudo está ótimo."

"Nã-ã-ã-ão", geme Luis, atormentado, soluçando.

"Sim", reitero, olhando para o guarda grandalhão.

"Certeza?", pergunta o guarda.

Sorrindo profissionalmente, falo "Por favor, só nos dê um minuto. Precisamos de um pouco de privacidade". Me volto para Luis. "Agora o que é isso, Luis. Levanta. Você tá salivando." Olho de volta para o guarda e digo, sem emitir som, erguendo uma mão, enquanto aceno com a cabeça, "Só um minuto, por favor".

O segurança acena, sem levar fé, e volta hesitantemente ao seu posto.

Ainda ajoelhado, agarro Luis pelos ombros erguidos, e calmamente falo para ele, minha voz baixa, o mais ameaçadora possível, como se estivesse falando com uma criança prestes a ser punida, "Escuta aqui, Luis. Se você não parar de chorar, sua *bichinha* patética de merda, vou cortar a porra do seu pescoço. Tá me ouvindo?" Dou dois tapas fracos no rosto dele. "Não consigo ser mais solidário que isso."

"Ah, me mata vai", pranteia, os olhos fechados, acenando a cabeça de um lado a outro, se afundando cada vez mais em sua incoerência; e então balbucia, "Se não posso ter você, não quero viver. Quero *morrer*".

Minha sanidade está quase se esvaindo, aqui mesmo na Barney's, e agarro Luis pelo colarinho, enroscando-o com meu punho, e, puxando o rosto dele para bem perto do meu, sussurro, bem baixinho, "Me escuta, Luis. Está me ouvindo? Geralmente não aviso às pessoas, Luis. Então-me-agradeça-por-te-avisar-antes".

Sua racionalidade no inferno, fazendo sons guturais, a cabeça vergonhosamente curvada, ele oferece uma reação que mal pode ser ouvida. Seguro seu cabelo — está duro com o gel; reconheço o cheiro de Cactus, uma marca nova — e pendendo sua cabeça para cima, rosnando, profiro "Escuta aqui, você *quer morrer*? Vou fazer essa porra, Luis. Já fiz antes e vou *estripar*, arregaçar a porra do seu estômago e socar seus intestinos na porra de sua garganta de bicha até você *engasgar*".

Ele não está ouvindo. Ainda agachado, apenas o encaro em descrença.

"Por favor, Patrick, por favor. Me escuta, já pensei em tudo. Vou sair da P&P, você também pode, e, e, e vamos nos mudar para o Arizona, e então..."

"Cala essa boca, Luis." Dou-lhe um chacoalhão. "Meu deus, só cala essa boca."

Me levanto rapidamente, me espanando, e quando acho que sua crise diminuiu e posso ir embora dali, Luis segura meu calcanhar direito e tenta ficar preso nele enquanto estou saindo da Barney's, e acabo rebocando Carruthers por dois metros antes de precisar dar um chute na cara dele, enquanto sorrio desamparado para um casal que está dando uma olhada no departamento de meias. Luis olha para mim, implorando, o início de um pequeno hematoma se formando do lado esquerdo de seu rosto. O casal sai dali.

"*Eu te amo*", geme ele miseravelmente. "Eu te amo."

"Estou *convencido* disso, Luis", grito para ele. "Você me *convenceu.* Agora levanta."

Por sorte, um vendedor, alarmado pela cena que Luis fez, intervém e o ajuda a se levantar.

Alguns minutos depois, quando ele consegue se acalmar o suficiente, nós dois estamos de pé bem na entrada principal da Barney's. Ele segura um lenço, os olhos fechados com força, um machucado se formando lentamente, inchando sob seu olho esquerdo. Ele parece recomposto.

"Apenas tenha coragem de encarar a, hum, realidade, ok?", falo.

Angustiado, ele observa fora das portas giratórias para a chuva quente que cai e então, com um suspiro melancólico, se vira para mim. Estou olhando para as fileiras, as fileiras intermináveis, de gravatas, depois para o teto.

MORTE DE CRIANÇA NO ZOOLÓGICO

Se passa uma série de dias. Durante as noites, estou dormindo em intervalos de vinte minutos. Me sinto sem objetivo, as coisas parecem nebulosas, minha compulsão homicida, que emerge, desaparece, emerge, vai embora de novo, fica um pouco adormecida durante um almoço silencioso no Alex Goes to Camp, onde como salada de linguiça de carneiro com lagosta e feijões brancos com limão e vinagre e foie gras. Estou usando jeans desbotados, um paletó da Armani, e uma camiseta branca de cento e quarenta dólares da Comme de Garçons. Faço uma chamada telefônica para checar minhas mensagens. Devolvo algumas fitas. Paro num caixa eletrônico. Ontem à noite Jeanette me perguntou "Patrick, por que você guarda lâminas de barbear na carteira?". O *Patty Winters Show* hoje foi sobre um garoto que se apaixonou por uma caixa de sabão.

Incapaz de manter uma persona pública respeitável, me encontro perambulando pelo zoológico no Central Park, incansavelmente. Traficantes ficam ao longo do perímetro dos portões e o cheiro de merda de cavalo das carruagens passando paira sobre eles no zoológico, e os topos dos arranha-céus, prédios de apartamentos na Quinta Avenida, do Trump Plaza, do prédio da AT&T rodeiam o parque que circunda o zoológico e aumentam sua falta de naturalidade. Um zelador negro lavando o chão do banheiro masculino me pede para eu dar a descarga no mictório depois de usar. "Faz isso você, crioulo", respondo, e, quando ele avança para cima de mim, o brilho de uma lâmina o faz recuar. Todas as cabines de informação parecem fechadas. Um cego mastiga, se alimenta de um pretzel. Duas bichas bêbadas se consolam num banco. Perto dali uma mãe dá de mamar a seu bebê, o que desperta algo terrível em mim.

O zoológico parece vazio, desprovido de vida. Os ursos polares estão manchados e dopados. Um crocodilo flutua morosamente num oleoso lago artificial. Os araus olham com tristeza de sua gaiola de vidro. Tucanos têm bicos afiados como facas. As focas mergulham estupidamente das pedras para uma água negra que rodopia, ladrando sem preocupação. Os cuidadores as alimentam com peixes mortos. Uma multidão se junta em volta do tanque, em sua maioria adultos, alguns acompanhados por crianças. No tanque das focas uma placa alerta: MOEDAS PODEM MATAR — SE ENGOLIDA, UMA MOEDA PODE SE ALOJAR NO ESTÔMAGO DE UM ANIMAL E CAUSAR ÚLCERAS, INFECÇÕES E MORTE. NÃO JOGUE MOEDAS NO LAGO. Então o que eu faço? Lanço um punhado de trocados no tanque quando não há nenhum cuidador vendo. Não são as focas que odeio — é o público se divertindo com elas que me incomoda. A coruja-das-neves tem olhos iguaizinhos aos meus, especialmente quando os arregala. E enquanto fico lá, baixando meus óculos de sol, algo inaudito se passa comigo e com o pássaro — há essa espécie de tensão esquisita entre nós, uma pressão bizarra, que impulsiona a seguinte, que começa, acontece e termina muito rapidamente.

Na escuridão do *habitat* dos pinguins — Beira da Calota é como o zoológico pretensiosamente o chama — é gelado, em contraste intenso com a umidade lá fora. Os pinguins no tanque deslizam ociosamente debaixo d'água passando pelas paredes de vidro onde os espectadores se amontoam para assistir. Os pinguins nas rochas, sem nadar, parecem absortos, estressados, fatigados e entediados; a maioria boceja, às vezes se alongando. Ruídos falsos de pinguim, provavelmente gravações, ressonam por um sistema de som, e alguém aumentou o volume porque tem gente demais no local. Os pinguins são bonitinhos, acho. Avisto um que se parece com Craig McDermott.

Um menino que mal tem cinco anos termina de comer uma barra de doce. Sua mãe diz para ele jogar fora a embalagem, então continua a conversar com outra mulher, que está com uma criança mais ou menos da mesma idade, as três encarando o azul sujo do habitat do pinguim. A primeira criança sai em direção à lata de lixo, num canto escuro nos fundos do local, e agora estou agachado atrás dela. O garoto fica na ponta dos pés para jogar a embalagem no lixo com cuidado. Sussurro algo. Ele me avista e apenas fica lá, longe da multidão, levemente assustado, mas também estupidamente fascinado. Eu o encaro de volta.

"Você quer... um biscoito?", pergunto, levando a mão ao bolso.

Ele acena com a cabecinha, para cima, depois para baixo, lentamente, mas antes que consiga responder minha súbita falta de interesse alcança a crista de uma gigantesca onda de fúria e puxo uma faca do bolso e o apunhalo, rapidamente, no pescoço.

Aturdido, ele se escora na lata de lixo, gorgolejando como um infante, incapaz de gritar ou chorar por causa do sangue que começa a jorrar da garganta. Embora eu fosse gostar de ver essa criança morrer, empurro-a para trás da lata de lixo, e casualmente me misturo com o resto da multidão e toco o ombro de uma moça bonita, e sorrindo aponto para um pinguim se preparando para mergulhar. Atrás de mim, se alguém olhasse atentamente, poderia ver os pés da criança batendo nos fundos da lata de lixo. Fico de olho na mãe da criança, que após um tempo percebe a ausência de seu filho e começa a procurar em meio à multidão. Toco o ombro da garota novamente, e ela sorri para mim e ri se desculpando, mas não consigo entender por quê.

Quando a mãe finalmente o encontra, ela não grita porque vê apenas os pés do garoto e presume que ele está se escondendo de brincadeira. No começo, sente alívio por tê-lo visto, e anda em direção à lata de lixo, arrulhando "Você está brincando de esconde-esconde, meu amor?". Mas de onde estou, atrás da garota bonita, que já descobri ser uma estrangeira, uma turista, posso ver o exato momento em que a expressão no rosto da mãe se altera para um esgar de pânico, e jogando a bolsa no ombro ela empurra a lata de lixo, revelando um rosto completamente coberto de sangue escarlate, e a criança, em apuros, com os olhos piscando por causa disso, segura a garganta, agora chutando sem força. A mãe faz um som que sou incapaz de descrever — algo agudo que se transforma num grito.

Depois ela desaba no chão ao lado do corpo, algumas pessoas se virando, e me encontro berrando, a voz carregada de emoção, "Sou médico, para trás, sou médico", e me ajoelho ao lado da mãe, diante de uma multidão interessada que se junta a nossa volta, e afasto os braços dela para longe da criança, que agora está de costas lutando em vão por fôlego, o sangue saindo continuamente, mas em arcos cada vez mais fracos, de seu pescoço até sua camisa Polo, que está completamente encharcada. Tenho uma vaga consciência durante os minutos em que seguro a cabeça da criança, com reverência, tomando cuidado para não me sujar de sangue, que se alguém fizer uma ligação, ou se houver um médico de verdade por perto, há uma boa chance de o garoto ser salvo. Mas isso não acontece. Em vez disso, eu o seguro sem preocupação, enquanto a mãe — singela, de aparência judia, acima do peso, tentando penosamente parecer estilosa em jeans de marca, e um horroroso suéter de lã preto com padrão de folhas — esganiça *faz alguma coisa, faz alguma coisa, faz alguma coisa*, nós dois ignorando o caos, as pessoas que começam a gritar em nossa volta, nos concentrando apenas na criança agonizante.

Embora no começo eu me sinta satisfeito com minhas ações, de repente sou abalado por um desespero melancólico de como é inútil, como é extraordinariamente indolor, tirar a vida de uma criança. Esse troço diante de mim, pequeno, retorcido e ensanguentado, não tem uma história real, nem um passado valoroso, na verdade nada foi perdido. É muito pior (e mais prazeroso) tirar a vida de alguém que alcançou seu apogeu, que tem o começo de uma história completa, um cônjuge, uma rede de amigos, uma carreira, cuja morte entristecerá muito mais pessoas, cuja capacidade para o sofrimento é mais ilimitada que a de uma criança, talvez arruinar muito mais vidas que apenas a morte débil e insignificante desse menino. Sou automaticamente tomado por um desejo quase esmagador de também apunhalar a mãe do menino, que está histérica, mas tudo o que posso fazer é lhe dar um tapa forte no rosto e gritar para ela se acalmar. Não recebo nenhum olhar desaprovador por causa disso. Estou levemente ciente da luz adentrando o ambiente, de uma porta sendo aberta em algum lugar, da presença da gerência do zoológico, um segurança, alguém — um dos turistas? — tirando fotos com flash, os pinguins enlouquecendo no tanque atrás de nós, se batendo em pânico contra o vidro. Um policial me empurra, apesar de falar que sou médico. Alguém arrasta o menino para fora, o deita no chão, e retira sua camisa. O menino arfa e morre. A mãe precisa ser contida.

Me sinto vazio, quase que ausente, mas mesmo a chegada da polícia parece um motivo insuficiente para me mover, e fico com a multidão do lado de fora do habitat do pinguim, com dezenas de outras pessoas, levando um longo tempo para lentamente me misturar e sair dali, até que por fim estou na Quinta Avenida, surpreso como havia pouco sangue manchando meu paletó, e paro numa livraria e compro um livro, e então num estande da Dove Bar, numa esquina da rua 56, onde compro um Dove Bar — um sorvete de coco —, e imagino um buraco, aumentando no sol, e por algum motivo isso apazigua a tensão que comecei a sentir logo que notei os olhos da coruja-das-neves e mais tarde, quando ela voltou depois que o menino foi arrastado para fora do habitat do pinguim e fui embora, as mãos encharcadas de sangue, sem ser descoberto.

GAROTAS

Minhas aparições no trabalho durante o último mês e pouco foram esporádicas, para dizer o mínimo. Parece que tudo o que quero fazer agora é treinar, levantar peso, principalmente, e confirmar reservas em restaurantes novos que já conheço, depois cancelar. Meu apartamento está fedendo a fruta podre, embora na verdade o cheiro seja causado pelo que escavei da cabeça de Christie e despejei numa tigela de vidro da Marco que está num balcão perto da entrada. A cabeça em si está coberta por massa encefálica, oca e sem olhos, no canto da sala debaixo do piano, e planejo usá-la como lanterna de Halloween. Por causa da fedentina decido usar o apartamento de Paul Owen para um pequeno encontro que planejei para hoje. Estudara as premissas em busca de aparatos de segurança; para a minha decepção, não havia nada. Alguém com quem converso por meio de meu advogado me conta que Donald Kimball, o investigador particular, ouviu que Owen realmente *está* em Londres, que alguém o avistou duas vezes no lobby do Claridge's, uma vez num alfaiate em Savile Row e outra num novo restaurante da moda em Chelsea. Kimball voou para lá duas noites atrás, o que significa que ninguém está mais vigiando o apartamento, e as chaves que roubei de Owen ainda estão funcionando, então consegui levar as ferramentas (uma furadeira elétrica, uma garrafa de ácido, a pistola de pregos, facas, um isqueiro Bic) para lá depois do almoço. Contrato duas acompanhantes de um estabelecimento particular de reputação um tanto desprezível que nunca usei antes, usando o cartão American Express gold de Owen o qual, supondo que por conta de todos estarem pensando que Owen agora está em Londres, ninguém rastreou, apesar de haver uma busca no AmEx platinum. O *Patty Winters Show* hoje foi sobre — ironicamente, achei — dicas de beleza da princesa Di.

Meia-noite. A conversa que tenho com as duas garotas, ambas muito jovens, loiras gostosas de peitos grandes, é breve, já que estou com dificuldade de conter meu eu desordenado.

"Você mora num palácio, senhor", uma das garotas, Torri, diz com voz de bebê, impressionada com o condomínio de aspecto ridículo de Owen. "É um palácio de verdade."

Aborrecido, lanço um olhar para ela. "*Não* é tão legal."

Enquanto preparo bebidas do bar bem abastecido de Owen, comento com as duas que trabalho em Wall Street, na Pierce & Pierce. Nenhuma parece particularmente interessada. Novamente, me encontro ouvindo uma voz - delas - perguntando se é uma loja de sapatos. Tiffany folheia uma edição da GQ de três meses, sentada no sofá de couro preto debaixo da faixa de decoração imitando couro de vaca, e ela parece confusa, como se não entendesse algo, nada. Estou pensando, Reze, sua puta, só reze, e então tenho que admitir a mim mesmo como é excitante encorajar essas garotas a se rebaixarem diante de mim por uns trocados. Também comento, após servir outra bebida para elas, que estudei em Harvard, e então pergunto, após uma pausa, "Já ouviram falar?".

Fico chocado quando Torri responde "Tive um conhecido de negócios que disse que estudou lá". Ela dá de ombros, estupidamente.

"Um cliente?", pergunto, interessando.

"Bem", começa ela, com nervosismo. "Digamos apenas que um conhecido de negócios."

"Era um cafetão?", pergunto — então a parte esquisita acontece.

"Bem..." — ela enrola um pouco antes de continuar — "... vamos chamar apenas de um conhecido de negócios." Ela dá um gole no copo. "Ele *disse* que estudou em Harvard, mas... não acreditei." Olha para Tiffany, então de volta para mim. Nosso silêncio mútuo a encoraja a continuar falando, e ela prossegue, vacilante. "Ele tinha, tipo, esse macaco. E eu tinha que ficar vendo esse macaco no... apartamento dele." Para, começa, continua num tom monocórdio, ocasionalmente engolindo em seco. "Eu queria ver TV o dia inteiro, porque não tinha mais nada pra fazer quando o cara tava fora... e enquanto eu tentava ficar de olho no macaco. Mas tinha uma coisa... de errada com esse macaco." Ela para e respira fundo. "O macaco só assistia..." Para de novo, examina a sala, uma expressão interrogativa enrugando seu rosto, como se ela não tivesse certeza se devia nos contar aquela história; se nós, eu e a outra puta, deveríamos conhecer essa confidência. E me preparo para algo chocante, algo revelador, uma conexão. "Ele só assistia..." Ela suspira, e então, com uma pressa súbita, admite, "... ao *Oprah Winfrey Show,* e era só isso o que ele assistia. O cara tinha fitas e mais fitas disso, e tinha gravado todas elas só para esse macaco..." — agora ela olha para mim, implorando, como se estivesse enlouquecendo aqui, agora mesmo, no apartamento do Owen, e quer que eu, eu o quê, verifique isso? — "... com os comerciais editados. Uma vez tentei... mudar de canal, tirar uma das fitas... se em vez disso quisesse ver uma novela ou algo assim... mas..." — ela termina a bebida e, revirando os olhos, obviamente chateada com essa história, continua bravamente — "... o macaco gui-gui-guinchava pra mim, e só se acalmava quando a Oprah estava na tela." Ela engole, dá uma tossida, parece que vai chorar, mas não. "E, sabe, você tenta mudar de canal e aquela d-desgraça de macaco tentava te arranhar", conclui amargamente, e se abraça, tremendo, tentando inutilmente se aquecer.

Silêncio. Silêncio polar, glacial, intenso. A luz brilhando acima de nós no apartamento é fria e elétrica. Ali, de pé, olhei para Torri, e então para a outra garota, Tiffany, que parece nauseada.

Por fim, digo algo, tropeçando em minhas próprias palavras. "Não me importo... se você teve uma... vida decente... ou não."

Sexo acontece — uma montagem barra-pesada. Depois de raspar a xoxota de Torri, ela se deita de costas no futon de Paul e abre as pernas enquanto meto o dedo nela e a chupo, às vezes lambendo seu cu. Então Tiffany chupa minha rola — a língua dela está quente e molhada, e ela fica acertando a cabeça, me deixando irritado — enquanto a chamo de vadia indecente, de puta. Comendo uma delas de camisinha enquanto a outra chupa minhas bolas, batendo com a língua, observo a impressão em silk-screen de Angelis acima da cama, e estou pensando em poças de sangue, em gêiseres da coisa. Às vezes, fica muito silencioso no quarto, exceto pelos sons úmidos que minha pica faz entrando e saindo da vagina de uma das garotas. Tiffany e eu nos alternamos para chupar a buceta e o cu raspados de Torri. As duas gozam, gritando simultaneamente, num meia-nove. Quando as bucetas delas ficam úmidas o bastante, pego um consolo e faço as duas brincarem com ele. Torri arreganha as duas pernas e esfrega o próprio clitóris enquanto Tiffany a come com o consolo enorme e lubrificado, Torri fazendo Tiffany comer sua buceta com mais força, até que, por fim, arfando, goza.

Faço as duas se chuparem novamente, mas agora isso não está me deixando excitado — só consigo pensar em sangue, e em como será o sangue delas, e, apesar de Torri saber como chupar uma buceta, isso não me acalma, e a empurro para longe da buceta de Tiffany e começo a lamber e mordiscar aquela buceta rosa, macia e úmida, enquanto Torri arregaça o cu e se senta no rosto de Tiffany esfregando o próprio clitóris. Tiffany lambe com avidez a xoxota dela, molhada e reluzente, e Torri estica o braço e aperta os peitos grandes e firmes de Tiffany. Estou mordendo com força, roendo a buceta de Tiffany, e ela começa a ficar tensa. "Relaxa", digo de modo tranquilizador. Ela começa a guinchar, tentando me afastar, e por fim grita quando meus dentes rasgam a carne. Torri pensa que Tiffany está gozando e fricciona a própria buceta com mais força na boca de Tiffany, abafando seus gritos, mas quando olho para Torri, sangue cobrindo meu rosto, carne e pelos pubianos na minha boca, sangue jorrando da buceta rasgada de Tiffany para a manta, posso sentir seu súbito espasmo de horror. Uso o gás lacrimogêneo para cegar as duas momentaneamente e então as nocauteio com o cabo da pistola de pregos.

Torri desperta para se encontrar amarrada, curvada ao lado da cama, de costas, o rosto coberto de sangue porque cortei os lábios dela fora com uma tesoura de unhas. Tiffany está amarrada com seis pares dos suspensórios de Paul do outro lado da cama, gemendo de medo, totalmente imobilizada pelo monstro da realidade. Quero que ela assista ao que vou fazer com Torri, e ela está posicionada de uma maneira que torna isso inevitável. Como de costume, numa tentativa de entender essas garotas, estou filmando suas mortes. Com Torri e Tiffany uso uma câmera Minox LX ultraminiatura que leva filme de 9.5mm, tem uma lente de 15mm f/3.5, um medidor de exposição e um filtro de densidade neutro embutido, encaixado num tripé. Coloquei um CD do Traveling Wilburys num CD player portátil que está na cabeceira da cama, para abafar qualquer grito.

Começo por esfolar Torri um pouco, fazendo incisões com uma faca de mesa, e arrancando nacos de carne das pernas e da barriga enquanto ela grita em vão, implorando por piedade com voz fina aguda, e estou esperando que perceba que a punição dela acabará sendo relativamente leve em comparação ao que planejei para a outra. Continuo espirrando gás lacrimogêneo em Torri e então tento arrancar os dedos dela com tesouras de unhas, e por fim derramo ácido na barriga e nas genitálias dela, mas nada disso chega perto de matá-la, então meu recurso é cortar sua garganta, e, no fim, a lâmina da faca se quebra no que resta de seu pescoço, presa num osso, e paro de esfaqueá-la. Enquanto Tiffany assiste, finalizo serrando a cabeça inteira de Torri — torrentes de sangue batendo nas paredes, até no teto —, e, ainda segurando sua cabeça, como um prêmio, pego minha pica, roxa de tão dura, e levando a cabeça de Torri até meu colo, enfio na boca ensanguentada e começo a trepar com ela, até gozar, explodindo dentro dela. Depois estou tão duro que não consigo nem mesmo andar no quarto encharcado de sangue carregando a cabeça, que parece quente e sem peso, no meu pau. Isso é divertido por um momento, mas preciso descansar, então retiro a cabeça, colocando-a no armário de carvalho e teca de Paul, e então me sento numa cadeira, pelado, coberto de sangue, para assistir à HBO na TV de Owen, bebendo uma Corona, reclamando alto, perguntando por que Paul não tem Cinemax.

Mais tarde — agora — estou falando para Tiffany "Vou deixar você ir embora, shhh...", e estou acariciando seu rosto, que está pegajoso por causa de lágrimas e do gás lacrimogêneo, gentilmente, e me incomoda que por um momento ela de fato pareça ter esperanças, antes de ver o fósforo aceso que estou segurando que arranquei de uma cartela de fósforos que peguei do bar do Palio's, onde estava bebendo com Robert Farrell e Robert Prechter sexta-feira, abaixo até seus olhos, que ela fecha por instinto, chamuscando as duas pálpebras e sobrancelhas, então, por fim, uso um isqueiro Bic e o mantenho nas duas órbitas, me assegurando para que fiquem abertas com meus dedos, queimando o polegar e o mindinho no processo, até que os globos oculares estourem. Enquanto ela ainda está consciente eu a viro, e, arreganhando as nádegas, cravo um prego que prendi numa tábua fundo no reto dela, usando a pistola de pregos. Então, virando-a de novo, o corpo fraco de medo, corto toda a carne em volta da boca, e usando a furadeira elétrica, com um enorme cabeçote removível, aumento esse orifício enquanto ela treme, resistindo, e, assim que fico satisfeito com o tamanho do buraco que criei, a boca o mais larga possível, um túnel preto-avermelhado de língua torcida e dentes frouxos, forço minha mão adentro, no fundo da garganta dela, até meu pulso desaparecer — durante todo esse tempo, ela se sacode descontroladamente, mas não consegue me morder, pois a furadeira elétrica arrancou seus dentes das gengivas —, e agarro as veias alojadas ali, como canos, e os afrouxo com os dedos, e quando consigo segurar com firmeza arranco tudo violentamente pela boca aberta, puxando até o pescoço afundar, desaparecer, a pele se apertar e se rasgar, apesar de haver pouco sangue. A maior parte das entranhas do pescoço, incluindo a jugular, está pendurada pela boca, e todo o corpo dela começa a se contorcer, como uma barata de costas, chacoalhando espasmodicamente, os olhos derretidos escorrendo pelo rosto se misturando com as lágrimas e o gás lacrimogêneo, e então, rapidamente, sem querer perder tempo, desligo as luzes, e, no escuro, antes que ela morra, abro sua barriga com as próprias mãos. Não sei dizer o que estou fazendo, mas está causando estalos molhados, e minhas mãos estão quentes e cobertas por algo.

Resultado. Sem medo, sem confusão. Incapaz de me demorar mais, pois há coisas que preciso fazer hoje: devolver fitas, treinar na academia, um novo musical britânico na Broadway ao qual prometi levar Jeanette, uma reserva de jantar a ser feita em algum lugar. O que restou dos dois cadáveres está em princípio de *rigor mortis*. Parte do corpo de Tiffany — acho que é ela, apesar de sentir dificuldade em diferenciar as duas — afundou, e as costelas se projetaram para fora, a maioria quebrada ao meio, do que restou da barriga, ambos os peitos perfurados por elas. Uma cabeça foi pregada na parede, dedos espalhados ou arrumados numa espécie de círculo em volta do CD player. Defequei sobre um dos corpos, aquele no chão, e ele parece coberto por marcas de dentes onde mordi selvagemente. Com o sangue da barriga de um dos corpos em que afundei uma das mãos, rabisco na sala, com letras vermelhas escorrendo acima da decoração imitando couro de vaca, as palavras ESTOU DE VOLTA, e, debaixo dele, um desenho assustador que parece esse

RATO

Os seguintes itens são entregues na metade de outubro:

Um receptor de áudio, o Pioneer VSX-9300S, que apresenta um processador integrado Dolby Prologic Surround Sound com delay digital, mais um controle remoto multifuncional infravermelho que realiza até 154 funções programadas de qualquer outro controle da marca e gera 125 watts na caixa de som da frente assim como 30 watts na de trás.

Um aparelho de fitas cassetes análogo da Akai, o GX-950B, que vem completo com polarização manual, controles de nível de gravação Dolby, um gerador de tom calibrado embutido e um sistema de edição localizada que permite marcar o ponto inicial e o final de certa passagem musical, que então pode ser apagado com uma simples pressão num botão. O design de três cabeçotes apresenta uma unidade de fitas anexada, resultando em interferência mínima, e sua configuração de redução de ruídos é reforçado pelo Dolby HX-Pro enquanto seus controles de painel frontal são ativados por um controle sem fio multifuncional.

Um CD player multidisco da Sony, o MDP-700, que roda áudio e vídeo — qualquer coisa de singles de áudio de sete centímetros a discos de vídeo de trinta centímetros. Contém um laser de vídeo/áudio de múltipla velocidade com câmera lenta frame-a-frame que incorpora aumentos de até quatro vezes e um sistema de motor dual que ajuda a assegurar uma rotação do disco consistente enquanto o sistema de proteção do disco ajudar a evitar que os CDs empenem. Um sistema de sensor de música automático permite que você faça uma seleção de até noventa faixas enquanto um rastreio interno automático permite que você encontre até setenta e nove segmentos de um disco de vídeo. Incluso há um controle remoto de dez chaves com *joy-shuttle dial* (para a busca frame-a-frame) e botão de parar com memória. Ele também tem dois conjuntos de tomadas A-V banhadas em ouro para conexões de primeira linha.

Um aparelho de videocassete de alta performance, o DX-5000 da NEC, que combina efeitos especiais digitais com hi-fi excelente, e uma unidade VHS-HQ de quatro cabeças conectada, que vem equipado com um programador de vinte e um dias e oito eventos, decodificador MTS e 140 canais a cabo. Um bônus: um controle remoto unificado com cinquenta funções me permite zapear durante os comerciais.

Incluso no Sony CCD-V200 8mm camcorder tem um filtro de sete cores, um gerador de caracteres, um comutador de edição que também é capaz de fazer gravações em *time-lapse*, o que me permite, por assim dizer, filmar um corpo se decompondo em intervalos de quinze segundos ou gravar um cachorrinho enquanto ele se deita convulsionando, envenenado. O áudio tem gravação/playback estéreo digital embutido, enquanto as lentes de zoom têm iluminação four-lux mínima e seis velocidades variáveis de obturador.

Um novo monitor de TV com uma tela de vinte e sete polegadas, o CX-2788 da Toshiba, tem um decodificador MTS embutido, um filtro em pente CCD, busca de canais programada, uma conexão super-VHS, sete watts por canal de energia, com um adicional de dez watts a funcionar um subwoofer para graves de baixa frequência extras, e um sistema de som Carver Sonic Holographing que produz um efeito ímpar de som 3-D estéreo.

Disc player Pioneer LD-ST com controle remoto sem fio e o Sony MDP-700 multidisc player com efeitos digitais e programação sem-fio-remota-universal (uma para a cama, outra para a sala), que roda todos os tamanhos e formatos de discos de áudio e vídeo — *laser discs* de vinte e trinta centímetros, CDs de vídeo de doze centímetros e discos compactos de sete e doze centímetros — em duas gavetas autocarregáveis. O LD-W1 da Pioneer comporta dois discos inteiros e roda os dois lados sequencialmente com atraso de apenas um segundo por lado durante a troca, de modo que você não precisa trocar o lado ou os discos. Também tem som digital, controle remoto e memória programável. O CDV-1600 multidisc player da Yamaha aceita todos os formatos de disco e tem uma memória de acesso aleatório em quinze seleções e um controle remoto.

Um par de amplificadores monobloco Threshold que custa quase quinze mil dólares também é entregue. E quanto ao quarto, um guarda-louça de carvalho branqueado para colocar um dos televisores novos chega na segunda. Um sofá feito por encomenda com estofo de algodão emoldurado por bustos italianos do século XVIII de bronze e mármore sobre pedestais contemporâneos de madeira pintada chega na terça. Uma nova cabeceira de cama (algodão branco coberto com tachas de latão bege) também chega na terça. Uma nova imagem de Frank Stella para o banheiro chega na quarta junto com uma nova poltrona de camurça preta Superdeluxe. O Onica, que estou vendendo, está sendo substituído por um novo: um retrato enorme de um equalizador gráfico feito em cromo e pastéis.

Estou conversando com os caras da entrega da Park Avenue Sound Shop sobre HDTV, que ainda não está disponível, quando um dos novos telefones sem fio pretos da AT&T toca. Dou a gorjeta a eles, então atendo. Meu advogado, Ronald, está do outro lado. Estou escutando, acenando, mostrando a saída aos entregadores. Então digo "A conta é trezentos dólares, Ronald. Nós só tomamos café". Uma longa pausa, durante a qual escuto um barulho bizarro de algo chapinhando no banheiro. Andando com cuidado até lá, o telefone sem fio ainda nas mãos, falo para Ronald "Mas sim... Espera... Mas estou... Mas nós só tomamos um espresso". Então estou espiando o banheiro.

Empoleirado no assento da privada há um grande rato molhado que — estou presumindo — subiu pelo cano. Fica sentado na beira do vaso, se chacoalhado para se secar, antes de saltar, hesitante, no chão. É um roedor imenso, ele salta, se desloca, no azulejo, para fora da outra entrada do banheiro, e até a cozinha, para onde o sigo até a sacola de restos de pizza do Le Madri que por algum motivo está no chão em cima do *New York Times* de ontem ao lado do balde de lixo da Zona, e o rato, ludibriado pelo cheiro, pega a sacola com a boca e balança a cabeça furiosamente, como faria um cachorro, tentando pegar a pizza de trufas com queijo de cabra e alho-poró, guinchando de fome. Estou sob o efeito de muito Triazolam a essa altura, e por isso o rato não me incomoda tanto como imagino que deveria.

Para pegar o rato, compro uma ratoeira extragrande numa loja de ferramentas na Amsterdam. Também decido passar a noite na suíte da minha família no Carlyle. O único queijo que tenho no apartamento é um fatia de brie na geladeira, e antes de sair coloco o pedaço inteiro — é um rato realmente grande — com um tomate seco pelo sol e uma pitada de aneto, delicadamente na armadilha, armando-a. Porém quando retorno na manhã seguinte, por causa do tamanho do rato, a ratoeira não o matou. O rato simplesmente está lá, preso, guinchando, sacudindo o rabo, que é horrível, oleoso, rosa translúcido, comprido como um lápis e duas vezes mais grosso, e faz um som de tapa a cada vez que acerta o piso de carvalho branco. Usando um espanador — que levo mais que a merda de uma *hora* inteira para encontrar —, encurralo o rato machucado assim que ele se liberta da ratoeira e pego a coisa, deixando-o em pânico, fazendo ele guinchar ainda mais alto, chiando para mim, exibindo seus caninos de roedor, afiados e amarelados, e o solto numa caixa de chapéus da Bergdorf Goodman. Mas então a coisa rasteja para sair e preciso prendê-la na pia, uma tábua, pesada com livros de culinária inutilizados, a cobrindo, e mesmo assim ele quase escapa, enquanto me sento na cozinha pensando em modos de torturar garotas com esse bicho (não me surpreendo em descobrir muitos), fazendo uma lista que inclui, sem relação com o rato, cortar ao meio os dois peitos e esvaziá-los, ou também prender arame farpado bem apertado em suas cabeças.

OUTRA NOITE

McDermott e eu devemos jantar hoje no 1500 e ele me liga por volta das seis e meia, quarenta minutos antes de nossa reserva (ele não conseguiu nenhum outro horário, exceto sete e dez ou nove horas, que é quando o restaurante fecha — ele serve culinária californiana e seus horários de entrada são uma afetação importadas desse estado), e, embora eu esteja passando fio dental, todos os meus telefones sem fio estão na pia do banheiro, e consigo pegar o correto na segunda chamada. Até então estou usando calça preta da Armani, uma camisa branca da Armani, uma gravata vermelha e preta da Armani. McDermott me avisa que Hamlin quer ir também. Estou com fome. Há uma pausa.

"Então?", pergunto, ajeitando a gravata. "Tudo bem."

"Então?", suspira McDermott. "Hamlin não quer ir ao 1500."

"Por que não?", fecho a torneira da pia.

"Ele foi *lá* ontem."

"Então... o que *você*, McDermott, está tentando *me* dizer?"

"Que *nós* vamos para algum outro lugar", afirma.

"Para onde?", pergunto, desconfiado.

"*Ham*lin sugeriu o Alex Goes to Camp", responde.

"Espera um pouco. Vou usar Plax." Depois de bochechar a fórmula antiplacas na boca e conferir a linha do cabelo no espelho, cuspo o Plax. "Vetado. Passa. *Eu* fui *lá* semana passada."

"Eu *sei*. Eu também", diz McDermott. "Além disso, é barato. Então vamos pra onde?"

"Hamlin não tinha um plano B?", grunho, irritado.

"Hã, não."

"Liga para ele e arranja um", digo, saindo do banheiro. "Parece que meu Zagat sumiu."

"Quer ficar na chamada ou te ligo depois?", pergunta ele.

"Me liga depois, panaca." Desligamos.

Minutos se passam. O telefone toca. Não me importo em conferir antes. É McDermott de novo.

"Então?", pergunto.

"Hamlin não tem um plano B e quer chamar Luis Carruthers, e o que quero saber é, isso significa que Courtney também vai?", pergunta McDermott.

"Luis *não* pode ir", digo.

"Por que não?"

"Não pode e *pronto*. Por que ele quer chamar Luis?"

Há uma pausa. "Segura aí", diz McDermott. "Ele está na outra linha. Vou perguntar."

"Quem?" Um lapso de pânico. "Luis?"

"Hamlin."

Enquanto espero, vou até a cozinha, até a geladeira, e tiro uma garrafa de Perrier. Estou procurando por um copo quando escuto um clique.

"Escuta", digo, quando McDermott volta à linha. "Não quero ver Luis *nem* Courtney, então, sabe, convença eles a não irem ou algo assim. Use seu charme. Seja charmoso."

"Hamlin precisa jantar com um cliente do Texas e..."

Interrompo. "Espera, isso não tem nada a ver com o Luis. Deixa o próprio Hamlin se virar com a bicha."

"Hamlin quer que Carruthers vá porque devia estar cuidado do caso da Panasonic, mas Carruthers sabe muito mais a respeito, e é por isso que Hamlin quer que Carruthers vá", explica McDermott.

Paro para abstrair a situação. "Se Luis for, vou matar ele. Juro por deus que vou matar ele. Vou matar esse merda."

"Nossa, Bateman", murmura McDermott, preocupado. "Você é um humanista de verdade. Um sábio."

"Não. Apenas..." Começo, confuso, irritado. "Apenas... sensato."

"Só quero saber se a ida de Luis também implica a ida de Courtney", pergunta novamente.

"Fala para Hamlin convidar — merda, não sei." Paro. "Fala pro Hamlin jantar sozinho com o cara do Texas." Paro de novo, percebendo algo. "Espera um minuto. Isso significa que Hamlin vai... bancar? Digo, pagar tudo, já que é um jantar de negócios?"

"Sabe, às vezes te acho muito inteligente, Bateman", diz McDermott. "Outras vezes..."

"Merda, que diabos estou falando?", me pergunto em voz alta, aborrecido. "Eu e você podemos fazer a porcaria de um jantar de *negócios* juntos. Meu deus. Eu não vou. É isso. Não vou."

"Nem mesmo se Luis *não* for?", pergunta ele.

"Não. Necas."

"Por que não?", reclama. "Nós *temos* reservas no 1500."

"Preciso... assistir... ao *Cosby Show*."

"Ah, é só *gravar*, pelo amor de deus, seu *burro*."

"Espera." Percebi outra coisa. "Você acha que Hamlin vai..." — paro, constrangido — "... arranjar drogas, talvez... para o texano?"

"O que Bateman acha?", pergunta McDermott, um cuzão cansado.

"Hummm. Estou pensando aqui. Estou pensando nisso."

Após uma pausa, McDermott diz "Tique-taque, tique-taque" cantarolando. "Não estamos saindo do lugar. É *claro* que Hamlin vai arranjar."

"Chama o Hamlin, coloca ele... coloca ele numa chamada a três", profiro, conferindo meu Rolex. "Anda logo. Talvez a gente consiga convencer ele a ir ao 1500."

"Certo", diz McDermott. "Espera aí."

Há quatro cliques e então escuto Hamlin dizendo "Bateman, há problema em usar meias com padrão de losangos junto com um terno de negócios?". Está tentando fazer uma piada, mas ela não me diverte.

Suspirando internamente, de olhos fechados, respondo, impaciente, "Na verdade há, Hamlin. Elas são esportivas demais. Interferem numa imagem de negócios. Você pode usar com ternos casuais. Tweed, sei lá. Agora, Hamlin?"

"Bateman?" E então diz "Obrigado".

"Luis *não pode* ir", digo. "E de nada."

"Sem problema", diz ele. "O texano não vai mais mesmo."

"Por que não?", pergunto.

"Oia, bora todo mundo pro See Bee Jee Bees, ouvi dizer que tá bem na moda. Estilos diferentes", explica Hamlin. "O texano não é aceito até segunda. Rapidamente, e com muita agilidade, posso acrescentar, reordenei meus frenéticos horários. Um pai doente. Um incêndio florestal. Uma desculpa."

"Como isso cuida de Luis?", pergunto, desconfiado.

"É *Luis* quem vai jantar com o texano hoje, o que me livra de um bocado de trabai, camarada. *Eu* vejo ele na Smith and Wollensky segunda", diz Hamlin, satisfeito consigo próprio. "Então tudo está supimpa."

"Espera", pergunta McDermott, hesitante, "isso quer dizer que Courtney não vai?"

"Perdemos ou vamos perder nossas reservas no 1500", observo. "Além disso, Hamlin, você já foi lá ontem, né?"

"Sim", diz. "O carpaccio estava passável. Carriça decente. Sorbets ok. Mas vamos para algum outro lugar e, hum, depois em busca do, hum, corpo perfeito. Cavalheiros?"

"Parece bom", digo, contente por Hamlin, pelo menos uma vez, ter a ideia certa. "Mas o que Cindy vai falar de tudo isso?"

"Cindy tem que ir a um evento de caridade no Plaza, algo..."

"É o *Trump* Plaza", comento, distraído, enquanto finalmente abro a garrafa de Perrier.

"Sim, o Trump Plaza", diz ele. "Algo a respeito de árvores perto da biblioteca. Dinheiro para árvores ou um mato de algum tipo", diz ele, inseguro. "Plantas? Vai saber."

"Aonde vamos então?", pergunta McDermott.

"Quem cancela no 1500?", pergunto.

"Você", diz McDermott.

"Ah, McDermott", reclamo, "só cancela isso."

"Espera", diz Hamlin. "*Primeiro* vamos decidir para onde vamos."

"Concordo." McDermott, o parlamentarista.

"Sou fanaticamente contra qualquer lugar que *não* esteja no Upper West ou no Upper East Side desta cidade", afirmo.

"Bellini's?", sugere Hamlin.

"Necas. Não é permitido fumar charutos lá", digo ao mesmo tempo que McDermott.

"Risca esse da lista", diz Hamlin. "Gandango?", sugere.

"É possível, é possível", murmuro, refletindo a respeito. "Trump come lá."

"Zeus Bar?", um deles pergunta.

"Faz a reserva", diz o outro.

"Espera", falo, "estou pensando."

"Bate*man*...", avisa Hamlin.

"Estou me divertindo com a ideia", digo.
"*Bateman...*"
"Espera. Deixa eu me divertir por um minuto."
"Estou realmente irritado demais para lidar com isso agora", diz McDermott.
"Por que a gente não deixa essa merda toda pra lá e detonamos um japonês?", sugere Hamlin. "*Depois* procuramos o corpo perfeito."
"Na verdade, não é uma má ideia." Dou de ombros. "Combo decente."
"O que *você* quer fazer, Bateman?", pergunta McDermott.
Pensando a respeito, a milhares de quilômetros, respondo, "Quero...".
"Sim...?", ambos perguntam com expectativa.
"Quero... pulverizar o rosto de uma mulher com um tijolo grande e pesado."
"*Além* disso", reclama Hamlin com impaciência.
"Certo, tudo bem", digo, me livrando da ideia. "Zeus Bar."
"Tem certeza? Certo? Zeus Bar?", conclui Hamlin, esperançoso.
"Caras. Estou me achando cada vez mais incapaz de lidar com isso *tudo*", diz McDermott. "Zeus Bar. Isso e pronto."
"Espera aí", diz Hamlin. "Vou ligar pra fazer a reserva." Ele dá um clique, me deixando com McDermott em espera. Faz silêncio por um bom tempo antes de um de nós dizer algo.
"Sabe", digo, por fim. "Provavelmente será impossível conseguir uma reserva lá."
"Talvez a gente deva ir ao M.K. O texano provavelmente iria gostar de ir ao M.K.", afirma Craig.
"Mas, McDermott, o *texano* não vai", comento.
"Mas não posso mesmo ir ao M.K.", diz ele, sem ouvir, e não explica por quê.
"Não quero saber."
Esperamos Hamlin por mais dois minutos.
"Que diabos ele está fazendo?", pergunto, então minha chamada em espera clica.
McDermott também escuta. "Quer atender?"
"Estou pensando." Clica novamente. Resmungo e digo a McDermott para esperar. É Jeanette. Ela soa cansada e triste. Não quero voltar para a outra linha, então pergunto a ela o que fez ontem à noite.
"Depois da hora que você deveria ter se encontrado comigo?", pergunta ela.
Paro, inseguro. "Hã, sim."

"Acabamos no Palladium, que estava completamente vazio. Estavam deixando as pessoas entrarem de graça." Comenta ela. "Vimos umas quatro ou cinco pessoas."

"Conhecidas?", perguntei, esperançoso.

"Lá... na... boate", diz ela, espaçando cada palavra amargamente.

"Desculpa", por fim digo. "Tive que... devolver umas fitas..." E então, reagindo ao silêncio dela, "Sabe, eu *teria* te encontrado...".

"Não quero saber", suspira ela, me interrompendo. "O que você vai fazer hoje?"

Paro, me perguntando como responder, antes de admitir, "Zeus Bar, às nove. McDermott. Hamlin". E então, com menos esperança, "Quer ir também?".

"Não sei", ela suspira. Sem um traço de gentileza, ela pergunta, "Você quer que eu vá?".

"Você precisa insistir em ser tão patética?", pergunto de volta.

Ela bate o telefone na minha cara. Volto para a outra linha.

"Bateman, Bateman, Bateman, Bateman", Hamlin está repetindo.

"Estou aqui. Cala a porra da sua boca."

"Ainda estamos enrolando?", pergunta McDermott. "Não enrolem."

"Decidi que prefiro jogar golfe", digo. "Não jogo golfe faz um tempão."

"Foda-se o golfe, Bateman", diz Hamlin. "Temos uma reserva para as nove no Kaktus..."

"*E* uma reserva para cancelar no 1500 em, hum, vejamos... vinte minutos atrás, Bateman", diz McDermott.

"Que merda, Craig. *Cancela* isso *agora*", digo, com cansaço.

"Meu deus, odeio golfe", diz Hamlin, estremecendo.

"Cancela *você*", diz McDermott, rindo.

"Está no nome de quem?", pergunto, sem rir, minha voz se elevando.

Após uma pausa, McDermott diz "Carruthers" em voz baixa.

Hamlin e eu gargalhamos de vez.

"Sério?", pergunto.

"Não conseguimos no Zeus Bar", diz Hamlin. "Então vai ser o Kaktus."

"Descolado", digo abatido. "Acho."

"Se anima aí." Hamlin gargalha.

Minha chamada em espera toca de novo, e antes que eu consiga decidir se atendo ou não Hamlin me convence. "Agora, se vocês não quiserem ir para o Kaktus..."

"Calma aí, minha chamada em espera", digo. "Segura aí."

Jeanette está em lágrimas. "Do que você não é capaz?", pergunta ela, chorando. "Só me diga do que você *não* é capaz."

"Jeanette, querida", digo, acalmando-a. "Escuta, por favor. Vamos para o Zeus Bar às dez, ok?"

"Patrick, por favor", implora ela. "Estou bem. Só quero conversar..."

"Vejo você às nove ou às dez, tanto faz", digo. "Tenho que ir. Hamlin e McDermott estão na outra linha."

"Certo." Ela funga, se recompondo, dando uma tossida. "Te vejo lá. Sinto muito p..."

Volto para a outra linha. Só resta McDermott.

"Cadê o Hamlin?"

"Saiu", diz McDermott. "Vai encontrar a gente às nove."

"Ótimo", murmuro. "Tudo certo então."

"Quem era?"

"Jeanette", respondo.

Escuto um leve clique, e então outro.

"Foi no seu ou no meu?", pergunta McDermott.

"No seu", digo. "Acho."

"Espera aí."

Espero, andando em volta da cozinha com impaciência. McDermott clica de volta.

"É Van Patten", diz ele. "Vou colocar ele na chamada a três."

Mais quatro cliques.

"E aí, Bateman", exclama Van Patten. "*Meu parceiro.*"

"Sr. Manhattan", digo. "Estou te ouvindo."

"Ei, qual a maneira correta de usar uma cinta cummerbund?", pergunta.

"Já respondi isso duas vezes hoje", aviso.

Os dois começam a discutir se Van Patten consegue ou não chegar ao Kaktus por volta das nove horas, e parei de me concentrar nas vozes saindo do telefone sem fio, e em vez disso começo a observar, com interesse crescente, o rato que comprei — ainda tenho o mutante que emergiu da privada — em sua nova gaiola de vidro; ele suspende o que resta do corpo carcomido por ácido até metade do elaborado sistema Habitrail que está na mesa da cozinha, onde ele tenta beber do bebedouro que enchi com Evian envenenada esta manhã. A cena me parece penosa demais, ou não penosa o bastante. Não consigo me decidir. Um barulho de chamada em espera me tira de meu delírio anuviado e falo para Van Patten e McDermott esperarem, por favor.

Clico, e então paro antes de dizer "Você ligou para a casa de Patrick Bateman. Por favor deixe uma mensagem antes...".

"Pelo amor de deus, Patrick, *cresça*", resmunga Evelyn. "Só *pare* com isso. Por que você insiste em fazer isso? Acha mesmo que vai se safar dessa?"

"De quê?", pergunto, inocentemente. "De me proteger?"

"De me torturar", diz com petulância.

"Querida", digo.

"Sim?", funga.

"Você não sabe o que é tortura. Você não sabe do que está falando", afirmo. "Você realmente não sabe do que está falando."

"Não quero falar disso", diz ela. "Acabou. Agora, onde você vai jantar hoje?" A voz dela fica mais suave. "Estava pensando em talvez jantar no TDK, hum, talvez umas nove horas?"

"Vou comer no Harvard Club *sozinho* hoje", digo.

"Ah, não seja idiota", diz Evelyn. "Eu sei que você vai jantar no Kaktus com Hamlin e McDermott."

"Como você sabe *disso*?", pergunto, sem me importar por ter sido flagrado mentindo. "De qualquer forma, é no Zeus Bar, não no Kaktus."

"Por que acabei de falar com a Cindy", diz ela.

"Pensei que a Cindy fosse pra um evento beneficente de planta ou árvore — de mato", digo.

"Ah, não, não, não", diz Evelyn. "Isso é semana *que vem*. Quer ir?"

"Espera aí", digo.

Volto à linha com Craig e Van Patten.

"Bateman?", pergunta Van Patten. "Que *caralhos* você está fazendo?"

"Como diabos é que a Cindy sabe que a gente vai jantar no Kaktus?", indago.

"Hamlin contou pra ela?", chuta McDermott. "Não sei. Por quê?"

"Por que *Evelyn* sabe", digo.

"Quando diabos Wolfgang Puck vai abrir um restaurante na porra dessa cidade?", pergunta Van Patten.

"Van Patten já está tomando a terceira caixinha de Forster ou ainda está, tipo, cuidando da primeira?", pergunto a McDermott.

"A sua pergunta, Patrick", começa McDermott, "seria se devemos excluir as mulheres ou não, certo?"

"O que era 'algo' está se transformando em 'nada' muito rápido", aviso. "Só digo isso."

"Você deveria convidar Evelyn?", pergunta McDermott. "É isso o que você quer saber?"

"Não, *não* deveríamos", ressalto.

"Bem, ei, eu queria levar Elizabeth", diz Van Patten timidamente (timidamente em zombaria?).

"Não", digo. "Sem mulheres."
"Qual o problema com Elizabeth?", pergunta Van Patten.
"Hã?" Segue McDermott.
"Ela é uma idiota. Não, ela é inteligente. Não sei dizer. Não convide ela", digo.
"Então, se não Elizabeth, que tal Sylvia Josephs?", sugere McDermott.
"Nah, velha demais pra trepar", diz Van Patten.
"Meu deus", diz McDermott. "Ela tem vinte e três anos."
"Vinte e *oito*", corrijo.
"Sério?", pergunta um preocupado McDermott, após uma pausa.
"Sim", digo. "*Sério*."
McDermott acaba dizendo "Oh".
"Merda, acabo de me esquecer", digo, dando um tapa na minha própria testa. "Convidei Jeanette."
"Agora essa garota aí eu não me importaria em, ahem, *convidar*", diz Van Patten com lascívia.
"O que uma garota jovem e gata como Jeanette vê em você?", pergunta McDermott. "Por que ela te aguenta, Bateman?"
"Ofereço luxo a ela. Muito luxo", murmuro, e então, "Tenho que ligar de volta e falar pra ela não ir."
"Você não está se esquecendo de algo?", me pergunta McDermott.
"De quê?" Estou perdido em pensamentos.
"Tipo, Evelyn ainda está na outra linha?"
"Merda", exclamo. "Espera aí."
"Por que ainda me importo com isso?", escuto McDermott se perguntar, suspirando.
"Leva Evelyn", grita Van Patten. "Ela também é uma gata! Fala pra ela se encontrar com a gente no Zeus Bar às nove e meia!"
"Certo, certo", grito, antes de clicar de volta para a outra linha.
"Não aprecio isso, Patrick", está dizendo Evelyn.
"Que tal encontrar a gente no Zeus Bar às nove e meia?", sugiro.
"Posso levar Stash e Vanden?", pergunta ela, recatada.
"É aquela com a tatuagem?", pergunto de volta, recatado.
"Não", suspira ela. "Sem tatuagem."
"Ignora, ignora."
"Ah, *Pat*rick", resmunga ela.
"Olha, você já tem sorte só por ter sido convidada, então..." Minha voz se esvai.
Silêncio, durante o qual não me sinto mal.
"Vamos, só encontra a gente lá", digo. "Desculpa."

"Ah, tudo bem", diz ela, resignada. "Nove e meia?"

Clico de volta para a outra linha, interrompendo a conversa de Van Patten e McDermott sobre ser ou não apropriado usar um terno azul como alguém faria com um blazer azul-marinho.

"Alô?", interrompo. "Calem a boca. Estão todos prestando integralmente atenção?"

"Sim, sim, sim", exclama Van Patten, entediado.

"Vou ligar pra Cindy pra ela convencer Evelyn a não jantar com *a gente*", anuncio.

"Por que diabos você convidou Evelyn, pra *começo* de conversa?", pergunta um deles.

"A gente estava brincando, *idiota*", o outro completa.

"Hã, boa pergunta", digo, gaguejando. "Hã, e-espera aí."

Disco o número de Cindy depois de encontrá-lo em meu Rolodex. Ela responde depois de selecionar a chamada.

"Alô, Patrick", diz.

"Cindy", digo. "Preciso de um favor seu."

"Hamlin não vai jantar com vocês", diz ela. "Ele tentou ligar de volta, mas as linhas de vocês estavam todas ocupadas. Vocês não têm chamada em espera?"

"Claro que temos chamada em espera", digo. "O que você acha que somos, bárbaros?"

"Hamlin não vai", repete ela, sem rodeios.

"E o que ele vai fazer em vez disso?", pergunto. "Engraxar os sapatos?"

"Ele vai sair *comigo*, sr. Bateman."

"Mas e seu evento beneficente de, hum, mato?", pergunto.

"Hamlin misturou tudo", diz ela.

"Docinho...", começo.

"Sim?", pergunta ela.

"Docinho, você está saindo com um cuzão", digo com carinho.

"Obrigada, Patrick. Isso é legal."

"Docinho", aviso, "você está saindo com o maior otário de Nova York."

"Você me conta isso como se eu já não soubesse." Ela boceja.

"Docinho, você está saindo com um otário muito, muito decadente."

"Você sabia que Hamlin tem sete televisões e sete videocassetes?"

"Ele já usou aquele aparelho de remada que dei pra ele?", de fato pergunto.

"Inutilizado", diz ela. "Completamente inutilizado."

"Docinho, ele é um otário."

"Pode parar de me chamar de docinho?", pede ela, aborrecida.

"Escuta, Cindy, se você tivesse a escolha de ler WWD ou..." Paro, incerto do que ia dizer. "Escuta, tem alguma coisa rolando hoje?", pergunto. "Algo não tão... turbulento?"
"O que você quer, Patrick?", suspira ela.
"Só quero paz, amor, amizade, compreensão", digo desapaixonadamente.
"O-que-você-quer?", repete.
"Por que vocês dois não vêm com a gente?"
"Temos outros planos."
"Hamlin fez o diabo das reservas", exclamo, ultrajado.
"Bem, então usem *vocês*."
"Por que você *não dá um pulo lá*?", pergunto com lascívia. "Despeja o otário no Juanita's ou algo assim."
"Acho que vou dispensar o jantar", diz ela. "Peça desculpa 'aos caras' por mim."
"Mas vamos ao Kaktus, hã, digo, ao Zeus Bar", respondo, e então, confuso, acrescento, "Não, Kaktus."
"Vocês vão mesmo pra *lá*?", pergunta.
"Por quê?"
"Diz a sabedoria popular que lá não é mais o lugar 'da hora' pra jantar", diz ela.
"Mas foi Hamlin quem fez a porra da reserva!", exclamo.
"Ele fez as reservas pra *lá*?", pergunta ela, divertindo-se.
"Há séculos!", grito.
"Escuta", diz ela, "estou me vestindo agora."
"Não fico nada contente com isso", digo.
"Não se preocupe", diz ela, e então desliga.
Volto à outra linha.
"Bateman, sei que soa como uma impossibilidade", diz McDermott. "Mas o vazio na verdade está se alargando."
"Não curto mexicano", declara Van Patten.
"Mas espera, não vamos comer comida mexicana, vamos?", digo. "Estou me confundindo? Não vamos ao Zeus Bar?"
"Não, imbecil", expele McDermott. "Não conseguimos no Zeus Bar. Kaktus. Kaktus às nove."
"Mas não *quero* mexicano", diz Van Patten.
"Mas *você*, Van Patten, fez as reservas", vocifera McDermott.
"Nem eu", digo de repente. "Por que mexicano?"
"Não é um mexicano *mexicano*", diz McDermott, exasperado. "É algo chamado nouvelle mexicana, tapas ou alguma outra coisa da

fronteira ao sul. Algo assim. Um momento. Minha chamada em espera de novo."

Ele clica, me deixando com Van Patten na linha.

"Bateman", suspira Van Patten, "minha euforia está diminuindo rapidamente."

"Do que você está falando?" Na verdade, estou tentando me lembrar para onde mandei Evelyn e Jeanette nos encontrar.

"Vamos mudar a reserva", sugere.

Penso a respeito, então pergunto, desconfiado, "Para onde?".

"1969", diz ele, me tentando. "Hummm? 1969?"

"Eu *gostaria* de ir lá", admito.

"O que a gente devia fazer?", pergunta ele.

Penso a respeito. "Fazer uma reserva. Rápido."

"Ok. Pra três? Cinco? Quantos?"

"Cinco ou seis, acho."

"Ok. Espera aí."

Assim que ele clica, McDermott volta.

"Cadê Van Patten?", pergunta.

"Ele... saiu pra mijar", digo.

"Por que você não quer ir ao Kaktus?"

"Porque estou travado por um pânico existencial", minto.

"*Você* acha esse motivo bom o bastante", diz McDermott. "*Eu* não."

"Alô", diz Van Patten, clicando para voltar. "Bateman?"

"Então?", pergunto. "McDermott também voltou."

"Necas. Não deu, Romeu."

"Merda."

"O que aconteceu?", pergunta McDermott.

"Bem, caras, queremos margaritas?", pergunta Van Patten. "Ou sem margaritas?"

"Eu poderia tomar uma margarita", diz McDermott.

"Bateman?", pergunta Van Patten.

"Eu prefiro várias garrafas de cerveja, preferivelmente *não* mexicanas", digo.

"Merda", diz McDermott. "Chamada em espera. Um minuto." Ele clica.

Caso não esteja enganado, agora são oito e meia.

Uma hora depois. Ainda estamos discutindo. Cancelamos a reserva no Kaktus e talvez alguém tenha refeito. Confuso, chego a cancelar uma mesa não existente no Zeus Bar. Jeanette saiu do apartamento dela e não pode ser contatada em casa e não tenho ideia de para qual restaurante ela está indo, nem me lembro em que lugar mandei Evelyn se encontrar com a gente. Van Patten, que já tomou duas doses grandes de Absolut, pergunta pelo detetive Kimball e sobre o que falamos, e tudo que me lembro na verdade é algo sobre como as pessoas caem em rachaduras.

"*Você* conversou com ele?", pergunto.

"Sim, sim."

"O que ele disse que aconteceu com o Owen?"

"Desapareceu. Só desapareceu. Puf", diz ele. Posso escutá-lo abrindo uma geladeira. "Sem incidente. Nada. As autoridades não têm *niente*."

"Sim", digo. "Estou num turbilhão pesado quanto a isso."

"Bem, Owen era.... não sei", diz ele. Posso escutar uma cerveja sendo aberta.

"O que mais você disse a ele, Van Patten?", pergunto.

"Ah, o de costume", suspira. "Que ele usava gravatas amarelas e vermelhas. Que almoçava no '21'. Que na realidade ele não era um investidor — que foi o que Thimble pensava que ele era —, mas um criador de fundos. Apenas o de costume." Quase posso escutá-lo dando de ombros.

"O que mais?", pergunto.

"Vejamos. Que ele não usava suspensórios. Um homem de cintos. Que ele parou de cheirar cocaína, simpático à cerveja. *Você* sabe, Bateman."

"Ele era um imbecil", digo. "E agora está em Londres."

"Meu deus", reclama, "a competência geral *está* na porra de um declínio."

McDermott clica para voltar. "Ok. *Agora* pra onde?"

"Que horas são?", pergunta Van Patten.

"Nove e meia", ambos respondemos.

"Espera, o que houve com o 1969?", pergunto a Van Patten.

"O que é que tem o 1969?", pergunta McDermott, que não tem ideia.

"Não me lembro", digo.

"Fechado. Sem reservas", lembra Van Patten.

"Podemos voltar ao 1500?", pergunto.

"Agora o 1500 está *fechado*", grita McDermott. "A cozinha está *fechada*. O restaurante está *fechado*. Já era. *Precisamos* ir ao Kaktus".

Silêncio.

"Alô? Alô? Vocês estão aí?", vocifera ele, perdendo o controle.

"Saltitante como uma bola de vôlei", diz Van Patten.

Dou risada.
"Se vocês acham engraçado", avisa McDermott.
"Ah, é, e aí? O que você vai fazer?", pergunto.
"Caras, e só que fico apreensivo quanto ao fracasso em termos de garantir uma mesa antes de, digamos, meia-noite."
"Tem certeza quanto ao 1500?", pergunto. "Isso parece realmente bizarro."
"Essa sugestão é *discutível*!", berra McDermott. "Por quê, vocês poderão perguntar? Porque-está-*fechado*! Por-estar-fechado-eles-*pararam-de-fazer-reservas*! Estão-entendendo-isso?"
"Ei, sem estresse, querido", diz Van Patten tranquilamente. "Vamos ao Kaktus."
"Temos uma reserva lá pras dez, não, quinze minutos atrás", diz McDermott.
"Mas eu cancelei, acho", digo, tomando outro Xanax.
"Eu refiz", diz McDermott.
"Você é indispensável", falo para ele em tom monocórdio.
"Posso chegar lá às dez", diz McDermott.
"Depois que eu passar no caixa eletrônico, posso chegar lá às dez e quinze", diz Van Patten lentamente, contando os minutos.
"Alguém aqui tem noção de que Jeanette e Evelyn vão encontrar a gente no Zeus Bar, onde *não* temos reservas? Isso passou pela cabeça de alguém?", pergunto, duvidando.
"Mas o Zeus Bar está fechado, e, além disso, cancelamos uma reserva *que a gente nem tinha lá*", diz McDermott, tentando ficar calmo.
"Mas acho que disse a Jeanette e Evelyn para se encontrarem com a gente lá", digo, levando os dedos à boca, horrorizado com essa possibilidade.
Após uma pausa, McDermott pergunta "Você quer arrumar problemas? Está pedindo por isso ou algo assim?".
"Chamada esperando aqui", digo. "Ah, meu deus. Que horas são? Minha chamada está em espera."
"Deve ser uma das garotas", diz Van Patten com alegria.
"Espera aí", rosno.
"Boa sorte", escuto Van Patten dizer antes de eu clicar para sair.
"Alô", pergunto, apaziguador. "Você ligou para a casa de..."
"Sou *eu*", grita Evelyn, o ruído ao fundo quase abafando sua voz.
"Ah, alô", digo casualmente. "O que houve?"
"Patrick, o que você está fazendo em casa?"
"Onde você *está*?", pergunto, de bom humor.

"Estou. No. Kaktus", sibila ela.
"O que você está fazendo *aí*?", pergunto.
"Você disse que me encontraria aqui, eis a razão", diz ela. "Confirmei suas reservas."
"Meu deus, desculpa", digo. "Esqueci de avisar."
"Esqueceu-de-me-avisar-o-quê?"
"De avisar que nós..." — engulo em seco — "...não vamos mais." Fecho os olhos.
"Quem-diabos-é-Jeanette?", sibila, com calma.
"Bom, vocês não estão se divertindo?", pergunto, ignorando a pergunta.
"Não-não-estamos."
"Por que não?", pergunto. "Vamos chegar... logo."
"Porque tudo isso me parece, nossa, não sei... *inapropriado*?", grita ela.
"Escuta, ligo de volta daqui a pouco." Estou prestes a fingir que vou anotar o número.
"Você não vai conseguir", diz Evelyn, a voz tensa e baixa.
"Por que não? A greve da telefonia acabou", brinco, mais ou menos.
"Porque-Jeanette-está-atrás-de-mim-e-quer-usar", diz Evelyn.
Paro por muito tempo.
"Pat-rick?"
"Evelyn. Deixa pra lá. Estou saindo agora mesmo. Vamos chegar aí rapidinho. Prometo."
"Meu deus..."
Clico de volta para a outra linha.
"Caras, caras, alguém fodeu com tudo. Eu fodi com tudo. Vocês foderam com tudo. Não sei", digo totalmente em pânico.
"Qual o problema?", um deles pergunta.
"Jeanette e Evelyn estão no Kaktus", digo.
"Nossa", gargalha Van Patten.
"Sabe, pessoal, não está além das minhas capacidades enfiar um cano de chumbo repetidamente numa vagina", digo a Van Patten e McDermott, então acrescento, após um silêncio que confundo com choque, finalmente eles tendo uma percepção aguda da minha crueldade, "mas com compaixão."
"Todos sabemos sobre *seu* cano de chumbo, Bateman", diz McDermott. "Para de bancar o gostosão."
"Ele está tentando nos dizer que tem um pau grande?", pergunta Van Patten a Craig.

"Nossa, não tenho certeza", diz McDermott. "É isso o que você está tentando nos dizer, Bateman?"

Paro antes de responder. "Bem... não, não exatamente." Minha chamada em espera apita.

"Ótimo, estou oficialmente com inveja", graceja McDermott. "Pra onde *agora*? Meu deus, que horas são?"

"Na verdade, não importa. Minha mente já está entorpecida." Agora sinto tanta fome que estou comendo cereal de aveia de uma caixa. Minha chamada em espera apita de novo.

"Talvez eu consiga umas drogas."

"Liga pro Hamlin."

"Meu deus, não é possível entrar num banheiro nesta cidade sem sair com um grama, então não se preocupe."

"Alguém ouviu falar do acordo de celulares da Bell South?"

"Amanhã tem Spuds McKenzie no *Patty Winters Show*."

PSICOPATA AMERICANO
BRET EASTON ELLIS

GAROTA

Noite de quarta, outra garota, que conheço no M.K. e planejo torturar e filmar. Essa permanece sem nome para mim, e está sentada no sofá da sala do meu apartamento. Uma garrafa de champanhe, Cristal, até a metade, está na mesinha de vidro. Coloco músicas, números que acendem o Wurlitzer. Ela finalmente pergunta "O que é esse... cheiro aqui?" e respondo, bem baixinho, "Um rato... morto", e estou abrindo as janelas, a porta de correr de vidro que dá no terraço, apesar de ser uma noite fria, do meio do outono, e de ela estar vestida com pouca roupa, mas ela toma outro copo do Cristal, e isso parece aquecê-la o bastante para conseguir me perguntar o que faço da vida. Falo que estudei em Harvard e comecei a trabalhar em Wall Street, na Pierce & Pierce, após me formar na faculdade de administração lá, e quando ela pergunta, confusa ou de brincadeira, "O que é isso?", engulo em seco, de costas para ela, consertando a posição do Onica novo, e encontro a força para afirmar "Uma... loja de sapatos". Cheirei uma carreira de cocaína que encontrei no armário de remédios assim que chegamos na minha casa, e com o Cristal fico chapado, mas apenas um pouco. O *Patty Winters Show* hoje foi sobre uma máquina que faz as pessoas falarem com os mortos. Essa garota está usando uma saia e jaqueta de *barathea*, uma blusa de seda *georgette*, brincos de ágata e marfim da Stephen Dweck, uma torsoleta de seda jacquard, tudo da... de onde? Charivari, chuto.

No quarto ela está nua e besuntada de óleo e chupando meu pau estou por cima dela e depois estou batendo no rosto dela com ele, segurando o cabelo dela com minha mão, chamando-a de "putinha de merda", e isso deixa ela ainda mais excitada e enquanto chupa minha pica sem jeito e começa a esfregar o dedo no clitóris e quando ela está me perguntando "Você gosta disso?" enquanto lambe minhas bolas, estou respondendo "hum, hum" e respirando fundo. Os peitos dela são altos e cheios e firmes, os bicos muito duros, e enquanto ela está engasgando com minha pica e trepo com sua boca com força, estico o braço para apertá-los e enquanto estou fodendo com ela, depois de socar um consolo no cu dela e prender ele lá com uma cinta, estou arranhando os bicos dos peitos dela, até que ela me fala para parar. Mais cedo aquela noite eu estava jantando com Jeanette no novo restaurante de comida do norte da Itália perto do Central Park no Upper East Side que era muito caro. Mais cedo aquela noite eu estava usando um terno costurado por Edward Sexton e pensando com tristeza na casa da minha família em Newport. Mais cedo na noite depois de deixar Jeanette, parei no M.K. para um evento beneficente que tinha a ver com Dan Quayle, de quem nem *eu* gosto. No M.K. a garota que estou fodendo veio até mim, direta, no andar de cima num sofá enquanto eu esperava para jogar bilhar. "Meu deus", está dizendo. Excitado, dou um tapa nela, então um soco de leve na boca, então um beijo, mordendo seus lábios. Medo, pavor e confusão a arrebatam. A cinta se rompe e o consolo escorrega para fora de seu cu enquanto ela tenta me afastar. Rolo para o lado e finjo deixá-la escapar e então, enquanto ela está juntando as roupas, resmungando sobre como sou um "maluco filho da puta", salto em cima dela como um chacal, literalmente espumando. Ela grita, se desculpando, soluçando histericamente, suplicando para que eu não a machuque, cobrindo os peitos, agora com vergonha. Mas mesmo seus soluços não me estimulam. Sinto pouca gratificação quando espirro gás lacrimogêneo nela, menos ainda quando bato com sua cabeça na parede quatro ou cinco vezes, até ela perder a consciência, deixando uma pequena mancha com cabelo preso. Depois que ela cai no chão sigo para o banheiro e dou um teco em outra carreira da coca medíocre que cheirei no Nell's ou no Au Bar uma noite antes. Posso ouvir um telefone tocando, uma secretária eletrônica pegando a chamada. Estou curvado, sobre um espelho, ignorando a mensagem, nem mesmo me importando em vê-la.

Mais tarde, previsivelmente, ela está no chão, nua, de costas, os pés, as mãos, amarradas a postes improvisados que estão presos a tábuas fixadas com metal. As mãos estão cheias de pregos e as pernas arreganhadas ao máximo. Um travesseiro mantém sua bunda para cima e queijo Brie foi espalhado por sua buceta aberta, um pouco até mesmo socado dentro da cavidade vaginal. Ela mal recobrou a consciência e quando me vê, parado em cima dela, nu, posso imaginar que minha virtual ausência de humanidade lhe causa um horror enlouquecedor. Posicionei o corpo em frente a um televisor Toshiba novo, e no videocassete há uma fita velha, e aparecendo na tela a última garota que filmei. Estou usando um terno da Joseph Abboud, uma gravata da Paul Stuart, sapatos da J. Crew, um colete de algum italiano, e estou ajoelhado no chão ao lado de um corpo, comendo o cérebro de uma garota com avidez, passando mostarda Grey Poupon em nacos da carne rosa e suculenta.

"Está conseguindo ver?", pergunto à garota que não está na televisão. "Está conseguindo ver isso? Está assistindo?", sussurro.

Tento usar a furadeira elétrica nela, forçando dentro da boca, mas ela está consciente o bastante, tem força para travar os dentes, cerrando-os, e apesar de a furadeira atravessar os dentes rapidamente, isso não consegue me interessar, então seguro a cabeça para cima, sangue babando da boca, e a obrigo a observar o resto da fita, e enquanto ela está olhando para a outra garota na tela, sangue saindo de quase todos os orifícios possíveis, estou torcendo para que ela perceba que isso aconteceria com ela, não importa o quê. Que acabaria aqui deitada, no piso do meu apartamento, mãos pregadas a postes, queijo e vidro quebrado socado na buceta, a cabeça quebrada e púrpura de sangue, não importa que tivesse feito alguma outra escolha; que se tivesse ido ao Nell's ou ao Indochine ou ao Mars ou ao Au Bar em vez do M.K., que simplesmente não tivesse pegado o táxi comigo até o Upper West Side, ainda assim tudo isso teria acontecido. *Eu a teria encontrado.* É assim que a Terra funciona. Decido não me importar com a câmera hoje.

Estou tentando enfiar um dos canos de plástico do sistema Habitrail desmontado em sua vagina, forçando os lábios vaginais com uma das pontas, e mesmo com a maior parte besuntada de azeite de oliva não está encaixando direito. Durante isso tudo, a jukebox toca Frank Valli, "The Worst That Could Happen", e estou imitando com os lábios e uma careta, enquanto enfio o cano Habitrail na buceta dessa puta. Por fim, tenho que recorrer ao ácido, que derramo na parte externa da buceta para que a carne ceda à ponta besuntada do Habitrail, e logo ele escorrega para dentro com facilidade. "Espero que isso te machuque", digo.

O rato se lança contra a gaiola de vidro enquanto a levo da cozinha para a sala. Ele se recusou a comer o que restou do rato que eu trouxe para ele brincar semana passada, que agora está morto, apodrecendo do outro lado da gaiola. (Fiz ele passar fome de propósito nos últimos cinco dias.) Coloco a gaiola de vidro ao lado da garota, e talvez por causa do cheiro do queijo o rato parece enlouquecer, primeiro correndo em círculos, guinchando, então tentando levantar o corpo, fraco de fome, do lado da gaiola. O rato não precisa de nenhum cutucão, e o cabide entortado que eu ia utilizar continua intocado ao meu lado, e, com a garota ainda consciente, a coisa se move sem esforço e com energia renovada, percorrendo o cano até metade de seu corpo desaparecer, e então após um minuto — o corpo do rato tremendo enquanto ele come — tudo desaparece, exceto pelo rabo, e arranco o cano Habitrail da garota, prendendo o roedor. Logo o rabo também desaparece. O barulho que a garota está fazendo é, pela maior parte, incompreensível.

Já posso dizer que será uma morte caracteristicamente inútil e sem graça, mas então já estou acostumado com o horror. Ele parece destilado, mesmo agora que não consegue me deixar chateado. Não estou reclamando, e para provar isso a mim mesmo, após um ou dois minutos observando o rato se mover dentro da parte inferior da barriga dela, confirmando que a garota ainda está consciente, chacoalhando a cabeça dolorida, os olhos arregalados de terror e confusão, uso uma serra elétrica e em questão de segundos divido a garota em duas. Os dentes zumbindo atravessam pele e músculo e tendão e osso tão rápido que ela sobrevive o bastante para me observar arrancando as pernas de seu corpo — suas *coxas*, o que restou de sua vagina mutilada — e segurá-las enquanto jorram sangue, quase como troféus. Seus olhos ficam abertos por um minuto, desesperados e sem foco, se fecham, e, por fim, antes de ela morrer, empurro uma faca inutilmente através do nariz até sair pela testa, e então divido o osso do queixo. Ela tem apenas metade da boca, e eu trepo com ela uma vez, então duas, ao todo três vezes. Sem me importar que ainda esteja ou não respirando, arranco os olhos fora, finalmente usando meus dedos. O rato aparece pela cabeça — de alguma maneira ele se virou dentro da cavidade — e está manchado de sangue púrpura (também percebo que a serra elétrica arrancou metade do rabo), e dou uma porção extra de brie para ele comer até sentir que tenho que matá-lo com um pisão, o que faço. Mais tarde, o fêmur e o resto da mandíbula estão no forno, assando, e tufos de pelos pubianos enchem um cinzeiro de cristal da Steuben, e quando toco fogo eles queimam muito rápido.

EM OUTRO RESTAURANTE NOVO

Por um limitado período de tempo sou capaz de ficar entre empolgado e extrovertido, então aceito o convite de Evelyn para jantar no Luke na primeira semana de novembro, um novo restaurante chinês superchique que também serve, o que é bem estranho, culinária *Creole*. Temos uma boa mesa (reservei sob o nome de Wintergreen — o mais simples dos triunfos) e me sinto ancorado, calmo, mesmo com Evelyn sentada diante de mim tagarelando a respeito de um ovo Fabergé muito grande que ela pensou ter visto no Pierre, rolando sozinho pelo lobby ou algo assim. A festa de Halloween do trabalho foi no Royalton, semana passada, e fui fantasiado de serial killer, completo, com um cartaz pintado nas costas com SERIAL KILLER escrito (decididamente mais leve que o cartaz que eu havia construído mais cedo aquele dia em que se lia FACÍNORA DA FURADEIRA), e debaixo dessas palavras eu havia escrito com sangue *Sim, sou eu*, e o terno também estava coberto de sangue, em parte falso, mas quase todo real. Num punho eu segurava um tufo de cabelos de Victoria Bell, e, preso ao lado da minha flor de lapela (uma pequena rosa branca), uma falange, que eu havia cozido para tirar a carne. Por mais elaborada que fosse minha fantasia, Craig McDermott ainda conseguiu ficar em primeiro lugar na competição. Ele foi de Ivan Boesky, o que achei injusto, pois muitas pessoas pensaram que eu tinha ido como

Michael Milken ano passado. O *Patty Winters Show* hoje foi sobre Kits de Aborto Caseiros.

Os primeiros cinco minutos após me sentar foram bons, então a bebida que pedi toca a mesa, e instintivamente levo a mão até ela, mas me encontro rangendo os dentes toda vez que Evelyn abre a boca. Percebo que Saul Steinberg está comendo aqui hoje, porém me recuso a mencionar isso a Evelyn.

"Um brinde?", sugiro.

"Hã? Ao quê?", murmura ela, com desinteresse, endurecendo o pescoço, olhando em volta para o salão careta, pouco iluminado, muito branco.

"Liberdade?", pergunto cansadamente.

Mas ela não está ouvindo, porque um inglês, de terno de lã com três botões e pied de poule, colete de lã xadrez, camisa Oxford de algodão e colarinho aberto, sapatos de camurça e gravata de seda, tudo da Garrick Anderson, a quem Evelyn havia apontado depois de termos brigado no Au Bar e chamado de "gato", e que chamei de "anão", anda até nossa mesa, abertamente flertando com ela, e me irrita pensar que ela acha que tenho ciúmes desse cara, mas enfim sorrio por último quando ele pergunta se ela ainda tem o emprego "naquela galeria de arte da Quinta Avenida", e Evelyn, claramente estressada, o rosto fechado, responde que não, o corrige, e, após algumas palavras constrangidas, ele segue em frente. Ela funga, abre o menu, e imediatamente começa a falar de outra coisa sem olhar para mim.

"O que são todas essas camisetas que ando vendo?", pergunta. "Pela cidade toda? Você já viu? A Essência é Igual à Morte? As pessoas estão tendo problemas com seus perfumes ou algo assim? Estou deixando passar algo? Do que estamos falando?"

"Não, isso está completamente errado. A *Ciência* é Igual à Morte." Suspiro, fecho os olhos. "Meu deus, Evelyn, só você poderia confundir *isso*." Não tenho ideia do que diabos estou dizendo, mas aceno, gesticulando para alguém no bar, um homem mais velho, seu rosto coberto por sombras, alguém que não conheço direito, na verdade, mas ele ergue sua taça de champanhe na minha direção e sorri de volta, o que é um alívio.

"Quem é esse?", escuto Evelyn dizer.

"Um amigo meu", digo.

"Não estou reconhecendo", diz ela. "P&P?"

"Deixa pra lá", suspiro.

"Quem é, Patrick?", pergunta ela, mais interessada na minha relutância que em um nome de verdade.

"Por quê?", pergunto de volta.

"Quem é?", pergunta ela. "Me diz."

"Um amigo meu", digo, entredentes.

"Quem, Patrick?", pergunta ela, e então, aguçando os olhos, "Ele não estava na minha festa de Natal?"

"Não, não estava", digo, as mãos tamborilando na mesa.

"Não é... Michael J. Fox?", pergunta ela, olhos ainda apertados. "O ator?"

"Dificilmente", digo, e então, aborrecido, "Ah, pelo amor de deus, o nome dele é George Levanter, e não, ele não estrelou *O Segredo do Meu Sucesso*."

"Ah, que interessante." Evelyn já está examinando o menu. "Mas do que é que a gente estava falando mesmo?"

Tentando me lembrar, pergunto "Essências? Ou algum *tipo* de perfume?". Suspiro. "Não sei. Você estava falando com o anão."

"Ian *não* é um anão, Patrick", diz ela.

"Ele é incomumente *baixo*, Evelyn", replico. "Você tem certeza de que *ele* não estava na sua festa de Natal..." — e então, minha voz baixa — "... servindo *hors d'oeuvres*?"

"Você não pode continuar se referindo a Ian como um anão", diz ela, alisando seu guardanapo no colo. "Não vou tolerar isso", murmura, sem olhar para mim.

Não consigo evitar um relincho.

"Não é engraçado, Patrick", diz ela.

"*Você* cortou a conversa", aponto.

"Você esperava que eu me sentisse lisonjeada?", profere ela com amargura.

"Escuta, querida, estou apenas tentando fazer esse encontro o mais legítimo possível, então não, hum, não estrague tudo pra você."

"Só para com isso", diz ela, me ignorando. "Ah, olha lá, é Robert Farrell." Após acenar, ela aponta para ele discretamente e, com certeza, Bob Farrell, de quem todo mundo gosta, está sentado diante de uma mesa perto da janela, o que secretamente me deixa irritado. "Ele é muito bonito", confidencia Evelyn em admiração, apenas porque ela me percebeu contemplando a gostosa de vinte anos que está sentada com ele, e, para ter certeza de que ouvi, ela chilreia de modo provocante "Espero que você não fique com ciúmes".

"Ele é bonito", admito. "Parece burro, mas é bonito."

"Não seja desagradável. Ele é muito bonito", diz ela e então sugere "Por que você não deixa seu cabelo daquele jeito?".

Antes desse comentário, eu era um autômato, prestando atenção apenas vagamente em Evelyn, mas agora estou em pânico, e pergunto "Qual o problema com meu cabelo?". Em questão de segundos, minha raiva quadruplica. "Que diabos há de errado com meu cabelo?" Toco levemente nele.

"Nada", diz ela, percebendo como fiquei chateado. "Só uma sugestão", e então, realmente percebendo como fiquei ruborizado, "Seu cabelo está realmente... realmente ótimo". Ela tenta sorrir, mas apenas consegue parecer preocupada.

Um gole — meio copo — do J&B me acalma o bastante para dizer, olhando para Farrell, "Na verdade, a pança dele está horrorosa".

Evelyn também examina Farrell. "Ah, ele não tem pança."

"Aquilo com certeza é uma pança", digo. "Olha praquilo."

"É só o jeito como ele está sentado", diz ela, exasperada. "Oh, você está com..."

"É uma *pança*, Evelyn", ressalto.

"Ah, você tá maluco." Ela gesticula pra eu parar. "Um lunático."

"Evelyn, o homem *mal* tem trinta anos."

"E daí? Nem todo mundo curte levantar peso que nem você", diz ela, aborrecida, olhando de volta para o menu.

"Eu não 'levanto peso'", suspiro.

"Ah, então vai lá e dá um soco no nariz dele, seu brigão", diz ela, me fazendo calar. "Realmente não me importo."

"Não me teste", aviso, e então, olhando de volta para Farrell, profiro "Que esquisitão".

"Meu deus, Patrick. Você não tem o direito de ficar tão ressentido", diz Evelyn com raiva, ainda encarando o menu. "Sua animosidade não tem base nenhuma. Você deve ter mesmo algum problema."

"Olha o terno dele", aponto, incapaz de me conter. "Olha o que ele está usando."

"Ah, e *daí*, Patrick." Ela vira uma página, descobre que não há nada nela e volta para a página que estava estudando antes.

"Não ocorreu a ele que um terno desses poderia inspirar *desprezo*?", pergunto.

"Patrick, você está parecendo um *lunático*", diz ela, balançando a cabeça, agora dando uma olhada na lista de vinhos.

"Putaqueopariu, Evelyn. O que você quer dizer com *sendo*?", digo. "Eu *sou* a porra de um lunático."

"Precisa militar por isso?", pergunta.
"Sei lá." Dou de ombros.
"Enfim, eu ia te contar o que aconteceu com Melania e Taylor e..." Ela percebe algo e na mesma frase acrescenta, suspirando, "... para de olhar pros meus peitos, Patrick. Olha para *mim*, *não* pros meus peitos. Enfim, de qualquer forma, Taylor Grassgreen e Melania estavam... Você conhece Melania, ela estudou em Sweet Briar. O pai dela é dono de todos aqueles bancos em Dallas. E Taylor estudou em Cornell. De qualquer forma, eles deveriam se encontrar no Cornell Club e depois tinham uma reserva no Mondrian às sete, e ele estava usando..." Ela para, recomeça. "Não. Le Cygne. Eles estavam indo para o Le Cygne e Taylor estava..." Ela para de novo. "Nossa, era o Mondrian *mesmo*. Mondrian às sete, e ele estava usando um terno da Piero Dimitri. Melania estava fazendo compras antes. Acho que tinha ido ao Bergdorf's, mas não tenho certeza — mas enfim, ah, sim... *era* o Bergdorf's porque ela estava usando o cachecol no escritório no outro dia, então, enfim, ela ia pra aula de ginástica ou algo assim fazia dois dias e eles foram assaltados numa das..."
"Garçom?", chamo alguém de passagem. "Outra bebida? J&B?" Aponto para o copo, chateado por ter formulado isso como uma pergunta em vez de um comando.
"Você não quer saber o que aconteceu?", pergunta Evelyn, insatisfeita.
"Com o fôlego suspenso", suspiro, sem nenhum interesse. "Mal posso esperar."
"De qualquer forma, aconteceu a coisa mais engraçada", começa.
Estou absorvendo o que você está me dizendo, estou pensando. Percebo a falta de carnalidade dela e pela primeira vez isso me incomoda. Antes, era o que me atraía em Evelyn. Agora sua ausência me aborrece, parece sinistra, me provoca um pavor indefinido. Em nossa última sessão — ontem, na verdade — o psiquiatra que estou vendo nos últimos dois meses perguntou "Que método de contracepção você e Evelyn usam?" e suspirei antes de responder, meus olhos fixos num arranha-céu do lado de fora da janela, então na pintura acima da mesinha de vidro da Turchin, uma reprodução visual gigante de um equalizador gráfico por outro artista, não Onica. "O emprego dela." Quando ele perguntou sobre o ato sexual preferido dela, respondi, completamente sério, "Encerramento". Pouco ciente de que se não fosse pelas pessoas no restaurante eu teria pego os hashis de jade na mesa e enfiado com força nos olhos de Evelyn e os dividido em dois, aceno, fingindo ouvir, mas já deixei pra lá e

não faço a coisa com os hashis. Em vez disso, peço uma garrafa de Chassagne Montrachet.

"Não é engraçado?", pergunta Evelyn.

Rindo casualmente junto com ela, os sons saindo de minha boca carregados de desprezo, admito, "Hilário". Digo isso de repente, vazio. Meu olhar traça a fila de mulheres no bar. Eu gostaria de foder com alguma delas? Provavelmente. A gostosa de pernas compridas bebericando um kir no último banco? Talvez. Evelyn está agonizando entre a uva maché e a *salade gumbo* ou a salada de beterraba gratinada, nozes, folhas verdes e endívias, e de repente me sinto como se estivesse empanturrado de clonazepam, um anticonvulsivo, e que não estivesse me fazendo nada bem.

"Meu deus, vinte dólares pela porra de um rolinho de ovo?", resmungo, estudando o menu.

"É de creme com porco moo shu, levemente grelhado", diz ela.

"É a porra de um rolinho de ovo", protesto.

Evelyn retruca "Você é tão *educado*, Patrick".

"Não." Dou de ombros. "Apenas racional."

"Estou desesperada por um pouco de Beluga", diz ela. "Querido?"

"Não", digo.

"Por que não?", pergunta ela, fazendo beiço.

"Porque não desejo nada vindo de uma lata ou que seja iraniano", suspiro.

Ela funga com arrogância e olha de volta para o menu. "A jambalaya moo foo é realmente de primeira", escuto ela dizer.

Os minutos passam. Pedimos. A comida chega. Tipicamente, meu prato é enorme, de porcelana branca; duas peças de sashimi de olhete enegrecido com gengibre estão no meio, rodeadas por pontículos de wasabi, por sua vez rodeados por uma minúscula quantidade de hijiki, e no topo do prato há um único camarão pequeno; outro, ainda menor, está retorcido no fundo, o que me confunde, já que pensei que primariamente era um restaurante japonês. Encaro o prato por um longo tempo e, quando peço um pouco d'água, nosso garçom aparece com um pimenteiro em vez disso, e insiste em ficar perto da nossa mesa, nos perguntando constantemente em intervalos de cinco minutos se gostaríamos de "um pouco de pimenta, talvez?" ou "mais pimenta?", e assim que o imbecil vai para outra mesa, cujos dois ocupantes, posso ver com o rabo do olho, cobrem os pratos com as mãos, aceno para o maître e digo: "Você poderia, por favor, falar para o garçom com a pimenta parar de vir a nossa mesa? Não queremos pimenta. Não pedimos nada que *fica bom* com pimenta. Nada de *pimenta*. Manda ele cair fora".

"Claro. Peço desculpas." O maître se curva com humildade.

Envergonhada, Evelyn pergunta "Precisa ser tão abertamente *educado*?".

Solto o garfo e fecho os olhos. "Por que você constantemente debilita minha estabilidade?"

Ela respira fundo. "Vamos apenas conversar. Sem interrogatório, ok?"

"Sobre o quê?", rosno.

"Escuta", diz ela. "O evento social dos Jovens Republicanos no Pla..." Ela para como se lembrando de algo, então continua, "no *Trump* Plaza é na próxima quinta." Quero dizer que não vou poder ir, rezando a deus para que ela tenha outros planos, ainda que duas semanas antes, bêbado e chapado de pó no Mortimer's ou no Au Bar, eu a tenha *convidado*, pelo amor de deus. "Vamos?"

Após uma pausa, "Acho que sim", respondo, carrancudo.

Para a sobremesa, planejei algo especial. Num café da manhã de negócios no '21' Club com Craig McDermott, Alex Baxter e Charles Kennedy, roubei um odorizador de mictório do banheiro masculino quando o zelador não estava olhando. Em casa, eu o cobri com xarope de chocolate barato, congelei, e então o coloquei numa caixa de Godiva vazia, fazendo um laço de seda em volta, e agora, no Luke, quando peço licença para ir ao banheiro, em vez disso vou até a cozinha, depois de passar no bengaleiro para apanhar o pacote, e peço ao nosso garçom para apresentar isso à mesa "na caixa", e dizer à dama sentada lá que o sr. Bateman ligou mais cedo para pedir isso especialmente para ela. Chego até a falar, abrindo a caixa, para ele colocar uma flor lá, algo assim, e lhe passo uma nota de cinquenta. Ele serve após um tempo adequado, depois que nossos pratos foram retirados, e fico impressionado pelo modo como ele transformou isso em algo grande; chegou a colocar uma cúpula de prata em cima da caixa, e Evelyn arrulha com deleite quando ele a levanta, dizendo "Voi-ra", e ela faz um movimento até a colher que ele colocou ao lado de seu copo d'água (que confirmo se está vazio), e, se virando para mim, Evelyn diz "Patrick, isso é tão gentil", e aceno para o garçom, sorrindo, e gesticulo em recusa quando ele tenta colocar uma colher do meu lado da mesa.

"Você não vai querer?", pergunta Evelyn, preocupada. Ela suspira acima do odorizador de mictório coberto de chocolate com ansiedade, disposta. "*Adoro* Godiva."

"Não estou com fome", digo. "O jantar... me encheu."

Ela se curva, cheirando o círculo marrom, e, captando o odor de algo (provavelmente desinfetante), me pergunta, agora desanimada, "Tem... certeza?".

"Tenho, querida", digo. "Quero que você coma. Não tem muito aí."

Ela dá a primeira mordida, mastigando com esforço, imediatamente e obviamente com nojo, e então engole. Evelyn estremece, faz uma careta, mas tenta sorrir enquanto dá outra colherada, com hesitação.

"Está bom?", pergunto. "Vamos, coma. Não está envenenado nem nada."

O rosto dela, retorcido de desprazer, consegue empalidecer de novo, como se estivesse engasgando.

"O quê?", pergunto, sorrindo. "O que foi?"

"Tem muita..." A face dela agora é uma grande máscara de careta agonizante e, estremecendo, ela tosse "... menta". Mas tenta sorrir em apreciação, o que se torna uma impossibilidade. Ela estica o braço na direção do meu copo e engole a água de uma só vez, desesperada para livrar sua boca do gosto. Então, percebendo como pareço preocupado, tenta sorrir, dessa vez em desculpa. "É só que tem..." — ela estremece de novo — ".... que tem... tanta *menta*."

Para mim ela parece uma formigona preta — uma formigona preta num Christian Lacroix original — comendo um odorizador de mictório, e quase começo a rir, mas também quero que ela fique tranquila. Não desejo que ela pense melhor se deveria terminar o odorizador de mictório. Mas ela não consegue comer mais, e com apenas duas mordidas, fingindo estar cheia, ela empurra para longe o prato contaminado, e nesse momento começo a me sentir estranho. Apesar de ter me regozijado com ela comendo aquele troço, isso também me deixa triste, e de repente me lembra que não importa o quanto tenha sido satisfatório ver Evelyn comer algo sobre o qual eu, e inúmeros outros, haviam mijado, no final o desprazer que isso causou nela foi às *minhas* custas — é um anticlímax, uma desculpa fútil para aguentá-la durante três horas. Minha mandíbula começa a travar, relaxar, travar, relaxar, involuntariamente. Há música sendo tocada em algum local, mas não consigo ouvir. Evelyn pergunta ao garçom, roucamente, se talvez conseguisse arranjar para ela pastilhas Life Savers da deli coreana do outro lado do quarteirão.

Então, de forma tão simples, o jantar alcança o ápice de sua crise, quando Evelyn afirma "Quero um compromisso sério".

A noite já havia se deteriorado consideravelmente, então esse comentário não arruína tudo nem me deixa despreparado, porém a irracionalidade de nossa situação está me sufocando, e empurro meu copo d'água de volta para Evelyn, e peço ao garçom para retirar o odorizador de mictório comido pela metade. Minha resistência para a noite morre no segundo que a sobremesa é levada. Pela primeira vez percebo que nos últimos dois anos ela tem me visto não com adoração, mas com algo mais próximo da ganância. Alguém finalmente traz um copo d'água para ela junto com uma garrafa de Evian que não a ouvi pedir.

"Acho, Evelyn, que..." Começo, hesito, recomeço. "... que perdemos contato."

"Por quê? Qual o problema?" Ela está acenando para um casal — Lawrence Montgomery e Geena Webster, acho — e do outro lado do salão Geena (?) ergue a mão, em cujo braço há um bracelete. Evelyn acena em aprovação.

"Minha... minha *necessidade* de me engajar em... comportamento homicida numa escala massiva é impossível de ser, hum, corrigida", falo para ela, mensurando cada palavra com cuidado. "Mas eu... não tenho outro modo de expressar minhas... necessidades bloqueadas." Fico surpreso com o modo como essa admissão me deixa emocionado, e isso tira um peso de mim; me sinto leve. Como de costume, Evelyn deixa passar a essência do que estou dizendo, e me pergunto quanto tempo finalmente levarei para me livrar dela.

"Precisamos conversar", digo baixinho.

Ela baixa seu copo d'água vazio e me encara. "Patrick", começa. "Se você vai começar de novo com esse papo de que preciso de próteses nos seios, vou *embora*", avisa.

Penso a respeito, e digo "Acabou, Evelyn. Acabou tudo".

"Comovente, comovente", diz ela, gesticulando para o garçom por mais água.

"Estou falando sério", digo baixinho. "Essa porra acabou. Nós. Não é piada."

Ela olha de volta para mim, e acho que talvez *alguém* esteja mesmo compreendendo aonde estou tentando chegar, mas então responde "Vamos só deixar esse assunto pra lá, tudo bem? Desculpa por ter dito qualquer coisa. Agora, vamos tomar café?". Mais uma vez ela acena para o garçom.

"Vou tomar um espresso descafeinado", diz Evelyn. "Patrick?"

"Vinho do porto", suspiro. "Qualquer tipo de vinho do porto."

"Gostaria de ver...", começa o garçom.

"Só o vinho do porto mais caro", interrompo. "E, ah sim, uma cerveja encorpada."

"Nossa", murmura Evelyn depois que o garçom sai.

"Você ainda está vendo seu analista?", pergunto.

"Pa*trick*", avisa ela. "*Quem*?"

"Desculpa", suspiro. "Seu *médico*."

"Não." Ela abre sua bolsa de mão, procurando algo.

"Por que não?", pergunto, preocupado.

"Eu já disse o motivo", responde com desdém.

"Mas não me lembro", retruco, imitando-a.

"No final de uma sessão ele me perguntou se eu poderia arrumar lugar para ele e mais três no Nell's naquela noite." Ela confere a boca e os lábios no espelho do estojo. "Por que a pergunta?"

"Porque acho que você precisa ver alguém", começo, hesitante, honestamente. "Acho que você anda emocionalmente instável."

"*Você* tem um pôster de Oliver North em seu apartamento e está falando que *eu* sou instável?", pergunta ela, buscando algo mais na bolsa de mão.

"Não. *Você* está, Evelyn", digo.

"Exagerando. Você está exagerando", diz ela, vasculhando a bolsa, sem olhar para mim.

Suspiro, mas então começo com gravidade, "Não vou forçar a barra, mas...".

"Que incomum em você, Patrick", diz ela.

"Evelyn. Isso tem que acabar", suspiro, falando com meu guardanapo. "Tenho vinte e sete anos. Não quero o peso de um compromisso."

"Querido?", pergunta ela.

"Não me chame disso", disparo.

"De quê? De querido?", pergunta.

"Sim", disparo de novo.

"Do que você *deseja* que eu te chame?", pergunta ela, com indignação. "CEO?", ela sufoca uma risadinha.

"Minha nossa."

"Não, é sério, Patrick. Do que você deseja que eu te chame?"

Rei, estou pensando. Rei, Evelyn. Desejo que você me chame de Rei. Mas não digo isso. "Evelyn. Não quero que você me chame de nada. Acho que a gente não deveria se ver mais."

"Mas seus amigos são meus amigos. Meus amigos são seus amigos. Acho que isso não daria certo", afirma ela, e então, encarando um ponto acima da minha boca, "Você está com uma sujeirinha acima do lábio. Use seu guardanapo".

Exasperado, esfrego a sujeira. "Escuta, sei que seus amigos são meus amigos e vice-versa. Pensei a respeito." Após uma pausa afirmo, respirando fundo, "Pode ficar com eles".

Por fim, ela olha para mim, confusa, e murmura, "Você está mesmo falando sério, não é?".

"Sim", digo. "Estou."

"Mas... E nós? E o passado?", pergunta ela de modo vazio.

"O passado não é real. É só um sonho", digo. "Não me fale do passado."

Ela estreita os olhos, desconfiada. "Você tem algo contra mim, Patrick?", e então a seriedade de seu rosto muda instantaneamente para a expectativa, talvez esperança.

"Evelyn", suspiro. "Me desculpa. Você apenas... não é essencialmente importante... pra mim."

Sem perder um segundo, ela indaga "Bem, e *quem* é? Quem você acha *importante*, Patrick? Quem você *deseja*?". Depois de uma pausa raivosa, ela pergunta "Cher?".

"Cher?", pergunto de volta, confuso. "*Cher*? Do que você está falando? Ah, esquece. Quero que acabe. Preciso de sexo regular. Preciso me distrair."

Em questão de segundos, ela fica frenética, mal sendo capaz de conter a histeria crescente que perpassa seu corpo. Não estou desfrutando disso como imaginei. "Mas e o passado? *Nosso* passado?", pergunta de novo, inutilmente.

"Nem *mencione*", digo a ela, me curvando.

"Por que *não*?"

"Porque não chegamos a compartilhar um de verdade", digo, evitando elevar a voz.

Ela se acalma e, me ignorando, abrindo de novo a bolsa de mão, comenta, "Patológico. Seu comportamento é patológico".

"O que *isso* significa?", pergunto, ofendido.

"Repugnante. Seu caso é patológico. Ela encontra uma caixa de comprimidos da Laura Ashley e abre com um estalo.

"Meu caso é *o quê*?", pergunto, tentando sorrir.

"Esquece." Ela toma um comprimido que não reconheço e bebe minha água para fazê-lo descer.

"*Meu* caso é patológico? *Você* vem dizer *pra mim* que *meu caso* é patológico?", pergunto.

"Vemos o mundo de maneiras diferentes, Patrick." Ela funga.

"Graças a deus", digo com perversidade.

"Você é desumano", diz ela, tentando, acho, não chorar.

"Estou..." — hesito, tentando me defender — "... em contato com... a humanidade."

"Não, não, não." Ela balança a cabeça.

"Sei que meu comportamento às vezes é... errático", digo, atrapalhado.

De repente, desesperadamente, ela pega minha mão do outro lado da mesa e puxa para mais perto de si. "O que você quer que eu faça? O que é que você quer?"

"Ah, Evelyn", resmungo, tirando minha mão, chocado por finalmente terminar com ela.

Ela está chorando. "O que você quer que eu faça, Patrick? Me diga. Por favor", suplica.

"Você deveria... meu deus, não sei. Usar roupa de baixo erótica?", digo, chutando. "Nossa, Evelyn, não sei. Nada. Você não pode fazer nada."

"Por favor, o que eu posso fazer?", soluça baixinho.

"Sorrir menos? Entender mais sobre carros? Falar meu nome com menos regularidade? É isso o que você quer ouvir?", pergunto. "Não vai mudar nada. Você nem sequer bebe cerveja", resmungo.

"Mas você também não bebe cerveja."

"Isso não importa. Além disso, acabo de pedir uma. Então..."

"Ah, Patrick."

"Se você quer mesmo fazer algo por mim, poderia parar de fazer uma cena agora mesmo", digo, olhando pelo salão com desconforto.

"Garçom?", pede ela, assim que ele coloca na mesa o espresso descafeinado, o vinho do porto e a cerveja encorpada. "Vou querer uma... vou querer uma... o quê?" Ela olha para mim em lágrimas, confusa e em pânico. "Uma Corona? É isso o que você bebe, Patrick? Uma Corona?"

"Meu deus. Desista. Por favor, desculpe por isso", digo ao garçom, e assim que ele sai, "Ah, tá bom, uma Corona. Só que estamos na porra de um bistrô chinês-*cajun* então..."

"Meu deus, Patrick", soluça, assoando o nariz no lenço que joguei para ela. "Você é tão sem jeito. Você é... desumano."

"Não, eu sou..." Hesito mais uma vez.

"Você... não é..." Ela para, limpando o rosto, incapaz de concluir.

"Não sou o quê?", pergunto, esperando, interessado.

"Você não é..." — ela funga, olha para baixo, os ombros pesados — "... alguém presente. Você..." — ela engasga — "... não acrescenta nada."

"Acrescento, sim", respondo indignado, me defendendo. "Eu também acrescento sim."

"Você é um monstro", soluça.
"Não, não", digo, confuso, observando-a. "*Você* que é um monstro."
"Meu deus", geme ela, fazendo as pessoas na mesa ao lado olharem para nós, depois para outro canto. "Não posso acreditar."
"Vou embora agora", digo com calma. "Avaliei a situação e estou indo."
"Não", diz ela, tentando segurar minha mão. "Não vá."
"Estou indo, Evelyn."
"Para onde você está indo?" De repente, ela parece notavelmente composta. Estava tomando cuidado para não deixar as lágrimas, que percebi que na verdade eram bem poucas, afetarem a maquiagem. "Me diga, Patrick, para onde você está indo?"
Coloquei um charuto na mesa. Ela está chateada demais para chegar a comentar. "Só estou indo embora", não digo mais nada.
"Mas *para onde*?", pergunta ela, mais lágrimas se empoçando nos olhos. "Para onde você está indo?"
Todos no restaurante dentro de uma distância aural particular parecem estar desviando os olhares.
"Para onde você está indo?", pergunta de novo.
Não comento nada, perdido em meu próprio labirinto particular, pensando em outras coisas: mandados, ofertas de ações, remuneração com ações, LBOs, ofertas públicas, finanças, refinanciamentos, debêntures, conversões, procurações, formulários 8-K, formulários 10-Q, cupons de juros, pagamento em bens, PNBs, FMI, apetrechos executivos do momento, bilionários, Kenkichi Nakajima, infinidade, Infinity, a velocidade de um carro de luxo, resgates, investimentos arriscados, se deveria cancelar minha assinatura da *Economist*, a véspera de Natal em que eu tinha catorze anos e estuprei uma de nossas empregadas, Inclusivity, invejar a vida de alguém, se é possível sobreviver a um crânio fraturado, espera em aeroportos, sufocar um grito, cartões de crédito e o passaporte de alguém e uma cartela de fósforos do La Côte Basque com sangue espirrado por cima, superfície superfície superfície, um Rolls é um Rolls é um Rolls. Para Evelyn, nossa relação é amarela e azul, mas para mim ela é um lugar cinzento, em sua maior parte o filme em minha cabeça, escuro e estourado, são tomadas intermináveis de pedras e qualquer língua ouvida é completamente estrangeira, o som estalando sobre novas imagens: sangue derramando de caixas eletrônicos, mulheres parindo pelo cu, embriões congelados ou destroçados (o quê?), ogivas nucleares, bilhões de dólares, a destruição completa do mundo, alguém é espancado, outro morre, às vezes sem sangue, com mais frequência

por tiro de rifle, assassinatos, comas, a vida encenada como numa sitcom, uma tela em branco que se reconfigura numa novela. Como ala de isolamento que serve apenas para expor minha própria capacidade de me sentir bastante desajustado. Estou no centro, fora de época, e ninguém jamais me pede alguma identificação. De repente, imagino o esqueleto de Evelyn, retorcido e em farelos, e isso me alegra. Levo muito tempo para responder à pergunta — *Para onde você está indo?* —, mas, após bebericar do vinho do porto, e então da cerveja encorpada, enfim despertando, digo a ela, ao mesmo tempo pensando: Se eu fosse um autômato de verdade qual seria mesmo a diferença?

"Líbia", e então, após uma pausa significante, "Pago Pago. Quis dizer Pago Pago", e então acrescento "Por causa de seu chilique não vou pagar a conta hoje".

TENTATIVAS DE COZINHAR E DEVORAR UMA GAROTA

Alvorecer. Meados de novembro. Incapaz de dormir, contorcido em meu futon, ainda de terno, a cabeça com a sensação de que alguém acendeu uma fogueira em cima dela, dentro dela, uma dor constante e excruciante que mantém meus dois olhos abertos, completamente desamparados. Não há drogas, comida, bebida que possa apaziguar a intensidade dessa dor crescente; todos os meus músculos estão rígidos, todos os meus nervos queimando, em chamas. Estou tomando um Sominex por hora desde que saí do Dalmane, mas nada funciona de verdade e logo a própria caixa de Sominex se esvazia. Coisas estão jogadas no canto do meu quarto: um par de sapatos femininos da Edward Susan Bennis Allen, uma mão sem o polegar e o indicador, a nova edição da *Vanity Fair* manchada com o sangue de alguém, uma cinta cummerbund encharcada de sangue coagulado, e bafejando da cozinha para o quarto o cheiro fresco de sangue cozinhando, e, quando cambaleio da cama até a sala, as paredes estão latejando, o fedor de decomposição empesteia tudo. Acendo um charuto, esperando que a fumaça disfarce ao menos um pouco disso.

Os peitos dela foram cortados fora e parecem azuis e vazios, os bicos com um tom de marrom confuso. Rodeado por sangue negro seco, estão postos, um tanto delicadamente, num prato de porcelana que comprei no Pottery Barn, em cima da jukebox Wurlitzer no canto, embora eu não me lembre de ter feito isso. Também raspei toda a pele e os músculos do rosto dela, de modo que ela parece uma caveira com uma longa e flutuante mecha de cabelo ensanguentado caindo de si, conectado a um cadáver inteiro e gelado; os olhos estão abertos, os próprios globos oculares pendurados nas órbitas pelos nervos. A maior parte do peitoral indistinguível do pescoço, que parece carne desfiada, o estômago parecendo uma lasanha de berinjela e queijo de cabra do Il Marlibro ou algum outro tipo de comida de cachorro, as cores dominantes sendo vermelho, branco e marrom. Uma pequena parte dos intestinos está esparramada por uma parede e outra está enrolada em bolas pela mesinha de vidro como compridas cobras azuis, vermes mutantes. Os nacos de pele restantes no corpo são de um azul-acinzentado, da cor de papel-alumínio. A vagina dela soltou um fluido xaroposo amarronzado que cheira como um animal doente, como se aquele rato tivesse sido forçado de volta para dentro e fosse digerido ou algo assim.

Passo os quinze minutos seguintes fora de mim, puxando um cordão intestinal azulado, a maior parte ainda conectada ao corpo, e socando em minha boca, engasgando com ele, e ele parece molhado na minha boca, e está cheio com algum tipo de pasta que cheira mal. Após uma hora escavando, separo a medula espinhal dela e, sob um nome diferente, decido enviar pelo Federal Express o troço envolto em tecido, sem limpar, para Leona Helmsley. Desejo beber o sangue dessa garota como se fosse champanhe e enfio minha cara toda no que restou da barriga, arranhando minha mandíbula numa costela quebrada enquanto eu mastigava. O novo televisor enorme está num dos cômodos, primeiro com o *Patty Winters Show* bem alto, cujo tema hoje é Laticínios Humanos, então um programa de auditório, *Roda da Fortuna*, e o aplauso da plateia no estúdio soa como se estivesse fora do ar sempre que uma letra nova é mostrada. Com uma mão encharcada de sangue, respirando fundo, afrouxo uma gravata que ainda estou usando. Eis minha realidade. Tudo fora disso é como algum filme que eu já tenha visto certa vez.

Na cozinha, tento preparar bolo de carne com a garota, mas isso se torna uma tarefa muito frustrante e em vez disso passo a tarde espalhando sua carne pelas paredes, mastigando tiras de pele que arranquei do corpo dela, então descanso assistindo uma fita da última semana da nova sitcom da CBS, *Murphy Brown*. Depois disso e de um copo grande de J&B, estou de volta à cozinha. A cabeça no micro-ondas agora está completamente preta e sem cabelos, e a coloco num pote de latão no fogão numa tentativa de cozinhar qualquer carne restante que tenha me esquecido de raspar. Enfiando o resto do corpo em um saco de lixo — meus músculos, besuntados de pomada Bengay, facilmente manuseando o peso morto —, decido usar o que quer que tenha restado dela em alguma espécie de linguiça.

Um CD de Richard Marx está tocando no estéreo, uma sacola da Zabar's cheia de temperos e bagels de levedura com cebolas está na mesa da cozinha enquanto trituro osso, gordura e carne para empadas, e apesar de, na verdade, ser envetualmente bombardeado pelo pensamento de que parte do que estou fazendo é inaceitável, apenas me lembro que essa coisa, essa garota, essa carne, não é nada, é merda, e junto com um Xanax (que agora estou tomando a cada meia hora), esse novo pensamento me acalma momentaneamente, e então cantarolo e cantarolo o tema de um programa que eu via com frequência quando era criança — *Os Jetsons*? *Os Banana Splits*? *Scooby-Doo*? *Sigmund and the Sea Monsters*? Estou me lembrando da canção, da melodia, mesmo da nota em que ela é cantada, mas não do programa. Era *Lidsville*? Era *A Flauta Mágica*? Essas perguntas são pontuadas por outras perguntas, tão diversas quanto "Um dia cumprirei pena?" e "Essa garota tinha um coração confiável?". O cheiro de carne e sangue paira pelo condomínio até eu não perceber mais. E mais tarde minha alegria macabra azeda, e estou chorando sozinho, incapaz de encontrar consolo, gritando, soluçando, "Eu só quero ser amado", xingando a Terra e tudo o que me ensinaram: princípios, distinções, escolhas, moral, compromissos, conhecimento, unidade, oração — tudo isso era errado, sem um propósito. Tudo se resumia a: morrer ou se adaptar. Imagino meu próprio rosto vazio, a voz desincorporada saindo desta boca: *Estes são tempos terríveis*. Larvas já se contorcem sobre a salsicha humana, a baba escorrendo de meus lábios cai em cima delas, e ainda sou incapaz de dizer se estou preparando isso corretamente, pois estou chorando demais e jamais cozinhei qualquer coisa antes.

COM UMA UZI NA ACADEMIA

Numa noite sem lua, na seriedade dos armários da Xclusive, após treinar por duas horas me sinto bem. A arma em meu armário é uma Uzi que me custou setecentos dólares e apesar de também estar carregando uma Ruger Mini (469 dólares) em minha pasta da Bottega Veneta e ela ser a favorita da maioria dos caçadores, ainda não gosto de sua aparência; há algo de mais viril numa Uzi, algo dramático a respeito dela que me deixa empolgado, e ali sentado, walkman na cabeça, um par de shorts de ciclista de lycra pretos de duzentos dólares, um Valium começando a fazer efeito, encaro a escuridão do armário, tentado. O estupro e subsequente assassinato de uma estudante da NYU atrás do Gristede's na Cidade Universitária, perto do dormitório dela, apesar do horário inapropriado, e independentemente de como esse descuido tenha sido descaracterizado, foi altamente satisfatório e, apesar de estar despreparado devido a minha mudança de espírito, estou num humor reflexivo e guardo a arma, que para mim é um símbolo de ordem, de volta no armário, para ser usada em outra ocasião. Tenho fitas para devolver, dinheiro para sacar de um caixa automático, e uma reserva para jantar no 150 Wooster que foi difícil de conseguir.

PSICOPATA AMERICANO
BRET EASTON ELLIS

FUGA EM NOVA YORK

Noite de quinta-feira, no Bouley, em No Man's Island, um jantar um tanto esquecível, mesmo depois de eu falar para a mesa "Escutem, caras, minha vida é o inferno na Terra", eles me ignorarem completamente, o grupo reunido (Richard Perry, Edward Lampert, John Constable, Craig McDermott, Jim Kramer, Lucas Tanner) continuando a discutir sobre alocação de ativos, que ações parecem melhor para a década seguinte, gostosas, imóveis, ouro, por que vínculos a longo prazo são muito arriscados agora, o colarinho aberto, portfólios, como usar o poder efetivamente, novos exercícios, Stolichnaya Cristall, melhores maneiras de impressionar pessoas muito importantes, vigilância eterna, o melhor da vida, aqui no Bouley parece que não consigo me controlar, aqui num local que contém toda uma multidão de vítimas, ultimamente não consigo deixar de vê-las por toda parte — em reuniões de negócios, boates, restaurantes, em táxis passando e em elevadores, na fila de caixas eletrônicos e em fitas pornô, no David's Cookies e na CNN, por toda parte, todas elas com algo em comum, são *presas*, e durante o jantar eu quase me desprendo, mergulhando quase que num estado de vertigem que me força a pedir licença antes da sobremesa, durante a qual vou ao banheiro, cheiro uma carreira de cocaína, pego meu sobretudo de lã da Giorgio Armani e a magnum .357 que mal está escondida dentro dele no bengaleiro, prendo um coldre e então estou do lado de fora, mas no *Patty Winters Show* de hoje houve uma entrevista com um homem que tocou fogo na filha enquanto ela estava dando à luz, no jantar comemos tubarão...

... em Tribeca está enevoado, céu prestes a chover, os restaurantes aqui quase vazios, depois de meia-noite as ruas remotas, irreais, o único sinal de vida humana sendo alguém tocando um saxofone numa esquina da Duane Street, na porta do que costumava ser o DuPlex, que agora é um bistrô abandonado que fechou mês passado, um jovem, barbudo, boina branca, tocando um solo de saxofone muito bonito, mas clichê, aos pés dele um guarda-chuva aberto com um dólar, úmido, e uns trocados dentro, incapaz de resistir ando até ele, escutando a música, algo de *Les Misérables*, ele se dá conta de minha presença, acena, e, enquanto fecha os olhos — levantando o instrumento, curvando a cabeça para trás durante o que acho que ele pensa ser um momento apaixonado —, com um movimento fluido, tiro a magnum .357 do coldre e, sem querer chamar atenção de alguém na vizinhança, enrosco um silenciador na arma, um vento frio de outono varre a rua, nos engolfando, e quando a vítima abre os olhos, avistando a arma, para de tocar, a ponta do saxofone ainda na boca, e também paro, acenando para ele continuar, e, hesitante, ele obedece, então aponto a arma para seu rosto e no meio de uma nota puxo o gatilho, mas o silenciador não funciona, e no mesmo instante que um enorme anel carmesim surge na nuca dele o som estrondoso do tiro me ensurdece, atônito, seus olhos ainda vivos, ele cai de joelhos, então, em cima do saxofone, uso todo o pente, e o substituo por um carregado, e acontece algo ruim...

... pois enquanto estou fazendo isso não percebi a viatura andando atrás de mim — fazendo o quê? Só deus sabe, entregando tíquetes de estacionamento? — e depois do barulho da magnum ecoar, desaparecer, a sirene da viatura perfura a noite, saindo do nada, fazendo meu coração palpitar, começo a me afastar do corpo, tremendo, devagar, no começo de modo casual, como se fosse inocente, então desato a correr, a mil, a viatura cantando pneu atrás de mim, por um alto-falante um policial grita inutilmente "alto pare alto baixe sua arma", ignorando-os viro à esquerda na Broadway, seguindo para o City Hall Park, desviando num beco, a viatura me segue, mas só até a metade, pois o beco se estreita, uma crepitação de centelhas azuis saindo antes de ficar presa e corro para fora do beco com o máximo de velocidade possível até a Church Street, onde aceno para um táxi, salto no banco da frente e grito pro motorista, um jovem iraniano pego completamente de surpresa, "sai correndo da porra do carro agora, não dirija", estou apontando a arma para ele, bem no rosto, mas ele entra em pânico, e grita num inglês desfigurado "não atira em mim por favor não me mata" com as mãos para cima, e resmungo "que merda" e grito de novo "anda, porra", mas ele está apavorado, "ai não atira em mim cara não atira", então resmungo com impaciência para mim mesmo "ah, vai tomar no cu" e, aproximando a arma do rosto do motorista, puxo o gatilho, a bala destrói sua cabeça, a parte ao meio como uma melancia vermelho-escuro contra o para-brisa, e estico o braço até ele, abro a porta, empurro o cadáver para fora, bato a porta, começo a dirigir...

... num pico de adrenalina que me faz arfar, consigo avançar apenas algumas quadras, em parte por causa do pânico, principalmente por causa do sangue, dos miolos, dos nacos de cabeça cobrindo o para-brisa, e quase não consigo evitar uma colisão com outro carro na Franklin — será? — com a Greenwich, fazendo uma curva brusca para a direita com o táxi, desviando da lateral de uma limusine estacionada, então coloco a ré, canto pneu para a rua, ligo o limpador de para-brisas percebendo tarde demais que o sangue esparramado pelo vidro está *dentro*, tento limpar com uma mão enluvada, e correndo às cegas pela Greenwich perco o controle completamente, o táxi desvia de uma deli coreana, ao lado de um restaurante de karaokê chamado Lotus Blossom aonde já fui com clientes japoneses, o táxi batendo em barracas de frutas, estilhaçando uma parede de vidro, o corpo de um caixa se chocando com o capô, Patrick tenta dar a ré no táxi, mas nada acontece, ele cambaleia para fora do carro, se escorando nele, um silêncio de abalar os nervos se segue, "parabéns, Bateman", resmunga, mancando para fora da loja, o corpo no capô gemendo em agonia, Patrick sem ideia de onde surgiu o policial correndo atrás dele pela rua, ele está gritando algo em seu walkie-talkie, pensando que Patrick está estupefato, mas Patrick o surpreende ao atacar antes que o policial alcance sua arma e o nocauteia na calçada...

... as pessoas do Lotus Blossom agora estão de pé, encarando, absortos, as ferragens, ninguém ajudando o policial enquanto os dois homens deitados se enfrentam na calçada, o policial em cima de Patrick chiando com o esforço, tentando arrancar a magnum de sua mão, mas Patrick se sente infectado, como se em vez de sangue corresse gasolina por suas veias, o vento fica mais forte, a temperatura baixa, começa a chover, mas eles rolam para a rua com suavidade, Patrick não para de pensar que deveria haver música, ele força um esgar demoníaco, o coração acelerado, e com facilidade leva a arma ao rosto do policial, dois pares de mãos segurando-a, mas o dedo de Patrick puxa o gatilho, a bala fazendo uma fissura no topo do crânio do policial, ainda assim sem conseguir matá-lo, mas, baixando a mira com o auxílio do enfraquecimento da força nos dedos do oficial, Patrick dispara agora em seu rosto, a saída da bala projetando uma nuvem rosada que paira enquanto algumas das pessoas na calçada gritam, não fazem nada, se escondem, correm de volta para dentro do restaurante, e a viatura a qual Patrick pensou ter despistado no beco seguindo para a deli, luzes vermelhas piscando, cantando pneu até parar exatamente quando Patrick sobe pela sarjeta, batendo na calçada, ao mesmo tempo recarregando a magnum, se escondendo numa esquina, sendo engolfado mais uma vez pelo terror que pensava ter acabado, pensando: não tenho ideia do que fiz para aumentar as chances de ser apanhado, atirei em um saxofonista? Um *saxofonista*? Que provavelmente também era um *mímico*? Por causa *daquilo* está me acontecendo *isto*? E nas proximidades ele pode ouvir outros carros chegando, perdidos no labirinto de ruas, os policiais agora, aqui mesmo, não se importam mais com avisos, apenas começam a atirar, e ele devolve com disparos da altura de sua barriga, tendo um vislumbre dos dois policiais atrás da porta aberta da viatura, armas piscando como num filme, e isso faz Patrick perceber que está mesmo envolvido numa espécie de tiroteio, que está tentando desviar de tiros, que o sonho ameaça se desfazer, foi-se, que não está mirando direito, apenas devolvendo o chumbo de todo jeito, ali deitado, quando uma bala perdida, seis em uma nova leva, acerta o tanque de gasolina da viatura, os faróis ficam fracos antes de estourarem, mandando uma bola de fogo que sobe rapidamente na escuridão, o bulbo do poste de luz acima dele explodindo inesperadamente num rompante de centelhas verdes e amarelas, chamas engolfando os corpos dos policiais vivos e mortos, estilhaçando todas as janelas do Lotus Blossom, os ouvidos de Patrick tinindo...

... enquanto corre para a Wall Street, ainda em Tribeca, ele fica longe dos postes mais brilhantes, percebe que o bloco inteiro que está descendo foi gentrificado, então passa por uma fileira de Porsches, tenta abrir cada um e dispara uma série de alarmes de carro, o carro que ele tenta roubar é uma Range Rover preta com tração permanente nas quatro rodas, uma carcaça de alumínio igual à de aviões, num chassi de ferro, e motor V-8 com injeção eletrônica, mas não consegue encontrar um, e apesar de isso desapontá-lo ele também está intoxicado pelo redemoinho de confusão, pela cidade em si, a chuva caindo do céu frio como gelo, mas ainda bem quente na cidade, no chão, para que a névoa se dissipe pelas passagens que os arranha-céus criam no Battery Park, em Wall Street, onde quer que seja, a maioria deles um borrão caleidoscópico, e agora ele está apenas saltando por cima de um aterro, *dando uma cambalhota* por cima dele, então está correndo como um louco, correndo em disparada, seu cérebro travado no esforço físico com um pânico intenso e completo, uma desordem, e ora ele acha que um carro o está perseguindo por uma rodovia deserta, ora sente que a noite o aceita, de algum outro lugar um disparo é ouvido, mas ele não registra exatamente onde, pois a mente de Patrick está fora de sincronia, se esquecendo de seu destino, até que, como uma miragem, o prédio do seu trabalho, onde está localizada a Pierce & Pierce, surge à vista, suas luzes se apagando, de andar a andar, como trevas subindo por ele, percorrendo outros cem, duzentos metros, saltando as escadas, abaixo, aonde?, seus sentidos bloqueados pela primeira vez por medo e espanto, e absorto com a confusão ele corre para dentro do lobby do que pensa ser seu prédio, mas não, algo parece errado, o que é?, *você se mudou* (a mudança em si foi um pesadelo, apesar de Patrick agora ter um escritório melhor, as novas lojas da Barney's e Godiva adjacentes ao lobby diminuem a tensão), e ele confundiu os prédios, está apenas no elevador...

... portas, ambas trancadas, quando ele percebe o enorme Julian Schnabel no lobby e se dá conta *porra de prédio errado* e gira, fazendo uma investida louca contra as portas giratórias, mas o vigia noturno que tentou chamar atenção de Patrick antes gesticula para ele entrar, quando ele está prestes a disparar para fora do lobby, "Varando a noite, sr. Smith? O senhor se esqueceu de assinar", e, frustrado, Patrick atira nele enquanto gira uma, duas vezes pelas portas de vidro que o lançam de volta para dentro do lobby de deus sabe onde enquanto a bala atinge o vigia no pescoço, jogando-o para trás, deixando um espirro de sangue suspenso no ar momentaneamente antes de chuviscar no rosto contorcido e tenso do vigia, o zelador negro que Patrick acaba de notar estava observando a cena de um canto do lobby, esfregão na mão, balde aos pés, ergue as mãos, e Patrick atira exatamente entre seus olhos, um fio de sangue cobre seu rosto, a nuca explode num jato, atrás dele a bala arranca um pedaço de mármore, a força do estouro o lança na parede, Patrick corre para o outro lado da rua em direção à luz de seu novo escritório, quando entra...

... acenando para Gus, *nosso vigia noturno*, assinando, subindo pelo elevador, mais alto, para as trevas de seu andar, a calma enfim é restaurada, salvo no anonimato de meu novo escritório, com as mãos tremendo capaz de pegar meu telefone sem fio, olhar para meu Rolodex, exausto, olhos caindo no número de Harold Carnes, discando os sete dígitos lentamente, respirando fundo, compassadamente, decido tornar público o que, até agora, foi minha demência particular, mas Harold não está, negócios, Londres, deixo uma mensagem, admitindo tudo, sem deixar nada de fora, trinta, quarenta, uma centena de assassinatos, e enquanto estou no telefone com a secretária eletrônica de Harold surge um helicóptero com uma luz de busca, voando baixo acima do rio, um relâmpago estala no céu aberto em raios ramificados, seguindo em direção ao prédio onde estive por último, descendo para pousar no teto do prédio do outro lado da rua, o térreo do prédio já rodeado por viaturas, duas ambulâncias, e uma equipe da SWAT salta do helicóptero, uma meia dúzia de homens armados desaparece no deque de entrada do teto, holofotes estão mirando o que parece ser todos os lugares, e estou observando tudo isso com o telefone na mão, agachado ao lado da mesa, choramingando, embora não saiba a razão, na secretária eletrônica de Harold, "Deixei ela no estacionamento... perto do Dunkin' Donuts... em algum lugar no meio da cidade...", e, por fim, depois de dez minutos disso, termino concluindo, "Hum, sou um cara bem maluco", então desligo, mas ligo de volta após um bipe interminável, comprovando que minha mensagem foi mesmo gravada, e então deixo outra: "Escuta, aqui é Bateman de novo, e se você voltar amanhã posso aparecer no Da Umberto esta noite, então, sabe, fica de olho aberto", e o sol, um planeta em chamas, gradualmente ascende sobre Manhattan, outra aurora, e logo a noite se transforma em dia tão rápido que é como uma espécie de ilusão de ótica...

PSICOPATA AMERICANO
BRET EASTON ELLIS

HUEY LEWIS AND THE NEWS

A banda Huey Lewis and the News surgiu em San Francisco na cena musical nacional no começo da década, com seu álbum homônimo de pop rock lançado pela Chrysalis, apesar de eles não mostrarem a que vieram, comercial ou artisticamente, até o arrasa-quarteirão de 1983, *Sports*. Embora suas raízes fossem visíveis (blues, Memphis soul, country), *Huey Lewis and the News* parecia um tanto desejosa de lucrar com o gosto do fim dos anos 1970 e o começo dos 1980 pelo new wave, e o álbum — embora continue sendo uma estreia arrasadora — parece um pouco rígido demais, punk demais. Exemplos disso são a percussão do primeiro single, "Some of My Lies Are True (Sooner or Later)", e as palmas falsas em "Don't Make Me Do It", assim como o órgão em "Taking a Walk". Embora fosse um pouco tenso, as letras do tipo "garoto empolgado deseja garota" e a energia com que Huey Lewis, o vocalista, insinuava um frescor em todas as canções. Ter um grande primeiro guitarrista como Chris Hayes (que também faz os vocais), claro, não atrapalha. Os solos de Hayes são originais e não ensaiados, como em qualquer rock. Ainda assim o tecladista, Sean Hopper, parecia muito decidido a tocar um pouco mecanicamente demais (embora melhore na segunda metade do álbum), e a bateria de Bill Gibson era demasiadamente surda para ter muito impacto. A composição das letras também não maturou até bem depois, apesar de muitas das canções pegajosas terem laivos de anseio, arrependimento e pavor ("Stop Trying" é apenas um exemplo).

Embora os rapazes tenham nascido em San Francisco e compartilhem algumas similaridades com sua contraparte do sul da Califórnia, os Beach Boys (harmonias exuberantes, vocalização sofisticada, melodias bonitas — chegaram até a posar com uma prancha de surfe na capa do álbum de estreia), eles também levavam consigo algo da desolação e do niilismo da (felizmente agora esquecida) cena "punk rock" de Los Angeles na época. Que Jovens Furiosos! — escute Huey em "Who Cares", "Stop Trying", "Don't Even Tell Me That You Love Me", "Trouble in Paradise" (os títulos dizem tudo). Huey atinge suas notas como um sobrevivente amargurado, e a banda geralmente soa como artistas tão raivosos quanto The Clash, Billy Joel ou Blondie. Ninguém deveria esquecer que, para começo de conversa, devemos agradecer a Elvis Costello pela descoberta de Huey. Huey tocou gaita no segundo álbum de Costello, o ralo e insípido *My Aim Was You*. Lewis demonstra algo da suposta amargura de Costello, embora Huey tenha um senso de humor mais amargo e cínico. Elvis pode pensar que jogos de palavras intelectuais são tão importantes como se divertir e ter o cinismo de alguém temperado por bom humor, mas o que será que pensa ao ver Lewis vendendo muito mais discos que ele?

As coisas melhoraram para Huey e os garotos no segundo álbum, *Picture This*, de 1982, que produziu dois semi-hits, "Workin' for a Living" e "Do You Believe in Love", e o fato de isso coincidir com o advento do vídeo (cada uma das canções ganhou um vídeo) sem dúvida ajudou nas vendas. O som, embora ainda marcado pelas armadilhas do new wave, parecia mais rock de raiz que o álbum anterior, o que pode ter algo a ver com o fato de Bob Clearmountain ter mixado o álbum ou de Huey Lewis and the News ter tomado as rédeas da produção. A composição ficou mais sofisticada, e o grupo não estava com medo de explorar com sutileza outros gêneros — notavelmente o reggae ("Tell Her a Little Lie") e baladas ("Hope You Love Me Like You Say" e "Is It Me?"). Contudo, apesar de toda a sua glória power-pop, o som e a banda parecem, felizmente, menos rebeldes, menos raivosos nesse disco (embora a amargura de "Workin' for a Living" soe como algo retirado do álbum anterior). Eles parecem mais preocupados com relacionamentos pessoais — quatro das dez canções do álbum têm a palavra "Love" no título — em vez de se pavonearem por aí como jovens niilistas, e a jovial sensação de bem-estar do disco é uma mudança surpreendente e contagiante.

A banda está tocando melhor que antes, e os metais da Tower of Power deixam o disco com um som mais aberto e caloroso. O álbum alcança seu ápice com a sequência de socos de "Workin' for a Living", e "Do You Believe in Love", que é a melhor música no álbum, essencialmente sobre o cantor perguntando a uma garota que conheceu, enquanto "*procurava conhecer alguém*", se ela "*acredita no amor*". O fato de a canção nunca resolver a questão (não chegamos a descobrir a resposta da garota) dá uma complexidade a mais que não estava aparente na estreia do grupo. Também em "Do You Believe in Love" há um solo de sax formidável de Johnny Colla (o cara faz Clarence Clemons ter de suar por seu dinheiro), que, como Chris Hayes na guitarra principal e Sean Hopper nos teclados, a essa altura se tornou um bem inestimável para a banda (o solo de sax na balada "Is It Me?" é ainda mais poderoso). A voz de Huey soa mais profunda, menos rascante, ainda que lamuriosa, especialmente em "The Only One", uma canção comovente a respeito do que acontece com nossos mentores quando eles estão no fim (a bateria de Bill Gibson é especialmente vital a essa faixa). Embora o álbum devesse acabar com essa nota poderosa, em vez disso termina com "Buzz Buzz Buzz", um descartável número de blues que não faz muito sentido em comparação com o que o precede, mas em seu próprio jeito brincalhão diverte, e os metais da Tower of Power estão em excelente forma.

Não há erros como esse no terceiro álbum da banda, sua obra-prima impecável *Sports* (Chrysalis). Cada canção tem o potencial de ser um hit gigantesco, e a maioria de fato foi. Transformou a banda em ícone do rock 'n' roll. Totalmente livres da imagem de malvados, a nova doçura de garotos de fraternidade domina (eles chegam até mesmo a ter a chance de dizer "bunda" numa música, mas, em vez disso, colocam um bipe). Todo o álbum tem um som claro e vivaz, e uma nova radiância de profissionalismo consumado empresta às canções do álbum um grande impulso. E os vídeos excêntricos e criativos feitos para vender o disco ("Heart and Soul", "The Heart of Rock 'n' Roll", "If This Is It", "Bad Is Bad", "I Want a New Drug") os transformaram em supercelebridades na MTV.

Produzido pela própria banda, *Sports* abre com a que provavelmente se tornará sua assinatura, "The Heart of Rock 'n' Roll", uma adorável ode ao rock 'n' roll pelos Estados Unidos. É seguida por "Heart and Soul", seu primeiro grande single, uma marca registrada de Lewis (apesar de escrita por gente de fora, como Michael Chapman e Nicky Chinn), cujo tom os estabeleceu firmemente, e para sempre, como a principal banda de rock do país nos anos 1980. Ainda que as letras não estejam tão a par com outras canções, a maioria é mais que funcional, e toda a coisa é um empreendimento desenvolto sobre o engano que são os encontros de uma noite (mensagem que o Huey mais jovem e desordeiro jamais teria feito). "Bad Is Bad", escrita unicamente por Lewis, é a canção mais blues que a banda já gravou até esse ponto, e o baixo tocado por Mario Cipollina tem seu brilho, mas na verdade são os solos de gaita de Huey que a elevam. "I Want a New Drug", com seu riff de guitarra matador (cortesia de Chris Hayes), é a peça central do álbum — não apenas a maior canção contra as drogas jamais escrita, como também uma declaração pessoal sobre como a banda evoluiu, se descolou de sua imagem de bad boy e aprendeu a ficar mais adulta. O solo de Hayes nela é incrível, e a percussão eletrônica utilizada, porém não creditada, não apenas dá a "I Want a New Drug", mas à maior parte do álbum, uma batida de fundo mais consistente que em qualquer um dos álbuns anteriores — ainda que Bill Gibson continue sendo uma presença bem-vinda.

O resto do álbum flui de modo impecável — o lado B abre com a declaração mais abrasadora deles até então: "Walking on a Thin Line", e ninguém, nem mesmo Bruce Springsteen, escreveu de modo tão avassalador sobre as dificuldades de um veterano do Vietnã na sociedade moderna. Essa canção, embora escrita por pessoas de fora, mostra uma consciência social que era nova para o grupo, e provou a qualquer um que duvidava que a banda, separada de seu pano de fundo de blues, tinha um coração. E mais uma vez, em "Finally Found a Home", Huey Lewis and The News proclama sua sofisticação recém-encontrada nessa ode ao crescimento. E apesar de ao mesmo tempo ser sobre a perda de sua imagem de rebeldes, também é sobre como "se encontraram" na paixão e energia do rock 'n' roll. Na verdade, a canção trabalha em tantos níveis que quase chega a ser complexa demais para o álbum comportar, ainda que jamais perca a batida e ainda tenha os teclados ressoantes de Sean Hopper, o que a torna dançável. "If This Is It" é a única balada do álbum, mas não é pessimista. É um apelo de um amante a outro, que deseja saber se eles devem seguir em frente com o relacionamento, e do modo como Huey a canta (sem dúvida o vocal mais soberbo do álbum), ela se instila com esperança. Mais uma vez, essa canção — assim como o resto do álbum — não é sobre perseguir garotas, ou desejá-las, e sim sobre lidar com relacionamentos. "Crack Me Up" é a única alusão do álbum aos dias new wave da banda, e é menor, porém agradável, embora sua declaração antibebidas, antidrogas e pró-crescimento pessoal não seja.

E quanto a um final amável em um álbum no todo inesquecível, a banda faz uma versão de "Honk Tonk Blues" (outra canção escrita por alguém que não está na banda, chamado Hank Williams). Embora seja um tipo de música bem diferente, você pode sentir sua presença no restante do álbum. Por toda a sua radiância profissional, o álbum tem a integridade do honky-tonk blues. (Um adendo: durante esse período, Huey também gravou duas músicas para o filme *De Volta Para o Futuro*, ambas alcançando o primeiro lugar nas paradas, "The Power of Love" e "Back in Time", extras deleitosos, não notas de rodapé, no que estava se moldando como uma lendária carreira.) O que dizer aos detratores de *Sports* a longo prazo? Nove milhões de pessoas não podem estar erradas.

Fore! (Chrysalis, 1986), essencialmente, é uma continuação do álbum *Sports*, mas com um brilho ainda mais profissional. Esse é o disco em que os caras não precisam provar que amadureceram e que aceitaram o rock 'n' roll, pois na transição de três anos entre o *Sports* e *Fore!* eles já *haviam* feito isso. (Na verdade três deles estão usando ternos na capa do álbum.) Eles abrem com uma labareda de fogo, "Jacob's Ladder", essencialmente uma canção sobre luta e superação de um compromisso, um lembrete adequado do que Huey and the News representa, e com a exceção de "Hip to Be Square" é a melhor canção no álbum (embora não tenha sido escrita por ninguém da banda). Ela é seguida pela doce e bem-humorada "Stuck with You", um leve hino aos relacionamentos e casamento. Na verdade, a maioria das canções de amor no álbum é sobre relacionamentos contínuos, ao contrário dos primeiros álbuns, em que as preocupações são ou sobre desejar garotas e não ficar com elas, ou sobre se machucar no processo. Em *Fore!*, as canções são sobre caras que estão no controle (que conseguem as garotas) e agora têm de lidar com elas. Essa nova dimensão dá ao álbum um vigor extra, e eles parecem mais contentes e satisfeitos, menos atabalhoados, e isso contribui para a realização do trabalho mais agradável deles até hoje. Mas também para cada "Doing It All for My Baby" (uma deleitosa ode à monogamia e à satisfação) há um número blues caipira abrasador como "Whole Lotta

Lovin'", e o lado A (ou a canção número cinco do CD) termina com a obra-prima "Hip to Be Square" (que, ironicamente, é acompanhada pelo único vídeo ruim da banda), a canção-chave de *Fore!*, uma ode que brinca com conformidade que é tão pegajosa que a maioria das pessoas nem ao menos escuta os versos — mas com a guitarra arrasadora de Chris Hayes e o formidável teclado tocando quem se importa? E não é apenas sobre os prazeres da conformidade e a importância das modas — é também uma declaração pessoal sobre a banda em si, embora eu não tenha muita certeza do quê.

Se a segunda parte de *Fore!* não tem a intensidade da primeira, há autênticas preciosidades que na verdade são bem complexas. "I Know What I Like" é uma canção que Huey jamais teria cantado seis anos antes — uma contundente declaração de independência — enquanto a cuidadosamente localizada "I Never Walk Alone", que a segue, na verdade complementa a canção e a explica em termos mais amplos (também há um grande solo de teclado, e, exceto por "Hip to Be Square", tem os vocais mais poderosos de Huey). "Forest for the Trees" é um otimista tratado antissuicídio, e, apesar do título poder parecer um clichê, Huey e a banda têm um modo de energizar clichês e torná-los originais e inteiramente próprios. A estilosa "Naturally", à capela, evoca uma época inocente enquanto exibe as harmonias vocais da banda (se você não soubesse, acharia que eram os Beach Boys no seu CD player), e, mesmo que essencialmente seja uma superação, bem trivial, o álbum termina com uma nota magistral com "Simple as That", uma balada operária que soa não como uma nota de resignação, mas de esperança, e sua complexa mensagem (não foi escrita por ninguém da banda) de sobrevivência abre caminho para o próximo álbum, *Small World*, em que eles abordam questões globais. *Fore!* pode não ser uma obra-prima como *Sports* (o que poderia?), mas, ao seu próprio modo, é igualmente satisfatório, e o melodioso e gentil Huey de 1986 está igualmente vibrante.

Small World (Chrysalis, 1988) é o disco mais ambicioso e artisticamente satisfatório jamais produzido por Huey Lewis and the News. O Jovem Raivoso foi definitivamente substituído por um suave músico profissional, e ainda que Huey tenha dominado apenas um instrumento (a gaita), na verdade seus magistrais sons dylanescos dão a *Small World* uma grandeza que poucos artistas alcançaram. É uma transição óbvia, e seu primeiro álbum que tenta realizar um sentido temático — na verdade, Huey aborda um dos maiores assuntos de todos: a importância da comunicação global.

Não impressiona que quatro das dez músicas do álbum tenham a palavra "world" nos títulos, e que pela primeira vez não há apenas uma, mas *três* canções instrumentais.

O CD começa com a empolgante "Small World (Part One)", escrita por Lewis/Hayes, que, junto com sua mensagem de harmonia, tem um solo aborrecido de Hayes na metade. Em "Old Antone's" é possível captar as influências zydeco que a banda recebeu nas turnês pelo país, e acrescenta um sabor *Cajun* completamente único. Bruce Hornsby toca o acordeão de maneira maravilhosa, e as letras dão o sentido de um verdadeiro espírito *bayou*. Novamente, com o hit "Perfect World", os metais da Tower of Power causam um efeito extraordinário. É também o melhor momento do álbum (escrita por Alex Call, que não está na banda) e ata todos os seus temas — sobre aceitar as imperfeições do mundo e ainda assim aprender a "*continuar sonhando em viver em um mundo perfeito*". Embora a canção seja um pop de passo rápido, ainda é tocante em termos de intenções, e a banda a toca de maneira esplêndida. Bizarramente, é seguida por duas canções instrumentais: a estranha faixa dançante de reggae com influências africanas "Bobo Tempo" e a segunda parte de "Small World". Mas o fato de essas músicas não terem palavras não significa que a mensagem global da comunicação esteja perdida, e elas não parecem enchimento ou enrolação por conta das implicações de sua reprise temática; a banda consegue também exibir suas habilidades de improvisação.

O lado B abre de modo devastador com "Walking with the Kid", a primeira canção de Huey a reconhecer as responsabilidades da paternidade. Sua voz soa madura e ainda que nós, enquanto ouvintes, não descubramos até o último verso que "the kid", a criança (que presumimos ser um amigo), na verdade é seu filho, a maturidade na voz de Huey nos deixa em alerta, e é difícil acreditar que o homem que uma vez cantou "Heart and Soul" e "Some of My Lies Are True" está cantando *isso*. A grande balada do álbum, "World to Me", é uma pérola onírica, e apesar de ser sobre manter um relacionamento, também faz alusões à China, ao Alasca e ao Tennessee, continuando o tema de "Small World" do álbum — e a banda soa muito boa nela. "Better Be True" também é uma espécie de balada, mas não uma pérola onírica, e as letras não são exatamente sobre manter um relacionamento, nem fazem alusões à China ou ao Alasca, nem a banda soa muito boa nela.

"Give Me the Keys (And I'll Drive You Crazy)" é um blues dos bons tempos sobre (o que mais?) dirigir por aí, incorporando o tema do álbum de um modo muito mais divertido que nas canções anteriores, e, embora liricamente possa parecer empobrecida, ainda é um sinal de que o novo Lewis "sério" — aquele Huey artista — não perdeu totalmente seu senso de humor vigoroso. O álbum termina com "Slammin'", que não tem letra, e é apenas um monte de metais que, para falar francamente, se você colocar o som muito alto, pode te dar uma grande dor de cabeça, e talvez até te deixar um pouco enjoado, ainda que talvez soe de maneira diferente num disco ou numa fita cassete, eu não saberia afirmar. De qualquer forma, ela despertou em mim algo perverso que durou dias. E não dá para dançar muito com ela.

Foi preciso algo como uma centena de pessoas para realizar *Small World* (contando todos os músicos extras, técnicos de percussão, contadores, advogados — que entram nos agradecimentos), mas isso na verdade acrescenta ao tema da comunidade do álbum e não desordena o disco — torna-o uma experiência ainda mais jubilosa. Com esse CD e os quatro anteriores, Huey Lewis and the News provam que se este mundo é realmente pequeno, então esses caras são a *melhor* banda norte-americana dos anos 1980 neste ou em qualquer continente — e nela está Huey Lewis, um vocalista, músico e escritor que não pode ser superado.

NA CAMA COM COURTNEY

Estou na cama de Courtney. Luis está em Atlanta. Courtney treme, se aperta contra mim, relaxa. Rolo de cima dela e me deito de costas, pousando em algo duro e coberto de pele. Estico o braço e encontro um gato preto empalhado com joias azuis no lugar dos olhos que creio ter visto no FAO Schwarz quando fazia as primeiras compras de Natal. Sem ter muito que dizer, gaguejo "Os abajures da Tiffany's... estão voltando". Mal consigo ver o rosto dela na escuridão, mas escuto o suspiro, doloroso e baixo, o som de um vidro de remédio sendo aberto, o corpo dela se mexendo na cama. Coloco o gato no chão, me levanto, tomo uma ducha. No *Patty Winters Show* hoje o assunto foi Lésbicas Adolescentes Bonitas, que achei tão erótico que tive que ficar em casa, perder uma reunião, bater duas. Sem rumo, passei uma desordenada parte do dia na Sotheby's, entediado e confuso. Ontem à noite, jantando com Jeanette no Deck Chairs, ela parecia cansada e pediu pouca coisa. Dividimos uma pizza que custou noventa dólares. Depois de secar meu cabelo com uma toalha, coloco um roupão da Ralph Lauren e entro no quarto, e começo a me vestir. Courtney está fumando um cigarro, assistindo ao *Late Night with David Letterman*, e o som é abaixado.

"Pode me ligar antes do Dia de Ação de Graças?", pergunta.

"Talvez." Abotoo a minha camisa, me perguntando por que vim aqui, afinal de contas.

"O que você vai fazer?", pergunta ela, falando baixo.

Minha reação é previsivelmente fria. "Jantar no River Café. Depois quem sabe o Au Bar."

"Que bom", murmura.

"Você e... Luis...?", pergunto.

"Devemos jantar na casa de Tad e Maura", suspira. "Mas acho que não vamos mais."

"Por que não?", coloco o colete, caxemira preta da Polo, pensando: estou interessado de verdade.

"Ah, você sabe o que Luis acha de japonês", começa ela, os olhos já vidrados.

Como ela não prossegue, pergunto, chateado, "Está fazendo sentido. Prossiga".

"Luis se recusou a jogar Trivial Pursuit domingo na casa de Tad e Maura porque eles têm um cão akita." Ela dá um trago profundo no cigarro.

"Então, tipo...", pauso. "O que aconteceu?"

"Jogamos na minha casa."

"Não sabia que você fumava", digo.

Ela sorri com tristeza, mas de maneira estúpida. "Você nunca percebeu."

"Ok, admito que estou com vergonha, mas só um pouco." Ando até o espelho da Marlian que está acima de uma mesa de teca da Sottass para confirmar que o nó da minha gravata xadrez da Armani não está torto.

"Escuta, Patrick", diz ela, com esforço. "Podemos conversar?"

"Você está maravilhosa", suspiro, virando a cabeça, mandando um beijo. "Não há o que conversar. Você vai se casar com Luis. Semana que vem, nada menos."

"Isso não é especial?", pergunta ela com sarcasmo, mas sem frustração.

"Leia meus lábios", digo, me voltando ao espelho. "Você está maravilhosa."

"Patrick?"

"Sim, Courtney."

"Se eu não vir você antes do Dia de Ação de Graças..." Ela para, confusa. "Tenha um bom feriado."

Olho para ela por um momento antes de responder, monocórdio, "Você também".

Ela pega o gato preto empalhado, acaricia a cabeça dele. Saio para o corredor, seguindo até a cozinha.

"Patrick?", ela chama com doçura do quarto.

Paro, mas não me viro. "Sim?"

"Nada."

SMITH & WOLLENSKY

Estou com Craig McDermott no Harry's em Hanover. Ele está fumando um charuto, bebendo um martíni de Stolli Cristall, me perguntando as regras para o uso do lenço de bolso. Estou bebendo a mesma coisa, e respondendo. Estamos esperando por Harold Carnes, que voltou de Londres na terça, e ele está meia hora atrasado. Estou nervoso, impaciente, e quando digo a McDermott que deveríamos ter convidado Todd, ou ao menos Hamlin, que com certeza teria cocaína, ele dá de ombros e fala que talvez possamos encontrar Carnes no Delmonico's. Mas não encontramos Carnes no Delmonico's, então seguimos para Smith & Wollensky para uma reserva às oito que um de nós fez. McDermott está usando um terno de lã de peito duplo com seis botões da Cerruti 1881, uma camisa de algodão quadriculada da Louis, Boston, uma gravata de seda da Dunhill. Estou usando um terno de lã de peito duplo com seis botões da Ermenegildo Zegna, uma camisa de algodão listrada da Luciano Barbera, uma gravata de seda da Armani, sapatos *wingtip* de camurça da Ralph Lauren, meias da E.G. Smith. Homens que Foram Estuprados por Mulheres foi o assunto do *Patty Winters Show* hoje. Sentado numa mesa na Smith & Wollensky, que estranhamente está vazia, estou sob efeito de Valium, bebendo uma boa taça de vinho tinto, pensando distraidamente naquele meu primo no St. Alban's em Washington que recentemente estuprou uma garota, arrancando os lóbulos das orelhas dela a mordidas, arranjando uma emoção doentia em não pedir *hash browns*, em como meu irmão e eu cavalgávamos juntos, jogávamos tênis — está ardendo em minha memória, mas McDermott eclipsa esses pensamentos quando ele percebe que não pedi os *hash browns* depois que o jantar chegou.

"O que foi? Não se pode comer na Smith & Wollensky sem pedir os *hash browns*", reclama.

Evito seus olhos e toco o charuto que estou guardando no bolso de meu paletó.

"Meu deus, Bateman, você é um maníaco delirante. Passou tempo demais no P&P", resmunga ele. "Nada da porra dos *hash browns*."

Não digo nada. Como eu poderia dizer a McDermott que é uma época muito desconjuntada na minha vida e que percebo que as paredes foram pintadas com um branco brilhante, quase doloroso, e que sob o brilho das luzes fluorescentes elas parecem pulsar e cintilar? Frank Sinatra está em algum lugar, cantando "Witchcraft". Encaro as paredes, escutando as palavras, repentinamente com sede, mas nosso garçom está pegando os pedidos de uma mesa com empresários exclusivamente japoneses, e alguém que penso ser George MacGowan ou Taylor Preston, na mesa atrás da nossa, usando algo da Polo, está me encarando desconfiado, e McDermott ainda observa meu filé com um olhar surpreso em seu rosto, e um dos japoneses está segurando um ábaco, outro tentando pronunciar a palavra "teriyaki", outro o imitando, e então cantando, as palavras da canção, e a mesa gargalha, um som estranho, não completamente estrangeiro, enquanto ele levanta um par de hashis, balançando a cabeça confiantemente, imitando Sinatra. Sua boca se abre, e o que sai é: "*aquere olhar maloto e chamativo... aquera bluxalia rouca...*".

PSICOPATA AMERICANO
BRET EASTON ELLIS

ALGO NA TELEVISÃO

Enquanto me vestia para me encontrar com Jeanette para um novo musical britânico que estreou na Broadway semana passada e depois jantar no Progress, o novo restaurante de Malcolm Forbes no Upper East Side, assisto à fita do *Patty Winters Show*, que foi dividido em duas partes. A primeira parte apresenta o vocalista da banda de rock Guns n' Roses, Axl Rose, que Patty exibiu falando para um entrevistador "Quando me irrito fico violento e desconto em mim mesmo. Já me cortei com lâminas de barbear, mas então percebi que ter uma cicatriz é muito pior que não ter um rádio... melhor chutar o rádio que dar um murro no rosto de alguém. Quando fico puto, chateado ou emocionado, às vezes vou tocar piano". A segunda parte consiste em Patty lendo cartas que Ted Bundy, o serial killer, havia escrito para sua noiva durante um de seus diversos processos. "Querida Carole", lê Patty, enquanto uma cabeça injustamente inchada de Bundy, apenas a semanas da execução, pisca na tela, "por favor, não se sente na mesma fileira que Janet na corte. Quando olho pra você, ali está ela me contemplando com seus olhos furiosos, como uma gaivota insana perscrutando um molusco... já posso senti-la espalhando molho quente em mim".

Espero algo acontecer. Me sento na cama por quase uma hora. Não acontece nada. Me levanto, cheiro o resto da coca — uma quantia minúscula — que há em meu guarda-roupa, sobra de um fim de sábado no M.K. ou no Au Bar, paro no Orso para uma bebida antes de me encontrar com Jeanette, para quem liguei mais cedo, comentando que tinha duas entradas para esse musical em particular, e ela não disse nada, exceto "Ok", e falei para ela me encontrar em frente ao teatro às dez para as oito, e ela desligou. Digo a mim mesmo enquanto estou sentado sozinho no bar em Orso que iria ligar para um dos números que piscaram no fundo da tela, mas então percebi que não sei o que dizer e me lembro nove das palavras que Patty leu, "*Já posso senti-la espalhando molho quente em mim*".

Eu me lembro dessas palavras novamente, por algum motivo, quando estou sentado com Jeanette no Progress, depois do musical, e é tarde, o restaurante está lotado. Pedimos algo chamado carpaccio de águia, dourado-do-mar grelhado com lenha de mesquite, endívias com chèvre e amêndoas cobertas por chocolate, esse tipo estranho de gaspacho com galinha crua nele, e cerveja encorpada. Agora mesmo não há nada de comestível no meu prato — o que há tem gosto de gesso. Jeanette está usando uma jaqueta de smoking de lã, um xale de chiffon com uma manga, calça de smoking de lã, tudo da Armani, brincos antigos de ouro e diamante, meia-calça da Givenchy, sapatilhas de gorgorão. Ela fica suspirando e ameaça acender um cigarro, ainda que nossa mesa esteja na seção de não fumantes do restaurante. O comportamento de Jeanette me incomoda profundamente, faz pensamentos negros se formarem e crescerem em minha mente. Ela estava bebendo kir de champanhe, mas já tomou demais, e quando pede o sexto sugiro que talvez já tenha tomado o bastante. Ela olha para mim e diz "Estou com frio e com sede, e vou pedir o que eu quiser nessa porra".

Respondo "Então toma uma Evian ou um San Pellegrino, pelo amor de deus".

SANDSTONE

Minha mãe e eu estamos sentados em seu quarto particular em Sandstone, onde agora ela reside permanentemente. Bastante sedada, ela está de óculos escuros e fica só tocando no cabelo, enquanto não paro de olhar para as minhas mãos, com a certeza de que estão tremendo. Ela tenta sorrir quando me pergunta o que quero de Natal. Não fico surpreso com o esforço necessário para erguer a cabeça e olhar para ela. Estou usando uma gabardina de lã de dois botões com lapelas cortadas da Gian Marco Venturi, sapatos de couro com cadarço e biqueira da Armani, gravata da Polo, meias que não tenho certeza de onde são. É quase metade de abril.

"Nada", digo, com um sorriso tranquilizador.

Há uma pausa. Eu a quebro ao perguntar "O que você quer?".

Ela não diz nada por um longo tempo e olho de volta para minhas mãos, para sangue seco, provavelmente de uma garota chamada Suki, sob a unha do polegar. Minha mãe lambe os lábios com cansaço e responde "Não sei. Só quero um bom Natal".

Não digo nada. Passei a última hora examinando meu cabelo no espelho que insisti para o hospital deixar no quarto da minha mãe.

"Você parece infeliz", diz ela de repente.

"Não estou", respondo com um breve suspiro.

"Você parece infeliz", diz ela, agora mais baixo. Ela toca o cabelo, de um branco intenso e cegante, mais uma vez.

"Bem, você também", digo lentamente, esperando que ela não diga mais nada.

Ela não diz mais nada. Estou sentado numa cadeira diante da janela, e pelas barras o gramado lá fora escurece, uma nuvem passa na frente do sol, logo o gramado fica verde de novo. Ela está sentada na cama usando uma camisola comprada na Bergdorf's e pantufas da Norma Kamali que comprei de Natal para ela ano passado.

"Como foi a festa?", pergunta.

"Ok", falei, chutando.

"Havia quantas pessoas lá?"

"Quarenta. Quinhentas", dou de ombros. "Não tenho certeza."

Ela lambe os lábios de novo, toca o cabelo mais uma vez. "Que horas você foi embora?"

"Não me lembro", respondo, após um longo tempo.

"Uma? Duas?", pergunta ela.

"Deve ter sido por volta de uma", digo, quase a interrompendo.

"Ah." Ela pausa novamente, ajeita os óculos de sol, Ray-Bans escuros que comprei para ela na Bloomingdale's e custaram duzentos dólares.

"Não foi muito bom", digo inutilmente, olhando para ela.

"Por quê?", pergunta ela, curiosa.

"Apenas não foi", digo, olhando para as costas das minhas mãos, as manchas de sangue sob a unha do polegar, a fotografia do meu pai, de quando ele era muito mais jovem, na cabeceira da minha mãe, ao lado de uma fotografia de Sean e eu quando éramos adolescentes, usando smoking, nenhum dos dois sorrindo. Meu pai, na fotografia, está usando um paletó esportivo preto de seis botões e peito duplo, uma camisa de algodão de colarinho largo, uma gravata, um lenço de bolso, sapatos, tudo da Brooks Brothers. Ele está ao lado de uma das plantas em forma de animal, há muito tempo, numa propriedade do pai dele em Connecticut, e há algum problema com seus olhos.

PSICOPATA
AMERICANO
BRET EASTON ELLIS

A MELHOR CIDADE PARA NEGÓCIOS

E numa chuvosa manhã de terça, depois de treinar na Xclusive, vou ao apartamento de Paul Owen no Upper East Side. Cento e sessenta e um dias se passaram desde que passei a noite nele com as duas acompanhantes. Não houve notícias de corpos descobertos em qualquer um dos quatro jornais da cidade ou nas notícias locais; sem pistas de ao menos um rumor sendo ventilado. Cheguei a ponto de perguntar às pessoas — encontros, conhecidos de negócios — em jantares, nos corredores da Pierce & Pierce, se alguém ouviu falar algo sobre duas prostitutas mutiladas encontradas no apartamento de Paul Owen. Mas, como num filme, ninguém ouviu falar de nada, nem sequer tinha ideia do que eu estava falando. Há outras coisas com que se preocupar: a chocante quantidade de laxante e *speed* que agora vem misturada à cocaína de Nova York, a Ásia nos anos 1990, a virtual impossibilidade de se conseguir uma reserva às oito em ponto no PR, o novo restaurante de Tony McManus em Liberty Island, crack. Então estou presumindo que, essencialmente, tipo, corpo algum foi encontrado. Até onde sei, Kimball também se mudou para Londres.

O prédio me parece diferente quando saio do táxi, apesar de não saber dizer o motivo. Ainda estou com as chaves que roubei de Owen na noite em que o matei, e as tiro, agora, para abrir a porta do lobby, mas elas não funcionam, não se encaixam. Em vez disso, um porteiro uniformizado que não estava lá seis meses antes a abre para mim, se desculpando pela demora. Fico ali, na chuva, confuso, até que ele me chama para dentro, perguntando com alegria, com um forte sotaque irlandês, "Então, vai entrar ou vai ficar aí fora? Você está se encharcando". Entro no lobby, o guarda-chuva debaixo de um braço, enfiando no bolso a máscara cirúrgica que trouxe para evitar o fedor. Estou segurando um walkman, decidindo o que dizer, como elaborar isso.

"Bem, o que posso fazer por você, senhor?", pergunta ele.

Demoro — uma pausa longa e constrangedora — antes de dizer, simplesmente, "14-A".

Ele olha para mim com cuidado antes de conferir o registro de entradas, então se ilumina, marcando algo. "Ah, claro, a sra. Wolfe está lá agora mesmo."

"Sra... Wolfe?" Dou um sorriso sem graça.

"Sim. Ela é a agente imobiliária", diz ele, olhando para mim. "Você tem horário marcado, não é?"

O ascensorista, também uma funcionária nova, encara o chão quando nós dois subimos. Estou tentando refazer meus passos aquela noite, durante a semana inteira, sabendo inutilmente que jamais voltei a esse apartamento depois de matar as duas garotas. *Quanto vale o apartamento do Owen?* é uma pergunta que fica forçando entrada em minha mente até finalmente repousar, latejante. O *Patty Winters Show* hoje foi sobre pessoas com metade de seus cérebros removidos. Sinto meu peito como gelo.

As portas do elevador se abrem. Saio, com precaução, observando-as se fecharem atrás de mim, então estou atravessando o corredor para o apartamento de Owen. Posso escutar vozes lá dentro. Me inclino na parede, suspirando, chaves na mão, já sabendo que as trancas foram trocadas. Enquanto me pergunto o que fazer, tremendo, encarando meus mocassins, que são pretos e da A. Testoni, a porta do apartamento se abre, me tirando de um lampejo de autopiedade momentâneo. Uma agente imobiliária de meia-idade sai, dá um sorriso, e pergunta, checando a caderneta, "É você o das onze em ponto?".

"Não", digo.

Ela diz, "Com licença" e, percorrendo o corredor, olha de volta para mim, uma vez, com uma expressão estranha no rosto, antes de desaparecer em um canto. Estou observando o apartamento. Há um casal perto dos trinta anos que está de pé, conversando entre si, no meio da sala. Ela veste uma jaqueta de lã, uma blusa de seda, calça de flanela, Armani, brincos de prata dourada, luvas, e segura uma garrafa de água Evian. Ele usa um paletó esportivo de tweed, suéter de caxemira, camisa de cambraia, gravata, Paul Stuart, casaco de chuva de algodão da Agnes B enrolado no braço. Atrás deles, o apartamento está imaculado. Venezianas novas, a decoração de couro de vaca foi retirada; no entanto, a mobília, o mural, a mesinha de vidro, cadeiras Thonet, sofá de couro preto, tudo parece intacto; o televisor grande foi movido para a sala e está ligado, o volume baixo, agora está passando um comercial em que uma mancha sai de uma jaqueta e se dirige para a câmera, mas isso não me faz esquecer o que fiz com os peitos de Christie, com uma das cabeças das garotas, o nariz desaparecido, ambas as orelhas arrancadas a dentadas, como era possível ver os dentes dela por onde arranquei a carne da mandíbula e das bochechas, as torrentes de gosma e sangue encharcando o apartamento, o fedor das mortas, meu próprio aviso confuso que escrevi na...

"Posso ajudar?", se intromete a agente imobiliária, que suponho ser a sra. Wolfe. Ela tem um rosto muito fino e angular, o nariz grande, *realmente* angustiante, boca carregada de batom, olhos branco-azulados. Está usando uma jaqueta de lã buclê, blusa de seda crua, sapatos, brincos, um bracelete, de onde? Não sei. Talvez ela tenha menos de quarenta anos.

Ainda estou recostado na parede, encarando o casal, que volta ao quarto, deixando a sala principal vazia, acabo de perceber que buquês em vasos de vidro, muitos, preenchem todo o apartamento, e posso sentir o cheiro deles de lá do corredor. A sra. Wolfe olha para trás para ver o que estou observando, e então para mim. "Estou procurando... Paul Owen não mora aqui?"

Uma longa pausa antes de ela responder. "Não. Não mora."

Outra longa pausa. "Você, tipo... tem certeza?", pergunto, antes de acrescentar debilmente. "Não estou... entendendo."

Ela percebe algo que faz os músculos em seu rosto se contraírem. Os olhos dela se apertam, mas não se fecham. Ela percebeu a máscara cirúrgica que estou segurando na minha mão úmida e respira fundo, agudamente, se recusando a desviar o olhar. Definitivamente não estou me sentindo bem quanto a isso. Na TV, num comercial, um homem segura um pedaço de torrada e diz para a esposa "Ei, você está certa... essa margarina é *mesmo* boa pra caralho". A esposa sorri.

"Você viu o anúncio no *Times*?", pergunta ela.

"Não... Digo, sim. Sim, eu vi. No *Times*", vacilo, reunindo um pouquinho de força, o cheiro das rosas espesso, disfarçando algo revoltante.

"Mas... Paul Owen não é mais o *dono*?", pergunto, o mais forçosamente possível.

Há uma longa pausa antes de ela admitir, "Não havia nenhum anúncio no *Times*".

Nós nos encaramos interminavelmente. Estou convencido de que ela sente que estou prestes a dizer algo. Já vi esse olhar no rosto de uma pessoa antes. Foi numa boate? Na expressão de uma vítima? Apareceu na tela de um filme recente? Ou vi no espelho? Levo o que parece ter sido uma hora antes de falar de novo. "Mas essa mobília..." — paro, meu coração para, volta a bater — "... é dele." Deixo o guarda-chuva cair no chão, então me abaixo rapidamente para pegá-lo de volta.

"Acho que você devia ir embora", diz ela.

"Acho... quero saber o que aconteceu." Estou enjoado, meu peito e minhas costas se cobrem de suor, se encharcam, parece, bem na hora.

"Não cause problemas", disse ela.

Todas as fronteiras, se é que já houve alguma, de repente pareceram destacáveis e foram removidas, uma sensação de que os outros estão criando meu destino não me abandonará pelo resto do dia. Isto... não... é... um... jogo, desejo gritar, porém não consigo tomar fôlego, apesar de achar que ela não percebeu. Viro meu rosto. Preciso descansar. Não sei o que dizer. Confuso, por um momento estico a mão para tocar o braço da sra. Wolfe, para me equilibrar, mas paro na metade, e em vez disso a movo para meu peito, mas não consigo sentir o coração, nem mesmo quando folgo minha gravata; ela fica lá, tremendo, e não consigo fazer parar. Estou ruborizando, sem fala.

"Sugiro que vá embora", diz ela.

Ficamos ali no corredor nos encarando.

"Não cause problemas", diz ela novamente, em voz baixa.

Fico lá mais alguns segundos antes de finalmente recuar, segurando minhas mãos, um gesto de concordância.

"Não volte aqui", diz ela.

"Não voltarei", digo. "Não se preocupe."

O casal surge na porta. A sra. Wolfe me observa até eu chegar ao elevador, apertando o botão. Dentro do elevador, o cheiro de rosas é avassalador.

TREINO

Pesos soltos e o aparelho Nautilus aliviam o estresse. Meu corpo reage ao exercício adequadamente. Sem camisa, escrutino minha imagem no espelho acima das pias no vestiário da Xclusive. Os músculos de meu braço queimam, minha barriga está o mais retesada possível, meu peito parece aço, peitorais duros como granito, os olhos brancos como gelo. Em meu armário no vestiário da Xclusive estão três vaginas que cortei de diversas mulheres que ataquei na última semana. Duas estão lavadas, uma não. Há um barrete preso numa delas, uma fita azul da Hermès amarrada em volta da minha favorita.

PSICOPATA AMERICANO
BRET EASTON ELLIS

O FIM DOS ANOS 1980

O cheiro de sangue penetra em meus sonhos, que são, em sua maior parte, terríveis: um transatlântico que pega fogo, testemunhando erupções vulcânicas no Havaí, as mortes violentas da maioria dos negociantes internos da Solomon, James Robinson fazendo algo de ruim comigo, me encontrando de volta no internato, então em Harvard, os mortos andam entre os vivos. Os sonhos são uma bobina interminável de filmagens de acidentes de carros e desastres, cadeiras elétricas e suicídios medonhos, seringas e pinups mutiladas, discos voadores, jacuzzis de mármore, pimenta-rosa. Quando acordo suando frio tenho de ligar a televisão wide-screen para bloquear os sons de construção que continuam durante o dia inteiro, emergindo de algum lugar. Há um mês foi aniversário da morte de Elvis. Lampejos de jogos de futebol americano, o som no mudo. Posso escutar a secretária eletrônica clicar uma vez, o volume aumentado, então a segunda vez. Durante o verão inteiro Madonna grita para nós, *"a vida é um mistério, todos devem ficar sozinhos..."*.

Quando estou descendo a Broadway para me encontrar com Jean, minha secretária, para o brunch, na frente da Tower Records um universitário com uma prancheta me pede para dizer qual a canção mais triste que conheço. Respondo, sem parar, "You Can't Always Get What You Want", dos Beatles. Então ele me pede para dizer a canção mais feliz que conheço, e digo "Brilliant Disguise", de Bruce Springsteen. Ele acena, toma nota, e sigo em frente, passando pelo Lincoln Center. Aconteceu um acidente. Uma ambulância está estacionada diante do meio-fio. Um amontoado de intestinos está na calçada, numa poça de sangue. Compro uma maçã muito dura numa deli coreana e a como a caminho de me encontrar com Jean que, agora mesmo, está na entrada do Central Park pela rua 67 num dia frio e ensolarado de setembro. Quando olhamos para as nuvens acima ela vê uma ilha, um filhote de cachorro, Alasca, uma tulipa. Vejo, mas não digo a ela, um prendedor de dinheiro da Gucci, um machado, uma mulher cortada em duas, uma extensa poça branca de sangue que se espalha pelo céu, pingando sobre a cidade, sobre Manhattan.

Paramos num café na rua, Nowheres, no Upper West Side, discutindo qual filme ver, se há alguma exposição de museu a que deveríamos ir, talvez só uma caminhada, ela sugere o zoológico, e eu aceno sem me importar. Jean está bonita, como se estivesse malhando, e usando uma jaqueta dourada de lamê, e short de veludo da Matsuda. Estou me imaginando na televisão, num comercial para um novo produto — cooler de vinhos? Loção de bronzeamento? Chiclete sem açúcar? — e me movendo em cortes bruscos, caminhando ao longo de uma praia, o filme é em preto e branco, com a imagem gasta de propósito, música pop vaga e estranha de meados dos anos 1960 acompanha a filmagem, ecoa, soa como se viesse de um calíope. Ora estou olhando dentro da câmera, ora estou segurando o produto — um gel novo? Tênis? —, ora meu cabelo é assoprado pelo vento, e então é dia e depois noite e depois dia de novo e depois é noite.

"Vou querer um descafeinado gelado au lait", diz Jean ao garçom.

"Também vou querer um café decapitado", digo sem prestar atenção, antes de me dar conta. "Quer dizer... *descafein*ado." Olho para Jean, preocupado, mas ela apenas me dá um sorriso vazio. Um *Sunday Times* está na mesa entre nós. Discutimos planos para jantar hoje, talvez. Alguém que se parece com Taylor Preston caminha por ali, acena para mim. Baixo meu Ray-Ban, aceno de volta. Alguém passa numa bicicleta. Peço água a um garçom assistente. Em vez disso chega um garçom e depois chega à mesa um prato contendo duas bolas de sorbet, coentro com limão e uma vodca com limão, que não ouvi Jean pedir.

"Quer um pedaço?", pergunta ela.

"Estou de dieta", digo. "Mas obrigado."

"Você não precisa perder peso", diz ela, genuinamente surpresa. "Está brincando, né? Você está ótimo. Muito em forma."

"Sempre dá pra emagrecer um pouco", resmungo, encarando o tráfego na rua, distraído por algo — o quê? Não sei. "Ficar... mais bonito."

"Bem, então talvez a gente não deva sair pra jantar", diz ela, preocupada. "Não quero estragar sua... força de vontade."

"Não. Tudo bem", digo. "Não sou muito... controlado mesmo."

"Patrick, falando sério. Faça o que você quiser", diz ela. "Se não quiser jantar, não vamos. Quer dizer..."

"Tudo bem", ressalto. Algo estala. "Você não deveria bajular ele..." Paro antes de me corrigir. "Digo... *me* bajular. Certo?"

"Só quero saber o que você quer fazer", diz ela.

"Viver feliz para sempre, certo?", digo com sarcasmo. "Eis o que *eu* quero." Encaro-a com intensidade, por talvez meio minuto, antes de desviar o olhar. Isso a cala. Depois de um tempo ela pede uma cerveja. Está quente na rua.

"Vamos, sorria", insiste ela, um tempo depois. "Você não tem motivo para ficar tão triste."

"Eu sei", suspiro, cedendo. "Mas é... difícil sorrir. Nesses dias. Ao menos *eu* acho bem difícil. Não estou acostumado, acho. Não sei."

"É por isso que... as pessoas precisam umas das outras", diz ela com gentileza, tentando fazer contato visual enquanto enfia na boca a colher do sorbet nada barato.

"Algumas não." Dou uma tossida com autoconsciência. "Ou, bem, as pessoas compensam... elas se ajustam..." Após uma longa pausa, "As pessoas se acostumam com qualquer coisa, certo?", pergunto. "O hábito faz coisas às pessoas."

Outra pausa longa. Confusa, ela diz "Eu não sabia. Acho... mas a pessoa ainda tem que manter... uma proporção com mais coisas boas que... ruins neste mundo", afirma ela, acrescentando, "quer dizer, não é mesmo?" Ela parece aturdida, como se achasse estranho que tal frase saísse de sua boca. Uma música sai estrondando de um táxi que está passando, Madonna de novo, "*a vida é um mistério, todos devem ficar sozinhos...*". Sobressaltado com a gargalhada na mesa ao lado da nossa, endureço o pescoço e escuto alguém admitir "Às vezes o que você veste para trabalhar faz toda a diferença", e então Jean diz algo e peço para ela repetir.

"Você nunca desejou fazer alguém feliz?", pergunta.

"O quê?", pergunto, tentando prestar atenção nela. "Jean?"

Timidamente, ela repete. "Você nunca desejou fazer alguém feliz?"

Encaro-a, uma onda de temor fria e distante perpassa meu corpo, extinguindo algo. Dou outra tossidinha e, tentando falar com grande propósito, respondo "Eu estava no Sugar Reef outra noite... aquele lugar caribenho no Lower East Side... você sabe..."

"Com quem você estava?", interrompe ela.

Jeanette. "Evan McGlinn."

"Ah." Ela acena, silenciosamente aliviada, acreditando em mim.

"Enfim...", suspiro, continuando, "Vi um sujeito no banheiro masculino... um cara completamente... de Wall Street... usando um terno de viscose, lã e náilon com um botão da... Luciano Soprani... uma camisa de algodão da... Gitman Brothers... uma gravata de seda da Ermegenildo Zegna e, digo, reconheci o cara, um corretor, chamado Eldridge... já vi o cara no Harry's, no Au Bar, no DuPlex e no Alex Goes to Camp... todos os lugares, mas... quando entrei depois dele, vi... que ele estava escrevendo... algo na parede acima do... mictório que ele usou." Paro, dou um gole na cerveja dela. "Quando ele me viu entrar... parou de escrever... guardou a caneta Mont Blanc... fechou o zíper da calça... me disse 'Olá, Henderson'... conferiu o cabelo no espelho, tossiu... como se estivesse nervoso ou... algo assim e... saiu de lá." Paro de novo, outro gole. "De qualquer forma... fui lá usar o... mictório e... me aproximei... para ler o que ele... havia escrito." Estremecendo, limpo a testa lentamente com um guardanapo.

"O que era?", pergunta Jean com precaução.

Fecho os olhos, três palavras saem da minha boca, destes lábios: "Morte... aos... yuppies".

Ela não diz nada.

Para quebrar o silêncio desconfortável que se segue, comento a única coisa que me vem à cabeça, que é "Sabia que o nome do primeiro cachorro de Ted Bundy, um collie, era Lassie?". Pausa. "Já tinha ouvido isso?"

Jean olha para seu prato como se isso a estivesse deixando confusa, então de volta para mim. "Quem é... Ted Bundy?"

"Deixa pra lá", suspiro.

"Escuta, Patrick. Precisamos conversar sobre algo", diz ela. "Ou ao menos *eu* preciso conversar sobre algo."

... onde havia natureza e terra, água e vida, vi uma paisagem desértica que não tinha fim, semelhante a uma espécie de cratera, tão desprovida de razão e luz e espírito que a mente era incapaz de abstraí-la em qualquer nível de consciência e quem se aproximasse tinha a mente rebobinada, incapaz de registrar. Era uma visão tão clara, real e vital para mim que em sua pureza era quase abstrata. Isso foi o que eu podia compreender, era assim que eu vivia minha vida, que construía meu movimento ao redor, como lidava com o tangível. Era essa a geografia em torno da qual minha realidade revolvia: não me ocorreu, *jamais*, que as pessoas eram boas, ou que um homem fosse capaz de mudar, ou que o mundo pudesse ser um lugar melhor pelo prazer de alguém em um sentimento, ou um olhar, ou um gesto, de receber o amor, ou a gentileza de outra pessoa. Nada era afirmativo, a expressão "generosidade de espírito" não se aplicava a nada, era um clichê, alguma espécie de piada sem graça. Sexo é matemática. Individualidade não é mais uma questão. O que significa inteligência? Defina razão. O desejo — insignificante. O intelecto não é uma cura. A justiça está morta. Medo, recriminação, inocência, solidariedade, culpa, desperdício, fracasso, luto, eram coisas, emoções que ninguém mais sentia. A reflexão é inútil, o mundo é insensato. O mal é a última permanência. Deus não está vivo. Não se pode confiar no amor. Superfície, superfície, superfície era tudo onde se podia encontrar significado... essa era a civilização como eu a via, colossal e perfurante...

"... e não me lembro com quem era que você estava conversando... não importa. O que importa é que você foi muito vigoroso, e ainda assim... muito doce e, acho, foi quando eu soube que..." Ela baixa a colher, mas não estou olhando para ela. Estou olhando para os táxis subindo a Broadway lá fora, ainda que eles não possam evitar que as coisas se desfaçam, pois Jean diz o seguinte: "Muitas pessoas parecem ter..." Ela para, e continua, hesitante, "... perdido contato com a vida, e não desejo ficar entre elas". Depois que o garçom tira seu prato, ela acrescenta "Não quero me... machucar".

Acho que estou acenando.

"Descobri a sensação de ficar sozinha e... acho que estou apaixonada por você." Ela diz isso em parte com rapidez, se esforçando.

Quase supersticiosamente, me viro para ela, bebericando uma água Evian, sem pensar, e digo, sorrindo, "Amo outra pessoa".

Como se esse filme tivesse sido avançado, ela ri imediatamente, desvia o olhar com rapidez, para baixo, envergonhada. "Então, me desculpa... nossa."

"Mas...", acrescento, em voz baixa, "... você não devia sentir... medo."

Ela olha de volta para mim, inflada de esperança.

"É possível fazer algo", digo. Então, sem saber por que disse isso, modifico a declaração, e digo diretamente "Talvez não dê. Não sei. Desperdicei muito tempo para ficar com você, então não é como se eu não me importasse".

Ela acena, muda.

"Jamais confunda afeição com... paixão", aviso. "Pode... não ser bom. Isso pode... bem, te arrumar problemas."

Ela não está dizendo nada, e de repente posso sentir sua tristeza, plana e calma, como um sonho lúcido. "O que você está tentando dizer?", pergunta ela, sem jeito, ruborizando.

"Nada. Só estou... te falando que... as aparências podem enganar."

Ela encara o *Times* empilhado em dobras pesadas sobre a mesa. Uma brisa faz o jornal flutuar um pouco. "Por que... você está me falando isso?"

Com tato, quase tocando a mão dela, mas me refreando, respondo "Só quero evitar qualquer desconexão no futuro". Passa uma mulher bem gostosa. Reparo nela, então olho de volta para Jean. "Ah, que isso, não fica assim. Não precisa ficar com vergonha."

"Não estou", diz ela, tentando agir casualmente. "Só quero saber se você ficou decepcionado comigo por eu ter admitido isso."

Como eu poderia falar para ela que não poderia ficar decepcionado de maneira alguma, já que não acho mais nada digno de expectativa?

"Tem muita coisa que você não sabe a meu respeito, não é?", pergunto, provocativo.

"Sei o bastante", diz ela, sua reação inicial, mas então balança a cabeça. "Ah, vamos só parar de falar disso. Cometi um erro. Desculpa." No instante seguinte ela muda de ideia. "Queria saber mais", diz ela, com gravidade.

Reflito antes de perguntar: "Tem certeza?".

"Patrick", diz ela, sem fôlego, "sei que minha vida seria... muito mais vazia sem você... nela."

Também reflito sobre isso, acenando com a cabeça, pensativo.

"E apenas não consigo..." Ela para, frustrada. "Não consigo fingir que esses sentimentos não existem, entende?"

"Shhh..."

... há uma ideia de um Patrick Bateman, uma espécie de abstração, mas não há um eu real, apenas uma entidade, algo ilusório, e embora eu possa esconder meu olhar frio e você possa apertar minha mão e sentir carne segurando a sua, e talvez até mesmo sentir que nossos estilos de vida provavelmente são comparáveis: *simplesmente não estou lá*. É difícil para mim fazer sentido em qualquer nível possível. Meu eu é fabricado, uma aberração. Sou um ser humano incontingente. Minha personalidade é esboçada e inacabada, minha falta de compaixão é profunda e persistente. Minha consciência, minha piedade, minhas esperanças desapareceram há muito tempo (provavelmente em Harvard), se é que já existiram. Não há mais barreiras a ser cruzadas. Tudo que tenho em comum com os incontroláveis e os insanos, os perversos e os maus, todo o caos que causei, e minha completa indiferença em relação a isso, agora superei. Ainda assim, no entanto, permaneço com a única verdade soturna: ninguém está seguro, nada é redimido. Ainda assim não tenho culpa. É preciso presumir que cada modelo de comportamento humano apresenta alguma validade. O mal é algo que está no ser? Ou é algo que está nas ações? Minha dor é constante e aguda, e não espero um mundo melhor para ninguém. Na verdade, desejo que minha dor seja infligida aos outros. Não quero que ninguém escape. Mesmo depois de admitir isso — e admiti, inúmeras vezes, em quase todo ato que cometi —, e encarando essas verdades, não há catarse. Não adquiro uma sabedoria mais profunda sobre mim mesmo, nenhuma nova compreensão que possa ser extraída de meu relato. Não tenho motivo para lhes contar tudo isso. Esta confissão não significou *nada*...

Estou perguntando a Jean "Quantas pessoas neste mundo são como eu?".

Ela para, e responde com cuidado. "Acho que... ninguém?", chuta.

"Deixa eu reformular a per... Espera, como está meu cabelo?", pergunto, me interrompendo.

"Hã, está bonito."

"Ok. Deixa eu reformular a pergunta." Dou um gole na cerveja encorpada dela. "Certo. *Por que* você gosta de mim?", pergunto.

Ela pergunta de volta, "*Por quê?*".

"Sim", digo. "Por quê."

"Bem". Uma gota de cerveja cai na minha camisa da Polo. Ela me passa seu guardanapo. Um gesto prático que me toca. "Você se... preocupa com os outros", diz ela, com hesitação. "Isso é uma coisa muito rara no que..." — ela para mais uma vez — "... é um... não sei, um mundo hedonista. Isto é... Patrick, você está me deixando com vergonha." Ela balança a cabeça, fechando os olhos.

"Prossiga", insisto. "Por favor. Quero saber."

"Você é doce." Ela revira os olhos. "A doçura é... sexy... não sei. Mas também é... *mistério*." Silêncio. "E acho o... mistério... você é misterioso." Silêncio, seguido por um suspiro. "E você tem... consideração." Ela percebe algo, não mais assustada, e me encara nos olhos. "E acho que homens tímidos são românticos."

"Quantas pessoas neste mundo são como eu?", pergunto de novo. "Será que aparento ser isso mesmo?"

"Patrick", diz ela. "Eu não mentiria."

"Não, claro que não... mas acho que..." Minha vez de suspirar, contemplativo. "Acho... sabe o que dizem sobre dois flocos de neve nunca serem iguais?"

Ela faz que sim.

"Bem, acho que isso não é verdade. Acho que muitos flocos de neve são iguais... e acho que muitas pessoas também são iguais."

Ela acena de novo, apesar de eu poder notar que está bem confusa.

"Aparências *podem* enganar", admito, tomando cuidado.

"Não", diz ela, balançando a cabeça, segura de si pela primeira vez. "Não acho que enganam. Não enganam."

"Às vezes, Jean", explico, "as linhas separando a aparência — o que você vê — e a realidade — o que você não vê — ficam, bem, embaçadas."

"Isso não é verdade", insiste ela. "Simplesmente não é verdade."

"É mesmo?", pergunto, sorrindo.

"Eu não costumava pensar assim", diz ela. "Talvez há dez anos não pensasse isso. Mas agora penso."

"O que você quer dizer?", pergunto, interessado. "Você *costumava*?"

... uma inundação de realidade. Tenho uma sensação estranha de que este é um momento crucial na minha vida e fico sobressaltado pela surpresa do que imagino se tratar de uma epifania. Não há nada de valor que eu possa lhe oferecer. Pela primeira vez vejo Jean como desinibida; ela parece mais forte, menos manipulável, querendo me levar para um terreno novo e desconhecido — a temida incerteza de um mundo completamente diferente. Sinto que ela deseja reorganizar minha vida de um modo significante — seus olhos me dizem isso e embora eu veja verdade neles, também sei que um dia, em algum momento muito em breve, ela também será trancada no ritmo da minha insanidade. Tudo o que preciso fazer é manter silêncio quanto a isso e não trazê-lo à tona — ainda assim ela me enfraquece, é quase como se *ela* estivesse decidindo quem sou eu, e, ao meu próprio modo arrogante e premeditado, posso admitir que sinto certa angústia, algo apertando minhas entranhas, e, antes que consiga evitar, me encontro quase estupefato, e comovido, por ter a capacidade de aceitar, embora não de retribuir, o amor dela. Me pergunto se mesmo agora, bem aqui no Nowheres, ela consegue ver a elevação das nuvens escurecendo atrás de meus olhos. E embora a frieza que sempre senti me abandone, a letargia não, e provavelmente isso jamais acontecerá. Esse relacionamento provavelmente não levará a nada... isso não mudou nada. Imagino-a com um cheiro limpo, como chá...

"Patrick... fala comigo... não fica tão chateado", ela está dizendo.

"Acho que... é hora de... de dar uma boa olhada... no mundo que criei", engasgo, lacrimoso, me vendo admitir para ela, "dei de cara com... um grama de cocaína... em meu armário... ontem à noite." Estou apertando minhas mãos unidas, formando um grande punho, as falanges todas brancas.

"O que você fez com isso?", pergunta.

Coloco uma mão na mesa. Ela a segura.

"Joguei fora. Joguei tudo fora. Eu queria *cheirar*", suspiro, "mas joguei tudo fora."

Ela aperta minha mão com força. "Patrick?", pergunta, levantando a mão até segurar meu cotovelo. Quando encontro forças para olhar de volta para ela, me chama atenção como ela é mesmo inútil, entediante e fisicamente bonita, e a pergunta *Por que não ficar logo com ela?* flutua em minha linha de visão. Uma resposta: ela tem um corpo melhor que o da maioria das outras garotas que conheço. Outra: de qualquer forma, todas são intercambiáveis. Mais uma: na verdade não importa. Ela está sentada diante de mim, taciturna, porém esperançosa, ordinária, prestes a se dissolver em lágrimas. Aperto sua mão de volta, comovido, não, tocado, tocado por sua ignorância do mal. Ela precisa passar em mais um teste.

"Você tem uma pasta?", pergunto a ela, engolindo

"Não", diz ela. "Não tenho."

"Evelyn carrega uma pasta", comento.

"Carrega..?", pergunta Jean.

"E uma agenda Filofax?"

"Uma pequena", admite.

"Especial?", pergunto desconfiado.

"Não."

Suspiro, então seguro a mão dela, pequena e dura.

... e, nos desertos do sul do Sudão, a temperatura se eleva em ondas sem ar, milhares e milhares de homens, mulheres e crianças vagueiam pela vasta mata nativa, buscando desesperadamente por comida. Vorazes e famintos, deixando uma trilha de corpos mortos e emaciados, comem ervas e folhas e... nenúfares, tombando de vila em vila, morrendo lenta e inexoravelmente; uma manhã cinzenta no deserto miserável, um rangido paira no ar, uma criança com o rosto parecido com uma lua negra se deita da areia, coçando a garganta, cones de poeira se elevando, voando pela terra como piões, ninguém consegue ver o sol, a criança está coberta de areia, quase morta, olhos arregalados, gratos (pare e imagine por um instante um mundo em que alguém fica grato por algo), nenhum dos padecentes presta atenção enquanto fazem fila, atordoados e sofrendo (não — há *uma* pessoa que presta atenção, que percebe a agonia do garoto e sorri, como se guardasse um segredo), o garoto abre e fecha sua boca, estalando, rachada, sem emitir som, há um ônibus escolar em algum lugar ao longe, e em algum outro lugar, acima disso, no espaço, um espírito se eleva, uma porta se abre, pergunta "*Por quê?*" — um lar para os mortos, uma infinidade, paira sobre o vazio, o tempo se arrasta, o amor e a tristeza perpassam o garoto...

"Ok."

Estou pouco ciente de um telefone tocando em algum lugar. No café na Columbus, números incontáveis, centenas de pessoas, talvez milhares, passaram por nossa mesa durante meu silêncio. "Patrick", continua Jean. Alguém com um carrinho de bebê para na esquina e compra um sorvete Dove Bar. O bebê encara nós dois. Eu e Jean o encaramos de volta. Isso é realmente estranho e estou vivenciando uma espécie de sensação interna espontânea, sinto que estou seguindo adiante, assim como me afastando de algo, e qualquer coisa é possível.

ASPEN

São quatro dias antes do Natal, às duas da tarde. Estou sentado no banco de trás de uma limusine completamente preta diante de um prédio de tijolos vermelhos qualquer da Quinta Avenida tentando ler um artigo sobre Donald Trump na nova edição da revista *Fame*. Jeanette quer que eu entre com ela, mas digo "Pode esquecer". Ela está com um olho roxo de ontem à noite, já que durante o jantar no Il Marlibro tive de coagi-la a pelo menos considerar fazer isso; então, após uma discussão mais enérgica em meu apartamento, ela consentiu. O dilema de Jeanette se localiza fora da minha definição de culpa, então eu lhe dissera, com sinceridade, durante o jantar, que para mim era muito difícil expressar uma preocupação com ela que não sinto. Durante todo o percurso saindo de minha casa, no Upper West Side, ela choramingou. A única emoção clara e identificável vinda de Jeanette é desespero, e talvez ansiedade, e apesar de conseguir ignorá-la com sucesso pela maior parte do percurso, por fim preciso falar: "Escuta, já tomei dois Xanax hoje de manhã, então, hã, você não vai conseguir, tipo, encher meu saco". Agora, enquanto ela cambaleia da limusine para o pavimento congelado, resmungo "É o melhor a ser feito", e, oferecendo consolo, "Não leve isso tão a sério". O motorista, cujo nome esqueci, a conduz até o prédio, e ela dá um último olhar arrependido para trás. Suspiro e aceno para ela ir logo. Ela ainda está usando, de ontem à noite, um casaco balmacaan de algodão com padrão de leopardo forrado com challis sobre um vestido sem mangas de lã-crepe da Bill Blass. O Pé-Grande foi entrevistado no *Patty Winters Show* de hoje e, para meu espanto, eu o achei supreendentemente articulado e charmoso. O copo que estou usando para beber vodca Absolut é finlandês. Estou muito bronzeado em comparação com Jeanette.

O motorista sai do prédio, acena para mim, se afasta cuidadosamente da calçada com a limusine e começa a seguir até o aeroporto JFK, de onde meu voo para Aspen sai em noventa minutos. Quando eu voltar, em janeiro, Jeanette estará fora do país. Reacendo um charuto, procuro um cinzeiro. Há uma igreja na esquina da rua. Quem se importa? Esta é, acho, a quinta criança que abortei, a terceira que não fui eu mesmo a abortar (uma estatística inútil, admito). O vento do lado de fora da limusine está rápido e frio, e a chuva acerta as janelas escurecidas em ondas rítmicas, imitando o provável choro de Jeanette na sala de operações, tonta da anestesia, pensando sobre alguma memória distante, um momento em que o mundo era perfeito. Resisto ao impulso de começar a gargalhar histericamente.

No aeroporto, instruo o chofer a parar na FAO Schwarz antes de pegar Jeanette e comprar o seguinte: uma boneca, um chocalho, um mordedor, um urso polar branco da Gund, e deixar tudo isso no banco de trás para ela, desenrolado. Jeanette vai ficar bem — tem a vida inteira pela frente (isto é, se não se encontrar comigo). Além disso, seu filme favorito é *A Garota de Rosa-Shocking* e ela acha Sting legal, então o que está acontecendo com ela não é, tipo, completamente imerecido, e ninguém deveria sentir pena dela. Esta não é uma época para inocentes.

DIA DOS NAMORADOS

Manhã de terça e estou ao lado da mesa em minha sala falando no telefone com meu advogado, alternando o olhar entre o *Patty Winters Show* e a empregada que esfrega o chão, limpa manchas de sangue das paredes e joga fora jornais encharcados de sangue coagulado sem falar nada. Me ocorre levemente que ela também está perdida num mundo de merda, se afogando totalmente nele, e isso de algum modo me lembra que o afinador de pianos vai passar aqui esta tarde e preciso deixar um recado com o porteiro para deixá-lo entrar. Não que o Yamaha jamais tenha sido tocado; foi só que uma das garotas caiu em cima dele e umas cordas (que usei depois) foram puxadas, arrancadas ou algo assim. No telefone estou dizendo que "Preciso de mais dedução de impostos". Patty Winters está na TV perguntando a uma criança, de oito ou nove anos, "Mas isso não é apenas outro termo para orgia?". O temporizador apita no micro-ondas. Estou esquentando um suflê.

Não há por que negar: foi uma semana ruim. Comecei a beber minha própria urina. Rio espontaneamente do nada. Às vezes, durmo debaixo de meu futon. Passo o fio dental sem parar até minhas gengivas começarem a doer ou sentir o gosto de sangue na boca. Antes do jantar, ontem no 1500, com Reed Goodrich e Jason Rust, eu quase fui descoberto no Federal Express da Times Square tentando enviar para a mãe de uma das garotas que matei semana passada o que poderia ser um coração marrom, ressecado. E para Evelyn consegui enviar com sucesso, do escritório, uma caixinha de moscas com uma anotação, datilografada por Jean, dizendo que eu nunca, *nunca* queria ver a cara dela novamente, e, embora na verdade ela não precise, que começasse a fazer a porra de uma dieta. Mas também fiz coisas que uma pessoa comum acharia legais, para comemorar o feriado, itens que comprei para Jean e mandei entregar no apartamento dela hoje de manhã: guardanapos de algodão da Castellini comprados na Bendel's, uma cadeira de vime na Jenny B. Goode, uma toalha de mesa de tafetá na Barney's, uma bolsa vintage de cota de malha e uma penteadeira vintage de prata esterlina na Macy's, um jogo de estantes de pinho branco na Conran's, um bracelete eduardiano de ouro nove quilates comprado na Bergdorf's e centenas e centenas de flores cor-de-rosa e brancas.

O escritório. Letras da Madonna continuam a se infiltrar, irrompendo em minha mente, se anunciando de maneiras cansativas e familiares, e encaro o vazio, os olhos ociosamente iluminados enquanto tento esquecer o dia que se avulta diante de mim, mas então uma frase que me provoca um pavor indefinido sempre interrompe as músicas da Madonna — *casa de fazenda isolada* constantemente retorna a mim, várias e várias vezes. Alguém que ando evitando faz um ano, um nerd da *Fortune* que quer escrever um artigo a meu respeito, liga de novo hoje de manhã e acabo ligando de volta para o repórter para marcar uma entrevista. Craig McDermott está tendo uma espécie de obsessão por fax e não atende a nenhuma de minhas ligações, preferindo se comunicar apenas por fax. O *Post* hoje diz que os restos de três corpos que desapareceram num iate em março foram encontrados, congelados no gelo, fatiados e inchados, no East River; algum maníaco anda pela cidade envenenando garrafas de um litro de água Evian, dezessete mortos até então; conversa sobre zumbis, o ânimo público, aleatoriedades crescentes, vastas fissuras de mal-entendidos.

E, em nome da forma, Tim Price volta à superfície, ou ao menos tenho muita certeza que sim. Enquanto estou em minha mesa simultaneamente cruzando os dias que já passaram em meu calendário e lendo um novo best-seller sobre administração de empresas chamado *Por que ser um babaca funciona*, Jean chama, anunciando que Tim Price quer conversar, e digo, temeroso, "Manda... manda ele entrar". Price adentra o escritório usando um terno de lã da Canali Milano, uma camisa de algodão da Ike Behar, uma gravata de seda da Bill

Blass, sapatos de couro com biqueira e cadarços da Brooks Brothers. Finjo que estou no telefone. Ele se senta, bem diante de mim, do outro lado da mesa com tampo de vidro da Palazzetti. Há uma mancha em sua testa, ou pelo menos é o que acredito estar vendo. Além do fato de ele estar memoravelmente em forma. Nossa conversa se parece com algo assim, mas na verdade é mais breve:

"Price", digo, apertando sua mão. "Onde você estava?"

"Ah, só dando uma volta por aí." Ele sorri. "Mas, olha só, voltei."

"Por aí." Dou de ombros, confuso. "Como... foi?"

"Foi... surpreendente." Ele também dá de ombros. "Foi... deprimente."

"Acho que vi você em Aspen", murmuro.

"Ei, como você está, Bateman?", pergunta.

"Estou bem", digo, engolindo em seco. "Apenas... existindo."

"E Evelyn?", pergunta ele. "Como ela está?"

"Nós terminamos." Sorrio.

"Que pena." Ele abstrai isso, e se lembra de algo. "Courtney?"

"Casada com Luis."

"Grassgreen?"

"Não. Carruthers."

Ele também abstrai isso. "Você tem o número dela?"

Enquanto anoto para ele, comento "Você sumiu, tipo, pra sempre, Tim. Qual é a história?", pergunto, mais uma vez percebendo a mancha em sua testa, embora tivesse a sensação de que, se perguntasse a mais alguém se estava lá de verdade, ele (ou ela) apenas diria que não.

Ele se levanta e pega o cartão. "Voltei algumas vezes. Você só deve ter deixado passar. Perdeu o rastro. Por causa do movimento." Ele para, provocativo. "Estou trabalhando para Robinson. Braço direito, sabe?"

"Almond?", pergunto, fazendo um esforço inútil da minha parte para mascarar minha repugnância com a mancha.

Ele dá um tapinha nas minhas costas e diz "Você é um maluco, Bateman. Um animal. Um completo animal".

"Não posso discordar." Dou uma risada fraca, conduzindo Price até a porta. Enquanto ele sai, imagino, e não imagino, o que acontece no mundo de Tim Price, que na verdade é o mundo de todos nós: grandes ideias, coisas de homens, um jovem conhece o mundo, um jovem o ganha.

MENDIGO NA QUINTA AVENIDA

Estou voltando do Central Park onde, perto do local em que assassinei o garoto McCaffrey, dou porções do cérebro de Ursula para os cães que passam. Descendo a Quinta Avenida por volta das quatro da tarde, todos na rua parecem tristes, o ar está repleto de decadência, corpos deitados no pavimento frio, quilômetros disso, alguns se movendo, a maioria não. A História está afundando e apenas pouquíssimos estão cientes de que as coisas estão ficando ruins. Aviões voam baixo pela cidade, tapando o sol. Ventos varrem a Quinta Avenida, então se afunilam na rua 57. Bandos de pombos sobem em câmera lenta e se espalham no céu. O cheiro de castanhas torradas se mistura com jatos de fumaça do monóxido de carbono. Percebo que a linha do horizonte mudou faz pouco tempo. Olho para cima, em admiração, para a Trump Tower, alta, reluzindo orgulhosamente na luz da tardinha. Na frente, dois adolescentes pretos espertinhos estão surrupiando turistas com o jogo das três cartas e preciso segurar o impulso de estourar os miolos deles.

Um mendigo que ceguei numa primavera está sentado de pernas cruzadas num cobertor maltratado perto da esquina da rua 55. Me aproximando, vejo o rosto cicatrizado do mendigo e então o cartaz que ele está segurando abaixo, em que se lê VETERANO DO VIETNÃ CEGO NO VIETNÃ. POR FAVOR ME AJUDA. COM FOME SEM TETO. Com fome?

Então percebo o cachorro, que já está me encarando desconfiado, e, quando me aproximo de seu dono, ele se levanta, grunhindo, e quando estou de pé acima do mendigo, ele finalmente late, sacudindo o rabo freneticamente. Me ajoelho, levanto uma mão ameaçadora para ele. O cachorro recua, as patas tortas.

Tirei a carteira, fingindo soltar um dólar na lata de café vazia dele, mas então percebo: por que fingir? Ninguém está vendo mesmo — definitivamente, não *ele*. Pego de volta o dólar, me curvando. Ele sente minha presença e para de balançar a lata. Os óculos de sol que está usando não dão sequer para cobrir os ferimentos que infligi. O nariz está tão detonado que não consigo imaginar uma pessoa respirando com aquilo.

"Você nunca esteve no Vietnã", sussurro em seu ouvido.

Após um silêncio, durante o qual ele se mija nas calças, o cachorro gane, e ele grasna "Por favor... não me machuca".

"Pra que perder meu tempo?", resmungo, enojado.

Me afasto do mendigo, percebendo, em vez disso, uma garotinha fumando um cigarro, pedindo um trocado do lado de fora da Trump Tower. "Xô", digo. Ela devolve o "Xô". No *Patty Winters Show* de hoje um cereal Cheerio sentado numa cadeira muito pequena foi entrevistado por cerca de uma hora. Mais tarde, uma mulher usando um casaco de raposa-cinzenta e marta teve o rosto retalhado na frente do Stanhope por um enfurecido defensor dos animais. Agora, ainda observando o mendigo sem visão do outro lado da rua, compro um sorvete Dove Bar, de coco, no qual encontro um pedaço de osso.

NOVA BOATE

Na noite de quinta trombei com Harold Carnes na festa de uma nova boate chamada World's End que abriu num espaço em que costumava ser o Petty's no Upper East Side. Estou com Nina Goodrich e Jean numa mesa, e Harold está de pé no bar bebendo champanhe. Estou bêbado o bastante para enfim confrontá-lo quanto à mensagem que deixei em sua secretária eletrônica. Peço licença na mesa e vou até o outro lado do bar, percebendo que preciso de um martíni para criar coragem antes de comentar com Carnes (foi uma semana *muito* instável para mim — me encontrei choramingando durante um episódio de *Alf, o ETeimoso* na segunda). Nervoso, me aproximo. Harold está usando um terno de lã da Gieves & Hawkes, uma gravata de sarja, camisa de algodão, sapatos da Paul Stuart; ele parece mais pesado do que me lembro. "Aceite isso", está dizendo a Truman Drake, "os japoneses vão possuir a maior parte deste país lá pelo final dos anos 1990."

Aliviado por Harold estar, como de hábito, ainda dispensando informações valiosas e *novas*, com o acréscimo de um traço leve, porém inconfundível de, deus me livre, um sotaque inglês, me encontro desinibido o bastante para proferir "Cala a boca, Carnes, eles não vão fazer *porra nenhuma*". Bebo o martíni todo e a Stoli, enquanto Carnes, parecendo chocado, quase ferido, se vira para me encarar, e sua cabeça inchada irrompe num sorriso incerto. Alguém atrás de nós está dizendo "Mas veja o que aconteceu com Gekko...".

Truman Drake dá um tapinha nas costas de Harold e me pergunta "Há alguma largura de suspensório que é mais, hum, apropriada que as outras?". Irritadiço, empurro-o para a multidão e ele desaparece.

"Então, Harold", digo, "recebeu minha mensagem?"

Carnes parece confuso no começo e, enquanto acende um cigarro, finalmente gargalha. "Meu deus, Davis. Sim, foi hi*lá*ria. Ela *foi* sua, então?"

"Sim, naturalmente." Estou piscando, balbuciando sozinho, na verdade tirando com a mão a fumaça do cigarro dele de meu rosto.

"Bateman matando Owen e a acompanhante?" Ele continua rindo. "Oh, aquilo foi assaz maravilhoso. Formidável, como dizem no Groucho Club. Formidável." Então, parecendo desanimado, acrescenta "Foi uma mensagem bem longa, não é?".

Estou sorrindo como um idiota, e então pergunto "Mas o que você quer dizer exatamente, Harold?", secretamente pensando comigo mesmo que não é possível que esse gordo desgraçado tenha sido aceito na porra do Groucho Club, e, mesmo que tivesse, admiti-lo assim apenas oblitera o fato de sua admissão ter sido aceita.

"Oras, a mensagem que você deixou." Carnes já está olhando em volta da boate, acenando para várias pessoas e gatas. "Por sinal, Davis, como vai Cynthia?" Ele aceita uma taça de champanhe de um garçom que passava. "Você ainda está saindo com ela, certo?"

"Mas espera, Harold. O-que-você-quer-dizer?", repito enfaticamente.

Ele já está entediado, sem se preocupar ou escutar, e, se desculpando, fala "Nada. Bom te ver. Nossa, aquele é Edward Towers?".

Endureço o pescoço para ver, então me volto para Harold. "Não", digo. "Carnes? *Espera.*"

"Davis", suspira ele, como se estivesse pacientemente explicando algo a uma criança, "Não sou de falar mal de ninguém; sua piada *foi* divertida. Mas o que é isso, cara, ela tem um defeito mortal: Bateman ser um maldito baba-ovo, um maricas puxa-saco, por isso não tem como eu gostar tanto. Se não fosse isso seria divertido. Agora vamos almoçar, ou vamos jantar no 150 Wooster, ou algo assim, com McDermott e Preston. Um verdadeiro biruta." Ele tenta andar.

"Biru-tah? Biru-tah? Você disse *biru-tah*, Carnes?" Estou de olhos arregalados, me sentindo chapado mesmo sem ter usado nenhuma droga. "Do que você está *falando*? Bateman é o *quê*?"

"Ah, meu deus, cara. Por que mais Evelyn Richards daria um pé na bunda dele? Sabe, é sério. Ele mal podia *catar* uma acompanhante, veja lá... o que foi que você disse que ele fez com ela?" Harold ainda está olhando distraidamente pela boate e acena para outro casal, erguendo a taça de champanhe. "Ah, sim, 'cortou toda'." Ele começa a rir de novo, mas dessa vez soa educado. "Agora se você me der licença. Preciso mesmo."

"Espera. Pare", grito, olhando para o rosto de Carnes, confirmando que ele está ouvindo. "Você não parece entender. Na verdade, não está entendendo nada disso. *Eu* assassinei ele. *Eu* que fiz isso, Carnes. *Eu* que arranquei a porra da cabeça do Owen. *Eu* que torturei várias de garotas. Toda aquela mensagem que deixei na sua secretária eletrônica é *verdade*." Estou exausto, sem parecer calmo, me perguntando por que isso não parece uma benção para mim.

"Com licença", diz ele, tentando ignorar meu chilique. "*Preciso* mesmo ir."

"Não!", grito. "Carnes. Agora me escuta. Me escuta com muito, muito cuidado. Eu-matei-Paul-Owen-e-gostei-disso. Não posso ser mais claro." Meu estresse me faz engasgar com as palavras.

"Mas isso é simplesmente impossível", diz ele, me afastando. "E não estou mais achando isso divertido."

"Nunca foi pra ser divertido!", berro, e então, "Por que não é possível?".

"Só não é", diz ele, me encarando com preocupação.

"Por que não?", grito de novo por cima da música, apesar de não haver necessidade, acrescentando "Seu idiota de merda".

Ele me encara como se ambos estivéssemos debaixo d'água, e grita de volta, com muita clareza, sobre a barulheira da boate, "Porque... jantei... com Paul Owen... duas vezes... em Londres... *faz apenas dez dias*".

Após nos encararmos pelo que pareceu ser um minuto, finalmente tenho coragem de responder algo, mas minha voz carece de qualquer autoridade, e não tenho certeza se acredito em mim mesmo quando falo para ele, simplesmente, "Não... não jantou". Mas sai como uma pergunta, não uma afirmação.

"Agora, Donaldson", diz Carnes, retirando minha mão do braço dele. "Se me der licença."

"Ah, pode ir", escarneço. Então volto a nossa mesa onde John Edmonton e Peter Beavers agora estão sentados, e me entorpeço com Triazolam antes de levar Jean para casa, para a minha casa. Jean está usando algo da Oscar de la Renta. Nina Goodrich está usando um vestido de lantejoulas da Matsuda e se recusou a me dar o número dela, mesmo com Jean no banheiro feminino no andar de baixo.

MOTORISTA DE TÁXI

Outra cena fragmentada no que se passa por minha vida ocorre na quarta, aparentemente apontando para a culpa de alguém, embora de quem não posso ter certeza. Estou preso no engarrafamento num táxi rumo ao centro de Wall Street depois de um café da manhã a negócios no Regency com Peter Russell, que costumava ser meu traficante antes de arrumar um trabalho de verdade, e Eddie Lambert. Russell estava usando um paletó esportivo de lã de dois botões da Redaelli, uma camisa de algodão da Hackert, uma gravata de seda da Richel, calça plissada de lã da Krizia Uomo e sapatos Cole-Haan. O *Patty Winters Show* hoje foi sobre garotas da quarta série que trocam sexo por crack e quase cancelei com Lambert e Russell para não perder o programa. Russell pediu para mim enquanto eu estava no lobby falando no telefone. Era, infelizmente, um café da manhã gorduroso e com alta quantidade de sódio, e, antes que eu pudesse compreender o que estava acontecendo, pratos de waffle com ervas e presunto em molho madeira, salsichas grelhadas e bolo azedo de creme de café foram colocados em nossa mesa, e tive que pedir ao garçom um jarro de chá de ervas descafeinado, um prato de fatias de manga com mirtilos e uma garrafa de Evian. Na luz do começo da manhã que penetrava pelas janelas do Regency, eu observava enquanto nosso garçom graciosamente raspava trufas pretas sobre os ovos cozidos de Lambert. Subjugado, cedi e pedi que as trufas pretas fossem raspadas sobre minhas fatias de manga. Nada de mais aconteceu durante o café da manhã. Precisei sair para fazer outra ligação, e quando retornei à nossa mesa percebi que estava faltando uma fatia de manga, mas não acusei ninguém. Tinha outras coisas em mente: como ajudar as escolas norte-americanas, a ausência de confiabilidade, conjuntos de mesas de escritório, a nova era de possibilidades e o que há nela para mim, arranjar entradas para ver Sting na Ópera dos *Três Vinténs*, que acabou de estrear na Broadway, como ganhar mais e lembrar menos...

No táxi estou usando um sobretudo de caxemira e lã de peito duplo da Studio 000.1 comprado na Ferré, um terno de lã com calça plissada da De Rigueur comprada na Schoeneman, uma gravata de seda da Givenchy Gentleman, meias da Interwoven, sapatos da Armani, lendo o *Wall Street Journal* com meus óculos de sol Ray-Ban no rosto e escutando no walkman uma fita de Bix Beiderbecke. Baixo o *Journal*, pego o *Post*, apenas para conferir a *Page Six*. À luz da Sétima com a 34, no táxi ao lado está, acho, Kevin Gladwin, usando um terno da Ralph Lauren. Baixo meus óculos de sol. Kevin olha para a nova edição da revista *Money* e nota que estou olhando para ele de um modo curioso antes de seu táxi avançar no tráfego. O táxi em que estou de repente consegue escapar do engarrafamento e virar à direita na 27, pegando a West Side Highway até Wall Street. Baixo o jornal, me concentro na música e no clima, em como está fazendo frio fora de época, e estou apenas começando a perceber o modo como o taxista olha para mim no espelho retrovisor. Uma expressão suspeita, faminta, fica mudando a expressão no rosto dele — uma massa de poros entupidos e pelos encravados. Suspiro, esperando isso, ignorando-o. Abra o capô de um carro e isso lhe dirá algo sobre as pessoas que o desenharam, é só uma das frases com as quais sou torturado.

Mas o motorista bate no divisor de acrílico, e gesticula para mim. Enquanto tiro os fones do walkman percebo que ele trancou todas as portas — vejo as travas baixarem num lampejo, escuto o clique oco, no momento em que abaixo o volume. O táxi está aumentando a velocidade, seguindo mais rápido que o recomendado para a pista, na faixa mais à direita. "Sim?", pergunto irritado. "O quê?"

"Ei, eu te conheço, né?", pergunta ele com um sotaque forte, quase impenetrável, que facilmente poderia ser tanto de Nova Jersey como do Mediterrâneo.

"Não", começo a recolocar os fones do walkman.

"Você é familiar", diz. "Qual o seu nome?"

"Não sou. Nem você", digo, e então, depois de pensar, "Chris Hagen."

"Ah, o que é isso." Ele está sorrindo como se houvesse algo de errado. "Sei quem é você."

"Estou num filme. Sou ator", falo. "Um modelo."

"Nah, não é isso", diz ele de modo sombrio.

"Bem..." — me inclino, conferindo o nome dele — "... Abdullah, você é membro associado do M.K.?"

Ele não responde. Reabro o *Post* numa foto do prefeito fantasiado de abacaxi, então o fecho de novo e rebobino a fita em meu walkman. Começo a contar sozinho — um, dois, três, quatro —, meus olhos focam no medidor. Por que não saí com uma arma de manhã? Porque não achei que precisaria de uma. A única arma comigo é uma faca usada ontem à noite.

"Não", repete ele. "Já vi seu rosto em outro lugar."

Por fim, exasperado, pergunto, tentando parecer casual, "Viu? É mesmo? Interessante. Só presta atenção no caminho, Abdullah".

Há uma pausa longa e assustadora enquanto ele me encara no espelho retrovisor e o sorriso sinistro desaparece. Seu rosto está inexpressivo. Ele diz, por fim, "Eu sei. Cara, eu sei quem é você", e ele está acenando, a boca cerrada. O rádio que estava sintonizado nas notícias é desligado.

Prédios passam numa mancha cinza-avermelhada, o táxi passa de outros táxis, o céu muda de cor, de azul para roxo, para preto, e de volta para o azul. Em outro farol — um vermelho, que ele fura correndo — passamos, no outro lado da West Side Highway, por um novo D'Agostino's na esquina onde costumava ficar o Mars, e isso quase me leva às lágrimas, pois é algo identificável, e fico tão nostálgico pelo supermercado (mesmo sendo um em que eu jamais faria compras) como fico por qualquer coisa, e quase interrompo o motorista, mando ele estacionar, me deixar sair, ficar com o troco de uma nota de dez — não, uma de vinte —, mas não posso me mover porque ele está indo rápido demais, e algo intervém, algo impensável e ridículo, e escuto ele dizer, talvez, "Acho que você é o cara que matou o Solly". Seu rosto está travado num esgar determinado. Como tudo mais, o seguinte acontece muito rápido, embora pareça um teste de resistência.

Engulo em seco, baixo meus óculos escuros e falo para ele diminuir a velocidade, antes de perguntar "Quem, se me permite perguntar, é Sally?".

"Cara, seu rosto está num cartaz de procurado no centro", diz ele, sem hesitar.

"Talvez você queira parar aqui", consigo grasnar.

"Você é o tal sujeito, não é?" Ele está olhando para mim como se eu fosse alguma espécie de víbora.

Outro táxi, a luz acesa, vazio, passando o nosso, indo a pelo menos cento e trinta por hora. Não estou dizendo nada, apenas balançando a cabeça. "Vou anotar..." — engulo, tremendo, abro minha agenda de couro, tiro uma caneta Mont Blanc de minha pasta da Bottega Veneta — "... o número da sua licença."

"Você matou o Solly...", diz ele, definitivamente me reconhecendo de algum lugar, interrompendo outra negação da minha parte ao grunhir "... seu filho da puta."

Perto das docas, no centro, ele desvia da pista e vai correndo com o táxi para o fim de uma área de estacionamento deserta, e me ocorre que em algum lugar, agora, neste momento, quando ele atravessa uma cerca de alumínio detonada, coberta de ferrugem, seguindo para a água, tudo que posso fazer é colocar os fones do walkman e abafar o som do motorista, mas minhas mãos estão crispadas, paralisadas, e não consigo destravá-las, cativo no táxi enquanto ele é lançado a um destino que apenas o motorista, que obviamente está enlouquecido, sabe. As janelas são abaixadas parcialmente e posso sentir o ar frio da manhã secando o gel do meu escalpo. Me sinto nu, repentinamente minúsculo. Minha boca tem um gosto metálico, que então piora. Minha visão: uma estrada invernal. Mas sou deixado com um pensamento reconfortante: sou rico — milhões não são.

"Você meio que me identificou de modo incorreto", estou dizendo.

Ele para o táxi e se vira para o banco de trás. Está segurando uma arma, cuja marca não reconheço. Estou encarando o taxista, minha expressão interrogativa se transformando em outra coisa.

"O relógio. O Rolex", diz, apenas.

Escuto, em silêncio, me retorcendo no assento.

Ele repete, "O *relógio*".

"Isso é algum tipo de pegadinha?", pergunto.

"Sai", ordena. "Sai da porra do carro."

Encaro a cabeça do motorista, e fora do para-brisa as gaivotas voando baixo, na água escura e ondulosa, e abro a porta para sair do táxi, com cuidado, sem movimentos repentinos. É um dia frio. Minha respiração solta vapor, que o vento faz rodopiar.

“O relógio, seu lixo”, diz ele, inclinando-se do lado de fora da janela, a arma apontada para minha cabeça.

“Escuta, não sei o que você acha que está fazendo, ou o que está tentando realizar, ou o que você *acha* que vai conseguir fazer. Eles nunca tiraram minhas digitais. Tenho álibis...”

“Cala essa boca”, grunhe Abdullah, me interrompendo. “Só cala a porra dessa sua boca.”

“Sou inocente”, grito com convicção total.

“O relógio.” Ele engatilha a arma.

Destravo o Rolex e, deslizando-o por meu pulso, passo para ele.

“Carteira.” Ele gesticula com a arma. “Só a grana.”

Desamparado, tiro minha carteira de couro de gazela e, rapidamente, os dedos congelando, adormecidos, passo o dinheiro para ele, apenas trezentos dólares, pois não tive tempo de parar num caixa eletrônico antes do café da manhã de negócios. Solly, suponho, era o taxista que matei durante a cena de perseguição no último outono, apesar de aquele cara ser armênio. Talvez eu tenha matado algum outro e simplesmente não esteja me recordando desse incidente em particular.

“O que você vai fazer?”, pergunto. “Não há uma recompensa ou algo assim?”

“Não. Sem recompensa”, resmunga, misturando as cédulas com uma mão, a arma, ainda apontada para mim, na outra.

“Como você sabe que eu não vou te denunciar e ter sua carteira revogada?”, pergunto, segurando uma faca que acabo de encontrar no bolso e que parece ter sido mergulhada numa tigela de sangue e pelos.

“Porque você é culpado”, diz ele, e então, “Se afaste de mim”, apontando a arma para a faca manchada.

“Como se *você* soubesse de algo”, resmungo com raiva.

“Os óculos de sol.” Aponta com a arma novamente.

“Como você sabe que sou culpado?”, não consigo acreditar que estou perguntando isso com calma.

“Presta atenção no que você tá fazendo, ô cuzão”, diz ele. “Os óculos de sol.”

“Eles são caros”, protesto, então suspiro, percebendo o erro. “Digo, baratos. São muito baratos. Só... o dinheiro não basta?”

“Os óculos escuros. Passa, agora”, grunhe.

Tiro os Wayfarer e passo para ele. Talvez eu realmente tenha matado algum Solly, mas tenho certeza de que nos últimos tempos qualquer taxista que eu tenha matado *não* era norte-americano. Provavelmente matei. Provavelmente *há* um cartaz de procurado no...

onde o táxi... no lugar em que os táxis se reúnem... Como se chama? O motorista testa os óculos, olha para si mesmo no espelho retrovisor e então os retira. Ele recolhe as hastes dos óculos e os guarda no bolso da jaqueta.

"Você é um homem morto." Dou um sorriso sinistro para ele.

"E você é um lixo yuppie", diz ele.

"Você é um homem morto, Abdullah", repito, sem piada. "Pode contar com isso."

"É mesmo? E você é um lixo yuppie. O que é pior?"

Ele dá a partida no táxi e se afasta de mim.

Enquanto caminho de volta para a pista, paro, engulo o choro, minha garganta se fecha. "Eu só quero..." Encarando a linha do horizonte, em meio a toda conversa infantil, murmuro "... continuar na ativa". Ali, de pé, congelada numa posição, uma velha emerge detrás de um cartaz da Ópera dos *Três Vinténs* num ponto de ônibus deserto, e ela é uma pedinte sem-teto, perneta, o rosto coberto de pústulas que parecem insetos, estendendo uma mão vermelha que está tremendo. "Poderia por favor ir embora daqui?", suspiro. Ela me manda cortar o cabelo.

PSICOPATA AMERICANO
BRET EASTON ELLIS

NO HARRY'S

Numa noite de sexta, um grupo nosso saiu mais cedo do trabalho, acabando no Harry's. O grupo consiste em Tim Price, Craig McDermott, eu, Preston Goodrich, que agora está saindo com uma baita gostosa chamada, acho, Plum — sem sobrenome, apenas Plum, uma atriz/modelo, que tenho uma sensação que todos achamos demais. Estamos discutindo onde fazer reservas para jantar: Flamingo East, Oyster Bar, 220, Counterlife, Michael's, SpagoEast, Le Cirque. Robert Farrell também está aqui, o Lotus Quotreck, um dispositivo portátil de cotações, a sua frente na mesa, e ele está apertando botões enquanto as últimas commodities piscam. O que as pessoas estão usando? McDermott está com um paletó esportivo de caxemira, calça de lã, uma gravata de seda, Hèrmes. Farrell está usando um colete de caxemira, sapatos de couro, calça de sarja de cavalaria, Garrick Anderson. Estou usando um terno de lã da Armani, sapatos da Allen-Edmonds, lenço de bolso da Brooks Brothers. Alguém mais está usando um terno de alfaiataria de Anderson e Sheppard. Alguém que se parece com Todd Lauder, e de fato pode ser ele, faz um joinha do outro lado do salão etc. etc.

Perguntas são frequentemente lançadas para mim, entre elas: As regras para usar um lenço de bolso são as mesmas que para usar um paletó social branco? Afinal, há alguma diferença entre sapatos casuais e *top-siders*? Meu futon já está achatado e ficou desconfortável para dormir — o que posso fazer? Como avaliar a qualidade de um CD antes de comprá-lo? Qual nó de gravata é menos volumoso que um windsor? Como manter a elasticidade de um suéter? Alguma dica na compra de um casaco de ovelha? Estou, claro, pensando em outras coisas, me fazendo as seguintes perguntas: Sou um drogado malhado? Homem vs. Conformidade? Será que consigo sair com Cindy Crawford? Ser de libra significa algo, e em caso afirmativo, é possível provar? Hoje eu estava obcecado em mandar por fax o sangue que drenei da vagina de Sarah para o escritório dela na divisão de fusões do Chase Manhattan, e não treinei hoje porque fiz um colar com os ossos das vértebras de alguma garota e quis ficar em casa e usá-lo no pescoço enquanto me masturbava na minha banheira de mármore branco, grunhindo e gemendo no banheiro como uma espécie de animal. Então assisti a um filme sobre cinco lésbicas e dez vibradores. Banda favorita: Talking Heads. Bebida: J&B ou Absolut com gelo. Programa de TV: *Late Night with David Letterman*. Refrigerante: Pepsi Diet. Água: Evian. Esporte: Beisebol.

A conversa segue o seu próprio ritmo — sem uma estrutura real ou lógica interna ou sentimento; exceto, claro, por sua própria lógica oculta conspiratória. Apenas palavras, e como num filme, mas algum que tenha sido transcrito impropriamente, a maior parte dele sobreposto. Estou tendo uma espécie de dificuldade em prestar atenção, pois meu caixa eletrônico começou a *falar* comigo, às vezes chegando a deixar mensagens estranhas na tela, em letras verdes, como "Faça uma cena terrível no Sotheby's" ou "Assassine o presidente" ou "Alimente-me com um gato de rua", e estava surtando com o banco de parque que me seguiu por seis quarteirões na noite de segunda e também falou comigo. Desintegração — estou lidando bem com isso. Ainda assim, a única pergunta que consigo bolar no começo e acrescentar à conversa é uma preocupada "Não vou a lugar algum sem uma reserva, então temos alguma reserva ou não?". Percebo que estamos todos bebendo cervejas encorpadas. Sou o único que percebe isso? Também estou usando óculos de imitação de casco de tartaruga que não têm grau.

Na tela da TV do Harry's está passando o *Patty Winters Show*, que agora é à tarde e disputa o horário com Geraldo Rivera, Phil Donahue e Oprah Winfrey. O assunto de hoje é Sucesso Econômico É Igual à Felicidade?. A resposta, no Harry's esta tarde, é um brado altissonante de "Definitivamente", seguida por uma enorme balbúrdia, os caras dando vivas juntos de um modo amigável. Agora na tela cenas da posse do presidente Bush este ano, então um discurso do ex-presidente Reagan, enquanto Patty faz um comentário difícil de ouvir. Em seguida, um debate cansativo se forma sobre se ele está ou não mentindo, ainda que nos recusemos, ainda que não possamos ouvir as palavras. O primeiro e na verdade o único a reclamar é Price, que, embora eu ache que esteja incomodado por outra coisa, usa essa oportunidade para ventilar sua frustração, e, inadequadamente impressionado, pergunta "Como ele consegue mentir assim? Como consegue empurrar essa *merda*?".

"Meu deus", reclamo. "*Que* merda? Agora, onde temos reservas? Digo, não estou com muita fome, mas queria ter reservas em algum lugar. Que tal o 220?" Um pensamento posterior: "McDermott, qual era a nota dele no Zagat's?".

"De jeito nenhum", reclama Farrell antes que Craig consiga responder. "A coca que cheirei lá da última vez tinha tanto laxante que tive que cagar no M.K."

"Sim, sim, sua vida é uma merda e depois você morre."

"Ponto baixo da noite", resmunga Farrell.

"Você não estava com a Kyria na última vez que foi lá?", pergunta Goodrich. "Não foi *esse* o ponto baixo?"

"Ela me pegou na chamada em espera. O que eu podia fazer?" Farrell dá de ombros. "Me desculpa."

"Pego na chamada em espera." McDermott me dá uma cotovelada, duvidando.

"Cala a boca, McDermott", diz Farrell, puxando os suspensórios de Craig. "Vá sair com um mendigo."

"Você se esqueceu de algo, Farrell", comenta Preston. "McDermott é um mendigo."

"Como está Courtney?", pergunta Farrell a Craig, olhando de esguelha.

"Basta dizer não." Alguém ri.

Price desvia o olhar da tela da televisão, depois olha para Craig, então tenta esconder seu desgosto me perguntando, apontando para a TV, "Não acredito. Ele parece tão... *normal*. Ele parece tão... distante disso. Tão... *in*ofensivo".

"Gata, gata", alguém diz. "Ignora, ignora."

"Ele é completamente inocente, seu idiota. *Era* completamente inocente. Assim como *você* é completamente inocente. Mas ele *fez* aquela merda toda e *você* não conseguiu lugar pra gente no 1500, então, sabe, o que posso dizer?" McDermott dá de ombros.

"Apenas não entendo como alguém, *qualquer um*, pode ter essa aparência e ainda se envolver numa merda desse tamanho", diz Price, ignorando Craig, desviando os olhos de Farrell. Ele tira um charuto e o analisa com tristeza. Para mim ainda parece que há uma mancha na testa de Price.

"Por que Nancy está bem atrás dele?", adivinha Farrell, olhando por cima do Quotrek. "Por que foi Nancy quem fez isso?"

"Como vocês conseguem ficar tão, sei lá, *sossegados* com uma porra dessas?" Price, com quem obviamente aconteceu algo muito estranho, soa genuinamente perplexo. Os rumores foram que ele estava na reabilitação.

"Alguns caras só nascem sossegados, acho." Farrell sorri, dando de ombros.

Estou rindo dessa resposta porque Farrell *obviamente* é inquieto, e Price dispara um olhar de reprimenda para mim, e diz "E Bateman — por que *você* está tão esquisito nessa porra?".

Também dou de ombros. "Sou apenas um soldado feliz." E acrescento, me lembrando, *citando*, meu irmão: "Rock 'n' roll".

"*Seja* tudo o que for capaz de *ser*", alguém acrescenta.

"Meu irmão." Price se recusa a deixar o assunto morrer. "Olha", começa, tentando fazer uma avaliação racional da situação. "Ele se apresenta como um velho excêntrico e inofensivo. Mas por dentro..." Ele para. Meu interesse aumenta, se acende brevemente. "Mas por dentro..." Price não consegue terminar a frase, não consegue acrescentar as duas palavras que precisa: *não importa*. Estou ao mesmo tempo desapontado e aliviado com ele.

"Por dentro? Sim, por dentro?", pergunta Craig, entediado. "Acredite ou não, estamos escutando você. Prossiga."

"Bateman", diz Price, cedendo um pouco. "Vamos. O que você acha?"

Olho para cima, sorrio, não digo nada. De algum lugar — da TV? — tocam o hino nacional. Por quê? Não sei. Antes de um comercial, talvez. Amanhã, no *Patty Winters Show*, Porteiros do Nell's: Onde Estão Agora? Suspiro, dou de ombros, tanto faz.

"Essa, hã, é uma resposta muito boa", diz Price, então acrescenta "Você é doido de verdade".

"Essa é a informação mais valiosa que ouvi desde que..." — olho para meu novo Rolex de ouro pago pelo seguro — "... McDermott sugeriu que todos bebêssemos apenas cerveja encorpada. Meu deus, quero um scotch."

McDermott olha para cima com um sorriso exagerado e ronrona "Bud. Long neck. Que beleza".

"Muito civilizado." Goodrich acena.

Um inglês superestiloso, Nigel Morrison, para em nossa mesa e está usando uma flor na lapela de seu paletó da Paul Smith. Mas ele não pode ficar por muito tempo, pois precisa se *encontrar* com outros amigos britânicos, Ian e Lucy, no Delmonico's. Segundos após ele ir embora, ouço alguém zombar "Nigel. Um animal patê".

Algum outro: "Vocês acham que os homens das cavernas têm mais fibra que nós?".

"Quem está cuidando da conta da Fisher?"

"Foda-se essa conta. E a coisa da Shepard? A conta da Shepard?"

"Aquele ali é David Monrowe? Está um caco."

"Meu irmão!"

"Pelo amor de deus."

"... magro e fraco..."

"O que tem aí pra mim?"

"A *peça* do Shepard ou a conta da Shepard?"

"Ricaços com rádios baratos."

"Não, garotas que *aguentam* beber."

"... leveza total..."

"Precisa de fogo? Belos fósforos."

"O que tem aí pra mim?"

"yup yup yup yup yup yup..."

Acho que sou eu quem diz "Preciso devolver umas fitas".

Alguém já pegou um telefone celular da Minolta e chamou um carro e então, quando não estou exatamente ouvindo, em vez disso observando alguém que parece demais com Marcus Halberstam pagando uma conta, alguém pergunta, simplesmente, sem relação a nada, "*Por quê?*", e, apesar de ter muito orgulho de meu sangue-frio, e de conseguir manter a compostura, e fazer o que supostamente devo fazer, capto algo, então compreendo: *Por quê?* E automaticamente respondendo, do nada, sem motivo algum, apenas abrindo a boca, as palavras saindo, resumindo para os idiotas: "Bem, apesar de saber que eu deveria ter feito *aquilo* em vez de não ter feito, tenho vinte e sete anos, pelo amor de deus, e é assim que, hã, a vida se apresenta no bar ou numa boate em Nova York, talvez *em qualquer lugar*, no fim do século, e como as pessoas, sabe, *eu*, se comportam, e é isso o que significa ser *Pat*rick para mim, acho, então, bem, é, hã..." e isso é seguido por um suspiro, então um leve movimento de ombros e outro suspiro, e acima de todas as portas cobertas por faixas de veludo vermelhas no Harry's há uma placa com as letras combinando com a cor das faixas com as palavras ESTA NÃO É UMA SAÍDA.

Bret Easton Ellis nasceu em 1964 e se tornou um dos escritores mais representativos e polêmicos do final do século xx. Ellis já publicou oito livros, sendo o mais recente *White* (2019), ensaio em que examina como a nossa cultura, política e relações sociais mudaram ao longo das últimas décadas. Mantém desde 2013 um podcast para falar sobre cinema, música e cultura pop.

CRIME SCENE®
FICTION

We are vain and we are blind
I hate people when they're not polite
Psycho killer, qu'est que c'est

— TALKING HEADS —

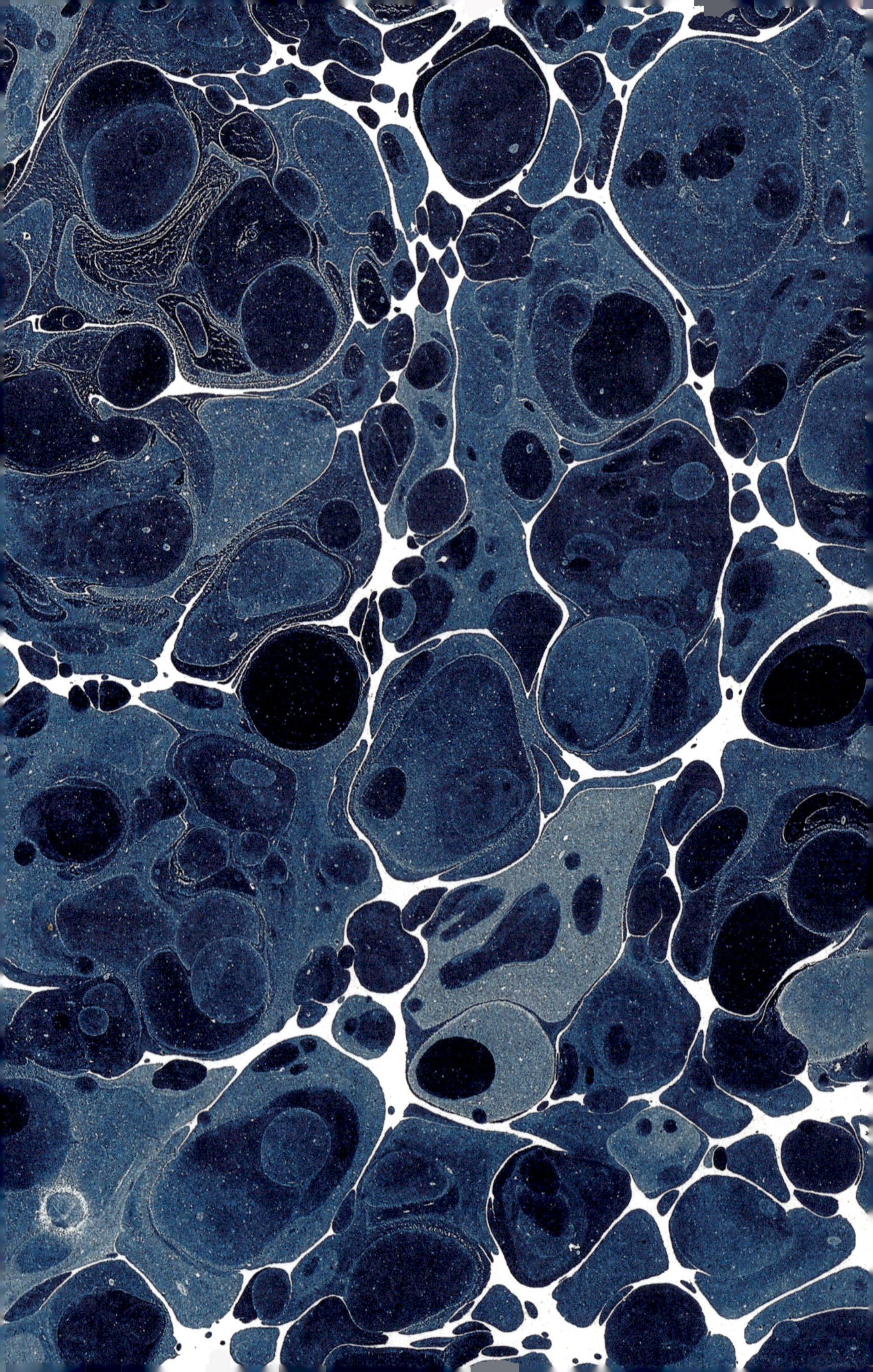